Narratori

Della stessa autrice

L'ombra di Caterina
Io sono la strega
Miserere

MARINA MARAZZA

La moglie di Dante

SOLFERINO

Questa è un'opera di finzione in parte ispirata a fatti realmente accaduti. Personaggi, luoghi e avvenimenti, se reali, sono rielaborati ai fini della narrazione.

SOLFERINO

www.solferinolibri.it

© 2021 RCS MediaGroup S.p.A., Milano
Proprietà letteraria riservata

ISBN 978-88-282-0642-2
Prima edizione: giugno 2021
Terza edizione: novembre 2021

La moglie di Dante

Al mio caro padre,
che si chiamava anche lui Dante,
perché quest'anno onoro
il suo centenario (1921-1973)

Dierono gli parenti e gli amici moglie a Dante, perché le lagrime cessassero di Beatrice. [...] ma [...] nuove cose e assai poterono più faticose sopravenire.

> Giovanni Boccaccio,
> *Trattatello in Laude di Dante*, VII,
> Digressione sul matrimonio

Parte prima

1285-1290

1
La monaca rapita

«Te li taglieranno, questi capelli bellissimi, cugina» le dissi sottovoce. Di solito le mie dita erano agili a far trecce, ma quella mattina mi tremavano un poco le mani. Ero in piedi dietro lo sgabello di legno sul quale Piccarda stava seduta. Pettinarci a vicenda era un rito antico, per noi: avevamo cominciato da bimbe a legarci e appuntarci reciprocamente le chiome, lisce, lucenti e nere come l'ala di un corvo le sue, così ruginose e ricce le mie, rosse e ribelli.

Lei si girò a mezzo, sorridente. Era bella, come tutti in quel ramo della famiglia dei Donati. Alta, slanciata, di colorito pallido, con quei grandi occhi color cielo.

«Certo, Gemma, e sarà gran festa, perché diventerò la sposa del Signore. Il giorno della vestizione la badessa, mentre le consorelle canteranno le lodi, mi toglierà tutti gli ornamenti, mi toserà le chiome, mi farà indossare una semplice tunica e mi darà una candela accesa. "Questo è il lume del Cristo, unica vera luce del mondo, che farà di te una lucerna inestinguibile" mi dirà. E tu lo sai che l'ho sempre desiderato.»

Mentre parlava sembrava già splendere. Mia cugina aveva davvero la vocazione: da quando era piccola voleva farsi monaca di santa Chiara. Le veniva quell'espressione beata quando ne parlava. Era molto diversa da sua madre monna Tessa (di cui si diceva che in gioventù le piacessero i giovinotti), diversa dai suoi fratelli – Bonaccorso, detto Corso, il cavaliere e Forese, detto Bicci, il poeta – e da tutto il resto del parentado. Non le importava delle lusinghe del mondo. Era riservata, timida, silenziosa. Nessuno l'aveva mai sentita ridere forte. Perfetta per il chiostro.

Mi ricordavo bene delle nostre confidenze di fanciulline sotto il gran fico del cortile a Pagnolle, in campagna, quei pomeriggi caldi d'estate che sembrano infiniti, e noi due sdraiate all'ombra a masticare fili d'erba e a contar formiche.

«Ma non ti piace Ughetto, col suo ciuffo scuro malandrino? E quel Tinello dei Marzoli, gambe lunghe e lingua sciolta?» le domandavo, elencando i garzoncelli più avvenenti che facevano sognare tutte le altre.

Lei scuoteva la testa. Già si vedeva col soggolo e il velo in testa a cantare le lodi del Signore con la sua bella vocina dolce. «Non son fatta per metter su famiglia. Ci vuole pure qualcheduna che preghi per l'anima dei parenti. Soprattutto quelli che han tanto da farsi perdonare...» Si segnava devota e si capiva a che cosa si riferiva. Ogni momento c'era qualche fatto di sangue, in città, per una rivalità politica, una faida, un malinteso, un interesse, uno sgarbo da vendicare, e nomi di amici e congiunti erano sempre coinvolti, in particolare suo fratello Corso. I fiorentini si accendevano in fretta e il sangue scorreva. «Fate conto su di me» concludeva convinta, giungendo devotamente le mani.

Non l'avrei mai imitata, io: a me piacevano fin troppo le cose del mondo, ma quella di monacarsi mi era parsa una scelta legittima, anche se l'idea che prima o poi lei entrasse davvero in convento restava un poco sullo sfondo della nostra vita di bambine. Ci frequentavamo molto, Piccarda e io: non avevo sorelle e lei per me era molto più che una lontana cugina. Abitavamo vicine in città, andavamo a sentir messa nella stessa chiesa e anche le nostre case di campagna erano l'una accanto all'altra. Entrambe Donati, io della schiatta di Ubertino, fratello di quel Vinciguerra che fu bisnonno di Piccarda.

Ora, quasi all'improvviso, quell'aspirazione al chiostro si era fatta concreta. Non eravamo più bambine: a tredici anni ti puoi ben maritare, anche con Gesù. E Piccarda voleva entrare nel monastero di Santa Maria in Monticelli, dove si diceva che le clarisse avessero ricevuto la loro regola direttamente dalle mani di san Francesco.

«C'è stata anche la beata Agnese, la serocchia, sì, la sorella di santa Chiara, tra quelle mura» diceva, tutta emozionata.

«Conservano il mantello del santo, le buone suore, perché lui ci cantò l'evangelo per la Pasqua del 1221... e anche un velo di bambagino nero che si era posta in capo santa Chiara medesima, ci tengono.»

«Il mantello di san Francesco?» domandavo io per burlarla un poco. «Per tenerselo come sacra reliquia l'hanno mandato via senza, poveretto? Forse era il giorno di san Martino e speravano che lo incontrasse e facesse a metà del suo?»

«Ma no, ma no, gliene hanno confezionato con le loro mani un altro più bello e più nuovo» si affannava a spiegare lei. «E quel mantello e quel velo fan miracoli a Monticelli, guariscono i bambini da ogni male...»

E ne ridevo e lei mi rampognava, un po' seria e un po' faceta, dandomi della sfacciata che non aveva rispetto per le cose sante.

Ora il giorno tanto temuto della sua partenza era venuto e io ero lì nella sua camera da letto a puntarle le filze di perle e le trecciere di filo d'oro. Avevo tolto il lavoro alla sua balia che, triste per quell'incipiente addio, se n'era discesa a caricare la cassa delle vesti sul carro che già aspettava nel cortile. Piccarda sarebbe arrivata al convento in tutta l'eleganza del suo rango, da figlia di messere Simone Donati cavaliere fiorentino, con i rubini color del sangue che le pendevano dalle orecchie e le massicce armille scintillanti ai polsi, lo scaggiale alto di tocca di argento come cintura, il manto di broccato e le scarpette di velluto.

«Il mio padre spirituale, fra Masseo, che mi accompagnerà al convento, è già giù ad aspettarmi» mi stava dicendo Piccarda, un po' impaziente.

«Lo staranno ristorando con gran riguardo in cucina, il buon vecchio» la rassicurai.

«Ma hai quasi finito? Non vedo l'ora di salutare i miei e di mettermi in viaggio.»

Sospirai. Guardando fuori dalla finestra della camera si vedeva il carro coperto pronto sotto casa. «Che fretta hai, Piccarda? Il convento è sempre là. Pare quasi una fuga...»
Lei allargò le braccia. «Un poco forse lo è. Tu lo sai che non tutti in famiglia sono contenti di questa mia scelta.»
«Tuo padre non sta tanto bene, in questi giorni» osservai. Sapevo che messer Simone si era messo a letto per una febbre e mi ero immaginata che Piccarda preferisse aspettare la sua guarigione prima di mettersi in strada per il monastero.
«Sì, ma io non potrei far nulla di diverso qui o al convento, se non pregare perché si rimetta, e forse dal coro delle monache le mie orazioni saranno ancora più gradite lassù.»
«E Corso?» chiesi ancora. Era il fratello maggiore di Piccarda, il cavaliere forse più ammirato di tutta Firenze. Il mio cuore impazziva per lui: era parecchio più grande di me e lo vedevo come un principe.
«Corso è lontano, a Bologna, dove l'hanno fatto capitano, se Dio vuole» rispose lei, alzando le due mani per verificare se le avevo ben appuntato le chiome. «E Bicci, è là con lui agli studi, a imparare i classici. Lo sai che vuole diventare un poeta.» Piccarda era molto affezionata al suo fratello minore: Bicci non era prepotente come Corso e aveva sempre dei riguardi per lei.
L'acconciatura stava venendo bene e avrei avuto piacere che si vedesse riflessa, solo che non c'erano specchi nella sua stanza che pareva già una cella monacale, col letto piccolo, la cassapanca, l'inginocchiatoio, un tavolino e uno sgabello.
«Ma Corso è d'accordo sul fatto che tu ti ritiri a Monticelli?» insistetti. Era il suo parere quello che più contava.
Lei alzò le spalle. «Così la mia dote non graverà troppo sulle spalle della famiglia... dovrebbe essere contento. Poi adesso ha altro cui pensare: mentre era podestà a Treviso, è rimasto vedovo della sua prima moglie della casa dei Cerchi...»
Avevo sentito di questa cosa. «Per certo un uomo come lui non può restar solo... gli serve subito un'altra sposa, giovane e forte...» dissi d'impulso. Poi mi morsi le labbra.
Piccarda si alzò in piedi e mi prese le mani tra le sue. «Gem-

ma, lo vedo come guardi mio fratello. Lui è di gran bella persona, parla meglio del prete in chiesa, è il migliore tra i cavalieri fiorentini, vince alle giostre di calendimaggio, incanta tutti con un motto e un riso, ma credimi...»

Arrossii fino alla radice dei capelli. Non avevo pensato di essere tanto trasparente. Cercai di sorridere. «Oh, ma lo so che non sono abbastanza per lui...» Non abbastanza avvenente, non abbastanza ricca. Un uomo così in vista in politica avrebbe sposato solo una moglie che gli fosse utile per diventare ancora più importante e mio padre Manetto non era alla sua altezza. Di certo eravamo una famiglia agiata e rispettata, ma ci voleva altro per Corso. Ai suoi occhi io ero una bimba con gli occhi grandi e la treccia lunga che correva a fianco del suo destriero quando con i suoi compagni al seguito se ne andava in giro a fare armeggio alle feste comandate, mostrando quanto era bravo a stare in sella e a infilare al primo colpo con la lancia in resta l'anello di metallo della tenzone o a scavallare l'avversario in torneo. Mi chiamava «Testa di Ruggine» messer Corso cavaliere, campione di Firenze, orgoglio della schiatta dei Donati, e mi burlava con i suoi sodali.

«Guardate quella bimba! È mia cugina Gemma, Testa di Ruggine! Si arrampica sugli alberi come un villano e ha la lingua che taglia peggio di una lama!»

Li sentivo ridere e far commenti pesanti. A lui tutto era permesso. Nessuno gli rimaneva indifferente: lo amavi o lo odiavi, con la stessa intensità. C'era chi si sarebbe fatto uccidere per lui e chi avrebbe volentieri ballato sulla sua tomba.

«Non intendevo questo» ribatté rapida Piccarda. «Tu non lo conosci davvero, Gemma. Stagli lontana.»

Quell'avvertimento rimase sospeso nell'aria. Era come se la mia serocchia mancata cercasse di mettermi in guardia, pur senza potermi dire tutto quello che avrebbe voluto. Era sempre stata discreta, più pronta a proteggere la famiglia con il silenzio che con le parole.

«Così mi fai paura» risposi, cercando di sorridere per sciogliere quell'ombra nera che le sue parole avevano pennellato sul ritratto del mio idolo.

Fu allora che bussarono alla porta e monna Tessa, la madre di Piccarda, si affacciò, curiosa. «Allora, le mie figliole? È dall'ora delle laudi che siete chiuse qua dentro.»

Non ci pareva passato tanto, ma il tempo correva in fretta. «Monna Tessa, la vostra Piccarda è pronta e bella come il sole» le dissi, ed ero sincera.

Lei rimase un momento in contemplazione e gli occhi le si riempirono di lacrime. «Non è più mia, cara Gemma.» La vidi sorridere e allargare le braccia. Madre e figlia si abbracciarono. «Mi si spezza il cuore nel vederti partire, ma ogni madre vuole solo che i figli siano felici, per quanto ci è dato in questo mondo. Se questo è ciò che desideri, che Dio ti benedica.»

Niente e nessuno avrebbe potuto trattenere Piccarda. Poco dopo la guardammo insieme salire sul carro coperto insieme al vecchio frate e allontanarsi in una nuvola di polvere.

«La priora di Monticelli è Chiara degli Ubaldini, nipote del cardinale Ottavio...» considerò monna Tessa, cercando di trattenere il pianto. Sembrava che riempiendosi la bocca con quei bei nomi cercasse consolazione per quell'ultimo abbandono. «I miei figli se ne sono andati tutti, dopo Corso. Ravenna s'è maritata ed è madre, Bicci è lontano a studiare e presto anche lui si ammoglierà. Ormai sono nonna e solo Piccarda m'era rimasta... questa casa è vuota.» Scosse la testa. «Sarà meglio che torni da mio marito, preferisce che sia io a badargli quando è indisposto e non la vecchia Eurosia.»

«Vostro marito, messer Simone, si rimetterà presto, monna Tessa» le dissi, convinta.

Lei sorrise. «Speriamo, se Dio vorrà. Grazie, Gemma. Vieni, ho una cosa per tua madre, un telaietto da ricamo che mi aveva domandato in prestito. Lo avevo messo da parte e ho faticato un po' a ritrovarlo, ma rimettendo in ordine per preparare il cassone per Piccarda è risaltato fuori dal baule...»

La seguii su per le scale di legno e ne approfittai per chiedere in tono casuale: «E quando torna Corso?».

Lei seguitò a salire, sollevando appena la gonna da un lato, ancora agile e leggera. «Se ho ben capito, il suo mandato a Bologna finisce con l'inverno» mi rispose.

Monna Tessa non poteva vedere la mia espressione felice: non mancava poi molto, era già settembre.

Col piccolo telaio di legno sottobraccio, attraversai la piazza e tornai a casa mia.

Seduta in cucina vicino alla finestra a impannate, mia madre stava preparando la lista della spesa con la Lippa, la nuova cuoca, che l'ascoltava in piedi accanto a lei con le grosse braccia conserte e l'espressione attenta.

«Della pecora bollita farei, con un piatto di ceci...» stava argomentando la mamma.

La Lippa annuiva. «Va bene, padrona Maria. Ho visto anche delle belle anguille grasse a buon prezzo al mercato. Se piacciono arrostite, so fare una salsa di mandorla e zenzero che resuscita i morti.»

«Buona idea. Mio marito non ne va pazzo, ma si contenterà anche se non è quaresima» commentò lei con un mezzo sorriso. Poi mi vide e si alzò dal canto della finestra. «Eccola, la mia Gemma! È partita Piccarda?»

Feci segno di sì. «Monna Tessa è malinconica» dissi «e vi manda questo telaio.»

«Oh, brava che se n'è ricordata.» Mi accarezzò la guancia. «Anche tu sei triste, vero?» Era bella, mia madre, con i primi capelli grigi e gli occhi grandi e vellutati come i miei, color dell'ambra chiara.

«Un poco. Ma lei era così contenta di andare che ci consola tutte.»

«Passerò più tardi da monna Tessa, a sentire anche come sta messer Simone...»

Mi aggiravo per la cucina, un po' inquieta, spostando un coltello e sistemando una scodella. «Dicono che messer Corso stia cercando una nuova moglie» considerai.

Mia madre alzò gli occhi dall'anfora dell'olio. Io cercai di non incrociare il suo sguardo.

«Dicono anche che la sua prima moglie l'abbia avvelenata lui perché non gli serviva più una Cerchi per le sue nuove intese» rispose in fretta e sottovoce, lanciando un'occhiata verso

la porta socchiusa dalla quale la Lippa se n'era uscita a caccia di anguille.
Io quasi trasalii. «Avvelenata?»
«E ora ha messo gli occhi su una degli Ubertini per certe sue alleanze di partito.» Lei si avvicinò. «Non sei più una bambina e certe cose son da sapere. Il tuo babbo forse non sarebbe d'accordo, ma almeno all'interno di una famiglia le verità vanno dette. Corso ha avuto tanti doni dal Signore, la bellezza e l'eloquenza e la prestanza, ma anche l'ambizione, più forte di tutto il resto.»
«Non è giusto che un uomo sia ambizioso, madre?»
«Senza ambizione non si va da nessuna parte, Gemma. Ma se è troppa finisce col divorarti come un drago famelico e divorare chi sta intorno.» Prese il telaio che monna Tessa le aveva prestato e si avviò verso le scale. «Sarà bene che una di queste sere si parli un po' di quel che tu vuoi fare da grande, figliola. Monaca come Piccarda non ti ci vedo, ma quello della zitella non è un buon partito.» Già sulla porta si girò, si tirò dietro l'orecchio una ciocca che le si era disfatta dalla crocchia e aggiunse: «E bada: Corso te lo devi proprio dimenticare».
Forse era questo che aveva voluto dirmi Piccarda. Che Corso era un violento, uno che non si fermava davanti a nessun ostacolo. Che era proprio per i peccati di lui che lei aveva deciso di prendere il velo. Ma nonostante tutto a me sembrava difficile crederlo capace di certe nefandezze.
Magari era anche colpa dell'invidia. Non era da tutti una fortuna come la sua, così giovane e già chiamato in giro per l'Italia a incarichi prestigiosi. E si faceva presto a dire male di qualcuno che era lontano. La sua povera sposa poteva essere venuta a mancare per cento motivi diversi, senza bisogno che lui l'attossicasse. Però avevo capito che era meglio non far cenno di lui in famiglia, e così non ne parlai più nelle settimane che seguirono.

Finché non fu proprio mio padre a fare il suo nome. Del resto, in città, in quel dicembre mite, non si parlava d'altro.
«Moglie, è tanto che non vedi monna Tessa?» domandò quella sera mio padre Manetto, sedendosi a mangiare a capotavo-

la. La nostra serva Valdina mesceva da bere a tutti noi, mia madre e i miei fratelli, il giovane Teruccio e Neri, che era già sposato e aveva un figlio maschio ma desinava da noi per qualche giorno mentre sua moglie Lina con il piccolo Niccolò era in visita dalla sorella che stava per partorire vicino a Fiesole.

Mia madre faceva girare intorno il tagliere con le fette di pane da mettere dentro la zuppa di legumi. «Perché me lo domandi, marito? L'ho veduta domenica alla messa.»

Teruccio si sistemò meglio sulla panca. «Madre, oggi a Firenze non si parla d'altro che del rapimento di Piccarda.»

«Che rapimento?» esclamai, muovendo malamente il cucchiaio e schizzando minestra in giro.

«Corso non vuole che si monachi. È tornato da Bologna furibondo perché non è stato chiesto il suo permesso. E se l'è ripresa.»

«In che senso se l'è ripresa?» chiesi in apprensione.

Mio padre bevve un sorso di vino, si asciugò le labbra, appoggiò i gomiti al tavolo, giunse le mani e prese a raccontare. «Una settimana fa, la notte di san Melchiade papa... Corso è tornato con dodici suoi sodali da Bologna. Cavalieri esperti negli assalti. Ha scalato le mura del convento come si prende una cittadella fortificata. Sono balzati dentro...»

«Oh, mio buon Signore!» esclamò mia madre. «Dodici soldati, chissà che spavento, quelle povere monache!»

«Dicono che Corso gridasse con quella sua voce stentorea: "Piccarda, sorella, dove sei?" finché lei è uscita dalla sua cella, tutta spaurita...» continuò mio padre. «E gli ha detto: "Per l'amor del cielo, Corso, che ci fai dentro un monastero di clausura con questi tuoi compagni?".»

«È così» confermò Teruccio, eccitato e divertito. «E lui ha risposto che era venuto a prenderla perché lei facesse il suo dovere di famiglia e lei gli ha risposto che era sua volontà consacrarsi al Signore. Così Corso, senza stare tanto a discutere, ché tanto non vale la pena di perdere il fiato con le femmine, l'ha presa sulle spalle come una balla di fieno e se l'è portata via!»

Mia madre e io ci scambiammo un'occhiata inorridita. «Ma è un sacrilegio!»

«Quale sacrilegio! Piccarda deve obbedire e basta. Ha approfittato del fatto che il padre fosse infermo e i fratelli lontani per scappare in convento, perché sapeva bene che non era quello il destino che la famiglia aveva deciso per lei» ribatté Neri, che era di poche parole e fino a quel momento era rimasto in silenzio a ingollare la sua zuppa calda.

«E quale sarebbe la sorte che le riserva la famiglia, di grazia, fratello?» gli domandai in tono neutro.

«Penso che tu l'abbia sentito nominare, Rossellino della Tosa. Io per me ci metterei la firma, per una delle mie figlie: un ottimo partito della schiatta dei Tosinghi, destinato a un grande avvenire. È membro influente dei consigli cittadini e l'hanno appena fatto podestà di San Miniato. Credo che la nostra consobrina abbia da star contenta.»

«Non credo che l'idea di dover prendere qualsivoglia marito sia una gran letizia per una che vuole farsi monaca» risposi, guardandolo negli occhi. Avevo un vago ricordo di Rossellino, un uomo grande e grosso e senza un capello in testa, ma con una barbaccia scura che gli copriva il mento. Lo avevo veduto armeggiare qualche volta al fianco di Corso, da cavaliere esperto quanto lui, riscuotendo il plauso della folla.

Mio padre precedette Neri nella replica: «Può darsi che tu abbia della ragione, Gemma, ma è cosa fatta. Corso s'è impegnato con i Tosinghi. Ha dato la sua parola».

«E Piccarda s'era impegnata con Dio, padre» gli risposi, alzandomi da tavola.

«Dove credi di andare?» esclamò Teruccio che da quando aveva compiuto i quindici anni voleva farmi sentire la sua potestà fraterna.

«Da mia cugina» risposi. E poi aggiunsi: «Col permesso della madre e del padre».

«Staranno desinando anche loro» obiettò la mamma in tono pacato. «Finisci di mangiare, poi andrai da lei.»

Il babbo annuì. «Accompagnata dalla Valdina, quando avrà finito di rigovernare, ché non sta bene che una giovane vada in giro da sola a quest'ora della sera, anche se devi solo traversare la piazza.»

Teruccio mi tirò una mollica in spregio, come a dire: «Seduta e zitta». Non reagii, abbassai la testa e rimasi lì, ma senza toccare cibo. Potevo solo immaginare lo stato d'animo di Piccarda. E la cosa più incredibile era che nessuno ritenesse sanzionabile il comportamento di Corso. Era come se nei loro discorsi il torto fosse tutto di mia cugina.

E quando mi presentai davanti alla porta dei Donati di messer Simone lasciando indietro la povera Valdina che avevo trascinato fuori con le mani ancora umide dell'acqua del rigoverno, la trovai sbarrata. Bussai parecchie volte prima che qualcuno venisse ad aprire e quando vidi di chi si trattava feci un passo indietro: Corso Donati in persona.

Dentro casa si era messo comodo. Era in brache, stivali e giustacuore, con le braccia nude e muscolose, i capelli biondi lunghi fin sulle spalle e la sua solita espressione brava su quella faccia fin troppo perfetta per un uomo.

Anche la voce era una meraviglia, calda e tonante, adatta per arringare una folla o un esercito.

«Ti ho vista dalla finestra quando ho sentito battere all'uscio e quasi non credo ai miei occhi: ti sei fatta grande, Testa di Ruggine.»

Sentivo caldo sulla faccia e sul collo. Speravo solo di non essere diventata troppo rossa. Per fortuna era quasi buio. «Sono venuta per Piccarda. Posso vederla, cugino?»

Lui sembrava divertito. «Le suore dell'Annunciata dove hai studiato ti avranno pure insegnato a leggere, per quel che serve a una femmina, ma non ti hanno insegnato le buone maniere, cugina. Non ci vediamo da tempo, non mi domandi almeno se sono in buona salute?»

«Hai una buona cera e le tue ultime imprese di cui tutta Firenze parla testimoniano della tua gagliardia.»

«Anche tu ti sei fatta di bella persona» rispose lui, in modo inaspettato. Rimase zitto a contemplarmi, carezzandomi con lo sguardo, tanto che mi resi conto di essere uscita nella fretta col solo mantello corto, e lo usai per coprirmi in fretta la testa. Lui rise forte.

«Vuoi monacarti anche tu, che nascondi quei capelli rossi come il fuoco, manco fossi una vedova? Di', a chi sei promessa?»

«A nessuno ancora» risposi. «Bisogna stare attenti a far promesse» aggiunsi con intenzione.

Lui sollevò le sopracciglia, colpito. «Che lingua sciolta. Bada che qualcuno non te la mozzi.»

Tagliai corto. «Fa freddo qui fuori, Corso. Vuoi farmi entrare da Piccarda?»

Lui scosse la testa. «Ora è stanca e ha bisogno di riposare. I prossimi saranno giorni impegnativi per lei. Ma non preoccuparti, quando sarà diventata la sposa di messer Rossellino avrete tutto il tempo di riprendere la vostra frequentazione. Dovresti essere contenta, se fosse rimasta a Monticelli vi sareste riviste solo lassù in cielo» aggiunse, con sarcasmo. «Ammesso che san Pietro apra con le sue chiavi a una sfacciata come te.»

«Quel che le hai fatto è tremendo» sibilai.

Lui rise basso. «Non mi hanno fatto paura minacciandomi l'inferno, pensi di riuscirci tu? Io non temo neanche il demonio.»

«Stai dando il tormento a una persona che non lo merita» dissi, guardandolo bene in faccia. «E lo sai.»

Lui si passò una mano sul mento. «Non è questa la mia intenzione e Dio m'è testimone. E comunque lei sarà sempre più felice al fianco di Rossellino che seppellita in un chiostro.»

«Credi di saper tutto. Non è così. Se tu la costringi, tu la uccidi.»

«Lei farà quello che io ho deciso. E ora tornatene a casa, che è tardi. Ti ho dedicato già fin troppo tempo.»

Mi sbatté la porta in faccia e tirò rumorosamente il chiavistello dall'interno. La nostra conversazione era finita. Rimasi lì sulla soglia, tremando un po'. Tenergli testa era stato uno sforzo immane per me. Guardai verso il piano alto, chiedendomi in quale desolazione si trovasse Piccarda. Speravo solo che almeno monna Tessa potesse starle vicina.

«Padrona Gemma» chiamò la Valdina timidamente, rabbrividendo nel suo scialle. «Si torna, che qua si gela?»

Mi girai verso di lei. «Ma sì, certo, torniamo.» E all'improvviso sentii anch'io un gran freddo.

2
Banchetto di nozze

Corso organizzò le cose con tanta sollecitudine che quando finalmente riuscii a rivedere Piccarda, lei era già legalmente la moglie di Rossellino dei Tosinghi, anche se ancora le nozze non erano state consumate. Il marito avrebbe condotto la sposa al talamo alla fine del banchetto e delle danze.

Dopo la firma delle carte del notaio e la benedizione *in facie ecclesiae* nel nostro oratorio di famiglia di San Martino al Vescovo, tutti i Donati e i della Tosa erano stati invitati alla festa di nozze a casa dello sposo, oltre a esponenti delle altre famiglie più in vista della città, gente che vantava priori e cavalieri nella propria schiatta: come a gridare al mondo che non c'era vergogna in quel ratto di vergine consacrata e a sfidare chiunque a denunciare quel che era successo. La comunità doveva accettarla come cosa fatta e mostrare di aver dimenticato la gran bravata che aveva reso possibili le nozze. Sedersi a quel desco aveva un preciso significato: a Corso e ai suoi tutto era concesso.

Anche se per legge i commensali non avrebbero dovuto essere più di un centinaio, quando c'era di mezzo Corso si faceva quel che si voleva, e sotto la gran loggia privata della casa dei della Tosa furono imbandite lunghe mense di legno coperte da tovaglie di broccato e furono preparati grossi bracieri per tenere al caldo i convitati. I cuochi erano arrivati da fuori città, mandati da illustri conoscenze bolognesi di Corso e pagati dai denari sonanti dei Tosinghi, e avevano messo mano agli spiedi fin dal mattino: una strage di quaglie, pernici, oche, pavoni, capponi, anatre, senza contare gli arrosti di cervo e di cinghiale, le cheppie arrostite e le anguille in crosta, i gamberi, i formaggi, la frutta secca, le tartellette dolci e i fiumi di vino.

Rossellino non aveva badato a spese. Era stato generoso con la dote, generoso con i doni di nozze e con l'abito della sposa, che aveva voluto scegliere personalmente, col consiglio delle donne della sua famiglia, e aveva fatto confezionare in grande fretta da uno stuolo di cucitrici. Era di un azzurro intenso, con le maniche larghissime e uno scollo modesto, ma tutto seta e nastri.

Magrissima, pallida, con gli occhi spiritati e gli zigomi evidenti nella faccia patita, i capelli raccolti con cura alti sul capo e intrecciati di perle, Piccarda pareva la miniatura di una qualche principessa delle leggende della Tavola Rotonda.

Ci avevano disposti intorno alle mense con studiata precisione, prima di tutto per importanza di schiatta e di ruolo e poi per gruppi e fazioni, attenti a non mettere vicino qualcuno che per un sorso di troppo avrebbe potuto venire alle mani o alle lame. Io ero accanto a mia madre, mio padre e i miei fratelli. Messer Simone, ancora infermo, non si era presentato e per riguardo a lui anche sua moglie monna Tessa era rimasta a casa, o almeno così si diceva per spiegare la sua assenza. In compenso c'era Bicci, il fratello giovane di Corso e Piccarda, appena tornato dagli studi bolognesi. Era sempre stato il più gioviale della famiglia: più affabile di Piccarda, più mite di Corso, che lo scherniva ferocemente per la sua passione per la poesia e per la troppa carne che aveva sulle ossa. Stava facendo grande onore alle portate del banchetto: mangiare, dopo il poetare, era l'altra sua attività preferita, e le sue guance paffute e glabre lo testimoniavano.

Dopo un paio d'ore il buon cibo e il buon vino avevano finito con l'allentare le cinture non meno delle gerarchie e gli ospiti avevano preso a levarsi e a darsi d'attorno a parlare con altri convitati seduti più lontani, ad accennare qualche passo di danza davanti ai musici disposti nel loro angolo in attesa, con cetre, vielle e flauti, e infine a chiedere a gran voce dove fosse il giullare.

«Rossellino, ma non avevi promesso di divertirci con un giocoliere?»

«Dove s'è nascosto il saltimbanco? Che si palesi!»

Richiamato dagli schiamazzi, da dietro le colonne che conducevano alle cucine spuntò un uomo grande e grosso, vestito mezzo di bianco e mezzo di nero, con in testa una gran berretta moscia a spicchi e un liuto che sembrava minuscolo nelle sue mani enormi. Aveva un gran naso, uno sguardo vivace e una voce forte e risonante.

«Eccomi, eccomi! Che sponsali sarebbero mai, miei buoni signori, senza i miei lazzi? Non c'è festa che sia amena senza Ruggero da Siena!»

Ruggero si disponeva al suo spettacolo di rime e musica, e mentre cominciava a pizzicare le corde del suo strumento per attirare l'attenzione io ne approfittai per avvicinarmi a Piccarda, che era rimasta seduta al suo posto, sola, immobile.

Quando mi vide arrivare, nel suo sguardo brillò una luce strana e non riuscii a capire se era davvero contenta di vedermi. Pensai che fosse risentita con me perché non l'avevo raggiunta prima di allora.

«Perdonami» le sussurrai all'orecchio «non mi hanno permesso di vederti. Corso in persona mi ha chiuso la porta in faccia. Mi sono avvicinata appena ho potuto.»

«Lo so.»

Ruggero il giullare stava cantando qualcosa con la sua vociona potente, accompagnato dalla sua musica.

«Umìle sono ed orgoglioso,
prode e vile e coraggioso,
franco e sicuro e pauroso,
e sono folle e saggio,
e dolente e allegro e gioioso,
largo e scarso e dubitoso,
cortese e villano e odioso.

E vi dirò, buona gente, como
in me ho male e bene non più di ciascun uomo!»

«E bravo Ruggero! Un filosofo sei... in ciascuno c'è del bene e del male...» sentenziò Bicci, con la bocca piena di frittelle calde di bronza di porco.

La gente commentava, approvava, rideva.

«Come stai?» domandai a Piccarda.

Lei si guardava intorno smarrita. Rossellino, vestito di velluto color borgogna come il vino nel suo boccale, rideva forte e forte beveva con un nutrito gruppo di cavalieri dei Donati e dei Tosinghi. Anche mio padre s'era unito a loro. Lui non era un *dominus* come la maggior parte di quelli con i quali stava brindando, cioè un cavaliere che potesse fregiarsi del titolo di messere, ma stava facendo di tutto per diventarlo, grazie alla sua buona fama, anche se non era più di primo pelo. Si trattava di trovare qualcuno che già lo fosse, disposto a farlo entrare in quel novero di privilegiati e di avere poi a disposizione il capitale per la cerimonia dell'addobbamento e per mantenere cavallo e armamento. Sapevamo tutti in famiglia quanto ci tenesse e per riuscirci doveva mantenere delle buone relazioni.

Rossellino intanto si era spostato dal fondo della loggia per ascoltare le canzoni del giullare, ma era ancora abbastanza distante da non poter sentire i nostri discorsi.

«Ho pensato di togliermi la vita» rispose lentamente Piccarda, lo sguardo fisso nel vuoto.

Lo avevo paventato. Sentii un tuffo al cuore. «Non puoi» ribattei in fretta, quasi mangiando le parole. «Ti danneresti l'anima.»

Lei annuì compunta. «Infatti per questo non l'ho fatto. Il mio confessore mi ha detto che non mi sarà ascritto a colpa se non manterrò la promessa del voto di castità. È forza maggiore. E comunque una buona figlia deve obbedire. Se la mia famiglia mi chiede questo sacrificio, sarà mio dovere compierlo. Forse il Signore mi sta mettendo alla prova.» Tentò un sorriso tremulo. «Dovrò davvero guadagnarmelo, il paradiso.»

Guardai Rossellino che beveva, rideva e riceveva gran manate sulle spalle dai suoi compari. Ero sicura che stessero dicendo oscenità, anche se non riuscivo a distinguere le parole. Ogni tanto guardavano dalla nostra parte. Corso rideva ancora più forte di lui.

Ruggero continuava a cantare i suoi lazzi:

*«Tengo ardire e conoscenza,
chiedo agli amici benvolenza
e i nemici tengo in temenza;
so ben esser cavaliere
e donzello e buon scudiere,
mercatante che va a fiere,
cambiatore ed usuriere,
e so pensare...»*

Corso divertito levò il boccale e la voce nella sua direzione. «Ehilà, piano, saltimbanco, bada a quel che canti, chi saprebbe essere cavaliere? Un servo come te?»

Il giullare smise di pizzicare lo strumento e s'inchinò. «Messere, canto le sfaccettature della natura umana. Ma per ischerzo. Tutti sanno che il villano nasce dal peto di un asino e un cavaliere come lor signori nasce da un incrocio tra un giglio e una rosa.»

Ci furono di nuovo risate e applausi. Rossellino scosse la testa. «Tu vuoi prenderti gioco di noi, cattivo menestrello» disse, ma in tono bonario.

Il giullare si era avvicinato alla tavola e aveva preso un uovo sodo da una cesta semivuota. Mise giù il liuto e prese a giocare con le uova, facendole volare veloci in tondo nell'aria e passandosele da una mano all'altra, prima due, poi tre, poi quattro, e poi cinque e sei, contemporaneamente. Era molto in gamba.

*«Cattivo uom non vale un uovo,
e io da me 'l caccio e rimuovo
via da codesto mondo
che io ben so perché fu ritondo,*

a tutte cose ben rispondo
perch'io le saccio
e non dispiaccio!»

Poi mise giù le uova, tranne una che sgusciò veloce inghiottendola in un boccone, mentre si avvicinava al nostro lato della tavola.

«Ma che dice la sposina?» domandò, tutto allegro. «Che fa lì tutta sola? Bisognerà pure farle coraggio...»

Piccarda girò via la testa e io gli feci segno di lasciarla stare, ma lui non se ne dava per inteso.

«Ho preparato una canzone apposta per voi, bella monna Piccarda...»

Rossellino sogghignava, abbastanza ubriaco. «Andiamo, moglie, non far torto a questo onesto saltimbanco. Lascia che faccia onore al suo repertorio.»

Corso gli venne in aiuto. «Ma sì, serocchia, andiamo! Sono le tue nozze, queste, sorridi!»

Il giullare non se lo fece dire due volte. «Col permesso dello sposo e del fratello della sposa...»

Rossellino gli fece segno di proseguire muovendo la mano con la maestà d'un Cesare e Ruggero cominciò a cantare.

«*Oggi sono in parlamento*
con la sposa Donata:
facemi grande lamento
che a forza è maritata...»

Le risa intorno si spensero. Si trattava di un solito lamento della sposa riottosa, di quelli che i giullari cantavano in ogni occasione, ma Ruggero non poteva sapere quanto fosse poco opportuno quel soggetto a quelle nozze e quanto le parole del suo canto spargessero sale su certe ferite aperte: andava avanti con un gran sorriso sulla faccia.

«*E disse: "Amico mio,*
mercè ti chiedo, aiuta;

> *se m'abbandona Dio,*
> *al destino mi so' arrenduta.*
> *Ma quest'uomo non vogl'io..."*»

L'ultimo verso si spense in un gorgoglio quando Corso gli fu sopra, stringendolo alla gola con tutte e due le mani. Ci fu un «Ooh» di corale sgomento da parte degli ospiti mentre il malcapitato si dibatteva sul pavimento della loggia, un ginocchio di Corso piantato in mezzo al petto, paonazzo in volto nel tentativo di tirare il fiato.

«Chi ti manda, malnato? Chi ti ha suggerito questo canto?»

«Che Dio mi danni, signore, nessuno... fa parte del mio repertorio...»

«Ai matrimoni canti che la sposa è maritata a forza?»

«Certo, mio signore... di solito è lei a riderne e a dire che non è così, a chiamare il suo sposo e ad aprire le carole...»

Corso allentò la presa e Ruggero si tirò a sedere tossendo da squassarsi i polmoni. C'era silenzio intorno e un grande imbarazzo. Girai lo sguardo su Piccarda e vidi che era sempre lì seduta immobile e dritta, nella stessa posizione, solo che due lacrime silenziose le stavano scendendo sulle guance.

Corso tirò un calcio al giullare. «Vattene.»

Lui si tirò in piedi. «Ma la mia mercede...»

«Te ne vai vivo, stai contento.»

Ruggero non insistette e caracollò via con tutta la velocità che la sua mole gli permetteva, sparendo tra le colonne.

Rossellino si carezzò la barba prima di avvicinarsi a Piccarda e tenderle la mano. «Una cosa giusta l'ha pur detta il giullare. Non è tradizione che gli sposi aprano le carole?»

Lei si alzò obbediente e lo seguì, mentre i musici attaccavano un saltarello lento.

«Allora, cos'è questo mortorio?» gridò Corso, riassestandosi il giubbetto di un rosso sfacciato. Mi afferrò la destra. «Balliamo!»

Altri ospiti si disponevano alle danze e il brusio delle chiacchiere era ripreso. Cercai di liberare la mano, ma la presa di Corso era stretta. «Non mi va di ballare, cugino.»

Lui mi sorrise. «Ma certo che ti va. Fallo per Piccarda, se non vuoi farlo per me.»

Sapeva danzare bene quanto sapeva cavalcare. Ci muovemmo in cerchio e poi in coppia ed eravamo così affiatati che sembrava non avessimo fatto altro che esercitarci insieme per settimane, prima di quella sera. I nostri corpi intuivano l'uno i movimenti dell'altro. A un certo punto colsi lo sguardo di mia madre, che stava girando su se stessa tenendo la mano di mio padre, ma fu questione di un momento e ci perdemmo tra i figuranti che si muovevano con grazia ritmata sotto il gran loggiato. Era Corso a guidare il nostro percorso e mi resi conto che eravamo ai margini delle colonne e ci stavamo allontanando dal resto degli invitati.

«Non immaginavo che sapessi ballare così» mi disse, con un'ultima giravolta che ci portò dietro il colonnato che dava sul giardino, al riparo dagli sguardi di tutti gli altri.

Lasciai andare la sua mano calda e forte e per un attimo provai una sensazione di mancanza. Avvertivo il suo odore di cavallo e di cuoio, un po' aspro, molto maschile. Anche i miei fratelli avevano un sentore simile, ma più dolciastro. Niente a che vedere.

«Le prossime nozze saranno le tue» dissi, per rompere il silenzio. «Con una Ubertini.»

Lui alzò le spalle. «Le mie o quelle di Bicci. O forse le tue, non sei in età da marito, Gemma? So che tuo padre Manetto si sta guardando intorno per te.» Mi studiava come un gatto studia il topo prima di inghiottirselo. «Ti sta bene questo vestito verde scuro. Contrasta con i tuoi capelli rossi.»

«Sono Testa di Ruggine, ricordi? Mi hai chiamata così per anni, burlandomi con i tuoi compagni...»

Poi sentii le sue labbra calde e avide sulle mie e dovetti raccogliere tutte le mie forze per respingerlo. La sua lingua penetrava la mia bocca, saporosa del vino che mescevano agli uomini, puro e denso, e non allungato con l'acqua e addolcito col miele come quello che versavano alle dame. Non immaginavo che si potesse baciare in quel modo e gli puntai i palmi contro il petto, spaventata.

Lui si lasciò allontanare senza insistere, ma sorrideva. «Che succede? Vuoi farmi credere che non senti quello che sento io? Conosco le donne come conosco i cavalli, sai. Lo capisco subito quando fremono.»

Mi asciugai le labbra col dorso della mano. Il suo sapore era dentro di me. «Bel paragone, donne e giumente...» Mi stupii per prima che la mia voce suonasse ferma. «Mi hai appena detto che dobbiamo sposarci con qualcun altro...»

Lui spalancò gli occhi azzurri innocenti come quelli di un mammolo. «Ma certo. La cosa importante è avere un marito o una moglie. Allora si è liberi davvero di ascoltare quel che la carne suggerisce. Anche al di fuori del talamo, intendo.»

Girai la faccia dall'altra parte. «Sei davvero un demonio...»

Lui rise e mi riprese la mano. «Comodo dar la colpa al diavolo tentatore del nostro istinto di peccatori. Torniamo dentro. Potrebbero accorgersi della nostra assenza. Andiamo.»

Mentre rientravamo sotto la loggia e ci mescolavamo alle altre coppie danzanti, il cuore mi batteva così forte che credevo che mi sarebbe uscito dallo scollo del vestito nuovo che mia madre mi aveva fatto fare per l'occasione, anche perché tutti gli altri mi stavano diventando stretti e corti. L'avevo vista sorridere mentre me lo provava ed era stata lei a dire alla sarta di stringerlo di più intorno alla vita. Lo sapevo che mi stava bene e mostrava che ormai ero una donna.

Come se mi stesse aspettando, lei mi venne incontro non appena mi avvicinai al tavolo. «Saluta Piccarda, Gemma. Ce ne andiamo.»

«Così presto, madre? Volevo rimanere fino alla fine, per far corteo con le giovani che l'accompagneranno al talamo. Restate anche voi, magari le farà piacere avere intorno dei volti amici...»

Lei mi guardò accigliata. «Ci sono le donne dei Tosinghi, mi han già fatto capire assai chiaro che è affar loro. Sono stanca. Rincasiamo.»

Ero sicura che mi avesse vista danzare con Corso e che avesse intuito qualcosa. Non obiettai. Andai a prendere congedo da mia cugina che, dopo aver ballato col marito, era tornata a sedersi al suo posto ed era adesso circondata da tre o quattro donne dei Tosinghi che le stavano ponendo in capo una ghirlanda di fiori freschi per prepararla al corteo che sarebbe salito su per le scale della casa maritale. Riconobbi una sorella di Rossellino, le altre non le avevo mai viste. Ce n'era una anziana in abito semplice, forse una balia, e altre due più giovani.

Piccarda ascoltava le loro chiacchiere senza sorridere, le mani incrociate in grembo, la schiena dritta. L'abbracciai senza dire niente e lei mi lasciò fare, inerte.

«Vuoi che rimanga?» le domandai.

Lei scosse la testa. «Ho le mie cognate, vedi.»

«Domani vengo a trovarti?»

«Ci si vede alla prima messa.»

Abbassai la testa. Anche lei chiudeva la porta, come aveva fatto Corso. Una stagione della nostra vita era terminata. Ora era una donna sposata, con le incombenze del suo ruolo.

«Dio ti benedica e vegli su di te, sorella cara» le dissi di tutto cuore. Speravo che potesse sentire quello che provavo per lei. Avrei voluto dirle di non aver paura, che il fatto che un uomo si congiunga con una donna è naturale e che anche il suo confessore le aveva detto di star serena. Ma non sapevo da che parte cominciare. Di certo lei non provava per Rossellino quel che io sentivo per Corso. Potevo solo sperare che lui fosse d'indole più paziente di quanto sembrasse a vederlo motteggiare sconcio con gli altri invitati di quello che la notte gli prometteva.

Finalmente lei parve scuotersi da quel torpore. «Lo farà» rispose convinta. «Il Signore mi darà pace. Addio, cugina. Prega per me.»

«A domani» risposi.

Non ero brava a pregare, ma quella notte lo feci, come lei mi aveva domandato. Poi mi rigirai nel letto accarezzandomi le labbra, risentendo quelle di Corso sulle mie, la sua lingua dentro la mia bocca, prepotente, e tutte le sensazioni che quel contatto aveva suscitato in me.

Quando finalmente presi sonno, sognai una cosa orribile: Rossellino seminudo e peloso che tentava di far l'amore con Piccarda. Solo che lei era un corpo inanimato che lui tentava invano di risvegliare. La scuoteva, le parlava, ma lei rimaneva abbandonata tra le sue braccia, le membra molli, la testa rovesciata all'indietro, gli occhi chiusi. Le prime luci dell'alba mi trovarono desta e imperlata di sudore freddo, seduta con la schiena appoggiata alla testiera ad arazzo tutta colorata che copriva la parete dietro il mio letto e che mia madre aveva pazientemente tessuto per me a rubini rossi su fondo scuro per ricordare il mio nome, Gemma.

Mentre mi affrettavo verso la nostra chiesetta per la prima messa, ansiosa di rivedere mia cugina, la notizia si stava già spargendo veloce dalla casa dei Tosinghi, dove sotto la grande loggia i cani ancora si accaparravano gli ossi del banchetto nuziale del giorno prima: la sposina di messer Rossellino era stata trovata morta nel letto, alle laudi. Il marito novello si era destato con accanto un cadavere, con suo grande spavento ché, nonostante fosse un valente cavaliere, questa era una cosa da far tremare le vene e i polsi. L'avevano trovata sdraiata composta, con indosso la sua bella camicia ricamata, con le mani incrociate sul petto come una statua scolpita su un sarcofago, l'espressione serena. Non respirava più.

Io lo sapevo come erano andate le cose: Piccarda era morta di crepacuore dopo che le avevano fatto violare il suo voto. Il Signore le aveva fatto la grazia: l'aveva tolta dalle miserie del mondo e se l'era chiamata lassù. Mi sentii male in strada, mentre tornavo dall'oratorio di San Martino al Vescovo dove mi avevano dato la notizia, e i miei fratelli dissero che dovevo aver mangiato qualche cosa di guasto al banchetto la sera prima, ché dai sintomi che manifestavo pareva che avessi inghiottito un veleno di quelli assai potenti.

Andai avanti a tremare, dare di stomaco e contorcermi dal dolore per tre giorni interi e non potei partecipare ai funerali di Piccarda. La seppellirono a Monticelli, nel cimitero delle monache, come lei aveva lasciato scritto di fare, con indosso il saio dell'ordine. In qualche modo era riuscita a tornarci, al suo convento, e a rimanerci per sempre.

3
Campane a martello

Un anno era passato in fretta. Quella mattina ero ancora in camera mia quando si sentirono le campane a martello. Corremmo tutti giù per uscire in piazza, convinti che fosse accaduta una disgrazia. Troppo presto come stagione perché l'Arno uscisse dagli argini, troppo umido perché scoppiasse un incendio, pensai, avvolgendomi nel mantello. Mia madre mi tirò dentro il cortile.

«Ma dove vai?»

«Suonano a martello...»

«Ho sentito, sta già andando a vedere Teruccio con uno stalliere, ci diranno... stamattina al Prato della Giustizia tagliano la testa a Totto dei Mazzinghi, meglio restare dentro casa.»

La storia la sapevano tutti. Totto era un prepotente, sempre pronto alla rissa. La volta che un fabbro si era rifiutato di ferrargli le bestie senza ricompensa e aveva insistito per avere il suo soldo, lui, ubriaco e rabbioso, lo aveva passato a fil di spada, insieme al suo aiutante che aveva cercato di soccorrerlo. Era l'ultima di tante soperchierie ai danni di commercianti, mercanti, operai e bottegai e anche se Totto era amico di Corso questa volta il podestà non poteva girarsi dall'altra parte. A Firenze le corporazioni delle Arti dei lavoratori stavano prendendo sempre più potere e nessuno ora era disposto a lasciarsi sopraffare dalla spocchia di magnati come lui. Il podestà Matteo da Fogliano veniva da Reggio Emilia, perché per legge dovevano sempre essere forestieri, e non aveva alcuna intenzione di fargliela passare liscia.

«Ma Totto non è un amico di Corso?» Avevo sentito dire che mio cugino stesse muovendo le montagne per non far giustiziare il suo sodale. Quelli della sua compagnia erano come fratelli per lui e, che avessero torto o ragione, li difendeva sempre a spada tratta.

Mia madre allargò le braccia. «Amico o no, questa volta anche lui dovrà rassegnarsi. L'ho sentito dire ieri al mercato che i popolani si aspettano che sia fatta giustizia di un magnate che ha assassinato due dei loro.»

«Ma allora perché suonano a martello, madre? Se affretto il passo raggiungo Teruccio...»

Le sfuggii e finsi di non sentire i suoi richiami, affrettandomi nella direzione dalla quale veniva il trambusto. C'era clamore e gran folla e si udiva un grido ritmato indistinto. La gente usciva dalle botteghe e dalle case a piedi, ma anche a dorso d'asino, qualcuno a cavallo. Per quanto le esecuzioni capitali attirassero gente, e questa in particolare fosse molto attesa, mi pareva che il subbuglio fosse davvero inusuale e i rintocchi delle campane facevano presagire il peggio.

Man mano che mi avvicinavo cominciavo a distinguere la parola che folla scandiva: «Giustizia! Giustizia!».

Beccai con i coltelli in mano, calzolai e sellai con la lesina, mastri di pietra coi martelli, vinattieri con i ganci di ferro, falegnami con la sega in mano, tutte le Arti si erano armate ed erano in strada, a gruppetti ordinati, perfino i correggiai, i tintori con le mani colorate e i fornai bianchi di farina.

C'era anche qualche setaiolo o mercante a cavallo che gridava come tutti gli altri se non più forte. In compenso di Teruccio nessuna traccia. Andai avanti, nell'onda della ressa.

Già in fondo alla via potevo vedere al quadrivio il carro di legno che aveva portato il condannato: lo avevano rovesciato in mezzo alla strada e lì accanto, uno vicino all'altro, a cavallo, c'erano Corso, Rossellino e una mezza dozzina dei suoi, che tenevano stretto in mezzo a loro Totto il fuggitivo, senza mantello e in camicia bianca, già pronto per mettere il collo sotto l'ascia del boia. Tutti i donateschi compari di Corso con le lame sguainate a tenere a bada la folla, mentre dalle due strade laterali affluivano le guardie della podesteria.

«Fate passare, canaglia!» gridava Corso, brandendo la spada.

Ma la canaglia, come lui la chiamava, era troppo numerosa e decisa. Mi lasciai spintonare contro un muro dal fiume di corpi che lo tenne in scacco finché le guardie del podestà non circondarono lui e i suoi. Era preso. Vidi che lo trascinavano giù da cavallo, tra le urla della folla. Ora le guardie della podesteria dovevano difenderlo dal popolino furente.

«Che volevi, Corso? Non sei tu la giustizia!»

«Non rispetta né Dio né Firenze!»

«Vuoi fare la fine del tuo sodale?»

«Tagliate la testa anche al Donati!»

Erano pronti a linciarlo, ma lui li guardava con un sorriso di scherno sulle labbra, impavido.

«Ah, canaglia! Puzzi di porco!» li provocava.

«Oh, Corso, taci!» esclamai, spaventata.

Sentii una mano sulla spalla e mi voltai. Un beccaio orbo, con un cappellaccio a spiovente in testa e una mannaia nella mano, mi alitò addosso il suo fiato puzzolente.

«Non sei anche tu una Donati, pelo rosso?» berciò.

«È la figlia di messer Manetto, Gemma...» disse una vecchia con una cesta di verdura al braccio.

Arretrai verso il portico.

«È una Donati» ribadì il beccaio.

«Sta con me» esclamò una voce forte al mio fianco. Un giovane uomo con indosso una guarnacca color rossigno che gli dava una certa aria matura e distinta da maestro mi prese per un braccio, tirandomi al sicuro sotto le colonne.

«E lasciamola in pace» tagliò corto la vecchia, e proprio allora Totto riuscì a svincolarsi dalle due guardie che lo trattenevano e fece l'atto di balzare a cavallo, al che si levò un gran clamore mentre lo afferravano di nuovo. La gente smise di far caso a me e si concentrò su quello che stava accadendo accanto al carro, con le guardie che avevano racciuffato Totto e il podestà che stava arringando la folla per riportare l'ordine.

«Quel che i giudici e il popolo hanno decretato sarà compiuto, buona gente...»

Il mio salvatore mi teneva per un braccio, stringendomi contro il suo corpo. Sentivo la ruvidezza della lana del suo mantello col cappuccio contro la guancia. Alzai la testa e riconobbi quei lineamenti forti, il naso adunco, gli occhi scintillanti. «Dante...?» dissi, incerta. Era un pezzo che non lo vedevo, era stato a Bologna a studiare, come Bicci. Ma era lui, il figlio di Alighiero degli Alighieri, il fratello della Tana e di Francesco: stavano accosto a noi, sulla piazza.

Lo conoscevo, anche se non eravamo molto in confidenza: le nostre case erano vicine a Porta San Piero e anche in campagna, a Pagnolle, le nostre proprietà confinavano. Avevo spesso sparlato di lui con Piccarda, ché mi aveva sempre fatto dispetto quel suo modo un po' sdegnoso di porsi. Salutava a fatica, superbo. Bello non era, nobile nemmeno, ricco non mi pareva, che almeno si mostrasse un poco affabile. Ma Piccarda, che era dolce come il miele, mi voleva sempre convincere che fosse solo un giovane schivo, e che non fosse alterigia la sua, ma solo modestia e riserbo. «Ha perduto la mamma quando era piccino e il suo babbo ha ripreso subito moglie» mi diceva, portando la sua orfanezza a giustificazione del suo umore melanconico. «E poi ha gran talento nel poetare, più di mio fratello Bicci.»

«Che ci fai qua? Ti sembra il posto adatto a una Donati?» mi chiese ora ruvidamente Dante, stringendomi con aria protettiva.

«Ma Corso...»

«Corso ha cercato di liberare quella bell'anima del suo amico Totto, ma il podestà ha suonato le campane a martello. Il popolo di Firenze lo ha fermato. Vogliono che il Mazzinghi paghi per la morte di quei due maniscalchi. Ora tuo cugino risponderà di quel che ha fatto. E tu tornerai a casa con me. Copriti la testa col mantello, è meglio.»

Feci come mi aveva detto e mi lasciai guidare fino alla piazza e poi dentro il nostro cortile.

«Sono inferociti con Corso e anche tu sei una Donati, anche se di un altro ramo della famiglia, e quando la rabbia sale non si va tanto per il sottile. Anche se non c'entri, non è prudente starsene lì a guardare» mi rampognò, deciso.

Mi ero comportata da sciocca. «Grazie» gli risposi.

Mia madre si affacciò al ballatoio del primo piano. «Gemma, Dio sia ringraziato! Dante, l'avete riportata voi questa scriteriata? Che sta succedendo?»

«Una sortita. Messer Corso ha cercato di liberare messer Totto, ma non ci è riuscito.»

Rivedevo Corso trattenuto dalle guardie del podestà sfidare la folla, impavido. «Cosa gli faranno?» gli domandai, trepidante.

Lui si passò una mano sul mento liscio. «Messer Totto dovrà morire, o sarà rivolta in città.»

Ma a me non importava di Totto. «Che cosa faranno a Corso?» insistetti. «Pareva che la folla volesse morto anche lui...»

«Ha sfidato Firenze. Ora dipenderà dai suoi buoni uffici. Potrebbero imputargli una colpa molto grave oppure far finta di nulla. Ma io credo che lasceranno perdere, lui sa come muoversi in politica e troverà il modo di uscirne senza troppo danno.» Dante aggrottò le sopracciglia e mi guardò in faccia, serio. «Tieni tanto a lui, mi pare, Gemma.»

«È mio cugino» mi affrettai a rispondere, quasi a giustificarmi. «Il fratello della mia più cara amica, Piccarda...»

Lui non mi staccava gli occhi di dosso. «Sì, la povera Piccarda.»

Era come se mi stesse dicendo: se eri davvero amica di Piccarda, come puoi averlo perdonato per quello che le ha fatto e nutrire tanta affezione per lui?

Mi strinsi il mantello addosso. «È meglio che vada» tagliai corto, lasciandolo lì da solo nel cortile. Mi veniva da piangere. Per la mia stoltezza, per Corso, per Piccarda.

Teruccio rincasò dopo di me a portare notizie: quando mio padre tornò dalla campagna dove era andato la mattina presto a parlare coi fattori, tutto era compiuto. Il Mazzinghi aveva avuto il suo castigo, ancora più tremendo: lo avevano trascinato per la strada attaccato a un cavallo e infine impiccato, senza concedergli la morte pulita del taglio della testa, perché aveva sfidato l'autorità. Corso lo avevano rinchiuso nelle carceri del Bargello con quelli che lo avevano aiutato nell'impresa: Rossellino e gli altri.

Così la sera mio padre andò da messer Simone a sentire se avesse bisogno di qualche cosa per suo figlio, e a mia madre parve giusto che noi lo seguissimo per consolare monna Tessa. La trovammo molto sofferente, sdraiata a letto nella sua camera, dove la vecchia Eurosia ci fece subito entrare dopo che i due uomini si erano chiusi nella stanza di messer Simone con anche Bicci, a confabulare tra loro.

«Cosa vi sentite, monna Tessa?» domandò mia madre, sedendosi vicino al suo capezzale e prendendole la mano.

«Mi cede il cuore» rispose lei. Era pallida, col viso avvolto nelle bende bianche dei veli che le coprivano i capelli e il collo, come una monaca, e mi parve molto somigliante alla Piccarda degli ultimi tempi.

«Ma vi ha visitata qualche buon dottore?»

«Sì, lo stesso che ha curato mio marito e l'ha guarito dalle febbri, ma mi ha detto soltanto che devo cercare di stare serena e mi ha dato certe erbe che mi addormentano» ci spiegò lei, rassegnata.

Mi misi dall'altra parte del letto, di faccia a mia madre. «Vi abbiamo portato un cordiale» dissi, appoggiando l'ampolla di vino rosso aromatizzato sul tavolino. Per quella chiarea mia madre aveva una ricetta buonissima che le aveva insegnato la nonna, dolce e forte.

Lei mi sorrise. «Sei una brava figlia, Gemma. Tu non ne dai di crucci ai tuoi.» Sapevamo tutte e tre a chi si stesse riferendo. Poi si rivolse a mia madre. «Cara Maria, voi per me siete una di famiglia, e dovete farmi una carità. Mandate a chiamare il frate Masseo, che fu il padre spirituale della mia Piccarda. Ho bisogno di sgravarmi l'anima.»

«Posso andare a chiamarlo io, certo, ma vi rimetterete presto in forze» le feci coraggio, versandole un po' della chiarea della mamma nello scodellino e porgendoglielo. Stava parlando come se dovessero darle l'olio santo.

Lei lo bevve d'un fiato e si accaldò, dal momento che conteneva acquavite. «È che ho certi presentimenti... ho cominciato a pensare che stia succedendo tutto per un brutto fatto che ci riguarda e che finché non ci liberiamo di questo peso il Signore andrà avanti a castigarci...»

Mia madre l'aiutò a sistemarsi più comoda sui guanciali. «Di che state parlando, monna Tessa?» Potevo veder brillare la curiosità nei suoi occhi.

Lei abbassò lo sguardo. «Oh, monna Maria, voi lo sapete che gran parte della nostra fortuna, della fortuna di messer Simone, viene dall'eredità dello zio Buoso...»

Mia madre annuì. «Certo, ricordo bene quando Buoso Donati venne a mancare, una decina di anni fa, ricchissimo e senza eredi... se non avesse testato, tutti i suoi averi sarebbero andati al comune. Ma mi pare di ricordare che proprio all'ultimo si ricordò del suo buon nipote messer Simone, vostro marito, chiamò il notaio e fece testamento a suo favore... una saggia scelta.»

Monna Tessa si coprì la faccia con le mani. «Oh, che Dio ci perdoni. Non fu lo zio Buoso a dettare al notaio... lo zio, sapete, si aggravò all'improvviso e morì prima di riuscire a chiamare il notaio. Fu un'idea di messer Simone mio marito... e di Corso mio figlio, che lo aiutò. Era Corso che conosceva questo Gianni... uno dei Cavalcanti. Gianni Schicchi, lo chiamavano. Era bravissimo a contraffare la voce e l'aspetto di un altro... era l'anima delle feste, con questa sua capacità. Sapeva imitare una donna, un uomo, un vecchio... Bene, lo posero a letto, al posto del morto, e gli misero in capo la berretta dello zio, e sul mento una barba bianca. Il notaio non sospettò l'imbroglio... e l'eredità fu nostra. Buoso Donati testava a favore del nipote, messer Simone Donati, niente di strano. E mio marito disse: "Non è meglio così che lasciar tutto al comune?". Abbiamo subito fatto una ricca elemosina alla nostra chiesa di San Martino...» E si segnò. «Per domandare perdono.»

«Non avete ammazzato nessuno» mi scappò detto. Il vecchio Buoso se n'era andato di morte naturale. Non mi pareva un misfatto tanto grave, se già era nel volere del morto di lasciare al nipote i suoi averi, e mi faceva anche sorridere l'idea del notaio beffato da quel Gianni imitatore. Mi pareva di vedere la scena. Ma monna Tessa era disperata.

«Falsari e truffatori vanno all'inferno» ripeteva. «E prima di andare all'inferno bruciano sul rogo qua sulla terra, se la giustizia li coglie...»

Mia madre le fece cenno di parlare sottovoce. «Giustappunto, monna Tessa, abbassate la voce...»

«Tutto è peggiorato da quel giorno. Da allora ogni momento Corso mi fa mancare il cuore. Quei denari così male acquisiti hanno aumentato la sua spocchia. Vuol fare tutto a suo modo e mio marito non ha più la forza di tenergli testa. È capitato con Piccarda e ora che l'altra mia figlia, Ravenna, è rimasta vedova...»

«Me ne dispiace... La sapevo ben maritata al mercante Bello Ferrantini» esclamò mia madre.

«Bello è morto cadendo da cavallo. Lei si è ritirata con le figlie a San Iacopo a Ripoli, affidando al convento tutti i beni ereditati. Ma Corso ha voluto essere nominato suo tutore e ha intentato causa alle monache... Vuole i soldi di Bello e mio marito pensa che non abbia tutti i torti, ma io sono sicura che mio figlio si sta dannando l'anima.»

Denari, sempre denari. Maledetti denari.

Qualcuno bussò alla porta. Era mio padre Manetto, tutto sorridente. «Come state, monna Tessa? Vostro marito mi ha detto delle vostre ambasce, ma potete star contenta. Sono qui per darvi buone nuove, poi messer Simone vi spiegherà meglio.»

«Di Corso? C'è modo di salvarlo?» domandò lei, speranzosa.

«Più che una speranza, invero. Il mandato del podestà da Fogliano sta per scadere, qua a Firenze, e così anche quello di Corso a Bologna. Una fortunata coincidenza.»

Tacque, come fanno gli oratori esperti per sollecitare l'attenzione di chi li ascolta. Noi pendevamo dalle sue labbra. Lui se le inumidì prima di proseguire. «Ora, messer da Fogliano potrebbe essere interessato assai a un anno di podesteria a Bologna, e per certo Corso potrebbe metterci una buona parola... ha molta voce in capitolo. Tutti ne avrebbero del bene... così abbiamo trovato una soluzione.» Si fregò le mani soddisfatto. «Negozieremo un'ammenda per quell'azzardo del tentativo di liberare il Totto.»

«Sei sempre stato un buon diplomatico, marito» disse mia madre, orgogliosa.

Ero rincuorata, ma anche incredula. «Significa che Corso se la caverà con una multa?»

Mio padre crollò la testa. «Una multa, ma molto alta... ci rafforzeranno gli argini d'Arno, con quei soldi. Ce n'è un gran bisogno. Andrà tutto a vantaggio della città e del resto i Donati hanno sempre fatto tanto per Firenze. Figlia, questo è un grande insegnamento: nella vita contano tanto le conoscenze. E Corso ne ha davvero di illustri.» Sospirò. «Statemi bene, monna Tessa.»

Lei lo ringraziò, con voce un po' tremante, ma già più consolata, mentre prendevamo congedo. «Dio vi benedica, Manetto.»

Lui si schermiva, ma pareva più alto di una spanna.

«Aveva ragione Dante» considerai, mentre tornavamo a casa. Da un lato ero sollevata quasi quanto monna Tessa, dall'altro mi sembrava difficile credere che si potesse violare così la legge e restarsene impuniti. «Lui lo ha pur detto, quando mi ha riaccompagnata, che Corso non ne avrebbe avuto gran danno.»

«Quando ti ha riaccompagnata?» mi chiese mio padre.

Mi morsi le labbra. «Lui... bene, avevo sentito le campane a martello stamattina, quando Corso ha fatto la sua sortita, e mi ero avviata dietro a Teruccio a vedere che succedeva, ma c'era... troppa folla e lui mi ha riaccompagnata.» Non era una bugia, cercavo solo di non scendere in dettagli.

Mio padre guardò mia madre. «Ah, bisognerà ringraziarlo, la prima volta che lo incontriamo. Sento parlare di lui come poeta. Molto diverso dal suo babbo! Quanti anni avrà adesso quel bravo giovane?»

«Almeno una mezza dozzina più di Gemma» rispose mia madre, con un sorriso.

4
Il costo dell'onore

«Qui ci fanno i conti in tasca, moglie» stava dicendo mio padre, allungando le gambe davanti al fuoco del camino a muro, nella sala del piano terreno. Si era tolto il mantello, le calze e gli stivali bagnati dalla pioggia di febbraio e la Valdina aveva attizzato le fiamme per farlo asciugare più in fretta. Era rientrato da poco dal palazzo del podestà con una strana espressione sul viso, un poco contrariata e un poco eccitata, o così mi era parso, quando lo avevo incontrato nel cortile mentre tornavo su in casa dopo aver dato da mangiare alla mia Aster, l'astòre da pugno che mi avevano regalato per i miei dodici anni. Era una bella bestia per uccellare basso e io adoravo la falconeria: ero sempre andata a caccia in campagna con i miei fratelli.

A mio padre piaceva consigliarsi con mia madre, di cui rispettava il buon avviso, ed ero sicura che a lei avrebbe raccontato quello che gli passava per la testa. Così mi ero messa appena fuori della porta ad ascoltare, con in mano un paio di calze di lana asciutte e solate di cuoio che mi avevano mandata a prendere.

«Le cose ci sono andate bene, nell'ultimo anno, e la rendita dei nostri appezzamenti e del bestiame ci ha valso di entrare nella lista dei cittadini agiati ai quali il comune domanda di mettere un cavallo a disposizione, in caso di guerra. Questo m'ha significato oggi il nostro podestà. E non so se andarne fiero o dolermene.»

Mia madre, che stava aiutando la Valdina a stendere le sue brache bagnate vicino al caldo, fece di sì con la testa. «Tu ci tenevi da sempre a diventare cavaliere addobbato. Se il comune ti comanda di disporre un cavallo per il tuo buon censo, tanto vale che sia tu a montarlo, marito mio. Nella tua famiglia già ci sono cavalieri e tu hai dignità di diventarlo. Sei stimato in città per i tuoi saggi giudizi e il nome dei Donati è tra i primi.»

L'ultimo fatto di Corso che grazie alla mediazione di mio padre aveva assicurato al podestà da Fogliano un futuro a Bologna, cavandosela a buon mercato dopo l'azzardo della sortita per liberare Totto, non doveva essere estraneo alla faccenda.

«Suona bene, *messer* Manetto» riconobbe lui. «E Corso, che non dimentica gli amici, ci ha già messo più di una buona parola. Sarebbe una cosa giusta per entrambi: per me, per la nostra famiglia, e anche per lui, che allargherebbe il numero dei suoi sodali. E poi non sono così vecchio per l'addobbo, moglie» aggiunse, allungando una mano ad accarezzarle il fianco, «e di questo puoi dare testimonianza...»

Lei si sottrasse ridendo. «Quarant'anni suonati, ma ancora come un giovinotto» confermò tra il serio e il faceto. «L'unica cosa che mi punge è che costerà un patrimonio.»

Il babbo sospirò. «Qua sta il rovescio della medaglia, Maria. Il cavallo, la cerimonia, le armi, il convito che dovrà seguire... è un investimento che ritornerà, nel volgere di qualche anno, e che favorirà anche i nostri figli nei loro futuri commerci e nell'accasarsi. Ma per un poco dovremo tirare la cinghia, prima che la cosa frutti.»

Ci fu un momento di silenzio. Poi mia madre buttò lì: «Tu lo sai che Gemma è da maritare?».

Mi feci più accosta all'anta doppia della porta e trattenni il fiato. Stavano parlando di me.

«Se lo so! Lo so bene, da qualche mese mi sto guardando in giro. Ho parlato coi Rossi e con gli Abati, che hanno tutti giovani da ammogliare in famiglia, ma domandano doti consistenti, e se voglio diventare cavaliere di quei denari devo disporre diversamente. Gemma è ancora giovane, può aspettare qualche altro anno: anch'io ti ho sposata che ne avevi già quasi diciassette, moglie, e nessuno se n'è avuto a male. Non siamo figli di re che già a dodici anni devono assicurarsi la dinastia ma se intanto mi faranno cavaliere anche Gemma ne avrà beneficio, perché diventerà un partito migliore e ci sarà chi la impalmerà accontentandosi di una dote più bassa, per prendersi in casa la figlia di un *dominus*, cosa che darà prestigio anche al suo futuro marito e farà risparmiare noi.»

«Magari non un magnate» aggiunse mia madre «ma qualcuno a cui non manchino fiorini e buona fama e gli interessi nobilitare il nome della sua casata. Qualcuno che voglia migliorare il suo censo con un adatto sponsale.»

«Proprio. E comunque la nostra Gemma è sana, non ha difetti se non quei ricci rosci che voi donne sapete come lisciare e sbiondare alla bisogna, sa leggere, si sa comportare, ha fin troppa lingua e buonsenso. Potrà diventare una buona moglie e una buona madre. Tu l'hai allevata come si conviene.»

La Valdina stava uscendo dalla stanza e veniva dalla mia parte. Non avrei potuto rimanere ancora nascosta a origliare.

«Un anno è lungo da passare» rispose mia madre, cauta, mentre la serva si allontanava. «Gemma è di temperamento vivace.»

«Che mi vuoi dire, Maria? Che la dobbiamo chiudere in convento finché non le trovo marito?»

«No, ma andrebbe almeno promessa.»

«Ci penserò.»

La Valdina aprì il battente e io le balzai davanti, come se fossi arrivata in quel momento. Lei trasalì e poi sorrise.

«Oh, padroncina, mi avete spaventata.»

Ricambiai il sorriso ed entrai nella sala come se niente fosse. «Eccovi, padre, le calze asciutte... scusate se ci ho messo un po' a trovarle, ma cercavo queste solate, per farvi stare comodo e caldo.»

I miei genitori si zittirono di colpo e io mi chinai disinvolta ad aiutare il babbo a infilarsi la lana sulle gambe muscolose. Era un bell'uomo, con la barba castana ben curata e una folta zazzera lunga fino al collo. Lui tese una mano e mi accarezzò la testa, come si fa con una bestia fedele.

Da giù in cortile si sentì vociare: «O Teruccio! Dove ti sei nascosto?».

La Valdina si affacciò alla porta. «C'è fuori Bicci Forese di messer Simone che chiede del padroncino Teruccio. Gli ha portato qualche cosa da Bologna. Con lui c'è il giovane Dante degli Alighieri.»

Mia madre le andò incontro. «Ah, bene. Falli entrare. È quasi ora di desinare, se hanno piacere prepariamo due scodelle in più. Da ieri la Lippa spella mandorle e spenna polli per un buon biancomangiare e il pane è appena sfornato.»

Mio padre rise. «Per certo Bicci, se lo conosco, non dirà di no.»

Quando si presentò nella sala da pranzo, Bicci aveva un grosso involto sottobraccio e accanto a lui c'era il suo amico Dante. Non ci eravamo più visti dopo il giorno della sortita di Corso. E ora eccolo lì a desinare con noi. «Benvenuti, giovani» li accolse mio padre.

Vicino a Bicci, che era molto ben vestito sotto il lucco color cignerognolo, ma troppo pasciuto, Dante non sfigurava, più alto del compagno, magro ma muscoloso, di colorito scuro, con i capelli lisci e lucenti e quella sua aria dignitosa.

«Non vorrei incomodare» stava dicendo a mio padre, in tono deferente. «Con Bicci si era passati giusto per lasciare l'involto... forse è meglio che io prenda congedo...» Gli pareva un po' troppa confidenza sedere alla stessa mensa.

«Non voglio sentire ragioni, Dante» ribatté mia madre. «Vi dobbiamo ancora dire grazie per averci riportato a casa la Gemma. Ora che siete qui, mangiate un boccone con noi.»

«Mia moglie ha ragione, Dante. E non ho avuto modo di condolermi con voi per la scomparsa del vostro buon Alighiero» aggiunse mio padre. «Ero in viaggio per affari quando è successo.»

«Mio padre era malato da tempo» rispose lui, abbassando gli occhi. Aveva occhi grandi, intensi, scuri, liquidi. Così ora non aveva più madre né padre, ma mi pareva adulto abbastanza per sapersela cavare.

Dopo aver disceso rumorosamente le scale, Teruccio fece irruzione nella sala da pranzo, tutto allegro. «Eccoti, Bicci! Buongiorno, Dante.»

«Si fermano a desinare con noi» spiegò mia madre.

«Te le ho portate, vanerello, eh, le ho trovate da un mercante di Bologna che giura di averle importate direttamente da Cracovia...» gli disse subito Bicci, con vanto.

Mentre la Valdina preparava la mensa, i giovani aprivano con l'aria dei cospiratori l'involto davanti alla finestra, dove la luce era migliore. Erano riusciti a suscitare la mia curiosità.

«Ma cosa sono, Bicci?» domandai.

«Non ne hai sentito parlare?» Teruccio scostò il panno e mi mostrò delle babbucce di forma bizzarra, alte alla caviglia, con la punta lunghissima e imbottita, di cuoio chiaro e morbido. «Le chiamano *poulaine* come a dir polacche e tutti i giovani dabbene le portano.»

Mio padre sembrava perplesso. «Sembrano più adatte a un giullare...»

«Ma perché quella punta così lunga?» domandai ingenuamente.

I giovani scoppiarono a ridere, Dante compreso, e io arrossii. Oh, che sciocca ero stata!

Mia madre li fulminò con un'occhiata. «C'è da dire che chi ha quel che gli basta dentro le brache non dovrebbe essere così ansioso di mostrarlo in simulacro dentro la punta delle scarpe» sentenziò.

Anche mio padre sembrava divertito. La mamma scosse la testa. «Uomini» mi sussurrò, impugnando il coltello per affettare la pagnotta con aria battagliera.

«Guardate com'è rossa la Gemma, che finalmente l'ha capita anche lei» mi burlò mio fratello.

«Vedi di non inciamparci, in queste polacche» tagliai corto, disponendo le ultime scodelle con malagrazia.

«Non c'è pericolo.»

Avevamo tutti appetito e i commensali fecero onore al bian-

comangiare della Lippa, che per fortuna aveva abbondato col pollo, manco sapesse che avremmo avuto ospiti.
«Sei tornato da molto da Bologna?» chiesi a Bicci.
Lui stava ripulendo la scodella con un bel pezzo di pane.
«No, solo ieri.»
Dante mangiava poco e piano, con garbo, sciacquandosi spesso le mani nella scodella dell'acqua e ascoltando i discorsi intorno. Spezzava il pane con le dita lunghe, se lo portava alla bocca e masticava senza fretta. Mi accorgevo che ogni tanto mi sogguardava, ma se alzavo gli occhi su di lui faceva finta di nulla.
«Ma tu lo sai, Bicci, che Dante ci ha riportato a casa la Gemma il giorno della sortita di Corso per liberare Totto dei Mazzinghi?» domandò Teruccio. «Quella stordita si era messa a rischio, nel tumulto.»
Bicci alzò le sopracciglia. «Di certo mio fratello Corso ha le sue idee, sulla giustizia. E Dante non ama troppo vantarsi. Ma sì, l'ho saputo... del resto i Mazzinghi non hanno mai portato bene ai Donati, fin dai tempi di Buondelmonte.»
«So che fu una storia di vendetta, ma non conosco bene la faccenda» dissi, più per distogliere il discorso dalla mia sventatezza che per vero interesse.
«Tutta colpa di mia nonna Gualdrada...» esclamò Bicci. «Dovevano addobbare cavaliere proprio un Mazzinghi di Campi e c'era gran festa, come si conviene in questi casi, con tutta la buona gente di Firenze...»
Diedi un'occhiata a mio padre e vidi che gli brillavano gli occhi. Già s'immaginava la sua, di festa dell'addobbamento.
«Tutti i convitati erano a tavola, come noi ora, quando un giullare che era stato invitato ad animare il banchetto tolse un tagliere colmo d'ogni ben di Dio da davanti a messer Uberto degli Infangati, che divideva il desco con messer Buondelmonte dei Buondelmonti. Uberto protestò col giullare e messer Oddo Arrighi dei Fifanti, uno a cui piaceva molto menare le mani, lo insultò dicendogli che uno che si scaldava tanto perché gli veniva tolto il piatto davanti doveva essere ridotto ad avere davvero molta fame. Finì che tutti si offesero e tirarono fuori le

lame, anche perché si era bevuto molto. E Oddo fu ferito a un braccio da Buondelmonte.»

«Per un motivo così stupido» commentai, scuotendo la testa.

Dante allargò le braccia. «Lo sgarbo era fatto. Era stato versato del sangue. Per metter pace tra le famiglie, visto che Buondelmonte cercava moglie, si pensò di dargli una nipote di Oddo, una Amidei.»

Mia madre sospirò. «Sarebbe stato un buon modo per rimettere le cose in ordine. Un bello sposalizio...»

«Come si chiamava la fanciulla degli Amidei?» domandai.

Dante si strinse nelle spalle. «Non ricordo il nome. Tu, Bicci?»

«Che importanza ha questa femmina?» sbottò Teruccio. «Andate avanti a raccontare.»

Bicci ingollò qualche altro boccone di pollo e bevve mezzo boccale di vino prima di proseguire. «Si dice che pochi giorni prima del matrimonio così concordato monna Gualdrada, mia nonna, mandò a chiamare Buondelmonte e gliele cantò. Gli fece notare che la sposa che lui accettava di impalmare era brutta come il peccato e gli propose di sposare invece Mante, una sua figlia. Si offrì anche di pagargli la penale che avrebbe dovuto versare per avere rotto la promessa. Lo convinse che un cavaliere di valore non si sarebbe mai lasciato forzare la mano in questo modo. E la figlia di Gualdrada, mia zia Diamante, era così bella che Buondelmonte ne fu sedotto e accettò di correre il rischio.»

«Sono belle, le Donati, non è vero?» osservò mio padre ridendo, rivolto a Dante.

Senza lasciargli il tempo di rispondere, dissi in fretta, arrossendo: «Piccarda era bellissima». Volevo solo distogliere l'attenzione da me, ma ci fu un momento di silenzio durante il quale feci in tempo a mordermi la lingua prima che Dante proseguisse, per togliere Bicci dall'imbarazzo.

«Il giorno in cui Buondelmonte si doveva sposare con la Donati, le famiglie offese gli tesero un agguato davanti all'antica statua di Marte a Por Santa Maria, sotto la Torre degli Amidei. Lo tirarono giù dal cavallo, vestito da sposo com'era e con la ghirlanda in testa, e gli tagliarono la gola da un orecchio all'altro.»

Restammo un momento zitti. Non era passato molto tempo dall'assassinio dello sprovveduto Buondelmonte e alla nostra tavola era seduto un discendente di monna Gualdrada, che in realtà non sembrava molto turbato da quella storia ormai diventata leggenda e si serviva a piene mani dalle ciotole di frutta secca che la Valdina aveva portato.

«Cosa non farebbe una madre per accasare una figlia» sospirò mio padre tra il serio e il faceto.

«La vendetta è cosa da uomini» disse Teruccio. «Il cugino di Dante, Geri del Bello, è stato ucciso in una rissa da un Sacchetti... che a quanto mi consta è ancora in giro a farsene vanto. Finché qualcuno non lo farà tacere, intendo.»

Ci fu silenzio. Era come se mio fratello stesse facendo notare a Dante che nessuno della famiglia si era ancora preso la briga di fare i conti con l'uccisore di Geri.

Lui non si scompose. «Non so bene quali siano i fatti. Onestamente credo» rispose lentamente «che già a Prato mio cugino Geri avesse dato prova della sua propensione a far baruffa.»

«Questo non vuol dire che voi parenti non lo dobbiate vendicare, se non sarà la giustizia a farlo: questi son debiti d'onore!» esclamò Teruccio in tono appassionato.

Dante non sembrava molto preso dalla faccenda e si limitò a sollevare le sopracciglia, cambiando soggetto. «Vedremo. Non ti sei ancora provato le tue polacche, Teruccio. E per me si è fatto tardi...»

«Scommetto che ti aspetta Guido» buttò là Bicci, svuotando l'ultimo boccale. «Guido dei Cavalcanti, intendo, perché dovete sapere che il nostro Dante poetando si è guadagnato la stima perfino di quella nobile testa fina...»

«Nobile e testa fina quanto vuoi, ma se viene a saperlo tuo fratello Corso, che frequenti i Cavalcanti, te la dovrai vedere con lui» ribatté Teruccio. «Lo sanno tutti che lo vorrebbe morto.»

Bicci si levò, si accarezzò la pancia piena e sorrise. «Io non frequento il Cavalcanti, è Dante il suo sodale. E se dovessi star dietro a tutte le inimicizie di mio fratello, avrei finito di vivere. Noi poeti siamo superiori a queste cose. Non è vero, Dante? Grazie del buon desinare, monna Maria.»

Restai lì seduta mentre si congedavano. Teruccio si stringeva l'involto con le *poulaine* sottobraccio.

«I poeti non hanno il senso dell'onore» dichiarò, sprezzante. «E della famiglia.» Poi salì su per le scale per andare a provarsi le sue ridicole scarpe alla moda.

Mentre aiutavo la Valdina a sistemare, sentivo mia madre e mio padre parlare sottovoce nella stanza accanto.

«Moglie, ma la sorella di Dante ha poi preso marito?»

Lei sapeva tutto di tutti. «Sì, Tana Alighieri ha sposato Lapo dei Riccomanni...»

«Fanno i cambiatori a San Procolo, certo. Si è ben accasata, la sua serocchia» convenne il babbo. «Anche se suo padre, Alighiero buonanima, non faceva che prestare piccole somme...»

«Comunque gli Alighieri non sono certo malmessi.»

«No, hanno una bella casa grande qui a San Martino del Vescovo e un casolare con terreni nel popolo di Sant'Ambrogio, fuori delle seconde mura, più un altro terreno senza casa; e poi due poderi, uno verso San Marco Vecchio, con una residenza padronale non brutta, e l'altro possedimento vicino al nostro, nel popolo di San Miniato a Pagnolle... Terra da coltivare, vigne, uliveti, frutteti e boschi.»

Lo stavano soppesando sul bilancino dell'orafo.

Va bene che mi ha accompagnata a casa, ma non mi ha chiesta in moglie, pensai risentita, togliendomi il grembiale e gettandolo sulla panca.

Moglie di un poeta, figurarsi.

5
Sant'Onofrio a Pagnolle

«È grifagno, il mio sparviere» mi stava dicendo Dante. «L'hanno catturato da grande e per questo mantiene la sua indole selvatica e il suo istinto alla caccia, non come certi che nascono in cattività.»

Seduto sulla panca di pietra del sagrato della chiesa di San Miniato in Pagnolle, vicino a Pontassieve, dove gli Alighieri e i Donati avevano le loro case di campagna, i loro boschi e gli appezzamenti di terra dei loro fondi, Dante teneva alto il pugno sul quale stava appollaiato il suo Moscardo per mostrarmelo meglio. Io tenevo sul polso coperto dal guanto di cuoio la mia Aster, l'astòre femmina da caccia dal fiero aspetto, un po' più grande del suo Moscardo, e dovevo ringraziare lei se Dante mi si era subito avvicinato, scrutandola con sguardo da intenditore.

A Firenze ogni tanto ci si vedeva. Era parsa una cosa naturale, capitava di incrociarci e si scambiavano due parole. Era venuto a casa mia a desinare qualche altra volta, con Bicci e anche senza. Oltretutto abitavamo accosti sia in città sia in campagna e, come diceva mia madre, era un rapporto di buon vicinato. E poi la sua compagnia non annoiava: a prenderlo per il verso giusto non era taciturno come pareva. Anzi, se l'argomento lo interessava, bisognava poi tagliar corto, ché non la finiva più di precisare e diventava un po' pedante.

Lui sollevò per un momento lo sguardo da Moscardo. Il sole di quella domenica di giugno, filtrando tra i rami dei grossi lecci secolari, gli disegnava strisce d'oro sulla faccia dai lineamenti scolpiti. Di falconeria se ne intendeva, Dante, e gli piaceva molto. Mi aveva detto che durante gli studi a Bologna aveva letto una copia di un trattato scritto da Federico II di sua mano, o così dicevano, tutto dedicato all'arte venatoria *cum avibus*, dove l'imperatore aveva compendiato il sapere della tradizione araba, aggiungendo del suo.

«È una bella cosa» avevo osservato «che quel gran sovrano abbia saputo vedere del buono nella scienza di chi non crede in Cristo.»

Lui era rimasto zitto un momento, come se la mia considerazione lo avesse colpito. «Federico sapeva apprezzare la poesia» mi aveva risposto, come se questo già dimostrasse larghe vedute.

Lì accanto stavano i nostri due servi, pronti a prenderci gli uccelli al momento di entrare a messa e ad aspettare fuori fino al termine della funzione. La mia servente, la Riccia, era la figliola della Bona, la governante di casa, una giovane florida con le guance rosse e i capelli neri. Il famiglio di Dante era un uomo più anziano e zoppo, che chiamavano il Cianco, ma era agile come un capriolo nonostante la gamba più corta.

«Bella bestia, la tua» commentò Dante, muovendo la testa verso Aster.

«Un poco ti somiglia» gli risposi sorridendo.

Lui aggrottò le sopracciglia, sorpreso. «Non è un grande complimento» disse dopo un lungo silenzio. C'erano a volte pause nei nostri dialoghi, ma naturali.

«Perché no? Hai un'aria fiera anche tu e la testa alta e lo sguardo vivo e corrucciato e il naso grande e ricurvo.»

Dante accennò un sorriso. Non era affatto brutto, quando sorrideva. Solo che capitava di rado.

«Me l'aveva detto, Bicci, che quel che hai nel cuore ce l'hai sulle labbra» commentò, ma in tono quasi di approvazione. «Non è cosa comune, in una donna.»

«Chi sa che ne sapete delle donne, voi due. Non ti volevo offendere. Sono belli, i falchi.»
«Lo so. Non mi hai offeso.»
«Allora dopo la messa andiamo a caccia?»
«Se viene anche tuo fratello o qualcuno dei tuoi.»
Sbuffai. Teruccio era pigro come un gatto quando piove e aveva in uggia cacciare col falco. A lui piaceva star dietro ai cinghiali e alla selvaggina grossa, inseguire la preda a cavallo e poi finirla, quando i cani l'avevano raggiunta, con una lama corta, imbrattandosi le mani di sangue, o accoccare la selvaggina piccola con le saette del suo balestro. «Questa è una caccia da uomini» diceva. Non capiva il gran piacere dell'arte della falconeria. E mio padre, spirito più fino, era rimasto a Firenze a organizzare la sua cerimonia di addobbo che doveva aver luogo di lì a poche settimane.

«Sono più brava di loro a uccellare, lo dice anche mia madre» tagliai corto. «Aster l'ho addestrata io, cosa credi.»

«Anch'io il mio sparviere» rispose lui. «Ci vuole pazienza.» Guardava Aster, pensoso. «Mi piacerebbe disegnarlo, il tuo astòre, sulle mie tavolette.»

«Che tavolette?»

«Di bosso, lisciate e ingessate con osso polverizzato e lisciva.»

«Dove hai imparato?»

Lui alzò le spalle. Ogni tanto lo faceva, quando non voleva dare tante spiegazioni. «Dagli speziali, che sanno l'arte dei colori.»

«Pensavo t'avesse insegnato il tuo amico Giotto. Vi ho visti conversare mentre lui era intento a dipingere in Santa Maria Novella» risposi. Era giovane, quel Giotto, ma già di buona fama; veniva dalla Valle del Mugello, aveva imparato da Cimabue e il Gesù crocefisso che aveva fatto era particolare, sembrava piegarsi sotto il suo stesso peso e ti faceva venire il groppo in gola a guardare tanta sofferenza. Avevo sentito mio fratello Neri dire a mio padre che il legnaiolo incaricato di sbozzare la tavola di appoggio della croce si era molto risentito per le modifiche che gli avevano domandato, dopo aver pattuito misure e compenso. Ma si sa che gli artisti possono cambiare avviso seguendo l'ispirazione.

Mi sarebbe piaciuto farmi raccontare qualcosa di più, ma prima che lui potesse rispondere le campane della chiesa presero a suonare e ci fu movimento tra la piccola folla che aspettava davanti al portichetto. Dante guardò verso la salita erbosa e vidi che la sua espressione cambiava. Mi girai anch'io nella stessa direzione.

Beatrice era sempre la più elegante, alla messa in San Miniato in Pagnolle. La bella villa estiva di suo padre, il banchiere Folco, era vicina all'oratorio, sul monte sopra le sorgenti del torrente Falle, e lei usciva di casa con le sue sorelle più piccole, la Vanna, la Castoria e la Fia, accompagnate dalla nutrice e dai servi, come in un festoso e colorato corteo, per salire il declivio al richiamo dei rintocchi e andare a mettersi ai primi banchi che spettavano ai Portinari.

Quella domenica di sant'Onofrio erano in molti ad assistere all'arrivo delle giovani Portinari, fuori della chiesa.

«Eccola, madonna Beatrice» disse la Riccia, con ammirazione.

E a vederla, con indosso la sua bella veste chiara tutta ricamata, i capelli biondi, lisci e sottili intrecciati di perle e senza una ciocca fuori posto, il collo lungo e il corpo flessuoso, l'andatura composta e lo sguardo modesto, sempre un po' basso, mi venne da sistemarmi la gonna con la mano libera, spianando le grinze. Io ero lì per cacciare, lei per farsi ammirare, e comunque non avrei mai pensato di poterle stare a paragone.

«So che suo padre padron Folco è dovuto restare a Firenze, preso com'è col suo spedale dei poveri, Dio lo benedica» aggiunse il Cianco, segnandosi.

Folco Portinari era così ricco da costruire a sue spese un ricovero per gli infermi bisognosi e tutta la città gliene mostrava riconoscenza.

Dante fece cenno di sì col capo, levandosi in piedi per poterla meglio ammirare. «La prossima settimana rogheranno l'atto di fondazione dello spedale in presenza del vescovo de' Mozzi e del fior fiore di Firenze» puntualizzò.

«Oh, allora non puoi mancare» lo canzonai.

«E infatti ci sarò» confermò Dante, serio, in risposta alla mia facezia. «E ci sarà anche tuo padre Manetto» aggiunse con intenzione.

Naturalmente: mio padre sperava che le stesse illustri persone presenti alla firma dell'atto di fondazione dell'ospedale dei Portinari prendessero parte anche al banchetto del suo addobbo a cavaliere.

«Folco ha fatto una cosa santa, ma chissà come mai i banchieri quando invecchiano sentono questo gran bisogno di prodigarsi in opere di carità... come se avessero qualcosa da farsi perdonare, ad aver maneggiato denari tutta la vita...» risi io, ma quando vidi la faccia di Dante tacqui. Anche il suo defunto padre era stato un prestatore, per quanto modesto. Mi ero mostrata poco delicata, al solito.

Lui però non mi stava più a sentire: era tutto preso dalla contemplazione della bella Beatrice che ormai era vicina e stava per avviarsi su per la piccola navata, con la gente che le faceva codazzo. I più bei versi Dante li aveva scritti su di lei e Bicci mi aveva spiegato che loro, i poeti del nuovo stile, idealizzavano l'amore, che era una cosa tutta spirituale, che Beatrice era un nome particolare, che voleva dire «portatrice di beatitudine» per l'anima eletta: un nome perfetto per una donna che pareva fatta della materia di cui son fatte le nuvole del cielo.

«Figurati che in un sonetto Dante s'è immaginato che Beatrice gli divorasse il cuore» mi aveva raccontato, come se questo dimostrasse il suo assunto. «Lui l'ha veduta solo qualche volta e gli è bastato per farla diventare la sua musa. Ma bada che lui non la conosce davvero. E non potrebbe essere diversamente, lei è promessa a un altro.»

A giudicare da come la stava guardando ora, forse Beatrice, più o meno metaforicamente, questo suo cuore poetico se l'era davvero divorato. Lui era rapito, come davanti a un'apparizione. Pareva lì lì per buttarsi ginocchioni e adorarla. Il suo sguardo, di solito così acceso, si era come appannato. Avrei voluto scuoterlo afferrandolo per le spalle.

«Sta per sposarsi con messer Simone dei Bardi, lo sai» mi scappò detto un po' crudelmente, sottolineando quel «messer». Mi irritava vederlo andare dietro a lei con quell'espressione persa, dimentico del suo sparviere che il Cianco destramente gli prese. E come lo dissi, dal brillio dentro i suoi occhi capii di aver colpito nel segno. Ma rimase impassibile.

«Sarà un buon matrimonio. I Portinari sono legati ai Cerchi e i Bardi sono legati a voi Donati» ribatté subito in tono sensato. «Messer Simone dei Bardi è rimasto vedovo e ora si può riammogliare con la sposa più adatta. È un'unione di quelle sagge. Come quella del mio amico Guido, che s'è sposato giovane con la Bice degli Uberti, la figlia di Farinata.»

Altro che sagge unioni. Tutta Firenze sapeva quanto poco Guido Cavalcanti le fosse fedele, alla povera Bice di Farinata degli Uberti. Aveva ragione quello scostumato di Corso, quando diceva che ci si sposava proprio come paravento.

E ora Dante mi stava dicendo che per forza la sua Beatrice si sposava con un altro e non con lui, che si trattava di un'alleanza inevitabile, come se dovesse convincersene per primo. Ma la sua voce era fonda, un po' rasposa. La ragione cercava di dominare il cuore.

Dentro la chiesa restammo nelle ultime file, lui con gli uomini, io con le donne. Ogni tanto lo guardavo e lui riguardava me. Sentivamo di avere qualcosa in comune. Dante aveva capito da tempo che il mio cuore batteva per Corso e io avevo capito che il suo era di Beatrice, anche se nemmeno la conosceva davvero: sapevamo entrambi che né a me né a lui sarebbe stato dato di soddisfare il nostro sogno.

Accanto a lui stava Francesco, il suo fratellastro giovinetto, figlio di suo padre Alighiero e della sua seconda moglie monna Lapa, che Alighiero aveva sposato subito dopo la morte di monna Bella, madre di Dante e Tana. Francesco aveva preso da Lapa dei lineamenti meno forti di quelli di Tana e Dante, e un sembiante più biondo. Mi fece un garbato cenno di saluto con la testa e tornò a concentrarsi serio sulla funzione. Si vedeva che doveva essere giudizioso, lo dicevano tutti, di certo molto diverso da mio fratello Teruccio, poco più grande di lui.

Di fianco a me, vicino alla sua serva, c'era sua sorella Tana Alighieri, che era gravida del terzo figlio e che mentre il marito era lontano per i suoi traffici era venuta in campagna a prendere un po' di aria buona e di frescura. Era più grande di me di una decina d'anni, alta e di ossatura forte, e aveva una certa aria di famiglia con Dante nel naso aquilino e nel colorito scuro. Le era morta da poco una bambina e vestiva di morellino, senza nemmeno un fronzolo.

Tuttavia accennò un sorriso quando vide che il mio sguardo cercava quello di Dante e io notai il suo ventre prominente. Lei mi fece segno con le dita che era già di sei mesi. «Se è femmina vorrei chiamarla Bice come la mia bimba che non c'è più, ma mio marito dice che è di cattivo auspicio» sussurrò, carezzandosi la pancia. «E poi lui è sicuro che sarà maschio come il nostro primogenito Bernardo.»

Quando diedero l'*ite missa est* e Beatrice e le sue sorelle si mossero dai primi banchi per uscire dalla chiesa, Dante si spostò svelto verso la piccola navata per rivolgerle un rispettoso saluto al suo passaggio, chinando la testa e portandosi una mano al cuore.

Lei aveva in testa una fascia decorata di fiori di seta di un avorio pallido, come piccole roselline in boccio, che le incorniciava il bel viso. Ricambiò con grazia modesta, tenendo lo sguardo basso, ma senza rallentare il suo incedere, e le sorelline ridacchiarono, subito richiamate dalla balia più vecchia al silenzio.

Dante restò lì fermo a osservarla uscire nella luce d'estate. Io mi rivolsi a Tana. «Ma non si parlano?»

«Come?»

«Non so, mi pare tanto preso da lei, da Beatrice, pensavo che le parlasse. Invece, solo un cenno col capo...»

Sua sorella scosse la testa. «Non credo che le abbia mai rivolto la parola. E comunque non è donna con la quale fare grandi conversari» aggiunse in tono complice, abbassando la voce. «E avete notato lo strascico che porta? Sarebbe vietato, ma ai Portinari non si dice nulla...»

Le leggi suntuarie che volevano limitare il lusso nel vestire avevano stabilito che in chiesa non si portassero strascichi e ci si dovesse velare il capo. A volte un inserto dorato poteva valere sei mesi di lavoro di un muratore e non era bello menar vanto della propria agiatezza, soprattutto nella casa del Signore, dove si dovrebbe andare a pregare e non a mostrarsi.

«Ma la conoscete?» insistetti.

«Un poco...» Avrei voluto farmi raccontare di più, ma Dante si stava avvicinando insieme a Francesco e con mio fratello Teruccio che era stato nel banco avanti al suo per la durata della messa e noi smettemmo le nostre chiacchiere.

«Allora, Dante, si va a uccellare?» gli chiesi, mentre uscivamo. I nostri servi ci aspettavano fuori con i rapaci sul pugno. Nel bosco dietro la chiesa c'erano lepri, scoiattoli e tordi, e la mia Aster si sarebbe divertita.

«Che caccia è mai questa» protestò Teruccio. «Starsene a guardare un uccello in volo invece di inseguire un bel cinghiale...»

«Un nobile ludo» rispose Dante. «Che piace ai re. Quel che vedi ora è solo la fine di un lungo percorso: il mio sparviere e l'astòre di tua sorella sono stati a lungo addestrati per fare qualche cosa che va contro la loro natura, conservando però l'istinto a predare. Invece di divorare quel che prendono, lo cedono al padrone. C'è un patto che loro rispettano. E ogni rapace ha un suo modo di cacciare, come un uomo.» Prese il suo Moscardo sul polso e lo sollevò. «Ora si fida di me, ma all'inizio non è stato così. Ci sono volute pazienza e attenzioni.»

«Sembra che tu stia parlando di una fanciulla da marito» ribatté mio fratello. «E comunque, se voi due cercavate una bestia devota, potevate prendervi un cane invece di un uccellaccio col becco e gli artigli.» Sbuffò, ma ormai era vinto. «Porto Schello, il mio bracco, almeno stanerà la selvaggina per i vostri falchi e la preda sarà più ricca. E anche il mio balestro, così se i vostri uccelli la mancheranno userò i miei dardi.» Esitò e poi aggiunse: «E comunque non è cosa da donna...».

«Non è sconveniente per una dama...» cominciai in tono ragionevole, e poi le parole mi salirono alle labbra prima che riuscissi a frenarmi. «Ma lo sai tu che in falconeria sono le femmine dei rapaci quelle che più contano? Sono più belle dei loro maschi, più grandi, e sono loro che vengono addestrate alla caccia delle prede migliori.»

Teruccio sollevò le sopracciglia. «Ecco perché ti piace tanto, allora» rise. «Ma bada, Gemma, che tu non hai piume addosso come il tuo astòre, e nel nostro mondo non sono certo le femmine a valere di più.»

«Andiamo» tagliò corto Dante, avviandosi verso il bosco, come se quel dialogo alla fine gli fosse venuto a noia.

La Tana, che si era fermata con Francesco a seguire il nostro conversare, mi posò una mano sul braccio. «I nostri contadini hanno avvistato una serpe enorme accanto agli alveari del Leccio Bruciato» mi disse. «Ha messo paura alla figlia piccola del Beltramo delle pecchie, che era andato al mattutino a fumicare le arnie per cavare i favi pieni di miele e la cera per i lumi di San Miniato.»

Il Cianco annuiva. «Vero, monna Tana. Bisce grosse come i biacchi e i cervoni si accoppiano, di questa stagione, diventano meno prudenti e si mostrano.»

«Una gran serpe?» esclamò Teruccio, finalmente interessato. «Che cosa stiamo aspettando? Dobbiamo farla a pezzi e difendere i nostri villani.»

«Bada che han detto un serpente, non un drago» lo burlai io. «I panni del san Giorgio ti stanno stretti.» E mi affrettai dietro a Dante prima che lui potesse redarguirmi.

Gli alveari di Beltramo parevano da lontano dei grossi covoni di grano tutti ben disposti in fila a eguale distanza sulle loro piattaforme di legno alte due palmi. Scendendo il declivio le querce, i bossi, i roveri, i tassi, il lentischio e il terebinto della macchia di bosco si diradavano, lasciando spazio al timo, al serpillo, alla santoreggia, al basilico e alla cedrangola, che venivano seminati per far più buono il miele.

Teruccio liberò subito Schello, che si mise a fare un grande strepito con i suoi latrati correndo in giro. Dall'erba alta vicino al fiumicello s'involarono spaventati tordi e pernici e Dante aveva già tolto i lacci al suo sparviere.

Moscardo non esitò un istante: aprì le ali e puntò la sua preda, una pernice che s'affannava a salire, un po' isolata nel piccolo stormo in fuga. La raggiunse col suo volo veloce e la artigliò.

«Presa!» gridò Dante, facendosi schermo con la mano contro i raggi del sole, mentre il suo sparviere già ridiscendeva a posare orgoglioso la preda ai suoi piedi.

«E bravo Moscardo» ammise Teruccio. «La pernice è quasi più grande di lui!»

Lo sparviere le stava spiumando il petto col becco, girando a destra e a sinistra lo sguardo d'oro. Il Cianco si chinò a togliergliela dalle zampe e a dargli uno sfilaccio di carne di pecora che si era portato dentro un sacchetto di cuoio. «Prendi questo boccone, ora, te lo meriti...»

Davanti alle siepi di lentischio del limitare della radura, non lontano dalle arnie, Schello continuava ad abbaiare come un disperato, balzando sulle zampe davanti, anche se non c'erano più uccelli in vista, così liberai Aster. «Va'» la incitai, col cuore che mi batteva forte.

«Può darsi che il bracco abbia stanato il serpente» disse Dante, dando voce ai miei pensieri.

Aster si levò in volo, descrivendo un paio di giri sopra i cespugli di lentischio, disturbata dal latrare del bracco. Poi calò in picchiata, sparì per un istante al nostro sguardo e subito la vedemmo risalire, tenendo nel becco qualcosa che da lontano pareva una lunga corda inanellata.

«L'ha catturato!» gridò la Riccia, tutta rossa in volto e ridente. «Ha preso il serpe del Beltramo!»

«Non so se sia proprio quello» risposi, mentre il mio astòre cominciava la discesa a riportarmi la preda. Però era bello grosso.

Dante seguiva in silenzio le evoluzioni di Aster, rapito. «Meraviglioso» mormorò, con una voce che non pareva la sua. E mi toccò la spalla, come in una carezza riconoscente.

Lo guardai, stupita che apprezzasse tanto quell'impresa.

«Il mio maestro ser Brunetto fra tutti i falchi ha paragonato gli astòri agli angeli di Dio. E quel serpente, ebbene... non è forse il simbolo del demonio e del peccato?» mi spiegò, commosso.

«Mi pare un paragone esagerato» risposi, un po' sulle spine; stavo seguendo la discesa di Aster, pronta a spostarmi al momento giusto, perché non mi garbava tanto che mi posasse davanti quel colubro ancora vivo.

«Non capisci... la lotta del Bene contro il Male...» stava proseguendo Dante, nel tono paziente che si usa con un bambino tardo. «Pare un prodigio. Un simbolo.» Ogni tanto usava quel tono da maestro, e non soltanto con me.

Aster planò sul prato vicino ai miei piedi, con il serpente che ancora si agitava, e io feci un salto indietro e un poco di lato, finendo tra le braccia di Dante. Lui non si fece da parte e rimanemmo fermi, allacciati, a guardare il serpente. Era squamoso, grosso come il mio polso e lungo almeno tre braccia. Aveva una sua bellezza, bruno grigiastro e lucente, con quattro linee scure che lo percorrevano e quella testa grande, che sussultava negli spasmi della morte.

Teruccio rise. «Ah, s'è mai veduto un cacciatore che ha paura della preda?» mi canzonò. Era così preso a burlarsi di me che non aveva notato le mani di Dante che sentivo calde intorno alla mia vita. Poi prese il serpente morto e cercò ridendo di mettermelo addosso, mentre il suo cane ci saltava intorno abbaiando forte, contagiato dalla eccitazione del momento.

«Smetti» gli intimò Dante, senza alzare la voce, ma in tono autorevole, tanto che mio fratello, pur continuando a ridacchiare, mi lasciò in pace e rivolse il suo scherzo alla Riccia, che gli dava corda.

«Me ne farò una cinta, padron Teruccio... anzi, due, tanto è lunga questa biscia.»

«E tu non hai paura delle bisce grosse, come mia sorella, eh?» celiava lui, greve.

«No, e possiamo cuocerla nell'olio e farne un unguento per guarire una setola allo zoccolo di un cavallino giù in stalla» ribatteva lei. «Lo sapete che l'olio di serpente fa miracoli, per le setole dei puledri.»

Intanto Aster tornò sul mio pugno, allargò le ali e lanciò uno strido forte, come a dire: «Avete veduto?».

Dante sorrideva. Mi tese il sacchetto con i brandelli di carne, ne presi uno e ne cibai il mio astore. Era la prima volta che ci sentivamo così complici, così in armonia.

Quando più tardi tornammo verso casa, avevamo nel carniere tre pernici e quattro tordi uccellati da Moscardo e da

Aster e due leprotti, uccisi da Teruccio col suo balestro. Un altro l'aveva mancato di poco.

«Potevamo continuare» si lamentava Teruccio. «È ancora presto per rientrare.»

«Moscardo e Aster sono stanchi» rispose Dante. «Io mi fermo con la Riccia a fare ancora due tiri. Questo tratto di bosco è pieno di lepri. Voi tornate, se i vostri uccelli credono che sia già ora di mettere la testa sotto l'ala» sbuffò mio fratello alla fine, e noi proseguimmo con il Cianco che ci seguiva un po' più indietro, portando Moscardo. La mia Aster invece ce l'avevo io sul pugno.

«È amabile la Tana» buttai lì a un certo punto, per rompere il silenzio. Intorno insetti e rane cantavano la loro canzone ed era piacevole starli a sentire. «Non sembra tua sorella.»

Lui mi guardò con una faccia strana e solo allora mi resi conto di quel che avevo detto. «Intendo...»

«... che io non sono amabile?»

Allargai le braccia. «Non credo ti importi esserlo. Non certo con tutti, comunque. Tu sei fatto così, non c'è niente di male.»

Eravamo arrivati davanti alla chiesa. «Ho grande affezione per la Tana. Sarebbe bello che faceste amicizia» disse lui.

«Piacerebbe anche a me. Più tardi passerò a dirle che abbiamo preso il serpente, se non è d'incomodo.»

«Ne sarà contenta. Non si muove tanto, in questi giorni, per riguardo al suo stato.»

«Non sopporterebbe di perdere questo bambino, ancora addolorata com'è per la sua piccola» risposi subito. «Dev'essere terribile perdere un figlio. Anche a mia madre è successo, due volte.»

«Non bisognerebbe attaccarsi troppo, fino a che non sono grandicelli» rispose lui. «Così dicono gli antichi.»

«Ma come fa una madre che ha portato il suo bambino in grembo nove mesi e l'ha messo al mondo a rischio della sua vita a non affezionarsi? Queste sono stupidaggini che solo un uomo può pensare!»

«Solo un uomo?» Lui mi guardò con le sopracciglia aggrottate.

«Solo un uomo» confermai, ostinata. «Un padre può anche stare alla larga dal figlio o dalla figlia fino a che non è certo che supereranno una certa età, ma una madre no di certo!»

«C'è del vero» ammise lui sottovoce. Eravamo arrivati davanti alla chiesa e qualcosa sul pavimento di pietra rosata del sagrato attirò la sua attenzione. Lo vidi chinarsi e afferrare un piccolo bioccolo bianco. Aprì il palmo: era una rosellina di seta color avorio.

«È di Beatrice» esclamai subito, riconoscendola. Doveva averla persa uscendo dopo la messa.

Lui strinse il pugno e lo avvicinò al cuore. «Sì» sussurrò.

Di nuovo quello sguardo che ti faceva venire voglia di scuoterlo. «Dante» gli dissi, avvicinandomi. «Ho trascorso una bella mattina con te.»

«Ne ho piacere» rispose lui, distratto. «Dirò alla Tana che passerai a trovarla.» Tese la mano sinistra per prendere Moscardo dal suo servo. «Cianco, accompagnala a casa» ordinò.

Poi ci girò le spalle e lo vedemmo allontanarsi a passo lento con il suo sparviere, il pugno che stringeva la rosellina di seta di Beatrice stretto sul cuore e la testa china.

6
Il fiore

Teruccio tornò affamato al nostro casale, reggendo nella destra due conigli selvatici e un fagiano.
«Altro che astòre e sparviere! Mi bastano un balestro e il mio bracco!» vociava trionfante. «E ora datemi da mangiare, donne, che lo stomaco mi rugge.»
Io stavo uscendo per andare dalla Tana. «Ma dov'è la Riccia?» gli chiesi. Mi avrebbe fatto piacere portarmela dalla sorella di Dante.
Lui fece un gesto vago, distogliendo lo sguardo. «Si è fermata a bagnarsi al ruscello, ora arriverà.» Batté forte la mano sul tavolo della cucina dove aveva appoggiato la selvaggina, per richiamare l'attenzione della Bona. «Ho fame!»
«Al tempo, padron Teruccio» lo rimbeccò lei, senza farsi troppo impressionare dai suoi modi. «Sedetevi comodo e vi porto quel che c'è di pronto, una bella torta d'erbe e del gambetto di castrone. Intanto vi servo del vino fresco e lì c'è il pane e il cacio.»
Mentre Teruccio si serviva io afferrai per le zampe il fagiano ancora tiepido di vita e corsi via, inseguita dalle rimostranze di mio fratello: «Oh, Gemma, che ne fai della mia preda?» mi farfugliava a bocca piena.

«È per la Tana, le dirò che glielo mandi tu» gli gridai indietro per tutta spiegazione.

C'era un bel sole caldo in quel pomeriggio e camminai di buon passo. I nostri casali erano vicini; quando arrivai dalla Tana, la vidi semisdraiata su una panca sotto il portico, con le gambe sollevate e due cuscini gonfi dietro la schiena. Vicino a lei, seduta su uno sgabello, una sua serva giovane e in carne sgusciava piselli verdi e lucenti cantando a mezza voce la vecchia storia della pastora alla quale un lupo aveva mangiato un agnello.

«*Torna il giovin cavaliere con la sua spada nova / mette la lama in corpo al lupo e il caprino salta fora...*»

La Tana canticchiava pigramente facendole eco e avvicinandomi alla casa levai anch'io la mia voce, accelerando il passo. Il prode cavaliere taglia la pancia al lupo e l'agnellino rivive, con grande gioia della pastora. E qui veniva la parte salace, quella che più mi divertiva, di quando il cavaliere domanda alla pastora un bacio per il suo buon servizio, e lei si schermisce: «*Cavaliere, tu t'arresta, non sarei più donna onesta...*».

Sentendo il mio canto unirsi allegro al loro, serva e padrona levarono lo sguardo e mi videro. La sorella di Dante si tirò su dai cuscini, tutta sorridente e lieta di vedermi. La salutai con la mano libera.

«Oh, brava, la nostra Gemma, che è venuta in visita! Ci facevo conto. Cantate bene, sapete. Com'è andata la caccia?»

«La mia Aster ha preso la serpe. Non ve l'ha detto Dante?»

«È uno di quei giorni in cui le parole bisogna cavargliele con le tenaglie, a mio fratello» rispose lei. «Mi ha solo accennato che forse sareste passata... Ma mi racconterete tutto voi, adesso. Venite, sedetevi.»

Le mostrai il fagiano. «Vi ho portato questo.»

«Oh, ma non dovevate! L'ha preso il vostro astòre?»

«A dire la verità no... è stato il balestro di mio fratello.»

La serva smise di sgusciare i piselli e sollevò la bestia che le porgevo con aria da intenditrice. «È bello grasso, padrona.»

«Bene, Orsola, portalo in cucina, togli di mezzo quella cesta di piselli e offriamo qualcosa alla nostra ospite.»

Così dopo poco ci mettemmo a conversare gustando certe

cialde croccanti di mandorle e miele con una brocca di vino dolce.

«Come state?» domandai. La Tana si appoggiò meglio sui cuscini. «Non male, anche se i Riccomanni si aspettavano di meglio da me. La cosa che mi consola è che ho portato loro una buona dote, almeno questo me lo riconoscono... però finora sono riuscita a dare un solo figlio maschio a mio marito Lapo. L'unica bambina che avevamo se n'è andata in due giorni per una febbre maligna.» Il tono di voce era normale, ma gli occhi due pozze di dolore.

«Mi dispiace» sussurrai. Avevamo tutte quel pudore, noi donne, di tenerci il dolore dentro, come per non dare troppo fastidio. E poi non eravamo in confidenza, la Tana e io, e non potevo pretendere che si lasciasse andare con me, anche se avrei tanto voluto abbracciarla.

«Mi ripeto che è la volontà di Dio, ma questo non mi consola. Mi piacerebbe che quello che porto in grembo sia l'altro maschio che lui desidera e intanto una parte di me si augura che sia una bambina. Oh, era il paradiso avere tra le braccia la mia piccola Bice. Tra madre e figlia c'è un legame particolare... sognavo che le avrei insegnato tutto quello che io so. Quel poco, voglio dire...» Gli occhi le si riempirono di lacrime e io mi chinai in avanti, tendendole le mani.

«Tana...»

Lei le afferrò, tirò su col naso e prese a darmi del tu, come se quel momento di confidenza ci avesse subito avvicinate. «Oh, perdonami, Gemma, non ti volevo rattristare. Di solito non sono una piagnona. L'ho seppellita qua, nel cimitero dietro la chiesa. Le piaceva tanto Pagnolle, giocava davanti al portico con i suoi cerchietti di legno o a fasciare la pupa di panno ed era sempre allegra, trillava come una gazza.» Alzò le spalle. «Ai Riccomanni non è importato, non hanno insistito per farla riposare nella loro tomba di famiglia a Firenze. Meglio così, credo che lei sia più contenta...» La voce le si spezzò e tacque.

Ci fu un silenzio prolungato, durante il quale ascoltammo il frinire delle cicale, il ronzare delle api e il richiamo degli uccelli intorno, continuando a tenerci strette le mani. Poi lei si sciolse dalle mie dita e si asciugò gli occhi con la manica, come fanno i bambini, prima di sospirare forte.

«Prendi un'altra cialda, le ho fatte io, sai» mi offrì, versando un po' di vino. «Mio marito dice che le donne dovrebbero contentarsi dell'acqua e mio fratello gli dà ragione: come nell'antica Roma, dove le matrone erano tutte virtuose, a sentir loro.» Scosse la testa e rabboccò lo scodellino, poi lo levò nella mia direzione.

Io la imitai con un sorriso. «Dante e Francesco non ci sono?» chiesi, anche per cambiare argomento, allungando lo sguardo dentro casa.

«Francesco è andato a passeggio con degli amici e Dante è ripartito subito per Firenze. Dice che ha degli impegni là domani mattina presto.» Vide la mia espressione un po' delusa, esitò un momento e poi aggiunse in fretta: «Mi ha detto di portarti i suoi saluti». Una esitazione davvero piccola, ma bastò perché io capissi che era un'amabile bugia.

Masticai con gusto una cialda prima di domandare: «Ha a che fare con Beatrice, la sua partenza?».

La Tana sorrise. «Sei una giovane accorta.»

«Non ho mai veduto nessuno così preso» dissi, ed ero sincera. «Come se avesse davanti un angelo di Dio, una santa da adorare.»

La Tana si risistemò sulla panca, tirandosi su dritta. «Non farti un'idea sbagliata di lui.» Abbassò la voce e si accertò che Orsola rimanesse dentro casa.

Adesso ero molto incuriosita. «Sembra così serio, così distante... So che ha scritto dei bei sonetti d'amore che sono piaciuti a Guido Cavalcanti.»

«Vero, e Guido è un poeta già famoso e non di facile contentatura. Ha cominciato col rispondere a una sua prima composizione e gli è diventato amico. Così si fa, uno scrive una composizione e la fa circolare, e gli altri, se la ritengono degna, ne scrivono un'altra in risposta...»

«Mio cugino Bicci, che è anche lui poeta, mi ha raccontato qualcosa» ammisi.

«I Cavalcanti sono una famiglia illustre, per quanto detestino i Donati, e in particolare tuo cugino Corso...»

Era cosa nota e mi limitai ad annuire. Frequentando i Cavalcanti, Dante aveva conosciuto gente importante, e di altra era diventato assiduo a Bologna. Negli ultimi tempi aveva preso anche a filosofare col suo amico Guido, di cui si sussurrava che il troppo studio lo avesse allontanato dalla fede in Dio e che anche suo padre Cavalcante non fosse un devoto. In compenso, se avevano perduto il paradiso, i Cavalcanti avevano case, ricchezze, terreni, fama e potere.

«Così si scambiano versi in questo nuovo stile...» dissi.

«E non solo quelli. Ascolta.» La Tana si scrollò le briciole dalla gonna, si schiarì la voce e attaccò a declamare. «*Lo Dio d'Amor con su' arco mi trasse / perch'io guardava a un fior che m'abellia, / lo quale avea piantato Cortesia / nel giardin di Piacer...*» Recitava bene, con sentimento.

«Chi l'ha scritto? Sono versi di Dante che hai mandato a memoria?»

«Lui scrive volentieri, qua in campagna. Qualche volta lascia i fogli in giro... e in famiglia ci si fa vanto di ricordare con facilità.» Si toccò la fronte con un dito. «La memoria è importante. E quella, vivaddio, non è patrimonio solo degli uomini.»

«Ma che cosa voglion dire questi versi? Di che si parla?»

Lei strinse le labbra con aria maliziosa. «Cosa potrebbe essere secondo te un fiore che piace tanto agli uomini e che cresce nel giardino del piacere?»

«Che fiore?» La guardavo senza capire, come al mio solito. Anche Teruccio mi canzonava per la mia ingenuità e la Tana assunse un'espressione saputa.

«Quel fiore che una giovane dabbene non farebbe cogliere a nessun altro che non sia il suo sposo» spiegò con aria complice. Mi guardava come a volte mi guardava Dante, con quell'aria di chi ne sa più di te. Adesso gli somigliava molto, con le sopracciglia appena aggrottate sopra il naso importante.

«Oh!» esclamai, arrossendo. Ci ero arrivata.

Lei rise piano. «Ora ti pare un po' meno austero, il mio buon fratello? I poeti possono essere molto audaci.»

Risi anch'io, stupita e affascinata. «Ma poi che cosa succede nel resto del componimento?»

Tana titubava. «Non so se te ne posso parlare... tu non sei

maritata…» Ma gli occhi le brillavano ed ero certa che non avrebbe resistito alla tentazione di svelarmi le rime segrete di Dante.

«Fai conto di essere la mia sorella maggiore che mi inizia alle cose della vita… io ho solo fratelli maschi, sai» la stuzzicai, sgranando gli occhi. «Se non ci si aiuta fra noi donne… e poi non sono una bambina, tu alla mia età eri già moglie.»

Il ragionamento parve convincerla. «L'opera è tutta un'allusione, sai. Il fiore è quel che hai capito, protetto dai guardiani del giardino, che sono il Pudore, la Vergogna, la Paura, la Castità e tanti altri che fanno impedimento…»

Mi sentivo le guance un po' calde. «E alla fine?»

Lei bevve un altro po' di vino e abbassò ancora la voce. «Alla fine, dopo molti tentativi e assedi e avventure, il fiore viene sfogliato dalla lancia che il cavaliere deve far penetrare attraverso una feritoia molto stretta…»

«Oh, buon Dio!» Non riuscivo a immaginare Dante nell'atto di mettere sulla carta un poema tanto sconcio, ma più ci pensavo e più mi turbavo. Era come se le parole di sua sorella gli avessero tolto di dosso tunica e guarnacca e me lo avessero mostrato in camicia.

Ci guardammo in faccia e scoppiammo a ridere di nuovo come due sciocche, tanto che Orsola si affacciò dalla porta per vedere che cosa ci divertisse tanto.

Quel pomeriggio la Tana mi raccontò altro di suo fratello. E non solo di quel componimento in versi che si potevano solo sussurrare. Molte delle cose che lei mi disse già le sapevo, altre no.

Non era cavaliere, Dante, e nemmeno suo padre lo era stato. Il *quondam* Alighiero degli Alighieri, che il Signore lo avesse in gloria, non godeva di gran fama. Aveva posseduto qualche casa e un po' di terra, arrotondando con piccoli traffici, poco interessato alla politica, senza amici che se la sentissero di morire per lui e senza nemici che lo volessero passare a fil di spada. Era morto senza strepito, come aveva vissuto.

«Se n'è andato senza che ce ne accorgessimo» sospirò la Tana. «Non pensavamo che stesse così male, non si lamentava mai, povero babbo.»

Ora quel suo figliolo, col suo talento per la poesia, era arrivato a frequentare i nomi belli della città. «Peccato che lui non sia qui a vederlo.»

Non che Dante si fosse mai sentito da meno di alcuno, almeno a parole: di certo non aveva il censo dei suoi sodali, e nemmeno i loro denari, ma l'orgoglio, quello non gli mancava.

«Gli piace ripetere che noi Alighieri discendiamo da Cacciaguida degli Elisei» proseguì lei. «"Addobbato cavaliere da Corrado di Svevia in persona e morto da valoroso alle Crociate" dice sempre!» aggiunse, facendogli un po' il verso anche nel modo sdegnoso di volgere la testa. Era brava a imitarlo.

«A tutti piace menar vanto degli antenati» risposi, divertita. «Anche a noi Donati, se è per questo... sai che il nostro capostipite Fiorenzo ha donato alla città uno spedale al Fulceraco, vicino a San Pier Maggiore... e molto prima di Folco Portinari, di cui tutti oggi tessono le lodi come se fosse una cosa mai vista...»

Lei si tirò in piedi e si massaggiò le reni. «Non ti garba troppo la Beatrice, vero?»

«Se neanche la conosco!» risposi subito, sulla difensiva, sgranando gli occhi innocenti come i piselli che l'Orsola aveva spippolato dal loro gagliolo verde.

Ma la Tana sorrideva saputa e faceva sorridere anche me. Aveva quel suo modo di svestire le cose dagli orpelli e di mostrartele nella loro semplicità, per cui non potevi prendertela a male e alla fine le dicevi il vero. «Ho ben capito che ti dispiace vedere mio fratello così perso per lei. Ma è solo un'infatuazione poetica» insistette. «Lui è un uomo in carne e ossa. E ha bisogno di una moglie in carne e ossa.»

Il cuore mi saltò in petto. Lei mi guardava dritto in faccia, ma io distolsi gli occhi. «Si è fatto tardi» dissi, alzandomi a mia volta. «Meglio che vada. Grazie per la bella chiacchierata.»

La Tana non insistette. «Grazie a te! Torna presto a trovarmi, prometti.»

Ci abbracciammo come delle vecchie amiche e ormai avevo davvero la sensazione che ci conoscessimo da un pezzo e che di lei ci si potesse fidare.

Sulla breve strada verso casa, raccolsi un mazzetto di ranuncoli e passai dal cimitero dietro la chiesa a cercare la piccola tomba di Bice. Un po' del dolore della Tana si era sversato dentro il mio cuore e lì era rimasto. Forse ai Riccomanni non importava dove fosse la sepoltura di quella piccolina nata e morta troppo in fretta per lasciare traccia di sé nei libri di famiglia, ma se non altro adesso sarebbe vissuta anche nel mio, di ricordo.

Fu uscendo dal cimitero, scendendo dal lieve pendio, che vidi la Riccia percorrere il sentiero sotto, verso casa. Anche lei mi vide, ne fui certa, ma invece di fermarsi proseguì ancora più spedita per la sua strada, come se mi volesse evitare. Così la chiamai a voce alta.

«Riccia! Alla buon'ora, aspettami!»

La raggiunsi di corsa. Aveva i capelli fradici, doveva esser vero quel che aveva detto Teruccio, che era andata a bagnarsi.

«Ma torni adesso?» le domandai.

Lei sfuggiva il mio sguardo. «Mia madre sarà furiosa.»

Forse era perché temeva che la rimbrottassi per il ritardo che mi evitava. «Ma no, per così poco. Ti sei attardata al ruscello?»

La Riccia annuì e si passò una mano sulla testa per sistemare una ciocca bagnata che le ricadeva sulla faccia. Quando levò il braccio, la manica della camicia si scostò e vidi il segno violaceo. La guardai meglio e mi resi conto che quel che si allargava sul lato del suo viso non era un'ombra, ma un livido rossastro.

«Ti sei fatta male? Sei caduta?»

Lei proseguiva a camminare veloce. «Non è niente.»

Non l'avevo mai vista così, con quell'espressione da animale braccato: era sempre giuliva, fin troppo. «Non fate come la Riccia» ci ammoniva nostra madre, quando noi bambini ridevamo sguaiati. Le misi una mano sulla spalla per farla fermare.

«Che cosa ti è successo?»

Lei scosse la testa. «Mi dovevo lavare... mi dovevo lavare, capite?» Poi scoppiò in singhiozzi e io la presi per un braccio e andammo a sederci sul lato del sentiero, su una roccia piatta sotto un gran leccio ombroso. Avevo le mani che mi tremavano, perché perfino io, che di solito non capivo mai niente, questa volta avevo intuito.

«È stato Teruccio?»

Lei piangeva come una fontana, le scendevano le lacrime dagli occhi, il moccio dal naso, la saliva dalla bocca, e si faceva fatica a capire quel che diceva. «Vi prego, padrona Gemma, nessuno lo deve sapere... è tutta colpa mia...»

Aveva giocato con lui, lo aveva provocato mostrandogli il petto e le gambe, ridendo forte e stando ai suoi scherzi pesanti, intanto che lo assecondava nella caccia.

«Non è la prima volta che padron Teruccio mi fa dei complimenti e mi pareva di piacergli... Ha preso i due conigli e l'ho molto lodato per la sua destrezza nella caccia. Quando ha colpito il fagiano, si è messo a ruzzare col suo cane, tutto eccitato per la preda... io mi sono chinata a prendere il fagiano e ci siamo ritrovati nell'erba. Lui ha cominciato a cercarmi il petto, e sulle prime è stato bello, ma poi ho capito che non voleva solamente scherzare...»

Piangendo forte mi raccontò di come lei si fosse difesa, implorandolo di non farlo, ché lei non aveva mai conosciuto uomo.

«"Vi prego, padron Teruccio, così mi rovinate" gli dicevo, ma lui era come impazzito...» singhiozzava la Riccia. «"È tutta la mattina che mi stuzzichi e adesso fai la verginella" mi ha rimbeccato e si è preso il suo piacere...»

Balzai in piedi. «Ora vado a parlargli...»

Lei mi afferrò la mano. «Per l'amor del cielo! Nessuno lo deve sapere. Mio padre mi taglierebbe la gola con lo stesso falcetto che usa per tagliare l'erba del prato. Lo sanno tutti che non so stare al mio posto e una serva è solo una serva. Padron Teruccio non ha colpa. Ma se si viene a sapere quel che è successo, nessuno mi vorrà più, e un promesso ce l'ho, il Lotto dell'Angiolo, che forse conoscete... Ve ne prego, padrona Gemma, lasciate stare: ora torno a casa e tutto sarà dimenticato, con l'aiuto della Vergine Maria.»

Il Lotto figlio dell'Angiolo della greggia, che faceva il pastore, me lo ricordavo per via che suonava sempre una specie di flauto di canne con una certa maestria. Circondai col braccio le spalle umide della Riccia e me la strinsi contro.

7
Messer Manetto cavaliere

Lotto dell'Angiolo suonò il suo flauto di canne anche al suo matrimonio con la Riccia, che ebbe luogo a Pagnolle già il mese seguente, e tutti cantarono, ballarono e batterono le mani a tempo, dicendo che lo sposo aveva proprio un gran talento musicale.

«Son buono solo a suonare alle mie bestie» si schermiva lui, ridendo. «E alla mia donna.» Era un giovane grande e grosso di buon carattere e parevano una coppia bene assortita, anche se, dopo il fatto con Teruccio, la Riccia aveva mutato un po' l'atteggiamento e pareva più schiva e riflessiva.

«Si è fatta grande, la nostra Riccia» commentò infatti mia madre quel giorno, seduta vicino a me in cima alla tavola, dove ci avevano riservato il posto del padrone. «Meno ridanciana e giocanda, se Dio vuole. Una buona cosa che senta la responsabilità di mettere su famiglia.» Eravamo passate a portare un dono alla sposa, una pesante coperta imbottita che le sarebbe venuta comoda d'inverno da tenere nel letto per stare un po' al caldo e fu molto apprezzata e commentata, passando di mano in mano. Sentii una vecchia dire alla Riccia, accarezzando l'imbottita di lana tinta con la braglia gialla, che era fortunata ad avere padroni tanto generosi, che le facevano doni di nozze di valore e la lasciavano libera di maritarsi e andare a stare altrove col suo sposo. Lei ebbe un sorriso tirato e fece di sì con la testa. Fortunata proprio, a farsi violare da mio fratello che se non altro aveva avuto il buon gusto di non farsi vedere, quel giorno. Incrociai il suo sguardo solo per un attimo, poi la Riccia recuperò il suo dono e andò a metterlo al sicuro nella cassa che si sarebbe portata via col resto della povera dote.

La Vergine cui lei si era raccomandata quel pomeriggio della caccia aveva fatto il miracolo e il suo promesso aveva ereditato un piccolo gregge e una casupola all'Alberaccio da uno zio che era morto senza eredi, cercando di recuperare un agnello incauto finito in un precipizio. Lo avevano trovato in fondo al burrone con tutte le ossa rotte, ma era sopravvissuto abbastanza da stabilire il legato al nipote, a patto che si curasse della sua vecchia madre. Lotto non aveva potuto subito dire di sì: accettando l'eredità dello zio che stava lontano e abitava le terre di un altro padrone, cessava di essere un manente, un contadino della mia famiglia, e aveva dovuto prima chiedere il permesso di mio padre, che in questo modo perdeva due dei suoi villani in un colpo solo, sia lui sia la Riccia. Il consenso al matrimonio era stato dato tempo prima, quando si sapeva che entrambi sarebbero rimasti a Pagnolle, sulle nostre proprietà, ma alla fine mio padre non si era fatto troppo pregare pur sapendo che se ne sarebbero andati.

Sapevo che per lei allontanarsi e rifarsi una vita altrove sarebbe stata la cosa migliore e avevo convinto mia madre a mettere una buona parola. Lei non sapeva quello che era successo con Teruccio, ma aveva grande simpatia per la Bona.

«Lotto è un bravo giovane e la famiglia della Riccia ci ha sempre servito meglio che ha potuto» aveva detto a mio padre.

«Lo so che ci perdi due villani, ma vedrai che ce ne saranno tutti grati, e sarebbe un bell'atto di liberalità nel momento in cui diventi cavaliere.»

Quello era stato un buon argomento.

«Ma sì, tanto ci troveremo ad affrancarli tutti presto, in un modo o nell'altro, i nostri manenti» aveva risposto lui, di buon umore. «Molti di loro si sono comperati delle terre col denaro risparmiato e stanno diventando proprietari. Avremmo dovuto pretendere canoni più alti, in raccolto e in denaro, così non sarebbero riusciti a metter niente da parte e non verrebbero a chiederci tanta libertà... ma ormai è così che va il mondo. Il popolo comanda e i magnati di buona schiatta devono sapersi accontentare.»

In questo modo Lotto aveva voluto sposarsi subito, per andare a prender possesso del suo lascito portandosi la moglie appresso, destinata a badare a lui, alla casa e alla suocera, e ad aiutarlo con le pecore. La guardavo darsi d'attorno al tavolo, la Riccia, bella nella sua gonna scura col corpetto con i nastri nuovi e la camicia candida di bucato, i capelli sciolti sulle spalle e la corona di fiori delle spose, in quel giorno d'estate, a mescere vino e a ridere delle battute pesanti degli invitati, e mi chiedevo se anche gli altri si accorgevano del fatto che le sue labbra sorridevano, ma i suoi occhi no.

Il matrimonio della Riccia fu solo il primo dei festeggiamenti di quell'estate. Poco tempo dopo fu la volta di Bicci, che fu fatto ammogliare a Nella dei Cancellieri, una giovane di Pistoia, conosciuta attraverso monna Tessa, che era stata in gioventù molto amica della madre di lei, la quale era venuta a mancare recentemente. Il padre s'era risposato e aveva urgenza di maritare l'ultima delle figlie di primo letto. Mio cugino Corso, il cui avviso contava sempre più di quello degli altri, era stato d'accordo, perché aveva degli interessi con la famiglia di lei da quando aveva fatto il podestà a Pistoia, la dote era buona e Bicci di suo non aveva fatto discussioni, voleva solo essere lasciato tranquillo a seguire i suoi interessi di poesia.

«Una moglie vale l'altra» aveva detto, pacifico. «Basta che non sia troppo brutta e troppo petulante e sappia mettere in tavola quel che serve a soddisfare la fame di un uomo.» Ed era andato a sposarsi a Pistoia, come gli avevano domandato, in barba alle usanze, scoprendo che la Nella brutta non era e per di più aveva anche un carattere gioioso.

Quando la vidi a Firenze mi fece subito una buona impressione. Era piccola di statura, con una faccina tonda e due grandi occhi con le ciglia lunghe, e un modo di fare vivace e curioso. Doveva sentirsi molto sperduta, strappata dalla sua città per seguire il marito fiorentino, e invece sembrava voler trovare il lato buono di tutte le cose. Monna Tessa, la madre di Bicci, ne era incantata, e ne diceva gran bene con mia madre Maria.

«Questa sposa è stata una benedizione del cielo. Ha sempre il sorriso sulle labbra, è svelta di mente e di piede, non si risparmia. La prima a levarsi la mattina, e canta come un usignolo. Non si lamenta mai di nulla e pare che si sia tanto affezionata al mio Bicci.»

«E lui?» avevo domandato subito io, meritandomi l'occhiataccia di mia madre, ché quando parlano le persone più anziane i giovani dovrebbero avere il buon senso di tenere la bocca chiusa.

«Oh, si sa come sono gli uomini e com'è lui in particolare: sempre con la testa via per i suoi versi, sempre pronto a divertirsi con i suoi amici, ma contento. Le porta spesso dei piccoli doni, la chiama "la mia Nellina", bisticciano solo quando lei cerca di impedirgli di rimpinzarsi troppo...»

La Nella me ne parlò una delle prime volte che avemmo modo di chiacchierare da sole, fuori della chiesa, una domenica. «Bicci è un buon marito, di spirito accomodante. Si fa i fatti suoi e non pretende. L'unica cosa sulla quale non bisogna contraddirlo è il cibo. Cercare di togliergli un piatto davanti è come tentare di levare la preda dalle zanne del lupo.» Ci eravamo trovate bene, la Nella e io, e di tutto il parentado Donati lei era in confidenza con sua suocera Tessa e con me. Si era portata una sua balia come servente, una empolese che l'adorava e che chiamavano la Becca, magra, alta e sempre vestita di scuro, che la seguiva come un'ombra.

«Come ti trovi qua a Firenze?» le avevo domandato. Immaginavo come mi sarei sentita io a lasciare tutto quello che conoscevo.

Lei aveva alzato le spalle. «Si sa che sono le donne a dover seguire il marito, a spostarsi quando si sposano. A un certo punto ho creduto che mio padre mi volesse a tutti i costi monacare, aveva già parlato con la badessa delle suore di Santa Maria, e il convento di certo non fa per me. Poi monna Tessa e messer Corso ci hanno messo una buona parola e ora ho un bravo marito e una suocera che mi vuole bene quasi come la madre che ho perduto. Non sai quanto ho pregato perché quest'intesa andasse a buon fine.» Poi aveva sorriso. E io avevo pensato che a Bicci sarebbe potuta andare molto peggio e la Nella sarebbe stata una buona sposa per lui.

«E Corso lo hai conosciuto?» le chiesi. Sapevo che era presente alle nozze.

Lei batté le palpebre. «Sì. Mi ha invitata a ballare, alla festa di matrimonio.» Ci fu un silenzio lungo e un po' strano, perché la Nella era di buona lingua e le piaceva raccontare.

«È molto diverso da Bicci» osservai cautamente.

«Oh, sì. Di certo è molto più bello di aspetto e anche quel giorno non ha avuto troppi riguardi a burlarlo. Stavamo danzando insieme, poi Corso si è messo in mezzo e ha detto a suo fratello che un papero avrebbe ballato con più grazia e che avrebbe preso il suo posto. Bicci ha riso e gli ha risposto di accomodarsi, se per me andava bene, che tanto lui delle mie grazie avrebbe avuto tempo tutta la vita di goderne perché per volere di Dio ero sua moglie.»

«E Corso?»

«Ha subito risposto: "Per volere di Dio e di Corso!". Aveva bevuto parecchio e quando mi ha preso la mano l'ha ripetuto: era per suo merito se avevo sposato suo fratello e che avrei dovuto essergliene grata. E poi, andando avanti a ballare con molta maestria, ha preso a complimentarsi per il mio aspetto, a dirmi che sarei stata bene anche con un abito meno casto, affermando che facevo vanto alle fanciulle di Pistoia...»

Insomma, Corso era riuscito a importunare anche la moglie di suo fratello, e per giunta durante la festa di nozze, ballando con lei come aveva ballato con me alle nozze di Piccarda. Quel suo bacio rubato me lo sentivo ancora sulle labbra, mi si scaldavano le guance e mi ero già pentita di averle fatto domande, ma fu la Nella a togliermi dall'imbarazzo, continuando a narrare.

«Gli ho risposto che ero contenta che suo fratello gli stesse a cuore quanto a me e che entrambi non avremmo mai voluto fargli torto... e prima che lui potesse rispondere si è avvicinato un altro invitato, un tal Cecco di Siena, un cavaliere ben vestito che portava i capelli in una strana foggia, amico di Bicci e come lui poeta, che doveva aver sentito le nostre ultime parole, perché osservò ridendo che le pistoiesi erano conosciute come donne di spirito e che anche se sembravo capace da sola di tener a bada il mio impetuoso cognato era meglio che andassi avanti a danzare con lui per non indurre nessuno in tentazione.»

«Si è risentito mio cugino?»

La Nella sospirò. «Oh, gli si è oscurato un momento lo sguardo, ma Cecco gli teneva testa sorridendo, alto quanto lui e quanto lui ben messo, con quella chioma nera rasata ai lati e portata lunga in una treccia barbara, un poco sfacciato, e così lui ha finito per ridere e s'è allontanato buttandola in burla, che i senesi sono impiccioni di natura e con un senese e per di più poeta non val la pena di far questione.»

Mi incuriosiva molto questo Cecco e gliene domandai.

«Ecco, quando siamo tornati al tavolo me l'hanno meglio presentato, come figlio del banchiere Angioliero degli Angiolieri, prestatore del papa Gregorio. Con Bicci si erano conosciuti a Bologna ed erano diventati sodali di bagordi, io credo, perché a tutti e due piace gozzovigliare e correr le giumente, lo so bene. Bicci dice che la madre di Cecco è una nobile Salimbeni, ma che lui è uno spirito libero e anche quando verseggia gli piace dire pane al pane.» Poi aveva riso, come a voler sdrammatizzare tutto quanto. «A proposito, sarà meglio che passi a vedere al forno se sono pronti quei pandolci che piacciono tanto a Bicci e che lui si aspetta in tavola la domenica come dovuti...»

Lì era finita, ma condividere quel piccolo segreto ci aveva rese ancora più vicine.

Ci rivedemmo per l'addobbo di mio padre il giorno di san Jacopo, cerimonia che ci costò un patrimonio e mobilitò un mezzo esercito di servitori, fornitori e allestitori. Mia madre quasi ci rimise la salute, tanto nelle settimane precedenti fummo coinvolti tutti nei preparativi. Mio padre considerava un punto d'onore servire un banchetto che rimanesse memorabile, e la Nella ci portò il segreto della preparazione pistoiese di certi confetti bitorzoluti di semi di anice e coriandolo incamiciati nello zucchero sciolto in acqua e poi fatto indurire, facendo impazzire le cuoche fino a che non vennero della giusta dimensione e durezza come Dio comandava. La Nella era particolarmente devota a san Jacopo, perché nella sua città si venerava una reliquia, un frammento d'osso della testa del santo, la cui tomba tanti andavano a venerare fino a Compostela.

«Fu uno dei miei avi a recarsi fino in Galizia a prendere la sacra reliquia che il vescovo Atto di Pistoia aveva ottenuto dall'arcivescovo di laggiù» mi spiegò con un certo orgoglio. «E da quando l'osso fu portato nella cattedrale di San Zeno, nella cappella dedicata al santo, ci sono sempre stati uomini della mia famiglia nell'Opera di San Jacopo, che amministra la cappella e ne regola il culto. Mio padre c'è andato, da giovane, fino a Santiago, in pellegrinaggio.»

Il giorno di san Jacopo, all'addobbo di messer Manetto mio padre, tra gli invitati c'erano Folco Portinari, il padre di Beatrice, il suo promesso Simone dei Bardi, il podestà e i magistrati collegiali della Signoria, i Donati e mezza Firenze che contava. La lista infinita degli invitati era stata una compilazione delicata, con mio padre che centellinava nome per nome, cercando di non dimenticarne qualcheduno di notabile per non recare offesa a nessuno e allo stesso tempo di non rischiare di fare incontrare persone tra le quali notoriamente non corresse buon sangue: alla fine la definì un'opera di alta diplomazia, ed ero certa che non stesse esagerando.

Corso non poté essere presente alla cerimonia per i suoi obblighi che lo tenevano lontano: quell'anno era di nuovo podestà a Bologna.

Così mio padre Manetto Donati, con indosso l'abito verde dell'occasione, fu vestito con l'elmo, che simboleggiava l'intelligenza, con la corazza della prudenza, con le manopole dell'onore, con lo scudo della fede, con la lancia della retta verità, con gli speroni d'oro dello zelo della salvezza e con la spada del coraggio e diventò messer Manetto cavaliere. Sembrava ringiovanito di dieci anni e raggiava di soddisfazione.

«Ora anche nostro padre potrà esser podestà» mi fece notare Teruccio, gonfio di orgoglio, mentre si preparava a montare in sella per certi armeggi che erano stati organizzati nel pomeriggio in piazza. Oltre agli uomini a cavallo che avrebbero giostrato infilando gli anelli di ferro con la punta della lancia, ci sarebbero stati pedoni a sfilare con le lance e gli scudi, e un nutrito gruppo di donzelle incaricate di danzare a rigoletto, con l'accompagnamento dei musici.

Il terzo uomo a cavallo dietro a mio padre e mio fratello alzò la mano guantata in segno di saluto e solo allora lo riconobbi.

«Ma è Dante!» dissi a mia madre, che insieme a me stava distribuendo i cestini di petali di fiori alle giovani danzatrici che si stavano mettendo in fila per uscire dal cortile di casa.

Lei sollevò la testa. Aveva dei segni sotto gli occhi ed era pallida e tirata di stanchezza. «Certo che è lui» confermò.

Stava bene dritto in arcione al suo corsiero morello, coperto dalla gualdrappa colorata; le sue gambe lunghe e muscolose, inguainate dagli stivali morbidi come una seconda pelle, si stringevano sui fianchi del cavallo che lo assecondava docile. Il suo scudiere lo affiancava a piedi e gli portava la lancia e l'elmo, che si sarebbe infilato prima di cominciare a giostrare.

Rimasi rapita a guardarlo. Certo che in sella sembrava un altro. Non aveva più l'aria solenne del dotto, pareva proprio un guerriero pronto a combattere. Mia madre dovette richiamarmi due volte, perché avevo io sul braccio il paniere grande da cui attingere i petali, e alla fine glielo misi in mano per seguire come incantata la processione dei cavalieri fino alla piazza della giostra.

Teruccio, troppo impetuoso, mancò l'anello la prima volta e la seconda ruppe la punta della lancia, ma ebbe lo stesso il suo applauso. Dante, preciso e accorto, infilò la lancia al primo giro e anche al secondo, tra il giubilo della piccola folla.

Ripeté più volte l'impresa, sempre con successo, e Bicci, che con la Nella stava assistendo alla giostra, batteva le mani.

Anche mio padre centrò il bersaglio tutte e due le volte, per quanto più lentamente dei due giovani che lo avevano preceduto.

Alla fine, mentre mio padre veniva quasi portato in trionfo da amici e sodali, Dante smontò d'un balzo e Teruccio gli andò vicino, un po' piccato per aver fatto meno bene di lui. «Non male, per essere un poeta...» concesse. «Quanto a me, questo non è il mio cavallo che oggi ho ceduto a mio padre e non è bestia abituata al rumore delle tenzoni...» si giustificò.

Bicci rise. «Che non si dica che un poeta non sappia usar la lancia quanto la penna...»

Mi tornò alla mente il poemetto amoroso con la lancia che sfoglia il fiore di cui mi aveva parlato la Tana e sorrisi arrossendo un poco.

«Volevo solo onorare messer Manetto per la sua nomina» si schermì Dante, ignaro dei miei impuri pensieri, togliendosi i guanti. «Questo è un gran giorno, per lui.»

«Vi state godendo la festa?» chiese mia madre, avvicinandosi al nostro gruppo. «Mi diceva messer Simone che presto ci saranno le sue nozze con Beatrice alla casa dei Bardi, oltrarno, e voleva anche lui organizzare un armeggio e una giostra e avrebbe caro che foste tutti della partita.»

Vidi Dante irrigidirsi. «Messer Simone mi fa onore, ma temo che sarò in viaggio» rispose in fretta. Lo guardai e fui certa che stesse mentendo. Probabilmente si sentiva combattuto tra la possibilità che quelle nozze gli offrivano di vedere da vicino la sua amata Beatrice e lo strazio di saperla sposa a un altro.

Mentre gli altri si allontanavano, attirati da un nuovo armeggio di pedoni che si preparavano a brandire i palvesi, gli scudi alti quasi quanto un uomo, e a mostrare quanto fossero abili a farne testuggine come gli antichi, contro un assalto di dardi, io gli andai vicino. Era sudato, dopo la corsa all'anello, e aveva odore di cavallo. Non l'avevo mai veduto con indosso solo la tunica corta, comoda per cavalcare, e i capelli legati sulla nuca. Pareva più giovane e gagliardo.

«Devi tornare a Bologna?» gli chiesi.

Lui si tirò indietro un ciuffo scuro che gli era ricaduto sulla fronte. «Forse.» Esitò. «Tu ci sarai alle nozze Portinari?» «Se ci sarai tu» risposi, stupita per prima del mio ardire.

Dante annuì, qualunque cosa significasse quell'assenso, e mi regalò una specie di sorriso.

8
Ubi tu gaius

I festeggiamenti alla casa dei Bardi, presso il ponte che era stato costruito dal podestà Rubaconte da Mandello, durarono quasi tre giorni interi e il popolo del sestiere mangiò e bevve a spese dei nubendi e li benedisse a bocca piena.
Sia la famiglia della sposa sia quella dello sposo volevano mostrare la loro munificenza. Il banchetto fu di quattordici portate, tutte introdotte da un giullare che ne magnificava l'apparenza prima ancora che la sostanza. Le mense erano state disposte a ferro di cavallo, in modo che gli invitati potessero tutti seguire il ragionare del buffone che si poneva in mezzo e presentava con grande eloquenza e scherzi e lazzi la lista delle vivande. I cuochi che *dominus* Simone, appena tornato da Volterra dove aveva terminato il suo mandato come podestà, aveva preso al suo servizio per l'occasione, erano davvero degli artisti delle gelatine che parevano oro fuso, dentro le quali avevano acconciato le carni e i pesci come mosaici. Le gru erano portate alle mense intere e piumate, che parevano vive nei gran vassoi d'argento. Le salse si alternavano, di tutte le tinte, agliate e speziate, e i servitori vestiti con tuniche uguali, del colore dello zafferano come i tovagliati, portavano in giro tra i commensali cesti di certi panini bianchi e

tondi, cosparsi di semi profumati, come nemmeno i più esperti di mondo tra gli ospiti ne avevano mai gustati. Era un tripudio di profumi, di gusti, di colori, con tanta musica in sottofondo che costringeva i commensali a parlare un po' più forte per potersi sentire.

Raramente s'era veduto un convivio come quello, a Firenze.

Io incontrai Dante già alla colazione che aprì il banchetto, quando a tutti gli invitati che ancora non si erano seduti a tavola venne servita frutta e vino dolce, per aprire lo stomaco. Era con un uomo un poco più grande di lui di età e anche di statura, di raffinata eleganza nella guarnacca intessuta d'oro e nero, magro e dritto, con i capelli scuri e una barba corta e curatissima che gli incorniciava il mento. Me lo ricordavo e il ricordo non era grato, anche se certo non per colpa sua: era Guido dei Cavalcanti.

Era passato qualche anno, ma quella circostanza se la rammentava tutta Firenze, quando fra Salomone da Lucca, l'inquisitore dell'eretica pravità di fresca nomina, aveva riconosciuto il suocero di Guido, Farinata degli Uberti, colpevole di esser morto da eretico consolato e aveva disposto una punizione esemplare. Il fatto che Farinata e sua moglie Adaleta, condannata con lui, fossero cadaveri da un pezzo non aveva fermato la sua mano implacabile. Faceva così paura, quel francescano, che c'era chi andava da lui a denunciarsi, a confessare i peccati chiedendone l'assoluzione, piuttosto di vivere con l'angustia che lui lo scoprisse, e le madri minacciavano i bambini per far dir loro la verità su qualche marachella: «Bada, te, che arriva fra Salomone!».

Nessuno avrebbe giurato sul fatto che il vecchio Farinata fosse davvero un cataro. Di certo non gli garbava l'idea che il papa avesse potere sulle cose terrene, da ghibellino convinto. E di certo in caso di condanna i beni da spartire per la parte avversa sarebbero stati molti, dal momento che il patrimonio dei colpevoli veniva confiscato. Così i resti di Farinata e della sua sposa erano stati dissepolti dalla chiesa di Santa Reparata dove riposavano da quasi vent'anni e bruciati sul rogo sulla pubblica piazza. Avevo visto Guido assistere impassibile a quell'orribile scena, conscio che l'ala di quella morte indegna stava sfiorando tutta la sua famiglia: sua moglie Bice, che di Farinata era figlia, ma anche suo padre Cavalcante, che molti ritenevano seguace della stessa eresia per la quale Farinata veniva arso da morto. E lui stesso, che usava la sua filosofia per dimostrare che Dio non c'è e seguiva gli insegnamenti proibiti di Epicuro.

Dante interruppe il corso dei miei pensieri. «Guido» esordì, trattando l'amico con una sorta di deferente confidenza, «questa giovane dai capelli di fiamma è Gemma, la figlia di messer Manetto.» Poi si rivolse a me. «Gemma, il mio illustre sodale è il celebre Guido dei Cavalcanti.» Avvertii una sorta di apprensione nel suo tono, come se qualche cosa in quel nostro incontro lo mettesse in ansia.

Guido mi fissò con i suoi begli occhi scuri e intensi di forma allungata sotto i sopraccigli arcuati e perfetti che gli davano un'espressione un po' da demonio. Aveva gli zigomi alti e un naso da medaglione. «Conosco vostro padre» mi disse «che dopo il suo addobbo onora ancora di più la schiatta dei Donati.»

Non sapevo se quella frase di circostanza fosse davvero garbata. Poteva essere un modo per complimentarsi della sua nomina a cavaliere o un espediente per far rilevare con grazia che il titolo era troppo recente. E pensare che quell'investitura ci aveva economicamente dissanguati, e se ancora non ero stata promessa era anche perché mio padre stava cercando di rimpinguare la mia dote.

Guido aveva un certo insopportabile sussiego che traspariva dalla sua postura, dal suo tono di voce modulato e da quel modo di guardarsi intorno col sopracciglio alzato, come se il resto del mondo gli sembrasse poco degno della sua stima e lui ogni volta si sforzasse di interagire con esso.

Mi scrutava proprio, da capo a piedi e dall'alto in basso, essendo sopra di me di due spanne, e reagii all'imbarazzo con un sorriso. «Il vostro nome è famoso a Firenze e Dante vi cita spesso come un amico» gli risposi. Alzai il calice di vino di Cipro e bevvi un sorso, sperando di buttar giù anche quel disagio e di non arrossire troppo sotto il suo esame. Per soprammercato sapevo che Guido era lì solo perché era noto che mio cugino Corso non avrebbe potuto presenziare alle nozze dei Bardi, occupato fuori Firenze per i suoi incarichi, altrimenti di certo non si sarebbe esposto al rischio di incontrarsi faccia a faccia con il suo eterno rivale. E io ero pur sempre una Donati.

Ma alla fine anche le sue labbra sottili si stirarono in un sorriso. «Pensavo che foste più bambina» mi disse. «E invece siete già pronta al passo fatale.» Sollevò un sopracciglio da Satanasso. «Se non fate attenzione, la prossima potreste essere voi, dopo la povera Beatrice.»

«Intendete a prender marito?»

Annuì. «A condannarsi all'inferno, come tutte le coppie sposate.» Bevve un po' di vino, studiandomi da sopra l'orlo del suo calice. «Almeno questa unione tra i Portinari e i Bardi ha un senso» proseguì, sottovoce. «Riconcilia due famiglie di parte avversa. Un atto politico, nient'altro.»

«Dicono che anche il vostro lo sia stato» ribattei, infastidita dal suo tono, ignorando l'occhiataccia di Dante.

«Infatti. Anch'io mi sono ammogliato per pura politica, quand'ero ancora un fanciullo, con la figlia di Farinata degli Uberti, la povera Bice...»

«Ne parlate come se fosse morta.»

«Oh, no, è viva, la mia donna, ma non se lo meritava, uno sposo come me.» Ne parlava tutta Firenze, dei suoi tradimenti, in effetti. Se non altro era sincero, se era a quelli che si stava riferendo. «Io mi interesso alle mie rime e alla mia filosofia... e lei bada alla casa e ai figli.»

Non era del tutto vero che Guido si dedicasse solo ai suoi interessi di studio, in realtà sapevo che era molto impegnato anche in politica. Allungò le dita e con un gesto elegante si portò alla bocca due chicchi d'uva. «La cosa migliore che Bice mi ha portato in dote è l'amicizia con suo fratello Lapo, anch'egli poeta, come me e come Dante...»

«Allora farò una domanda al Guido filosofo: davvero non ci si può sposare semplicemente per amore?» gli chiesi, come per scherzo. «E domando al Guido poeta: non rimate forse tutti d'amore, voi verseggiatori dello stile novo?»

Lui parve stupito della domanda, guardò Dante e spalancò gli occhi. «Domande grandi per una piccola donna...» ribatté, con quel suo dire sempre un po' sprezzante. Ma avevo attirato la sua attenzione. Appoggiò lesto il calice vuoto su un tavolino di servizio lì accanto e allargò le braccia. «Ve lo dirò in confidenza, Gemma.» Abbassò la voce. «Non bisogna fidarsi di Amore: è un tremendo accidente che ci conduce alla perdizione. Pensate a quanto ci fa soffrire e ci oscura la ragione... l'amore ci devasta, ci distrugge.» Guardò l'amico. «Dante lo sa: glielo ripeto, perché se lo metta bene in testa...»

Dante mosse la testa in un gesto che non voleva dire né sì né no.

Io mi feci più vicina. «Allora non bisognerebbe mai innamorarsi? Meglio rinunciare anche alla gioia che l'amore ci può dare? Non esistono solo amori sventurati, ce ne sono anche di corrisposti, se Dio vuole...»

Lui sorrise. «Nell'inchiostro dei poeti, forse... Io non credo in nient'altro che alla certezza della morte. Non sono la persona adatta a confidare nell'amore.»

«E come vive chi crede solo nella morte?»

«Giorno per giorno. *Carpe diem*, dicevano gli antichi... a maggior ragione perché si preparano venti di guerra. Datemi retta, Gemma, è solo questione di tempo e ci troveremo in campo contro Arezzo.»

Mio padre ne ragionava spesso, di quella città così vicina, che era diventata il quartier generale di tutti i ghibellini in fuga che a suo avviso non volevano accettare la realtà: il futuro è guelfo, ripeteva.

«Basta una scintilla e il fuoco divamperà» concluse amaro Guido, con la sua aria saputa. Sospirò e fece cenno verso le mense. «Ecco, guardate, è ora di andare: ci fanno segno di accomodarci. Ora ci riempiremo la pancia e augureremo ogni bene agli sposi. *Ubi tu gaius, et ego gaia!*» Si mise al mio fianco, mentre Dante ci seguiva in silenzio. «La conoscete, Gemma? È la formula con la quale ci si ammogliava nell'antica Roma. La sposa lo diceva allo sposo. Gaio e Gaia erano nomi

diffusi... come se madonna Beatrice dicesse a messer Simone: "Ovunque tu sarai, Simone, io sarò...".»
«E lo sposo rispondeva nello stesso modo?» domandai, con intenzione.
Di nuovo un lampo di compiaciuta sorpresa brillò negli occhi di Guido, che rise. «Di certo non vi manca la prontezza di spirito!» Dante gli fece eco nella risata ed ebbi l'impressione di aver superato il vaglio del Cavalcanti.
Ci sciacquammo le dita nei bacili d'argento pieni d'acqua e petali di rosa e sentivo lo sguardo di Dante addosso. Mi chiesi per un momento se non avesse domandato al suo amico, che per certo stimava e considerava un poco un suo maestro, di parlarmi e di formulare un'opinione su di me.
Che sciocca, Gemma, perché mai dovrebbe fare una cosa simile? Pensi davvero che provi tanto interesse per te? mi dissi, provando ad alzare gli occhi per incontrare i suoi.
Ma lui, accanto allo sdegnoso Guido, si stava già spostando lungo la tavolata, e mia madre, mio padre e i miei fratelli mi fecero prendere posto con loro in capo alla prima mensa, mentre gli sposi stavano facendo il loro ingresso.
Pallida, eterea, con i capelli biondi raccolti in cento piccole trecce ornate di perle da farle parere la testa un tondo soffione di cicoria, così gonfio ed enorme sullo stelo sottile del suo lungo collo da cigno che pareva fosse lì lì per spezzarsi sotto quel peso, Beatrice indossava un abito tutto ricamato di scaramazze, che scintillava a ogni suo misurato movimento.
«Posticci» sussurrò mia madre. «Chiome di schiave circasse.»
«Come?»
«Quei capelli di certo non sono tutti suoi.»
Sorrisi. Le chiome di Beatrice erano fili d'oro sottili, dritti, lisci, di poca sostanza; niente di male se aveva voluto aggiungere un po' di corpo. Tutto il contrario del mio rosso cespuglio rigoglioso che dovevo domare con mille fermagli.
Lei non aveva quasi seno, io fin troppo. Lei era di bassa statura, anche se stava così dritta che pareva un fuso; io ero molto più alta, ma mi muovevo senza la sua grazia. Lei aveva piedini da bambola dentro le babbucce scintillanti come il vestito,

io estremità lunghe e magre che facevano sorridere la mia serva quando le passavo le calzature usurate. «Dovrò riempirle in punta, padroncina, o mi scapperanno via!»

Mi ritrovai a fissarla quasi affascinata. Non riuscivi a immaginarla intenta nelle normali incombenze del vivere quotidiano. Che provasse fame e sete, che dovesse anche lei far acqua e cacare come tutte le creature di Dio, ti pareva una blasfemia. Ma ora aveva un uomo accanto, al quale lei aveva portato una dote sfolgorantissima di 800 lire di fiorino, un marito più anziano, del quale lei era sposa di secondo letto, che le avrebbe tolto l'abito trapuntato di perline, le avrebbe sciolto le treccine di chiome circasse, avrebbe posseduto quel suo corpicino esile color della luna per avere al più presto dei figli.

Presero posto seduti vicini, moglie e marito, lei che teneva lo sguardo basso e sorrideva appena, mitemente, lui che si guardava intorno con tranquilla aria di possesso e allungava la mano ad assaggiare una cialda, a portarsi un bicchiere alle labbra. Non si parlavano, non si tenevano la mano, non si scambiavano occhiate, come pure spesso avevo visto fare da altri sposi. I corpi stavano accosto, i cuori e le menti no. Davvero quello era un matrimonio politico, una cosa giusta da fare per le famiglie, nel quale la volontà dei nubendi contava meno di nulla. Ma lei, la Beatrice, sapeva bene che cosa ci si aspettava e ogni tanto alzava gli occhi verso suo padre, che teneva banco tra un gruppo di notabili, e lui le rivolgeva un batter di palpebre approvante, come a dirle: «Brava, figliola, così si fa» e poi proseguiva i conversari con i suoi sodali. Ormai quella figlia era ben sistemata e lui poteva star contento.

Dante aveva chiuso gli occhi, come se il luccichio del vestito di Beatrice lo abbagliasse. Vidi Guido posargli una mano sulla spalla, come a incoraggiarlo, e poi andare verso Folco e il fior fiore degli invitati a conversare con loro.

Molto più tardi mi avviai con mia madre agli agiamenti che avevano montato per gli ospiti dietro il gran cortile, per rinfrescarci dopo tante ore a banchetto. Lei si sbrigò per prima e richiamata da una conoscente rientrò alla festa facendomi segno di muovermi perché stavano per cominciare le danze. Io non ero abituata a quegli abiti impegnativi e ci misi più tempo a ricompormi le gonne, senza contare che non avevo gran voglia di stare a guardare lei e mio padre che ballavano.

Mi stavo sistemando una spilla nei capelli quando li vidi, Dante e Bicci, che parlavano seduti sulla panca di pietra.

«Oh, Gemma, buonasera. Gran festino, non è vero?» domandò Bicci, un po' troppo allegro.

«Davvero» risposi. «Tra poco si balla.»

Forese sorrise. «Dante è di gamba buona, per questo.»

Lui scosse la testa, come se la cosa gli stesse in uggia, e Bicci insisteva. «Vuoi farti pregare... Ti ho ben visto danzare come un principe a Bologna... e guarda che graziosa mia cugina, con quel vestito pavonazzo...»

Ero fiera del mio abito nuovo, tutto bordato d'argento: non avevo mai indossato nulla di tanta pregiata eleganza. Ma ci voleva altro per impressionare Dante.

«Gemma mi perdonerà» rispose infatti lui, alzandosi impaziente, come se non sopportasse quelle frivole sollecitazioni e se ne volesse fisicamente allontanare, «se non sono in spirito per ballare un trescone...»

Cercai il suo sguardo e riuscii a incontrarlo. Era triste, lontano, ma non mi evitava. Affondò dentro il mio, malinconico. Beatrice Portinari ormai era una dei Bardi, sposina tenera del cavalier Simone. Di lei avrebbe potuto solo poetare: nient'altro.

«Anch'io non ho voglia di ballare» dissi, sentendomi somigliante alla volpe che fingeva di non volere l'uva. «E comunque ci saranno altre occasioni. Buona serata, cugino, buona serata, Dante.»

Passai loro davanti, cercando di imitare il portamento di madonna Beatrice, stringendo i gomiti al busto, raddrizzando la schiena, trattenendo il fiato e tirando il collo come una gallina. Un paio di uomini si girarono a guardarmi con una certa ammirazione, mentre tornavo dentro la sala, ma non ero sicura che gli unici occhi che mi interessavano davvero fossero rimasti posati su di me, mentre mi allontanavo.

Nella sala, Beatrice stava conversando con una donna matura, bassa e tozza, vestita quasi come una monaca, col capo bendato e velato, che le sorrideva e le carezzava le mani. La sposa ricambiava il sorriso.

«Quella è la balia di Beatrice» disse mio padre, che dopo essere stato in giro per il salone a coltivare le sue relazioni era tornato a sedere vicino a noi, nel piccolo trambusto che precedeva l'avvio delle danze. «Dicono che sia stata lei a far venire in mente a Folco di mettere denari nello spedale di Santa Maria Nuova. Ora che è rimasta vedova di suo marito, un sellaio, intorno a lei si sono riunite dame di grandi famiglie, delle pie donne che vogliono dedicarsi alla cura dei malati e dei poveri.»

«Ho sentito che anche monna Margherita dei Caponsacchi, parente di monna Cilia, madre di Beatrice, si è avvicinata a questo gruppo di devote, che segue le regole di san Francesco...» rispose mia madre, senza distogliere lo sguardo dai musici che si stavano preparando per la prima danza.

«Dame di prima levatura, te l'ho detto» confermò mio padre. «Sta cambiando il mondo, che una serva vedova di un sellaio arrivi a fare tanto.»

«Perché Folco l'ha assecondata» disse subito mia madre. «Si è fatto ben consigliare, da uomo pio qual è. L'ha sciolta dai suoi obblighi come fantesca di casa Portinari e l'ha lasciata alle sue incombenze di carità.»

La nutrice si stava congedando da Beatrice e, mentre la donna si allontanava, Simone prese la mano alla sua sposa per aprire le danze. Lei gliela concesse con timida grazia e insieme raggiunsero il centro del salone.

Anche mia madre balzò in piedi. «Allora, marito mio, vogliamo danzare anche noi in onore degli sposi?»

Al primo accordo del liuto Beatrice, pronta, si atteggiò alla corretta figura di ballo dinanzi al suo sposo, trattenendosi appena con la mano sul fianco la gonna trapunta di perle e levando l'altro braccio ad arco, un lieve sorriso sulle labbra, gli occhi vuoti. Pareva una graziosa marionetta animata da fili invisibili.

9
San Martino al Vescovo

Cominciavano a dolermi le ginocchia. Il pavimento di pietra era durissimo, ma Beatrice dei Bardi aveva disdegnato la panca di legno che pure a noi Donati spettava di diritto, dal momento che la chiesetta di San Martino al Vescovo, vicinissima a casa nostra, viveva della nostra generosità, e io non avevo voluto lasciarla lì da sola per terra a far penitenza. Si era prostrata subito vicino all'altare, davanti all'effigie del santo guerriero ripreso in groppa al suo cavallo bianco nell'atto di tagliare il suo mantello per dividerlo con un poveraccio seminudo che tendeva le braccia verso di lui. Le sue due giovani serve stavano in piedi accanto a lei, pronte ad aiutarla a risollevarsi, tanto più che il bell'abito color della tortora che portava indosso non nascondeva il suo ventre gravido, sporgente nel piccolo corpo magro.

«Madonna Beatrice, levatevi» le sussurravano. «Nel vostro stato non vi fa bene starvene ginocchioni sulla pietra così a lungo.»

«Inginocchiatevi anche voi, piuttosto» aveva loro risposto sommessa, ma col tono di chi è abituato al comando. «E pregate, che abbiamo gran bisogno che tutti i santi ci benedicano.»

Meno di un anno era trascorso dal giorno delle sue nozze, ma sembrava passata una vita. Lo sdegnoso Guido Cavalcanti aveva avuto ragione, quella sera di tarda estate nelle case dei Bardi, a dire che presto ci sarebbe stata la guerra.

«Anche san Martino era un cavaliere» mi disse Beatrice all'improvviso, girandosi a guardarmi. Doveva aver sentito il peso del mio sguardo, nella penombra fresca della chiesetta. «Lui era abituato alle battaglie come quella che ora stanno combattendo i nostri uomini» proseguì. «Speriamo che li protegga e li faccia tornare sani e salvi da noi…» Erano stati i franchi a portarci la devozione del santo di Tours, nei secoli addietro, quando la chiesetta era stata eretta: si diceva che alla posa della prima pietra fosse stato presente Carlo Magno in persona, e forse anche il prode Orlando e il vescovo Turpino, e quindi quello era il posto giusto per pregare per la vittoria.

Non le avevo mai sentito fare un discorso tanto lungo con quella sua vocina educata che sembrava sempre sul punto di spezzarsi. Me l'aveva detto, la Tana, che non era una gran conversatrice, e di certo non mi stava troppo in simpatia, ma vederla lì prostrata col suo pancino da gravida e la faccia smarrita mi aveva mosso qualche cosa dentro il cuore.

«Potrebbe volerci ancora del tempo. Vale la pena di mettersi un po' più comode nell'attesa, che ne dite?» le risposi, con un accenno di sorriso.

Mio fratello Teruccio me l'aveva ripetuto per l'ennesima volta, ancor prima che uscissi di casa, che la guerra non era cosa da femmine. Gli avevo risposto con un'alzata di spalle. In quel sabato di giugno dedicato a san Barnaba, Firenze era chiamata alle armi contro Arezzo nella piana di Campaldino. A cavallo, per chi se lo poteva permettere. A piedi, per chi non era un magnate o un mercante ricco. Come supporto al piccolo esercito comunale c'erano maniscalchi, fornai, zappatori, tutti quelli che con l'opera delle loro mani avrebbero potuto contribuire alla vittoria anche senza brandire una spada.

Le donne dei combattenti, invece, rimanevano a casa ad aspettare. A struggersi nell'ansia, a pregare, a distrarsi con le piccole incombenze della vita quotidiana, a badare ai figli, alle case, ai vecchi, alle bestie, alla servitù. Aspettare, oh, è un verbo che le mogli, le figlie, le madri coniugano così tanto. Non sapevo ancora quanto anch'io avrei dovuto vivere nell'attesa, quanto la mia esistenza sarebbe stata tutta un aspettare, settimana dopo settimana, mese dopo mese, anno dopo anno. È un bene non avere il dono della preveggenza: se sapessimo in anticipo quali prove ci aspettano, ci scoraggeremmo. E invece la misericordia di Dio ci dà la forza di superare i triboli che il destino ci manda.

Erano giorni ormai che Firenze si preparava alla battaglia. Che si celebravano funzioni e messe e novene e si pregava perché Dio stesse dalla nostra parte, anche se gli aretini avrebbero invocato san Donato, patrono della loro città. E sapevamo tutti, fin da quando avevamo aperto gli occhi all'alba, che avremmo vissuto il giorno della vittoria o della sconfitta. Che i nostri uomini sarebbero tornati a casa segnati da quell'esperienza da raccontare ai figli e anche ai nipoti, se il Signore avesse dato loro vita a sufficienza. O che sarebbero rimasti là sulla piana, ad abbeverare la terra col loro sangue, e non li avremmo riveduti vivi.

Noi donne dei Donati ci eravamo trovate lì a San Martino, e non eravamo sole. C'erano altre persone dentro la chiesetta, tutte facce conosciute. Tana degli Alighieri, la sorella di Dante, era ritornata a pregare dove veniva da piccola, prima di diventare la moglie di Lapo dei Riccomanni e cambiare sestiere. Era diventata mamma di una bella bambina, quella che portava in grembo quando ci eravamo conosciute a Pagnolle. E anche Beatrice aveva disertato le case della famiglia del marito per unirsi a noi.

Suo marito messer Simone era sul campo e pure Dante combatteva a cavallo, con la lancia in mano, tra i feditori del comune, i giovani che difendevano la prima linea in battaglia. Un ruolo di prestigio, ma anche molto pericoloso: erano i feditori a reggere l'impeto del nemico. L'avevo visto armeggiare con destrezza il giorno in cui avevano fatto cavaliere mio padre, ma quello era stato un gioco, questa la guerra. Non si trattava di infilare degli anelli con la punta dell'asta. Si trattava di rimanere vivi e in sella di fronte alla carica degli avversari. Quando si erano dovuti designare i feditori da mandare in prima linea, il vecchio Vieri dei Cerchi, capitano per il nostro sesto di Porta San Piero, vedendo che i volontari scarseggiavano e dando il buon esempio, si era offerto anche se era offeso a una gamba, e dopo di lui, suo figlio Giano e i nipoti. Dante non doveva aver avuto cuore di far di meno. E pensare che Vieri aveva fatto di tutto per scongiurarla, quella guerra, con la sua mentalità da mercante: aveva cercato di convincere il vescovo Guglielmino ad accettare delle somme di denaro in cambio della cessione di territori di Firenze che gli aretini avevano occupato, guadagnandosi bordate di insulti da parte di mio cugino Corso, che voleva risolvere tutto con la forza e non con le negoziazioni.

«Ha ragliato l'asino di Porta!» gli aveva gridato Corso, furibondo, facendo riferimento al fatto che le case dei Cerchi erano accanto alle porte del sestiere. «Col ferro si difende Firenze e non con l'oro!» Era sempre un grande trascinatore di folle, mio cugino, con la sua eloquenza e con la sua presenza. Però ora che non era più tempo di negoziazioni anche messer Vieri, con la sua aria di uomo tranquillo, con la sua parlata modesta, per quanto di famiglia arricchitasi con la mercatura e cavaliere di ultima generazione, di schiatta meno orgogliosa dei Donati, si era messo in armi e sembrava pronto a dar prova di gran coraggio per salvare la città.

Ciascuna donna seduta su quelle panche dentro la chiesa aveva il cuore stretto per il destino di un genitore, di un figlio, di un marito, di un fratello. Era già di consolazione starsene lì per lo stesso scopo, anche senza parlarsi troppo, ché non c'era tanto da dire, se non dar corpo ai timori. E intanto si era uscite un momento da casa e si sperava che il tempo passasse più in fretta. Avrei voluto addormentarmi per incantamento e ridestarmi il giorno dopo, come nelle fiabe, quando già tutto fosse stato compiuto.

Invece di darmi ascolto e sistemarsi in maniera più confortevole, Beatrice si era rimessa a pregare a occhi chiusi, con le sopracciglia chiare e sottili aggrottate e le mani giunte strette, fin quasi a sbiancare le nocche. Ci metteva tutta se stessa in quella orazione. Muoveva le labbra e potevo intuire le parole.

«Per san Michele arcangelo, per san Barnaba vescovo, per san Giovanni patrono...» Dopo san Martino, sciorinava la lista dei santi che avrebbero potuto sentirsi più vicini alla nostra bisogna, l'arcangelo guerriero, il patrono della giornata e quello della città.

Mia madre Maria era seduta in fondo al piccolo oratorio, accanto alla Berta, la nostra serva più anziana, e alla Valdina, e le vedevo sussurrare all'unisono. L'unica che pregasse con autentico fervore era la Valdina, il cui padre portava le salmerie. Sulla panca a fianco c'era monna Tessa, la madre di Corso e di Bicci, con la Nella accanto. Quanto a noi, solo il cavallo del mio genitore era andato in guerra, lui no. Anche se eravamo ricchi abbastanza da aver l'obbligo, in caso di guerra, di fornire un cavallo con sopra un cavaliere, mio padre Manetto si era infortunato gravemente a una gamba cadendo dalle scale poche settimane prima della chiamata alle armi del comune e aveva fatto egualmente il suo dovere mettendo a disposizione un destriero bene addestrato e ancor meglio bardato e pagando un mercenario armato di tutto punto per prendere il suo posto in battaglia. Tutto sommato quella disgrazia gli aveva risparmiato rischi più gravi, anche se lui non la finiva più di lamentarsi per questa sorte che gli impediva di mostrare il suo valore, proprio ora che lo avevano addobbato cavaliere. Mia madre gli aveva dato ragione e poi era andata ad accendere un cero alla Madonna per quella provvidenziale gamba rotta e per il fatto che Teruccio fosse ancora troppo giovane per prendere il posto di messer Manetto.

«Per chi state pregando?» domandai sottovoce a Beatrice. Chissà se Dante rientrava nelle sue suppliche.

Lei trasalì e sgranò due occhi enormi nella faccia tirata. Vista così da vicino, stanca, preoccupata e provata dalla gravidanza, non era più tanto bella. Sembrava un piccolo topo spaventato. «Per tutti i nostri uomini...» mi rispose, come se fosse cosa ovvia. «Per mio marito messer Simone e per tutti gli altri fiorentini che combattono per la città...»

Si diceva che Beatrice non si trovasse tanto a suo agio nelle case dei Bardi, che suo marito la trascurasse molto e che ogni tanto lei tornasse a rifugiarsi da suo padre, ma niente l'avrebbe indotta a parlar male della famiglia acquisita: i tuoi parenti sono i tuoi parenti, sia quelli di sangue che quelli ai quali il destino ti lega.

Sospirai. Quella era la cosa giusta: pregare per tutti. Ma io ne avevo in mente solo due, di combattenti: uno era Dante e l'altro era Corso, tornato al comando di un contingente di Pistoia, dove lui era di nuovo podestà: circa duecento uomini, compreso qualche guelfo lucchese.

Mio cugino si era già distinto, nelle settimane che avevano preceduto quella giornata campale. Era di quelli che la guerra la desideravano fortemente, di quelli che non sopportavano le sortite degli aretini nei possedimenti di Firenze, di quelli che non volevano perder tempo in tentativi di conciliazione, come aveva tentato di fare Vieri con i suoi denari.

«Lui non capisce» aveva detto mio padre «che i commerci non si giovano dei conflitti. Di certo un mercante non sarà mai favorevole a una guerra condotta in questo modo. Ma noi Donati siamo cavalieri, formati alla guerra, ed è in guerra che esercitiamo la nostra funzione e il nostro potere. Se c'è la guerra, la perizia dei magnati con le armi diventa indispensabile a Firenze: è in tempo di pace che serviamo di meno e così si lascia spazio al potere del popolo e delle Arti.»

Aveva ragione su tutto, anche se in realtà il nostro ramo della famiglia aveva ormai interessi molto più mercantili che cavallereschi e di certo, nonostante i ruggiti di mio fratello Teruccio a proposito della necessità di fargliela pagare armi in pugno agli aretini, non avevamo l'interesse di Corso a combattere.

Era stato lui, Corso, al consiglio dei capitani che si era tenuto a San Giovanni, a suggerire di cambiare il percorso di marcia dell'esercito guelfo verso la piana di Certomondo e di muovere verso il Casentino invece che verso il Valdarno, come sarebbe parso più logico, scegliendo invece una strada impervia e pericolosa, e proprio per questo imprevedibile. Aveva avuto dalla sua parte nella discussione i fuoriusciti guelfi di Arezzo, primo fra tutti Rainaldo dei Bostoli, assatanato contro i suoi stessi concittadini. Rainaldo odiava mortalmente il vescovo Gugliemino degli Ubertini, capo delle milizie di Arezzo, di cui tutti dicevano peste e corna: che era un despota, un ambizioso, un traditore del suo santo ufficio. Si facevano beffe della sua bassa statura e degli acciacchi dell'età.

«Ci faremo battere da un esercito guidato da un vecchio nano orbo?» aveva gridato Corso, riferendosi ai settant'anni suonati di Guglielmino e alla sua vista corta, infiammando gli animi.

«Lui sarà anche un vecchio nano orbo» aveva commentato mio padre, raccontando il fatto. «Ma i cavalieri aretini sono abili, valorosi e in gran numero.»

Arrivare alla piana per la strada del Casentino era un rischio, ma a Corso rischiare piaceva, convinto di avere la sorte dalla sua parte. Gli esponenti delle nobili casate cui era affidato il comando si erano convinti che il suo avviso fosse il migliore e da giorni procedeva la manovra di avvicinamento di uomini e salmerie alla destinazione seguendo la via meno scontata.

Sarebbe bastato poco, una spiata, e l'esercito fiorentino si sarebbe ritrovato in trappola in qualche gola di montagna. Nei giorni precedenti due contadini di Poppi, sorpresi alle porte di Firenze con una carretta di verdure, erano stati impiccati senza dar loro il tempo di un gesummaria, come delatori del nemico.

Quando le squille della badia scandirono la sesta, a metà giornata, mia madre invitò la Nella, monna Tessa e la Tana a mangiare qualche cosa insieme da noi prima di tornare a pregare. La nostra casa era la più vicina alla chiesetta e le altre accettarono di buon grado. Beatrice rimase in chiesa, ma le sue serve l'avevano convinta almeno a sedersi sulla panca.

«Sarebbe voluta venire a pregare con noi anche la mia matrigna, monna Lapa» disse la Tana, quando fummo tutte sedute intorno al desco. «Ma non si sentiva salda sulle gambe per una febbricola che l'ha presa nei giorni scorsi ed è rimasta a casa.»

Nel metterle la scodella di zuppa calda davanti, la Valdina fece un movimento falso e ne versò sul tavolo. La Tana si tirò indietro svelta sulla panca e non si sporcò, ma la Valdina lanciò un grido.

«Oh, perdonate, monna Tana...»

«Non è successo niente» la rassicurò lei, e anche mia madre si alzò per aiutarla ad asciugare, ma la Valdina, con lo strofinaccio in mano, finì per scoppiare in lacrime e rifugiarsi in fondo alla cucina.

Ci guardammo in faccia desolate. Sapevamo tutte che la sua disperazione non era colpa della minestra rovesciata.

«Ha fatto un brutto sogno» confidò mia madre sottovoce alle altre. «Teme per suo padre e suo fratello, che sono gli unici suoi parenti al mondo.»

Ci segnammo tutte e io andai ad abbracciare la Valdina, lasciando che si sfogasse contro la mia spalla.

«Ascolta, siamo tutte in pena, ma dobbiamo farci forza» la consolai inutilmente.

«Padrona, io me lo sento» rispose lei, con gli occhi che sfuggivano qua e là, «e anche la mia povera mamma aveva questo dono. Quando li ho salutati l'altro giorno prima che si mettessero in marcia con i carri dell'esercito mi è come venuto uno squarcio nel petto, qua dove c'è il cuore, e ho chiesto a mio padre di benedirmi, perché lo so che non li rivedrò. L'ho sognato stanotte, ho visto i loro corpi sulla piana, padrona Gemma, io li ho visti, e adesso, mentre scodellavo la zuppa, ho avuto come un mancamento...»

Sentii un brivido nella schiena. Che la Valdina avesse ragione o meno sulla sorte dei suoi congiunti, tutto si stava compiendo, sul campo di battaglia.

10
Gli eroi di Campaldino

Anche i priori della Signoria, chiusi nella vicina Torre della Castagna, dovevano aver trascorso una notte insonne, prima del giorno dello scontro, perché si raccontò che si erano lasciati prendere, spossati, da un dormiveglia inquieto, nel caldo del tardo pomeriggio d'estate, finché qualcuno, all'avemaria, aveva bussato forte alla porta.

«Levate suso, che gli aretini sono sconfitti!»

Erano corsi giù nell'ingresso, ma non c'era nessuno. Eppure tutti giurarono d'aver sentito quei colpi d'ariete contro il legno del portone e quella voce maschia e stentorea annunciare la vittoria di Firenze.

Forse era stato il santo Barnaba, al quale la giornata era dedicata, abituato a recare buone novelle nella sua vita di evangelizzatore.

La notizia corse di uscio in uscio e mentre il sole calava tante nocche batterono in tutta la città sul legno delle porte in un frenetico e vicendevole annuncio: avevamo vinto!

Nell'altra notte insonne che seguì il giorno della battaglia si diffusero le prime notizie più in dettaglio. Ma la prima e più formidabile nuova ci riguardava molto da vicino, perché la vittoria era in gran parte merito di uno di noi, un Donati. Era stato Corso a decidere le sorti della giornata, a modo suo, e già la mattina del giorno seguente si gridava: «Evviva per Corso!».

Così erano andate le cose: il visconte Amerigo di Narbona, il capitano di ventura francese che comandava le schiere fiorentine, aveva detto chiaro a Corso di non muovere i duecento uomini della sua riserva se non gli fosse stato espressamente ordinato, pena la testa.

Era il visconte il capo supremo: i fiorentini combattevano nelle sue file al grido di «Per Narbona cavaliere!», in risposta al «Per san Donato cavaliere!» che era il grido di battaglia degli aretini, e il visconte, che conosceva gli uomini, temeva che mio cugino Corso, con la sua irruenza, facesse qualche colpo di testa. Quello che lui voleva condurre era uno scontro cavalleresco, lasciando ai ghibellini l'iniziativa dell'attacco.

Mio cugino doveva aver masticato amaro, ma poi erano stati gli avvenimenti a offrirgli il destro per poter agire: quando la cavalleria ghibellina aveva caricato con tutto il suo impeto, i feditori di Vieri dei Cerchi non avevano saputo sostenere l'attacco. In gran parte erano stati sbalzati da cavallo e avevano dovuto rinculare a ridosso dei carriaggi.

Corso non aspettava altro: aveva visto che il nemico si era inoltrato troppo nel campo, non incontrando sufficiente resistenza, e senza esitare aveva mosso la riserva, disobbedendo al veto del visconte di Narbona, investendo al galoppo gli aretini sul fianco scoperto, combattendo come un arcangelo vendicatore con tutti i suoi e volgendo le sorti della battaglia a favore dei fiorentini che, rianimati dal suo impeto, erano tornati a combattere travolgendo il nemico e lasciando sul campo centinaia di morti, compreso il vecchio arcivescovo Ubaldini.

«Barone, barone!» gridava la gente per strada. Questo era il soprannome di Corso, ormai, per tutti: un titolo di riguardo, che ne riconosceva in qualche modo il suo distinguersi di nobile cavaliere e anche la sua prepotenza.

Ben sapendo che a rigore avrebbero dovuto tagliargli la testa per aver disobbedito alle consegne, Corso, prima di lanciare i suoi alla carica sul fianco degli aretini, a chi gli aveva ricordato che l'ordine era di non muoversi aveva gridato, con la spada nuda in mano: «Se perdiamo, voglio morire in battaglia con i miei concittadini. E se vinciamo, vorrà dire che verranno a prendermi fino a Pistoia per eseguire la condanna!». Lo avevano seguito come furie, i suoi uomini, esaltati dal suo sprezzo del pericolo.

Avevamo vinto, per merito suo, e di certo la città festante non avrebbe permesso al visconte di Narbona di andare a prenderlo per punirlo di avere, come al solito, peccato di superbia.

«Eccolo!» gridò Bicci, facendosi largo nella folla che aveva invaso le strade per far ala agli eroi che tornavano in città. «Fate luogo ai Donati!» Tutti noi, il padre di Corso messer Simone e mio padre Manetto e il parentado, brillavamo del riflesso della luce del barone, quel giorno, con le chiese che scampanavano in segno di ringraziamento.

Lui si presentò in groppa al suo cavallo, esausto, sporco di polvere e di sangue, come si conviene a chi ha appena finito di menar le mani, e la gente lo portò in trionfo fino all'abitazione di messer Simone suo padre.

«Barone, barone!» era un boato, più forte di quello che accompagnò il ritorno di tutti gli altri, compreso il visconte di Narbona.

Corso levava la mano come un re che saluta il suo popolo. Era ferito, a un braccio e sopra la fronte, e su un lato della testa i suoi capelli biondi erano intrisi di sangue secco, ma sorrideva, ché di certo quei graffi non avrebbero fermato un uomo come lui.

Quando smontò di sella nel cortile della casa dei Donati di messer Simone, monna Tessa corse ad abbracciarlo e lui la lasciò fare.

Tutti gli erano intorno, gli battevano sulla spalla, vociavano del suo valore e del fatto che Firenze avrebbe dovuto fargli un monumento.

Alzò gli occhi e mi vide. «Sei stata in pena per me?» mi domandò, con quel sorriso sfacciato.

«Sì» gli risposi, sinceramente. «Ma più per gli altri, perché sapevo che tu sei un gran guerriero.»

«L'ho ben dimostrato, mi pare.»

Bicci gli diede una pacca sul braccio sano. «Speriamo che il Narbona non se la prenda troppo perché gli hai disobbedito, fratello» sogghignò divertito.

«Se lui è visconte, io qui a Firenze son barone» ribatté Corso, e tutti risero.

«Sai che ne è di Dante?» gli domandai, senza riuscire a trattenermi. Mi guardavo intorno, ma di lui non vedevo l'ombra. Avevo riconosciuto qualche feditore, avevo visto i Cerchi tornare sani e salvi, ma non lui.

Mio cugino si passò una mano sulla faccia. Per un momento pensai che fosse un gesto accorato, ma poi vidi che stava ridendo. «Oh, anche a lui e a tutti gli altri feditori dalle gambe molli che non sono stati capaci di reggere l'assalto degli aretini dovrebbero fare un monumento, in fondo» osservò, con divertita cattiveria. «Si son fatti disarcionare e respingere come pupazzi, tanto che il nemico ha sfondato e li ha incalzati in profondo, penetrando troppo in campo fiorentino, fino a esporsi di costa ai miei armati. Così è anche merito di quei somari guidati da quell'altro asino di Vieri se abbiamo vinto.»

«Lui dov'è?» insistetti.

Corso alzò il mento indicando verso la porta della città. «Sarà già arrivato col resto dei feriti. Si sono un po' ammaccati, nella mischia, i cavalieri della prima linea. E se vedono sangue vengono meno, i poeti. Posso sempre mandargli il mio amico maestro Taddeo Alderotti, medico a Bologna, se non si riprende e non riesci a farlo rinvenire.»

Monna Tessa sospirò. «Andiamo, che è ora di prenderci cura anche delle tue, di ferite.»

Bicci fece una smorfia. «Non sai niente dei poeti. Archiloco era un poeta, ma anche un bravo mercenario, e viveva di guerra. Tutti gli eroi puzzano di capra quanto te, fratello? Fatti accudire dalle donne di famiglia, che è meglio.»

Mentre i Donati si prendevano cura del barone, io mi rituffai nella folla per raggiungere la casa degli Alighieri.

File di prigionieri aretini, incatenati per il collo, venivano menati come bestie alle Burella, nei cunicoli sotterranei sotto i resti dell'anfiteatro romano. Lo sapevo perché a mio padre, che possedeva un paio di quelle segrete col soffitto a volta dove un tempo i romani tenevano le belve per i combattimenti nell'arena, la Signoria le aveva chieste a pigione, a lui e a tanti altri fiorentini che ne erano proprietari, per metterci il migliaio di nemici che erano stati catturati nella rotta di Campaldino. Anche il mercenario di mio padre ne aveva presi un paio, per quanto di povero valore, che a suo dire avrebbero fruttato un riscatto modesto. Li avrebbe rinchiusi nelle altre carceri, quelle della Bellanda, vicine a San Pier Scheraggio, mettendo in conto una libbra al giorno per le spese, fino al momento del versamento del riscatto.

Incrociai lo sguardo di un vecchio più morto che vivo, che si teneva con le due mani il collare di ferro, cercando di non farsi trascinare, buttare a terra e calpestare dagli altri. Non pareva certo un cavaliere, piuttosto un maniscalco, al seguito dell'esercito aretino. Era anche questo, la guerra, e mi venne in mente il babbo della Valdina, di cui ancora non c'erano notizie.

Alla casa degli Alighieri, la Tana mi stava aspettando.

«È qui, è appena arrivato» mi disse, concitata.

«Ma come sta?»

«Ha la febbre e il naso rotto, il cerusico se ne sta occupando. Ha ricevuto un gran colpo sul paranaso dell'elmo quando è stato sbalzato da cavallo, a quel che ho capito.»

Dante era sdraiato a letto, immobile, e maestro Dino si stava prendendo cura di lui, aiutato da un suo giovane assistente. Aveva curato anche noi Donati in passato e lo riconobbi dalla veste e dalla berretta nera dalla quale spuntavano i capelli bianchi e folti.

«Non ci vedo» protestava Dante.

«È per il travaso di sangue della frattura» gli spiegò maestro Dino. «State tranquillo, ora avete un po' di febbre, ma è questione di un giorno e le palpebre si sgonfieranno. Il vostro naso non tornerà quello di prima, forse rimarrà un po' gobbo, ma credetemi, con quel colpo sulla visiera poteva andare molto peggio.» Poi si rivolse alla Tana. «Gli ho dato qualche cosa per dormire e abbassare la febbre. Vi lascio della tintura madre di calendula, del prezzemolo e della camomilla. Vi spiego come farne degli impacchi freschi.» Si rivolse di nuovo a Dante. «Tornerò domani a vedere come vanno le cose, ora devo portare dei rimedi alla casa dei Bardi.»

«Messer Simone è ferito?» chiese subito Dante, con una voce strana, per via che non respirava dal naso tumefatto.

«No, lui è tornato sano e salvo, ma sua moglie stanotte ha avuto le doglie troppo presto...»

Dante cercò di mettersi seduto. «Beatrice?»

La Tana lo spinse giù sul letto. «Resta sdraiato, adesso!»

«Ma come sta?» insistette lui.

«Ha perso sangue e il feto è nato morto, ma si riprenderà.»

«Dio sia ringraziato» disse Dante.

«Sarà stato il timore per le sorti del marito...» disse la Tana, scuotendo la testa.

Maestro Dino si strinse nelle spalle. «Certo, non fanno bene le preoccupazioni alle gravide, ma credetemi, madonna Beatrice non è adatta a figliare. Ne ho viste tante, come lei...» Sospirò. «Sarà come Dio vorrà.»

Mentre la Tana si allontanava con maestro Dino e il suo garzone, io mi avvicinai a Dante, che stava sdraiato sul letto con un panno che gli copriva mezza faccia.

«Come ti senti?»

Lui sussultò. «Gemma, sei tu?» Si tolse il panno dal viso e fui io a sussultare. Era una maschera color borgogna, col naso enorme e deformato e gli occhi così gonfi sopra e sotto da non riuscire ad aprirli. Cercò di nuovo di mettersi seduto. «Che ci fai qua?»

«Sono venuta a vedere come stavi. Ho pregato tanto per te. Ma rimettiti sdraiato, così guarirai più in fretta.»

Lui fece come gli avevo detto. Sembrava sfinito. «Non sto troppo male, è che non riesco ad aprire gli occhi. Ma abbiamo vinto.»

«Ti duole tanto?»

«Un poco. Ma passerà e non potrà essere tanto peggio di com'era prima, questo mio gran naso.» Cercò di respirare e gli uscì un suono strano. «La faresti una cosa per me?»

«Certo. Vuoi bere? Mangiare? Lavarti?» Puzzava parecchio.

«Chiederò alla Tana per questo... ma tu vai da Beatrice. Chiedi notizie.»

Avevo già in mano il boccale di acqua e vino per avvicinarglielo alle labbra e dovetti resistere all'impulso di gettargli il contenuto in viso. Era già abbastanza malconcio.

«Maestro Dino ti ha detto quel che c'è da sapere» ribattei, in tono neutro. «Era con tutte noi Donati in San Martino a pregare per le sorti della battaglia.»

«Si sarà stremata, nelle sue condizioni... Di', era in pena per me?» Gli presi la mano e la sentii calda. Aveva la febbre, e anche alta, per questo dava voce a pensieri che in altri momenti non avrebbe mai condiviso.

«Come per tutti i nostri combattenti» risposi. «Io ero in pena per te, invece.»

«Per me?» Lui ebbe un sorriso vago. «E per Corso... non è vero? Del resto è lui l'eroe... L'eroe della giornata... Il tuo bel cugino... il barone.»

«Lui è nato per combattere, tu no. Certo è stato un bel gesto offrirti come feditore, ma hai rischiato grosso.»

«Anch'io so stare in sella e maneggiare una lancia, donna» ribatté lui, con quella buffa voce di naso. «E poi non si poteva fare diversamente: nessuno che non abbia preso parte a questa battaglia può pensare di poter parlare facendosi ascoltare, a Firenze.»

Mi pareva di sentire le parole di mio padre. «Da quando ti interessa la politica? Pensavo che volessi scrivere.»

«Un poeta non può amare la sua patria, allora? Non posso mettere la mia penna al servizio di Firenze? Anche il mio maestro Brunetto Latini è un erudito, ma due anni fa è stato priore.» Cominciava a far fatica ad articolare, l'infuso di maestro Dino stava facendo effetto.

«Vuoi diventare priore, Dante?»

«Perché no? Se posso essere utile a Firenze...»

Si abbandonò sui cuscini con un gran sospiro e piegò la testa di lato. Il suo respiro si era fatto pesante. Quando la Tana tornò, lui stava dormendo a bocca aperta, russando sonoramente.

11
Il palio di san Giovanni

«Nessuno ha combattuto per Firenze. Tutti per il nostro tornaconto, dal primo all'ultimo. E se volete sapere come sono andate davvero le cose, è a me che dovete domandare. Io sono di Siena, quindi *super partes*.»

Il cavaliere sorrideva. Era di bell'aspetto, di media statura, di corporatura vigorosa, con i capelli rasati ai lati della testa che gli conferivano un aspetto selvaggio, anche i vestiti parevano di ottima fattura. Poteva avere la stessa età di Dante, forse tre o quattro anni di più.

La Nella alzò appena le spalle, come a significare: «Te l'avevo pur detto che questo messer Cecco non le manda a dire».

Avevano imbandito delle mense per il palio di san Giovanni, che quell'anno sarebbe stato qualcosa di speciale: erano passate meno di due settimane dalla vittoria di Campaldino e il santo patrono di Firenze avrebbe avuto dei festeggiamenti spettacolari, per quanto ci fosse ancora gran trambusto in città di alleati, prigionieri da riscattare e morti da seppellire o da rendere alle famiglie nemiche.

La Valdina aveva avuto ragione: suo padre e suo fratello non erano tornati. Li avevano seppelliti i frati francescani di Certomondo, ed era stata già una buona cosa. Dopo la battaglia, la sera, era piovuto a dirotto, e i corpi, col caldo dell'estate, avevano cominciato a marcire rapidamente. A centinaia erano rimasti a Campaldino e dicevano che la puzza si sentiva da lontano. Gli animali selvatici avevano fatto scempio di quei poveri morti e nei giorni seguenti era cominciato un pellegrinaggio mesto di donne di entrambe le fazioni, a ricercare i resti dei loro cari in quel carnaio putrescente.

Molti prigionieri feriti rinchiusi nei sotterranei bui e stillanti umidità delle Burella, senza cure, erano morti nei giorni seguenti, andando ad aumentare il numero dei caduti di quella terribile battaglia. Arezzo aveva negoziato con Firenze la restituzione dei corpi di alcuni dei loro, i più illustri, e per gli altri aveva pagato una fossa comune fuori le mura, tirando sul prezzo.

Dopo la vittoria erano cominciati i festeggiamenti e molti alleati di Firenze, guelfi di Siena, di Massa, di Prato, di Pistoia, si erano fermati in città. La Nella mi aveva parlato di quel Cecco Angiolieri senese che l'aveva salvata alla sua festa di nozze dalle profferte di Corso, e ora quello stesso cavaliere stava tenendo banco alla tavolata del palio di san Giovanni che riuniva Bicci, la Nella, me e Dante.

Dante stava meglio, anche se il naso era ancora un po' gonfio e aveva come una specie di mascherina color violaceo intorno agli occhi, che lo faceva parere un giullare. Sfoggiava con orgoglio la sua ferita, perché se l'era procurata combattendo, e i reduci di Campaldino erano tutti degni di grande stima, dal primo all'ultimo. La città era grata ai vincitori e l'oste, che aveva riconosciuto Dante e le insegne senesi sulla mantellina di Cecco, ci aveva spolverato la panca con entusiasmo.

Solo che a quel che sembrava, con grande divertimento di Bicci e molto meno di Dante, Cecco Angiolieri non aveva peli sulla lingua e diceva anche quello che sarebbe stato meglio tacere, almeno in quei giorni di grande esaltazione patriottica.

«I capitani fiorentini hanno deciso di lasciare che fossero gli aretini ad attaccare, quei grandi strateghi!» esclamò sarcastico, battendo il pugno sul tavolo.

«Vuoi dire che è stato un errore?» domandò Bicci.

«Provate, da feditore, a star fermo lì ad aspettare la cavalleria che ti carica al galoppo. Di', Dante, dillo, non hai avuto paura?» chiese Cecco. Aveva un viso piacevole, ma con i lineamenti molto marcati, e la bocca larga, un po' da rospo. Ci avevano dato da bere del vino dolce e da mangiare della frutta secca e lui rompeva le noci premendole l'una contro l'altra in una mano, intanto che parlava. Il frantumarsi dei gusci faceva da sottofondo alle sue parole.

«Solo un pazzo non prova paura» rispose Dante, sottovoce.

«Giusto. E una cosa voglio dirti: con tutto il rispetto per vostro cugino, questa battaglia non l'ha vinta un Donati, l'ha persa un Novello. Anche gli aretini avevano una riserva, al comando del loro podestà Guido Novello dei conti Guidi. Bel podestà si sono scelti! Gli hanno dato trecento soldati, pronti a intervenire: ma quando Novello ha visto la mala parata, con Corso che caricava come un demonio accerchiando la cavalleria e tagliando fuori i fanti, invece di contrastarlo si è ritirato al castello di Poppi!»

Bicci stava facendo segno a un servo. «Ehi, tu! Non si vive di sole noci! Porta qualcosa che sia degno dello stomaco di un uomo! L'ultima volta che sono stato qui mi hai servito dei crispelli dolci e salati belli croccanti che si scioglievano in bocca.»

«Certo se Novello avesse mosso i suoi alla battaglia le cose sarebbero potute andare diversamente» riconobbe Dante.

«La cosa buona è che il vecchio arcivescovo è morto. Quel Satanasso. Non ci vedeva a un palmo dal suo naso, ormai, e dicono che abbia confuso i nostri pavesi con una muraglia. Combatteva con la mazza, sai perché? Perché un uomo di chiesa non può spargere sangue. Può fracassarti la testa, ma non ferirti con una spada! Ha portato gli aretini alla disfatta, l'Ubertini. Il suo luogotenente Buonconte, che comandava i cavalieri ghibellini, gliel'aveva pur detto che non sarebbero tornati vivi. La cosa che mi spiace è che non ci sono rimasti solo i loro cadaveri, laggiù, ma altri duemila cristiani, tra i nostri e i loro.» Ruppe altre due noci e si girò verso Dante. «Peccato che tu non sia stato tra quelli che sono stati investiti cavalieri sul campo» concluse. «Allora sì che ne sarebbe valsa la pena anche per te, di farti spaccare la faccia. I soldati di professione, i mercenari, quelli che la guerra la sanno fare, come Corso, non hanno perduto tempo: hanno depredato i morti, hanno inseguito gli aretini in rotta e li hanno presi prigionieri per chiedere un riscatto... da questa battaglia escono con le tasche piene.»

«Credo che questi discorsi siano tediosi per le dame» tagliò corto Dante, desideroso di cambiare argomento. L'accenno all'investitura mancata doveva averlo impermalito.

«Raccontateci di voi, Cecco» gli propose la Nella, con un sorriso. «Se vi siete fermato a Firenze è perché la città vi piace, o magari cercate una moglie cresciuta in riva all'Arno?»

Lui rise forte. «Ah, badate, non sono un buon partito. Mio padre è cavaliere, un uomo timorato di Dio, ben introdotto tra i signori del comune di Siena e ricco sfondato da prestare soldi al papa, ma avaro, ahimè, come un torrente in secca. Io sono un fannullone, so fare un poco la guerra, ma non digerisco la disciplina.» Sollevò la mano destra e ci mostrò tre dita. «*Tre cose solamente mi so 'n grado, / le quali posso non ben men fornire: / ciò è la donna, la taverna e 'l dado; / queste mi fanno 'l cuor lieto sentire.*»

Bicci batté ritmicamente le mani sul ripiano del tavolo per esprimere la sua ammirazione. «La donna, la taverna e il dado!» ripeté. Poi allungò la mano verso il vassoio di crispelli che l'oste aveva fatto portare. «Fate onore» ci raccomandò.

«Me l'avevano detto che eravate un poeta» risi, mentre Cecco ci porgeva le noci sgusciate, e ne cavavamo i gherigli. «Ma non sapevo di che cosa poetaste...»

«Della vita di tutti i giorni, delle miserie della vita... Guardate la faccia di Dante» rispose lui «perfino conciato così si capisce quanto i miei versi gli facciano orrore!»

Scossi la testa. «Oh, non credo... Dante non scrive solo di temi così elevati... *Lo Dio d'Amor con su' arco mi trasse / perch'io guardava a un fior che m'abellia, / lo quale avea piantato Cortesia / nel giardin di Piacer*... Vero, Dante? Io non la ricordo tutta, ma se tu, che come tutti sappiamo hai una memoria formidabile, vuoi continuare per tutta la brigata...»

Vidi Dante irrigidirsi sulla panca. Aveva riconosciuto subito il suo scritto. Se non avesse avuto la faccia ancora devastata, probabilmente lo avrei veduto arrossire. «Ma come diavolo...?»

Bicci rideva come un pazzo. «Li conosce! Dante, li conosce, questi tuoi versi! Oh, buon Dio, Gemma, ma lo hai letto per intero, questo bel poemetto?»

«Fino all'ultimo verso» mentii, guardandolo con intenzione. «Del resto penso che l'abbia scritto perché qualcuno lo leggesse...» Non sapevo bene che cosa mi fosse preso, a provocarlo in quel modo davanti ad altri, volevo vedere come avrebbe reagito.

«Non certo tu... non son cose per te» mi rimbeccò subito.

«Solo per uomini?»

«Non li capiresti... dovresti conoscere il linguaggio delle allegorie... hai senz'altro frainteso.»

«Oh, ne sono sicura! La lancia e il pertugio e il fiore devono essere solo dei raffinati simboli dei quali mi sfugge il significato!» E sorrisi, sorniona.

Bicci rideva fino alle lacrime. «Dove la trovi un'altra così, eh, Dante?» Mi batté con il dito sulla fronte. «C'è qualcosa, qua dentro!»

«Poi avrete la buona grazia di spiegarmi» si lamentò la Nella. «O devo essere solo io qua a non poter seguire la conversazione?»

«È un componimento giovanile, una goliardata del tempo degli studi di Bologna» si affrettò a spiegare Dante, temendo che io mettessi anche la moglie del suo amico a conoscenza del suo poemetto scostumato.

Cecco si dondolava sulla panca, beato. «Mi sa che ci sono cose divertenti, in quei versi. Molto di più che in quelli che ti scambi col tuo Guido tutto sussiego...» Si tirò dritto e levò il mento, a imitare il portamento del Cavalcanti, e di nuovo ci mettemmo a ridere.

«Lascia stare Guido» disse subito Dante. «Lui è un filosofo.»

«Un filosofo quando gli garba, ma quando gli sale il sangue al cervello le sue reazioni non sono poi tanto spirituali. Che abbia cercato di ammazzare il fratello di Bicci è notizia che è arrivata fino a Siena.»

Bicci allargò le braccia. «A dire la verità, corre anche voce

che Corso avesse mandato per primo un sicario a cercare di ucciderlo mentre lui era in viaggio...»
«L'ho sentito, mentre era in pellegrinaggio verso Santiago di Compostela...» confermò Cecco.
«Questo» aggiunse Bicci «è quel che aveva raccontato alla moglie. Vuoi che un miscredente come lui impugni il bordone da pellegrino?»
Risero tutti di nuovo e io sospirai. «Cecco, non so se sia l'influsso della vostra presenza, ma stiamo dando davvero il peggio di noi stessi... abbiamo tagliato i panni addosso a mezzo mondo.»
Lui balzò in piedi con tanto slancio da farci tutti trasalire.
«È ancora nulla, perché sarebbe tutto da bruciare! In fondo sono solo una malalingua che ha la ventura di dire la verità. È questo che non mi perdonano. Ricordatevelo, Gemma: è la verità la cosa che nessuno vuole sentirsi dire. Fa troppo male.»
Vuotò il boccale e indicò verso la folla. «Bene, ma il palio? La riparata è alla Porta di Santa Croce, cosa stiamo aspettando? I cavalli saranno già partiti!»
«Proprio adesso che erano arrivate le frittelle calde» protestò Bicci, ma la Nella lo stava tirando per la mano.
«Andiamo, o assegneranno il palio senza di noi!»
Lui si riempì la bocca e la seguì accigliato. Cecco era già avanti, tra la gente. Dante mi aiutò a scavalcare la panca, tendendomi la mano.
«È stata la Tana» mi disse a bruciapelo.
«Mi prendi per Giuda Iscariota?» gli risposi. Di certo non l'avrei tradita.
«È stata lei a dirti del poemetto...»
«Te ne vergogni?» Risi piano. «O adesso che vuoi darti alla politica pensi che nuocerebbe alla tua credibilità?»
Lui mi studiava. «Lo sanno solo gli amici di Bologna. Prometti che non lo dirai a nessuno.»
«Non lo so» risposi con aria di mistero. E fui la prima a stupirmene.
«Non vuoi mantenere un segreto per me? Non sono cose da far sapere troppo in giro. È una quisquilia di tempo fa. Un uomo può anche commettere una leggerezza.»

«E tu sei un uomo.»
«Sì.»
«E io sono una donna.»
Lui esitò. Eravamo l'una davanti all'altro. «Lo vedo» rispose.
La voce acuta della Nella che ci chiamava da lontano ci riscosse da quello scambio. «Allora, tartarughe, vi decidete?»
«Arriviamo» le gridai, infastidita.
Dante aveva approfittato del diversivo per scavalcare la panca e si stava già perdendo nella folla.

12
Diavoli in Arno

Lo spettacolo mi parve impressionante. Di certo non era la prima volta che degli artisti di piazza mettevano in scena per Ognissanti una sacra rappresentazione su un orrifico viaggio nel mondo dei morti, ma quella sera di novembre lo scenario era davvero tremendo e magnifico.

Si raccontava di una discesa di san Paolo all'inferno, accompagnato dall'arcangelo Michele, e nel suo passaggio il santo assisteva esacerbato ai castighi che venivano inflitti ai dannati, che urlavano e gemevano e si pentivano invano e troppo tardi della loro vita di peccato. Stavolta gli artisti, che venivano dall'Umbria, erano gran devoti di san Francesco e volevano infondere negli spettatori il giusto timore del castigo divino, avevano fatto ben di meglio del solito.

Prima di tutto avevano atteso che venisse buio e illuminato la scena con suggestivi fuochi e torce che già facevano pensare a qualche cosa di infernale; poi avevano calato delle barche in Arno e facevano mostra che le anime dei dannati venissero traghettate nell'aldilà sull'acqua, che rifletteva tutti quei bagliori e li moltiplicava.

Si erano messi in volto delle maschere spaventose, che davano un suono nuovo alle loro voci, ora soffocandole, ora amplificandole, e declamavano con grande foga e ampi gesti, rafforzando le battute più importanti recitandole in coro, in modo che echeggiassero sotto il Ponte Vecchio, e dei musici e dei cantori accompagnavano la loro commedia con melodie che facevano venire la pelle d'oca e suoni strappati ai loro strumenti che parevano soffrire anche loro insieme ai dannati ululanti.

Anche se non si vedevano applicati tutti i tormenti ai numerosi figuranti che interpretavano le anime dannate e che si limitavano in gran parte a star lì avvolte in veli grigi a gemere e ad agitarsi, come alberi battuti dal vento, le orribili torture venivano descritte con voci cavernose nel dialogo tra san Paolo e l'arcangelo Michele, e poi echeggiate dai demoni che fungevano da aguzzini: si parlava di peccatori morti prima di pentirsi e infilati in una fornace ardente, di altri appesi per i piedi, per la lingua, crocefissi, immersi nelle acque di un fiume infernale a lasciarsi divorare da pesci famelici un boccone alla volta, mentre le acque si tingevano di sangue; e si enumeravano le loro diverse colpe, che li rendevano meritevoli di punizioni più o meno efferate, come l'invidia, la frode, la fornicazione, ma anche il mancare la messa e la confessione, addirittura il distrarsi durante le prediche, per la qual cosa si sarebbe stati trafitti con delle spine di rovo. Serpenti e vipere si avvinghiavano invece al collo delle donne che avevano perso la verginità prima del matrimonio e coloro che non avevano saputo rispettare il digiuno nei giorni comandati erano destinati a tendere per l'eternità le mani verso alberi carichi di frutti che si allontanavano dalla loro presa, condannandoli a una fame che non avrebbe avuto fine.

E così via, elencando la maggior parte dei peccati più frequenti, gravi e meno gravi, fino a coloro che fecero del male a vedove e orfani, rubarono, bestemmiarono, addirittura uccisero i propri genitori, e comprendendo anche i ministri della chiesa che trascurarono i loro doveri per amore del mondo e della lussuria, in un crescendo vibrato dai tamburi dei musici che parevano quelli delle esecuzioni in piazza.

Le voci di san Paolo e dell'arcangelo Michele si alternavano echeggiando sinistre, col sottofondo del coro di fonde voci maschili, e di tanto in tanto un urlo acuto scandiva la narrazione, mentre la gente intorno ascoltava in silenzio, inorridita e affascinata, e ciascuno si riconosceva nella sua mancanza, e ci fu anche un'anziana che ebbe un mancamento proprio sui versi che raccontavano delle peccatrici che si erano fatte spulzellare e ora recavano le vipere al collo che divoravano loro il volto e le strangolavano tra le loro spire. Quello svenimento faceva pensare che alla vecchia fossero sovvenuti dei peccati di gioventù e questo suscitò, pur nello sgomento generale, una isolata e subito smorzata reazione di ilarità da parte di qualche giovinastro poco timorato di Dio.

Mi girai verso Dante, che era anche lui in riva all'Arno vicino a me, nella piccola folla degli spettatori che aveva sfidato il freddo e l'umido di novembre, e lo vidi tutto intento a seguire la narrazione, con gli occhi che gli brillavano nella penombra illuminata dalle lingue di fuoco di quell'inferno da commedia. Il volto gli era guarito del tutto, da giugno, anche se il naso era rimasto un po' segnato. Mi resi conto che non stava seguendo soltanto le rime enfatiche dei commedianti, ma molto anche le reazioni della folla, che palpitava alla descrizione di ogni nuovo supplizio, sussultava al rullo dei tamburi e alle grida laceranti dei dannati e se ne usciva in «oooh» e «aaah» di orrore e meraviglia, avida di vedere e sentire oltre. La Valdina, che era con me, si stringeva dentro lo scialle, sgomenta, e mormorava sottovoce delle giaculatorie. La Becca, che accompagnava la Nella e Bicci, si segnava in continuazione: «Dio ci perdoni, Dio ci perdoni!».

«Chissà se Bicci si ritroverà a tender la mano per l'eternità verso un pero che allontana da lui i suoi rami» tentai di celiare, per sciogliere quella cappa di spavento. Ci sarebbe voluto Cecco Angiolieri per farsi beffe anche dell'inferno, ma se n'era tornato a Siena, e noi non avevamo tanto spirito dissacratorio.

Bicci, che stava alla mia sinistra, vicino alla sua Nella, rise. «Bada che io il digiuno lo rispetto» ci tenne a protestare comunque. La Nella sgranò gli occhi e fece segno col dito che si cuciva le labbra per non dir nulla che contraddicesse il marito.

Dante scosse la testa. «Basta che tu ti penta in tempo dei tuoi peccati di gola» rispose, prendendo la faccenda molto sul serio. «E non solo di quelli. Comunque guardatevi intorno: questa narrazione attrae irresistibilmente tutti quanti, dall'ultimo garzone di stalla al primo dei cavalieri, uomini e donne, indistintamente.»

«Pensi di scriverne? Vuoi darti a creare canovacci per le sacre rappresentazioni?» lo provocò l'amico.

Lui fece un gesto con la mano che voleva dire tutto e nulla.

«Sono molto bravi questi umbri» riconobbi, mentre ci allontanavamo insieme lungo il fiume dopo che l'ultimo dannato ebbe avuto la sua pena e l'attore che impersonava san Paolo ebbe auspicato che tutti si pentissero in tempo, ottenendo un vibrato «Amen» dalla folla spaurita. Il giro di elemosine che sarebbe seguito, raccolto per i poveri morti, avrebbe avuto un gran successo, quella sera, e il giorno dopo ai confessionali ci sarebbe stata una bella fila di penitenti.

«Le rime di questa commedia sono rozze da far paura» ribatté Dante, sdegnoso.

«Certo, al tuo orecchio fine, ma fanno il loro effetto, l'hai detto anche tu» obiettai.

«Non sentite odore di frittelle? Forse c'è qualcosa, là all'angolo» osservò Bicci, allungando il passo. «Agli inferi son già discesi tutti: Ulisse e Orfeo e Euridice e Enea alla ricerca di suo padre Anchise… di certo non è una grande novità.»

«È vero» riconobbe Dante. «Ma a tutta questa gente non interessa l'Ade degli antichi, interessa il nostro aldilà.»

Aveva ragione. Non avevo potuto far a meno di figurarmi ciascuna delle persone che conoscevo, e delle quali potevo ben immaginare i peccati, nello strazio della sua pena. Eravamo circondati quotidianamente dai vizi capitali: superbia, invidia, ira, accidia, avarizia, gola, lussuria. Anch'io ne avevo sulla coscienza, di colpe, anche se magari non così gravi: forse ero ancora troppo giovane per aver seriamente peccato. Quando avevano parlato dei superbi costretti ginocchioni, mi si era materializzata nella mente l'immagine di Corso, la personificazione stessa della superbia rampante, il gran peccato di Lucifero.

«Ma avremo pure modo di espiare tutti i nostri peccati anche dopo morti, se è vero che esiste il purgatorio» dissi, speranzosa.

«Dovrà esserci per forza, come ha appena stabilito il concilio» ribatté Bicci «altrimenti mercanti e banchieri finirebbero tutti a bruciare all'inferno.»

«San Bernardo le aveva pur viste, le anime dei peccatori nel fuoco purgatorio» intervenne Dante, pensieroso.

Ci fu un momento di silenzio, dato che tutti, nelle nostre famiglie, avevamo qualche coinvolgimento con la mercatura e il traffico di denaro. Di certo i parenti non avevano fatto fortuna contendendosi un tesoro con un drago alato.

«Bisognerebbe fare tutti come Folco Portinari, che con la fondazione dello spedale, le sue colpe, se ne ha commesse, se le è fatte perdonare» sentenziò Bicci, con un sorriso amaro. «Gli ha dato un buon consiglio, la sua balia. Quando morirà, di sicuro saranno in tanti a pregare per la sua anima, così nessun diavolo armato di forcone lo inseguirà per pungergli le terga.» E rise.

«Lascialo stare, pover'uomo, che è malato» intervenne la Nella. «È più di là che di qua e non sta bene burlarsi di chi sta per tornarsene alla casa del Signore.»

«Non sapevo che fosse così grave!» esclamò subito Dante.

«Mio padre ha detto che Folco ha fatto testamento in Sant'Egidio, col notaio ser Tedaldo» mi sovvenne. O forse era stata mia madre, sempre bene informata. Sì, doveva essere stata lei. Correva voce che Folco avesse lasciato disposizione agli eredi, i suoi due figli maschi maggiorenni, di investire due donazioni di 1000 lire di fiorini piccoli per mantenere il custode dell'ospedale e il cappellano di Sant'Egidio. Altra gente che avrebbe pregato per lui.

«Lo conosco ser Tedaldo, ha acquistato un credito che era di mio padre» rispose Dante, e poi non parlò più e immaginai che avesse in mente il dolore di Beatrice, rimasta più legata alla famiglia di origine che a quella del marito: Folco si stava avvicinando ai settant'anni, da parecchio lo si vedeva smagrito e ingrigito, e negli ultimi tempi le sue condizioni erano peggiorate.

«Passerò domani a chiedere notizie a casa Portinari» si congedò Dante, lasciandomi davanti a casa con la Valdina, dopo che ci eravamo separati al crocicchio da Bicci e dalla Nella. «Ti hanno turbato i diavoli sull'Arno?»

«Mi fanno tanto pensare...»

«A chi?»

«Be', a Corso...» Vidi la sua espressione e mi affrettai ad aggiungere: «E a tutti i superbi, agli avari, agli iracondi...».

Lui annuì. «A questo dovrebbero servire le sacre rappresentazioni. Buonanotte, Gemma.»

Lo guardai allontanarsi in fretta, ben avvolto nel suo mantello, la schiena un po' curva. Avrei fatto meglio a non citare Corso. La Valdina tirava su col naso.

«Hai preso freddo?» le chiesi.

«No» mi rispose, e capii che stava un po' piangendo. «È che non ho potuto far dire messe per mio padre e mio fratello e anche l'altra notte li ho sognati, che tendevano le mani verso di me. Dovrei andare dai frati di Certomondo e portar loro qualcosa perché recitino qualche ufficio in suffragio delle loro anime... mio padre alzava il gomito e a mio fratello sfuggiva ogni tanto qualche blasfemia, spero tanto che abbiano avuto modo di pentirsi, prima di venire uccisi, o che la misericordia di Dio conceda loro il fuoco purgatorio...»

Nella rappresentazione sull'Arno, gli ubriaconi venivano affogati dentro botti di vino a testa in giù e ai bestemmiatori trafiggevano la lingua con chiodi arroventati.

«Sarà senz'altro così» le dissi. «Ne parlerò con la mamma, ti daremo qualcosa per i frati, faremo dire una novena tutta per loro, va bene?» Ero sicura che mia madre, che era una donna devota, avrebbe compreso il rovello della Valdina, e i frati si sarebbero accontentati di una piccola limosina, magari anche in natura.

Lei sorrise con gli occhi lucidi. «Pregherò tanto stasera e tutte le sere a venire, padrona Gemma. Certe notti sono così stanca per il lavoro che mi metto a pregare ma poi mi addormento in ginocchio vicino alla mia materassa, su in soffitta, e mi risveglio perché mi fanno male le gambe... ma stanotte starò ben desta, a costo di mettermi sotto i ceci, e dirò le orazioni per loro e anche perché padron Folco guarisca presto.»

Nonostante le buone intenzioni della Valdina, Folco Portinari morì insieme all'anno vittorioso di Campaldino, proprio l'ultimo giorno del 1289, il 31 di dicembre. Era stato un Natale triste e piovoso, con un nevischio bagnato che infangava le strade senza imbiancarle.

Il primo dell'anno ci ritrovammo tutti a casa Portinari, i miei genitori, i cugini Donati, la Nella, la Tana, Francesco e Dante. Tutta Firenze voleva rendere omaggio a quell'uomo di gran pregio che era stato tre volte priore del nostro sestiere di Porta San Piero e che lasciava numerosi figli e figlie e nipoti, oltre che il legato dell'ospedale, e il suo prestigio permetteva di radunare alle sue esequie amici, parenti e vicinato senza limiti di numero di partecipanti, anche perché la sua non era stata una morte violenta che avrebbe potuto ingenerare desiderio di vendetta al momento del cordoglio e creare problemi di ordine pubblico: la litigiosità dei fiorentini aveva costretto a leggi molto severe sugli assembramenti, anche ai funerali.

Anche se faceva freddo, erano state disposte panche e stuoie dentro il cortile, nei punti più riparati, perché gli uomini non potevano entrare in casa, secondo il costume: vi avevano accesso solo le donne e le prefiche, pagate per esprimere il loro cordoglio. C'era chi pensava che nello sconvolgimento del dolore ci si sarebbe potuti lasciar andare a comportamenti sconvenienti, ed era meglio che le donne, considerate fragili, se ne stessero per conto loro a dare sfogo privatamente, al chiuso, alla loro disperazione.

Ciò nonostante Dante, turbato dalle grida e dai pianti femminili che sentiva provenire da dentro la casa, non si scostava dalla soglia.

«Sarà Beatrice che piange?» domandò in un sussurro.

«Ma no» rispose mia madre «queste sono le prefiche, nessuna donna dabbene farebbe tanto strepito, di certo non Beatrice.»

«Quietatevi» lo rassicurò mio padre, che lo vedeva sofferente. «Venite con me, ci mettiamo laggiù con gli altri, Dante. Devo appoggiarmi, questa gamba maledetta mi duole ancora dopo mesi che l'ho rotta.»

Lui esitava. Franceschino era già andato a sedersi in un angolo riparato su una stuoia, in silenzio. I cavalieri avevano diritto a prender posto sulla panca, Dante di certo non si sarebbe accontentato di mettersi per terra. Rimase lì in mezzo, a farsi spintonare dalle donne che man mano venivano ricevute in casa, finché mio padre non lo prese per un braccio senza tanti complimenti e lo tirò via, mentre noi femmine si entrava.

Folco era stato composto sul feretro in mezzo alla sala, con indosso una sorta di semplice saio, rispettando le sue ultime volontà. Il volto era coperto da un velo, vedevo il suo corpo smagrito sotto la lana ruvida e i piedi nudi affilati e bianchissimi, che parevano di cera.

C'era la vedova, monna Cilia dei Caponsacchi, una cinquantenne di fisico imponente dopo tutte le sue undici gravidanze. Una bambina le era morta appena nata, le altre figlie erano lì: le nubili e minorenni Vanna, Fia, Margherita e Castoria, e anche i maschi: Manetto e Ricovero, già maggiorenni, e Pigello, Gherardo e Iacopo ancora minori. Manetto e Ricovero sarebbero stati i tutori dei fratelli e delle sorelle più piccole, ereditando solo loro due il patrimonio del morto: Folco aveva lasciato alle sue figlie ancora da maritare una gran bella dote di 800 fiorini piccoli ciascuna, la stessa che aveva assegnato a Beatrice, e alla moglie tutte le sue vesti e le robe di camera, la sua dote e un terreno che le avrebbe fruttato una buona rendita, dicevano in giro. Beatrice, che non era lì, aveva avuto solo un dono simbolico di 50 lire, dal momento che era già sposata e ormai toccava a suo marito provvedere a lei.

Una dozzina di prefiche vestite di nero pregava forte e piangeva, mentre le fiorentine sfilavano a rendere omaggio al morto; quelle che erano più in confidenza con i figli, come mia madre e monna Tessa, scambiarono anche qualche parola di conforto con loro.

Beatrice fece finalmente il suo ingresso, sostenuta da due domestiche. Sembrava anche lei di cera, in gramaglie e con i capelli avvolti nelle bende, come una vedova bambina. Suo marito messer Simone era stato nominato nel consiglio di Amerigo di Narbona e non era in città in quei giorni di dolore.

«È di nuovo incinta» disse mia madre, che aveva l'occhio lungo. «Non di molto, ma ne sono sicura. Guardale bene il viso.»

«Giusto» convenne monna Tessa.

Andammo a condolerci, ma lei parve quasi non riconoscerci, lo sguardo perduto e liquido.

«Vi ringrazio» ripeteva sottovoce a chiunque si avvicinasse «vi ringrazio.»

Mia madre salutò anche monna Cilia, che aveva accanto un uomo più giovane di mio padre, vestito molto sobriamente di nero, con un occhio lievemente più grande dell'altro, lo sguardo di chi ci vede poco e una papalina in testa che lo faceva sembrare più anziano della sua età, perché il viso glabro era liscio e senza rughe.

«Ser Baldo notaio, mio nipote» sussurrò monna Cilia. «Esercita a Volterra, è qua per il lutto.»

Il notaio chinò il capo con garbo, portandosi la mano al cuore. Mi guardava con interesse. La Tana, che era poco distante da me insieme alla Nella, seguiva tutta la scena, facendo finta di nulla.

«Ser Baldo è rimasto vedovo da poco» proseguì lei, sempre in un sussurro. La vidi scambiarsi un'occhiata d'intesa con mia madre, che le fece un cenno come a dire: «Ho capito». Feci anch'io un cenno educato col capo, affrettando il passo verso l'uscita. Forse un po' troppo, perché mia madre mi trattenne per il mantello.

«Vuoi metterti a correre, adesso? Hai visto un basilisco?» mi sibilò, rallentando la mia fuga che stava scomponendo il flusso ordinato dei condolenti.

«Non credo, i basilischi gli occhi ce li hanno grandi uguali» risposi pronta. «O forse sì, perché se ser Baldo si specchia e si vede riflesso, magari si spaventa della sua parvenza e muore, come dicono faccia il basilisco.»

Mia madre cercò di star seria, ma le labbra le tremavano di divertimento. «Ah, Gemma! Sei tremenda! Vuoi farmi ridere a un funerale.» Mi minacciò con dito. «Ma ne riparleremo... i Caponsacchi sono una buona famiglia...»

Lo sapevo che si stavano guardando in giro, i miei. Mio padre, fiorino su fiorino, stava rimettendo insieme una dote decente e bisognava sbrigarsi, o rischiavo di restar zitella.

Uscimmo a ritrovare i nostri uomini e Dante.

«Non ti dar pena» mi sentii in dovere di dirgli, avvicinandomi. «Beatrice sta bene, l'abbiamo veduta.» Forse non era la pura verità, ma volevo consolarlo. Il risultato fu che due lacrime gli scesero silenziose sulle guance, con grande sgomento di mio padre che se ne accorse e si guardò in giro, tirandolo da parte perché nessun altro si avvedesse di quella debolezza.

«Via, Dante, non fate così, lasciate che siano le donne a piangere Folco!» gli mormorò, ma in tono comprensivo.

Lui respirò a fondo, ritrovando la compostezza virile che gli si richiedeva. Forse ripensava a quando era morto il suo, di padre. Poeti, avrebbe detto Teruccio con sprezzo, se fosse stato presente. A me invece veniva voglia di allungare la mano e asciugargliele, quelle lacrime. La Tana aveva raggiunto Franceschino e aspettammo insieme che il corteo funebre si mettesse in marcia verso Santa Margherita.

Mio padre, che ancora zoppicava, disse che preferiva andare direttamente alla chiesa e aspettare là il corteo. Mia madre lo seguì con la Nella, che era incinta di Bicci da poco e non se la sentiva di andare in processione, e io mi ritrovai a far la strada con i fratelli Alighieri, che anche loro non volevano aspettare che si formasse la processione.

«Chi era quel forestiero vicino a monna Cilia?» mi domandò la Tana sottovoce.

«Suo nipote ser Baldo, notaio a Volterra.»

«Ti mangiava con gli occhi.»

Dante ci si mise al fianco in vista della chiesa. «C'era anche il giovane Manetto Portinari? Il fratello di Beatrice?» domandò. «So che era via a studiare...»

«C'era, c'era» confermò la Tana. «Lo so che siete sodali. Lo vedrai in chiesa.»

«Messer Simone invece è in viaggio...»

«Speriamo che riesca a tornare per il battesimo, tra qualche mese.»

Dante guardò la sorella. «Che battesimo?»

«Beatrice aspetta un bambino. A occhio e croce, direi che dovrà nascere con l'estate...» Lo vidi barcollare e appoggiarsi con la mano al muro di pietra di Santa Margherita. Franceschino lo sorresse prontamente.

«Dante! Che hai?»

Stava tremando. Lo portammo nella chiesa ancora deserta, entrando in sagrestia, mentre Francesco ci aspettava fuori, come di guardia. Padre Jacopo, fragile e anziano, stava vestendo i paramenti, preparandosi alla funzione, aiutato da due chierici. Ci indicarono una stanzetta dove tenevano i drappi dentro due casse. Lo facemmo sedere. Era pallidissimo e sembrava sul punto di perdere i sensi.

«Hai preso freddo» gli dissi.

«Sì» confermò la Tana, sforzandosi di sorridere. «Ma ora si riprende, Gemma, non avere timore. Vado a procurargli qualche cosa da bere.»

Lui stava con le spalle appoggiate al muro, seduto sulla cassapanca massiccia, con gli occhi chiusi. Lo vedevo inerme, mi si stringeva il cuore.

«Cosa ti senti?» gli chiesi.

Lui aprì gli occhi. «Non è il freddo» disse, sillabando bene le parole. Ci fu silenzio, ed ebbi la sensazione che fosse in dubbio se proseguire. Poi strinse le labbra. «È il mio male. Ogni tanto mi atterra. Come se un diavolo mi trascinasse giù.»

«Che diavolo?» esclamai, impressionata.

Dante ebbe un sorriso amaro. «Fa paura a tutti, eh?»

«A me no. Parla.»

«Gli antichi lo chiamavano morbo sacro. O mal di luna. È il mal caduco...»

Ne avevo sentito parlare. Uno zio di mia madre ne soffriva, ma i suoi attacchi erano molto più violenti di quella specie di svenimento che era capitato a Dante: cadeva lungo e disteso, mordeva e sbavava e si contorceva come un indemoniato. Da giovane lo avevano anche sottoposto a un esorcismo e dicevano che la luna piena favorisse quegli accessi. Ma dubitavo che c'entrassero i diavoli, perché poi lui si riprendeva e non aveva mai parlato lingue sconosciute o recitato le scritture al contrario. Quando si risvegliava, non ricordava niente. Bisognava solo fare attenzione che non si facesse del male durante la crisi, che non si soffocasse.

«Sembrava solo un mancamento...» osservai.

«Gli umori freddi ostruiscono i vasi... un'oppilazione... Dopo Campaldino è un poco peggiorato. Quando sono stato disarcionato ho battuto la testa. Ma mi accorgo di solito quando sta per capitare... stamattina ho preso dell'oppio.» Si frugò nella scarsella che portava appesa alla vita e ne tolse un piccolo panno ripiegato. Dentro c'era una pallina di un impasto bruno e appiccicoso.

La Tana rientrò in quel momento con un boccale di vino in mano. «È quello buono della messa, fratello, padre Jacopo è stato generoso, ti rimetterà in piedi...» Vide quel che lui mi stava mostrando e si fermò. «Gliel'hai detto» mormorò.

«Sì» disse lui, tirandosi a sedere dritto. «Sono sicuro che terrà il segreto.»

La Tana sorrise. «Ne sono sicura anch'io» confermò. E gli tese il vino.

Mentre la chiesa si riempiva, anche noi raggiungemmo gli altri, arrivati in corteo, a rendere l'estremo saluto al vecchio Folco. I figli del defunto, la vedova e i parenti stretti erano tutti nelle prime file. Accanto a Beatrice stava la sua vecchia nutrice, quella in odore di santità che aveva suggerito a Folco le sue opere di carità, che la carezzava e la consolava. Sua madre era più discosta, sempre vicina a ser Baldo, che ogni tanto allungava il collo come un'oca sparuta scrutando nella piccola folla. Per fortuna avevo davanti la Tana, che alta e ben messa com'era mi faceva da paravento.

Dante si era ripreso del tutto e seguiva la funzione nei banchi degli uomini, a metà navata. Io ero dall'altra parte, più indietro, vicino a mia madre, che si era accorta del fatto che ogni tanto ser Baldo si guardava intorno con discrezione.

Mi diede di gomito. «Magari cerca te.»

Io mi ingobbii ancora di più dietro alla Tana e scivolai in ginocchio, sparendo definitivamente alla sua vista. Per fortuna avevo il capo coperto, in modo che i miei capelli rossi non si notassero.

«Sei venuta qui con la Tana, Franceschino e Dante?» mi sussurrò mia madre.

Feci segno di sì. Nemmeno per un momento fui tentata di raccontarle quel che era accaduto: era il nostro segreto, mio e di Dante. Lui mi aveva dato una gran prova di fiducia e io non l'avrei deluso.

13

Campane a morto

«Ma davvero non lo conosci maestro Giotto, quel bravo allievo di maestro Cimabue che ha da poco aperto bottega vicino a Santa Maria Novella?» mi stava chiedendo la Tana, precedendomi di buon passo sulla via.

La sua serva e io faticavamo a starle dietro, quella mattina di giugno.

«No, ma ne ho sentito il nome» le risposi. «Perché corri in questo modo?»

«Perché ho cento faccende, oggi, e mio marito mi vuole a casa a San Procolo per tempo. Mi ha detto chiaro e tondo che quei pochi giorni in cui è a Firenze e non è costretto in giro a Orvieto o a Perugia dove ha i suoi affari, ha piacere di avere sua moglie accanto.»

«È amorevole» le dissi.

Lei si strinse nelle spalle. «Non posso dargli torto. Poi magari sta sulle sue carte e sui suoi conti e nemmeno mi guarda, ma vuole che sia lì, a sua disposizione. Però è sempre sollecito, mi ha portato un bello specchio d'argento di fattura veneziana, e devo dire che se la mia famiglia ha bisogno, lui non si tira mai indietro.»

Tutta Firenze si stava preparando a festeggiare il primo anniversario della vittoria di Campaldino sugli aretini, anche se con loro non si era mai fatta pace e le schermaglie continuavano. Noi fiorentini ci eravamo tenuti le castella che avevamo conquistato, come Castiglione, Laterina, Civitella, Rondine, e i primi di giugno un nostro esercito, dopo che il visconte di Narbona aveva conquistato Bibbiena, era partito a guastare le terre intorno ad Arezzo, tanto che si diceva che nel giro di sei miglia tutto intorno non fosse rimasta biada né albero né vigna. Ma gli aretini, asserragliati dentro la città, resistevano. Era una contesa che sembrava non dovesse avere mai fine.

Messer Simone dei Bardi, che era al seguito del visconte di Narbona, era tornato a Firenze. Beatrice avrebbe dovuto partorire a giorni e lui sperava molto in un erede maschio.

«Mi è sembrato un bel pensiero quello di Dante, di far fare a maestro Giotto un desco da parto per Beatrice» le dissi, accelerando il passo.

«Mio fratello s'intende anche di pittura» rispose lei. «Dovresti vederlo disegnare.»

«Cosa disegna?»

«Fiori, angeli, uccelli... Ha fatto anche una mappa della battaglia di Campaldino, con tutti gli schieramenti di diverso colore, pareva un arazzo tanto aveva dettaglio, sembrava di essere lì.»

Mi sarebbe tanto piaciuto che mi mostrasse qualche suo lavoro. «Dimmi una cosa della quale non s'intenda, quella gran testa di Dante» risi.

«E sa di musica, anche. L'unica cosa che non gli va di fare è usare i suoi talenti per guadagnare. Potrebbe fare qualche affare, anche senza un gran capitale, con le sue conoscenze, o diventare notaio come il suo maestro ser Brunetto, o magari avvocato. Ma no, lui vuole dedicarsi a tempo pieno allo studio e alla poesia. Non dico che nostro padre non abbia lasciato nulla, ma di certo non sono i possedimenti dei Cavalcanti... loro sì che possono vivere di rendita.» Sospirò. «Per fortuna Franceschino, per quel che posso vedere, giovane com'è, è fatto di tutt'altra pasta. Lui ha testa per gli affari e farà fruttare le proprietà degli Alighieri.» La Tana indicò in fondo alla via. «Siamo arrivate, è maestro Giotto, quello.»

Era stata una gradevole passeggiata, per quanto così di fretta. Nella bella stagione le strade di Firenze erano un gran fermento. Spesso lo spazio interno delle botteghe era angusto o buio e la gente lavorava fuori. I barbieri, i sarti, gli scrivani, i ciabattini, perfino i cambiatori esercitavano la loro arte all'aperto, ed evidentemente anche maestro Giotto aveva preferito sedersi sotto la tettoia fuori del suo laboratorio a dare gli ultimi tocchi a una piccola tavola di legno raffigurante una Madonna, di quelle piccole e comode da trasportare, che i pellegrini si portavano in viaggio.

Vide la Tana e si alzò in piedi, mettendo giù la tavola di legno e sistemandosi il berretto. Era giovane, basso e tarchiato, con una faccia glabra più da contadino che da artista, il naso largo e le palpebre pesanti, ma un bel sorriso col quale ci accolse. Indossava una tunica corta, scura e comoda color della terra sulla calzamaglia nocciola.

«Monna Tana, Dio vi salvi. Vi manda Dante per il desco di madonna Beatrice?»

«Sì, come state, maestro Giotto? Lei è Gemma dei Donati, la figlia di messer Manetto.»

«Accomodatevi, le mie dame.»

Entrammo nella bottega dove un paio di assistenti si stava dando da fare a macinare colori e a confezionare pennelli. Una era una fanciulla bruna avvolta in un grembiale bigio e con le dita sporche di polvere di cinabro. Ne aveva uno sbaffo anche sul naso e Giotto passandole accanto gliene sfiorò la punta, celiando. «Bada, Reparata, che ti sei tinta il viso!» Lei rise di rimando, ripulendosi col dorso della mano.

Il tondo di legno era ancora fresco di pittura. Da un lato Giotto ci aveva dipinto un bel Gesù bambino nella paglia con dietro un bue e un asinello, dall'altro una losanga rossa in campo giallo dorato, che ricordava lo stemma dei Bardi.

«Dante mi ha detto che trovava adatta una natività di nostro Signore, per il vassoio da donare a madonna Beatrice. Ho pensato al miracolo di Greccio, quando durante la sacra rappresentazione vivente di san Francesco, a Natale, è apparso nella culla il bambino in carne e ossa...»

«Sembra di sentirlo piangere, questo Gesù» esclamò la Tana «tanto è veritiero.» Me lo indicava commossa. «Guarda com'è in carne, somiglia al mio Bernardo quando è venuto al mondo.»

«A dirvi la verità ci ho ritratto il mio Cesco, che è nato due settimane fa» rispose il pittore con pari orgoglio. «Gli ho abbellito il volto, ché il mio bimbo purtroppo somiglia a me più che a sua madre, la mia Ciuta, ma il corpo è proprio il suo, con tutte le piegoline grasse!» Sapeva ridere della sua scarsa avvenenza, senza farsene un cruccio. «Il Signore non mi ha donato la bellezza, ma mani capaci di dipingerla, per fortuna. E gliene sono grato.»

«Davvero! Cesco è il vostro primogenito, maestro Giotto?» gli chiesi.

«No, ho già una bambina, Caterina. Sapete, io vengo dal Mugello, ma mia moglie è di qui...» Guardò la Tana. «E vostro fratello non ci pensa a trovare moglie, monna Tana?» Lui si era sposato presto: era un paio d'anni più giovane di Dante e già aveva una sposa e due figli.

Lei allargò le braccia. «Ha in mente i suoi studi e le sue rime... ma arriverà bene il momento. Vi siete già regolato con lui per il pagamento?»

«Certo. Vi mando dietro il mio garzone per portarvelo fino a casa, così lo avrete pronto da consegnare non appena sarà dato annuncio della nascita del bambino di madonna Beatrice e messer Simone.»

Portava male recapitarlo prima del parto, il desco. Ma al giusto momento sarebbe stato un bel dono. Il vassoio era grande e robusto e madonna Beatrice avrebbe potuto servirsene durante il suo puerperio. Di certo sarebbe rimasta a letto almeno un paio di settimane a riprendersi e da lì era nato l'uso di donare un tondo che facesse da tavolino nelle settimane che seguivano il lieto evento. Giotto aveva anche preparato un supporto di legno con le gambe a X per poterlo appoggiare accanto al letto e disporvi sopra cibo e bevande per la nuova madre.

«Come mai Dante non è venuto?» domandai alla Tana, mentre tornavamo verso San Procolo. Non potevo confessarglielo, ma il motivo per il quale mi ero offerta di accompagnarla non era tanto conoscere maestro Giotto, quanto il fatto che pensavo che suo fratello sarebbe stato della partita.

«Stanotte non è stato bene. Ha mandato il suo servo Cianco ad avvisarmi.»

«Cos'ha avuto?»

Lei era riluttante. Non le piaceva parlare dei malanni di Dante. Fece un gesto vago con la mano, come a simulare un volo di farfalle.

«Uno dei suoi mancamenti?» insistetti.

Si fece più vicina e abbassò la voce. «Un sogno, credo. Come una visione. Ora passiamo da lui e sentiamo. Mio fratello Francesco dice che ogni tanto gli succede... ma sbrighiamoci, se no mio marito si spazientisce.»

«Vado io da Dante. Torna a casa dal tuo Lapo. Dirò a tuo fratello che mi mandi tu e gli porterò del pan di frutta che ho cucinato io, pieno di uva passa.»

Lei sorrise. «Sai cucinare, allora. Mi pare una buona idea. Gli piace l'uva passa.»

Mezz'ora dopo ero a casa dei fratelli Alighieri con la Valdina, ché non stava bene che mi presentassi da sola. Fu Franceschino ad aprirmi, con una faccia lunga che subito si scorciò in un mezzo sorriso quando mi vide.

«Oh, Gemma, entrate. A dir la verità aspettavamo la Tana...»

«È dovuta rincasare, suo marito la reclama. Vi ho portato un pan d'uva ancora tiepido. Come sta Dante?»

Il giovane mi fece strada. «Chiuso nella sua stanza. Dopo stanotte è ancora scosso.»

«È stato un sogno?»

Francesco si tirò indietro il ciuffo chiaro affondandovi le dita. «Così sembrerebbe.»

Ma Dante non parlava di sogni. Lo trovai sconvolto, con una veste da camera scura che gli ballava addosso, curvo e pallido, raggomitolato sul letto. Mi diede ascolto solo quando gli riferii che era la Tana a mandarmi da lui ed eravamo passate da maestro Giotto che gli mandava i suoi saluti.

«Il desco... oh, buon Dio, che non sia un cattivo auspicio anche quello» disse con angoscia.

«Raccontami cos'hai avuto stanotte, per esserne rimasto tanto turbato...» insistetti.

«C'erano delle donne... orribili, che si aggiravano scapigliate per la via, come delle furie... Il sole si oscurava, la terra tremava, gli uccelli cadevano morti...»

Rabbrividii a quelle sue parole. Parevano quelle di un profeta della Bibbia che prediceva sventure. Sentivo il bisogno di riportare quelle visioni a qualche cosa di quotidiano, concreto, rassicurante nella sua normalità. «Sembra che tu abbia sognato il terremoto dell'Amiata...» gli dissi, un po' celiando, credendo di tranquillizzarlo. C'era stata una gran scossa, tre anni prima, e dei monaci dell'abbazia di San Salvatore, che era rimasta molto danneggiata, avevano raccontato di aver visto cose simili. Nella mia memoria, quella era la cosa più vicina al racconto di Dante che ero riuscita a trovare.

Lui invece s'inquietò con me. «Ma che terremoto, non capisci, Gemma? Un uomo vestito di nero mi è venuto incontro, ma non riuscivo a vedere il suo viso. Però ho sentito la sua voce...» Si coprì la faccia con le mani. «Oh, quella voce!»

«Cosa ti ha detto?»

«Mi ha detto che se n'era andata... che la mia donna era morta.»

«La tua donna?»

«La donna di cui verseggio... Beatrice.»

Rimasi lì impalata in piedi, con il mio pan di frutta in mano. Me l'ero portato fin nella sua stanza perché mia madre mi aveva sempre insegnato, quando vai a consolare qualcheduno, di non presentarti a mani vuote. Un boccone dolce e tante cose si sistemano. Ma non pareva questo il caso. Franceschino si avvide che ero come di pietra e mi prese l'involto appoggiandolo su un tavolino.

«Fratello, ascolta, è stato solo un sogno...» provò ad ammansirlo.

Lui scosse la testa, ostinato. «No! Una visione... un presagio...» Allargò le braccia. «Ho una spada nel cuore... Se anche gli angeli muoiono, che speranza ci resta?»

«Pregare» rispose subito lui, che era un giovane devoto.

Prima che Dante potesse replicare, qualcuno stava bussando al piano di sotto. Il Cianco doveva essere andato ad aprire, perché sentimmo il suo passo diseguale su per le scale, prima che si affacciasse alla porta. «Padrone Dante, monna Tana ha mandato ad avvisare. Voleva andare a portare il vostro dono alla casa dei Bardi, ma si è saputa ora la disgrazia… Madonna Beatrice ha figliato un bimbo morto.»

Restammo in silenzio per un lungo momento.

«Forse è questo il lutto che hai sognato» sussurrai.

Le donne morivano di parto a decine: avevano valore solo se figliavano, e tentando di farlo spesso perdevano la vita, ma quel rischio era parte del gioco. Beatrice non faceva eccezione.

«Dio voglia che lei sia salva» rispose Dante, con uno sguardo da pazzo.

Le lacrime mi riempirono gli occhi. Cos'aveva mai fatto Beatrice, per meritare tanto? Nulla. Era avvenuto tutto dentro il cuore di Dante. Una sua fantasia poetica, la sua capacità di sublimare la realtà degli esseri umani, di vedere la sposa di un altro in trasparenza, come una luce disincarnata, un ideale di beltà, di virtù. Non era forse questa la forza della sua poesia? Ma ora la sofferenza di Dante era carne e sangue, lì davanti a me. Non era immaginazione, quello strazio che gli affilava il profilo, gli arrossava gli occhi e gli faceva tremare le mani. Era una realtà costruita su un sogno.

Quando al vespro le campane suonarono a morto, a partire dalla chiesa vicina alle case dei Bardi, tutta Firenze seppe che madonna Beatrice di Folco Portinari aveva seguito in cielo il suo bambino morto poche ore prima e si era addormentata per sempre nel suo ventiquattresimo anno di età, lasciando che la vita le uscisse dal corpo insieme al troppo sangue perduto. Nemmeno maestro Dino era riuscito a fermarlo con i suoi rimedi.

L'aveva pur detto, lui, che madonna Beatrice non era adatta a figliare. Lo rivedevo a scuotere la testa e a dire: «Sarà come Dio vorrà».

14
Vocazione

Mia madre e mio padre ne parlarono molto, come tutti i fiorentini, della morte di Beatrice. La seppellirono in Santa Croce, nella tomba di famiglia dei Bardi, insieme al suo bambino, e i funerali furono semplici. In fondo, lei era entrata e uscita in quella casata senza lasciare traccia del suo passaggio: nessun erede maschio e a quanto pareva anche la suocera aveva i cigli asciutti. Di più, era come se messer Simone pensasse di aver perso tempo, anni preziosi.

«Si parla già di una nuova sposa per lui, con una dispensa per il periodo del lutto...» raccontò mio padre una sera a tavola, con la faccia scura.

Dal giorno della morte di lei, Dante non era più uscito di casa e non riceveva visite. Avevo sue notizie dalla Tana: non mangia, non dorme, maestro Dino gli ha dato delle erbe per farlo stare tranquillo, ci vuole pazienza, domani magari si riuscirà a farlo ragionare, e poi ancora domani, e ancora domani, e i giorni scorrevano e la mia ansia cresceva e resistevo all'impulso di presentarmi sotto il suo portone e battere forte, da risvegliare quelli che morti non erano ma da tali si comportavano.

Mi sentivo male anch'io. Mi dispiaceva per Beatrice, mi dispiaceva per Dante, soprattutto mi pareva di avere cattivi pensieri. Quando Beatrice era viva, Dante era ben conscio che non l'avrebbe mai potuta avere, che lei era la moglie di un altro, e confidavo che prima o poi sarebbe riuscito a togliersela dalla mente. Perché a me lui piaceva ogni giorno di più, con tutte le sue debolezze e le sue virtù. Ora che lei era morta bisognava che se ne facesse una ragione, che superasse quel lutto e ricominciasse a vivere, e io avrei fatto di tutto per aiutarlo.

«Messer Simone invecchia, se vuole avere discendenza farà meglio a sbrigarsi» ribatté Teruccio. «Se Beatrice non ci è riuscita, pace all'anima sua, si prenderà un'altra più presta a figliare.»

«Invecchia! Avrà la mia età» borbottò mio padre.

«Un'altra che deve sbrigarsi è la Gemma» disse Teruccio, prendendo del pane. «Tra un po' sarà zitella. Ma potrà sempre farsi monaca...»

Mio padre lo zittì prima che io potessi aprir bocca. «Quest'anno le troveremo un buon marito. Le cose sono andate per le lunghe per l'investimento fatto per il mio addobbo, ma ora tutto si è sistemato. I fiorini per la sua dote ci sono e anche il prestigio: ora è figlia di un cavaliere» ribatté lui, deciso. «E anche tu, figlio.» Teruccio non si azzardò a insistere.

Ser Baldo aveva fatto, attraverso monna Cilia, qualche cauta manovra; non so se i miei avessero tenuto conto della mia ritrosia nei suoi confronti, più probabilmente avevano preso qualche informazione e non dovevano aver reputato il notaio di Volterra un gran partito, per cui la sua proposta era stata accantonata.

Ma più tardi quella sera mia madre mi raggiunse nella mia stanza, cosa che faceva di rado, e mi affrontò a viso aperto. «Fino a quando lo vuoi aspettare?» mi chiese, senza preamboli.

La casa stava già dormendo e parlavamo a voce bassa, nel buio rischiarato dalle lampade, in un'atmosfera che favoriva la confidenza. Sussurravamo come in confessione.

«Chi?» domandai per prendere tempo, ma avevo compreso benissimo.

«Dante. Pensi che non abbia capito? Sono tua madre, io.»

Distolsi lo sguardo. Non avevo ben chiaro il tumulto che mi si agitava nel cuore, ma cercai di trovare un filo dal groviglio e di tirarlo piano piano, come quando si sbroglia una matassa molto ingarbugliata.

«Sulle prime nemmeno ci pensavo, madre, ma frequentandolo... è diverso dagli altri.»

Lei ridacchiò, coprendosi la bocca con la mano. «Su questo non c'è dubbio, a tuo padre è preso un colpo quando lo ha visto piangere come una fanciulla al funerale di Folco...»

«Non è una fanciulla. Ha sostenuto l'assalto degli aretini guardandoli caricare, a Campaldino. E ha fatto meglio di Teruccio agli armeggi, se queste son cose da uomo. Solo che è un poeta...»

Lei annuì. «Vedi come lo difendi! Ma è vero, lo ha detto anche Manetto che si è ben portato in armi. Quello che mi domando io è perché non si sia ancora fatto avanti...» Cercò le parole giuste. «A volte capita che ci si immagini di interessare a qualcheduno... ma l'altra persona, magari, non corrisponde il nostro sentire...»

Mi morsi le labbra. Non potevo dirle quanto lui fosse poeticamente perso per Beatrice e nemmeno della sua malattia. Mi ero messa in mente che fosse anche quello a trattenerlo, una sorta di vergogna, di pudore: a una moglie non avrebbe potuto tenerlo segreto, il suo mal caduco. Ma a me l'aveva rivelato. Come se avesse voluto mettermi alla prova. E avevo sperato che, dopo quella rivelazione, tutto sarebbe stato più facile.

«No, io credo... che potrei piacergli. Ha solo... bisogno di tempo, credo.»

«Non ne abbiamo, Gemma. Ora sarebbe il momento giusto. Ma la morte di Beatrice lo ha tanto prostrato che dicono ne stia facendo una malattia. So che è molto amico di un fratello di lei. So che di lei ha verseggiato, prendendola a simbolo di pura bellezza e virtù, e messer Simone non se ne è avuto a male, lusingandosi che la sua sposa fosse musa di un poeta, ma anche questo lutto deve trovare la sua misura. Nemmeno il suo vedovo e i suoi parenti stanno patendo tanto.»

Sentivo il cuore in gola. «Ma quindi se lui... dovesse dichiararsi, pensate che mio padre...»

«Non ha niente contro di lui, Dante è di belle speranze e frequenta stimabili persone. Mi pare che anche la Tana sarebbe contenta, vedo che siete amiche, e quindi anche i Riccomanni non sarebbero contrari, il che conta. È amico di Bicci, come lui poeta, quindi ben introdotto anche dai nostri cugini. Certo non è straricco, ma neanche noi lo siamo come gli altri parenti Donati, e poi tu saresti felice, che alla fine è quel che conta.»

D'istinto l'abbracciai e lei mi lasciò fare. Sapevo che l'opinione di mio padre era molto influenzata dalla sua e lei era la mia grande alleata.

«Però si deve decidere. Spesso gli uomini hanno bisogno di una piccola spinta» mi ammonì agitando il dito, prima di augurarmi la buona notte, che passai senza chiudere occhio.

Dovevo parlare con la Tana e la mattina presto mi misi per via per raggiungerla a casa sua a San Procolo. Ma lei mi aveva preceduta e ci ritrovammo tutte e due sotto la casa di Dante.

«Tana!» la salutai. «Proprio te cercavo...»

Lei aveva una faccia sconvolta. «E io lo stesso...»

«Ascolta, devo parlare con Dante. Oggi. Adesso.» Ci avevo pensato su tutta la notte e mi sentivo il coraggio di un leone. Non potevo essere io a fare la proposta, ma intanto avrei cercato di tirarlo fuori dalla sua prostrazione. «Non gli fa bene crogiolarsi nella sua sofferenza. Bisogna che si scanti. Tra poco sarà san Giovanni.» La gran festa di Firenze sarebbe stata una buona occasione per vedersi e completare gli accordi. I matrimoni erano questioni notarili, più che altro. Ci sarebbe stato un bello scritto con le carte bollate che garantiva la promessa, stabiliva la dote, scendeva nel merito degli obblighi reciproci. Magari quel ser Tedaldo che lui conosceva già e che aveva redatto il testamento di Folco Portinari avrebbe potuto mettere nero su bianco il nostro impegno.

«Gemma...» attaccò la Tana, sollevando entrambe le mani e mettendosi davanti alla porta di casa Alighieri.

«No, ti prego, non cercare di fermarmi... credo che davvero Dante abbia bisogno di essere scosso. Lasciami fare.»

Lei esitò, aprì la bocca, la richiuse e si fece da parte. Il Cianco venne ad aprire dopo che bussammo due volte, anche lui con la faccia desolata. Mi guardai intorno: dentro era buio e c'era odore di chiuso, bisognava aprire le impannate, far prendere aria a quella casa.

Salii in camera di Dante, bussai e aprii. Tutti quei giorni passati ad aspettare mi mettevano addosso una grande energia, ora. Non avrei pazientato un'ora di più. Lui aveva solo bisogno di una giusta sollecitazione. Finalmente mi pareva di aver chiarezza dentro la mia anima, finalmente mi pareva di stare facendo la cosa giusta ed ero convinta che anche Beatrice, là da dov'era adesso, mi avrebbe dato la sua benedizione. Come diceva mia madre, che era una donna saggia, gli uomini hanno bisogno di un tocco sulla spalla, un piccolo incoraggiamento, e io ero lì per questo.

Mi ero rigirata tutta la notte nella mente i nostri momenti di intimità, gli sguardi di complicità, i sorrisi, le mezze frasi: non mi stavo sbagliando, ne ero convinta. Da quel giorno in cui eravamo andati a caccia a Pagnolle, qualcosa si era andato rinsaldando tra noi, un po' alla volta. Mi aveva lanciato cento segnali, Dante.

Spinsi l'uscio e lo vidi, vestito di tutto punto, intento a metter in ordine dentro il cassone. Stava ripiegando con cura un mantello. Si girò, mi riconobbe e mi venne incontro, calmo. Mi ero immaginata di trovarlo ancora in preda alla sofferenza, scamiciato, magari febbricitante: invece sembrava pronto a uscire per andare a far commissioni, vedere gente, fare un giro a Pagnolle.

«Oh, Dante» esclamai. «Ti trovo bene. Ti senti meglio?»

Lui sospirò e annuì. «Oggi decisamente meglio, quel dolore che sentivo al petto si è attenuato. Forse devo dir grazie anche agli infusi di maestro Dino, ma stanotte ho dormito, per la prima volta dopo un'eternità.»

Beato te, pensai, sentendo gli occhi che mi bruciavano. «Che piacere sentirtelo dire. Facciamo entrare un po' di sole?»

Lasciò che aprissi le finestre e la luce invase la stanza col tepore di giugno.

«Hai visto? Siamo in estate. La vita continua» gli dissi, mettendo nella mia voce il calore del sole.

Lui prese un altro mantello e si mise a piegarlo. Sapevo che quando le persone sono turbate certe attività manuali ripetitive sono di conforto e contribuiscono a schiarire la mente.

«Ti aiuto» mi offrii, togliendoglielo dalle mani. «Ti fa piacere che sia venuta? Nei giorni scorsi la Tana mi ha detto che non volevi vedere nessuno.»

Ora pensavo che avrei dovuto insistere di più fin da subito, non lasciarmi fermare da un semplice «no». O magari era stata una buona cosa concedergli tempo.

«È vero. Ma ora sono pronto. Te l'ha riferito, no, mia sorella?»

«Non proprio, ma devo averlo come intuito...» risposi. Non l'avevo lasciata parlare, in effetti, quella mattina. «Tra noi c'è un legame speciale, Dante, non credi?»

Era la cosa più ardita che gli avessi mai detto. Un bell'azzardo da parte di una fanciulla. Il nostro ruolo era quello di starcene sedute ad aspettare. Ma Dante e io eravamo diversi, lo aveva riconosciuto anche mia madre.

Lui giunse le mani. «I nostri spiriti dialogano» riconobbe. «Comunque sono contento che tu sia già qui. Ci tenevo a salutarti, prima di andare, e volevo uscire di buon'ora.» Solo allora mi resi conto che la cassa che stava preparando era da viaggio. «Vorrei arrivare al portone del convento prima che suonino la terza.»

«Che convento?»

Lui si fermò e mi guardò stupito. «Santa Croce.»

«Vuoi far dire delle novene per Beatrice?» domandai.

Dante si risollevò dopo aver chiuso la cassa. «Ma no. Non hai parlato con la Tana?»

«Che cosa avrebbe dovuto dirmi?»

«Che mi faccio frate.»

Il mantello mi scivolò dalle mani e si adagiò sul pavimento in pieghe molli. Restai lì paralizzata, con le mani ancora tese.

«Che cosa?» balbettai.

«È l'unico modo di ritrovare un po' di pace. Ho parlato col mio padre confessore e lui mi ha ben consigliato. Potrò studiare, approfondire la mia conoscenza della filosofia e della teologia e dedicarmi alla meditazione e alla preghiera, nel silenzio.»

«Ma come? Tu sei un poeta...»

Lui agitò le mani. «Nel secolo c'è solo l'infelicità.»

«Ascolta, non puoi...»

«Io vado, ti dico. Avrò tempo per maturare una decisione definitiva. Intanto vivrò la vita del convento, indosserò il saio, mi svuoterò l'anima dalle passioni del mondo...» si raddrizzò su tutta la sua statura. «Ho sempre sentito di essere chiamato a qualcosa di grande, sai, Gemma. E non c'è niente di più grande che servire Dio, non credi? La vocazione... Devo trovare la pace dentro di me, lontano dal tumulto delle passioni, e se questo è l'unico modo...»

«Dante...» sussurrai.

Lui afferrò il mantello bigio che mi era caduto sul pavimento e lo mise dentro la cassa con un gesto deciso. «Devo provarci.»

«Ma io ti... io nutro dell'affezione per te e credevo... ho creduto che anche tu...» balbettai.

«Proprio per l'affezione che mi porti, devi capirmi» tagliò corto lui. «Addio, Gemma. Dio ti benedica.»

Rimasi lì di pietra mentre lui scendeva le scale e il Cianco portava giù in spalla la cassa delle sue cose. Le gambe non mi reggevano e mi lasciai cadere su uno sgabello. Ero ancora seduta quando venne la Tana a cercarmi.

«Era questo che cercavo di dirti.» Scosse il capo, compassionevole.

«Che Dante vuole prendere il saio» mormorai, ancora stordita. Mi sentivo come se mi avessero colpita con un sasso in fronte.

«Me l'ha comunicato ieri sera tardi, non ho avuto modo di dartene notizia prima.»

«Io credevo...» mi coprii la faccia con le mani. Già mi ero vista a legarmi la mano con la sua col laccio rosso degli sposi. Che sciocca, mio Dio, che sciocca!

«Guarda che non c'è niente di scritto. Ci vuole un anno prima di confermare le promesse, nell'ordine dei minori, e in quei mesi avrà tempo mille volte di cambiare avviso. Lo vestiranno di tela di sacco e la vita in monastero non è facile. Non potrà certo poetare come gli aggrada sui temi dell'amore cortese. I voti che gli chiederanno per concedergli i tre nodi al cordiglio, povertà, castità e obbedienza, se conosco mio fratello come lo conosco, non mi pare proprio che facciano per lui. I denari li dà per scontati, le donne gli garbano molto e non vuole render conto a nessuno di quel che fa. Il tempo dimostrerà...»

«Non ce n'è, di tempo!» la interruppi, riecheggiando le parole di mia madre. Ero smarrita. «Non posso più star dietro alle sue fole. I miei mi mariteranno quest'anno. Se non con lui, con un altro, capisci?»

Lei si morse le labbra e mi abbracciò. «Oh, dannati poeti, quanto possono essere ciechi?»

15
San Giovanni

Di solito era una gioia prepararsi per la gran festa di san Giovanni che animava tutta Firenze a fine giugno e mia madre e mio padre erano stati assai generosi con me: da una splendida pezza di pregiata seta lucchese color del bronzo mi avevano confezionato un vestito che mi faceva sembrare una principessa, modellandomi i seni e stringendosi in vita; dagli orefici del Ponte Vecchio veniva la reticella impreziosita di piccole perle per imprigionare le mie folte chiome rosse e le pianelle erano confezionate con la stessa seta bronzea del vestito.

Avrei dovuto sentirmi gaia mentre mia madre mi aiutava a intrecciare i capelli come io avevo fatto tempo prima con Piccarda, invece il mio cuore era pesante come non mai.

«Cos'è quella faccia, Gemma? Guarda che sole, sarà una bellissima giornata! Non ti sono sempre piaciuti gli armeggi e i tornei? Oggi ci sarà anche Corso, tornato apposta per la festa, che correrà in onore del nostro nuovo podestà, Guido da Polenta, che gli è amico. E anche tuo fratello Teruccio sarà della partita, dovremo tutti sostenerlo e pregare che si faccia onore...»

L'idea di rivedere Corso dopo più di un anno mi metteva in grande ansia. E c'era qualcosa nell'atteggiamento di mia madre che non mi lasciava tranquilla.

«Madre, ma sarà il caso di vestire così elegante? Non rischierò di rovinare gli scarpini sugli spalti degli armeggi?»

«Starai con me, con monna Tessa e la Nella, non pensare nemmeno di andare a curiosare nelle tende e avvicinarti ai cavalli come uno scudiero... se ti comporterai come si conviene a una fanciulla di certo non ti rovinerai il vestito.» Rise di un'allegria un po' forzata.

Io sospirai. «Madre, c'è qualche cosa che non mi state dicendo?»

Incontrai il suo sguardo nello specchio. «Non ne abbiamo già discusso? Ci sarà qualcuno che ti terrà gli occhi addosso, si spera, e che alla fine parlerà a tuo padre.»

Non era colpa loro. Dante aveva avuto la sua possibilità, ma ora stava in Santa Croce a recitare il mattutino con i buoni frati di san Francesco. E io stavo diventando merce vecchia, di quella che viene sciorinata sui banchi a prezzo di favore.

«Sapete già chi è?»

«Un gentiluomo sodale di Corso, Rinuccio dei Ravignani.»

«Vedovo?»

«No, che dici, scapolo. Parente alla lontana di messer Simone Donati, per parte di madre...»

Magari era stato Corso a proporlo, questo congiunto di sua nonna. Glielo chiesi. «L'ha fatto Corso il nome?»

«No, sua madre. Ma lui non ha avuto obiezioni, lo ha in stima. E poi anche a lui preme che ti sposi in fretta e s'è offerto con tuo padre di rimpinguare la tua dote, se serve.»

«Non ne dubito» risposi.

Mia madre diede l'ultimo tocco alla retina. «Che cosa intendi?»

Che da sposati si tresca meglio, avrei voluto risponderle. Invece le dissi: «Niente. E le sue, di nozze?».

Lei mi lisciò la gonna. «La sua sposa si chiama Tessa, come sua madre. Ma è degli Ubertini del Valdarno, potenti e ghibellini, nemici di Firenze...»

«Come può ammogliarsi con una donna di famiglia ghibellina?»

Mia madre si strinse nelle spalle. «Tra proprietà e immobili, questa giovane Ubertini vale 6000 fiorini d'oro. La sposerebbe anche se fosse figlia di Satanasso. Del resto la dote della sposa è commisurata alle proprietà del marito, e Corso è sempre più ricco di denari e di reputazione. Ma è per questo che le cose vanno per le lunghe, perché i Cerchi si adoperano per trovare impedimenti canonici alle nozze, e hanno dei bravi avvocati, capaci di rovistare nelle vecchie pergamene...»

«E se ce la dovessero fare...»

«... chiederebbe la dispensa al papa. Lui una via di uscita la trova sempre, dovresti saperlo.» Mi guardò e s'illuminò. «Sei proprio uno splendore...»

Forse se mi fossi messa le dita nel naso o mi fossi scapigliata durante il torneo togliendomi la reticella di perle il mio pretendente si sarebbe disgustato e sarei rimasta zitella. Come se mi avesse letto nel pensiero, mia madre aggrottò le sopracciglia. «Bada, niente colpi di testa. Incontra Rinuccio e fattene un'opinione, almeno. Sii saggia, come ti conosco.»

Dato che era il giorno della mia esibizione, mi fecero salire sul cavallo migliore, il giovane Leonello che mio padre aveva da poco comperato, seduta all'amazzone, e con lui e mio fratello raggiunsi gli spalti dove mi accomodai con le altre dame a seguire i giochi.

Alla mia destra sedeva monna Tessa e alla mia sinistra mia madre. C'era gran folla di popolo e di magnati, intorno al campo sterrato dove i cavalieri avrebbero corso e armeggiato. I sei sestieri della città erano tutti rappresentati: San Pancrazio, che aveva per emblema una zampa di leone; Porta del Duomo, con il battistero sullo stendardo; San Pier Scheraggio, con la ruota del carroccio; Porta San Piero, con le chiavi; Borgo, con un caprone rampante; e Oltrarno, con un ponte. Ciascun sestiere era suddiviso a sua volta in popoli, o parrocchie, ciascuno con i propri gonfaloni che si muovevano alla brezza. Era un tripudio di colori, di movimento, di musiche, di voci. Venditori di frittelle e d'acqua offrivano ristori, saltimbanchi, giullari e cantastorie intrattenevano la folla nei tempi morti dei giochi. I bambini simulavano i combattimenti di cavalieri, sfidandosi con due legnetti, mentre i combattenti e i loro scudieri prendevano posto sotto le tende che erano state montate alla bisogna.

Avrei preferito stare con mio fratello e il suo scudiero, ma quello era un giorno speciale. Era finito il tempo di Gemma che si arrampicava sugli alberi come un garzone: ero da maritare. Mia madre mi sorvegliava da vicino.

Nell'attesa che le contese cominciassero, un giullare e una giullaressa, tutti e due nani, attiravano l'attenzione della gente a un lato dell'ingresso alla zona destinata agli spettatori. Suonavano un piccolo liuto e declamavano in rima, in piedi su un minuscolo palco improvvisato con delle assi di legno.

«Dev'essere una storia di re Artù» dissi, allungando il collo. «Magari Lancillotto e Ginevra...»

Mi piaceva tanto quella leggenda. Tutte le narrazioni dei cavalieri della Tavola Rotonda erano interessanti, ma quelle d'amore ancora di più. Come a tutte noi, a Ginevra non era stato dato di scegliere il suo sposo. Di certo Artù era un buon partito, sposarlo voleva dire diventare regina, ma è del prode Lancillotto che lei si innamora. E da lì comincia la tragica storia che condurrà tutti alla rovina. Come a dire che quando una donna cerca di scegliere il suo destino, provoca davvero dei terribili sconquassi.

Mia madre mi fece segno di star composta. «Sta arrivando il podestà» mi avvisò, mentre un cavaliere con la barba grigia, preceduto da un berroviere con delle insegne che mostravano un'aquila rossa in campo d'oro, si accomodava nella tribuna d'onore. «Guido da Polenta, di Ravenna.»

«A proposito di storie» intervenne monna Tessa. «Se ti piacciono quelle d'amore e morte...»

La guardai senza capire.

«Guido è il padre di Francesca. Quella del fatto di sangue capitato qualche anno fa a Rimini...» Monna Tessa si rivolse a mia madre. «Ne posso narrare?»

Lei sorrise. «Quando è successo Gemma era una bambina, ma ora è una fanciulla da marito.»

«Ve ne prego, monna Tessa» la incoraggiai io. Lei vide che mi brillavano gli occhi.

«Va bene, allora ti dirò che quel cavaliere maturo che vedi seduto sotto le sue insegne, e che ora è nostro podestà fino alla fine dell'anno, dovette combattere da giovane contro una famiglia rivale, i Traversari, per il dominio di Ravenna... Vinse, anche per il grande apporto che gli diedero i Malatesta di Rimini, Giovanni e suo fratello Paolo, grandi guerrieri.»

Mia madre annuiva saputa. «Giovanni lo chiamavano lo Sciancato, perché era nato zoppo, ma questo non gli aveva impedito di essere un gran soldato.»

«Giusto. Un gran cavaliere.» Si guardarono con aria d'intesa. «Ora, per rinsaldare l'alleanza con i Malatesta che gli erano amici, Guido da Polenta diede in sposa allo Sciancato sua figlia Francesca, che all'epoca delle nozze aveva quindici anni.»

«Paolo Malatesta, il fratello di Giovanni, è stato capitano del popolo qua a Firenze otto anni fa e me lo ricordo come se fosse ieri» puntualizzò mia madre. «Anche per questo, qui a Firenze la storia ha avuto grande eco, perché Paolo da noi era conosciuto: un uomo bellissimo. Alto, biondo... sposato con una donna della famiglia dei conti di Ghiaggiolo.»

«Ma Francesca fu data in sposa all'altro? Allo Sciancato?» domandai, per essere sicura di seguire bene quell'alternarsi di voci narranti.

«Sì, al maggiore, come è costume. E fece il suo dovere, la sposa, dando al marito una prima figlia, che chiamarono Concordia, un po' perché era il nome della madre di lui, un po' perché è un auspicio di pace... ma di pace non ce ne fu, tra quelle mura. Sta di fatto che il cognato Paolo abitava nello stesso palazzo e lei se ne invaghì...»

«Del cognato?» proprio come Corso, che non si era fatto scrupolo di corteggiare la moglie di suo fratello.

«Sì, di Paolo, che chiamavano il Bello. La tresca doveva proseguire da parecchio, quando lo Sciancato li scoprì.» Monna Tessa sospirò. «Prima o poi i nodi vengono al pettine...»

«E che cosa accadde?»

«Che Giovanni fece quel che andava fatto, da marito tradito sotto il suo stesso tetto. Li uccise tutti e due, la moglie e il fratello. Con la sua spada» concluse monna Tessa, logica.

Ci fu un momento di silenzio. Cercavo di immaginare la scena.
Fu mia madre a parlare per prima. «Lo Sciancato si è riposato con una nobile vedova di Faenza, Zambrasina degli Zambrasi, e hanno avuto dei figli...» Mi batté sul ginocchio. «Queste» disse «son storie vere, non fole di re Artù.»

«E messer Guido da Polenta non ha fatto nulla? Lo Sciancato ha ucciso sua figlia...» obiettai.

«Ma a ragione, Gemma, a ragione... il Malatesta ha solo difeso il proprio onore. L'alleanza tra i Polenta e i Malatesta si è rotta, comunque, e solo di recente con la mediazione di Venezia e delle Province romagnole hanno fatto pace...»

Mi chiedevo come doveva sentirsi in tutto ciò la povera Concordia, cresciuta alla corte di un padre che aveva ucciso sua madre.

«Una moglie» stava dicendo monna Tessa «deve essere saggia. Ricordatelo.»

Forse avevano voluto raccontarmi quella storia terribile a monito, ora che mi volevano dare un marito. Un dubbio improvviso mi sfiorò la mente, ripensando allo Sciancato, ma non ebbi il tempo di esprimerlo, perché l'araldo stava annunciando i primi scontri, e quando mia madre sentì il nome di Teruccio diventò rossa in viso.

«Che si faccia onore» esclamò «e che non si ferisca!»

Teruccio arrivò tra i primi nella corsa dei cavalli, con grande soddisfazione anche di mio padre che stava con gli altri Donati nel palco appena dietro la tribuna d'onore: lo vidi alzare le braccia in segno di vittoria, come a dire: «Lo vedete? Quello è il mio figliolo».

Ma il divertimento vero cominciò quando scesero in campo Corso e i suoi, irruenti e violenti e arroganti, a gridare insulti sanguinosi agli avversari per far perdere loro la calma, magnifici cavalieri che non avevano paura di nulla e si lanciavano all'assalto come pazzi, lancia in resta, sicuri della loro prestanza.

Alla fine degli assalti i tre cavalieri più valenti si allinearono sotto la tribuna d'onore. Erano Corso, un giovane dei Tosinghi e un altro che non avevo mai veduto, alto e robusto, con una chioma bionda e selvaggia che si rivelò quando si tolse l'elmo, salutando la folla festante.

«È lui» disse mia madre. «Rinuccio dei Ravignani.»

Resistetti alla tentazione di saltare in piedi per vederlo meglio. Da dove eravamo non riuscivo a distinguere bene i lineamenti. Balzarono tutti e tre da cavallo per ricevere il premio, un panno ricamato. Quello di Corso era di un bel rosso acceso e lui lo levò alto nel vociare della gente.

«Barone, barone!» scandivano dagli spalti.

Dopo Corso, si mosse il della Tosa, coprendo in tre lunghi passi la distanza che lo separava dal rappresentante della Signoria che conferiva i drappi d'onore. Afferrò il suo panno color blu intenso e trapunto d'argento e lo levò per l'applauso della folla.

Per ultimo si mosse Rinuccio, che da fermo era parso di bella persona, alto quasi come Corso e dritto. Vidi, non appena avanzò, che la sua gamba destra era rigida.

Zoppicando pesantemente nella polvere, raggiunse il messo, prese il suo drappo color dell'oro e lo levò tra le grida del pubblico.

Mi girai a guardare mia madre, con gli occhi sbarrati. Sciancato, come il Malatesta. Lei non batté ciglio. «Una ferita a Campaldino» mi disse, per tutta spiegazione. E poi aggiunse: «Questa è vita, Gemma. Non leggenda. Ti ci devi abituare».

16
Buon sangue non mente

Dopo il torneo ci sarebbero state le danze e dopo le danze il banchetto e dopo il banchetto altre danze. Avevo visto da lontano la Tana insieme ai Riccomanni, la Nella nel gruppo dei Donati, con Bicci e anche con Corso.

Era stato lui ad avvicinarmi, prendendomi alla sprovvista, mentre mi servivano del vino dolce.

«La mia Gemma, ma guardala!» aveva tuonato alle mie spalle, facendomi quasi versare quel che avevo nel calice. «Stai bene, la mia damina. Per le budella di Dio, chi riconoscerebbe in questa principessa la mia cuginetta scapigliata?»

Rinuccio era vicino a lui e ora potevo vederlo bene. Era abbastanza giovane, sulla trentina, col viso barbuto attraversato da una cicatrice ancora rosea e fresca e un sorriso un po' storto e tirato, come se non ci fosse granché abituato. Puzzava di sudore e cavallo da far paura. Si portò una mano al cuore, chinando appena la testa.

Corso ci presentò. «Lei è la figlia di messer Manetto mio cugino» disse in tono rassicurante, come se avessi una sorta di sigillo di garanzia.

«Gemma, di nome e di fatto» si sentì in dovere di dire Rinuccio.

«Eravate con Corso a Campaldino?» gli chiesi, cercando di mostrarmi garbata.

«Con i pistoiesi, appunto» confermò lui, che aveva una voce bassa e un po' spezzata.

«Allora siete tra quelli che Firenze deve ringraziare» conclusi.

«Magari procurando una bella moglie devota» aggiunse Corso, battendogli una mano sulla spalla.

Lui rise, mostrando qualche dente in meno. «Non chiedo di meglio» confermò, prendendo anche lui da bere e svuotando il boccale con tanto slancio da far colare due ruscelletti di vino agli angoli della bocca. Si asciugò col dorso della mano, prese un altro boccale e ingollò anche quello. «Giostrare fa venir sete. Mi piacerebbe farvi omaggio del drappo d'onore, Gemma, se me lo permettete.»

«Ma no, messere, ve lo siete meritato sul campo, vi ringrazio della cortesia.»

«Insisto. Manderò il mio scudiero a prenderlo. Eccolo là. Con vostra licenza...» Si allontanò per far segno al suo servitore e Corso ne approfittò per parlarmi sottovoce.

«Tua madre ti ha messa a posto proprio bene, Testa di Ruggine. Sembri una figurina miniata.»

«Invece sono sempre io, ricordatelo.»

«Lo vedo. Tra poco si balla, sarai la mia dama.»

«Non sarebbe conveniente. Aspetta di ballare con la tua sposa degli Ubertini, quando il papa te ne darà licenza.»

Lui rise. «Ah, lingua lunga, sì, sei sempre tu. Ti conviene accettarmi come cavaliere per questo giro e forse anche qualche altro, perché non credo che Rinuccio sarebbe un gran danzatore, con quella gamba.» Mi strizzò l'occhio. «Te l'ho detto come va il mondo, cugina.»

I suoi sottintesi erano così sfacciati che risi anch'io. «Rinuccio non mi piace.»

Corso annuì. «Lo capisco, ma il tuo poeta si è tirato indietro, a quanto mi dicono.»

«Magari si sbagliano.»

Lui alzò le mani. «In questo caso... ma bada, la donna ha valore solo finché è carne fresca.»

Strinsi le labbra. «Hai ragione» risposi fredda, senza abbassare lo sguardo.

Negli occhi di Corso passò un lampo di sorpresa. «Ti sei fatta saggia. Pensavo ti arrabbiassi.»

«No, no. Anzi, ti ringrazio.» Un pensiero preciso stava prendendo forma nella mia testa. Forse Corso e io non eravamo tanto diversi. In fondo eravamo parenti.

Lui sembrava confuso. «Mi ringrazi?»

«Parlare con te è sempre illuminante. Puoi scusarmi con Rinuccio, vado un momento a rinfrescarmi agli agiamenti. Torno tra poco.»

Lo lasciai lì dov'era e senza accelerare il passo, con aria leggiadra, sorridendo ai volti noti che incrociavo, attraversai il cortile dove avevano montato le mense e girai sul retro. Trovai la Valdina a conversare con gli altri servi in attesa.

«Ho bisogno di te» le dissi, facendole segno.

Lei non se lo fece ripetere e mi seguì svelta.

«È successa qualche disgrazia, padrona Gemma?»

«Non ancora. Ascolta, tu lo sai dov'è la casa dei Cavalcanti?» Lei annuì. «Chi non lo sa?»

«È lì che andiamo. Trova un trasporto.»

Fu solo grazie alla confusione della giornata di festa che riuscii nel mio intento. Erano tutti troppo distratti, c'era troppa gente in giro per far caso a una giovane donna elegante che a bordo di un carretto, con la sua serva, percorreva le strade assolate del mezzogiorno.

Bussai al portone dei Cavalcanti meno di mezz'ora dopo e al servo che venne ad aprire chiesi di Guido. Come avevo immaginato, era rimasto a casa, per spregio a una festa che considerava troppo di popolo. Di certo quei volgari passatempi non erano per uomini di raffinato sentire come lui.

Mi accolse con indosso un lungo gabbano nero foderato di seta color zafferano e una berretta di seta in testa, bello ed elegante come sempre.

«Gemma, che sorpresa, non siete a festeggiare san Giovanni con le mandrie grasse del popolo fiorentino?» mi accolse nel suo studio, con un mezzo sorriso. «Sembrate una Madonna, oggi.»

«C'ero, ai giochi d'arme, ma sono venuta via perché ho bisogno di voi. Anzi, Dante ha bisogno di voi.»
Lui parve subito molto interessato. «Dite? Ha deciso di chiudersi in quel convento senza nemmeno chiedermi consiglio...» Mi parve un poco risentito.
«Forse è stato mal consigliato dal suo padre confessore. O forse ha letto troppe volte la storia di Lancillotto: anche lui ha amato Ginevra e poi si è ritirato in romitaggio... ma ormai era anziano e la sua vita l'aveva vissuta. Bisogna aver prima qualche peccato in più da farsi perdonare, non credete?»
Guido rise, e non era cosa frequente. «Davvero! La conoscete bene, la leggenda di Artù, per essere una fanciulla...»
Sospirai. «So leggere, scrivere e far di conto. Ho buona memoria. E sì, ho letto qualche altra cosa che non siano solo i libri di orazioni, dalle buone suore che mi hanno istruita e mi han tenuta in serbanza. So cucinare, cucire, filare, ricamare, ordinare ai servi e anche cavalcare e uccellare. Mio padre non è ricco, ma agiato, ed è cavaliere, sia pur di recente nomina. Che ne dite, sono un buon partito?»
Lui batté le palpebre, disorientato. «Perché mi domandate questo? Che cosa vorreste fare?»
«Tirare Dante fuori dal convento. E sposarlo.»
Lo vidi sussultare per tanto ardire. «Sposarlo?»
Mi avvicinai di un passo. «Siate sincero, quando ci siamo conosciuti al matrimonio di Beatrice... vi aveva pur detto qualche cosa di me. Vi ha chiesto un giudizio, ché di voi si fida.»
Lui mi guardò dritto negli occhi. «In un certo senso. Non esplicitamente, ma mi ha fatto capire che gli saresti potuta interessare.»
«E...?»
«Gli ho detto che vi trovavo gradevole, nei limiti del vostro genere femminile. Sapete come la penso sull'amore e sui matrimoni.»
«Lo so. Ma mi vogliono far sposare un barbaro zoppo perché Dante si è tirato indietro e questo non lo posso tollerare. Magari lui pensa di potersi crogiolare nel suo dolore e tornare tra qualche mese. Ma non mi troverebbe.»

«E quindi?»

«Quindi dobbiamo andare noi da lui. Per voi non sarà un problema accompagnarmi.»

«E quando saremo là?»

«Mi aiuterete a convincerlo. E a convincere i buoni frati a lasciarlo libero. Deve ripartire con noi. Voi siete un gran filosofo, troverete gli argomenti giusti.»

Lui allargò le braccia. «Dio del cielo, siete proprio la cugina di quel pazzo di Corso! Lui ha tirato fuori Piccarda dal monastero, voi volete strappare Dante al chiostro...»

«La cosa è un po' diversa... Corso ha dannato Piccarda, io Dante lo voglio salvare da se stesso. Andiamo, non vorrete lasciarlo ad appassire dai buoni frati? Un uomo come lui? Di certo non è la devozione che vi frena... voi credete solo in Epicuro.»

Guido sollevò le sopracciglia. «È che rispetto la libertà di scelta. Se lui ha deciso...»

«Non volete aiutarmi? Ma se siete stato forse il primo a comprendere il suo valore, il suo talento... A meno che non consideriate Dante un rivale in poesia troppo temibile... e preferiate che si seppellisca a Santa Croce...» Mi battei una mano sulla fronte. «Come ho fatto a non pensarci? Ecco perché, pur essendo il primo dei suoi amici, non avete cercato di raggiungerlo, di parlargli, di dissuaderlo da una scelta che per un miscredente come voi non ha alcun senso.»

Lo vidi arrossire lievemente sugli zigomi. «Pensate che sia invidioso di lui?»

Una mano leggera bussò alla porta. L'uscio si schiuse, per lasciar entrare una bella signora con i capelli così biondi da parere grano, ricci e folti, formosa e ben vestita, con un vassoio in mano. Ci vide uno di fronte all'altro, in atteggiamento bellicoso. Guido aveva stretto i pugni alla mia insinuazione.

«Perdonate, marito» disse subito «non sapevo che aveste ospiti. Vi avevo portato qualche cosa da bere.»

Guido le fece segno di entrare. «No, Bice, venite. Voglio che ascoltiate. Conoscete Gemma dei Donati?»

Non avevo mai incontrato la figlia di Farinata. Doveva esser vero che quel soprannome a Manente degli Uberti gliel'avevano dato per il colore chiaro dei capelli, perché anche quelli della sua figliola parevano di canapa, ma morbidi e belli. Mi guardava incuriosita.

«Sono qua a chiedere aiuto per Dante Alighieri. Sapete che è un grande amico del vostro sposo, anche lui poeta...» le spiegai.

«So anche che ha scelto di fuggire dal mondo, dopo il dolore per la morte della donna che ha tanto cantato nei suoi versi.» Ebbe un sorriso stanco. «Sono fatti così, i poeti: cantano le donne degli altri, o le loro amanti. Mai le mogli...»

«Questa folle fanciulla vuole strapparlo al convento e convincerlo a sposarla» le spiegò Guido, senza raccogliere la sua osservazione.

Lei sgranò gli occhi. «Davvero?»

«È quello che anche lui vorrebbe, madonna Bice. Solo che non lo sa. Ciò che gli serve, per superare il dolore, è di avere una donna accanto. Sono io quella donna.» Allargai le braccia. «Non posso non tentare.» Mi morsi le labbra. «Vedete, a noi non è mai dato di decidere il nostro destino. Sono gli uomini che scelgono, le donne vengono scelte, e se questo non avviene, aspettano. Facciamo sempre tutto quello che le nostre famiglie si attendono da noi. E intanto la vita va avanti. Ma io sono sicura che me ne pentirei amaramente, se non ci provassi. Se lui mi respingerà, tornerò e accetterò il volere della mia famiglia e sposerò un cavaliere rozzo e zoppo, sodale di mio cugino Corso.»

«Dio lo danni» sibilò Guido tra i denti. «Crede di poter comandare il mondo intero, lui.» Sapevo che l'idea di mandare a monte un progetto di mio cugino lo avrebbe reso un mio fedele alleato e calcavo un poco la mano.

Vidi Bice cambiare espressione. L'avevano maritata a dodici anni per un'alleanza di famiglia, era un'altra che non aveva avuto possibilità di dire la sua. «Non so se riuscirete a convincerlo, il vostro Dante, ma ve lo auguro con tutto il mio cuore. Di certo mio marito non abbandonerà il suo amico.» E lo guardò con intenzione.

Guido crollò la testa. «Farò sembiante di non aver udito i vostri discorsi sconclusionati, Gemma. Da quando il mondo è mondo, non sono certo le donne a decidere chi sposare... Ma su una cosa avete ragione, Dante non è adatto a vestire il saio e a portare la tonsura. Dobbiamo farlo ragionare e può darsi che dopo qualche giorno di convento abbia già qualche dubbio sulla sua decisione... Intanto lo tireremo fuori da Santa Croce. Poi si vedrà. E pazienza se daremo scandalo. Già ho cattiva fama, vorrà dire che non sarà solo vostro cugino Corso a far parlare le malelingue.»

«Avete idea di come potremo riuscire a vederlo? I buoni frati potrebbero impedirci il colloquio...»

Lui si stava già strappando il gabbano di dosso. «Aspettatemi di sotto. Mi infilo gli stivali e sono da voi, diavolo d'una donna.»

17
Il miracolo di santa Umiliana

La mia Firenze ne aveva tanti, di conventi, e tante chiese, di diversi ordini monastici. Da quando ero nata la badia dei benedettini, sulla vecchia cinta di mura, scandiva con le sue campane lo scorrere della giornata della città. I vallombrosani erano a Santa Trinita. I camaldolesi avevano costruito Santa Maria degli Angeli. Gli umiliati stavano nella chiesa d'Ognissanti. I serviti erano alla Santissima Annunziata, gli agostiniani in Santo Spirito, i templari nella chiesa di Santo Jacopo, in Campo Corbolini; i domenicani in Santa Maria Novella, dove aveva soggiornato Tommaso dei conti d'Aquino, ritenuto un gran filosofo delle cui teorie i dotti disputavano. San Francesco era anche lui stato a Firenze con il suo confratello Silvestro e aveva soggiornato nell'ospizio dei Magnoli, vicino alle case dei Bardi. Adesso i suoi seguaci, i francescani cui Dante aveva deciso di unirsi, stavano in Santa Croce, dove c'era anche la tomba miracolosa di Umiliana dei Cerchi, che attirava file di devoti.

«I buoni frati non vi faranno entrare nel convento, mi aspetterete in chiesa e potrete intanto raccomandarvi all'intercessione della santa» mi stava dicendo Guido Cavalcanti, camminando al mio fianco di buon passo.

Umiliana, che in realtà si chiamava Emiliana ma poi aveva cambiato nome per evocare la sua umiltà, altri non era che la zia di Vieri dei Cerchi, che era stato comandante dei feditori di Porta San Piero a Campaldino, tra i quali Dante aveva combattuto: lo stesso che mio cugino Corso chiamava asino appena gli si presentava l'occasione. La famiglia l'aveva fatta sposare a quindici anni a un Bonaguisi cui lei aveva dato subito dei figli, ma quando lui era morto prematuramente lasciandola vedova a vent'anni, e dopo i dodici mesi che secondo il costume le vedove dovevano trascorrere a casa del marito per lasciar passare il tempo di una eventuale gravidanza in corso, lei era tornata da suo padre. I figli li aveva dovuti lasciare alla famiglia del marito morto, ché appartengono al padre e non alla madre, e così aveva deciso di monacarsi, perché da tempo era molto devota a santa Chiara d'Assisi e dedita alle opere di carità.

«Ora tutti i Cerchi si fanno vanto di esserle parenti, da quando dicono che faccia miracoli» commentò beffardo Guido, mentre ci avvicinavamo alla meta, seguiti dai nostri servi. «Di certo da viva non le hanno reso le cose facili. Ma si sa che la memoria degli uomini è labile.»

«Intendete dire quando volevano a tutti i costi che si rimaritasse?» azzardai, sistemandomi il bello scialle di seta lieve che Bice mi aveva prestato per presentarmi con un aspetto abbastanza castigato in chiesa. La storia di Umiliana la sapevo, in fondo era anche lei quasi di famiglia: la torre dove si era rinchiusa, a un certo punto della sua vita, era vicino a casa mia, e ci passavo davanti tutti i giorni.

«Suo padre gliel'aveva trovato subito un nuovo sposo, per interessi di famiglia: lei era ancora abbastanza giovane. E alla fine, quando hanno capito che non sarebbero riusciti a convincerla, con un inganno l'hanno privata della dote con la quale lei voleva farsi accettare in convento, ecco com'è andata. Così s'è dovuta chiudere in cima a una torre delle case dei Cerchi invece di bussare alla porta delle monache di Monticelli, a mani vuote com'era. Perché nemmeno in monastero ti prendono, se non hai denari.»

«A Monticelli, dove aveva preso il velo Piccarda» mormorai.

«Invece Umiliana ha vissuto da reclusa nella sua piccionaia, da dove i suoi avidi parenti non sono riusciti a cacciarla. Dicono che resistesse al diavolo che la tentava, suggerendole di guardar fuori, di vedere che cosa succedeva per le strade, nella vita. Ma lei niente, in ginocchio col cilicio e a digiuno, a fissare un muro umido.» Guido sogghignava.

«Siete proprio un miscredente» lo rimproverai sottovoce.

«Ma no, ma no, sarà così che ci si guadagna il paradiso, lontani dalle passioni del mondo! Non ha resistito molto mortificandosi in questo modo e quando è morta, dopo pochi anni, in odore di santità, i francescani si sono impossessati del suo corpo, l'hanno murato sotto l'altare della loro chiesa e sono cominciati i miracoli.» Mi strizzò l'occhio. «Così sono stati contenti anche i parenti... se non altro, aveva liberato la stanza.»

Scossi la testa. «E io che pensavo che foste sodale dei Cerchi...»

«Sono sodale di chiunque quel malnato di vostro cugino Corso consideri un nemico, ma non ho certo gli occhi cuciti come un falco cigliato dal suo istruttore» ribatté lui.

Nessuno si salvava dal suo lucido giudizio, nemmeno le cose più sacre, davanti alle quali i più tacevano per rispetto. Pensai che ci voleva davvero un gran coraggio a non credere in Dio e nei santi, a trovarsi così soli di fronte alle disgrazie della vita, senza la speranza di un paradiso, di una redenzione.

«Umiliana ha fatto dei miracoli, però: lo sanno tutti del nunzio pontificio imprigionato dai ghibellini che è riuscito a fuggire dalle segrete per sua intercessione e anche della serva di casa Adimari che i ghibellini volevano impiccare, ma poi il cappio s'era rotto tre volte e hanno dovuto graziarla...» protestai.

«Che diavoli questi ghibellini, questi seguaci dell'imperatore, eh... Siamo buoni solo noi guelfi, a dimenticarci le nostre, di nefandezze. E ora Umiliana, che era solo una grande spina nel fianco per i suoi parenti, è diventata un baluardo contro l'eresia, guarisce i bambini, trasforma l'acqua in vino e converte i peccatori, povera pinzochera malmaritata che non era altro.»

«Abbassate la voce che siamo quasi arrivati, e che Dio vi perdoni» gli raccomandai.

Guido sbuffò. «Temete l'inquisizione? Che mi facciano finire sul rogo come il cadavere di mio suocero Farinata?»

I francescani di Santa Croce erano anche inquisitori, da quando il papa, prima che io nascessi, aveva trasferito loro quest'ufficio, che prima apparteneva ai domenicani. Già andavamo a convincere un novizio ad abbandonare il saio, non mi pareva il caso di farsi beffe di una donna che consideravano santa né di dir peste e corna dei Cerchi.

«I Cavalcanti sono ricchi e i nostri beni potrebbero far gola a quei lupi famelici, ma è più comodo prendersela con i morti. Come Scaglia di Cione dei Tifi che era ricco come un Creso...» diceva Guido.

Se non altro il suo ciarlare mi aveva distratta dall'ansia. Per quanto fossi decisa a fare la mia mossa, mi sembrava che una mano invisibile mi stringesse la gola.

Il frate portinaio non fu lieto di vederci. Era anziano, magro e con una voglia rossa che gli sfigurava il viso. «Vi pare questa l'ora di bussare alla porta di un convento?» ci aggredì. «È suonata la sesta...» Poi ci guardò meglio e parve colpito dai nostri abiti eleganti. «Che volete, signore?» domandò, in un tono già differente.

«Abbiamo disturbato il vostro riposo dopo il desinare, frate?» ribatté Guido, sprezzante.

«Se è per visitare il sepolcro della beata Umiliana, si entra dalla chiesa...» Mi guardò e aggrottò le sopracciglia. «Per impetrare qualche grazia...» Forse pensava che fossi moglie o figlia di Guido e che non riuscissi a rimanere incinta.

«Domandate intanto al vostro superiore... se c'è un'ora per le donazioni» lo incalzò lui. «I Cavalcanti possono ben permettersi di esser generosi. Ma se mi farete ritornare, può darsi che nel frattempo questo impeto di carità mi passi. O magari i domenicani saranno più accoglienti.» La rivalità tra i due ordini era leggendaria e vidi il frate sussultare lievemente. Guido fece tintinnare la scarsella piena di denari che portava attaccata alla vita.

Il portinaio si tirò da parte in fretta. «Entrate, messere Cavalcanti, accomodatevi nel chiostro, vado subito a sentire se fra Girolamo vi può ricevere...»

Guido sogghignò di nuovo mentre il portinaio si allontanava e mi parlò sottovoce prima di congedarmi. «Dove sarà finita l'eroica povertà del santo fondatore, eh, Gemma? Qui osservano la regola bollata, non sono degli spirituali. E mandare avanti un monastero costa... Ora poi che stanno cominciando i lavori per la nuova chiesa, i fondi non basteranno mai, neanche tutti i soldi confiscati agli eretici.» Fece schioccare la lingua. «Lascerò una elemosina e parlerò con Dante e di Dante. Sarà come trattare un riscatto, più o meno.» Si vedeva chiaramente che stava prendendo gusto sacrilego all'impresa di convincere l'amico a gettare il saio alle ortiche. «Voi aspettate in chiesa, come d'accordo.»

Sparì dentro il convento e la porta pesante si richiuse alle sue spalle con un tonfo.

Io entrai di lato nella chiesetta buia e fresca, inoltrandomi per la navata deserta. Tutta la confusione del giorno di festa che ferveva all'esterno si spegneva nel silenzio, davanti al pulpito sotto il quale si conservavano i resti di Umiliana dei Cerchi. Avanzai tra le due file di panche fin quasi al sepolcro, davanti al quale un novizio dal saio cinerino stava sistemando dei fiori freschi. Terminò in fretta l'incombenza e sedette al primo banco, sempre dandomi le spalle, un po' curvo e col volto sprofondato tra le mani, in meditazione, per quel che potevo vedere da dietro. Sedetti due file alle sue spalle, col cuore che mi batteva forte. Guido sarebbe riuscito a convincere Dante a parlarmi? E io avrei trovato le parole giuste?

Mi misi in ginocchio e chiusi gli occhi. Santa Umiliana, aiutami, pregai in silenzio. Se pensi che io stia facendo la cosa giusta, ti prego, aiutami.

Il frate davanti a me, conscio della presenza di qualcun altro dallo scricchiolio della mia panca, si alzò girandosi a mezzo e il respiro mi si fermò. Faticavo a riconoscerlo, ma era lui. Si era lasciato crescere la barba e sotto l'abito chiuso da un cordiglio di lana biancastra intravedevo una calzamaglia azzurro pallido e stivaletti di cuoio alti alla caviglia. La metamorfosi non si era ancora compiuta, pareva un po' come quegli animali dei bestiari, un po' capro e un po' leone, una chimera. Era Dante.

«Che ci fai qui?» mi sussurrò stupito, guardandosi intorno nella chiesa deserta.

«Speravo tanto di riuscire a vederti» dissi. «Sei diverso con la barba.»

Lui se la toccò con la mano, come se solo allora si fosse reso conto di averla. «Cosa succede, Gemma?»

«Mi vogliono dare in moglie a un sodale di mio cugino Corso, uno zoppo reduce di Campaldino.» Inghiottii due volte a vuoto. Lui mi fissava, zitto. «Ma io avevo in mente un altro reduce di quella battaglia, come marito» aggiunsi precipitosamente.

Continuava a fissarmi in silenzio, accanto alla mia panca, un piede sul corridoio, come pronto a fuggire da me.

«Un uomo di lettere, un poeta» proseguii, aprendogli il cuore. «Un giovane promettente. Non è ricchissimo di denari, ma di talenti. Non è di buon carattere, ma ha gran testa. Ultimamente ha molto sofferto per la morte di una persona cara, ma deve riprendersi e ricominciare a vivere. E io credo di essere la donna giusta per aiutarlo a superare quella sofferenza.»

Non si mosse. Se non altro mi stava a sentire. La sua mano restava appoggiata alla spalliera della panca davanti alla mia. Aveva mani così belle, mi erano sempre tanto piaciute.

Cercai di tenere a bada il battito del mio cuore. Quel discorso me l'ero rigirato nella mente cento volte, ma non avevo pensato che gliel'avrei fatto come parlando di un altro. Mi veniva più facile, così, meno d'imbarazzo, per me e per lui.

«Anche lui mi ha fatto capire molte volte di avere un'affezione per me, ma non si decide. C'è qualche cosa che lo trattiene. Vorrei riuscire a dirgli che non c'è motivo, che io sarei lieta se lui mi chiedesse a mio padre, il quale è un cavaliere, il che fa di me un buon partito. Vorrei riuscire a dirgli che mio padre messer Manetto acconsentirebbe alle nostre nozze, perché ha stima di lui, magari concedendomi una dote modesta, ma ragionevole, e che lui non correrebbe il rischio di una ripulsa, facendosi avanti. Perché è molto orgoglioso e magari è questo che lo frena. Vorrei riuscire a dirgli che sarei una buona moglie, gli darei dei figli, con l'aiuto di Dio, lo curerei quando sta male, sarei orgogliosa del suo genio.» Sospirai, stremata dallo sforzo. Lui continuava a tacere e a guardarmi.

Mi alzai dalla panca, perché non riuscivo più a star ferma, gli passai vicino sentendo l'odore forte della lana del suo saio e andai a posare una mano sul sepolcro sotto il pulpito, dove giacevano le ossa venerate, come in una carezza.

«C'è chi serve Dio rinunciando al mondo, vivendo in povertà, castità e obbedienza, come i buoni frati. C'è chi ha un'altra missione da compiere, fuori dal silenzio del chiostro, senza rinunciare a una famiglia, a una moglie, a una discendenza. Perché ha ricevuto un talento e il Cielo si attende che lo metta a profitto, come insegnano i Vangeli nella parabola di Matteo. Maestro Giotto dice di esser brutto di sembiante, ma di aver avuto il dono di saper creare la bellezza con i suoi pennelli. L'uomo di cui ti parlo, il poeta, ha ricevuto il dono della penna e sarebbe un sacrilegio buttarlo via. E lasciar morire il ricordo di quella donna che gli è stata tolta perché non potrà più scrivere di lei, dentro le mura di un monastero. Tutta Firenze parla di una sua canzone: *Donne ch'avete intelletto d'amore*, così principia. Ma se lui rimane qua dentro, non se ne leggeranno altre.» Sentivo la bocca arida. Una dopo l'altra, avevo lanciato tutte le frecce della mia povera faretra. L'ultima sembrava andata a segno, perché stavolta lui batté le palpebre e vidi il suo pomo d'Adamo muoversi su e giù, ma continuò a tacere.

Tacqui anch'io per un istante che mi parve infinito. Le sue labbra rimanevano serrate. Ti prego, santa Umiliana, pregai. Poi ripresi a parlare, ma con voce rotta.

«Ecco, Dante, tutte queste cose vorrei riuscire a dirgli, al mio poeta. E di fare in fretta, perché non ci sarà spazio per tardivi ripensamenti, di qui a un mese o un anno: non c'è più tempo e se non si incontrano adesso le nostre strade non si incontreranno mai più.» Sentivo le lacrime riempirmi gli occhi. Ma lui sembrava di marmo e anche il suo silenzio pesava come un macigno.

Non c'era altro che potessi aggiungere. Mi ero aperta dimenticando ogni pudore, mi ero esposta alla vergogna e ora le guance mi bruciavano. Non osavo più guardarlo in viso, Dante. E non potevo più rimanere. Arrivata in mezzo alla navata, mi genuflessi e mi segnai con la mano che mi tremava, prima di girarmi affrettandomi verso l'uscita. Volevo solo andarmene, fuggire da lì.

Barcollavo un po'. Il caldo, la stanchezza, l'emozione, l'avvilimento, il fastidio di quell'abito attillato e pesante mi stavano sopraffacendo. Anche le spille che mi fermavano le trecce sembravano chiodi conficcati nel cuoio capelluto.

Uscii in strada, scendendo i due gradini bassi, di corsa e senza guardare, accecata dal pianto. Il giovane cavaliere con i colori dei sodali pistoiesi di Corso che attraversava la piazza al galoppo in sella al suo baio, come se stesse correndo il palio tra le strade trafficate della festa di san Giovanni, attirandosi gli insulti coloriti dei passanti, non ebbe il tempo di evitarmi, per quanto tirasse le briglie e facesse impennare il cavallo.

Sentii un gran colpo al petto e venni sbalzata nella polvere, sdraiata a braccia aperte come un Cristo crocefisso. Qualcuno gridava forte, ma nella mia testa tutti i rumori stavano sfumando via. Fu come quando calavo il cappuccio sulla testa del mio astòre, per fare buio.

«Dante» sussurrai, o credetti di sussurrare. E poi sprofondai nel nulla.

18
Il voto

Nel nulla venne a parlarmi Piccarda, vestita con l'abito delle suore di Monticelli, sottobraccio a Umiliana.

Mi disse che era felice in paradiso e che avrei fatto meglio a seguire anch'io la strada del convento.

«Dimmi, cugina, ma io sono morta? Come mai ti vedo e vedo la beata Umiliana?» Non conoscevo le fattezze della beata, ma era come me l'avevano descritta, magra, emaciata, con dei begli occhi grandi e un poco spiritati.

«No, Gemma, non sei morta. Siamo venute in sogno.»

«Allora se non sono morta mi dovrò sposare con Rinuccio...» E mi veniva da piangere al pensiero.

«Credimi, Gemma, meglio morire al mondo e rinascere come spose del Signore» mi raccomandava lei, in quel suo tono dolce.

«Sposa di Cristo» ribadiva Umiliana, facendo di sì con la testa.

Io cercavo di far valere le mie ragioni. «Ma cugina, io non vorrei farmi monaca, vorrei sposare Dante, te lo ricordi Dante degli Alighieri? Quel giovane altero? Io l'ho conosciuto e mi piace tanto.»

«Cosa ti piace di lui, Gemma? Puoi trovare un marito di stirpe più nobile e più ricco, se è per questo.»

Non sapevo bene che cosa rispondere. «Lo so, è ombroso,

ma perché il suo animo è quello di un poeta, e sa piangere... mi ha svelato tanto di se stesso, anche dei suoi segreti, sai, e poi sa amare. Ha tanto amato Beatrice...»

«E tu sei presa di uno che ha dimostrato di saper tanto amare, ma un'altra?» mi chiedeva Piccarda, con le mani sui fianchi.

«Ora lei se n'è andata, poveretta, io potrò stargli accanto e asciugargli quelle lacrime.» Doveva stare anche lei in paradiso, con Piccarda e Umiliana, ma non la vedevo in quel bel prato fiorito dove ci trovavamo e che ricordava un po' una radura di Pagnolle dove tante volte avevamo conversato.

Mia cugina scuoteva la testa. «Bada, Gemma, che nel cuore di Dante la Beatrice non si riveli più forte da morta che da viva...»

«Se lui vorrà continuare a onorarne la memoria, non sarò io a impedirglielo. Avrà una donna d'ombra da ricordare e una donna in carne e ossa al suo fianco... se riuscirò a ridargli la voglia di vivere, cugina. Può fare tante cose, vuole anche entrare in politica perché Firenze gli sta a cuore, e poi scrive versi bellissimi, che tutti apprezzano come molto originali.»

«Digli di star lontano dalla politica, che è cosa di fazione, brutta e pericolosa, che può causare la rovina di un uomo e della sua famiglia.»

«Lui vuole farsi frate, Piccarda, perché pensa che soffrirebbe di meno dentro un convento...»

«E avrebbe ragione, te l'ho detto, ma non sarà così. Bada, Gemma, che se lo sposi dovrai essere forte, forte per tutti e due.»

Poi la vidi allontanarsi, sorda ai miei richiami, insieme alla sua consorella. Il prato si disperdeva in una nebbia luminosa e sentivo altre voci.

«Sono due giorni che non riprende i sensi, maestro Dino! Due giorni interi, da quando il cavallo l'ha travolta.» Era mia madre e sembrava che stesse piangendo.

«Abbiate pazienza, monna Maria, lo zoccolo del destriero rampante, quando il pistoiese ha cercato di fermarlo, l'ha colpita in pieno petto, ha delle costole rotte e ha fatto un gran volo. Per fortuna è giovane e di fibra forte, ma bisogna darle il tempo di riprendersi.»

Mentre lui parlava, cominciavo lentamente a prendere coscienza del mio corpo. Le palpebre erano troppo pesanti per sollevarle, ma avvertivo l'indolenzimento delle membra, il dolore al costato, e una mano calda che teneva la mia, fredda come il ghiaccio.

«Si desterà» disse l'uomo che stringeva la mia destra. «Deve ridestarsi, la Gemma.» E quella voce mi fece spalancare gli occhi.

«Dante!» credetti di gridare, ma avevo solo emesso un debole gracidio.

«*Deo gratias!*» esclamò lui, chinando la fronte sulla mia mano.

Fu una gran confusione intorno al mio giaciglio, con mia madre che cercava di abbracciarmi, maestro Dino che le raccomandava di lasciarmi respirare, la Valdina che pazza di gioia correva a dar la nuova a tutta la casa che Gemma era tornata tra i vivi.

Ma a me interessava Dante, che era in ginocchio accanto al mio letto e continuava a tenermi la mano sulla quale aveva posato devotamente la fronte, come se stesse pregando.

Non indossava più il saio, era in abito di tutti i giorni, ma aveva ancora la barba, e la sentivo morbida sulle dita quando lui muoveva il viso contro il dorso della mia mano. Era una sensazione bellissima.

«Dante» riprovai ad articolare, e stavolta lui mi sentì e alzò la testa.

«Ci hai fatto stare in pena» mi disse, con gli occhi che gli scintillavano di gioia.

Anche maestro Dino era contento. «Ve l'avevo pur detto!» ripeteva, indicandomi con le due mani aperte. Voleva prendersi un po' di merito per il mio riprendere coscienza. «Dite, Gemma, quante sono queste?» E mi mostrava tre dita.

Io gli rispondevo a tono, dimostrando che i sensi mi erano ritornati tutti. Solo quando cercai di sollevarmi un po' sui cuscini le costole incrinate strapparono a me un lamento e a lui la raccomandazione di muovermi il meno possibile, per un poco.

«Poteva andarvi molto peggio» mi disse. Guardai Dante, al

quale aveva detto la stessa cosa dopo la gran botta sul naso a Campaldino, e sorridemmo insieme.

Quando riuscimmo a rimanere da soli, finito il gran trambusto e la processione di parenti a congratularsi per la mia ripresa e ad augurarmi una breve convalescenza, potei fargli qualche domanda, di quelle che mi bruciavano sulle labbra.

«Ma allora non porti più il saio?»

«No. Quando mi hai visto dentro la chiesa di Santa Croce, stavo già meditando di andarmene.»

Ero quasi delusa. Le mie parole erano state al massimo la goccia che aveva fatto traboccare il vaso, ma Dante aveva già preso da solo la sua risoluzione di uscire dal monastero dei francescani. «Avevi già deciso che la vita monastica non faceva per te?»

Lui fece un gesto vago. «Non ho trovato tra quelle mura la pace che cercavo. E i frati... li ho visti più interessati alle cose del mondo che a seguire la via del santo di Assisi.»

«E io che credevo che la beata Umiliana mi avesse fatto la grazia!»

Dante crollò il capo con un gesto che poteva voler dire sì e anche no. «Ora ti devi riposare» mi raccomandò. «E anch'io.»

Mi salutò e se ne andò, mentre mia madre prendeva il suo posto vicino al mio letto.

«Dante è stato qui praticamente sempre, da quando hai perduto conoscenza» mi raccontò, accarezzandomi i capelli e sistemandomi meglio i guanciali. «Oh, Gemma mia, credevo che mi si fermasse il cuore quando ti hanno portata a casa, che sembravi morta... Non ti ho più trovata al banchetto del torneo, ti abbiamo cercata dappertutto, e poco dopo sono venuti ad avvisarci che ti era capitato un grave accidente fuori da Santa Croce, dove eri andata a pregare sulla tomba di Umiliana...» Mi guardava con occhi indagatori. «Avresti potuto avvisarmi. A dirti la verità, ho pensato che tu fossi fuggita da Rinuccio. Anche Corso lo ha pensato.»

Non risposi. Era meglio lasciare le cose sul vago. «Non ricordo bene» mentii, con aria sofferente. «Mi sovviene solo che uscivo dalla chiesa e quel cavallo...»

La mamma annuì. «Oh, per certo quel giovane incauto di Geri di Pistoia se n'è pentito. Corso non è stato di mano leggera.»

Quando aveva visto il mio corpo inanimato e gli avevano raccontato che ero stata investita da un cavallo condotto al galoppo da uno dei suoi nelle strade trafficate per la festa, mio cugino aveva raggiunto il pistoiese e lo aveva sfidato al pugnale.

«Oh, buon Dio! Spero che nessuno si sia fatto male... anch'io sono stata incauta, madre, sono uscita dalla chiesa senza fare troppa attenzione... e lui ha cercato di far impennare il cavallo, per non venirmi addosso...»

Mi ricordavo bene il mio stato d'animo sconvolto. Se Dante aveva già preso l'avviso di lasciare il monastero, di certo a me non lo aveva detto, dentro la chiesa, e io avevo pensato di aver fallito.

La vidi sospirare.

«Quel che è fatto è fatto. Corso gli ha cavato un occhio con la punta della sua lama, dopo averlo atterrato in un corpo a corpo con la furia di una belva scatenata, e gli ha detto che se tu fossi morta gli avrebbe tolto anche l'altro, prima di tagliargli la gola.»

Rimasi senza parole. Tutto sommato, mio cugino ci doveva tenere, alla sua cugina Testa di Ruggine. O forse semplicemente non poteva lasciare impunito uno sgarbo ai Donati e avrebbe fatto la stessa cosa per chiunque di noi, per non perdere la faccia e per ribadire il suo dominio sui suoi cavalieri.

«Ditegli che sto bene, per l'amor di Dio!»

«Lo saprà presto tutta Firenze, stai tranquilla.»

Non osavo formulare la domanda seguente, che mi bruciava sulle labbra. «E ora?»

Il fatto che Dante fosse rimasto al mio capezzale ad aspettare che mi riprendessi poteva voler dire tutto e niente. Di certo non si sarebbe più fatto frate, ma quel che gli avevo confidato in Santa Croce sul fatto che avrei voluto solo lui come marito poteva anche rimanere lettera morta.

Mia madre fece una smorfietta scaltra. «Ora prepareremo le tue nozze.»

E anche questo mi era chiaro. Restava da capire con chi.

«Madre...» la supplicai, e lei si intenerì.

«Dante ha parlato a lungo con tuo padre, Gemma. E devo dire che tuo padre ne è rimasto molto ben impressionato. Non so bene che cosa si siano detti, ma sta di fatto che l'accordo è preso. Andranno domani dal notaio.»

Allora me l'aveva fatta, la grazia, santa Umiliana. Ammaccandomi un poco, ma ne era valsa la pena. Chiusi gli occhi.

Quando li riaprii, la Tana era sull'uscio. «Dio sia lodato, cara la mia Gemma!»

Mia madre ne approfittò per andare a sistemare delle faccende. «Ti lascio con monna Tana, così chiacchierate, ma non ti stancare» si congedò, toccando la sorella di Dante sulla spalla in un gesto d'affetto. Tutto sommato eravamo ormai parenti.

La Tana mi abbracciò cauta, come se fossi un uovo fresco col guscio fragile. «Non sai che gioia mi dà vederti così bene! Correva voce che quel cavallo ti avesse colpita alla testa e che non avessi scampo...»

«C'è mancato poco» le risposi «ma grazie al Cielo sto meglio di quel povero Geri che mio cugino ha reso orbo...»

Lei mi versò da bere nella ciotolina un infuso d'erbe fresche che sapeva di menta e intanto chiacchierava. «Oh, è stato un gran momento... Corso era fuori di sé quando ha pensato che tu fossi in fin di vita, si vede che ci tiene molto a te.»

«E alla sua fama» ribattei. «Avrebbe fatto lo stesso per chiunque porti il nostro nome.»

«Può darsi. Forse si sentiva coinvolto perché tu eri sparita dopo che ti aveva presentato Rinuccio... Forse ha pensato che tu fossi stata travolta mentre fuggivi da un marito che non volevi. Cosa ci facevi in Santa Croce durante il banchetto del torneo, se posso domandarti? Rinuccio ti cercava con in mano il drappo d'onore che ti voleva donare, pover'uomo. Girava tra gli invitati come un'anima in pena.»

Scoppiammo a ridere tutte e due, ma io presi a tossire per il dolore alla costola. «Oh, non posso!» gemetti, cercando di contenere l'ilarità.

A lei raccontai tutto, dall'inizio alla fine, sottovoce e attenta che nessuno si palesasse alla porta.

«Ti sei fatta aiutare da Cavalcanti?»

«Sì, anche se poi non è servito... perché Dante era in chiesa e l'ho trovato lì.»

«E hai preso l'iniziativa di dirgli...?»

«La verità. Però a me è parso che lui non fosse convinto di quel che cercavo di spiegargli e mi ha preso lo sconforto... così sono fuggita via e sono finita sotto gli zoccoli del cavallo di Geri...»

La Tana giunse le mani. «Oh, Gemma, ma io l'ho sempre saputo che sei speciale! Oh, davvero mio fratello non sa quale benedizione gli è capitata.»

«Mia madre mi ha detto che poi Dante si è deciso ed è andato da mio padre...»

Lei sorrise e mi prese la ciotolina. «E così è, cara cognata. Domani si firma per l'atto di nozze. Poi ci sarà solo da fissare la data, appena starai meglio e le tue costole smetteranno di darti fastidio...» Era garrula come un fringuello. «Non dovrai preoccuparti, consiglierò io a Dante il vestito migliore per te, che si sa che i gusti degli uomini son sempre discutibili.»

Non mi sembrava vero. «Ma si riuscirà a fare tutto così in fretta? Non eravamo nemmeno promessi... non ci vorranno due scritti diversi?»

La Tana scosse la testa. «Ma no, nessun notaio farà obiezioni! Dante ha fatto voto, e questo basta.»

Mi tirai su sui cuscini appoggiandomi sul gomito sano, l'altro mi faceva male. «Che ha fatto Dante?»

La Tana aggrottò le sopracciglia e abbassò la voce. «Quando ti ha vista stare tanto male, che non riaprivi gli occhi, è andato in San Martino e ha fatto voto che, se tu ti fossi ripresa, lui ti avrebbe subito sposata.»

Rimasi lì zitta e immobile a batter le palpebre, cercando di ragionare. Lei si avvide del mio turbamento.

«Cosa c'è?» Strinse le labbra. «Forse non avrei dovuto dirtelo... nessuno lo sa.»

«Mi sposa per adempiere a un voto?» le chiesi.

«No, ascolta, è un voto che riguardava la tua salvezza, e lui era già intenzionato... Si rimprovera che avrebbe dovuto trattenerti, quando sei corsa fuori...»

«Allora mi sposa perché si sente in colpa?»

La Tana sospirò. «Qualunque cosa io dica ti suonerà stonata. Ora senti, hai fatto tanto per riuscire ad arrivare a questo. Tu sei la donna giusta per lui e lui ti vuole sposare, che altro c'è? Si è reso conto di tenere tanto a te quando ha rischiato di perderti, e questo è tutto. Dimentica il resto e siate felici.»

Mi lasciai andare all'indietro sui cuscini e chiusi gli occhi. Me l'aveva pur detto, Piccarda, nel mio sogno, che se l'avessi sposato sarei dovuta essere forte, forte per tutti e due.

Parte seconda
1290-1300

1
Gemma Alighieri

La mia dote non si avvicinò nemmeno lontanamente a quella di Beatrice quando era andata in sposa a Simone dei Bardi e neanche a quella che la Tana aveva portato ai Riccomanni: 200 lire di fiorini piccoli fu quanto mio padre si disse disposto a sborsare. Una somma modesta, ma più che sufficiente, calcolando che lui aveva messo sul piatto della bilancia il suo cavalierato e la nostra schiatta, di certo più nobile di quella degli Alighieri. E poi la dote era commisurata al patrimonio dello sposo, che aveva in saccoccia più belle speranze che titoli di credito.

Avevo sentito i miei genitori ragionarne a più riprese.

«Era quanto avrei dato a Rinuccio» ripeteva mio padre. «Se poi avranno bisogno di qualche cosa, noi ci saremo.»

«Il nome di Dante sta diventando noto» rispondeva mia madre. «Confido che riusciranno a fare una vita agiata senza bisogno del nostro aiuto.»

La cosa più bella del mio vestito erano delle splendide maniche preziose, fermate con la novità venuta dalla Francia: dei bottoni, nel mio caso di perle, che si infilavano dentro delle asole invece che venir cuciti sulla stoffa come mero ornamento, e dei nastri di seta a contrasto.

Il bel colore amatisto, tra il viola e il rosso, era tutto merito della Tana, la quale come promesso aveva ben consigliato Dante. Quanto a me, ormai mi sarei maritata anche in tela di sacco, tanta era la mia aspettativa, dopo che l'impegno era stato sottoscritto dal notaio e le mie costole avevano ripreso a far giudizio.

Le logge dei Donati del ramo più ricco della famiglia erano state messe a disposizione a settembre per le mie nozze. Fu un bel banchetto. Dante era di buon umore, in mezzo ai suoi amici più cari: c'era il fratello di Beatrice, c'era Bicci, c'era Guido Cavalcanti, che si sentiva un po' artefice di quell'unione e che era venuto perché Corso era lontano, a fare il podestà in Romagna.

Era stato Bicci a portarmi il suo dono di nozze. «Mio fratello ti manda questo» mi aveva detto, presentandosi con la Nella e porgendomi un piccolo involto di seta. «Credo che sia dispiaciuto di non poter essere presente.»

Non l'avevo più veduto, dopo l'incidente del cavallo e dopo che aveva cavato l'occhio al cavaliere di Pistoia. L'ultima volta che Corso aveva presenziato al funerale di una Frescobaldi a Firenze, il mese prima, si era scatenata una rissa tra Cerchi e Donati quando uno dei presenti, che era seduto fuori con gli altri uomini, si era alzato per sgranchirsi le gambe e sistemarsi i panni con una mossa un po' troppo repentina, e il rivale più vicino, temendo un'aggressione, gli aveva affondato in pancia una spanna di lama. Forse era meglio che se ne restasse dov'era, mio cugino: se lui c'era, si sfoderavano le armi. Se lui parlava, erano parole di guerra, contro gli aretini, contro i nemici di Firenze, contro il popolo che pretendeva di comandare i magnati. La tensione saliva e gli animi si infervoravano. Ma ero molto curiosa di vedere che cosa mi avesse mandato tramite Bicci e anche la Nella, che era lì con me, allungava il collo.

Dalla seta grezza emerse una bellissima piccola scacchiera d'avorio, con tutti i pezzi cesellati ad arte, alla moda d'oriente. Li presi in mano e li esaminai uno a uno.

«Non ci sono regine» osservai. Quelli che usava mio padre, molto meno pregiati e sbozzati nel legno, mettevano in campo una donna accanto al suo re.

Bicci scosse la testa con aria da intenditore. «No, c'è un visir al suo posto, ad aiutare il sovrano: un generale, com'è logico, in un gioco di guerra dove non dovrebbero entrarci le donne. E poi ci sono gli elefanti, guarda, niente alfieri. E i cammelli per le torri. Deve venire da qualche crociato che l'ha presa agli infedeli.»

«Comunque è una bellezza» commentò la Nella, carezzando col dito gli intarsi di madreperla delle caselle rosse e nere.

Io disposi le pedine a una a una e lei mi sorrideva. «Sai giocare?»

«Un poco, non sono tanto brava.» Mio padre mi aveva insegnato durante qualche uggiosa sera d'inverno e ci avevo preso gusto.

Quando riposi il gioco per metterlo nel cassone della mia dote, che mi sarei portata nella casa degli Alighieri, ribaltando la scacchiera per avvolgerla lessi la frase che Corso aveva fatto incidere sotto, dentro un cartiglio: «Vivi la vita come un gioco».

La mostrai a Bicci che annuì divertito. «Oh, è Platone. Bravo, il barone, chi l'avrebbe mai detto, anche filosofo.» Mostrava sempre un gran distacco e una sorta di affettuosa indulgenza per quel fratello ingombrante ed eccessivo negli odi e negli amori: forse era il suo modo di difendersene.

Quanto a me, ero grata per quel dono, ma il suo significato mi lasciava inquieta.

«Dirai a Corso che lo ringrazio e che ci giocherò con Dante» raccomandai a Bicci. Chi aveva orecchie per intendere, intendesse: stavo per diventare la moglie del mio poeta, finalmente. E non perché il matrimonio diventasse un paravento utile a permettermi di folleggiare in giro.

Dopo il banchetto e le danze, durante le quali Dante si mostrò davvero un bravo ballerino e io gli tenni testa tra il batter di mani ritmato degli astanti, andammo in breve e festante corteo fino alla casa degli Alighieri dove lui, la Tana e Francesco mi accompagnarono a omaggiare monna Lapa, la seconda moglie del loro defunto padre, nonché madre di Francesco, che non aveva potuto partecipare alle nozze perché era inferma.

«Non si regge in piedi» mi spiegò Francesco, salendo le scale. «Nelle ultime settimane è davvero molto peggiorata, non può nemmeno più andare a messa. In qualche caso la caliamo di peso per le scale su una seggetta con l'aiuto di due servi, ma la rampa è stretta e l'ultima volta ha rischiato di cadere. È molto dispiaciuta di non essere stata presente ed è ansiosa di parlarti, Gemma.»

Mi era capitato quand'ero più piccola di incrociarla per la via, prima che cominciasse a soffrire per questi forti dolori alle ginocchia, e ne ricordavo il sembiante chiaro e la bella faccia aperta. Somigliava molto a Francesco, anzi, era Francesco a somigliare a lei. Quando entrammo nella sua stanza si tirò su dalla sedia e prese a muoversi usando due bastoni, come un ragno grasso, dal momento che si era molto appesantita nell'immobilità, ed era una pena vederla. Pensai che doveva avere pochi anni più di mia madre, che ancora correva in giro per casa come una fanciulla. Ciò nonostante monna Lapa si era messa tutta elegante, per darci segno della sua gioia per l'occasione.

«Eccola, alla fine, la sposa di Dante!» Sorrideva, appoggiata ai due bastoni, e io le andai vicino e mi inchinai in segno di rispetto per mia suocera. «Ma sollevati e baciami su tutte e due le guance! Mi ricordo bene di te, Gemma, e conosco i tuoi, anche se adesso vivo da reclusa...»

Mia madre e mio padre me ne avevano parlato con rispetto. Era vedova da molti anni e godeva di buona reputazione: aveva allevato i suoi figliastri con amore ed era molto legata al suo Francesco il quale, oltre a essere il più giovane, era anche l'unico partorito dai suoi lombi prima che suo marito Alighiero morisse.

«Ora che abiti in questa casa non sarò più così sola» mi ripeteva, contenta. «Staremo un po' insieme...»

Fu allora che dalla sua manica destra sbucò un musetto appuntito e grazioso, due occhietti vispi e due orecchiette all'impiedi. «Oh, ecco, Gemma, lei è la mia Giocattola, la mia donnola domestica, la mia compagnia... l'ho presa appena nata ed è cresciuta con me, non morde, puoi carezzarla, se ti va...» Abbassò la voce. «Quando ancora riuscivo a frequentar la messa, la portavo con me nascosta, e non mi ha mai fatto fare brutte figure.»

Era davvero bellissima. Piccina piccina, snellissima, veloce, con la pelliccia grigia chiara lucida e folta, pareva un piccolo concentrato di grazia e di vitalità e metteva buon umore a guardarla. «Si vede che vi è devota...» dissi, quando la vidi adagiarsi sull'ampio seno della donna, continuando a fissarmi impertinente, come a dire: «E tu chi saresti?». Allungai la mano e le sfiorai le orecchie; lei mi lasciò fare, assaggiandomi il polpastrello con una leccatina, e parve che non le dispiacessi, perché mi leccò di nuovo.

«Ora andate, figlioli, non state a perder tempo con me stanotte, che è speciale...» Mi strizzò l'occhio. «E tu, Dante, trattamela bene, questa bimba, mi raccomando.»

Lui fece un cenno rispettoso con la testa, sorridendo appena e arretrando verso la porta. Non mostrava di apprezzare molto i lazzi e le allusioni alla nostra prima notte, che nei matrimoni non mancavano mai. Non aveva mai cercato intimità con me, nelle settimane che avevano preceduto quel giorno: Corso mi aveva baciato. Lui, che era diventato mio marito, mai.

Le mie donne, la Tana e la Nella, ma anche mia madre e la Valdina, mi accompagnarono fino in quella che sarebbe stata la nostra camera nuziale, cantando strofe e spargendo fiori su per le scale, al nostro passaggio, e anche fin sul letto.

Dante mi aveva preso la mano destra e la teneva stretta. Mi chiedevo se anche lui provasse il mio stesso disagio e apprezzai molto questo suo gesto, perché cominciavo a essere turbata e ansiosa, come mi avevano detto che capitasse a tutte le sposine. Mia madre mi aveva fatto più di qualche accenno a proposito di quel che sarebbe capitato, io di certo sapevo bene che cosa succedeva tra un uomo e una donna, e quello era il marito che io mi ero scelta, alla fine, privilegio raro. Non mi sarei trovata accanto un vecchio o uno storpio, avrei giaciuto col mio poeta che era giovane e gagliardo, ma in realtà non avevo idea di come lui si sarebbe comportato, e nemmeno di come mi sarei comportata io, e se sarei stata bella e brava abbastanza per lui, che di certo aveva avuto amplessi con femmine di più esperienza e di più leggiadro aspetto.

Quando mia madre richiuse finalmente la porta della camera alle sue spalle e rimanemmo da soli, mi girai verso di lui e ci abbracciammo in silenzio.

«Sei contento?» gli domandai sottovoce.

«E tu?»

«Io tanto.»

«Allora lo sono anch'io.»

Mi sciolsi dalle sue braccia e gli sorrisi. «Mi vuoi aiutare?» gli dissi, cominciando a sciogliere i lacci del vestito e a staccare le maniche importanti.

«Non chiedo di meglio» rispose lui, che si era già sbarazzato del farsetto ricamato. Era più bravo della Valdina con i bottoni e questo mi strinse un poco il cuore: doveva averne sciolti molti, di nastri femminili, per sapere così bene dove mettere le mani. Ma di certo non potevo essere gelosa del suo passato. Anzi, avrei dovuto esser contenta di avere uno sposo che sapeva come trattare le donne. Mi ritrovai in camicia e sollevai le mani per liberare i capelli.

«Aspetta» mi sussurrò lui. «Lascia fare a me.»

Le spille scivolavano docili dentro il piccolo bacile d'argento davanti alla specchiera. Le sue dita affondarono avide nella massa rossa delle mie chiome. Sentivo il suo respiro farsi più pesante.

Mi sollevò tra le braccia come una piuma e mi ritrovai sdraiata tra i fiori, sul letto coperto di seta. Le pianelle mi sfuggirono dai piedi, mostrando le mie grandi estremità delle quali tanto mi vergognavo. Cercai di infilare le punte sotto il copriletto, per nasconderle, e lui se ne avvide.

«Che fai?»

Era sopra di me, sentivo il suo fiato sulla mia bocca.

«Io... ho i piedi grandi» dissi sottovoce, come se stessi confessando un gran peccato.

Lui rise piano. «Berta dal gran piè...»

«Come?»

«La madre di Carlo Magno... la moglie di Pipino... aveva i piedi lunghi, come te. Dicono che le donne dai piedi grandi siano sensate e ben radicate per terra, che Dio le benedica... E lei fu una gran regina. Berta, ti chiamerò. E sarà il nostro segreto...»

E dai miei piedi grandi cominciò a esplorare il mio corpo,

mettendo le labbra calde e vellutate non solo sulle mie, ma dove non avevo mai pensato si potesse, risalendo lungo le mie gambe e cercando il mio sesso. Mi aprii a tutte quelle sensazioni, spalancando gli occhi quando lui mi prese, sussurrando il mio nome.

«*Ond'io le tolsi il fior ch'ella serbava*» mi mormorò lui poco dopo, citando con ironia il suo poema scostumato, sdraiato vicino a me, quando la frenesia dell'amplesso fu sopita, giocherellando con i miei capelli sparsi sul cuscino. «Stai bene?»

Mi raggomitolai accanto a lui, felice. «Mai stata meglio. E tu? Pentito del tuo voto?»

Sussultò. «Lo sai?»

Non ne avevamo mai parlato. Ma ora né io né lui saremmo potuti tornare indietro: mi sentivo per la prima volta sicura di aver fatto la scelta giusta, calda d'amore tra le sue braccia, e diventavo più ardita. Mi piaceva l'odore della sua pelle, la sua barba che mi solleticava quando lui mi baciava, la naturalezza con la quale i nostri corpi si cercavano e si prendevano, il riguardo che lui aveva usato con me, attento a non farmi male, mettendo i nostri corpi in sintonia come se non avessimo mai fatto altro tutta la vita, e volevo restituirgli il bene che lui mi dava.

Così per tutta risposta lo baciai sulla bocca per farlo tacere e lui, di nuovo eccitato, mi prese per i fianchi e mi fece salire a cavalcioni su di lui. «Dicono che Berta fosse una splendida cavallerizza» mi disse, sorridendo malizioso.

Io appoggiai le due mani alle sue spalle. «Allora bisognerà che non sfiguri al paragone, marito mio» risposi, cominciando a muovermi sopra di lui e godendomi alla luce della luna che filtrava dalle finestre l'espressione del suo volto, trasfigurata dal piacere.

2
Il dono del mattino

Le emozioni del giorno del matrimonio e soprattutto l'aspettativa della prima notte con Dante mi avevano quasi fatto dimenticare il dono del mattino: la tradizione seguita a Firenze, che veniva da lontano e dai germani, diceva che la mattina seguente la consumazione delle nozze lo sposo avrebbe dovuto fare un regalo alla sposa. Era un momento molto importante per due motivi: prima di tutto con quel regalo il marito ratificava la sua piena, completa e finale accettazione della moglie, dopo averla conosciuta carnalmente; inoltre quel regalo, insieme alla dote, sarebbe stato di proprietà della sposa, anche se lei fosse rimasta vedova, e ne avrebbe potuto disporre liberamente.

Mi ero domandata molte volte che cosa mi avrebbe regalato Dante, se un oggetto di valore, come la scacchiera di Corso, un gioiello, un vestito; tra coppie più ricche di noi si erano donati cavalli, appezzamenti di terreno, quadri. A me sarebbe andato bene tutto, anche semplicemente un suo scritto o un suo disegno mi avrebbe fatto piacere. Speravo solo che avvenisse in maniera informale, senza notai e famigliari riuniti, data l'intimità che ormai c'era fra di noi, dopo che insieme ai nostri corpi ci eravamo disvelati un poco delle nostre anime.

Così, ancora nel dormiveglia, allungai un braccio verso l'altro lato del letto, cercando il mio sposo, sorridente di aspettativa e a occhi chiusi. Avrei voluto starmene tra le sue braccia e parlare ancora, come nella notte appena trascorsa, quando gli avevo chiesto se avrebbe voluto avere dei bambini e lui mi aveva risposto: «Tanti, e tutti con i capelli rossi e i piedi lunghi» carezzandomi dolce e ridendo. Aveva disciolto tutte le mie paure e le mie insicurezze: se a lui ero parsa desiderabile, allora non dovevo poi essere male, e non mi ero mai sentita così felice.

«Buongiorno, marito» borbottai, girandomi tra le lenzuola.

I fiori sparsi sul letto la sera precedente erano appassiti e cominciavano a emanare quell'odore dolciastro che annuncia la marcescenza. Mi ritrovai una margherita sotto la guancia, la presi in mano, la gettai via e aprii gli occhi. Non c'era il mio sposo accanto a me, così mi svegliai del tutto e mi misi a sedere sul letto, guardandomi intorno nella stanza estranea piena di sole.

«Ben desta, padrona» mi salutò una voce gentile.

C'era una donna vicino al bacile e alla brocca, intenta a versare dell'acqua per le mie abluzioni. Ma non era la Valdina, non l'avevo mai vista prima.

Era alta, snella, vestita di scuro. Indossava un abito castissimo, chiuso sul collo e profilato di un bordo color crudo, e i capelli erano nascosti da un fazzoletto triangolare di cotonina che le copriva la fronte, facendola sembrare una monaca.

Mise giù la brocca, si avvicinò al letto e si piegò in un inchino leggero, tenendo le mani giunte all'altezza dello stomaco, composta. Era giovane, doveva essere di pochissimo più grande di me, olivastra di pelle, con due grandi occhi scuri di forma allungata dalle palpebre pesanti e delle ciglia così scure e spesse da sembrare dipinte. Anche la bocca era bella, carnosa, perfetta, e il naso dritto e nobile. Alla sua radice però aveva tatuata una piccola croce nera, come un ricamo di puntini rilevati, che le conferiva un'aria un po' selvaggia e molto esotica.

«Chi sei?» le chiesi, coprendomi istintivamente col lenzuolo, perché mi ero resa conto di esser quasi nuda.

«La vostra schiava.»

Sollevai le sopracciglia. «Non possiedo schiavi» obiettai.

«Ora sì, padrona Gemma. Sono il dono del mattino di vostro marito, padrone Dante degli Alighieri.»

«Ah.» Rimasi zitta qualche istante. Dunque era lei il mio regalo di nozze? Non ci sarei mai arrivata, nemmeno tirando a indovinare per un mese intero. Certo era un bel dono, di pregio. Avevamo avuto qualche schiavo, in casa, ma erano per lo più famigli maschi che badavano alle bestie o alle cantine, e non ne avevo molta dimestichezza. Lei di certo valeva parecchio, avrebbe detto mia madre, valutandola col suo occhio esperto.

«Come ti chiami?» le domandai.

«Io...» Lei esitò. «Donata» rispose dopo un momento.

«Donata?» Certo, essendo un dono aveva senso. «Davvero?» Ci aveva dovuto pensare un po' su.

«Così padrone Dante mi ha detto di dirvi, padrona Gemma. Certo voi potete nominarmi come più vi aggrada.» Uno schiavo è come un cane, quindi prende il nome che il suo proprietario desidera.

«No, un nome ce l'hai, voglio sapere quello» insistetti.

«Nella mia terra mi chiamavano Gilla.»

«E qual è la tua terra?»

«L'isola di Sardigna, padrona.»

«Parli come una di queste parti, però... sembri una pisana...» Immaginavo che i sardi parlassero un idioma tutto loro, una lingua selvaggia, per noi incomprensibile.

«Quando fu rasa al suolo Santa Igia, dove la mia famiglia aveva beni e servi, i pisani che avevano battuto i genovesi presero i miei genitori. Sono nata schiava nel castello di San Guantino, di proprietà del conte Ugolino della Gherardesca, padrona» mi spiegò lei pacata.

Feci segno di sì, per educazione, anche se non ne sapevo molto, se non che pisani e genovesi si contendevano pezzo a pezzo la sua isola a colpi di alleanze dinastiche e di battaglie per terra e per mare. Ma la situazione cambiava di continuo e di certo non mi ero mai interessata più di tanto a quello che capitava in un posto che mi pareva in capo al mondo. Ora all'improvviso una donna che veniva da là era apparsa dentro la mia stanza, a portarmi la consapevolezza che niente è poi davvero così lontano e che siamo tutti sotto lo stesso cielo. A quanto mi pareva di capire, doveva essere stata una famiglia rispettabile, la sua, e benestante, prima che la guerra li riducesse in servitù dei pisani. C'era come un retaggio di quell'orgoglio di stirpe nel suo modo di atteggiarsi e di parlare: pareva molto beneducata. Si sa come si nasce e non si sa come si muore, come sospirava la Valdina segnandosi quando sentiva qualche brutta storia di persone che avevano perduto tutto, proprio come Gilla. Ma era la volontà di Dio se finivi di proprietà di qualcuno, si diceva; e magari anche per colpa dei tuoi peccati. Chissà che peccati dovevano aver commesso i sardi di Santa Igia per ritrovarsi la loro città distrutta come Sodoma e Gomorra.

Gilla intanto si era subito resa conto che mi sentivo a disagio per la mia nudità: prese una veste di seta aperta davanti e me la infilò con grazia, prima di mettermi le babbucce ai piedi, mentre cominciava a districarmi i capelli e a rendermi presentabile.

«Il conte Ugolino... non è morto con i suoi figli a Pisa nella torre della Muda?» le domandai. Quel nome mi aveva acceso un ricordo.

Era capitato da poco, da due o tre anni, forse, e a Firenze c'era stata grande eco di quella nefandezza compiuta a Pisa dall'arcivescovo Ruggieri degli Ubaldini, che aveva fatto imprigionare il conte e i suoi figli, suoi nemici politici, accusandoli di tradimento e chiedendo loro sulle prime delle somme di riscatto sempre più alte per salvar loro la vita. Alla fine, quando i della Gherardesca non erano stati in grado di soddisfare l'ultima esorbitante richiesta in denaro, Ruggieri aveva dato ordine di buttar via la chiave in Arno e di lasciar morire di fame e di sete non solo il vecchio conte, ma anche due suoi figli e due suoi nipoti, con i quali lui si trovava al momento della cattura. La torre apparteneva ai Gualandi, che erano alleati dell'arcivescovo, e stava attaccata al palazzo del capitano di giustizia. Mio padre mi aveva spiegato, ben sapendo la mia passione per la falconeria, che la chiamavano comunemente della Muda perché ci ospitavano i falchi e le aquile allevate dal comune di Pisa, nel periodo in cui cambiavano le penne. Ugolino e i suoi erano stati dimenticati lì dentro e i pisani avevano riaperto la porta solo mesi dopo, quando ormai tutto si era orribilmente compiuto.

Se n'era parlato, in famiglia, di questo epilogo. Qualche tempo prima che Ugolino e i suoi malcapitati discendenti venissero rinchiusi a morire d'inedia, le città di Lucca, Genova e Firenze avevano voluto far lega contro Pisa e sulle prime mio cugino Corso, col suo solito spirito guerresco, aveva strepitato in tutti i consigli fiorentini che bisognava assolutamente farne parte, di questa alleanza. Ma poi aveva cambiato avviso del tutto, all'improvviso e senza ragione, e correva voce che Ugolino gli avesse mandato del denaro e dei doni, per fargli mutare consiglio, sapendo che il suo parere era molto influente nei consigli fiorentini. Il vecchio conte aveva capito di aver bisogno di un alleato per far vacillare l'alleanza delle tre città nemiche contro Pisa e lo aveva trovato.

«*Pecunia non olet*» aveva sentenziato il babbo, scuotendo la testa. «Il denaro non puzza, da qualunque parte provenga, come dicevano gli antichi. E le lire dei pisani non son peggio delle altre.»

Ripensando a quelle generose prebende elargite a mio cugino in cambio di un suo parere che non danneggiasse i pisani, mentre mi lavavo nel grande bacile di ceramica, mi venne spontaneo di domandare a Gilla: «Ma quando sei arrivata qua a Firenze?».

«Sono stata donata qualche tempo fa dal conte Ugolino a un vostro parente, padrona Gemma.»

Non avevo il coraggio di domandarle a chi, ma fu lei a completare la frase: «A messer Corso dei Donati, il barone, e padrone Dante mi ha comperata da lui».

«Sei stata la schiava domestica di mio cugino?» esclamai, schizzando un po' d'acqua sul pavimento.

Lei strinse appena le labbra e si chinò pronta ad asciugare. «Sì, padrona.»

«E come mai messer Corso ti ha venduta a mio marito?»

«Ha delle schiave più giovani che mi hanno sostituita e poi

l'ho sentito dire che voleva fare cosa gradita al suo cugino acquisito padrone Dante e soprattutto a voi, padrona Gemma, perché nutre per voi una grande affezione.»

Doveva essere stato Corso a proporre a Dante l'affare. Probabilmente si era accontentato di una somma modesta, per facilitarlo. In fondo anche Gilla era un po' un suo dono, al pari della scacchiera; era come se nella grande considerazione che aveva di se stesso avesse voluto ricordarmi la sua esistenza sempre, ogni giorno passato con la mia schiava Gilla, che veniva da lui e che era stata nel suo letto. C'era qualcosa di malsano in quel regalo, ma sarebbe stato molto difficile spiegarlo a Dante.

A proposito, dove era finito?

«Ma mio marito dov'è?»

«Si è levato di buon'ora, padrona, e non ha voluto destarvi, perché dormivate così bene» rispose lei, con un sorriso malizioso.

Arrossii lievemente. «Gilla, c'è una cosa che ci tengo a dirti. Ora sei al servizio di questa famiglia. Fai parte per gli Alighieri. Sei di casa Alighieri. Il tuo padrone non è più messer Corso e per quanto tu possa essergli affezionata o grata, non devi mai più avere a che fare con lui. E quello che succede in questa casa, in questa casa rimane.»

Lei sostenne grave il mio sguardo. «Non avrete da lamentarvi della mia discrezione, padrona: è la prima dote di un buon servo. Il conte Ugolino lo ha dimostrato quando ha fatto tagliare la lingua alla mia sorellina, che aveva parlato a sproposito in sua presenza. "Gli schiavi" disse in quell'occasione a San Guantino "dovrebbero essere tutti sordi e muti." Avevo sette anni, all'epoca, e da allora posso giurarvi che ho imparato molto bene la lezione.»

«Ma quanti anni aveva tua sorella?» domandai, atterrita.

«Due più di me. È morta tra le mie braccia.»

Inghiottii a vuoto, ma Gilla stava già tirando fuori un vestito dalla cassa, come se quel discorso fosse chiuso. «Vi può piacere questo, padrona? Ve lo rinfresco in un momento. Oggi riceverete ancora visite, ci sarà qualche formalità da sbrigare in famiglia, questo tono corallino s'intona a meraviglia con i vostri capelli. Non vedo l'ora di finire di pettinarvi. Non avevo mai veduto delle chiome come le vostre.»

«Oh, ci scommetto!» Feci segno di sì. «Certo, il vestito va bene. Ma mi fai vedere i tuoi, di capelli?»

Lei si sciolse docile il fazzoletto. Erano neri come l'onice, lisci, lucenti e folti. Li portava tutti all'indietro, fermati poi sulla nuca in una grossa crocchia tonda e ordinata. Al lobo destro era fissata una specie di piccola borchia di ferro, tonda, che non si poteva rimuovere, come un sigillo, e doveva essere il segno del suo stato di schiava.

Lei vide che lo fissavo. «Il conte faceva mettere questo sigillo su tutte le sue proprietà. Le pecore, i buoi, le vacche, i cani, gli schiavi. Sull'orecchio. Diceva che non guastava troppo l'aspetto, soprattutto per le schiave da letto. Un marchio a fuoco sarebbe stato peggio.»

Ci fu un momento di silenzio. «Sono molto belli, i tuoi capelli» le dissi, sinceramente. Odoravano di gelsomino.

Lei fece un mezzo sorriso e si ricoprì il capo, svelta, senza nemmeno bisogno di guardarsi allo specchio, nascondendo sotto la cotonina nera anche il segno del suo servaggio.

3
Ser Brunetto

«Non devi dare tanta confidenza a una schiava» mi stava dicendo mia madre sottovoce, ma in tono conciliante, come quando ti tocca di sostenere per dovere d'ufficio una cosa nella quale non credi davvero. La vedevo contenta di vedermi contenta. Era passata qualche settimana dal mio matrimonio ed era venuta a trovarmi quel pomeriggio per fare due chiacchiere e aveva trovato sconveniente il mio modo affabile di trattare Gilla, facendola sedere accanto a me. In realtà la persona che più se n'era avuta a male era la Valdina, che aveva accompagnato mia madre e ora se ne stava impettita in un angolo a studiare la forestiera.

«Chi è quella, padrona Gemma?» mi aveva chiesto a mezza bocca appena arrivata.

«Il mio dono di nozze» avevo risposto, sincera. «Viene dalla Sardigna.»

E questa rivelazione le aveva fatto spalancare gli occhi. Non aveva mai visto prima un sardo.

«Sei battezzata?» le aveva subito domandato mia madre.

«Sì, monna Maria» aveva risposto lei con quel suo tono rispettoso e conciliante.

Ciò aveva molto rassicurato mia madre. «Vedo che veste con modestia. Ho sentito che in quelle terre selvagge le donne vanno ignude, a seno scoperto, per lo più, e che quando vengono portate in paesi cristiani bisogna che si abituino a coprirsi.»

«Ma i sardi sono cristiani, madre» obiettai.

«Non come noi» insistette lei.

Non le chiesi su che cosa basasse questa sua convinzione. Forse sul fatto che, a rigore, dei cristiani non avrebbero potuto tenere schiavi altri cristiani. «E comunque Gilla mi diceva che, anzi, le vedove sono tenute a coprirsi anche il volto, al suo paese» precisai. E le credevo: non avevo mai veduto una donna più costumata di lei, nel vestire, nelle movenze e negli sguardi, nel suo modo di tirarsi da parte e farsi invisibile, senza far avvertire la sua presenza, nella sua discrezione quando i padroni parlavano o si scambiavano gesti di intimità. Nello stesso tempo preveniva i miei desideri, intuiva quel che volevo e che mi serviva in un certo momento ed era stata la mia grande alleata man mano che prendevo possesso di quella casa degli Alighieri, a me del tutto sconosciuta.

La Valdina dopo un po' la prese da parte, quando pensava che mia madre e io non la sentissimo, per dirle in tono d'importanza che lei mi serviva da una vita e per elencarle nel dettaglio che cosa mi piaceva mangiare e come avrebbe dovuto vestirmi e pettinarmi, e Gilla, che era molto più abile di lei in tutto, come avevo già potuto constatare, ebbe tuttavia la buona grazia di annuire e ringraziare rispettosamente, dal momento che la Valdina era una serva e lei una schiava forestiera, e quindi più in basso di un gradino. Se la conquistò con la sua acquiescente umiltà nello spazio di un batter d'ali.

«Soprattutto niente sanguinaccio, ché quello proprio non lo sopporta» concluse la Valdina trionfante.

Poi Gilla servì della frutta secca caramellata col miele e del vino speziato e la tensione si sciolse da sola.

Anche alla Valdina fu concesso di assaggiarne e lei sgranocchiò con aria da intenditrice quella leccornia che non aveva forse mai veduto, facendo un cenno a Gilla come a dirle: «Ma sì, va' là, che sei bravina anche tu».

Sul più bello arrivò Dante, che era stato fuori tutto il giorno. Lo vidi esitare sulla porta e gli andai incontro.

«Buon pomeriggio, Dante, vieni! È passata mia madre a trovarmi con la Valdina.»

Lui salutò col suo solito garbo. «Non sapevo che avessi visite» cominciò, in tono di scusa. «Siete la benvenuta, monna Maria. Come sta messer Manetto?»

«Bene, e vi porto i suoi saluti.» Mia madre era già in piedi. «Ce ne stavamo andando» gli disse, discreta.

«No, non volevo interrompervi. Gemma è sempre così contenta di passare del tempo con voi.»

«Vi trovo bene, caro Dante, e mio marito mi riferisce che siete sempre più impegnato in politica e che la vostra oratoria è molto apprezzata.»

«Lo spero» rispose lui con mezzo sorriso. «Non è facile farsi ascoltare quando gli animi sono così agitati.»

Lei annuì. Le contese tra i popolani e i magnati erano all'ordine del giorno e qualunque accadimento era un buono spunto per litigare. I cavalieri ricordavano a ogni piè sospinto che senza di loro Firenze non avrebbe vinto a Campaldino e i rappresentanti delle Arti rispondevano che non era certo la boria delle loro schiatte a mandare avanti la città. Ne avevamo parlato anche con mia madre, dal momento che noi Donati del ramo di Ubertino avevamo sentimenti molto moderati e finivamo col comprendere le buone ragioni di entrambi, mentre i Donati del ramo di Vinciguerra, come mio cugino Corso, erano schierati con tutto il loro orgoglio di casta per la causa dei cavalieri e dei magnati.

«Ora dobbiamo proprio congedarci, genero mio» conclude mia madre, sorridendo. «Ho trovato la mia Gemma radiosa, e penso di dovervene ringraziare.»

«Sono io che vi ringrazio per averla messa al mondo» rispose lui, recitando quella frase come una formula di un suo verseggiare cortese, e non appena tornai dentro dopo aver accompagnato all'uscio le mie ospiti mi si avvicinò.

«Sei tornato presto» gli dissi, felice. E, indicando il disordine in cortile, aggiunsi: «Hanno appena portato gli orci nuovi, devo farli mettere in cantina». Gli mostrai i due grossi vasi di coccio alti e stretti. «Mi hanno fatto un prezzo buonissimo e quelli vecchi si erano crepati.» Era stato il Cianco, il fedele servo sciancato di Dante, a farmi conoscere il fornaciaio che me li aveva venduti.

Lui annuì distratto. Le cose di casa non lo interessavano e mi delegava volentieri tutte le incombenze, dandomi piena fiducia.

Vederlo era sempre una festa, mi batteva il cuore ogni volta. Era come se ancora non ci credessi che Dante era davvero mio marito e avrei passato il resto della vita con lui.

«Vorrei andare a far visita al mio maestro ser Brunetto e mi farebbe piacere se tu venissi con me. Alle nostre nozze non è potuto essere presente, era fuori Firenze per certi suoi impegni notarili, ma vorrei tanto che tu lo conoscessi» mi annunciò lui, prendendomi le mani.

«O forse vorresti che lui conoscesse me» risposi, sorridendo. Sapevo quanto Dante fosse affezionato al vecchio Latini. Aveva passato i settant'anni, ma dicevano che a sentirlo parlare nelle pubbliche assemblee avesse il vigore e la forza di convincimento di un giovane.

«Tutt'e due le cose» ammise lui.

«Allora aspettami, prendo il mantello, metto le scarpe e andiamo.»

Ero orgogliosa di camminare accanto al mio Dante. Erano in molti a salutarlo, per le strade di Firenze. La Gilla ci stava dietro, rispettosa, e tutti la guardavano, perché i forestieri incuriosivano sempre, ma lei andava via dritta, con gli occhi bassi, senza dar agio a chi volesse disturbare.

«È brava, la Gilla» dissi a mio marito.

Lui sorrise. «Mi fa piacere» rispose, con l'orgoglio di chi ha saputo scegliere bene un dono prezioso.

Non mi aveva mai detto che l'aveva comperata da Corso e io non gli avevo fatto domande. Non volevo che lei si trovasse nei pasticci per avermi raccontato la verità. Sapevo bene che Dante non era ricco e la Gilla doveva essergli sembrata una buona soluzione. Si viveva tutti, noi, Francesco e monna Lapa, delle rendite delle proprietà degli Alighieri. La casa avrebbe avuto bisogno di qualche sistemazione, ma mio marito temporeggiava. Non ci mancava niente, beninteso, ma di certo la mia famiglia di origine poteva permettersi di più e non aveva debiti in giro, come invece avevo scoperto che avevano gli Alighieri. Quanto a me, vivevo quei giorni in una sorta di estasi, a mezz'aria su una nuvola felice, e avrei potuto abitare in una capanna e vestire di stracci essendo felice lo stesso. Se i denari erano pochi, li avrei fatti bastare. Non fa questo parte dei compiti di una buona moglie?

Dante era spesso fuori per le sue faccende, andava a studiare, lo facevano entrare nella biblioteca di Santa Croce, frequentava i suoi amici, Guido e Bicci, visitava la Tana e soprattutto era presente a tutti i consigli, le riunioni e le assemblee alle quali gli era dato di partecipare, seguendo il suo maestro ser Brunetto e anche Cavalcanti. Certe mattine si levava presto e invece di uscire si metteva al suo scrittoio, nello studiolo accanto alla camera da letto dove teneva le sue carte. Gli avevo domandato che cosa stesse scrivendo e lui mi aveva risposto che stava riprendendo delle composizioni degli anni passati e le stava rivedendo e mettendo insieme, per farne una raccolta. Mi sembrava una bella cosa. Non avevo mai avuto la tentazione di aprire lo scrigno di legno istoriato dentro il quale riponeva i suoi scritti, protetti da una cartella di pelle rossastra, perché mi sarebbe parsa una biasimevole indiscrezione, ma confidavo che prima o poi me ne mettesse a parte, leggendomeli lui stesso.

Eravamo andati a caccia un paio di volte e avevamo trascorso qualche giorno a Pagnolle. Durante il giorno mi occupavo della casa degli Alighieri, che aveva bisogno di essere sistemata, perché monna Lapa era anziana e immobile e i servi l'avevano un poco trascurata. Mi ero messa d'impegno a ripulirla da cima a fondo e tutti ne erano stati contenti. Avevo assunto una nuova cuoca e introdotto un poco più di varietà nei piatti che mettevamo in tavola, andando di persona al mercato, cosa che trovavo divertente, e una sera Francesco, satollo, mi aveva definita la miglior cognata che avrebbe potuto capitargli. Monna Lapa gli aveva fatto eco e avevano perfino brindato alla mia salute, con Dante che rideva e annuiva. In realtà lui si accontentava sempre di cose semplici e mangiava poco e velocemente, come se il tempo speso a tavola gli sembrasse quasi sprecato.

La sera ci ritrovavamo nel nostro letto a fare l'amore: di certo Dante non era un amante noioso e sembrava preso di me. In casa si andava d'accordo, anche con Francesco e con monna Lapa, che mi aveva a cuore come una figlia. Passavo del tempo con lei e mi aveva detto che il dono più grande che si può fare ai vecchi è proprio questo, di stare con loro. Io mi prendevo una cosa da fare, un ricamo, un cucito, un intreccio, e sedevo a sentire le sue chiacchiere, che erano amabili, anche se qualche volta la memoria cominciava a tradirla e magari mi raccontava da capo e come nuova una storia già sentita il giorno prima. Ma non mi pareva tempo perso: con i miei lavori in grembo non stavo con le mani in mano, ché mia madre mi aveva insegnato a non fare domani quel che puoi fare oggi, e intanto le davo soddisfazione. Sentivo in corpo l'energia della gioventù, dell'amore e della buona speranza, e ringraziavo il Signore per tanta grazia.

Ser Brunetto ci stava aspettando: Dante doveva averlo avvisato della nostra visita. Ci venne incontro a braccia aperte e ci fece accomodare.

«Finalmente me la porti, la tua Gemma di nome e di fatto» disse, con una voce sorprendentemente giovane e sonora, che non pareva la sua: l'aspetto era quello di un bel vecchio con i capelli tutti bianchi, che portava lunghi e lisci sulle spalle. «Mi è tanto spiaciuto non essere presente alle vostre nozze, ma sono dovuto andare a Castiglionchio a rogare un podere da mio genero Guido. Per un notaio c'è sempre da lavorare, ricordatelo, Dante.»

Mio marito si sforzò di sorridere. In realtà si infastidiva sempre quando qualcuno gli ricordava che avrebbe potuto esercitare una qualsiasi onorevole professione, con le sue conoscenze. «Senza di voi la cancelleria del comune si fermerebbe, ser Brunetto. Ma io non son fatto per quelle carte.»

Il vecchio crollò la testa, divertito. Aveva degli occhi chiari e acuti che ti scrutavano dentro. «Ho insegnato al vostro sposo tutto quello che so, di retorica e di latino, e gli ho fatto leggere tutti i libri della mia biblioteca. Gli ho mostrato come scrivere una epistola e gli ho fatto leggere tutte le orazioni di Cicerone. Ma sugli scaffali di casa mia mancano i tomi che più gli interessano, manca la poesia, ed è dovuto andare fino a Bologna a cercarla. E a quanto pare l'ha trovata, perché ha imparato a poetare meglio del mio caro Guido Cavalcanti, che pure è stato mio discepolo e ha iniziato a scrivere rime prima di lui. Anche quello che sta scrivendo ora su Beatrice è molto interessante.»

«Su Beatrice?» domandai. Non mi era venuto in mente che i vecchi lavori di cui Dante mi aveva parlato potessero essere i sonetti a lei dedicati negli anni passati.

«Una rivisitazione dell'incontrarsi delle loro vite terrene, ma in una chiave molto più elevata, non è così, Dante?» rispose il maestro.

Lui annuì. «Riprendo le composizioni che le avevo dedicato e le lego l'una all'altra con una prosa che le spiega. Era venuto il momento di dare un senso a tutto quanto, ora che lei non c'è più. Di girare pagina e iniziare una vita nuova.»

Dopo che ci eravamo sposati, di lei non avevamo più parlato. Era come un tacito accordo tra di noi. Beatrice non c'era più, stava dentro la tomba di famiglia, e io tutte le sere la ricordavo nelle mie preghiere. Dante la stava ricordando in un altro modo. Non portava fiori sul suo sepolcro, scriveva di lei. Il pensiero di girare pagina mi pareva una buona cosa e del resto era evidente che lui stesse superando la sua pena: si levava la mattina dal letto con voglia di fare, mangiava, per quanto fosse parco, dormiva e godeva dei piaceri del nostro talamo.

Ser Brunetto proseguì a discutere con Dante i significati profondi di quello scritto. Poi la conversazione si spostò sulla politica e mi pareva evidente che il vecchio sperava di vedere Dante in prima fila.

«Il mio tempo è passato» gli ripeteva. «Io ho fatto di tutto, sono stato anche priore, e non c'è trattativa o negoziato o pronunciamento o ambasciata che non mi abbia visto e non mi veda presente. Ma non durerà ancora per molto. Per grazia di

Dio mi porto bene e nonostante l'età la mia mente è lucida e il mio corpo in forze. Però è ora di passare la mano. Ricorda, Dante, Firenze ha bisogno di uomini retti e saggi.»

Mio marito annuiva, serio, ma io mi sentivo inquieta.

«Ci sono due modi per non disperdere il nostro ricordo, per farlo vivere per sempre: operando per il bene della patria e lasciando degli scritti che ci sopravvivano. Tu, Dante, hai il talento e l'animo per fare entrambe le cose» insisteva ser Brunetto, col suo tono convincente.

Quando ci congedammo, ser Brunetto era un poco commosso e ci benedisse come un padre. Dante non aveva potuto farmi conoscere ad Alighiero, che era morto da anni, e mi aveva portata dal suo maestro che probabilmente era per lui la figura più vicina a un genitore che avesse. Ero contenta di quella relazione così stretta e della stima che ser Brunetto portava a mio marito, ma sapevo molto bene che prendere partito nella Firenze di quel periodo era come scendere nell'arena.

«Dante» gli dissi, infatti, quando fummo in vista di casa «non sono più i tempi di ser Brunetto. Adesso le fazioni si sono fatte feroci...»

Lui mi guardò come si guarda una bambina sciocca. «È sempre stato così. Non sai che ser Brunetto è rimasto anni in esilio, dopo la battaglia di Montaperti, quando i ghibellini hanno avuto la meglio? Ha dovuto rifugiarsi in Francia per sette anni. Ha esercitato anche là la professione notarile per mantenersi, perché non aveva più nulla. Sono gli alti e bassi della sorte. Ma dopo che Carlo d'Angiò ha sconfitto Manfredi a Benevento, è potuto tornare e da allora è stato sempre sugli allori.»

«Per sette anni! E che cos'hanno fatto sua moglie e i suoi figli?»

Dante alzò le sopracciglia, come stupito dalla mia domanda, e allargò le braccia, ma prima che potesse rispondere sentimmo gli strepiti da dentro casa. Monna Lapa gridava disperata. «Oh, mio buon Signore, mi si ferma il cuore! Oh, la mia Giocattola!»

«Cosa succede?» chiese Dante a Francesco, che ci era venuto incontro in cortile.

«La mamma non trova più la sua donnola ed è come impaz-

zita» rispose lui. «L'abbiamo cercata dappertutto, ma in camera sua non c'è. Ha lasciato la porta socchiusa e la bestiola deve essersene uscita. Può essere dappertutto e se non la troviamo non so proprio come calmarla.»
«Povera piccola, bisogna stare attenti a non farle del male» dissi, guardandomi attorno cauta. Era così minuscola.

Fu allora che si fece avanti Gilla, con un'espressione strana sul viso. «Padrona, se posso...» mi sussurrò.

«Pensi che potremo trovarla?» le chiesi, speranzosa. Magari sapeva come attirarla con un bocconcino goloso.

Con una mano premuta sul cuore, la vidi avvicinarsi all'orcio più vicino, che era alto quasi quanto un uomo. «Credo che sia qui dentro» sussurrò, appoggiando la mano alla creta.

I servi si avvicinarono con una scaletta. Francesco scostò il Cianco che era già pronto ad arrampicarsi, volle salirvi di persona e guardò dentro. «Che santa Reparata ti protegga, Gilla, hai ragione!»

Dovettero mettersi in due per rovesciare la giara senza danneggiarla e liberare la donnola, che saltò in braccio a Gilla tutta tremante. Doveva esserci caduta dentro nelle sue esplorazioni e di certo non era più stata in grado di uscirne.

«Se tu non l'avessi trovata, sarebbe stata perduta!» esclamai. Gli orci sarebbero stati messi in cantina e la povera Giocattola sarebbe finita come il conte Ugolino alla Muda.

Gilla la carezzava per calmarla sussurrandole parole rassicuranti. «Buona, buona, è tutto a posto, stai tranquilla...»

Monna Lapa quasi cadde ginocchioni quando le riportammo la sua bestiola. «Che Dio ti rimeriti, Gilla, hai salvato questa povera vecchia!» E non finiva più di vezzeggiare la donnola. «Ah, capricciosa, hai voluto fuggirtene dalla tua padrona che ti vuole tanto bene... non farlo più, non farlo più...»

Dante era corrucciato. «Gilla, vieni qui.»

Lei obbedì a occhi bassi, le mani strette sotto il seno, nella sua postura abituale.

«Come potevi sapere che la donnola era finita dentro l'orcio?» Eravamo tutti lì ad ascoltare intenti la risposta della schiava. La vedemmo esitare. Poi parve farsi coraggio.

«Mi succede da quando ero piccola, padrone... io non lo so spiegare. Ma io sento.»

«Che cosa senti?»

«La sofferenza degli esseri viventi. Era come se la sentissi gridare, la donnola.»

Mi salirono le lacrime agli occhi.

Dante chinò la testa e si allontanò senza dir niente.

4
I fichi di fine estate

«Dante, ma voi lo conoscete, Giano della Bella?» domandò mio padre a mio marito. Eravamo a tavola insieme a Pagnolle, alla fine d'estate del 1292, gli Alighieri e i Donati. Mia madre Maria aveva disposto le mense sotto il portico, all'aperto, e ci eravamo ritrovati tutti: la Tana, suo marito Lapo, Francesco, Teruccio e anche mio fratello Neri e sua moglie Lina, una pacifica matrona che parlava poco e sorrideva molto.

«Siamo stati insieme a Campaldino» rispose mio marito. «Giano si è fatto onore con suo fratello Taldo, quel giorno.»

«Ah, è vero» esclamò Neri, allungando la mano sul tagliere pieno di carne appena grigliata che Lina gli aveva riempito personalmente, scegliendo i bocconi migliori. «Però Giano, pur venendo da una gran famiglia magnatizia, s'è fatto paladino del popolo minuto...»

«Perché c'è chi esagera» intervenne Lapo dei Riccomanni, il marito della Tana. «Certi soprusi, certe ingiustizie che i cavalieri di buona schiatta perpetrano ogni giorno fanno la misura colma.» La sua era una dinastia di banchieri e cambiatori, gente pratica. «Non dico di dare spazio al popolo magro, ai salariati, ai braccianti, ai piccoli venditori, ma tutti gli altri soffocano. Le Arti devono poter dire la loro: i giudici, i notai, i mercanti, il cambio, gli speziali e calimala... e i della Bella hanno costruito le loro fortune con la mercatura e la banca.»

«Ora che Giano è stato eletto priore, qualche cosa cambierà. E non solo per lui, ma perché è venuto il tempo» rispose Dante.

«Ma i magnati non staranno a guardare» obiettò Teruccio. «Mi pare che già durante un consiglio in San Pier Scheraggio messer Berto dei Frescobaldi sia venuto alle mani con Giano.»

«Oh, sì» confermò mio padre. «Ho sentito che messer Berto lo ha interrotto mentre parlava, Giano gli ha detto di aspettare il suo turno e sono volate parole grosse. Gli animi si sono scaldati e si è arrivati alle mani...»

«Anche messer Berto era a Campaldino» fece notare Teruccio. «Lui è sodale di Corso. E voglio proprio vedere se lasceranno che Giano porti avanti le sue vedute popolari.»

«C'erano tutti, a Campaldino» sospirò Francesco. «Ma questo non impedisce ora ai reduci di schierarsi su parti opposte.»

«Corre voce» disse Lapo «che presto per poter far vita politica e ambire a essere eletti alle cariche pubbliche sarà d'obbligo essere iscritti a un'Arte. Questo potrebbe essere un buon punto di partenza.»

Me ne stavo a sentire quegli scambi poco interessata. Non che il destino di Firenze non mi stesse a cuore, tanto più che Dante in quelle temperie tra popolani e magnati era abbastanza coinvolto, visto il suo interesse per la vita politica. Era un bravo oratore e come il suo maestro gli aveva suggerito di fare spendeva molto tempo a consigli e assemblee e aveva già ricevuto qualche incarico di riguardo. Sapevo che inoltre si era mosso per iscriversi all'Arte dei Medici e degli Speziali, che era di fatto l'Arte dei filosofi e dei sapienti, di quelli che maneggiavano libri e conoscenze. Gli speziali comprendevano un novero ampio di iscritti: gli stazionarii vendevano libri e materiali per la scrittura e mio marito passava ore nella bottega di maestro Zenone che ne aveva aperta una non lontana da casa nostra. Gli avevo domandato se non avrebbe voluto iscriversi all'Arte dei Giudici e dei Notai, ma mi aveva spiegato che la sua preparazione giuridica non sarebbe stata ritenuta sufficiente, mentre invece il suo sapere di filosofia naturale gli avrebbe permesso senza problemi di diventare membro dell'altra Arte rispettabile. Quelle più mercantili, compreso il cambio, le disdegnava: era molto diverso da suo padre e anche da suo fratello Francesco, che aveva invece una buona mano negli affari.

Ma quel giorno a Pagnolle ascoltavo a malapena e le parole dei commensali mi entravano da un orecchio e mi uscivano dall'altro, perché ero tutta compresa nella novità che portavo dentro di me. Quando ne avevo parlato con Dante, lo avevo visto davvero felice. Avevamo deciso che l'incontro di famiglia in campagna poteva essere un buon momento per condividere la nostra gioia: ero incinta del nostro primo figlio. L'unica che già lo sapeva era mia madre, perché mi era sembrato giusto dirglielo per prima. E infatti fu lei a venire sull'argomento, mentre i servi ripulivano la tavola dai resti del piccolo banchetto e portavano altro vino fresco e i fichi tardivi delle nostre piante.

«Ora fate silenzio» disse a un certo punto, alzandosi in piedi. «Dante e Gemma hanno da dirci una bella cosa, per rallegrarci la giornata.»

La Tana batté le mani ancor prima che mia madre finisse di parlare. «Oh, ma credo di aver capito! E bravi, si allarga la famiglia!» Lei aveva l'occhio lungo per queste cose di donne e magari le era bastato un mio pallore o un mio languore per fare due più due.

Mi chiesero subito quando pensavo che il piccolo Alighieri sarebbe venuto al mondo. «Arriverà con la primavera, se Dio vuole» risposi, tutta contenta.

«È un bel momento. Gli faremo fare l'oroscopo da ser Brunetto» promise Dante, che considerava l'astrologia tra le più nobili delle arti.

«Aveva fatto anche il tuo, vero?» gli domandai.

«Sì, molti anni fa, le prime volte che avevo cominciato a frequentare le sue lezioni.»

«Tu sei venuto al mondo sotto la costellazione dei Gemini» intervenne la Tana. «E dovete sapere che nostra madre Bella, che Dio la benedica, aveva fatto un sogno...»

Dante alzò la mano per fermarla. «Sorella, io non credo...»

«Andiamo, siamo in famiglia! Lascia che racconti...» insistette lei, con gli occhi accesi.

E tutti a dirle che sì, che raccontasse, e che ora che aveva suscitato la nostra curiosità non poteva più tacere. Dante teneva gli occhi bassi, un poco a disagio.

«Quando monna Bella era quasi a termine, sognò di partorire Dante sotto le fronde di un alloro, accanto a un ruscello. E che il bambino appena nato si trasformasse sotto i suoi occhi in un bellissimo pavone...»

«E il pavone è simbolo di immortalità» intervenne Francesco, che la storia la conosceva e voleva dar manforte alla Tana nel far fare bella figura a Dante.

«Anche di vanagloria, quando fa la ruota» ribatté Teruccio, reso ardito dal vino. Non che Dante gli stesse antipatico, ma a mio fratello piaceva sempre prendersi gioco degli altri, e l'unico per il quale nutrisse un'adorazione financo eccessiva era Corso, del quale non vedeva le pecche.

Dante lanciò un'occhiata in tralice alla sorella, come a dire: «Lo sapevo che mi avresti esposto a qualche celia, raccontando questa cosa». Ma lei non se ne dava per inteso.

«L'alloro corona i poeti...» replicò battagliera.

Io sorrisi e non resistetti a rispondere: «È buono anche a insaporire il pavone, quando lo fai arrosto!». Mi erano tornati in mente quelli bellissimi e tutti rivestiti con le loro piume, come vivi, che avevano servito al matrimonio di Beatrice.

Ridemmo tutti, Dante forse un po' meno, ma era abituato alle mie facezie.

«Sapete, Dante, che anche nostro figlio Niccolò è portato per gli studi?» disse mia cognata Lina, con quel suo fare timido.

«Certo sarebbe una gran cosa se poteste introdurlo presso ser Brunetto» aggiunse Neri. «Ormai ha quattordici anni.»

«Sarà mia cura di farlo» rispose subito Dante, lieto di cambiare argomento. «Anche se ser Brunetto è anziano e insegna meno di una volta, potrà dargli dei buoni consigli e indirizzarlo magari a qualche suo valido discepolo. Firenze ha un gran bisogno di buone teste.»

«E anche di solide vocazioni, speriamo» sospirò Lapo «visto che il mio unico maschio Bernardo vuole diventare frate. Non è vero, Tana?»

Lei sorrise. «Bernardo è un devoto di san Francesco fin da quando era piccolissimo. Ha già espresso il desiderio di entrare in convento per cominciare il noviziato appena sarà possibile, tra qualche anno.»

«Che c'è di meglio di avere un figlio che prega per la tua anima?» domandò mia madre.

«E poi i francescani sono potenti» aggiunse mio padre. «Non è detto che non lo aspetti una carriera luminosa, diversa ma non peggiore di quella che avrebbe fatto seguendo le vostre orme, Lapo!»

Si dissero tutti d'accordo.

«La nostra Galizia, invece» proseguì Lapo «sarà promessa a Bartolo Magaldi, un buon partito, figlio di Filippo che è mio socio in affari. Le darò in dote 500 fiorini d'argento.»

Francesco si schiarì la gola. «Bene» disse calmo «allora, visto che intorno a questa tavola stiamo parlando di quel che succederà in famiglia, credo che sia l'occasione giusta per dire anche di me.»

Mio padre sorrideva. «Che nuove ci porti, Francesco?» Apprezzava molto il fratello di suo genero, che gli era sempre sembrato un giovane con la testa ben piantata sulle spalle.

«Sono promesso a Pietra di Donato dei Brunacci» annunciò Francesco, serio.

«Buon sangue» esclamò subito mio padre. «E buona scarsella, i Brunacci.»

«Non fu proprio Donato con suo fratello Jacopo a far da mallevadore per la pace promossa dal cardinal Latino tra guelfi e ghibellini che fu firmata a palazzo Mozzi?» domandò mia madre.

Una dozzina d'anni prima il papa aveva mandato un suo cardinale da Roma a cercare di sedare gli animi delle fazioni, come capitava di tanto in tanto, e alla fine i maggiorenti avevano firmato, ma quelle carte non erano servite granché e nel giro di poco tempo i buoni propositi erano stati dimenticati. Tuttavia ai Brunacci, che avevano fatto da garanti a quella pace, era rimasta la fama di uomini saggi e interessati al bene della città.

«Mio cognato Lapo ci ha messo una buona parola» disse Francesco, indirizzando un cenno del capo riconoscente al marito della Tana, che gli rispose levando il bicchiere.

La Tana sospirò. «Sembrava ieri che Francesco rincorreva le lucertole, qui a Pagnolle, con gli altri bambini, e ora è pronto a prender moglie... il mio Bernardo vuole farsi frate e il vostro Niccolò diventare uno studioso.»

Mio padre si carezzò una tempia. «Vedete, incanutiamo. I giovani crescono e noi s'invecchia. E Gemma e Dante ci faranno presto di nuovo nonni.»

La Bona aveva portato di sua iniziativa un altro giro di vino per festeggiare tutte quelle nuove anche se, da buona serva, fingeva di non udire i nostri discorsi. L'avevo veduta smagrita e un po' sofferente e così chiesi a mia madre.

«Ma nulla» cercò di star vaga lei.

«Ha a che fare con la Riccia?» chiesi. Avevo ripensato a quando c'era anche lei, a servire in tavola, sempre ridanciana. «Se non me lo dite voi, lo domando a lei.»

«No, non chiederle... Bona ha avuto notizie dall'Alberaccia» mi sussurrò la mamma, compassionevole.

«Dall'Alberaccia?» ripetei. Era il posto dove la Riccia era andata a stare con suo marito Lotto, dopo sposata, a badare alla suocera e alle pecore.

Ma lei sembrava restia a raccontarmi e sviava il discorso. «Sono belli grossi gli ultimi fichi, quest'anno.»

«Madre, via, ditemi della Riccia.»

Lei sospirò. «Era da sola quando il suo secondo ha deciso di venire al mondo. La suocera ormai stava a letto senza potersi muovere e non capiva nulla, e Lotto era via con le greggi...» Tacque e non ci fu bisogno di aggiungere altro.

«È morto anche il bambino?»

«Non ci pensare, adesso. Non si raccontano queste cose alle gravide, avrei dovuto tenere la lingua a posto» si rimproverò mia madre, prendendomi la mano.

«Non preoccupatevi che non m'impressiono. Io di certo non

sarò abbandonata.» Rabbrividii, anche se faceva caldo, sotto il portico. Pensavo alla Riccia che era morta da sola, cercando di mettere al mondo il suo bambino, in quella casa sperduta che era sembrata una gran fortuna, quando l'avevano ereditata.

Teruccio, seduto davanti a me, divorava un fico dopo l'altro, arraffando dal cesto, e si era sporcato la bocca e il mento. Mi chiesi se almeno se la ricordava, la Riccia.

Mi alzai in piedi e proposi una passeggiata fino alla chiesetta. La prima a dirmi di sì fu la Tana, che aveva sempre piacere di andare a mettere un fiore sulla tomba della sua bambina.

Anche mia madre e la Lina ci accompagnarono e lasciammo gli uomini lì alla tavolata, a conversare pigramente.

Nel fresco del piccolo oratorio di San Miniato, seduta al primo banco, ripensai che in fondo tutto era cominciato lì.

«Mi ricordo che qua stava seduta Beatrice» dissi alla Tana, che annuì malinconica. «Era così bella, quel giorno, tutta coronata di roselline bianche che pareva una Madonna.»

«Che Dio la benedica» disse mia madre. «Dicono che se muori cercando di dare la vita vai dritta in cielo.»

In questo caso, sia Beatrice sia la Riccia dovevano essere nella gloria di Dio. «Sarà. Ma io vorrei meritarmelo in un altro modo, il paradiso» risposi. E poi sorrisi, come a voler rendere meno gravi le mie parole.

Quando tornammo dalla passeggiata, il Cianco mi disse che mio marito era andato a riposare e io lo raggiunsi in camera, al fresco. Stava seduto semivestito sul letto a leggere delle carte e mi misi subito vicino a lui, desiderosa di tenerezze.

«È stata una bella giornata, non è vero?»

Lui annuiva, senza staccare lo sguardo dai suoi fogli.

«Cos'è?»

«Cecco di Siena, te lo ricordi?»

«Sì, l'Angiolieri, ti ha scritto?»

«Un sonetto.»

«Di lode?»

Dante rise. «Da Cecco? Se mai di scherno. Ma gli risponderò per le rime.»

Risi anch'io e lo abbracciai. Poi gli cercai la bocca. Era bello, così in camicia, con i capelli spettinati, in quella posa di abbandono, e avrei voluto sentire sul mio corpo quelle dita lunghe che ora stringevano i fogli di Cecco.

Ma lui si divincolò dolcemente. «No, Gemma, ora riposa che tra poco dovremo rimetterci in strada per Firenze.»

«Ma non voglio riposare, mio bel pavone» gli risposi, infilando la mano nello scollo della sua camicia. «Vorrei che facessimo quel che un marito e una moglie fanno nel loro talamo, come a Dio piace.»

Lui mise le gambe giù dal letto. «Dimentichi che sei incinta» rispose, accingendosi ad alzarsi.

Lo trattenni per un braccio. «No che non me lo dimentico, ma anche maestro Dino ha detto che con cautela…»

Ma Dante scosse la testa. «È il nostro primo figlio. Non vorrei mai che ci si debba pentire della nostra voglia, Gemma. Credimi, è meglio astenersi.»

«Ma fino a ieri…»

Lui mi carezzò la pancia. «Fino a ieri nemmeno si vedeva, ma adesso lui è dentro di te e deve avere la precedenza su tutto. E poi le donne nemmeno dovrebbero pensarci, a queste cose, quando sono gravide.» C'era un accenno di biasimo nell'ultima frase.

Lo guardai mentre si spostava verso lo scrittoio accanto alla finestra e ci posava il sonetto dell'Angiolieri.

«E tu?» gli chiesi.

Lui si girò. «Io cosa?»

«Se non vuoi più toccarmi finché non sarà nato il bambino e finché non sarà finito il puerperio, dimmi, anche i mariti delle donne gravide non ci pensano più a queste cose?»

Dante rimase un momento zitto, colto di sorpresa. Poi rise, si avvicinò al letto e si chinò a baciarmi.

«La mia Gemma» sospirò divertito. E scuotendo la testa prese al volo il farsetto che aveva buttato sulla panca e uscì dalla stanza.

5
Il primogenito

Il nostro primo figlio arrivò a metà marzo, come previsto, con la primavera e con la luna nuova. Ero stata bene fino all'alba, quando mi si erano rotte le acque, e le donne di famiglia erano state pronte a raggiungermi, con la levatrice Olivola che aveva fatto nascere i figli della Tana.

Olivola aveva trovato una formidabile aiutante in Gilla, che sembrava non avesse fatto altro in vita sua che assistere partorienti. Negli ultimi tempi mi era sembrata più malinconica del solito, ancora più taciturna, anche se sempre sollecita con me. Le avevo domandato se stava bene e lei mi aveva sempre rassicurata.

«Ringrazio Dio di avere una padrona come voi» mi ripeteva, segnandosi.

Al momento del parto, era stata lei a trovare le parole giuste per incoraggiarmi, e a sollecitare la Olivola a darmi altro infuso, perché ne era troppo parca nel timore che mi addormentassi e non collaborassi a sufficienza allo sforzo.

«Dice la Genesi che la donna partorirà con dolore» aveva ribattuto la levatrice, ruvidamente.

«Dice l'Ecclesiaste che il Signore ha creato i medicamenti della terra e che l'uomo avveduto non li disprezzerà, monna Olivola» le aveva risposto dolcemente Gilla.

Stavo così male che non mi ero potuta godere l'espressione sbalordita di Olivola. La mia schiava era più sapiente di me, questo ormai lo davo per certo, e mi difendeva sempre, come una coniglia difende i suoi coniglietti. Nelle lunghe giornate che avevano preceduto il parto, quando Dante era via e io mi aggiravo come un'anima in pena con la pancia pesante, sentendomi un mostro goffo e desiderando solo di sgravare, lei mi aveva proposto di giocare a scacchi col dono di Corso e avevo scoperto che era abilissima. Mi aveva insegnato mosse astute che non vedevo l'ora di usare con mio marito, giocatore così bravo da rifiutarsi di confrontarsi con me.

«Non sarebbe leale» mi aveva detto, quando gli avevo proposto una partita. «Non ci sarebbe gusto, ti batterei in due mosse.»

«Potresti magari lasciarmi vincere. Per cavalleria.»

«Non ti piacerebbe, se ti conosco. Te ne accorgeresti e ti arrabbieresti con me.»

Non aveva tutti i torti. «Allora migliorerò per poterti sfidare» gli avevo risposto. E grazie alla mia Gilla avevo mantenuto la promessa.

«Voi siete fatta per avere bambini» mi disse la levatrice, quando tutto fu finito e io me stavo lì sfinita, madida di sudore e tremante per lo sforzo, ma orgogliosa di aver fatto il mio dovere e di aver superato quella prova che tutte le figlie di Eva dovevano attraversare. «Poche volte ho assistito a un parto così rapido e senza complicanze.» Anche lei era soddisfatta e avendo fatto nascere un maschio la sua mercede sarebbe stata più generosa che se avessi messo al mondo una inutile femmina.

Mi sentivo uno straccio, ma annuii e cercai di sorridere. Non avevo perso troppo sangue, se non altro. E l'unica cosa che mi importava era il bambino: un maschio magro, rosso e vigoroso, che strillava forte e agitava piedi che mi sembravano lunghissimi, in proporzione al corpicino.

Anche Dante aveva gli occhi lucidi quando lo prese per la prima volta. Se lo distese sul braccio destro, appoggiandogli la testolina nell'incavo del gomito, timoroso di fargli male, tra gli incoraggiamenti della Tana e di mia madre.

«Vi somiglia» commentò la Nella, che era accorsa anche lei a farci festa, insieme a Bicci.

«Ha il naso di suo padre» puntualizzò Bicci.

«E i piedi di sua madre» aggiunsi io, per stemperare la burla.

«Vuol dire che diventerà bello alto» tagliò corto la Tana. Quando era venuta al mondo la Ghita di Bicci e la Nella, del resto, Dante non si era peritato di dire che, tonda tonda com'era, somigliava molto al suo babbo, nonostante le mie occhiatacce. I due amici se ne dicevano sempre di pesanti.

«Come lo chiamerete, questo figliolo?» domandò mia madre. Ne avevamo parlato con Dante. «Giovanni» le risposi, e lo vidi far segno di sì.

«In San Giovanni sono stato battezzato, come lo sarà lui» spiegò Dante, restituendo cauto il piccolo alla levatrice. «Sono devoto al santo e il suo battistero è il cuore della nostra città. San Giovanni Battista è stato il precursore di Cristo e Giovanni l'evangelista non era il discepolo che Gesù più amava?»

«Giovanni di Dante degli Alighieri» sillabò mia madre. «Suona bene.»

«Pensavo lo chiamassi Alighiero come il tuo babbo. Ma Giovanni mi garba molto di più, con tutto il rispetto» aveva sorriso Bicci, che aveva esperienza di nomi di tradizione. Per onorare la tradizione, suo padre Simone lo aveva chiamato Forese come il nonno, Bicci era solo il soprannome, ma era andata a finire che per tutti lui era diventato Bicci e basta.

«Vedi che sei costretto a usare dei nomignoli, se no poi tutti si chiamano nello stesso modo, in famiglia» insistette Dante. «E nella casata dei Bardi per esempio sai quanti Simone ci sono, per seguire l'uso di perpetuare il nome del padre? Tanti che se li confondono!»

«Infatti. Basta che sia un nome cristiano e poi che ciascuno chiami i suoi figli come preferisce!» concluse Bicci, convinto.

E il piccolo Giovanni fu messo nella sua culla.

«Non te la sei presa per la tenzone, vero?» chiese poco dopo la Tana alla Nella, quando gli uomini se ne furono andati, monna Olivola anche, con il suo generoso compenso in scarsella, e rimanemmo noi sole con Gilla. Mia madre era tornata a casa, ché era l'ora del desinare; sarebbe tornata più tardi a dare il cambio per la notte, perché non mi volevano lasciare da sola.

Lei scosse la testa e sorrise. «Ma no, sono burle tra poeti!»

«Che tenzone?» domandai, socchiudendo gli occhi. Mi stavo appisolando, sfinita, ora che la tensione si andava sciogliendo, anche per le erbe che mi avevano dato, ma ero troppo curiosa.

La Tana fece una smorfia. «Una tenzone poetica. Dante e Bicci si scambiano dei sonetti. È stato Dante a cominciare. E non è stato di mano leggera.»

«Come mai?»

«Capita, tra amici... sono giovani e fumantini. Meglio che duellino a parole, invece che tirar fuori le lame, non è vero?» esclamò la Nella, con quel suo fare allegro. «E poi ai poeti piace poetare anche di sciocchezze, non solo di argomenti elevati.»

«Ma che ha scritto Dante?»

Lei rise. «Che sono proprio una moglie disgraziata, perché mio marito mi trascura a letto e mia madre si dispera di avermi data in moglie a lui e che sarebbe stato meglio farmi sposare a un altro!»

Meno male che la Nella la prendeva con divertimento. «Davvero?» domandai. Dante era proprio imprevedibile. Si mostrava sempre serio e compunto e fin troppo ligio alle regole, ma in realtà era tutt'altro. Anche per questo mi piaceva, a dire la verità.

«Sì, e Bicci gli ha risposto, sempre in rima, che il suo povero babbo era un usuraio.»

«Oh, buon Dio!» esclamai. Sapevo quanto mio marito fosse sensibile a questo argomento. Magari era per quello che non aveva voluto chiamare il bambino Alighiero, per la brutta fama di suo padre.

«E Dante ha replicato che Bicci mangia come un maiale.»

«Oh, buon Dio!» dissi di nuovo, ma la Tana e la Nella sorridevano e anche a me spuntò un sorriso.

«E Bicci ha risposto che Dante non guadagna il becco di un quattrino, che vuol vivere delle rendite ereditate dal suo povero babbo facendo il poeta e che se va avanti così finirà sul lastrico.»

«Oh, buon...» esalai.

«... Dio!» conclusero all'unisono la Tana e la Nella, facendomi il verso.

Finimmo per metterci a ridere tutte e tre, solo che io non potevo perché se mi scuotevo nella risata mi faceva male dappertutto.

«Tu devi star tranquilla e riposare» mi ammonì la Tana. Gilla annuiva, sistemandomi i guanciali.

«La cosa divertente è che è tutto vero» disse la Nella sottovoce, finendo di piegare distrattamente un lino. «Davvero Bicci mi trascura e davvero mangia troppo.» C'era un poco di malinconia nelle sue parole. «Del resto io non so dargli un erede maschio, dopo la Ghita non sono più riuscita. Ci abbiamo provato tanto, ma le due volte che sono rimasta incinta ho abortito quasi subito. Sono andata anche a chiedere il miracolo a santa Umiliana, ma si vede che il Cielo ha per noi diversi disegni...»

«Ed è vero anche che nostro padre prestava per interesse e Dante non vuole procurarsi dei guadagni lavorando» concluse la Tana, anche per cambiare discorso e non farla troppo intristire. «È così.»

«A volte è nello scherzo che si dicono le grandi verità» commentai, con la voce impastata. Le palpebre mi si stavano proprio chiudendo. Diedi un'ultima occhiata al mio Giovanni, nella culla accanto al letto, e mi arresi con un sospiro al mio corpo stanco. La peluria che aveva sulla testa sembrava rossiccia e non sapevo se rallegrarmene o dolermene. Pazienza. Ora un po' di riposo me l'ero proprio meritato.

Quando riaprii gli occhi, era buio. Dovevo aver dormito parecchio. Gilla era seduta accanto al mio letto e non appena si avvide che ero desta si alzò in piedi.

«Avete sete, padrona?»

Bevvi volentieri il succo fresco che lei mi diede, ma la mano mi tremava e la scodellina mi sfuggì. Lei si chinò per raccoglierla, con una certa fatica.

«Sei stanca anche tu, lo vedo» le dissi. «Ti prego, vai a riposare. Ora verrà mia madre e tu potrai dormire un poco. È andato tutto bene, sei stata brava a convincere la levatrice con quella tua citazione della Bibbia. Sai così tante cose. Appena starò meglio, potrò anche sfidare mio marito agli scacchi, grazie a quello che tu mi hai insegnato. Non gli sarò mai abbastanza grata di avermi donato un tesoro come te.»

Lei stava in silenzio e vidi che gli occhi le si inumidivano.

«Sto solo dicendo la verità. Sono una donna fortunata. Ho un bravo marito che mi vuole bene. E una brava ancella che mi ama come una sorella.» Le presi le mani e gliele strinsi, ma lei non rispose alla mia stretta. Rimase inerte, fredda, e la lasciai andare.

«Prendi quel cofanetto» le dissi, indicando lo scrigno delle mie gioie sul tavolino vicino allo specchio.

Lei obbedì. Io lo aprii e presi un bottone di pregio, di quelli di perle che avevano ornato il mio vestito da sposa, e glielo misi nel palmo.

«È tuo. Per ringraziarti.»

Lei scosse la testa. «No, padrona, io non posso...»

«Certo che puoi, anzi, devi. Te lo dono con affezione. Non puoi rifiutarlo.»

Gilla chinò la testa.

Quando mia madre bussò alla porta, la salutò con ossequio e si dispose a congedarsi. La guardai arrivare fin sulla soglia, mentre la mamma prendeva posto al mio fianco.

Gilla si girò già sull'uscio, e non potevo vederla bene in viso, perché la stanza era illuminata solo dal chiarore delle lampade, che deformavano i contorni e creavano ombre scure.

«Addio, padrona. Che Dio vi benedica» mi salutò.

«Arrivederci, Gilla, riposati» le risposi allegra.

Solo dopo che la porta si fu richiusa alle sue spalle mi resi conto che mi aveva rivolto un saluto troppo definitivo per chi sale un piano di scale e si dispone a tornare da te nel giro di poche ore. Ma mia madre aveva preso a raccontarmi di come si sarebbe svolto il battesimo e così lo strano congedo di Gilla mi passò di mente, presa com'ero dal bambino e con tutto quello che c'era da organizzare di conseguenza. Il giorno dopo mi ripromisi di insistere per capire se c'era qualche cosa che non andava, perché mi era sembrata davvero triste e strana.

Io invece ero beata. Ora non ero più solo la moglie di Dante, ero anche la madre del suo primogenito. Poteva esistere una felicità più completa? Mi chiedevo che cosa avevo fatto per meritarmelo. Tutti mi vezzeggiavano, mi usavano riguardi, mi circondavano di premure.

Non osavo dirlo a nessuno, ma non vedevo l'ora di riprendermi del tutto e di tornare la Gemma di prima. Per fortuna non mi ero troppo appesantita: mi sarei messa il mio vestito più bello, per il battesimo. E Dante mi avrebbe accolta di nuovo tra le sue braccia. Non sapevo se fosse una cosa riprovevole per una donna, come lui mi aveva fatto intendere, ma mi era molto mancata la nostra intimità.

Ogni tanto, in un angolino della mente, si affacciava un pensiero molesto, una domanda che cercavo di ignorare. In tutti quei mesi a lui, che era un uomo, non erano mancati i nostri amplessi?

6
La fuggitiva

La mattina dopo attendevo Gilla con particolare impazienza. Volevo parlarle dei preparativi per il battesimo, definire con lei una prima lista degli invitati, farmi aiutare a lavarmi e pettinarmi, chiederle di fasciare il bambino insieme: volevo guardarmelo palmo a palmo, il mio piccolino, e farmi stringere il dito dai suoi ditini minuscoli, e fargli il solletico sotto i piedini lunghi e pettinargli con i baci quella peluria di rame che si arricciava in mezzo alla testolina pelata.

Mentre ero incinta avevo molto guardato immagini di cavalieri bruni, appena me ne capitava l'occasione, come mi avevano raccomandato di fare perché il nascituro somigliasse a quel che vedevo e non nascesse testa di ruggine come me, ma pazienza.

Però la Gilla non arrivava, lei che di solito era la prima ad alzarsi, la mattina. Arrivò invece la Tana che, stupita per la sua assenza, andò subito a cercarla di sopra, nella soffitta all'ultimo piano dove l'avevo mandata a riposare. Magari si era addormentata per la stanchezza e le emozioni, ma non mi pareva da lei. Infatti la Tana non la trovò e discese a cercarla in cucina, negli agiamenti, nelle cantine, in cortile, nelle stalle, ovunque.

Tornò da me sgomenta, insieme a Francesco. Dante era uscito di buon'ora per andare a prendere accordi per il battesimo del bambino nel suo bel San Giovanni, dove era di casa. «Gilla non c'è» mi riferirono, come se per primi non credessero alle loro parole.

«Come non c'è?»

«Abbiamo guardato dappertutto. Il Cianco non l'ha vista, e nessun altro della servitù. Di solito la mattina scende prestissimo in cucina. È scomparsa» spiegò la Tana.

«È fuggita» concluse Francesco, logico.

«Impossibile!» esclamai. No, non l'avrei mai creduto. «La Gilla non scapperebbe mai, credetemi.»

«Onestamente ne ero convinto anch'io, Gemma, ma non ce n'è traccia in questa casa.»

«Non se n'è andata di sua volontà» mi ostinai, tirandomi a sedere sul letto. «Sai come la guardano per la strada perché è forestiera... oh, buon Dio, me l'hanno rapita!»

Mia madre mi posò una mano sulla spalla. «Stai calma, che hai appena partorito e non è il caso di agitarsi. Gilla ti ha lasciata che era già tardi, quando sono arrivata io, e l'ho sentita salire le scale per andare in camera sua. Chiunque volesse rapirla avrebbe dovuto introdursi in questa casa di notte, e non penso che sia una cosa possibile: la porta è sbarrata dall'interno e il Cianco dorme nell'ingresso.»

«Allora è scappata» concluse la Tana.

Francesco si passò una mano sulla faccia. «Se è così, è una schiava fuggitiva, e dobbiamo ritrovarla prima che lo facciano i berrovieri...»

Come a far eco alle sue parole, qualcuno stava bussando forte alla porta.

«Aprite, in nome del podestà!»

Saltai giù dal letto prima che potessero impedirmelo, mi gettai sulle spalle uno scialle e mi affacciai al verone che dava sul cortile. Dovetti aggrapparmi alla ringhiera per non cadere in ginocchio: Gilla era là sotto, a capo chino, tra due birri del bargello. Il fazzoletto che portava sempre in capo ben legato stretto le stava di sghimbescio e anche le vesti erano tutte in disordine.

Francesco si era precipitato giù per le scale ad affrontare gli armati della Signoria.

«Che succede, uffiziali?»

Il berroviere più anziano lo salutò con un certo rispetto. «Non è questa donna schiava in casa Alighieri?»

Mio cognato era cauto nelle risposte. «Lo è, infatti.»

«Ha cercato di uscire dalla città confondendosi con un gruppetto di pellegrini diretto a Pistoia e l'abbiamo fermata. Abbiamo pensato che stesse cercando di fuggire e ve l'abbiamo riportata.»

«Se è così e se ha tentato la fuga» intervenne l'altro, scuotendola per un braccio, «la rinchiudiamo alla Bellanda, intanto che si deciderà della sua sorte.»

Il suo sodale tirò fuori il bottone di perle che le avevo regalato. Da dov'ero sul balconcino lo vidi brillare sul suo palmo guantato di nero. «Aveva questo nascosto in seno, quando l'abbiamo frugata. Se l'ha rubato, la sua sorte è segnata.»

«Prima ti taglieremo le mani» la minacciò il birro «e poi ti impiccheremo. Schiava ladra e traditrice.»

«No!» gridai dal balcone. «Gliel'ho regalato io!»

Tutti alzarono la testa. Dovevo sembrare una pazza, con i capelli sciolti, in camicia e con uno scialle sulle spalle.

«Lei è Gemma Alighieri, la moglie di mio fratello Dante» spiegò Francesco, un poco in imbarazzo.

«Monna Gemma» disse il berroviere anziano, incredulo, «donate perle alla vostra schiava?»

«Lo ha meritato per un servigio speciale... lasciatela, ve ne prego, è stato un malinteso, lei è una serva fedele. Tutta colpa mia, sono un poco confusa, ho appena partorito, e l'ho mandata per una commissione...»

In qualche modo Francesco mi assecondò, riuscendo a convincere i birri che a malincuore lasciarono Gilla lì in cortile e si allontanarono borbottando che non s'era mai vista una cosa simile.

Quando lei poco dopo entrò nella mia camera, era pallida come una morta e tremava.

«Si può sapere che cosa credevi di fare?» le domandai, fuori di me. «Mi hai sempre detto che eri contenta... perché te ne sei andata? Ma lo sai che cosa hai rischiato?»

«Perché?» la incalzò Francesco. «Sei una di famiglia e non ci volevamo credere...»

«Ma che cosa sta succedendo?» esclamò Dante, in piedi sulla porta, ancora col mantello sulle spalle. Doveva essere rincasato allora. «Ho visto i berrovieri che si allontanavano da questa casa...»

Suo fratello mosse un passo verso di lui. «Grazie a Dio sei qui. Gilla è fuggita, i birri l'hanno fermata mentre cercava di lasciare la città...»

Lo stavo guardando in viso e lo vidi diventar pallido quasi quanto lei. Si scambiarono uno sguardo, loro due, uno sguardo perso. Battei le palpebre, smarrita.

Prima che potessi dar voce al mio sgomento, lei emise un «oh» sommesso e cadde lunga distesa sul pavimento, come fulminata.

La Tana fu la prima a soccorrerla e a cercare di risollevarla. Ma fu mia madre, che la stava aiutando a sdraiarla sulla panca vicino al balcone, a guardarsi inorridita le mani piene di sangue.

«Oh, mio Dio, è ferita!» gridai. «Saranno stati i birri! Che cosa le hanno fatto quei lupi?»

«No» rispose mia madre con un filo di voce. «Richiamate la Olivola, cercate maestro Dino!»

«Ma perde sangue...»

«Non è ferita» ripeté mia madre. «Richiamate la Olivola, vi dico! Lei saprà cosa fare...»

Solo allora compresi: Gilla stava avendo un aborto. Quindi era incinta. Ma di chi?

Guardai Dante, impietrito sulla porta, che pareva una statua di sale. Lo guardammo tutti, Francesco con l'espressione desolata di uno che vorrebbe essere ovunque ma non lì, e la Tana, che sembrava sul punto di saltargli addosso per morderlo alla gola, e mia madre, la cui faccia sembrava essersi raggrinzita e fatta più vecchia in un momento.

La verità mi si spalancò davanti come un abisso nel quale non potevo evitare di cadere. Le domande che mi ero tenute in gola per quei mesi ora trovavano la loro risposta. Gilla era una schiava domestica e mio marito non aveva fatto niente di male. Aveva solo esercitato con la massima discrezione un suo sacrosanto diritto. Durante i mesi nei quali non si era potuto intrattenere con me, per riguardo al bambino e per non far peccato, dimostrandosi un marito timorato di Dio, aveva semplicemente posseduto la schiava che mi aveva donato.

Sarebbe potuto andare tutto bene, io non l'avrei mai saputo, e nella mia ingenuità non l'avrei nemmeno lontanamente sospettato. Di certo Gilla avrebbe taciuto: la sua discrezione era totale. Ma il diavolo fa le pentole e non i coperchi e lei era rimasta incinta. Incinta di mio marito. Ecco perché mi era sembrata così strana e distante. Non aveva certo potuto sottrarsi al suo padrone, ma sapeva quanto questa cosa mi avrebbe fatta soffrire. E doveva aver cercato di fuggire, mettendo a rischio la sua stessa vita, perché io non venissi mai a sapere la verità. Avrebbe partorito chissà dove, magari sarebbe morta, ma lontano. Per salvarmi dalla verità.

«Gemma» mormorò Dante, scuotendosi finalmente dalla sua innaturale immobilità e muovendo un passo verso di me.

Io sollevai entrambe le mani per tenerlo lontano, con le braccia tese, come se si fosse trasformato in un demonio, dischiusi la bocca e lanciai un urlo. Un urlo ancora più forte di tutti quelli che avevo lanciato sentendo le viscere aprirsi mentre partorivo suo figlio. Un urlo lungo, selvaggio, stridente, che echeggiò entro la stanza e fuori, in cortile. L'urlo che lancia una donna alla quale stanno strappando il cuore dal petto.

7
Il sacro fonte

La mattina dei battesimi c'era folla in San Giovanni. A Firenze era tradizione che tutti i nuovi nati venissero lavati dal peccato originale durante un rito collettivo che si svolgeva in alcuni giorni dell'anno. Una volta, quando la città era piccola, bastavano due ricorrenze, il sabato santo e quello prima della pentecoste, ma ormai le nascite erano troppe e venivano fissate più date nel corso dell'anno, a seconda del giorno di nascita dei piccoli. Dante aveva insistito col piovano per far inserire Giovanni nella lista dei battezzandi del sabato santo, perché anche lui era stato battezzato quel giorno e riteneva che mantenere la tradizione sarebbe stato di buon auspicio per nostro figlio.

Le famiglie si presentavano al battistero con i padrini e le madrine, il neonato avvolto in panni candidi, in un tripudio di fiori e di canti. Quella giornata benedetta segnava l'ingresso del nuovo membro nella comunità fiorentina e aveva un gran valore: un bambino che moriva senza battesimo non sarebbe mai entrato nel regno dei cieli, e vedere immergere il proprio piccolino nell'acqua benedetta era un gran sollievo. Se non altro, anche se qualche malattia o qualche incidente se lo fosse portato via prima del tempo, cosa che capitava con discreta frequenza, ci sarebbe stata la consolazione di saperlo lassù tra gli angeli.

La cosa buona di non battezzare subito nostro figlio fu che nel frattempo avevo avuto modo di celebrare a mia volta il rito di purificazione delle puerpere per aver diritto di entrare in chiesa, presentandomi alla porta di San Martino al Vescovo in ginocchio. Il prete aveva recitato la formula, aspergendomi di acqua benedetta, e mi aveva invitata a entrare per mondarmi nella casa del Signore. Poi mi aveva fatto recitare il Padre Nostro e finalmente mi aveva rimandata a casa bianca come la neve.

Così potei essere presente in San Giovanni, col resto della famiglia e con i padrini, che erano Guido Cavalcanti e ser Brunetto Latini: dei mallevadori di gran prestigio per far entrare il nostro Giovannino nella comunità cittadina del giglio.

Guido, nonostante ostentasse la sua solita aria di superiorità, era palesemente soddisfatto di essere stato chiamato per quel ruolo. Alla fine ero stata io a parlare a Dante quel giorno, in Santa Croce, quando mi ero ribellata al destino, ma Guido intanto, in colloquio col priore, aveva di molto facilitato le cose con una buona offerta ai frati, che non avevano fatto obiezioni di sorta quando poi Dante si era tolto il saio in maniera brusca, decidendo di tornare al mondo. I rapporti erano rimasti buoni, tanto che il figlio di Tana e di Lapo, il giovane Bernardo, sarebbe entrato di lì a poco a fare il suo noviziato proprio in Santa Croce, tra quegli stessi francescani che avevano pensato di ospitare suo zio Dante nel loro chiostro.

«Se non avessimo tolto Dante dal convento, ora non saremmo qua» mi diceva ogni tanto in tono complice Cavalcanti, strizzandomi l'occhio, quando capitava di vedersi e quando Dante non ascoltava.

Gli faceva anche molto piacere che il *compater* fosse l'illustre ser Brunetto, di cui anche lui era stato allievo.

Entrammo nel battistero e io ero al fianco di Dante, che teneva in braccio Giovanni, dal momento che i figli appartengono al loro padre, e dietro di noi venivano Guido e ser Brunetto, e dietro ancora, in codazzo, tutto il parentado: Francesco,

Tana e Lapo, mia madre e mio padre, Bicci e la Nella, Teruccio, Neri, sua moglie e anche il loro figliolo, Niccolò, che volevano presentare a ser Brunetto. Era un bel ragazzo alto, con una faccia intelligente e dei grandi occhi scuri. Lo avevo visto crescere e fin da piccolo si era sempre dimostrato interessato al sapere. Avevano approfittato dell'attesa per avvicinare il vecchio maestro di Dante, che era stato molto affabile e gli aveva detto che lo aspettava al suo studio in settimana.

Chi ci vedeva dall'esterno aveva la sensazione di una famiglia felice, che godeva di prestigio e che ostentava una certa ricchezza: i nostri abiti erano eleganti e fuori del battistero ci attendevano i nostri servi, la Valdina, il Cianco e anche Gilla e la balia Neffa, una giovane di Pagnolle che la Bona mi aveva raccomandato, piccola e tonda e con un gran nasone, ma buona come il pane e sempre gioiosa.

Il giorno maledetto della tentata fuga, Gilla aveva abortito il bastardo di mio marito e poi per grazia di Dio si era ripresa. Aveva passato qualche giorno a letto, accudita da tutte le donne della famiglia, che si erano divise tra il mio puerperio e il suo capezzale. Appena ne ero stata in grado, avevo salito le scale fino alla sua piccola stanza del sottotetto e l'avevo abbracciata senza parlare. Avevamo pianto insieme, allacciate. Non c'era niente che potessimo dire.

«Perdono» aveva sussurrato lei, tra le lacrime.

Io le avevo chiuso la bocca con la mano perché non aveva niente da farsi perdonare.

«Giurami che non scapperai mai più» le avevo detto.

E lei aveva giurato, baciandomi le mani.

Con Dante non c'era stato alcun chiarimento. Lui non aveva detto niente e nemmeno io. Semplicemente, avevo smesso di parlargli, come se avessi fatto il voto del silenzio, quello delle monache e dei monaci. Qualche cosa si era rotto dentro di me. Giorno dopo giorno mi domandavo se si sarebbe mai riaggiustato.

Mia madre non era venuta sull'argomento. Eravamo andate in chiesa insieme una volta e lei si era messa a pregare con me, supplicando che il Signore ci desse la forza di perdonare.

«Quale forza?» le avevo domandato. «Perdonare che cosa? A quanto capisco, mio marito non ha fatto niente di male, mi ha solo spezzato il cuore e non c'è legge che vieti di spezzare il cuore di una moglie innamorata.»

Lei aveva sospirato, si era segnata e alla fine mi aveva detto: «Gemma, lo so come ti senti».

«Non potete» le avevo risposto, fissando l'altare, con l'arroganza di chi è giovane e crede di essere l'unico ad aver conosciuto la sofferenza.

Allora lei mi aveva preso le mani e mi aveva costretta a guardarla negli occhi. «Ti dico che io so *esattamente* come ti senti.»

E di nuovo davanti a me si era aperto quell'abisso della verità che mi attirava come un precipizio. Avevo sempre pensato che fosse la cosa migliore conoscerla, ma forse non era così. Forse aveva ragione Cecco Angiolieri, che amava gettarla in volto come una palata di letame a tutti i suoi interlocutori: bisognerebbe averne paura.

«Anche mio padre...?» esclamai. Che ne sapevo io di quel che poteva essere accaduto tra loro nei lunghi anni di matrimonio? Una schiava? Una serva? Avevano tutti, chi più chi meno, qualche figlio spurio seminato qua e là, e mio padre era un bell'uomo di temperamento vivace.

Lei aveva scosso la testa. «Non chiedere. Te ne prego. Gli uomini sono uomini e noi siamo fortunate. Tuo padre è un buon marito. Mio padre, quando ci siamo sposati, come dono di nozze gli regalò un bastone, e gli disse di usarlo per correggermi, se fosse stato necessario, perché le mogli bisogna tenerle in soggezione e io ero ribelle. Lui lo spezzò in due sul suo ginocchio, quel bastone, come dono del mattino, dopo la prima notte di nozze, per farmi capire che non avrebbe mai seguito quel consiglio. Non l'ho mai dimenticato. Anche Dante è un buon marito. Non voleva farti del male. Credeva fosse la soluzione migliore. Loro... hanno delle esigenze... E lui ha cercato soddisfazione dentro la sua casa. Non rovinare tutto per questo.»

Sarebbe stato peggio se fosse andato a togliersi le sue voglie nei postriboli alle porte della città? O sarebbe stato meglio? Io lo immaginavo, con gli occhi della mia mente, a possedere la Gilla, che non poteva far altro che subire, e mi sentivo male.

Per il momento, avevo delle giustificazioni per non condividere il talamo con lui: era passato ancora troppo poco tempo dal parto. Poi mi chiedevo se lui mi avrebbe di nuovo cercata. Era a disagio, lo capivo, lo conoscevo abbastanza per leggere sotto quei suoi modi composti. Non l'avrebbe mai ammesso, ma lui sapeva che quel che era accaduto era in qualche modo riprovevole, e non intendevo fare niente per facilitarlo.

Così camminavamo dentro il battistero l'uno accanto all'altra, ma un velo invisibile ci separava, e nessuno dei due avrebbe fatto la prima mossa per strapparlo. C'era un nodo di rancore dentro di me e non sapevo se sarei mai riuscita a scioglierlo. Ero convinta che noi non saremmo mai diventati come gli altri, come quei mariti e quelle mogli che si tollerano e basta. E invece...

Il battistero era tutto marmo e mosaici, una meraviglia di intarsi sui toni del verde serpentino, del grigio, del bianco, un ricamo scolpito nel granito, a ricavare petali e foglie, palmette, losanghe, cornici, motivi simbolici, ciascuno dei quali aveva un suo significato nella liturgia, nei libri sacri, nella tradizione, a partire dalla sua pianta ottagonale, a ricordare l'ottavo giorno, quello della resurrezione e dell'eternità. Lì la città celebrava le sue funzioni più importanti e investiva spesso i suoi cavalieri.

Giovanni non sarebbe stato immerso nella vasca centrale rettangolare, ma in uno dei profondi fonti cilindrici allineati lungo la navata, alternati a pesanti candelabri di ferro battuto scintillanti di fiammelle, e a battezzarlo sarebbe stato lo stesso frate che aveva battezzato Dante. Era molto anziano, con la barba bianca e l'aspetto fragile di un eremita delle leggende, ossuto nella sua semplice tonaca di bigello.

Quando la cerimonia ebbe inizio, Guido e ser Brunetto recitarono le formule di rito, per domandare per il neofita l'ingresso nella comunità, per rinunciare a Satana, alternando il loro timbro forte a tutte le invocazioni farfugliate dalla voce esile del vecchio pievano.

Poi Guido, nel suo ufficio di offerente, tese Giovannino al vecchio, sopra la fonte, che era un bel pozzetto di marmo tutto istoriato da un profilo a gigli e nodi di Salomone. Il bambino, che fino a quel momento se n'era stato quieto tra le mani calde e forti di Cavalcanti, si destò nel passaggio e si agitò, cominciando a piangere. Il pievano perse la presa e mio figlio cadde nell'acqua, dentro lo stretto cilindro di marmo profondo almeno tre braccia, e sparì sul fondo, inghiottito dall'acqua che spense i suoi vagiti, mentre tra le dita contratte del vecchio rimaneva solo il panno ricamato nel quale l'avevamo avvolto. Non saremmo mai riusciti a tirarlo fuori, perché l'imboccatura era troppo stretta e il pozzetto troppo profondo.

«Annega!» gridai, afferrandomi al bordo del gran vaso di marmo pesantissimo, che mi arrivava al petto. Dante mi spinse via come una furia e prima che chiunque altro potesse reagire fece qualche cosa di incredibile: afferrò con due mani il pesantissimo candelabro di ferro più vicino e sollevandolo come un Ercole lo vibrò con tutte le sue forze contro il fonte, con gran fragore, una volta, due, tre, finché una crepa si aprì lungo il fianco e l'acqua cominciò a ruscellare fuori sul pavimento di marmo.

Superato il primo sbigottimento, Guido, mio padre, i miei fratelli e perfino Bicci si fecero avanti e cominciarono a spingere il pozzetto per rovesciarlo. Il fonte vibrò, dondolò, si sollevò e si inclinò, rovinando al suolo e spezzandosi in più punti sul bordo, nella gran pozza d'acqua. Mi precipitai a recuperare il bambino, che era stato spinto fuori dall'onda rimasta nel vaso, fradicio e urlante, ma vivo.

«Giovanni!» urlavo. «Giovanni!»

La Tana e la Nella me lo presero di mano. «Sta bene, sta bene, senti come grida, Dante lo ha salvato!»

Ero bagnata anch'io, e in lacrime. Non riuscivo a rialzarmi. Dante era lì fermo, ansimante, con l'enorme candelabro che aveva usato per crepare il fonte ancora tra le mani, tremante per lo sforzo e l'emozione. Ser Brunetto gli batteva sulla spalla. «Sia ringraziato il cielo per la tua presenza di spirito...»

Si era assiepata intorno la gente che era lì per gli altri battesimi, e il racconto dell'accaduto rimbalzava dentro il battistero.

«Il bambino stava affogando...»

«Il padre, l'Alighieri, ha rotto il fonte...»

«Sembrava avesse la forza di cento diavoli, quando ha visto suo figlio in pericolo...»

Guido si sistemava la manica stretta del farsetto che si era strappata rovesciando il fonte di marmo con gli altri. «Dannazione, era broccato di seta e d'oro... È stato il battesimo più movimentato cui abbia mai preso parte.»

Dante lasciò finalmente andare il candelabro che aveva continuato a stringere convulsamente, facendolo cadere con gran fragore, e mi si avvicinò a passi incerti, barcollando un poco. Scivolò davanti a me sul pavimento di marmo e rimanemmo così, abbracciati stretti nella pozza d'acqua benedetta, tutti e due ginocchioni. Sentivo il suo calore, il suo cuore che batteva forte, l'odore acre della paura. Anche lui, come me, aveva creduto di veder morire suo figlio.

«Gemma...» sussurrò, la sua guancia barbuta che si strofinava contro la mia.

«Dante...» gemetti.

Un chierico vestito di scuro si avvicinò a passi svelti, con aria contrariata. «Oh, che disastro! Qualcuno dovrà risponderne... distruggere un fonte battesimale! Un sacrilegio e un gran danno per il battistero...»

Guido si rivoltò come una serpe. «Era una questione di vita o di morte! Avresti preferito un bambino in meno e un pozzo intatto?»

«È questa la tua carità cristiana? Vale di più un pezzo di pietra che una creatura?» rincarò Bicci.

Ser Brunetto si intromise con aria autorevole, da uomo di carte e di legge. «Nel momento di un pericolo imminente, un cittadino è autorizzato a danneggiare una proprietà della Signoria, se questo è indispensabile alla salvezza di qualcheduno. Ci sono dei testimoni dell'accaduto...»

Altri chierici arrivarono a dar manforte al primo, mentre non solo il mio parentado, ma anche altre persone che avevano assistito all'incidente prendevano parte per Dante. Anche dentro il battistero i fiorentini non avrebbero mai rinunciato a una bella disputa. Cominciò a volare qualche insulto e qualche gesto delle fiche.

«Tenetelo chiuso nella sua cella a dir novene, quel vecchio bozzacchione dalle mani molli, che di certo non è più buono a battezzare!»

«Miscredente!»

«Frate sozzo!»

Prima che i toni si facessero troppo accesi, fu il vecchio pievano, ancora scosso dall'accaduto e dalle male parole, a dirimere la questione.

«San Giovanni ha fatto il miracolo! Un battezzando ha rischiato di affogare, ma si è salvato. Ringraziamo Dio e andiamo tutti in pace!» esclamò, faticando a dominare il rumoreggiare della gente con la sua voce querula.

Guido allargò le braccia. «Amici miei, siamo stati lo strumento di un miracolo! Cosa si può desiderare di meglio?»

8
Il puledro d'argento

Uscimmo dal battistero stravolti, in piccolo corteo, più o meno nello stesso ordine con cui eravamo entrati. Giovannino, asciugato e rassicurato, era tra le braccia di mia madre. Io stavo ancora vicina a Dante, al suo fianco. Lui ogni tanto mi lanciava uno sguardo e io ricambiavo. Solo allora mi accorsi che sanguinava da una mano, doveva essersi ferito col candelabro. Gliela avvolsi col mio fazzoletto ricamato e lui mi lasciò fare.

Mentre la Neffa prendeva il bambino e ci accingevamo a metterci in cammino per raggiungere la casa dei miei genitori, dove erano state allestite le mense per il banchetto di battesimo, Guido prese congedo a malincuore: doveva partire per Orvieto a sistemare una questione di eredità di uno zio vescovo morto da poco.

«Non posso essere della partita, ma mi rifarò. E vedete di tenermelo da conto, lontano dall'acqua benedetta!»

Fu un bene che Guido se ne dovesse andare, perché quando arrivammo a casa Donati ci aspettava una sorpresa: mio cugino Corso era tornato da una delle sue tante podesterie in Romagna, lasciando la sua recente consorte Tessa degli Ubertini ad aspettarlo. Immaginavo che non fosse stato tanto il desiderio di festeggiare il nuovo nato a portarlo a Firenze, quanto la voglia di mostrare a Giano della Bella e ai suoi che un magnate non si lascia intimorire da alcuna legge. Se quando lo nominavano a qualche alta carica in altre città Corso si dimostrava un bravo magistrato e lasciava traccia del suo buon governo, tanto che la voce correva e lo chiamavano da più parti con ricchi compensi, quando faceva ritorno a Firenze ricominciava a esercitare quella prepotenza che gli ordinamenti nuovi volevano limitare. Figurarsi se si fosse trovato davanti il suo nemico di sempre, Guido Cavalcanti.

Sentimmo un gran vociare dal cortile e cavalieri e destrieri, perché aveva portato con sé qualcuno dei suoi, mettendo in frenesia la servitù ad accudire cavalli e aggiungere mense. Lo vedemmo uscire venendo verso di noi a braccia aperte. Aveva indosso il pettorale della corazza che brillava nel sole e un mantello rosso e corto. Era parecchio che non lo incontravo. Portava i capelli lunghi e sciolti e sorrideva.

«Corso!» esclamò mio padre. «Dio ti conservi, questa sì che è una bella improvvisata!»

Ci salutammo e lui ci guardava un poco sorpreso per il nostro aspetto sfatto. «Non avete una bella cera, per gente che torni da un battesimo.»

Tra i servi cominciava già a correre la voce di quel che era successo in San Giovanni e Dante e io lasciammo gli altri a raccontare mentre salivamo a cambiarci.

La Gilla mi sistemò in fretta il vestito e i capelli in quella che una volta era stata la mia camera e poi ridiscesi per unirmi agli altri.

«Ci sono delle donne» mi disse Corso, avvicinandosi a me, «alle quali la maternità giova. Non sono molte, ma tu sei tra quelle, cugina. Sei più bella di prima.»

Eravamo nei pressi della tavola con il vino e la frutta che era uso servire prima del banchetto, allestita davanti alle scuderie.

«Grazie. Non mi sono congratulata per il tuo matrimonio con la Ubertini, alla fine ce l'hai fatta.»

Lui sorrise e sollevò il boccale. «Povera donnina. Bella non è e, come se non bastasse, ha il cervello di una gallina. Ma è una gallina dalle uova d'oro.»

Indicai il pettorale dell'armatura. «Questo lo porti sempre? Ti sei fatto troppi amici, si vede, con questi bei concetti, tanto da doverti tenere addosso del ferro a proteggerti anche quando dormi.»

Corso sorrise, bevve un sorso e annuì, guardandomi da sopra l'orlo del bicchiere. «Ecco, vedi, mi mancava tanto il tuo spirito.»

Dante si avvicinò in quel momento col suo maestro.

«Sono contento che tu sia potuto venire» salutò mio cugino, con l'usuale cortesia.

«Era ora di tornare a vedere quel che succede a Firenze. E pare che oggi tu sia l'eroe che ha dovuto rompere un fonte per salvare una vita. Ho sentito di quel vecchio frate che ha messo a rischio il bambino, meriterebbe una bella ripassata, che si sappia che bisogna aver riguardo di chi ha sangue Donati nelle vene, e se vuoi, i miei cavalieri...»

Dante spalancò gli occhi. «Ma no, ma no, è il buon pievano che aveva battezzato anche me... un anziano, senza colpa.»

Corso si strinse nelle spalle. «Come vuoi...» Ma la sua espressione diceva: pusillanime.

Già Bicci e gli altri lo chiamavano a tavola a gran voce. Vidi la faccia contrariata di ser Brunetto, che aveva seguito tutta la conversazione tra Dante e Corso, mentre la Tana, la Nella e le altre mi accompagnavano alle mense.

Era costume che durante il banchetto di battesimo gli invitati presentassero i loro doni, e tutti erano stati molto generosi. Il piccolo Giovanni fu portato a un certo punto dalla Neffa, tutto ripulito, profumato e fasciato, e passò di mano in mano, tra le esclamazioni di delizia dei presenti che sembrava non avessero mai veduto un neonato più bello.

Sul tavolo che era stato approntato alla bisogna si accomodavano i regali, ciascuno dei quali veniva commentato e lodato. Tagli di tessuti di pregio, un cucchiaio d'argento, un'immagine del suo santo protettore di cui portava il nome, una crocetta d'oro, la pergamena con un breve componimento che Bicci aveva scritto apposta per lui augurandogli ogni bene e che era stato declamato e applaudito, un deposito di 15 fiorini da parte del suo padrino ser Brunetto e un anello con lo stemma dei Cavalcanti che Guido aveva lasciato a Dante.

Ma lo stupore più grande lo suscitò il regalo di Corso, quando un suo fante entrò nel cortile tirando la cavezza di un bellissimo puledrino col manto color dell'argento. Era una bestia magnifica e mio padre, che di cavalli se ne intendeva, balzò in piedi.

«Che meraviglia! Dev'essere appena svezzato.»

Anche Dante sembrava colpito.

«Si chiama Cìnero. Crescerà con Giovanni. Non appena sarà grande abbastanza, gli salterà in groppa» annunciò Corso, contento.

«Dagli tempo, ha un mese di vita, il piccolino» disse mia madre.

«Non ero molto più grande di lui quando sono salito in arcione la prima volta» ribatté mio cugino, smargiasso. «Prima si comincia a stare in sella e meglio è! Bisogna iniziare presto, se si vuole diventare valenti cavalieri.»

Per tutto il banchetto Corso aveva un po' sofferto il fatto che al centro delle attenzioni di tutti ci fosse Dante, per quello che era successo al battistero, e voleva prendersi la sua rivincita.

Mio marito non si scompose. «Ti ringrazio di questo dono che ci è molto caro, perché viene da un membro illustre della schiatta dei Donati.»

Ser Brunetto alzò il boccale. «Che cosa si potrebbe augurare di meglio a Giovanni se non di aver preso il meglio da entrambe le famiglie e di esser buono tanto a impugnare la spada quanto la penna?» concluse salomonico.

Tutti applaudirono e poco dopo Dante si congedò con discrezione con la scusa di accompagnare ser Brunetto, che era un po' stanco, fino a casa.

Mentre gli ospiti cominciavano ad andarsene, Corso mi chiese di vedere dove era alloggiato Cìnero, così ci avviammo alle stalle.

Passando attraverso il giardino incrociammo Gilla, che si era tenuta alla larga dal banchetto, china a interrare dei fiori dentro un piccolo vaso. Corso la riconobbe immediatamente, anche di spalle, e prima che potessi impedirglielo le fu addosso, abbracciandola da dietro. Lei gridò spaventata, il vaso di coccio cadde e si ruppe, spargendo terra.

«Gilla! Mi chiedevo giusto se non fossi morta, o se ti avessero rivenduta a qualcun altro... o se semplicemente ti avessero lasciata a casa.»

Lei si sciolse dalla sua stretta confidenziale, ricomponendosi, rigida e spaventata. «Buona giornata, padrone Corso.» Guardò il vaso rotto. «Perdonate, padrona Gemma, ora rimedierò...»

Feci cenno che non aveva alcuna importanza.

«Ma come ti trovi dagli Alighieri?» insisteva Corso. «Di' la verità, mi rimpiangi, qualche notte, o padrone Dante non te ne dà modo?» Vide la mia espressione e rise. «Le mogli sono bestie bizzarre. Fanno le ritrose e si negano e si comportano come se dividere il talamo fosse un gran sacrificio, ma poi s'ingelosiscono, se il povero marito prende il suo sacrosanto piacere altrove.»

Arrossii con violenza. «Vai, Gilla» le dissi precipitosamente.

Mentre lei quasi correva via, vidi gli occhi di mio cugino accendersi. «Ci ho colto, allora. Se l'è gustata, il mio buon cugino acquisito, la tua schiava domestica.»

Capitò prima che potessi dominarmi. Lo schiaffeggiai forte sulla bocca, e col castone dell'anello gli ferii il labbro. Lui incassò il colpo senza smettere di sorridere, ma mi afferrò la mano.

«Puoi rendergli pariglia e non con uno schiavo, ma col migliore dei cavalieri fiorentini. Lo sai che ti basterebbe alzare un dito. Lo sai che mi piaci sempre.»

Mi trascinava dentro, nel buio delle stalle, dove Cìnero era appena stato condotto.

«Lasciami subito!» Sentivo le sue mani sul seno, mentre mi premeva la schiena contro il tramezzo di legno e mi cercava la bocca. «Sei ubriaco, lasciami! Sul tuo onore! Sull'onore dei Donati!»

Era la cosa giusta da dire. Si tirò indietro sbuffando. Vicino a noi, Cìnero scuoteva la testa, come se disapprovasse quella brutta scena, muovendo la criniera bianca.

«Sei una stupida donnina. Lo sento che lo vuoi quanto me.

Sarò a Pagnolle la settimana entrante. Vedi di esserci anche tu. Là sarà tutto più facile. Bada che ti aspetto.»

Il giovane stalliere che stava entrando allora reggendo due secchi d'acqua vide solo Corso che accarezzava il muso del puledro. «Bravo, Cìnero, ti lascio in buone mani» disse, prima di andarsene col suo passo di carica.

Con la scusa di essere sfinita per le emozioni della giornata me ne tornai subito a casa anch'io, con la Neffa che reggeva Giovannino e la mia Gilla.

Non appena Dante ritornò, gli andai incontro e salimmo un poco provati in camera nostra.

«Dorme Giovannino?»

«Come un angioletto. Poppa e dorme. Dice la Neffa che non ha mai visto un bambino più dolce. Fammi vedere la mano, adesso» gli dissi, prendendogli la destra ferita.

«Non è niente, me l'hanno già medicata da tua madre.»

«Sei stato bravo, stamattina.»

«Lo so.»

«Ne parleranno.»

«Lo so.»

«E scommetto che non ti dispiace.»

«Non mi dispiace che mia moglie abbia un motivo per essere fiera di me.»

Poi lui prese ad accarezzarmi il viso e i capelli e io lo abbracciai e ci ritrovammo nel letto dove avevamo concepito Giovannino, a ricercarci l'un l'altra.

Alla fine, mentre ce ne stavamo sdraiati vicini e giocava con una ciocca dei miei capelli arrotolandosela sul dito della mano sana, Dante mi disse: «La prossima settimana si va a Pagnolle? Ho sentito che i tuoi ci saranno».

«No» risposi in fretta.

«No? So che ti fa piacere andarci e potrebbe venire anche la Tana...»

«No» ribadii.

Lui mi guardò un poco stupito ma non insistette.

9
Carlo Martello

«Non vorremo far attendere il principe di Salerno» disse Dante, impaziente, mentre finivo di sistemargli la sua guarnacca più bella, foderata di volpe.

Il principe Carlo Martello, il figlio del re Carlo d'Angiò lo Zoppo, era di passaggio a Firenze, in quel marzo del 1294, e Dante era stato chiamato a rendergli omaggio, in rappresentanza del meglio dei fiorentini. Mi tremavano un po' le mani.

Avrei voluto dirlo a mio cognato Francesco, di questo onore, ma lui ormai era uscito di casa: si era sposato con la sua Pietra di Donato dei Brunacci ed era andato ad abitare in una casa dei suoceri, appena fuori città, a Ripoli. Eravamo stati al loro matrimonio e Pietra mi era sembrata tanto bella, con gli occhi chiarissimi di ghiaccio, la pelle di latte, un nasino piccolo con la punta all'insù e i capelli scuri e tutti un riccio e profumatissimi di acqua nanfa, che pareva di star sbucciando un'arancia. Solo che aveva un modo di fare un po' scostante, o forse era stata l'emozione di quel giorno, o l'impressione di quello sguardo freddo. Poi non avevamo avuto molte occasioni di vederci e il tempo era volato, fino all'evento che aveva messo in trambusto tutta Firenze.

Due giorni prima Carlo Martello era entrato in città, ricevuto con grandi feste, in un garrire di stendardi e suonar di trombe in mezzo a duecento cavalieri con gli speroni d'oro, francesi e provenzali, tutti i palafreni ornati da gualdrappe argento e oro con lo stemma del giglio che però non era quello di Firenze, ma quello di Ungheria, perché sulla testa di Carlo proprio quella corona risplendeva: il giovane che mio marito stava per incontrare era un fior di sovrano, incoronato da poco da un cardinale legato del papa.

Dante confidava molto che quel principe straniero, ancor più giovane di lui e descritto come affabile e di bell'aspetto, potesse innamorarsi di Firenze e prendersene a cuore le sorti. Sapendo che era amante delle lettere e delle arti, avevano pensato di mostrargli, dentro la bottega di maestro Cimabue, che stava fuori di Porta San Piero, tra gli orti che si stendevano intorno a Santa Croce, la grande Madonna che il pittore aveva appena terminato di dipingere e di cui tanto si parlava, ma che nessuno aveva ancora veduto.

Io mi sarei mescolata con la folla festante, allungando il collo per seguire con lo sguardo i privilegiati che avrebbero incontrato il principe, i più dotti, che Firenze ostentava come le più belle teste della Signoria, quei pochi tra i quali ormai mio marito aveva il suo posto d'onore che tutti gli riconoscevano, popolani e magnati, nonostante il momento difficile e delicato.

Come previsto, Giano della Bella da più di un anno aveva fatto promulgare degli Ordinamenti di Giustizia che avevano stabilito come le famiglie magnatizie, elencate a una a una in una lista che comprendeva anche noi Donati, dovessero sottostare a regole molto severe. Era vero che molti magnati «per natura», cioè quelli di nobile schiatta, si comportavano con prepotenza, e peggio ancora quelli «per accidente», che non avevano antenati illustri ma si erano arricchiti per ingegno o per fortuna. Si sapeva di chi a casa propria teneva corte come un principe, stipendiava piccoli eserciti e si faceva giustizia per proprio conto, torturando e uccidendo in cantina.

Ora, con la nuova legge, chi aveva un cavaliere in famiglia non poteva più far politica. Se non eri iscritto alle Arti non potevi essere eletto a cariche di governo e se un magnate commetteva un crimine gli sarebbero state applicate pene più severe che agli altri e soprattutto l'intera sua famiglia sarebbe stata ritenuta in qualche modo responsabile e coinvolta nel castigo: bastava inoltre l'accusa di due cittadini per portare qualcuno in giudizio.

Anche se Giano, che aveva la sua torre nel popolo di San Martino, vicina a quella dei Cerchi, era mosso dai migliori propositi, come spesso avviene quando prima si eccede da una parte, ora si eccedeva dall'altra: se fino a poco tempo innanzi esser magnate significava far prepotenze, ora era diventata solo una colpa, e mio padre ripeteva spesso che quegli ordinamenti più che di giustizia erano di nequizia. Ben sapendo che i magnati non l'avrebbero presa bene, Giano aveva creato un piccolo esercito sotto il comando del gonfaloniere, pronto a intervenire in caso di disordini e ribellioni. Dante dal canto suo, iscritto all'Arte degli Speziali e senza cavalieri in famiglia, poteva farsi eleggere a qualunque incarico: il fatto che tanto lo aveva contrariato di non avere gli speroni d'oro come mio padre o come mio cugino Corso o come Guido ora si rivelava un gran vantaggio.

Il Cianco si affacciò alla porta mentre finivo di sistemargli la berretta. «Padrone Dante, messer Cavalcanti vi aspetta da basso in corte e mi manda a dire di affrettarsi.»

Dovevano andare insieme all'appuntamento, perché anche Guido avrebbe omaggiato il principe. Erano mesi che lui e Dante non si frequentavano, in realtà, dopo che l'amico aveva espresso il suo impietoso giudizio sull'opera con la quale mio marito aveva voluto intraprendere la sua vita nuova, dopo la morte di Beatrice. Guido non era d'accordo su nulla: manteneva il suo cupo giudizio sull'amore e trovava senza senso le elucubrazioni di Dante. «Sono tutte sciocchezze» gli aveva detto, lo avevo sentito con le mie orecchie. Era come se Dante, in qualche modo, lo avesse deluso, rifiutando di seguirlo sulle sue posizioni. Ma in quell'occasione, per la gran festa all'angioino, si erano ritrovati in prima fila, perché per quanto diverse le loro teste erano tra le più fini di Firenze.

«Messer Cavalcanti ti manda a dire? Dimmi, Cianco, chi servi, me o messer Guido?» lo rimbeccò Dante. Poi vide che il vecchio ci era rimasto male e si strinse nelle spalle. «Ma guarda che ora i Cavalcanti danno ordini ai miei famigli» borbottò, sfuggendo alle mie cure e marciando deciso verso l'uscio; io lo rincorsi con un foglio in mano.

«La tua canzone!»

Sapevo che aveva intenzione di declamare le sue ultime rime al principe. Per l'augusto ospite avevano organizzato un pomeriggio per dotti che voleva mostrare i diversi talenti presenti in città: il pennello di Cimabue, ma anche le poesie di Dante.

Lui scosse la testa. «La so a memoria» disse, ma alla fine lo prese, lo arrotolò e se lo infilò nella manica.

Dal verone vidi Dante montare sul suo cavallo morello vicino a Guido che era già in sella al suo che era di manto chiaro.

Alzarono entrambi la testa e mi indirizzarono un cenno di saluto prima di avviarsi.

Anch'io ero pronta e mi misi in strada con la Gilla. La meta non era lontana, ma le vie erano già piene di gente e mi sentii chiamare da una voce nota.

«Oh, Gemma, eccovi!»

Era ser Brunetto, anche lui della delegazione che avrebbe intrattenuto il principe.

«Dante è già avanti con Guido» gli dissi.

Il vecchio notaio non accelerò il passo. Camminava appoggiandosi a una lunga canna col manico d'argento, ma senza troppa fatica, e ogni tanto alzava il suo bastone per indicare di qua e di là o sottolineare un passo del discorso, come se fosse più un vezzo che una necessità. «Bene, li raggiungerò.»

«Dante temeva di fare tardi» gli dissi, mettendomi al suo fianco, con la Gilla che ci seguiva a due passi, affiancata al servo del notaio.

«Non si fanno aspettare i principi» convenne ser Brunetto. «Ma Dante farà bella figura: il giovane Carlo si diletta di poesia cortese e la sua canzone gli piacerà.»

«Sono contenta che lo pensiate. Io l'ho letta, ma non l'ho ben compresa.»

Era la verità. Del resto lui lo diceva chiaramente, nelle ultime strofe, che non era da tutti comprenderne il significato. *Voi che 'ntendendo il terzo ciel movete*, cominciava, e parlava di una Beatrice disincarnata e beata nella gloria di Dio, l'affezione per la quale veniva però superata e contrastata da una nuova donna misteriosa.

Il notaio sorrideva. «Credo che sia una grande svolta, questa canzone. La nuova donna che nel cuore di Dante contrasta la sua affezione per Beatrice è la filosofia, l'unica che possa dare davvero gioia. Così a me piace intenderla, almeno, essendo stato il suo maestro. Poi Dio sa cosa si nasconde nel cuore di un poeta.»

«Anche Guido leggerà qualche suo scritto al principe?»

«Non lo credo. È stato chiesto a Dante.»

«A Guido non piacerà starsene zitto.»

«Sapete, Gemma, ci sono due tipi di amicizia. Puoi essere un amico di vetro, di quelli che tengono chiuso lo scrigno del loro cuore e restano freddi e non riescono a gioire dei conseguimenti dell'altro. Oppure puoi essere un amico di ferro, ed è gran gioia avere accanto qualcuno che ti difende con aperta lealtà davanti a tutti e che ti loda e si rallegra del tuo bene e si rattrista del tuo male e non offre mai parole vane, ma fatti.» Sospirò. «Ora il tempo dirà se Dante e Guido sono amici di vetro oppure di ferro.» Alzò appena le spalle. «Male che vada, lasceremo che a parlare davanti al principe Carlo sia la Madonna di maestro Cimabue» concluse. Eravamo arrivati davanti alla bottega e lo vidi entrare, mentre la gente si scostava al suo passaggio.

La Madonna di maestro Cimabue aveva molto da dire, in effetti. Il pittore era un uomo maturo, aveva passato la cinquantina, era famoso e intorno a quell'opera che gli avevano commissionato i monaci vallombrosani si era creata una grande aspettativa. Si diceva che fosse grandissima, una tavola di quattro braccia per sette, da lasciare a bocca aperta.

Io l'avrei vista solo tempo dopo, dentro la chiesa di Santa Trinita, dove i vallombrosani la esposero orgogliosi dopo averla presentata al principe in modo che i suoi nobili occhi fossero i primi ad apprezzarla. E davvero c'era da perdersi.

La Madonna seduta in trono era giovane e sorridente. Teneva su un ginocchio il bambino, ti guardava e lo indicava, come a dirti: «Ecco, lui è mio figlio». Ne avevo viste altre di Madonne, ma con facce più brutte, o più serie, o più addolorate. Lei ti faceva venir voglia di inginocchiarti lì davanti e parlarle, da donna a donna.

Ma nella enorme tavola non c'erano solo lei e Gesù. Ai lati del trono, quattro per parte, c'erano otto bellissimi angeli con le ali dai colori sfumati e sotto il trono, dentro degli archi dai quali si affacciavano come a delle finestre, c'erano quattro profeti: Geremia, Abramo, David e Isaia, con in mano dei cartigli con citazioni dei loro scritti. Era una corte celeste, ma viva, e pareva che Maria fosse lì lì per alzarsi dal suo trono e venirti incontro, e gli angeli a spiccare il volo.

Quel giorno raccontarono che Carlo aveva molto apprezzato la tavola e aveva molto elogiato l'artista, per fortuna, perché si sapeva che maestro Cimabue non aveva un buon carattere, era diventato molto ombroso e ormai non tollerava critiche nemmeno da un re.

Ma l'angioino gli aveva dato soddisfazione, come ne aveva data a Dante, che sembrava risplendere di luce propria quando uscì dalla bottega per permettere al corteo reale di andare in Santa Maria Novella dove il predicatore più seguito del momento, il domenicano frate Remigio de' Girolami, allievo di Tommaso d'Aquino, gli avrebbe rivolto un saluto con un sermone dedicato.

Mio marito mi tirò in sella con lui, allacciandomi le braccia intorno alla vita per tenermi salda in arcione, e procedemmo al passo fino alla chiesa, mentre mi raccontava. «Che gran principe, Gemma! Vuole che gli mandi copia della canzone. Non la finiva più di farmi domande, ha apprezzato dal primo all'ultimo verso. Questi sono i governanti che ci vorrebbero... dei dotti, delle anime elette.»

«E la Madonna gli è piaciuta?»

«Tanto. C'è anche il profeta Geremia, quello cui Dio ordinò di rompere l'orcio davanti a chi adorava gli idoli cananei, per minacciarli che se non fossero tornati sulla retta via li avrebbe distrutti come quell'orcio.» Esitò. «Un po' come ho fatto io in San Giovanni.»

Mi girai a guardarlo. Era bello andare a cavallo insieme, non lo facevamo da tempo. «Come il profeta?»

«Ci sono segni, Gemma, nella vita, coincidenze che non sono coincidenze... la nostra faziosa Firenze adora degli idoli, un poco come facevano i cananei dei tempi di Geremia... e sarebbe missione di un poeta ricordare quel che è giusto, indicare la via.»

«Cosa ne dice Guido? A proposito, dov'è?»

Lui fece un gesto brusco e il cavallo scartò. «Non verrà a sentire fra' Remigio.»

«Ha apprezzato la tua canzone?»

«Ormai ciascuno fa parte per se stesso. Tu sai che lui è un miscredente.»

Di certo, dissacratore com'era, Cavalcanti avrebbe riso a sentire Dante che si paragonava a un profeta della Bibbia. Capivo la metafora profetica, ma non mi sembrava attagliarsi. «Dante, tu hai distrutto il fonte per salvare Giovannino» obiettai. «Non per fare un gesto simbolico.»

Lo vidi stringere le labbra. «C'è un disegno» mi rispose. «Nella nostra vita c'è un disegno divino. Ma è troppo lungo da spiegare.»

E poi balzammo giù da cavallo perché eravamo ormai in vista di Santa Maria Novella.

Nella chiesa gremita, Dante ascoltò il frate, giovane e vigoroso, salutare nel tripudio della sua arte oratoria il principe compiaciuto.

E più tardi, di nuovo a cavallo, mentre andavamo al passo verso casa con il Cianco e la Gilla che ci seguivano a piedi, Dante mi parlò di Firenze e del buon governo.

«Quello che conta non è il bene del singolo, ma il bene comune. Le rivalità tra le fazioni devono cessare. Con questo spirito vorrei far politica. Firenze sarebbe bellissima senza questa rovina morale che la abbrutisce... i partiti, gli interessi privati, le contese... Ecco, io credo che un uomo debba fare il suo dovere d'onore per il bene della sua città.»

Fu allora che mi chiesi se il nuovo amore di mio marito, la

filosofia, come la chiamava ser Brunetto, o l'impegno per la città, come lui lo stava manifestando, non fossero destinati a recarci più sofferenza di quella che ci aveva portato la sua disperata passione per Beatrice.

Non avrei mai immaginato in vita mia di dover rimpiangere quel suo delirio poetico per un'altra donna, ma la nuova luce che vedevo accendersi nei suoi occhi brillava dello stesso fuoco visionario, e una cosa la sapevo per certa: la poesia, al di là delle tenzoni che generano qualche smacco, non fa male a nessuno. Ma far politica nella Firenze delle fazioni separate da odi feroci e da rivalità tra ghibellini e guelfi, tra guelfi e guelfi, tra magnati e popolani, tra magnati e magnati, tra popolo grasso e popolo magro, quello sì poteva essere davvero molto pericoloso.

10
Topi in soffitta

Lo sapevamo che era anziano, ma lo avevamo sempre visto così energico che quando le campane suonarono a morto per lui ne restammo sbigottiti, come se fosse venuto a mancare un uomo nel fiore degli anni.

«È morto ser Brunetto!» annunciò Dante, con gli occhi pieni di lacrime.

Era stata una cosa improvvisa: si era coricato la sera con un peso sul petto e non si era più svegliato.

La Signoria gli concesse funerali solenni per tutti i suoi servigi e mezza Firenze partecipò commossa.

«Solo una cosa mi consola» mi disse Dante, mentre tornavamo tristemente verso casa, dopo le esequie del suo maestro in Santa Maria Maggiore. «Almeno non è qui a vedere quel che fanno persone come tuo cugino Corso.»

La notizia era circolata per tutta Firenze. Corso era riuscito a far baruffa anche con un cugino, un tale Simone Galastrone, per una contesa, dicevano, d'interesse, e aveva organizzato un'imboscata, mettendo insieme quattro o cinque scherani per aggredire quel malcapitato. Galastrone si era difeso ed era rimasto ferito abbastanza gravemente a un occhio, ma nell'agguato un suo uomo ci aveva rimesso la vita.

Li avevano portati davanti al podestà, un brav'uomo di Como, Giovanni di Lucino, ed eravamo tutti abbastanza sicuri che con i nuovi ordinamenti Corso non se la sarebbe cavata a buon mercato.

«Non era per oggi la sentenza?»

Dante annuì. Era angustiato anche perché con Corso si era invischiato un suo secondo cugino, Lapo di Cione, nipote di quel Geri del Bello che ogni tanto gli rinfacciavano di non aver vendicato, e pareva che questo Lapo avesse preso parte all'aggressione.

«Lapo ha la stessa testa matta di Geri, e a furia di cercar guai li si trova» mi stava dicendo, quando vedemmo la Valdina correre nella nostra direzione: ormai eravamo quasi arrivati al popolo di San Martino.

«Raccomanda messer Manetto di mettervi al sicuro, i rivoltosi stanno assediando il palazzo del podestà!»

Ci rifugiammo a casa dei miei genitori, che era di strada.

Una cosa da non credere: il podestà comasco aveva assolto Corso e condannato duramente Galastrone, nella persona e nei beni, dal momento che il giudice aveva scritto nelle carte che la colpa era tutta sua.

«Non capisco» disse Dante a mio padre, che gli spiegava quel che era successo per scatenare la furia della gente. «Galastrone è la vittima, Corso lo ha quasi ucciso e ha ammazzato il suo fante...»

«Sì, ma Corso ha corrotto il giudice incaricato e il podestà Lucino, che non ne sapeva nulla, leggendo tutte le testimonianze contraffatte, si è convinto che la vittima fosse il colpevole... ora lo vogliono ammazzare, quel povero comasco, e anche la sua bella moglie lombarda: son fuggiti sui tetti, ma la gente grida al fuoco... e intanto stanno devastando gli archivi del tribunale, e chi ha una causa pendente e sta dalla parte del torto ha piacere che i verbali si distruggano...»

«E Corso dov'è?» chiesi. Era lui il responsabile di questo disastro.

Dante mi guardò. «Nascosto da qualche parte. Non stare in pena, se la caverà.»

Mia madre sospirò. «Stavolta l'ha fatta proprio grossa. Ha ferito un magnate che è anche suo parente, ha ucciso un suo scherano, ha corrotto un giudice, ha fatto condannare un innocente...»

«Magari il giudice non è stato corrotto, magari lo hanno costretto» intervenne Dante, che non sopportava l'idea di un magistrato colpevole di baratteria.

«La sostanza non cambia» rispose mio padre.

Pensavo che davvero stavolta lo avrebbero castigato con rigore. Non ci eravamo più visti, dopo che non mi ero presentata a Pagnolle, ma lui mi aveva fatto avere un dono attraverso l'ignara Nella, che era stata in campagna con Bicci. Me l'ero vista arrivare la sera del loro ritorno, ancora in abito da viaggio, con un cestino in mano.

«Hai fatto male a non venire, c'era bel tempo e Corso si è potuto fermare un paio di giorni, cosa che non capitava da una vita, e tutti gli domandavamo come mai... Ci siamo divertiti, siamo andati a caccia, abbiamo mangiato, abbiamo giocato a moscacieca... i bambini sono stati tutti contenti, Corso ha insegnato loro a giostrare infilando un bastone dentro l'anello...»

Me lo vedevo, al centro dell'attenzione adorante di tutti quanti.

«Ma ha chiesto di te» aveva proseguito la Nella «di voi, sai che in fondo è un uomo di famiglia, e prima di venir via mi ha raccomandato di portarti questo, lo ha preso dai suoi contadini.» Nella cesta trovai un piccolo coniglio bianco col naso rosa, tutto tremante. Mi stava dicendo che non avevo avuto coraggio.

Lui ne aveva avuto, invece, ad aggredire un cugino e a farlo anche passare da vittima a colpevole!

Quando fummo certi che non ci fosse pericolo per le vie, tornammo a casa nostra. Mentre Dante si chiudeva nel suo studio, la Gilla mi venne incontro con una faccia che non prometteva niente di buono.

«Che succede? Il bambino?»

«No, padrona, Giovannino sta bene.» Eravamo tutte e due sulle scale che conducevano alle stanze superiori e lei guardò in alto, verso gli alloggi del sottotetto, dove stava anche la sua camera.

«Lui è qui» mi disse in un sussurro.

«Lui chi?»

«Messer Corso.»

Mi coprii la faccia con le mani. Di tutti i posti dove avrebbe potuto rifugiarsi aveva scelto la casa degli Alighieri! Lo stavano cercando per tutta Firenze.

Salii i gradini a due a due e spalancai la porta della stanzetta in fondo al corridoio, che Gilla mi aveva indicato. Non ci viveva nessuno e la usavamo come una specie di deposito.

Colto di sorpresa, Corso mi afferrò per la gola puntandomi il pugnale, poi vide chi ero e mi lasciò andare boccheggiante.

«Oh, sei tu. Non fare più una cosa simile, se tieni alla vita.»

«Devi andartene immediatamente da qui!»

«Non ci penso nemmeno. A nessuno verrebbe in mente di cercarmi da voi. Ho bisogno di un posto dove restare finché non sarà emessa la sentenza. Ho già disposto in modo che sia molto mite, ma non si sa mai, una volta che ti mettono le catene ai polsi diventa tutto più difficile.»

«Corso, non puoi compromettere mio marito!»

«Poverino, non ci avevo pensato.»

«Se ti scoprono...»

«Non succederà. Gilla ha la bocca cucita e tu sai mantenere un segreto. E se dovessero scoprirmi dirò che nessuno in questa casa sapeva che mi ero nascosto quassù. Hai la mia parola, e sai che vale. Andiamo, non vuoi dare una mano al tuo caro cugino perseguitato da questi cani rognosi?»

«Ma tu sei colpevole!»

«Di aver difeso il mio onore? Può darsi.»

«Non c'è onore nel corrompere un giudice...»

«Oh, andiamo, Gemma, passi troppo tempo con quel pinzochero di tuo marito, davvero. Preferiresti vedermi impiccato?» Strabuzzò gli occhi, tirò il collo e alzò una mano come se reggesse una corda che lo stava strangolando.

«No! Non far così.»

Lui rise. «Lo vedi che non sopporti l'idea. Devi nascondermi per un paio di giorni, non di più. La sentenza se tutto va bene sarà promulgata venerdì. Sabato sarò già via.»

«Hai corrotto qualcun altro?»

Lui sospirò. «Diciamo che anche ai popolari di Giano della Bella servono sempre dei denari... e io sono disposto a riconoscere le mie colpe, se la pena è solo pecuniaria.»

«Vuoi pagare in fiorini la vita che hai spento?»

«Era soltanto uno scherano di quel ribaldo di Galastrone, e neanche tanto sveglio, si è fatto infilzare come un pollo, non valeva poi così tanto...» Sorrise e si massaggiò una guancia. «E comunque si vedrà se il gioco non vale la candela. Giano si ricorderà di Corso Donati.»

«Cosa vuoi dire?»

«Vedrai... ma lascia le strategie a chi sa far la guerra, non affaticare la tua testolina rossa.»

Era una discussione inutile.

«Ti è piaciuto il coniglio che ti ho mandato?» mi chiese ancora.

«Sciocco.»

«Te lo sei meritato. Due giorni ad aspettarti in mezzo ai bifolchi.»

«Va bene» tagliai corto. «Stai qua e non far rumore. Se ti dovessero trovare, diremo che nessuno di noi si era accorto della tua presenza. Sul tuo onore.»

Lui si fece solenne il segno della croce. «Ma non lasciarmi morire di fame come Ugolino alla Muda.»

«La Gilla ti porterà cibo e acqua. Ma bada: non ti offrirà altri servigi.»

«Sei gelosa?»

Gli sbattei la porta in faccia, tirai il paletto dall'esterno e lo sentii ridere sommesso.

Quando monna Lapa si preoccupò per aver sentito degli scricchiolii al piano di sopra, le dicemmo che la Gilla stava facendo una pulizia dei sottotetti, e lei rispose che però era strano che lo facesse di notte, e sospettò ci fossero dei ratti, e belli grossi, perché per fare quel rumore dovevano essere dei gran tarponi, e lei temeva per la sua Giocattola.

Il gran ratto biondo che si nascondeva nel sottotetto se ne andò di soppiatto dopo due giorni, come aveva previsto. La sentenza del tribunale fu sorprendentemente mite: gli fu vietato di ricoprire incarichi pubblici in città per cinque anni e gli fu comminata una multa altissima, che pochi altri sarebbero riusciti a coprire, di 5000 lire. Chi non riusciva a pagare veniva sottoposto ad altri tipi di castigo, come il taglio di una mano o del naso, ma non era il suo caso, i denari non gli mancavano. Grazie anche alla sua gallina dalle uova d'oro che lo aspettava paziente, Corso Donati saldò senza batter ciglio.

Chi la pagò davvero cara fu Giano della Bella, perché il popolo di Firenze non gli perdonò tanta clemenza in cambio di denaro. Guido Cavalcanti, che avrebbe voluto una condanna a morte per Corso, fu tra i primi ad aizzare la sommossa. A tutti i magnati di qualunque fazione faceva comodo che l'artefice degli ordinamenti di giustizia cadesse in disgrazia.

Il 18 febbraio 1295, un venerdì gelato, Giano, suo figlio e suoi fratelli abbandonarono la città, dopo che la loro casa era stata devastata.

Dicono che Corso Donati quella sera abbia offerto vino a tutti quelli che passavano sotto la sua casa fino al coprifuoco e anche oltre: gli uffiziali incaricati di farlo rispettare si ubriacarono pure loro con la sua ottima vernaccia.

11
Pietra

«Non possiamo permettercelo, non ora» disse Francesco, scuotendo la testa.

Stavamo ragionando sul dono di nozze per mio fratello Teruccio, che sposava Dada, figlia di Lapo dei Bonaccolti, bel nome di Firenze e sodale di mio padre messer Manetto. Avevo proposto una madonnina dipinta da maestro Giotto, ma ormai il giovane artista era famoso e le sue tariffe erano alte.

Eravamo a casa di Francesco, a Ripoli, dove ogni tanto ci incontravamo per parlare delle cose di famiglia.

Dante era stato eletto nel Consiglio speciale del capitano del popolo, nel Consiglio dei Cento e anche in un Consiglio del podestà. La sua oratoria era ammirata. Ma i suoi impegni in politica e in letteratura non fruttavano se non buona fama e di certo non nuotavamo nell'oro.

Oltre alla casa dove vivevamo, i fratelli Alighieri possedevano dei terreni nel popolo di Sant'Ambrogio e due poderi in campagna: quello a San Miniato di Pagnolle e un altro lungo il Mugnone, verso San Marco vecchio. Terre agricole, vigne, oliveti, frutteti e boschi, delle cui rendite si occupava Francesco.

«Fino a qualche tempo fa si riusciva a ricavare qualcosa» spiegò Francesco «ma adesso è più difficile, quel che portiamo a casa dalle nostre terre lo consumiamo senza reinvestire, ora poi che mi sono sposato anch'io e arriveranno figli... per qualche tempo dobbiamo fare attenzione.»

«Possiamo vendere o riscuotere qualche altro credito del babbo» suggerì Dante, spazientito. Non gli piaceva parlare di interessi, però amava la bellezza e il decoro in casa, la qualità del cibo e l'eleganza del vestire, una buona cavalcatura e bravi servi, ed erano tutte cose che avevano un prezzo.

«Non è rimasto molto» rispose Francesco. «In realtà una vedova vende un terreno confinante con un nostro appezzamento e sarebbe un buon affare per estendere la nostra coltivazione di ulivi sul versante più soleggiato della collina, potremmo anche affittarci una fornace per fabbricare orci da olio e mattoni, ma non ho un fiorino in saccoccia. E mi mordo le mani, perché è davvero un'occasione.»

Pietra aveva un'aria annoiata. «Gemma, ce ne andiamo? Non son cose da donne... lasciamoli a parlare, io ti mostro un piccolo arazzo che ho appena finito di ricamare...»

Le piaceva condividere i suoi lavori di ricamo. Aveva sempre intorno quella nuvola di profumo di arancia: mi aveva raccontato che quell'acqua nanfa la sua famiglia la faceva arrivare dalla Sicilia e derivava dalla distillazione dei fiori freschi di arancio dolce e amaro e me ne aveva anche regalato una boccetta piccola e preziosa.

«Aspetta solo un momento» le dissi. Non pensavo affatto che quegli argomenti non ci riguardassero. Mi rivolsi a Francesco. «Se l'affare è buono, mio padre potrebbe farvi da mallevadore per avere un prestito.»

Dante sembrava contrariato. «Non voglio chiedergli una cosa simile.»

«Posso chiederglielo io. A lui farà piacere mettere il suo prestigio al tuo servizio. Ci vuole bene, lo sai com'è fatto.»

Francesco sembrava interessato. «Potrebbe essere una buona idea. Magari non per l'intero ammontare della somma, ma per una parte. Per quel che avanzerebbe, dovrei andare a Siena a riscuotere un piccolo credito del babbo, uno degli ultimi rimasti. Ho già scritto al notaio e le carte dovrebbero essere pronte.»

«A Siena?» protestò subito Pietra. «Marito mio, vuoi davvero lasciarmi qua da sola in questo mortorio?»

«Se ti va potresti stare da noi, intanto che Francesco è via, se Dante è d'accordo» le proposi. «Sarebbe una buona occasione per conoscerci meglio e stare insieme alla Tana e la Nella.»

Lei s'illuminò. «Oh, mi piacerebbe! Sono grata per questa casa, ma siamo in mezzo al nulla e converso solo con le fantesche e le galline.»

«Ti faccio preparare la stanza che era quella di Francesco.»

«Sei una sorella!» Mi abbracciò contenta. «Per ringraziarti preparerò io un bel regalo per Teruccio, un fazzoletto per la sua sposa, tutto ricamato con dei nodi d'amore bizantini che mi ha insegnato a fare mia madre. Lei, non faccio per dire, ma con l'ago in mano è la più brava che ci sia... e io sono stata buona allieva.»

Mi ero ricreduta su Pietra: era amabile, forse solo un poco timida, aveva bisogno di prendere confidenza. Alla Gilla non garbava tanto, da quel che potevo capire perché lei mai si sarebbe azzardata a dare un giudizio su un padrone, ma forse era ingannata dalla sua ritrosia che la faceva parere un po' superba e smorfiosa.

Guardai Dante, che sembrava anche lui contento dell'accordo. Stava fissando Pietra e sorrideva.

«Brava, Gemma, così si fa. Ormai si vive tutti separati, rimpiango i bei tempi antichi, quando le famiglie stavano insieme, e c'era sempre qualcuno che badasse ai bambini e ai vecchi.»

«Ogni tanto questo bel tempo antico lo migliori nel ricordo» commentò Francesco, ridendo. «Quando stavamo tutti insieme, tu, io, Tana, monna Lapa e il babbo, noi fratelli non facevamo che litigare...»

«Hai ragione, anch'io con Neri e Teruccio. Due maschi contro una femmina, come da voi...» risposi divertita.

«Oh, ma io ero piccino» si difese Francesco. «Era con me che se la prendevano sia la Tana sia Dante.»

«Anche Teruccio era piccino, ma ti garantisco che era lo stesso un malanno!»

«Francesco no» intervenne Pietra, mettendo la sua mano su quella del marito. «Sono sicura che era buono anche da bambino. Vero, Dante?»

«Sì» ne convenne mio marito. «Non posso dir niente di lui. Io ero più ribelle.»

Pietra lo guardava con ammirazione. «Ma tu sei diverso. Tu sei un poeta. Il tuo nome lo si sente fare, a Firenze.»

Lo vidi compiacersi per quelle lodi, il mio pavone, come l'aveva sognato sua madre monna Bella, che Dio l'avesse in gloria.

L'aveva burlato il suo amico Bicci, nella loro pungente tenzone. Gli aveva scritto che se non avesse lasciato le lettere e la politica per qualche mestiere più remunerativo, si sarebbe ritrovato alla mensa dei poveri con indosso il farsetto giallo dei mendicanti dell'ospedale a Pinti, e che Dio gli conservasse Francesco e la Tana per aiutarlo a non finire sul lastrico.

Ogni tanto ci ripensavo: di certo non ci era andato di mano leggera, Bicci, ma non aveva tutti i torti.

Era destino che avessi in mente Bicci, perché avemmo notizie di lui appena tornati a Firenze con la Pietra, e non belle. Eravamo rimasti via due giorni appena, dormendo una notte a Ripoli, e rincasando, quando subito andammo a salutare monna Lapa sempre confinata nella sua stanza dalla debolezza alle gambe, la trovammo desolata.

«Oh, Gemma, oh, Dante, andate subito a trovare la Nella, se non siete troppo stanchi per il viaggio, che il suo Bicci sta tanto male.»

Dante si fece pallido alla brutta nuova e così nonostante l'ora tarda accompagnai Pietra nella stanza di Francesco, la lasciai con il Cianco a sistemarsi, le chiesi perdono e tornai fuori di furia con mio marito e la Gilla. La Nella mi accolse come fossi un angelo del cielo. Aveva gli occhi rossi e si torceva le mani.

«Grazie che sei venuta, Gemma. Grazie, Dante. Non so che fare, maestro Dino scuote la testa, ho mandato ad avvisare Corso che sta a Parma perché so che lui conosce questo gran dottore bolognese, quest'Alderotti, ma ora che arriva fin qua...»

«Cos'ha Bicci?» domandò Dante.

«Si è gonfiato tutto e non fa più acqua.» Si passò una mano sul viso. «Era diventato molto grasso, lo sai, non ha mai voluto starci a sentire quando cercavamo di dargli una regola nel mangiare, e già aveva avuto qualche malanno. Maestro Dino da almeno un anno gli aveva detto di limitarsi, ma lui diceva che nel piatto trovava la sua consolazione, e che se non era un gran poeta era senz'altro il re dei ghiottoni... non pensavo...» Mi prese le mani. «Se gli avessi dato magari un maschio...»

«Ma cosa dici!» Mi girai verso Dante, perché mi desse manforte, ma lui non era già più lì.

Mosse tutte le sue conoscenze e nel giro di un paio d'ore due dei dottori più bravi di Firenze, iscritti alla sua stessa Arte dei Medici e degli Speziali, maestro Ruggiero e maestro Santi, visitarono il paziente per fare un consulto con maestro Dino. Nonostante la sollecitudine di Dante, le notizie erano pessime.

«Una sorta di idropisia generale fulminante» argomentò maestro Ruggiero, carezzandosi il cranio pelato.

«Potrebbe esserci un tumore da qualche parte» aggiunse maestro Santi.

«Sta di fatto che le condizioni generali peggiorano di momento in momento» concluse maestro Dino. «Nei mesi scorsi c'erano i segni di un grave decadimento del fegato, e l'ho messo in guardia, ma...»

Bicci alternava momenti di coscienza a momenti di incoscienza. Aveva riconosciuto Dante, che era rimasto turbato dal suo volto gonfio e dal colorito giallastro, e gli aveva sorriso, ma poi aveva chiuso gli occhi ed era sembrato assopirsi, col respiro affannoso. C'era odore di sudore, di urina, di malattia dentro la stanza.

I medici avevano detto che era il caso di chiamare il prete, e così la Nella, sempre devota, aveva fatto.

Alle prime ore del mattino Forese Donati detto Bicci, poeta e gran goloso, fratello di Corso il barone e di Piccarda, marito della Nella, moriva con tutti i conforti della religione a poco più di quarant'anni, lasciando la vedova sola e sconsolatissima con la figlia Ghita.

«Sembrava che se lo sentisse» singhiozzava la Nella. «Ci aveva tenuto tanto a fidanzare la Ghita con Mozzino de' Mozzi, come gli aveva suggerito di fare Corso, e io gli dicevo che era presto, che lei è una bambina ancora, che c'era tempo... ma lui di tempo non ne aveva...»

La lasciai con monna Tessa, sua suocera, e tornai a casa a riposare qualche ora, ma alle prime ore dell'alba l'avrei raggiunta di nuovo per aiutarla col morto e con l'organizzazione delle esequie.

Dante rimase sconvolto dalla morte di Bicci, soprattutto per la repentinità dell'esito del suo male, e nonostante il consulto dei migliori medici. Due giorni prima, quando eravamo partiti, il suo amico stava bene, o almeno così tutti si pensava, e adesso era un cadavere che avremmo dovuto lavare con l'acqua calda, ungere di mirra e di aloe, vestire con i suoi abiti più belli e accomodare sul feretro.

Quella notte dormimmo poco, abbracciati, stretti a guardare nel buio con gli occhi spalancati, a ricordare le belle ore passate insieme a Bicci e le risate e anche i bisticci e la tenzone.

«Davvero» mormorava Dante «davvero bisognerebbe vivere ogni giorno come se fosse l'ultimo... davvero da che si nasce si comincia a morire...»

«Domani starò con la Nella» gli dissi «ha bisogno di me.»

Mi strinse forte, come a dire: «Anch'io ho bisogno di te». Prendemmo sonno che era già l'alba, e poco dopo io scivolai via dal letto, lasciandolo addormentato, per correre dalla Nella.

I giorni che seguirono furono duri. La Nella ebbe un malore e ci fece spaventare a morte quando cadde per terra rigida come un bastone davanti al feretro del marito. Faceva un caldo terribile in quel luglio feroce e questo non aiutava. Poi si riprese, ma non riusciva a consolarsi.

Monna Tessa e io ci alternavamo a stare con lei e a tenerle la mano. La notte prima del funerale che si tenne in Santa Reparata dormii con la Nella, nella sua stanza, sentendola singhiozzare tutta la notte.

Come sempre la Gilla fu di grande aiuto, con i suoi infusi di erbe, con i suoi fazzoletti freschi a tergere le lacrime. A un certo punto aveva anche cantato una specie di nenia dolce alla

Nella con una voce bellissima, carezzandole i capelli e facendola addormentare come una bambina.

Al funerale vennero gli amici di Bicci, compreso Guido Cavalcanti, e anche quelli di Corso, e qualcuno si guardò in cagnesco, ma erano davvero tutti troppo addolorati per menare le mani, senza contare che l'allontanamento di Giano della Bella, nonostante le speranze dei magnati, non aveva portato a una revoca degli ordinamenti, ed era meglio non fare troppe sciocchezze contro l'ordine pubblico perché le sanzioni, dopo l'ultimo scandalo di Corso, sarebbero state davvero severe, e sarebbe stato più difficile che un giudice si lasciasse corrompere o minacciare.

In chiesa vidi perfino Corso digrignare i denti, tanto a modo suo soffriva. Quel fratello che aveva sempre burlato gli era caro. E davanti alla morte non poteva sguainare la spada e far le sue solite bravate. Dante non ci provò nemmeno, a trattenere le lacrime: lasciava che gli scorressero sulla faccia. Era una tale pena guardare la Nella con accanto la sua Ghitina, una fanciulletta pallida e smarrita, non bella, ma che somigliava tanto a Bicci da far stringere il cuore solo a guardarla, con quei suoi occhi chiari di famiglia dalle ciglia lunghe. Guido Cavalcanti era rimasto indietro, negli ultimi banchi, dal momento che a suo dire i sodali di Corso ci avevano già provato a fargli la pelle, e non era detto che non ci riprovassero, ma non sarebbe mai mancato alle esequie di Bicci.

Non ci furono disordini ai funerali, grazie a Dio, come se la comunanza di quel dolore avesse spento per un momento il fuoco delle fazioni, e ce ne tornammo a casa. Io dissi a Dante che sarei rimasta con la Nella e la Ghita ancora quella notte e gli chiesi di scusarmi con la Pietra.

«Povera donna, è voluta venire a Firenze perché Ripoli è un mortorio e ci ha trovati coinvolti in questa tragedia» gli dissi. «Te ne prego, stalle vicino.»

Lui mi rassicurò e se ne tornò verso casa a capo chino.

A casa della Nella e del povero Bicci c'era molto da fare, ma Corso aveva preso in mano la situazione, sia dal punto di vista patrimoniale che da quello pratico. Come tutte le vedove,

Nella sarebbe dovuta rimanere un anno nella casa del marito, e monna Tessa e messer Simone avevano stabilito che per quel che li riguardava lei avrebbe potuto restare per sempre a Firenze con la Ghita e che per loro era una Donati a tutti gli effetti.

Quella notte la passai ancora nella stanza della Nella, che cominciava a tranquillizzarsi, troppo sfinita perfino per riuscire a piangere. Quando arrivò monna Tessa la mattina presto, la Gilla mi convinse che potevamo andare.

«Avete una faccia che parete voi la vedova, padrona» mi sussurrò. «Torniamo, riposate un poco nel vostro letto e poi se vorrete torneremo nel pomeriggio. Ora monna Nella dorme, non ha bisogno di voi, ma di un sonno ristoratore.»

Anche monna Tessa insistette e così ce ne tornammo alla casa degli Alighieri che era suonata da poco la prima.

Era giorno di mercato e c'era gran fermento. Io salii stancamente le scale con la Gilla. Il Cianco mi disse che mio marito era già uscito di buon'ora con monna Pietra per accompagnarla a far compere e ne fui lieta.

Andai subito da Giovanni. Lo trovai addormentato tranquillo, con la Neffa appisolata vicino a lui, e le feci segno di star tranquilla, baciai il mio piccolo e me ne andai chiudendo piano la porta.

Il Cianco aveva già risistemato la camera e il nostro letto era già stato rifatto e le finestre aperte.

Gilla mi aiutò a svestirmi e fu solo quando mi sdraiai e misi la testa sul cuscino che lo sentii. Mi ci volle qualche secondo a collegare i pensieri, perché ero così stanca che mi calavano le palpebre. Ma le mie narici si schiusero e anche il mio pensiero si aprì.

Sul cuscino c'era profumo di arancia. Un inconfondibile intenso buonissimo profumo di arancia. Balzai a sedere e la Gilla, che stava finendo di appendere i miei vestiti per far prendere loro aria, quasi li lasciò cadere dallo spavento.

«Padrona!»

In camicia, a piedi nudi, rivoltai i cuscini e coperte, che il Cianco aveva sprimacciato e risistemato. Afferrai il guanciale e lo gettai quasi in viso alla Gilla.

«Odora!»

Lei obbedì, spaventata.

«Lo senti?»

Scosse la testa, il viso inespressivo. «Non sento nulla, padrona.»

«Non sa di arancia?»

«Non mi pare proprio.»

«Eppure io lo sento...»

Gilla mi prese le mani. «Padrona... siete stanca e forse anche qualcos'altro. Lo sapete che da due mesi non vedete il vostro sangue... l'odorato delle gravide è particolare. Avverte profumi che non ci sono.»

Doveva essere così. Non poteva che essere così. Altrimenti, Dante avrebbe tradito sia me, sua moglie, sia suo fratello, e questo non poteva essere vero. Semplicemente, non poteva.

Gilla stava togliendo la copertura al cuscino e la cambiava con una di bucato.

«Provate con questa. Mettetevi giù.»

Tornai a sdraiarmi e lei mi coprì con delicatezza. Poi oscurò le finestre e rimase lì accanto a me finché un sonno senza sogni non mi vinse.

12
Cerchi e Donati

La mia pancia era già evidente quando qualche mese dopo mi ritrovai con Dante ad aprire gli involti che suo fratello Francesco ci aveva mandato da Ripoli. C'era anche il dono per mio fratello Teruccio, come promesso, un fazzoletto ricamato davvero divinamente a doppio filo da Pietra, così ben fatto che pareva confezionato da una mano angelica su una trama di nuvole. Togliendolo dal panno che lo conteneva, sentii forte il profumo d'arancia dell'acqua nanfa e mi salì un poco di nausea.

Avvicinandomi allo scrittoio di Dante per prendere l'involto che Francesco gli aveva mandato insieme ad altre carte, avevo buttato lo sguardo sui fogli delle sue ultime rime, scritte con la sua grafia regolare, bella, lunga e stretta, che era un piacere per gli occhi già solo a guardarla, anche senza leggerla.

«Una nuova canzone?» gli chiesi.

«In stile provenzale. Un esercizio, più che altro. Molto diverso da quello che ho scritto finora, ma ci volevo provare. Mi piace questo stile scabro.»

«Dedicata a qualcuno?»

«A una donna del tutto immaginaria. L'ho chiamata Pietra, come la moglie di Francesco, mi è sembrato un bel nome e poi rende l'idea di una amante ritrosa, che ha il cuore di pietra e non si concede, non trovi?»

Sentii una fitta al cuore. «È davvero un bel nome» gli risposi. Era tornata quell'inquietudine e pensai di andare fino in fondo. Gli presi le mani e lo guardai negli occhi. «Sei affezionato a Pietra, Dante?»

Lui sostenne il mio sguardo, ma aggrottò la fronte. «Come alla moglie di mio fratello. Mi pare una brava cognata. Perché mi fai questa domanda?»

Sembrava perfettamente tranquillo. Le sue mani erano ferme tra le mie, come i suoi occhi dentro i miei. Doveva aver ragione Gilla, mi ero senz'altro sbagliata riguardo a quel sentore sui guanciali. E del resto lei non mi aveva mai mentito.

Le parole mi vennero di getto. «Pensavo che se sarà maschio potremmo chiamare nostro figlio Pietro. In onore delle tue rime che lei in qualche modo ti ha ispirato allora.» Se avesse avuto qualche cosa da nascondere quella proposta lo avrebbe turbato, invece Dante s'illuminò. «Pietro Alighieri di Dante, suona molto bene! E poi è un gran santo...» Mi attirò più vicina e mi baciò sulla bocca. «La mia Gemma...»

Così il nostro secondo figlio lo battezzammo Pietro, in una cerimonia meno movimentata di quella di Giovanni e amministrata da un pievano più giovane e con la presa salda.

Più o meno tre mesi dopo la nascita di Pietro, anche Pietra e Francesco ebbero il loro bambino, il primo, e lei non dovette insistere molto per chiamarlo Durante, che era poi il nome vero di Dante. A Firenze piaceva tanto abbreviare e vezzeggiare i nomi, e gli Olivieri erano tutti Vieri e le Contesse le chiamavano Tesse e Corso in realtà era battezzato Bonaccorso. Francesco fu felice di rendere omaggio al fratello letterato di cui continuava a gestire gli interessi con amorosa cura, arrivando a rimetterci del suo. Ora avevamo un altro novello Dante Alighieri in famiglia e ovviamente mio marito ne fu deliziato. Il piccolino era bello come la sua mamma, con un nasino piccolo e dritto, un ciuffo di capelli scuri e la pelle di porcellana.

«Maestro Giotto ve lo ruberà per usarlo come modello per un Gesù Bambino» le dicevano le comari, adoranti. Pietra si era molto arrotondata, con la gravidanza, e anche la pelle non era più così candida, si era quindi fatta preparare una pozione sbiancante di latte, molliche di pane fresco e borace veneziano e l'aveva raccomandata anche a me, perché le gravidanze avevano scurito le mie lentiggini dorate sul naso e sulle guance: a me non dispiacevano, ma di certo non venivano ritenute un gran segno di beltà.

Fu quello un periodo durante il quale Dante, quando non era chiuso a scrivere e non partecipava a qualche assemblea o comizio al palazzo del podestà o al consiglio delle capitudini delle Arti, stava molto in famiglia, e viveva la vita del nostro quartiere.

Destino volle che quando fui presa dalle doglie per la nascita del nostro terzo figlio mi trovassi al mercato con la Gilla e a soccorrerci fu un nostro vicino e conoscente, abitante del nostro sestiere, Neri Diodati, amico di Dante e anche lui impegnato in politica. Del resto nella nuova Firenze i cittadini erano chiamati a coprire molti uffici. C'era un nuovo podestà che veniva da Gubbio, Cante de' Gabrielli, che godeva di una gran reputazione di uomo d'arme e di diplomatico, e soprattutto di gran sostenitore della chiesa e del papa, ed era affiancato da ben due consigli. Il capitano del popolo ne aveva altri due. Poi c'era il Consiglio dei Cento. Dante una volta mi aveva fatto il conto: tenendo conto che la carica durava un semestre e non era consentito far parte di due consigli, più di mille fiorentini l'anno si alternavano a quei seggi.

Il mio bambino non sarebbe dovuto nascere prima della luna nuova e io, sentendomi bene e avendo voglia di svagarmi un po', mi ero avventurata tra i banchi del mercato insieme alla mia Gilla e a Giovanni, che ormai si era fatto grande. Ma chinandomi per guardare un cesto mi ero sentita una gran fitta al basso ventre e mi ero ritrovata le gambe bagnate, perché mi si erano rotte le acque. Ero davvero spaventata all'idea di partorire per terra in mezzo ai banchi delle mercanzie, e anche la Gilla si era messa in agitazione. L'unico a mantenere la calma era stato Giovanni, che aveva riconosciuto il nostro vicino Neri da lontano ed era andato a chiamarlo tirandolo per la manica.

«Mia madre sta male, signore» gli aveva detto.

Neri era stato molto premuroso: senza perder tempo mi aveva fatta sistemare comodamente su un carretto per portarmi subito a casa dei miei, dove avevo dato alla luce il nostro terzogenito nel giro di un paio d'ore.

Dante gli era stato molto riconoscente, anche se Neri protestava di non aver fatto nulla, visto che un piccolo cavaliere giudizioso come Giovanni se la sarebbe cavata benissimo da solo, ma rimase il fatto dell'utilità del suo intervento, tanto che gli chiedemmo di fare da padrino al battesimo. Anche il comportamento di Giovanni fu molto apprezzato. Era davvero un bambino serio, fin troppo, dotato di una memoria prodigiosa e di un disarmante candore che ricordava molto me da piccola.

Neri era alto, grosso e con una barba scura e ben curata e una voce tonante. Lo sentivo parlare con Dante anche dalla stanza accanto, mentre mi coccolavo il mio piccolino, esausta, incredula e felice come sono tutte le mamme.

«Sono onorato della vostra richiesta! Ma voi sapete» aggiunse, abbassando un po' la voce, «che sono del partito dei Cerchi, e la vostra sposa è una Donati...»

«Io so che voi siete un amico, quale che sia la vostra fazione» gli rispose Dante.

«Ne sono lieto. Avete già deciso come lo chiamerete, il mio figlioccio?»

«Ne ho discusso a lungo con la mia Gemma» raccontò Dante. «Abbiamo una particolare devozione per san Jacopo.»

Ero stata io a proporlo, pensando alla Nella e al suo santo pistoiese. Era un santo importante, e forse aveva protetto anche Guido Cavalcanti, se era vero che Corso aveva cercato di farlo assassinare mentre lui andava in pellegrinaggio a Compostela e non ci era riuscito. E poi mio padre era stato ordinato cavaliere il giorno della sua festa. Così tutti e tre i nostri figli avrebbero portato un nome che era stato degli apostoli: Giovanni, Pietro e Jacopo. Giovanni, il preferito; Pietro, il fondatore della chiesa; e Jacopo, quello che il Cristo chiamava il figlio del tuono per l'irruenza della sua favella, il primo a subire il martirio per spada per volere di Erode Agrippa.

«Jacopo Alighieri, sta bene» sillabò Neri con la sua vociona, assaporando il suono. «Siete un uomo fortunato, Dante, avete tre bei bambini e una buona moglie. Dio vi benedica.»

Poi si misero a parlare di politica e del papa Bonifacio VIII, al secolo Benedetto Caetani di Anagni, che era stato eletto da qualche anno e che aveva già dato ampia prova di una tempra molto diversa dal suo predecessore, Celestino V. Celestino V, al secolo Pietro da Morrone, un eremita figlio di contadini molisani, era salito al soglio pontificio nel 1294, dopo un conclave lunghissimo, ma poi, intimidito dall'enormità del compito, aveva preferito dimettersi dopo pochi mesi.

«Gli spirituali francescani dicono che sia stato proprio Caetani, che allora era cardinale, a spaventare l'eremita, perché sapeva che se il vecchio romito si fosse dimesso avrebbe avuto buone probabilità di essere eletto lui, come poi è successo» disse Neri.

«Frequento molto i frati di Santa Croce, dove anche mio nipote Bernardo è novizio» rispose Dante, cauto. «Secondo loro il passo indietro di Celestino V è stato più che legittimo.»

«Quindi vi aggrada questo Caetani che è diventato papa come Bonifacio VIII? Dicono che abbia nell'anima il fuoco di un capitano di ventura più che la misericordia di un papa.»

«Senz'altro è un uomo di gran carattere. Se prendesse a cuore le sorti di Firenze, potrebbe venircene gran bene.»

«Mi auguro che abbiate ragione» concluse Neri «perché se capitasse il contrario, avere come nemico il Caetani sarebbe una vera iattura.»

«Non c'è pericolo, con Cante de' Gabrielli come podestà che prende sempre le parti del papato e della chiesa» rispose Dante, in tono divertito. «Un suo antenato fu il primo crociato a entrare a Gerusalemme al seguito di Goffredo da Buglione. E hanno tanti santi quanti cavalieri, nella loro genealogia.»

«È un uomo del barone Corso» rispose Neri, senza mezzi termini. «Farebbe qualunque cosa per i Donati.»

Dante sviò il discorso sul battesimo e Neri, che era un uomo avveduto, non insistette.

In realtà mi era sembrato che Dante avesse del nuovo papa

un'opinione smaliziata. Era stato proprio lui a raccontarmi che Celestino V, dopo aver abdicato, era morto nel giro di un paio d'anni, rinchiuso in una fortezza di proprietà dei Caetani che sostenevano di volerlo proteggere. Ma era anche vero che Celestino era molto anziano e che Bonifacio aveva perfino portato il lutto per la sua scomparsa.

Ma forse Dante preferiva non sbilanciarsi troppo con Neri a proposito del suo reale pensiero su Bonifacio, e apprezzavo la sua prudenza, soprattutto adesso che il podestà de' Gabrielli sembrava tanto schierato col papa e con i miei parenti Donati.

Corso non fu affatto contento che Neri fosse padrino di Jacopo, nemmeno quando gliene spiegammo il motivo contingente, tanto che disertò la cerimonia. Aveva per certo una buonissima scusa, dal momento che anche la sua seconda moglie Ubertini era morta di recente, si diceva dopo essersi punta con un ago infetto mentre ricamava. I suoi nemici avevano cominciato a far correr voce che sposare il barone fosse impresa davvero pericolosa per qualunque donna, dopo le sue due vedovanze, e che se aveva eliminato la prima sposa Cerchi per trovarne una più ricca ora aveva ucciso anche la seconda Ubertini per metter le mani sulle sue sostanze; sta di fatto che lui non si presentò né in San Giovanni né al banchetto.

Non venne nemmeno Guido Cavalcanti, che avevamo invitato ma che accampò anche lui una scusa, mandando in compenso in dono un cuccioletto di cane di razza nana, con la raccomandazione di chiamarlo Cantuccio, in spregio al podestà Cante de' Gabrielli. Un dono del tutto inadatto a un neonato, ma che mandò in visibilio i fratellini più grandi: Giovanni e Pietro, che già camminava sulle sue gambe combinando disastri.

Un giorno di settembre Dante aveva accompagnato Giovanni da uno dei *doctor puerorum* più stimati di Firenze, maestro Romano, che teneva scuola nel nostro popolo di San Martino al Vescovo. Era stato Neri Diodati a parlargliene, perché i suoi due gemelli, Lore e Lando, erano suoi allievi.

Il nostro Giovanni era un bambino speciale: ripeteva che lui sarebbe diventato un poeta come suo padre, e da parecchio tempo scarabocchiava lettere su tutto quello che gli capitava sottomano. Gilla sosteneva che fosse un portento e anche la Neffa diceva che di fanciulli così non ce n'erano in giro tanti. Aveva dato dimostrazione di riuscire a leggere e sillabare le prime parole, tanto che avevamo domandato a ser Romano di fargli scuola anche se aveva solo cinque anni, e di solito i bambini fiorentini cominciavano a imparare a leggere, scrivere e far di conto dai sei o sette anni in avanti. Il maestro, che conosceva Dante e lo stimava, aveva accettato di esaminarlo, e quella mattina Giovanni, raggiante ed emozionato, era andato con suo padre a sostenere la prova.

«Bada» gli aveva detto mio marito «che ser Romano è giusto, ma severo. Se ti riterrà bravo abbastanza, ti farà scuola, insieme a quelli più grandi di te. E dovrai stare al pari.»

Giovanni aveva annuito, serio. Io non ero molto del parere, e ne avevo parlato con Dante.

«Ha cinque anni, e gli altri sei, se non sette. Lasciamolo giocare ancora un anno almeno, prima di metterlo dietro un banco a prender bacchettate sulle dita ogni volta che sbaglia. Si rischia di fargli venire in odio lo studio.»

Ma su questo mio marito non ci voleva sentire. «Prima o poi bisogna cominciare, ed è meglio prima che poi. Giovanni è alto e grande, non sfigurerà tra gli altri e nessuno se ne accorgerà. Prenderà profitto di un anno di anticipo.»

Quando li vidi tornare, mi resi conto che mio marito era molto accigliato, e pensai che la prova di Giovanni fosse andata male. A dire la verità non mi sarebbe dispiaciuto. Andai loro incontro con un sorriso, pronta a consolarli per lo smacco, ma Giovanni mi prevenne.

«Madre, maestro Romano mi farà scuola già a partire da domani!» mi comunicò festoso.

«Bravo! Dante, ma allora perché quest'aria cupa?»

Lui carezzò la testa rossa di Giovannino, che corse in casa a dare la novella alla Gilla e ai fratellini, ai quali era molto affezionato.

«Neri Diodati è stato arrestato dai berrovieri del podestà.»

«Neri Diodati? Il padrino del nostro Jacopo? Oh, Dio del cielo, ma che avrebbe fatto?»

«Lo accusano di aver assassinato suo cugino Nardo, aggredendolo per rubargli la borsa...»

Conoscevo Neri e conoscevo anche sua moglie e i suoi gemelli e mi pareva una cosa del tutto fuori del mondo.

«Neri che rapina suo cugino per prendergli del denaro? Come un ladro di strada?»

Le cose stavano così. In effetti il povero Nardo, che oltretutto aveva una gamba rigida, era andato insieme a Neri a ritirare delle pigioni da certi suoi affittuari di case che possedeva nel nostro popolo, e se n'era venuto via con la scarsella piena. Neri avrebbe dovuto riaccompagnarlo a casa, ma lo avevano chiamato mandandogli a dire che sua moglie si era sentita male. Nardo gli aveva detto di correre a vedere che cosa succedeva e di non preoccuparsi, dal momento che era quasi arrivato a destinazione. Neri era corso a casa, solo per scoprire che la moglie stava benissimo. Nel frattempo qualcuno aveva aggredito Nardo in pieno giorno, gli aveva tagliato la gola e rubato la borsa con i denari.

Nessuno aveva visto niente e Neri non poteva provare la sua versione dei fatti: il podestà diceva che la moglie non è una testimone credibile, perché avrebbe detto qualunque cosa per aiutare il marito. L'uomo che l'aveva fermato per la strada dicendogli che c'era bisogno di lui a casa era scomparso. E ora Neri era nelle prigioni del podestà.

«Sembra una macchinazione contro di lui» esclamai.

«Lo è» confermò Dante. «Il podestà è un uomo dei Donati e Neri è un partigiano dei Cerchi, quindi ogni occasione è buona per far del male alla gente della fazione nemica.»

«Oh, buon Dio, ma è possibile che la città si stia dividendo in due in questo modo?» Mi chiedevo se non eravamo stati noi ad attirare l'attenzione sul povero Neri, chiedendogli di tenere a battesimo Jacopo.

«Sta succedendo. I Donati da una parte, i Cerchi dall'altra. Ogni giorno è peggio. Sarà la rovina di Firenze, se non la smettono.»

A tavola, dove Giovannino raccontò orgoglioso come se l'era cavata con onore alle prese col burbero maestro, Dante quasi non toccò il suo piatto e quando il Cianco venne a dire che c'erano visite per lui ci lasciò lì seduti e scese di furia in cortile.

Mi affacciai e vidi Guido Cavalcanti. Era molto tempo che non ci si incontrava. Dante e Guido sedettero sotto il portico a confabulare sottovoce per un poco, poi Dante annuì. Cavalcanti gli strinse l'avambraccio, si alzò, balzò in sella al suo cavallo e se ne andò com'era venuto.

«Avrebbe almeno potuto salutare, Guido» protestai con Dante più tardi, in camera nostra.

«Lascia stare... non sarebbe nemmeno dovuto venire qua, ci sono occhi e orecchie dappertutto.»

«Ma perché, che cosa succede?»

Lui era già a letto e la Gilla mi stava sciogliendo i capelli. Aspettò che avesse finito e che se ne fosse andata prima di rispondermi.

«Condanneranno Neri a morte, dopo averlo torturato per farlo confessare. Cante usa volentieri il boia. La sentenza è già scritta. Questione di giorni, giusto per rispettare la forma.»

«Ma non ha fatto niente!»

«Pare certo che siano stati gli scherani di Corso a uccidere Nardo. Una trappola. Ma anche se ci fossero testimoni nessuno si farà avanti. Così Guido farà evadere Neri, è l'unica soluzione.»

«Cosa? Ma perché Guido dovrebbe farlo?»

«Perché i nemici di Corso sono suoi amici.»

Mi infilai nel letto, accostandomi a Dante. «Tu che cosa c'entri in tutto questo?»

Lui sospirò. «Devo fare il calco di una chiave.» Lui era di casa al palazzo del podestà, e probabilmente ne avrebbe avuta l'occasione.

«Ma se ti scoprono?»

«Non succederà. E comunque non posso lasciar impiccare un innocente. Ora dormi.»

Sospirai. Sarebbe stata una lunga notte. Forse la prima di tante.

13
Il barone e il papa

Dante si avviò di buon mattino al palazzo del podestà, con la cera per il calco nascosta nella manica della guarnacca. Finché non fu di ritorno, io rimasi in San Martino a pregare con la Gilla. Il motivo ufficiale della sua visita in quegli uffici era la richiesta di emancipazione per la nostra Gilla.

Non ero una buona cristiana, lo sapevo. Era solo quando mi sentivo davvero in pena che passavo del tempo nella nostra chiesetta. C'ero stata con le altre ad aspettare gli esiti di Campaldino e lì il prete aveva benedetto le nostre nozze. Tra quelle mura trovavo sempre un poco di conforto.

La Gilla aveva capito che c'era qualche problema, aveva un grande intuito e ci metteva poco a fare due più due. Non si azzardava mai a porre domande e parlava poco, ma tra noi due bastava un'occhiata.

Seduta sulla panca vicino a me, mi sogguardava con quegli occhi devoti e fu così che le parlai.

Capitava che degli schiavi riottenessero la loro libertà, di solito ripagandosela, e rendere Gilla libera mi pareva il minimo per i suoi molti servigi. Oltretutto, checché ne dicessero i sapienti, che trovavano sempre mille giustificazioni anche nelle Scritture, non mi pareva giusto che un cristiano tenesse in schiavitù un altro cristiano. O che un essere umano tenesse in schiavitù un altro essere umano, anche se pagano. Forse poteva esserci del vero nel fatto che, nel caso di un infedele, essere al servizio di un cristiano aiutasse a salvargli l'anima. Dante mi aveva fatto leggere il brano di un autore importante secondo cui non bisognava sollevare il bastone dalla schiena dello schiavo infedele, perché altrimenti, lasciato a se stesso, lui avrebbe peccato e si sarebbe dannato. Io non ne sapevo certo di più dei dottori della chiesa, ma non ero convinta che noi fossimo esempi di virtù tanto specchiata da pretendere di sapere cosa fosse il meglio. Magari i cristiani che frequentavo io, a partire da me stessa, non erano buoni abbastanza. Magari l'intera Firenze non era un gran buon esempio di cristianità, ma quello era il mio mondo, il mondo che frequentavo ogni giorno.

Il fatto era che Gilla, anche se era trattata bene, sulla carta schiava rimaneva, e non mi sembrava giusto. Senza dubbio non aveva bisogno di me per seguire la retta via: era più devota di me e più ligia, non aveva mai cattivi pensieri, si dedicava al suo servizio con tutta l'anima.

«Gilla, presto saranno otto anni che sei con noi e ormai per me sei come una sorella. Ho già parlato con mio marito e abbiamo deciso di emanciparti. Ora lui è andato a presentare le carte al palazzo del podestà.»

Lei sussultò sulla panca. «Oh, no, padrona... non mandatemi via.»

«Nessuno ti vuole mandare via, resterai al nostro servizio, se vorrai, ma da donna libera.»

Non sarebbe cambiato molto nella sua quotidianità, ma nessuno avrebbe potuto più considerarla alla stregua di un setaccio di cucina di casa Alighieri. Alla fine se ne convinse.

«Non smetterò mai di ringraziare il Signore per avervi incontrata» mormorò, inginocchiandosi a pregare.

La imitai e le dissi che per me era lo stesso.

Al desinare Dante tornò con un'aria sollevata. Annunciò a tutti che il segretale aveva messo i sigilli e che Gilla ora non era più una schiava, ma una domestica libera, come la Valdina. A me, a quattr'occhi, confidò che era anche riuscito a fare il calco e che il fabbro era già all'opera.

La mattina seguente si sparse la voce che Neri Diodati era fuggito, dopo che la guardia si era addormentata per aver bevuto un orcio di vino inviato al prigioniero come genere di conforto. Era stata un'idea di Guido, che evidentemente conosceva bene i comportamenti delle guardie nelle carceri del podestà. Era bastato aggiungere oppio e il secondino si era drogato da solo. Neri era riuscito a svellere una vecchia inferriata e a uscire da una porta secondaria sul retro del palazzo, che, si disse, era stata dimenticata aperta. Il secondino sarebbe stato chiamato a rispondere di tante negligenze.

Dante e io sapevamo che la guardia non aveva lasciato aperta quella porta e anche che Neri ormai non era più a Firenze: se n'era andato a raggiungere tutta la sua famiglia in un posto sicuro, sottraendosi a morte certa.

«Mi spiace solo» mi disse Dante, con gli occhi accesi, «che a un uomo onesto rimanga la fama di assassino, ma rimedieremo anche a questo, quando sarà il momento, se Dio vorrà.»

«L'importante è che sia salvo» gli risposi.

Lui annuì. «Giusto, ma siamo solo all'inizio.»

E aveva ragione.

I fiori stavano spuntando sugli alberi a marzo del 1299, quando Corso trascinò davanti al podestà di Firenze sua suocera Giovanna degli Ubertini per una questione legata all'eredità della moglie morta. Con ogni evidenza la donna non doveva aver soddisfatto le sue esorbitanti richieste, dal momento che lui l'accusava di furto e di contraffazione di documenti.

Anche il nostro nuovo podestà aveva un nome che sapeva di primavera: si chiamava Monfiorito da Coderta e veniva da Treviso. Il fatto di aver percorso tanta strada fin dal Veneto non gli impediva di essere un altro partigiano acceso di Corso, come e più del suo predecessore Cante de' Gabrielli. Il barone comperava tutti, affascinava tutti, e quelli che non si lasciavano né affascinare né comperare li ricattava. Chi non ha qualche cosa da nascondere, in particolare la gente che fa politica per mestiere?

«Non capisco» dissi a Dante, mentre si passeggiava lungo l'Arno una sera di brezza. «Corso mi ha confidato che Giovanna degli Ubertini, sua suocera, lo aveva in gran simpatia. Non pensavo certo che la portasse davanti al podestà.»

Mio marito strinse le labbra, disgustato. «Il podestà è un suo sodale. Ha messo le carte del processo in mano a un giudice marchigiano, un certo Baldo d'Aguglione che era già stato sospeso per malversazione e che hanno richiamato apposta.»

«Ma è orribile...»

«Voglio proprio vedere se avranno il coraggio di andare fino in fondo. E quasi me lo auguro: se Corso si fa prendere di nuovo dalla sua smania di potere, questa volta è finito.»

Il coraggio di andare fino in fondo l'ebbero: Giovanna dovette pentirsi le mille volte di essersi fatta irretire dal fascino del bel Corso, di avergli dato la sua povera figlia e di averlo ingolosito con tanti denari. Fu condannata a una multa spaventosa con la minaccia, se non avesse pagato, di esser chiusa in prigione, o peggio. Non c'era una prova, niente che avvalorasse le accuse di Corso: era bastata la sua parola, per il giudice venduto Baldo d'Aguglione.

Ma Dante aveva visto giusto: i fiorentini di parte bianca, gli Adimari, gli Abati, la maggioranza dei Tosinghi, alcuni di casa Bardi, dei Rossi, dei Frescobaldi, e alcuni dei Nerli e dei Mannelli e tutti i Mozzi, che erano molto potenti, e gli Scali e la maggioranza dei Gherardini, i Malaspina e i più dei Bostichi, dei Giandonati, dei Pigli, dei Vecchietti, degli Arrigucci, dei Falconieri e quasi tutti i Cavalcanti gridarono alla malagiustizia. Il popolo di Firenze ancora una volta assediò il palazzo del podestà e Monfiorito fu preso.

Dante me lo raccontò con voce grave. «Non s'era mai vista una cosa simile. L'hanno fatto dimettere dalla podesteria e l'hanno inquisito. Guido era lì in prima fila a godersi lo spettacolo. L'interrogatorio è stato durissimo: l'hanno spogliato nudo, il Monfiorito, e appeso alla corda, con le braccia torte dietro la schiena, fino a slogargli le spalle. Lo han tirato su e giù dandogli squassi e senza misericordia, fino a che ha confessato tutto, anche fatti che non riguardavano l'istruttoria di Giovanna e compromettevano altre persone...»

«Oh, mio Dio, e ora?»

«L'hanno chiuso in prigione. E Corso è comparso in giudizio.»

Mi morsi le labbra. «Hanno torturato anche lui?»

«Oh, no. Ha ammesso subito di aver corrotto il podestà e lo ha fatto vantandosene. E ha detto che non pagherà nessuna multa, questa volta. C'era chi gridava che bisognava arrestarlo, ma era con i suoi armati e si sarebbe scatenato il putiferio. Il nuovo podestà Ugolino da Correggio ha placato gli animi dicendo che lo avrebbero bandito da Firenze per sempre. E così si è fatto.»

«Corso è bandito?»

Dante vide il mio smarrimento e si accigliò. «Gemma, è il minimo che gli poteva capitare. Per fortuna messer Simone è morto l'anno scorso e non può vedere che cosa ardisce fare suo figlio per cui tu ti prendi tanta pena.»

Abbassai la testa. Avvertivo il suo fastidio per il mio trasporto per Corso, ma essere bandito voleva dire non poter tornare mai più, pena la morte. Voleva dire ritrovarsi senza un soldo, perché tutte le proprietà venivano confiscate. Voleva dire da un giorno all'altro trasformarsi in un ramingo senza patria. Voleva dire lasciare la famiglia nella disperazione.

«Pregherò per lui» dissi sottovoce. Poi, vedendo la sua espressione, mi affrettai ad aggiungere: «E per monna Tessa, sua madre». E per la Nella, che viveva nella casa dei suoceri con la piccola Ghita.

«Fallo» rispose Dante. «E magari prega che metta anche giudizio. Finora ha avuto una gran fortuna, ma gli uomini come lui non muoiono nel loro letto.»

Suonava come una profezia sinistra.

La sera andai da mia madre e con lei feci visita a monna Tessa. La casa era chiusa e sembrava abbandonata. Bussammo due o tre volte prima che qualcosa si muovesse dietro l'impannata e la Nella in persona scendesse ad aprirci. Ci fece entrare guardandosi attorno come se fossimo dei cospiratori.

«Non sappiamo se qualche testa calda può avere in animo di prendersela anche con noi» disse monna Tessa, quando salimmo da lei. Pensavo di trovarla più provata.

«Avete notizie di Corso?» le chiesi subito.

Lei annuì, circospetta. «Se n'è andato subito, appena uscito dal tribunale e senza nemmeno passare da casa. Mi ha fatto avere un messaggio: il papa lo sostiene e gli ha ottenuto la nomina di podestà di Orvieto.»

«Ha un posto dove andare e uno stipendio, fintantoché la situazione non cambierà, qua a Firenze» aggiunse la Nella.

Ecco perché parevano consolate: Corso era al sicuro con un buon ufficio di podesteria, per volere di Bonifacio VIII, che non dimenticava i suoi sostenitori e non badava alle loro malefatte. Chissà che cosa avrebbe detto Dante, il quale forse ancora sperava che il papa potesse essere un imparziale garante della pace di Firenze.

Senza contare che Corso era sicuro di poter tornare presto, al primo rovesciamento della situazione. La guardavo, monna Tessa, povera donna, con la faccia pallida e le mani che le tremavano. Piccarda era morta, Bicci era morto, le rimaneva solo Corso, che la faceva vivere di spaventi.

Ora erano prevalsi i bianchi, ma presto avrebbero potuto prevalere i neri, e fare il loro ritorno a Firenze, rivalendosi su tutti i loro nemici. Sembrava un'altalena senza fine, che stava costando sangue, lacrime, paura, e stava trasformando quel gioiello della nostra città in un inferno.

14

Anno santo

«Devo riconoscere che quell'uomo è un gran portento» disse mio padre, cui spettava il compito di tagliare il panpepato, come la tradizione comandava per il 25 di dicembre. Era un rito, e ciascuno prendeva la sua losanga come una specie di eucarestia dei laici. Se non ti sentivi in bocca quel gusto inconfondibile di farina di grano, miele, fichi secchi e pinoli non ti pareva Natale e stavolta la Lippa ci era andata di mano pesante, col pepe.

«Fa bene, rinforza» aveva detto la mamma, burlando Pietro e Giovanni che un po' tossivano, tanto era forte. «Ricordatevi, bambini, che alla battaglia di Montaperti, quando i senesi ce le hanno suonate, fu perché loro avevano mangiato un panpepato più saporito di quello che avevamo mangiato noi.»

Era da quando ero piccola che sentivo raccontare questa storia e sorrisi. Anche quella leggenda faceva parte del Natale e rassicurava sentirla ripetere. Così come mi aveva consolata vedere mio padre percuotere con le molle di ferro il ceppo secco infuocato che aveva scelto di persona, come anziano della famiglia, benedetto con la sua mano e messo dentro il focolare, per farne scaturire le faville di buon auspicio. Se ne erano levate tante e rosseggianti e mia madre aveva detto che era tempo che un ceppo di Natale non si rivelava tanto beneaugurante. Eravamo tutti pronti a prender per buone le tradizioni, senza stare a pensarci su. Non avevo tenuto conto che quest'anno per la prima volta a tavola con noi c'era Giovanni.

«Ma nonna» disse, con quel suo modo serio di far domande, «la battaglia di Montaperti non si combatté a settembre del 1260, prima ancora che nascesse il babbo Dante? E come mai i senesi avevano il panpepato, se la mamma dice che lo si può avere solo a Natale?»

Mia madre mi guardò accigliata, come a dire: «Insomma, 'sto bimbo!». E io cercai di non scoppiare a ridere.

«Era avanzato dal Natale precedente, il panpepato dei senesi» risolse mia madre. «E poi i bambini a tavola parlano solo se interrogati e lasciano i grandi ai loro discorsi» aggiunse, severa.

Giovanni si sistemò meglio sulla panca e tacque, obbediente, ma dalla sua faccina perplessa si vedeva che la risposta della nonna non doveva averlo molto convinto. Già m'immaginavo che sarebbe tornato sul discorso con me più tardi. Non era facile condirselo via, quel bambino. Un po' pedante, a volte, come suo padre.

«A proposito, Manetto, di che uomo stavate parlando?» domandò Dante. «Chi è un portento?»

«Il papa Bonifacio. Oh, lo so che molti lo criticano, Dante, ma questa iniziativa del Giubileo è veramente magnifica. Una folla di pellegrini si riversa su Roma per ottenere l'indulgenza plenaria in occasione dell'anno santo 1300. Non è certo la prima indulgenza che sia mai stata bandita, ma questa ti rimette tutti i peccati, ti lava l'anima: ti monda.»

«È vero. Un bel modo di rivendicare il primato del soglio di Pietro. Verranno da tutta l'Europa e dicono che apriranno una porta in più nelle mura della città eterna, per favorire l'afflusso.»

Mio padre aveva finito di distribuire il dolce. Mise giù il coltello, sedette e prese a sbocconcellare la sua losanga, soprappensiero. «Sai che mi tenta. Ho la mia età, ormai, ed è tempo di pensare alla salvezza eterna. Potremmo ritagliarci un mese e mezzo di tempo: quindici giorni ad andare, quindici giorni per fare il giro delle basiliche romane e guadagnare tutte le indulgenze, quindici giorni per tornare.»

«Tenta anche me» confermò Dante. «Quest'anno ne compio trentacinque, e se come dicono gli antichi il percorso della vita dell'uomo conta settant'anni, io sono esattamente a metà del cammino.» Si strofinò gli occhi e sospirò. «Ma è un costo difficile da sostenere, se la famiglia dovesse allargarsi di nuovo.» Mi sorrise prima di proseguire: «E poi non vorrei lasciare Firenze proprio adesso. Confido quest'anno di ottenere qualche carica che mi permetta di incidere un poco di più sul benessere di questa nostra travagliata città».

La sua ascesa verso un ufficio politico di qualche potere era stata lenta ma costante. Ogni volta che passavamo davanti alla Torre della Castagna, dove vivevano i priori delle Arti durante l'esercizio del loro mandato, lui la guardava con certi occhi. Prima o poi lo avrebbero eletto e anche lui avrebbe varcato quella porta per esercitare il suo mandato.

Nonostante le tensioni, o forse proprio per quelle, il 1300 entrante lo stavamo vivendo con grande aspettativa. Un anno tondo, pieno di promesse, pieno di speranze, che esorcizzasse tutte le paure. Il nostro sestiere di Porta San Piero ormai lo chiamavano «il sesto dello scandalo», per via delle continue zuffe tra Cerchi e Donati.

Però intanto la città prosperava, ed era sempre più popolosa: quell'anno il censimento aveva contato 36mila anime nel cuore di Firenze e 76mila nel contado.

La primavera si portò la Pasqua di quell'anno che dicevano Santo, e subito dopo aver celebrato la resurrezione di Cristo si festeggiò calendimaggio, che a noi fiorentini era sempre tanto piaciuto. Come a voler dimenticare ogni ambascia, nel giorno di sole sciamavano le brigate e le compagnie di uomini e di donne per le strade infiorate, si tenne un gran ballo davanti a Santa Trinita, al quale partecipammo anche la Tana e io, per svagarci un poco.

Degli acrobati venuti dalle Puglie avevano tirato delle grosse corde tra due torri prospicienti la piazza e tutta la gente era col naso all'aria a seguire col fiato sospeso le loro spericolate evoluzioni mentre camminavano in equilibrio sospesi nel vuoto.

«È una follia!»

«Che la Madonna li protegga...»

«Non si sfida così la sorte!»

A un certo punto ci fu un urlo della piccola folla quando uno di loro, giovane, magro e agile, perse l'appoggio del piede nudo sulla corda e parve precipitare dall'alto, ma fu lesto ad aggrapparsi con le due mani e a raggiungere così appeso, braccio a braccio, un punto sicuro dal quale calarsi dalla torre, tra gli applausi degli spettatori.

Un nano e una nana si aggiravano con un piattino in mano a sollecitare qualche monetina, ripetendo come una filastrocca: «Se vi abbiamo divertito, buona gente, mettete qui un soldino...». E qualcuno si lasciava convincere.

Vicino al portico avevano allestito un tavolino per il gioco della mosca: chi si voleva cimentare metteva davanti a sé una moneta sul ripiano coperto di un panno verde, e se una mosca si posava sulla tua, avevi vinto la moneta dell'altro.

«Stai barando!» gridava un uomo grosso al suo rivale. «È la seconda volta che la mosca si posa sul tuo soldo!»

«Sarò fortunato» ribatté l'altro, più piccolo ma battagliero. «Ho la moglie brutta, per cui la sorte mi dà consolazione al gioco.»

La gente intorno rideva, ma l'uomo grosso aveva afferrato la moneta dell'altro, la tastava e la annusava. «Che Dio mi danni se questo non è miele! Hai addolcito il tuo fiorino per attirare la mosca, hai barato, lo sapevo!»

«Ridammi la mia moneta!»

«No, me l'hai presa con l'inganno!»

La Tana e io ci avviammo a vedere le danze, che erano la cosa che ci interessava di più; lei mi raccontava della buona riuscita del suo Bernardo, che aveva trovato la sua strada prendendo i voti in Santa Croce.

«Studia, prega, è contento» mi diceva, mentre ci mettevamo in cerchio ad assistere alle carole dei giovani e delle giovani della casa dei Cerchi, che stavano improvvisando una bella scena, battendo le mani a tempo e cantando.

«Questo vuole una madre, che siano felici» le rispondevo io.

«Anche la mia Galizia pare stia bene col suo Bartolo Magaldi» rispose lei. «Lapo ci ha tenuto tanto a questo matrimonio e devo dire che ha avuto ragione. Almeno lei ci renderà nonni.»

Giovanni frequentava con profitto la scuola di maestro Romano che lo riteneva tra i più dotati dei suoi allievi, e il figlio di mio fratello Neri, Niccolò, sarebbe andato agli studi di Bologna, su consiglio di un sapiente col quale lo aveva messo in contatto ser Brunetto prima di morire. Pietro cresceva, più interessato a cavalcare Cìnero o a giocare con Cantuccio che alle carte che alla sua stessa età incuriosivano il suo fratello maggiore. Gilla sapeva come farlo star buono: con i racconti dei cavalieri della Tavola Rotonda. Quanto a Jacopo, era ancora piccolo, ma dimostrava una grande adorazione per suo padre. Una volta ci aveva fatto prendere un terribile spavento perché non lo avevamo più trovato in casa: era sfuggito alla balia e si era messo a camminare dietro a Dante sulle sue gambette, seguendolo per un bel tratto di strada prima che lui se ne avvedesse e lo riportasse a casa sano e salvo.

«Guarda che baldanza!» esclamai, indicando il gruppo di giovani cavalieri che si stava avvicinando, armeggiando e schiamazzando per farsi notare dalle giovani che danzavano.

«Quello più grosso è un Adimari, quello vestito d'azzurro un Gherardini» disse la Tana, senza smettere di battere le mani. «Del partito dei Cerchi.»

Fu questione di un momento e un altro gruppo di cavalieri si fece appresso, spingendo le cavalcature addosso a quelle dei giovani che erano già sul posto.

«Fate luogo!» gridavano i nuovi arrivati.

«Attenti a dove andate!» ribattevano gli altri.

La Tana mi tirò per un braccio, togliendomi dalla fila.

«Ma che fai?»

«Andiamo via, Gemma, non li riconosci? Quelli sono dei Donati, tra poco ci sarà baruffa!»

I cavalli s'impennavano, i cavalieri s'insultavano, la gente raccolta a guardare le carole si sbandava e ben presto brillarono le lame.

Riconobbi Ricoverino dei Cerchi, cugino di Vieri, figlio di messer Ricovero, che mio padre conosceva. Cercava di sedare gli animi, allargando le braccia in segno di pace.

«State indietro! Basta!»

Un masnadiero dei Donati spronò il cavallo, sguainò la spada e gli fu addosso.

«Levati di mezzo!» berciò, levando l'arma a colpirlo al viso.

Ricoverino gridò e si portò una mano al volto inondato di sangue. La zuffa ormai era generale e nel fuggi fuggi collettivo la Tana e io ci riparammo sotto un portico prima di venir calpestate.

«Oh, santi del paradiso, l'ha sfigurato!» esclamò la Tana.

Mi sarebbe rimasta sempre in mente la visione di Ricoverino sostenuto dai suoi compagni: al posto del naso aveva una orribile ferita aperta.

«Questo ci si guadagna, a voler far da pacieri» mormorò la Tana, segnandosi.

Di certo non volevano far pace quei donateschi che meno di una settimana dopo si riunirono segretamente proprio nel convento di Santa Trinita, davanti alla piazza dove era caduto il naso del povero Ricoverino. Il capo dei congiurati, in assenza di Corso che stava a Roma dal papa a ringraziarlo per avergli salvato la vita, era il vedovo di Beatrice, messer Simone dei Bardi in persona, vecchia conoscenza mia e di Dante.

«Messer Simone e i suoi sodali» mi raccontò Dante, scegliendo con cura le parole dal momento che si vedeva che la cosa lo turbava parecchio, «hanno chiesto a Guido di Battifolle, dei conti Guidi del casentino, di venire a Firenze in armi e dar loro manforte per distruggere i Cerchi.»

Mi domandavo che faccia avrebbe fatto la povera Beatrice, se fosse stata ancora viva, a vedere il marito accusato di tradimento, e a ragione, dal momento che era di quelli pronti a chiedere a un forestiero di entrare con un suo esercito in città per avere la meglio su altri fiorentini.

«Ma la cosa si è risaputa?»

Qualcuno aveva tradito e la congiura era stata scoperta. Dante esitava a dirmi il seguito.

«Messer Simone ha i suoi santi in paradiso: ha salvato la testa, ma l'hanno condannato a pagare una somma così alta che ridurrebbe chiunque sul lastrico. Il vero responsabile, il mandante della congiura, è stato ritenuto Corso.»

«Anche lui dovrà pagare una multa principesca?» gli chiesi, ansiosa.

«No. Lui è stato condannato a morte, stavolta.»

15
Questione di nasi

Il gesto incauto dello scherano dei donateschi era costato il naso al povero Ricoverino e fece sì che qualcun altro decidesse di ficcare il proprio, di augusto naso, nelle faccende di Firenze.

Non era la prima volta che ci provava, il papa Bonifacio, a far da Salomone nella disputa tra i bianchi e i neri, ma stavolta il crescendo di disordini l'occasione gliel'aveva servita su un piatto d'argento.

«Il papa ha nominato un paciaro» mi raccontò Dante, di ritorno da una riunione delle capitudini delle Arti. «È un generale dei francescani, ma di quelli che non amano la povertà dei fraticelli e appoggiano la regola più comoda dei conventuali. Del resto questo cardinale di Acquasparta è un nobiluomo che ha sempre sostenuto Bonifacio, e neanche il papa è tenero con chi si ostina a seguire il rigore di san Francesco.»

«Cardinale di Acquasparta» ripetei, aiutandolo a sfilarsi i cosciali e a mettersi comodo. «Romano?» Avevo congedato il Cianco perché volevo parlare a mio marito in intimità. La notizia che avevo in animo di dargli era così bella che forse avrebbe cancellato tutta la tensione di quei giorni. Tra poco ci sarebbero state le elezioni dei nuovi priori e avevo capito molto bene che lui la riteneva la sua occasione.

«No, da Todi. Dovrò fare un viaggio» mi comunicò Dante. «I priori in carica mi hanno affidato una missione importante. Devo andare a San Gimignano a parlare al consiglio della città. Tra poco dovremo eleggere il nuovo capitano della Taglia di Tuscia, il comandante delle milizie guelfe di tutta la Toscana. E visto che il papa sta dicendo che avrà bisogno di un appoggio armato contro quelli che considererà i suoi nemici, quest'anno la faccenda è delicata.»

«Questo significa che godi della fiducia del priorato» risposi «e ciò depone a favore di una tua prossima elezione...»

«A dire la verità a San Gimignano mandano me perché conosco il podestà. È un senese, Mino dei Tolomei, e suo fratello Meo è un rimatore, della cerchia di Cecco Angiolieri. Ci siamo scambiati qualche componimento e ho incontrato anche suo fratello Mino in un paio di occasioni, fuori di Firenze. Confido di poter parlare liberamente al suo cospetto e convincerli a essere della partita.»

«Oh, sì, Cecco! Me lo ricordo bene, quella linguaccia... Vedi che anche le tue amicizie letterarie alla fine ti servono...»

Non mi rispose. Quando mi risollevai dopo averlo liberato dei cosciali e lo guardai in viso, vidi che gli tremava la mascella e lo sguardo stava prendendo una fissità che avevo imparato a riconoscere negli anni. Il deliquio del suo mal caduco lo prendeva, ogni tanto, quando era stanco o in ansia, e sapevo di dovergli mettere in bocca una di quelle palline appiccicose che lui teneva sul piccolo ripiano sotto il tavolino da notte dentro una scatolina d'argento.

«Gemma...» mugolò lui, rovesciando gli occhi, mentre gli infilavo l'oppio tra le labbra.

Questa volta lo sentivo tremare forte.

Mi affacciai sulla porta a chiamare la Gilla, che mi rispose da sopra le scale.

«Corro, padrona!»

Lasciai l'uscio socchiuso e mi precipitai da mio marito, a sollevargli la testa e mettergli qualcosa tra i denti, per impedire che si ferisse la lingua. Sentii una presenza dietro di me e parlai in fretta.

«Gilla, tienigli le gambe, questa volta la crisi è più forte del solito!»

«Madre!» Non era Gilla, era Giovanni, in piedi dietro di me, stupito e spaventato. «Cos'ha il babbo?»

La Gilla entrò in quel momento. Esitai. Dovevo dirle di portar via il bambino? Lo guardai, mentre tenevo tra le braccia il corpo sussultante di suo padre, e anche lui mi fissava con quegli occhi da grande.

«Tuo padre ogni tanto ha di questi svenimenti» gli dissi, cercando di parlare in tono rassicurante. «Vedi? Siccome si scuote, quando gli succede, bisogna fare in modo che non si faccia male da solo.»

Giovanni annuì, la fronte aggrottata.

«Tienigli le mani, così» gli raccomandai.

Insieme, lo sdraiammo sul letto, e le convulsioni si fecero subito meno violente. Sembrò rilasciarsi e cadere in un tranquillo sopore.

«Ora deve riposare» spiegai a Giovanni. «E bada, questa è una cosa che non si deve sapere in giro.»

«Perché, madre?»

«Perché non tutti conoscono questo male, pensano che sia una cosa brutta e qualcuno potrebbe usarla contro tuo padre.»

Giovanni parve riflettere. «Come per i miei capelli rossi. Quando mi dicono che ho rubato il fuoco dell'inferno e che i rosci puzzano...»

Sospirai. Non si era mai lamentato, mio figlio, delle prepotenze dei compagni, ma l'avevo visto tornare con qualche livido e qualche sgraffio, come se avesse fatto baruffa, e ricordavo bene anch'io gli scherni e le accuse di quando ero piccina. Una suora di quelle dov'ero andata in serbanza, una volta che avevo commesso un piccolo errore, mi aveva sibilato che i miei genitori dovevano aver peccato nel concepirmi, e che mia madre doveva essere mestruata, perché così nascono i figli con i capelli del colore del sangue. Ne ero rimasta turbata. «Proprio così» confermai.

Giovanni sospirò. «Però io non posso tenerli segreti, i miei capelli, perché si vedono.»

«No. Noi non possiamo. Ma vedrai che non sarà sempre così.»

«Magari si scuriranno» concluse lui, speranzoso.

«O magari la gente comincerà a trovarle amabili, le chiome di questo colore.»

Giovanni accarezzò la mano di Dante, che dormiva tranquillo. «Sarà il nostro segreto» disse sottovoce.

Gilla sorrideva. «Ha gran giudizio, questo giovanetto.»

Rimasi lì a sorvegliare il riposo di Dante dopo aver mandato via la Gilla e il mio figliolo, studiando il volto di mio marito nel sonno. A parte il suo mal caduco, in quegli anni era sempre stato bene, tranne qualche fastidio agli occhi, che affaticava con lo studio, leggendo fino a tarda notte. La Gilla gli preparava sciacqui rinfrescanti col decotto di altea e maestro Dino gli distillava gocce di eufrasia con le quali bagnare una pezzuola per farne un impacco nei momenti peggiori. Monna Lapa mi aveva fatto comperare con i suoi fiorini una piccola immagine di santa Lucia, raccomandandoci di pregarla tutte le sere.

In realtà io avevo sentito dire attraverso la Tana, che lo aveva saputo da Bernardo, di un nuovo attrezzo ideato da un frate domenicano di Pisa: due lenti di vetro incorniciate di osso che si appoggiavano sul naso con un gancio a ponte e che facilitavano molto il lavoro di chi doveva leggere e scrivere a lungo. I monaci, si sa, anche se non sono amanuensi e miniatori, cantano le lodi in chiesa più volte durante la giornata, e devono riuscire a distinguere bene le righe scritte sui loro salteri. Mi riservavo di parlarne alla prima occasione a frate Bernardo, che di certo ci avrebbe messo una buona parola per lo zio Dante, se si fosse riusciti a procurarsi un paio di quegli aggeggi senza dilapidare un patrimonio.

Per il resto, il mio sposo era ancora un uomo giovane e vigoroso, di complessione snella, e con la barba e i capelli scuri. L'avevo veduto di recente battersi con i miei fratelli a chi aveva il braccio più forte poggiando il gomito sul piano del tavolo e non aveva sfigurato. Il naso era rimasto segnato dalla battaglia, con una gobba che però nel tempo si era come riassorbita, e non gli rovinava più di tanto il profilo.

Pensai che saremo invecchiati insieme, che avrei visto le sue tempie ingrigirsi, e che anch'io sarei diventata una vecchietta, se il Signore ci avesse dato una lunga vita.

Mi chinai a baciarlo e proprio allora lui sollevò le palpebre. «Sono stato male?» domandò subito.

«Un poco. Sei stanco?»

Si tirò a sedere, stordito. «Sono giorni difficili, sto parlando con molta gente che mi sostiene e che farà il mio nome per il priorato. Ma è una cosa che mi sfinisce, dover stare a sentire tutti quanti e barcamenarmi tra l'uno e l'altro... forse la politica non fa per me. Alla sera ti senti le ossa rotte peggio che se avessi trasportato pietre.»

«Lo immagino» gli risposi. «Ma in questi ultimi tempi non sei stato tanto sfinito da non fare il tuo dovere di marito...» Gli sorrisi maliziosa e mi appoggiai una mano sul ventre. «Aspetto di nuovo, Dante.»

«Oh.»

Non era la reazione che avevo sperato, ma forse era anche colpa dell'oppio, che lo intontiva un po'.

«E mi piacerebbe tanto che fosse una bambina... una femmina da vezzeggiare. Da vestire come una bambola. Tre bei maschiotti, abbiamo avuto» proseguii. «Sarebbe ora di una figliolina.»

Lui sembrava un po' perso e non diceva né sì né no.

«Non sembri contento.»

«Oh, Gemma, ringrazio Dio. I figli sono una benedizione. È solo che di questi tempi... Quando prenderò la parola al consiglio, se mi eleggeranno, sarà il loro destino che avrò in mente. Dei nostri figli e di tutti gli altri fiorentini, intendo, che non vengano grandi a pane e odio.»

Lo abbracciai. «Ricordati di loro sempre, e sii prudente. Si fa presto a rimanere orfani, in questa città. E vedove, anche. Ogni volta che esci di casa per andare a qualche assemblea, mi sento come quando eri partito per Campaldino.»

Lui rise e mi abbracciò. «Un uomo è un uomo» mi disse sottovoce. «È il nostro destino combattere. Non sempre con la spada in pugno. Magari con le parole. Ne uccide più la lingua che la spada, dice la Bibbia. E io sono un combattente migliore con la penna che col pugnale.»

«Io mi auguro che tu non debba combattere né con l'uno né con l'altra. I tuoi avversari potrebbero non accontentarsi dell'inchiostro, ma pretendere il sangue.»

Lui si allungò sul letto e mi tirò vicino. «Se non fossi così impegnato, mi piacerebbe mettermi a scrivere qualche cosa di diverso dalla poesia che ho praticato finora. Ho preso qualche appunto, a tempo perso, e ho messo tutto nella cassetta di legno, sotto lo scrittoio. Ma chissà se avrò mai l'agio di metterci la testa. Magari quando sarò vecchio, con i capelli bianchi e tutta la giornata da riempire.»

«Se ti eleggono» riflettei «per due mesi non starai più in questa casa.»

«No, dovrò alloggiare dentro la Torre della Castagna, ma è a due passi da qui.» Era l'alta torre imprendibile che i monaci della badia avevano concesso in uso al priorato da una ventina d'anni.

Strinsi le labbra. In realtà il motivo per il quale i priori eletti vivevano dentro la torre e non nelle loro case era di sicurezza, perché nessuno potesse far loro del male: c'erano guardie armate a garantire. E questo dava un'idea di quanto quell'ufficio fosse delicato, per non dire pericoloso.

«Quando parti?»

«Domani.»

«Allora adesso riposa un poco. Intanto con la Gilla ti preparo la sacca.»

16
Vos estis priores

Dante tornò vittorioso dalla sua missione diplomatica per la lega guelfa a San Gimignano, dopo aver convinto i sangimignanesi a partecipare all'elezione del capitano di taglia guelfa di Toscana, così come avevano fatto con alterne fortune negli stessi giorni altri ambasciatori che come Dante erano partiti da Firenze per le altre città alleate di Lucca, Prato, Pistoia, o anche comuni più piccoli come Volterra, Colle, Poggibonsi e San Miniato.

Nel palazzo del comune della città delle belle torri, annunciato dalla voce del banditore e dal suono delle campane, mio marito si era presentato davanti al podestà senese Mino dei Tolomei, al consiglio al gran completo col suo presidente Gilio di messer Celio da Narni, giudice delle appellagioni, e li aveva convinti a partecipare all'elezione con una loro nutrita rappresentanza e a votare le spese connesse a carico del comune. San Gimignano stava con Firenze.

Settantatré pallottole erano state poste dai votanti nel bossolo rosso del sì e solo tre ne furono contate nel bossolo giallo dei no.

Dopo quella riuscita, a coronamento di tanti anni di buoni servizi, Dante fu eletto priore per Porta San Piero. Mio padre era sicuro che sarebbe successo: diceva che si sentiva il bisogno di persone equanimi, che non fossero preda di furori partigiani, e Dante si era sempre dimostrato, in tutti i suoi interventi, saggio e *super partes*. Era il 13 di giugno di quell'anno santo 1300. In tutto furono nominati in sei, uno per sestiere. Oltre a Dante c'erano Noffo Guidi per il sesto di Oltrarno, Neri di Jacopo del Giudice per San Pier Scheraggio, Nello di Arrighetto Doni per il Borgo, Bindo di Donato Bilenchi per San Pancrazio, Ricco Falconetti per Porta del Duomo. Il gonfaloniere di giustizia era Fazio da Micciole e il notaio segretale era ser Aldobrandino Uguccione da Campi. Conoscevo di vista Noffo, che era già stato priore diverse volte, e anche Ricco, che di professione era spadaio e forgiava belle lame che anche gli uomini della famiglia avevano acquistato.

Il mattino del 15 giugno i sei priori e il gonfaloniere furono insigniti della carica nella chiesa di San Pier Scheraggio, sotto lo sguardo dolce della Madonna della Ninna, l'affresco di Cimabue sulla navata laterale che mostrava Maria nell'atto di far addormentare il suo bambino.

«*Vos estis priores*» aveva detto Gesù ai suoi discepoli: da quella frase del Vangelo veniva la loro sacra investitura. Se gli altri si guardavano intorno e qualcuno anche chiacchierava sottovoce col vicino, Dante rimaneva serio e compreso, come se stesse prendendo i voti.

Assistemmo alla cerimonia e poi in corteo raggiungemmo la piazza di San Martino al Vescovo. Le famiglie dei sei nominati si fermarono lì, per dare loro un saluto prima che si rinchiudessero nella Torre della Castagna. I bambini erano schierati a salutare il babbo, che per due mesi avrebbe avuto in mano insieme ai suoi sodali il potere esecutivo su tutta Firenze.

Jacopo era in lacrime. «Vengo con te, babbo» ripeteva.

«Non si può, ma torno presto. E poi siamo vicini, puoi guardare la torre e salutarmi con la mano» cercò di placarlo Dante.

«Ma tu non lo vedresti, padre. Non ha quasi finestre, la torre» obiettò Giovanni, con la sua solita logica. «E quelle poche che ci sono, piccole e strette, son tutte chiuse da ghiere di pietra.»

Jacopo si rimise a piangere forte e io lanciai un'occhiataccia a Giovanni, che mi guardò innocente, senza capire il motivo della mia riprovazione.

«Fate i bravi» disse Dante, serio. «Giovanni, mi raccomando.»

«Certo, babbo, non datevi pensiero e concentratevi sui vostri alti uffici. Ci penso io alla mamma e ai fratelli. Sono grande, ormai.» Di statura lo era davvero, di età meno, ma non gli mancava il buonsenso.

Il Cianco intanto aveva portato la cassa con dentro tutto quello che sarebbe servito per la permanenza di Dante dentro la Torre della Castagna con gli altri eletti, con i quali avrebbe condiviso il pasto e perfino la camerata.

«Glieli caverò, i marroni dal fuoco» mi disse, celiando sul nome dell'edificio, dovuto al fatto che i priori qualche volta, per fare i conti delle preferenze nelle votazioni, invece di usare le solite fave infilavano nei sacchetti delle castagne.

«Usa le pinze, però, e vedi di non scottarti le dita sulla brace» gli risposi, pronta. «Cianco verrà tutti i giorni a sentire come stai e se ti dovesse servire qualche cosa» aggiunsi, ai piedi dell'alta costruzione. «Così resteremo in contatto e anch'io potrò darti notizie.»

Ci baciammo sulla guancia e rimasi lì a guardarlo varcare la porta di ferro borchiato che si chiuse dietro di lui come quella di una prigione. Non c'era da stupirsi che prima di darla in uso ai priori i monaci la chiamassero Boccadiferro, quella torre: pareva proprio che inghiottisse le persone e le rinserrasse all'interno delle sue mascelle.

«Che Dio lo ispiri» sussurrai, mentre con la Gilla tornavo verso casa tenendo per mano Pietro, preceduta da Giovanni che mi faceva strada.

Gilla, con in braccio Jacopo che aveva smesso di singhiozzare e tirava su col naso, mi si affiancò.

«Padrona, c'è una cosa della quale avrei bisogno di mettervi a parte» attaccò, in tono rispettoso. Non era più una schiava, ma niente era cambiato nel suo modo di fare. «Riguarda Giocattola.»

La donnola di monna Lapa era diventata anziana, la sua pelliccia si era come sbiadita e diradata, e negli ultimi giorni non mangiava quasi più e stava sempre nel suo cantuccio a dormire. «Vorrei sbagliarmi, ma quella bestiola sta morendo.»

«La nonna ne sarà desolata» commentò subito Giovanni, che seguiva il nostro discorso.

«Credo che monna Lapa lo abbia capito» proseguì Gilla «perché se ne sta lì a guardarla e sospira.»

Il giorno dopo l'ingresso di Dante alla Castagna, Giocattola rimase immobile nel suo cantuccio che sembrava dormisse. Ma non respirava più e dovemmo celebrare i suoi funerali in giardino. Per l'occasione monna Lapa, che non scendeva i gradini da mesi, fu accomodata su una seggetta stretta abbastanza da passare per il vano delle scale e con il Cianco davanti e lo stalliere dietro riuscimmo con gran fatica dei due volenterosi servi a farla scendere in cortile, un po' sballottata ma senza danni.

La Gilla interrò in quell'angolo, dove la donnola era stata seppellita dentro un bel drappo di lana azzurra, tante piccole rose di un carnacino pallido, a creare un'aiola a losanga molto decorativa, e mia suocera, sempre seduta sulla sua piccola portantina, si asciugò le lacrime col fazzoletto.

«Monna Lapa, dovete pensare che la vostra Giocattola ha vissuto una vita lunga ed è stata amata e coccolata» le dissi, come se stessi parlando di un cristiano. E del resto anche le bestie sono creature di Dio e a quelle che ti tieni in casa ci si affeziona come a parenti.

Alla fine, nonostante il peso sul cuore, la bella giornata di sole rianimò mia suocera e pensai che avremmo dovuto calarla più spesso dalla sua stanza, anche se c'era voluto tanto tempo e tanto sforzo. Ci trattenemmo sotto il portico a bere un succo fresco e fare due parole e Giovanni e Pietro a un certo punto si avvicinarono con fare circospetto.

«Sentite, nonna» principiò Giovanni «Pietro ha una cosa per voi.»

Dei due, Pietro era quello che amava la natura e l'esercizio fisico e lo si vedeva sempre razzolare col cagnolino, bazzicare le scuderie e correre in giardino e nell'orto. Ci era anche capitato che si avventurasse nel fazzoletto di bosco confinante e la Gilla era dovuta correre a recuperarlo. Non parlava molto ed era di temperamento più selvatico di Giovanni, ma ero certa che amasse molto la nonna.

«Vieni, Pietro, fammi vedere!» lo incoraggiò monna Lapa.

Il bambino, che era magro e scuro, di aspetto più simile a Dante che a me, si fece avanti, nascondendo qualche cosa tra le braccia. Dal panno fuoriusciva un musetto.

«Ma è un cucciolo di donnola!» esclamai.

«L'ho trovato nell'orto, al confine col bosco» disse Pietro, un po' vergognoso. Stava confessando di aver di nuovo disobbedito e di essersi avventurato dove non avrebbe dovuto. Feci finta di nulla.

«Ho pensato» intervenne Giovanni «che la nonna potrebbe avere una nuova Giocattola se allevasse questo cucciolo come aveva fatto con lei. Lo so che non è la stessa bestia, ma il mio compagno Giordano, che fa scuola con me da maestro Romano, mi ha detto che sua madre aveva perduto la sua bambina Giannella, ne ha avuta un'altra e l'ha chiamata Giannella. Quindi l'ha sostituita. Magari si può fare anche per la donnola e la nonna ne potrebbe essere consolata.»

Monna Lapa sorrideva. «Io vi ringrazio tanto. Non la chiamerò Giocattola, perché di Giocattola ce n'era una sola e se n'è andata, benedetta bestiola che mi ha fatto tanta compagnia, ma la chiamerò Gioia, come quella che mi state dando ora, nipoti miei amatissimi.»

Ignara, la piccola donnola appena battezzata Gioia e appena entrata a far parte della famiglia Alighieri sporgeva il nasino sensibile dal panno, tra le mani grassottelle di Pietro, provando a mordicchiargli le dita. Lui rideva senza paura, ché tra cuccioli ci si intende.

17
Tradimenti

«È una buona notizia» disse la Tana «che la magistratura delle strade abbia deciso di sistemare quella via che dal borgo della Piagentina conduce al torrente Affrico e anche ai nostri poderi lì nel popolo di Sant'Ambrogio. Francesco dice che così le nostre proprietà se ne gioveranno.»

Stavamo andando verso Santa Croce a incontrare suo figlio, fra Bernardo.

«Qualche cosa si costruirà anche, non sarà tutto distruzione» le risposi, speranzosa. Erano come dei segni di normalità, quei progetti del comune, ti facevano pensare che quel clima di guerra non sarebbe stato per sempre.

Frate Bernardo ci ricevette a Santa Croce in parlatorio, me e Tana, alla presenza di altri due confratelli. Per quanto lei fosse sua madre e io sua zia, eravamo pur sempre delle donne, quindi la regola era chiara. In realtà i due frati si allontanarono discretamente andando a sedersi ai lati opposti della vasta sala, per lasciarci liberi di conversare.

«Non so dirvi se riuscirò a procurarvi quegli occhiali per lo zio Dante, cara zia» mi stava dicendo mio nipote, seduto davanti a noi dall'altra parte del lungo tavolo di legno, «ma per certo ci posso provare. A costruire il primo paio con gran perizia qualche anno fa è stato padre Alessandro, della famiglia dei della Spina, un domenicano del monastero di Santa Caterina a Pisa, uomo d'ingegno: è un copista e miniatore provetto, ma ha avuto dal Signore anche il dono della meccanica.» Bernardo, che era un bel giovane alto e snello con la pelle chiara, i capelli bruni, due grandi occhi scuri e un'ombra di barba ben curata sulle guance magre, scosse la testa. «Voi sapete che tra francescani e domenicani non corre buon sangue, anche se personalmente ho buoni rapporti anche con i fratelli di Santa Caterina. Quindi farò del mio meglio.»

Non stentavo a crederlo, Bernardo aveva la capacità di andare d'accordo con tutti e una maturità che lo faceva sembrare di dieci anni più anziano. Del resto era sempre stato di precocissimo ingegno.

«Io vi ringrazio. Dante ne avrebbe davvero bisogno, gli occhi sono un poco il suo punto debole.»

«Vale per tutti quelli che spendono molto tempo sulle carte» convenne lui con un sorriso.

La Tana se lo mangiava con gli occhi. «Non è che ti maceri troppo in penitenza, figlio? Ti trovo ancora più magro.»

Lui rise. «Oh, no, madre, potete credermi. Si mangia bene, qua, sano ma in abbondanza. E non sono di quelli che pensano di flagellarsi e di morire di stenti. Voglio vivere in salute, finché il Signore vorrà, con tutte le forze per adempiere alla mia missione.»

«Anche tuo zio pensa di adempiere alla sua missione, più che mai ora che è priore» sospirò la Tana, dando voce al mio pensiero.

Il giovane frate annuì. «Lo so, ho sentito. E devo dirvi, cara madre, che in questo momento davvero Firenze ha bisogno di governanti probi.» Forse avrebbe voluto aggiungere qualcosa a proposito dei Cerchi e dei Donati ma, memore del cognome che portavo, tacque.

«State dicendo che le fazioni esagerano» ammisi.

«Prima che lo zio venisse nominato, in città ha fatto il suo ingresso il cardinale di Acquasparta, e lo han condotto con grandi onori sotto un bel baldacchino fino al palazzo dell'arcivescovado. E lo zio si troverà presto a vedersela con lui e a giudicare una difficile condanna.»

Bernardo ci spiegò, con quel suo modo pacato, ma con le parole semplici e ben chiare di chi sta imparando a predicare al popolo, che tutto era cominciato a Roma, alla corte del papa.

«Dicono i miei confratelli anziani e i miei maestri che ci sono stati dei fiorentini, mercanti e banchieri ormai di casa a Roma e in affari col Santo Padre, i quali gli hanno insinuato all'orecchio che questa nostra città disordinata sia diventata un covo di ghibellini, antipapali, seguaci dell'imperatore. Gli ripetono che la parte guelfa perisce e che sarebbe ora che sua santità intervenisse nell'interesse del potere della santa sede, prima ancora che di Firenze stessa.»

«Ma quale fiorentino potrebbe mai dire una cosa simile?» esclamai, sdegnata.

«C'è un amico dello zio Dante, poeta come lui, ser Lapo Saltarelli, il giurista, che è stato priore per il mandato precedente a questo. Lui giura d'averlo sentito con le sue orecchie, zia Gemma, quando fu ambasciatore a Roma a marzo, con la delegazione incaricata di capire le reali intenzioni del papa su Firenze. E ha denunziato Simone Gherardi, Noffo Quintavalle e Cambio da Sesto, tutti della cerchia dei banchieri Spini, che però stanno a Roma e il papa considera suoi sudditi. Li ha accusati di alto tradimento.»

«E saranno condannati?»

«Sono già stati condannati, zia, a una multa di 2000 fiorini ciascuno. E al taglio della lingua, visto che di lingua hanno peccato, congiurando con parole malfide contro la loro città. E il papa è andato su tutte le furie.» Bernardo abbassò la voce. «Ha protestato col vescovo di Firenze e anche col nostro inquisitore francescano qui in Santa Croce, fra Grimaldo da Prato... Vuole che Firenze revochi la sentenza contro i suoi tre protetti. E invece lo zio Dante, insieme agli altri priori appena nominati, quella sentenza, emessa dai priori che erano in carica prima di lui, si troverà a doverla ratificare.»

«Oh, buon Dio.» Davvero il mio Dante come primo gesto del suo priorato avrebbe applicato una sentenza tanto severa?

Avrebbe fatto tagliare la lingua a tre traditori che volevano mettere la città in mano al papa?

«Non angustiatevi. Li condannano in contumacia, loro stanno a Roma e di certo non si muoveranno da lì. Non sarà lo zio a mettere le cesoie in mano al boia.»

Non avevo idea che la situazione fosse così grave e complicata. Ecco perché il papa aveva mandato Acquasparta come suo messo. Non voleva la pace, voleva che la città si piegasse al suo volere. Le castagne che Dante doveva togliere dal fuoco minacciavano davvero di ustionargli le mani: era in mezzo a questo gioco di potenti.

Altri e più ingenui giochi si tennero pochi giorni dopo per la vigilia di San Giovanni, ricorrenza per la quale Firenze accendeva i suoi fochi d'allegrezza. Tutto cominciava la sera della vigilia, con il corteo delle corporazioni delle Arti, con i due consoli in testa, che portavano l'offerta della cera al santo protettore, fin sotto i mosaici del battistero. Chi reggeva in mano una gran candela, chi ne portava su appositi carri che chiamavano i «torri» o «ceri», costruiti in legname da abili artigiani, decorati con intagli e figure sbalzate, e la processione incedeva tra case, palazzi e fondachi sfarzosamente addobbati.

Quell'anno giubilare in processione c'era anche il cardinale Matteo di Acquasparta, il legato papale. Era la prima volta che lo vedevo, per quanto da lontano, e me l'ero immaginato più giovane e gagliardo: sapevo che aveva domandato al Consiglio dei Cento, in nome del papa, la balìa di Firenze, cioè che gli venisse conferita la magistratura straordinaria con i pieni poteri, com'era uso in situazioni di emergenza, e me l'ero pensato guerriero, con l'aspetto di un capitano di ventura. Invece era un anziano, che procedeva un po' curvo sotto il peso dei paramenti dorati, e pareva più un vecchio teologo che un soldato del papa.

Poi, ancora una volta, proprio come a calendimaggio, la festa di devozione si trasformò in qualche cosa di diverso, quando un gruppo di cavalieri caricò all'improvviso i consoli delle Arti in testa al corteo, sbucando dall'ombra come diavoli, berciando: «Noi siamo quelli che demmo la sconfitta a Campaldino e voi ci volete escludere dal governo e dagli onori della nostra città!».

I consoli e i rappresentanti delle Arti ne uscirono con le ossa rotte, la folla sbandò e gridò, la gente stavolta visse l'attacco come un vero e proprio sacrilegio: una bravata per San Giovanni non era da perdonare.

«Sciocchi» ripeteva mio padre scuotendo la testa, quando il giorno dopo portammo i bambini a veder correre i cavalli, «ora davvero tutti i magnati passano dalla parte del torto. Una protesta contro il governo popolare, un gesto inutile, una soperchieria in un giorno sacro...»

Il cardinale di Acquasparta non aspettava altro: non era forse quella la dimostrazione che la città era fuori controllo e serviva il pugno di ferro di un reggente esterno? E chi meglio di lui, l'uomo del papa?

Ebbe la balìa a fine giugno, pur con cento limitazioni, e per esprimere il suo completo disaccordo sul fatto che un legato del papa comandasse Firenze qualcuno, mentre Acquasparta assisteva a una funzione da una finestra dell'arcivescovado, gli tirò un dardo di balestra.

Mio fratello Teruccio, che era venuto in visita a casa dei miei con la sua mogliettina incinta a comunicare la buona novella, fu sprezzante.

«Il dardo si è conficcato nell'impannata della finestra, di certo il balestriere non era un gran tiratore.»

«Però era bravo a sparire, visto che non l'hanno preso» rispose mio padre. «O forse non si voleva colpirlo davvero.»

Stavo sistemando un cuscino dietro la schiena di mia cognata Dada, che mi ringraziò con un sorriso. Quella gravidanza la stava già disturbando, anche se era di pochi mesi, e le si erano gonfiate le gambe durante il tragitto. Lo guardai incuriosita. «Che intendete, padre?»

«Che magari il cardinale voleva far mostra di essere in pericolo, per aggravare le cose.»

«È un pensiero orribile» commentò mia madre, smarrita.

«Sono tempi orribili» ribatté mio padre. «Il cardinale con la scusa dell'attentato si è rifugiato dai Mozzi, che son della cerchia degli Spini, i banchieri del papa. E preme per comandare a Firenze...»

La Gilla, che era in cortile a far giocare Jacopo e Pietro, si affacciò con rispetto alla porta del salone, dove ci eravamo riuniti. La vidi e le feci cenno di avvicinarsi.

«C'è una persona che vi cerca, padrona.»

«Qua? A casa dei miei?»

«È andata a casa degli Alighieri e le è stato detto che eravate qua. Ha tanto insistito e mi è parsa...» Gilla si portò una mano al cuore. «Ho sentito che il suo dolore è sincero, padrona. E poi sono sicura che è gravida.»

«Ma chi è?»

«La moglie di Guido dei Cavalcanti.»

Bice, la figlia di Farinata degli Uberti, mi aspettava in cortile, torcendosi le mani. Non ci vedevamo da tanto tempo, ma me la ricordavo bene.

«Non vi ho più restituito lo scialle» le dissi, assurdamente. Quello che mi aveva prestato per andare dai frati a cercare di cavare Dante dal chiostro. Poi ero stata investita dal cavallo e non l'avevo più trovato. Ora mi tornava in mente di colpo. «Perdonatemi.» Quanti anni erano passati?

Lei scosse la testa. «Oh, Gemma, non sono qui per questo... è per via di Dante.»

Mi spaventai. «Cosa gli è successo?»

«A lui niente... ma i priori hanno deliberato ciò che il cardinale d'Acquasparta ha voluto, dopo tutto quello che è successo ieri. La responsabilità è stata data alle fazioni, e per compromesso saranno puniti sia i donateschi sia i cerchieschi.»

«Che significa?»

«Che otto dei Donati e i loro consorti che ne condividono la condanna e sette dei Cerchi e i loro consorti sono stati condannati al confino. I Donati a Castel della Pieve e i cerchieschi a Serrezzana. E Guido è tra loro.»

Ero senza parole. «Io... oh, mi dispiace. Ma i priori sono sei, il voto contrario di Dante non sarà bastato...»

«Dante ha votato a favore. Di più, dicono che sia stato lui a proporre questa soluzione salomonica, che castiga tutti, proprio per dimostrare che chi governa è sopra le parti, equanime. Ora, è vero che Guido negli ultimi tempi si è comportato in modo avventato... è un cavaliere di nobile sangue, non sopporta il governo del popolo, e lo ha proclamato in più occasioni, di certo è stato contento quando hanno cacciato Giano della Bella... Ed è pure vero e che negli ultimi tempi lui e Dante non erano più in armonia su nulla, né in poesia né in politica, ma che senso ha ora condannare un innocente? Se la questione è l'assalto di ieri, mio marito era con me. Lo considerano il più furioso dei capi dei cerchieschi, ma sono stati i donateschi a bastonare i consoli delle Arti!»

Non sapevo che cosa rispondere. Lei continuava a parlare. «Dobbiamo partire tutti, Gemma, non solo Guido, e andare laggiù, in val di Magra, negli acquitrini...»

«Voi no, nel vostro stato...»

Lei mi guardò. «Nel *nostro* stato, semmai. Comunque, io non lo lascio, mio marito. Ci hanno sposato per forza, sapete, che eravamo piccoli, ma ora posso scegliere.» Mi prese le mani. «Sentite, Gemma, ve lo giuro sulla sacra memoria di mio padre: Guido è ammalato. Negli ultimi mesi ha perso le forze, è dimagrito, e maestro Dino non capisce cos'abbia. Ha sbalzi d'umore, e anche quello può aver determinato certi suoi comportamenti avventati. Vede il suo mondo che muore, non è più il tempo dei cavalieri, è il tempo dei mercanti e questo non lo sopporta... Ditelo a Dante, diteglì, in nome della antica amicizia che lo lega a Guido, di non mandarlo laggiù.»

«Se Guido chiedesse la grazia, in ragione del suo stato...»

Lei fece una smorfia. «Non lo conoscete, se dite questo. Non lo farebbe mai, lui non chiede pietà. Ma io sì. Se avete una qualche affezione per noi, Gemma... vi prego.»

Avevo le lacrime agli occhi. «Bice, io farò tutto quello che posso, ma con Dante non posso nemmeno parlare, è chiuso nella Castagna, gli manderò un messaggio... E anche se lui cambiasse avviso, non so quanto potrebbe mutare le cose...»

La moglie di Guido annuì. «Mi basta questo. Perdonate, ma non potevo non tentare. Io lo so, io lo sento: se Guido parte, non tornerà a Firenze vivo.»

18
Nihil fiat

Monna Lapa quella sera ebbe un malore.

Niente di grave, per la verità, un mancamento dovuto al fatto che aveva fatto molto caldo, durante il pomeriggio, e lei era stata troppo sul balconcino a cercare il sole, come fanno i vecchi quando sentono che la vita che rimane loro davanti è infinitamente più breve di quella che hanno dietro le spalle. E così si era accaldata e aveva perduto i sensi e la Gilla le aveva fatto impacchi freddi sul corpo e sulla fronte e le aveva dato da bere e alla fine lei si era ripresa.

Ma io pensai che poteva essere un segno del cielo ed ero decisa a usare quel pretesto. Mandai il Cianco alla Torre della Castagna a dire alle guardie che Dante doveva fare una visita a casa, perché la sua matrigna anziana e malata stava molto male e aveva chiesto di lui. Era uno di quei casi speciali in cui, sotto adeguata scorta, un priore poteva pure uscire un paio d'ore, e quando lo vidi arrivare con le due guardie ai lati feci un bel respiro e cercai nello scrigno delle gioie quel che mi serviva.

«Dante» gli dissi.

«Gemma» rispose lui, pallido e serio. «È in fin di vita la madre?»

Lo tirai dentro. Le guardie si disposero all'attesa giù nel cortile. «No, se Dio vuole si sta riprendendo.»

«Ringraziamo la Madonna, allora vado a farle un saluto e torno alla Castagna» rispose lui, sollevato ma anche un poco stupito. «Da come aveva parlato il Cianco...»

«Dovevo pur riuscire a tirarti fuori da quella maledetta torre.» Mi era uscito così di bocca, a volte ero ancora la fanciulla che aveva sulle labbra quel che aveva nel cuore.

«Maledetta?» ripeté lui.

Gli versai da bere. «Da quando sei lì dentro è successo di tutto. Hai ratificato la condanna dei tre della cerchia degli Spini» insistetti, facendo il gesto delle forbici che tagliano la lingua.

«Non parlo di queste cose.»

«E ora hai condannato Guido al confino.»

Lui mise giù di colpo il bicchiere che si stava portando alle labbra, come se l'avesse punto una serpe. «Per questo stiamo dentro la torre che tu dici maledetta. Ma benedetta sia, invece, perché ci impedisce di subire le pressioni dei nemici e degli amici e ci permette di prendere avvisi con animo equanime... Non credere di poter influire in alcun modo sulle mie decisioni nel mio uffizio, moglie.»

«Equanime?» Gli mostrai quel che tenevo in mano, l'anello con lo stemma dei Cavalcanti che Guido aveva regalato a Giovannino. «Lui è il padrino del nostro primogenito, e sei stato tu a chiederglielo. Lui ti ha introdotto nelle migliori famiglie della città, a dar del tu ai cavalieri. Lui ha incoraggiato il tuo talento poetico. Siete amici, gli hai dedicato delle rime, siete andati a bere e chissà che altro insieme... e comunque lui non c'era, il giorno di san Giovanni, ad attaccare i consoli delle Arti.»

«La situazione è molto più complicata di così.»

«Lo so, ho capito quel che vi sta chiedendo il cardinale, di dare una lezione a entrambe le fazioni...»

«Bada, Gemma, Guido non è un agnello. Gli piace far baruffa, ha ferito gente, è un violento assai di parte...»

«È tuo amico.»

Lui batté una manata sul tavolo, così forte che il bicchiere si rovesciò. «Proprio questo mi han detto gli altri! "Non oserai condannarlo, Dante, perché lui è tuo amico..." pensavano che non sarei stato giusto. Ma sono stato il primo a proporre il provvedimento... perché la pace di Firenze vale più di qualunque altra cosa. Credi che sia stato facile per me? Stai rigirando il coltello nella piaga...»

«Sai cosa mi ha detto una volta ser Brunetto, che Dio lo benedica? Che ci sono amici di vetro e amici di ferro. Ora dimmi, per Guido che amico sei? Di vetro, che tengono chiuso lo scrigno del cuore, o di ferro?»

«Ne va della salvezza di Firenze!»

Chiusi gli occhi. «Sei cieco, allora. Nessuno ha a cuore gli interessi della città, ciascuno lavora solo per il proprio profitto. I giudici si fanno corrompere, mettono sulla bilancia della giustizia i denari che ricevono e son quelli che la fanno pendere da una parte o dall'altra... pensa a quando hanno accusato Neri, che era innocente!»

Lui aveva gli occhi accesi. «Anche a questo sto ponendo rimedio. Neri Diodati è riabilitato, l'abbiamo votato l'altro giorno. Gli stessi fratelli della vittima hanno escluso la sua colpevolezza. Non dovrà più star lontano da Firenze per evitare la mannaia. Cante de' Gabrielli è stato svergognato, non ci dovranno più essere podestà succubi delle fazioni.»

«E questa è una buona cosa, anche se Cante te l'avrà giurata. Ma Guido è malato.»

Lo vidi esitare per la prima volta dall'inizio di quella conversazione. «Malato?»

«Lo giura Bice di Farinata degli Uberti, sul suo onore e su suo padre.»

Dante rimase in silenzio. «Non lo sapevo. È un uomo di poco più di quarant'anni, nel pieno delle forze... e Serrezzana non è l'inferno...»

«Bice non è più una fanciulla ed è gravida, e andrà con lui. Siamo in piena estate e Serrezzana se ho ben capito è un acquitrino di miasmi.»

Lo vidi passarsi una mano sul volto. «Dille che suo marito deve far presente il suo stato di salute alla Signoria, con delle carte. E chiedere il favore del priorato.»

«Non lo farà mai e tu lo sai.»

Mio marito si raddrizzò su tutta la sua statura. «Allora dovranno partire. Il confino non sarà per sempre, se le cose intanto si aggiusteranno. Solo finché gli animi si placheranno e poi faranno ritorno. Vado su dalla mia matrigna, ora, dal momento che dovrebbe essere per lei che sono qua.»

Lo lasciai andare da monna Lapa, che quando lo vide si spaventò. Gilla mi disse poi che era balzata sul letto e aveva chiesto se era già ora di prendere l'olio santo, se un priore usciva dalla Castagna per lei, e alla fine ne avevano quasi riso.

Dante ridiscese in cortile dalle sue guardie e tornò a chiudersi dentro quel mucchio di pietre che come per un incantesimo lo avevano trasformato in una persona che stentavo a riconoscere, in un Catone dedito alla sua missione, senza mezze misure, senza guardare in faccia a nessuno, pecora bianca di abbagliante candore in un gregge belante di altre pecore tutte nere, sporche del loro profitto e dei loro maneggi, già intente a disegnare i loro destini quale che fosse il vincitore del momento.

E i giorni seguenti lo confermarono.

«Tuo marito ha contrastato la richiesta di armati fiorentini da parte del papa» mi raccontava mio padre. «*Nihil fiat*, no, ha detto in delibera. Bonifacio se lo ricorderà, il suo nome.»

«Mio fratello si è opposto a mandare aiuti a Carlo di Valois, il fratello del re di Francia che il papa Bonifacio ha nominato paladino della parte guelfa» mi riferiva la Tana, un poco ammirata e un poco preoccupata. «*Nihil fiat*, così ha votato. No! Di certo in pochi hanno avuto lo stesso coraggio.»

Nihil fiat, la stessa risposta che aveva dato alla mia supplica di graziare in qualche modo Guido: no.

Quando lui si opponeva con tutta la sua eloquenza a un provvedimento dovevano spesso ripetere la votazione, o rimandarla, e le sue argomentazioni convincevano.

Lui andava dritto per la sua strada, seguendo il suo ideale, e creandosi ogni giorno nemici mortali.

E intanto Guido e Bice erano a Serrezzana, con gli altri proscritti della fazione dei Cerchi, tutti partiti nel caldo torrido di luglio. Da quando l'interramento progressivo del porto, gli attacchi dei pirati saraceni e la malaria avevano spopolato Luni, la gente si era spostata più a monte, creando l'abitato di Serrezzana.

«Nemmeno Cristo ci è voluto andare a stare, da quelle parti» mi disse la Tana, raccontandomi una storia che aveva saputo da suo figlio frate Bernardo, grande conoscitore di queste devozioni. Ai tempi di Carlo Magno, quando ancora il porto non era completamente insabbiato, un venerdì santo a Luni era approdata una barca senza remi, senza vele e senza marinai. Il vescovo di Luni l'aveva sognata proprio quella notte e andò a recuperarla: a bordo c'era un'opera santa, il crocifisso di legno scolpito da Nicodemo d'Arimatea e, dentro la cavità della scultura, c'era un'ampolla con il sangue di Gesù che il buon Nicodemo aveva devotamente raccolto dalle sue ferite. Sia il vescovo di Luni sia quello di Lucca avrebbero voluto quel crocefisso portentoso e fu deciso che fosse il cielo a determinare il vincitore di quella disputa: fu posto su un carro trainato da buoi che scelsero di avviarsi verso Lucca. A Luni era rimasta l'ampolla col sangue di Cristo, che ora era a Serrezzana. Magari Bice degli Uberti andava a pregare davanti a quella reliquia benedetta.

Per quel sangue di Cristo pregai anch'io che ai Cavalcanti non accadesse niente di male, lassù in Val di Magra.

Lo chiedevo per Bice, che aveva già tanto sofferto per le sue vicende di famiglia Uberti e ora subiva quelle dei Cavalcanti, lo chiedevo per il bambino che portava in grembo, per Guido, cui ero affezionata e riconoscente per il gran ruolo che aveva avuto nella mia storia con Dante, anche se sapevo che non era un santo; lo chiedevo per me, per non avere più quel gran peso sul cuore, e soprattutto per mio marito, che non avesse da rimproverarsi tutta la vita di essere stato la causa della rovina di uno degli uomini cui più aveva voluto bene e che più lo aveva portato in palmo di mano.

I giorni che passavano stemperavano l'angoscia, anche se sentivo sempre quella spina nel cuore. Non ero riuscita a far nulla per aiutare Bice. Me lo ripetevo anche mentre, per san Jacopo, il 25 luglio, i barcaioli per l'annuale palio dei navicelli disponevano le loro imbarcazioni sul greto della omonima chiesa «col culo in Arno», perché la sua abside è così vicino al fiume che durante le piene vi si bagna.

Noi ci andammo con i bambini, soprattutto per la gioia del nostro Jacopo, che portava il nome benedetto.

Giovanni si era molto preparato sul significato della ricorrenza e spiegava al fratellino tutto quello che secondo lui era indispensabile sapere.

«Ma lo sai tu perché per il tuo santo si corrono i navicelli?» E visto che l'altro faceva segno di no, succhiando il pezzo di candito che la Gilla gli aveva concesso in segno di festa, si metteva a raccontare: «Dopo che il santo fu martirizzato in Giudea, le sue spoglie furono raccolte dai suoi discepoli e trasportate nottetempo su un navicello senza vela né timone, ma miracolosamente raggiunsero la Galizia, in Spagna, dove ebbero onorata sepoltura...».

Lo stavamo tutti a sentire affascinati, anche se i barcaioli che vedevamo adesso avevano poco a che spartire coi devoti compagni del martire: stavano in piedi sul fondo delle piccole barche di legno di quercia, a menar colpi di stanga nell'acqua e a far forza sul fondo del fiume per avanzare più veloci e superarsi l'un l'altro, tra le urla della folla che incoraggiava i propri beniamini.

«Forza con quell'asta, Lupo, che Dio ti danni, che sulla tua vittoria ci ho puntato la paga di una settimana!»

«Avanti, Concio, che se non vinci dovrai vedertela con me!»

«Che hai braccia di fango, Maso, a farti bagnare il naso dagli altri? O non avevi giurato per san Jacopo di essere il migliore?»

Molti avevano scommesso, per rendere la disputa più pepata, dal momento che l'avanzata dei navicelli era lenta, per quanto combattuta, e dopo un poco Pietro, che era dei miei tre figli quello con meno pazienza, domandò: «Ma, madre, quando arrivano alla meta?».

«Ci vuole un poco di tempo, guarda come si sforzano» risposi, cercando di concentrare la sua attenzione sullo spettacolo. «Secondo te, Pietro, chi vincerà?»

«Quello con il giustacuore scuro, forse, madre» intervenne Giovanni, che stava seguendo con attenzione.

«Perché lo pensi?»

«Ha braccia vigorose e piglio gagliardo e una stanga lunga e solida e dà un ritmo alla sua voga.»

«Ha occhio il vostro figliolo» intervenne un uomo ben vestito che non mi pareva un volto nuovo e che aveva sentito i nostri discorsi. «Quello è il mio campione, voga sulla mia barca, ha nome Toldo ed è renaio di professione, scava la ghiaia dal fiume, conosce l'Arno meglio di ogni altro ed è forte come un toro. E quanto è vero che sono Lodo della corporazione dei navicellai, sarà lui a vincere.»

I navicellai erano i padroni delle imbarcazioni e si occupavano dei mestieri dell'Arno, la via d'acqua sulla quale da Pisa si trasportava di tutto, dalle pietre al ferro dell'Elba, dalla gomma arabica ai sugheri, dal riso alle carni salate della costiera amalfitana, dalla frutta secca dalla costa iberica ai datteri della Barberia, dalle arance e il tonno della Sicilia al marzapane, dal vetro della Valdelsa alle armi, dai marmi delle Apuane al salnitro. Senza contare il commercio del pesce pescato nel fiume e l'imbarco dei passeggeri di ogni tipo, dai mercanti ai pellegrini, dai prelati in visita pastorale ai funzionari pubblici e ai contingenti di truppa, quando era il caso.

E Lodo sembrava aver visto giusto, perché il suo Toldo stava pian piano distaccando gli altri.

Jacopo, finito il suo pezzo di candito, aveva cominciato a tirarmi per la mano. «Madre, ma quando torna il babbo? Sarebbe bello che fosse qua con noi oggi a vedere la festa.»

«Torna presto, vedrai.» Due mesi erano veramente poca cosa, anche se a me erano parsi così lunghi, e da lì a una ventina di giorni la bocca di ferro della torre si dischiuse, per restituirci il nostro capofamiglia.

Il giorno di ferragosto eravamo ad aspettarlo sotto la Castagna, con i famigliari degli altri priori, ma Dante non ci diede tempo per i convenevoli.

«Devo partire subito» mi informò, prendendomi sottobraccio e correndo a girar l'angolo e a raggiungere il nostro cortile, quasi senza nemmeno abbracciare i bambini.

Si lavò, si vestì da viaggio e ordinò al Cianco di sellare i cavalli e di prepararsi anche lui alla partenza.

«Una nuova ambasceria?» gli domandai.

«No, vado a Serrezzana.»

Sbiancai. «Hai notizie da Guido?»

«Ha preso delle febbri. Ce lo ha scritto sua moglie. È grave.»

«Allora potrà tornare, adesso?»

«I nuovi priori che si insediano domani voteranno come prima cosa la cancellazione del confino. Questo lo so per certo.»

Giovanni era sulla porta e aveva sentito tutto. «Padre, vengo con voi, messer Guido è il mio padrino.»

Dante esitò solo un momento. «Se tua madre è d'accordo, per me va bene.»

La Gilla si diede da fare a preparare la sacca anche per Giovanni, un poco turbata. Era la prima volta che il mio primogenito se ne andava da casa per un viaggio così lungo. Ci sarebbe voluta quasi una settimana per arrivare a destinazione.

Prima di salire a cavallo, Dante mi mise in mano un foglio. «Monna Bice mi ha mandato anche questo.»

I servi aprirono le porte del cortile e alzai la destra per salutarli. Giovanni mi rispose con lo stesso gesto e vidi che si era messo al dito l'anello che il suo padrino gli aveva donato al suo battesimo.

Solo quando il Cianco, Dante e Giovanni furono in strada abbassai lo sguardo sul foglio. Era la copia di una ballata che strappava il cuore. «*Perch'io non spero di tornar giammai, / ballatetta, in Toscana, / va' tu, leggera e piana...*» cominciava. Dato che io non spero di poter mai tornare a casa in Toscana, vai tu, piccola ballata...

Caddi seduta sulla panca di pietra del cortile e continuai a leggere. «*Tu senti, ballatetta, che la morte / mi stringe sì, che vita m'abbandona...*» E poi: «*Tanto è distrutta già la mia persona, / ch'i' non posso soffrire: / se tu mi vuoi servire / mena l'anima teco / (molto di ciò ti preco) /quando uscirà del core*». Prenditi la mia anima quando esalerò l'ultimo respiro...

Così mi trovò la Gilla, che era scesa a cercarmi, non vedendomi tornare: lì seduta a stringermi al petto un pezzo di carta.

«Cos'è mai quello scritto, padrona Gemma, che vi sconvolge tanto?»

«L'addio alla vita in rima di Guido Cavalcanti, poeta e cavaliere» risposi, con le labbra che mi tremavano.

Parte terza

1300-1340

1
Antonia

Alla fine Guido Cavalcanti ci tornò, alla sua Firenze, ai primi di settembre. A riportare il suo corpo furono gli altri sei bianchi cerchieschi che erano stati confinati a Serrezzana insieme a lui: la morte di Guido aveva colpito così tanto i nuovi priori da indurli a una revoca generale del provvedimento non solo per l'illustre vittima dei miasmi delle paludi, ma anche per tutti gli altri della sua fazione. E i neri donateschi gridarono subito alla parzialità: se pure Guido era morto, questo non pareva un buon motivo per graziare anche i suoi sodali.

Ci fu subito chi accusò Dante di aver voluto favorire gli amici del suo amico Guido. Ma lui non era più priore dal 15 di agosto, il provvedimento di grazia lo avevano preso i priori nominati nel bimestre seguente, e le proteste caddero nel vuoto.

Mio marito e mio figlio fecero ritorno per primi, mesti, viaggiando a cavallo e anticipando di un giorno l'ingresso del carro con le spoglie di Cavalcanti e con la sua vedova. Fu Dante a organizzare le esequie a Santa Reparata, l'antica chiesa che da qualche anno si era trasformata in un cantiere, come mezza Firenze, dove fervevano ormai ovunque lavori edili. Si era pensato che la vecchia e gloriosa cattedrale costruita per celebrare la vittoria sulle orde ostrogote, avvenuta proprio il giorno di santa Reparata, non fosse più abbastanza bella e abbastanza grande per le nuove ambizioni dei fiorentini e si era deciso di ricostruirla, così lì accanto stavano erigendo di fatto una chiesa nuova. Ma Bice aveva voluto che in quella vecchia si celebrassero i funerali di suo marito, perché lì erano stati sepolti suo padre Farinata e sua madre, prima che gli inquisitori ne disseppellissero le ossa, le ardessero e le gettassero in Arno con l'accusa di eresia, per confiscarne i possessi.

«Sei riuscito a parlargli?» domandai cauta a Dante.

Lui fece segno di sì. Non mi disse una parola di quel che era successo a Serrezzana, ma pareva calmo. Mi auguravo con tutto il cuore che si fossero riconciliati, i due amici, prima che Guido esalasse l'ultimo respiro. E quando Giovanni, serio, mi raccontò che il suo padrino lo aveva benedetto, mettendogli una mano sulla testa, pensai che se non altro, nonostante il gran dolore della perdita, tutto fosse stato in qualche modo perdonato, da non portarci dietro per il resto della vita quel gran peso sul cuore.

I funerali furono celebrati senza sfarzi e quasi di nascosto, per non dar agio a disordini. Fu concesso a pochi di partecipare, per motivi di ordine pubblico. Vidi Bice con i suoi figli: Tancia, con suo marito Giacotto dei Mannelli, della nobile famiglia che abitava Oltrarno, vicino ai Bardi, e il minore Andrea, che a suo padre somigliava tanto da stringere il cuore, bello, snello, alto e bruno, con le sopracciglia arcuate da satanasso e il modo sdegnoso dei Cavalcanti.

«Sembra Guido» sospirava la Tana, commossa. «E Giacotto, guardalo, è un bell'uomo anche lui. I Mannelli sono di buon sangue, l'hanno accasata bene, la figliola.»

Seguivo la funzione con la Tana e con la Gilla nei banchi riservati alle donne, mentre Dante era rimasto in fondo alla chiesa, agli ultimi posti, dalla parte degli uomini, con accanto Giovanni.

Quando mi vide all'uscita, Bice si staccò dai figli e senza parlare mi venne vicino e mi buttò le braccia al collo. Restammo un momento così unite, in silenzio e senza lacrime, due donne gravide, che a vederci sembravamo una di quelle Visitazioni che piacevano tanto ai minori francescani, di quando Maria incinta andò a visitare sua cugina Elisabetta, incinta anche lei.

«Quando è capitato non sono rimasta contenta di questa gravidanza» mi sussurrò, toccandosi la pancia. «Sono troppo vecchia e non pensavo che potesse succedere. Ma ora che lui non c'è più, è come se in qualche modo a una morte corrispondesse una nascita, e mi consola. Cercherò la sua anima dentro il bambino che nascerà. È forte, ha resistito al viaggio, ai miasmi, alla fatica, e scalcia come un puledro.»

«Riguardatevi» le raccomandai. Già si era esposta a gran fatiche e a rischi, per non lasciare il suo sposo, ma la capivo, perché avrei fatto la stessa cosa.

«Anche voi, Gemma» mi rispose.

Dante rimase lì fermo da parte, pallido e teso, e fu Bice a levare la mano a salutare lui e Giovanni, prima di uscire. Un altro che ci fece un cenno di saluto fu messer Simone dei Bardi, che era venuto ai funerali di Guido con la sua seconda moglie, una donna robusta con i lineamenti marcati.

La Tana non poté fare a meno di notarlo, mentre si tornava verso le nostre case.

«È una Franzesi, sorella del banchiere Musciatto, che sta finanziando l'impresa di Carlo di Valois» disse Dante, come se questo spiegasse tutto.

«E questo è un male?» domandò Giovanni.

«I banchieri Franzesi badano solo al loro profitto, sono famigliari col re di Francia e adesso anche col papa, che si fa difendere dai francesi e considera Carlo di Valois, il fratello del re Filippo il Bello, il suo campione.»

Ecco perché messer Simone si era volentieri accontentato dell'aspetto di quella sua sposa, di certo assai meno angelica nei tratti del volto e nelle forme della sua compianta prima moglie, ma ricchissima, robusta e buona a figliare senza troppe storie, oltre che utile alle sue alleanze col papa e i donateschi.

«E Carlo vuole Firenze a tutti i costi, in nome del papa, aizzato dai Donati che gli stanno parlando della nostra città come di un luogo con le strade lastricate d'oro, dove basterà aver ragione dei bianchi e tutto quanto sarà suo. Dobbiamo riuscire a tenerlo lontano, il Valois, o sarà la fine» concluse Dante con un sospiro.

Quella sera, quando andai ad augurare la buonanotte a monna Lapa, non la trovai bene come al solito. Avrei scommesso che fosse febbricitante. Nonostante gli anni che passavano e la sua relativa immobilità, la matrigna di Dante godeva di una buona salute. Il merito era tutto di Gilla, che le massaggiava le gambe e gliele muoveva ogni giorno, per evitare che si gonfiassero, la costringeva amabilmente a muoversi il più possibile e le faceva mangiare poche cose sane. Ma quella sera pareva proprio sofferente.

«Vi sentite qualche malanno, monna Lapa?» le chiedevamo. Ma lei niente, finché Gilla non si avvide che nascondeva la mano sinistra, fasciata alla bell'e meglio.

«Cos'è successo?» domandò, prendendogliela e togliendo il fazzoletto. Io quasi sussultai: c'era una ferita profonda, gonfia, rossastra, che si stava infettando.

«È stata colpa mia...» si affrettò a dire lei, ritirandosi come se non volesse essere curata. «Gioia non voleva farmi male.»

Scoprimmo così che la sua nuova donnola, che non era mai stata mite come Giocattola, ma di indole più selvatica, le aveva dato un morso profondo con i suoi denti aguzzi, e monna Lapa, temendo che noi ci inquietassimo con la bestiolina e magari gliela portassimo via, aveva preferito tacere, così quella ferita si era infettata e adesso aveva decisamente un brutto aspetto.

Gilla si mise subito all'opera con acqua calda e sale, cercando di far uscire gli umori marcescenti. Le applicò una pomata di miele e grasso e fasciò con bende pulite, ma ormai il male era avanzato, e chiamammo il maestro Dino, che col suo bisturi dovette rimuovere del tessuto cancrenoso e ripulire la ferita prima di applicarle un cataplasma a base di iperico e achillea. Le diede anche degli infusi da bere, a base di aglio, di corteccia di salice e di sambuco.

Monna Lapa sopportava tutto stoicamente, ma si vedeva che

soffriva molto e ardeva di febbre. Il cerusico tornava a visitarla tutti i giorni senza che le sue cure portassero a grandi miglioramenti e a un certo punto ci comunicò chiaro e tondo che se la situazione non fosse migliorata nel giro di una settimana, l'indicazione era quella di amputarle due dita.

«Non possiamo lasciare che la cancrena si estenda.»

«Anche l'amputazione è pericolosa» gli risposi, per niente convinta.

«Certo, ma sempre meno che lasciare che l'infezione prenda la mano, il braccio e tutto il corpo» ribatté lui, un po' piccato dalla mia resistenza. «Mi dispiace, ma venerdì dovremo prendere una decisione.»

Gilla mi disse che bisognava pregare sant'Antonio abate, che era capace di spegnere tutti i fuochi d'infezione che si sviluppano nel corpo, e poi mi chiese di poter provare con la resina d'api.

«Di certo maestro Dino ne sa più di me, ma una volta mi ero ferita con un ferro arrugginito e quel miele mi aveva guarita. Brucia un po', ma disinfetta e cicatrizza.»

Perché non tentare? Di certo male non poteva fargliene. Me lo feci dare da mia madre, che se n'era portata un vasetto dagli alveari di Pagnolle e la teneva in casa per togliere le spine dalle mani, quando capitava che qualche scheggia si conficcasse nella carne; mi ricordavo che la usava anche con noi bambini, che non stavamo mai fermi e ci procuravamo sempre qualche guaio. Intanto andammo anche in San Martino al Vescovo con una piccola offerta al prete, per chiedergli di sostenerci nelle nostre preghiere.

«Povera monna Lapa! Vi aiuterò volentieri.»

La sera parlai con Dante, perché mi era venuta un'idea.

«Cos'è?» gli chiesi, trovandolo immerso in un libro.

«Una cosa che ha scritto ser Brunetto.» Sapevo che nel suo testamento aveva lasciato a mio marito copie di alcuni suoi lavori, bei volumi che valevano un patrimonio, ma che per Dante erano preziosi per ben altro motivo.

«Un testo notarile?» Magari aveva in animo di darsi alla professione, finalmente. Di certo negli ultimi anni non ci eravamo arricchiti.

«No, è un poema che racconta le meraviglie della natura. L'aveva chiamato *Il tesoro*, come uno scrigno che contiene molte cose di valore.»

«È in latino?»

«L'ha scritto quando era in esilio in Francia, nella lingua dell'oïl, che ormai è conosciuta dai mercanti più del latino, e l'hanno già tradotto in volgare... Ascolta: *A voi mi raccomando: / poi vi presento e mando / questo ricco Tesoro, / che vale argento ed oro.*»

«Oh, lo capisco bene anch'io! Non è oscuro come certe...» stavo per dire «Come certe cose che scrivi tu», ma tenni a freno la lingua e conclusi: «... come certe altre poesie».

«Dopo la disfatta guelfa di Montaperti a opera dei ghibellini, lui immagina di smarrirsi in una selva. Lì incontra una donna molto bella, che è la Natura, la quale gli mostra tutti i segreti dell'universo e gli fa ritrovare la via...»

Risi. «Smarrirsi in una selva, sì, rende l'idea...»

Lui annuì. «È un bel modo di cominciare un componimento... come a dire che all'inizio di questo tuo viaggio sei confuso, cerchi delle risposte, e poi man mano le potresti trovare... ti permetterebbe una bella narrazione anche in un diverso contesto. Ma cosa mi volevi dire?»

«Monna Lapa sta male, la sua infezione alle dita non guarisce e vorrei che facessimo un voto» gli proposi.

Lui alzò subito la testa. «Che voto?»

Gli raccontai quello che stavamo tentando con la Gilla. «Se sant'Antonio ci fa la grazia e la tua matrigna riesce a salvarsi le dita, che ne dici di chiamare il nostro bambino Antonio? O Antonia se sarà una femmina?» Almeno al santo sarebbe parsa un'offerta più interessante. Mi avevano sempre insegnato che, come con gli esseri umani, anche lassù nessuno fa niente per niente. E comunque Antonio non mi dispiaceva. A dire la verità ero sicura che sarebbe stata una Antonia, non ce n'erano tante a Firenze in mezzo a cento Tessa e Bice e Lapa e Bella.

Mio marito mise un segno nel volume, lo chiuse e si appoggiò meglio allo schienale della sedia. «È un bel nome» rifletté. «Non è un apostolo, ma vediamo: Antonio di Dante degli Alighieri, sì, si può fare. E poi è per il bene di monna Lapa, santa donna.»

Ci segnammo entrambi, come a sigillare il patto. E non avremmo mai saputo se per effetto della resina d'api o della buona tempra di monna Lapa o dell'intercessione del santo del fuoco, quando maestro Dino tornò a vedere come andava, già col bisturi pronto in scarsella, rimase molto favorevolmente impressionato dal miglioramento. La pelle delle ultime due dita della mano le restò un poco più scura, alla fine, ma monna Lapa fu felice di conservarsi la sinistra intera.

Così, qualche mese più tardi, quando nacque la nostra bambina, che era una femmina esattamente come io avevo sperato, per tutti fu subito Antonia, a ricordare quella grazia. Se ormai anche Jacopo si era fatto grande e sfuggiva alle mie carezze, rincorrendo sempre il suo adorato babbo, avrei avuto la mia piccolina da coccolare. Eravamo proprio una bella famiglia.

2
Il terzo ambasciatore

«Ma chi sarebbe questa monna Margherita?» chiese Giovanni, che ci aveva sentiti parlare a tavola di quello che era successo nel consiglio ristretto della Signoria al quale Dante aveva partecipato.

«Margherita degli Aldobrandeschi è la contessa di Sovana e ora anche di Santa Fiora, dopo aver sposato il conte Guido» rispose Dante. «Il papa è in guerra con lei perché vuole le sue terre e ora il cardinale di Acquasparta chiede a Firenze, a nome di Bonifacio, che noi gli lasciamo i cento cavalieri fiorentini che gli avevamo mandato in aiuto tempo fa.»

«Cosa pensa il consiglio?» chiesi.

Ce ne stavamo seduti sotto il portico all'imbrunire a prendere fresco con i bambini, Gilla e la balia di Antonia, una giovane bionda come il grano raccomandataci da Francesco e Pietra che veniva da Ripoli e si chiamava Maretta.

«A dire di sì. O al massimo a prender tempo.»

«E tu che hai detto, babbo?» domandò Giovanni.

«Ho detto di no. Quei cavalieri servono a Firenze e non al papa. Dobbiamo pensare a difenderci. Carlo di Valois ci è passato vicino: è sceso dalla Francia, da Torino, ha toccato Milano, dai Visconti, Parma, Modena, dove gli Este gli han fatto buona accoglienza; e poi è stato a Bologna. Ha aggirato Pistoia che è bianca e ha tagliato verso Siena, Orvieto e Viterbo, sfiorando la nostra città, passando per Sambuca e Piteccio, risalendo il Reno e ridiscendendo l'Ombrone.»

«Ha avuto paura di noi» disse Pietro. Gli piaceva immaginare avventure ed era di natura più manesca dei suoi fratelli. Mi ricordava un po' mio fratello Teruccio da piccolo.

«Aveva con sé solo cinquecento uomini. Quando tornerà, ne avrà molti di più. Ora è ad Anagni, dal papa. Bonifacio ci passa l'estate, è nato lì, si sente nel suo elemento.»

«Ma allora quei cavalieri fiorentini prestati al papa torneranno a casa come tu raccomandi?» domandai.

Dante si passò le due mani sulla faccia. «No. Non sono riuscito a convincere tutta l'assemblea. Un altro oratore è stato più bravo di me. In quarantanove hanno votato a favore della richiesta di Acquasparta e solo trentadue mi hanno dato ragione.»

Gli posai una mano sul braccio. «È difficile mettere d'accordo le persone.»

«Non parlarmene.» Mio marito allungò la mano verso la ciotola della frutta secca. Aveva mangiato pochissimo a cena. «Non riesco a convincere nemmeno quei due vecchi a lasciare la loro casa vicino a San Procolo e poi voglio far politica.»

Sapevo a che cosa si riferiva. A fine aprile Dante era diventato uno dei sei uffiziali sopra le vie, le piazze e i ponti, e gli avevano affidato il proseguimento e la sistemazione della strada che chiamavano di San Procolo, che permetteva di passare dalla parte del borgo di Piagentina verso il torrente Affrico. Se ne parlava già da un poco, me lo aveva anticipato la Tana, ma adesso il progetto era stato approvato e lui non si era tirato indietro, dal momento che conosceva bene quella zona, prospiciente a certe proprietà di famiglia. Per riuscire a raddrizzare la strada e a tenerla in piano, il disegno prevedeva di abbattere una casa colonica vicino alla chiesetta antica e le trattative con i proprietari erano in corso.

«Sono stati approvati i fondi per rimborsare quel Fazio, ma non ne vuole sapere. Ha preso a sassate con la fionda il messo che abbiamo mandato a notificargli l'atto e devo dire che ha ancora una buona mira: quel pover'uomo ha dovuto farsi medicare alla fronte, quasi lo faceva secco.»

«Ma non sarà il Fazio della Chioda? Quello che faceva il maniscalco?» domandai. Ci servivamo della sua bottega, anni prima.

«Lui in persona. Ora non lavora più, è anziano, e sta con la moglie e delle bestie dentro quella catapecchia.»

«Se è vecchio, magari non se la sente di cambiare alloggio.»

«Gli crollerà in capo, la sua gran magione, quando potrebbe col rimborso della magistratura delle strade spostarsi in una zona più in centro e stare in una abitazione più decente. Domani andrò di persona a riproporre l'offerta, ma portandomi due berrovieri e mettendomi l'elmo e la cotta di maglia come a Campaldino.»

Ridemmo tutti all'idea del vecchio maniscalco che prendeva a sassate i funzionari del comune. Di certo quel ruolo di uffiziale delle strade non era prestigioso come il priorato, ma serviva alla città e Dante si era messo a disposizione. Se non altro quelle incombenze lo distraevano da pensieri più inquieti, dall'ansia che lo teneva sveglio di notte di ritrovarsi i francesi alle porte.

Verso l'alba gli piaceva guardare il cielo, rimanendo lì in silenziosa contemplazione, e una mattina di fine estate lo sentii lanciare un'esclamazione soffocata.

«Oh, buon Dio!»

Gli andai vicino. Si vedeva chiaramente un serpente di luce rossastra nel cielo che finiva in una sorta di croce.

«Ma cos'è?» domandai, intimorita.

«Una cometa! Ci fosse qua ser Brunetto...»

«Ma è un buon segno?»

Lui allargò le braccia. «Di sicuro annuncia grandi cambiamenti...»

Il mattino dopo cominciò a circolare la notizia che il papa aveva nominato Carlo di Valois capitano generale degli stati della chiesa e paciere di Toscana. E proprio verso la Toscana si sarebbe mosso, forte dei suoi titoli, diretto a Castel della Pieve, dove si trovavano ancora confinati i donateschi responsabili dei disordini di san Giovanni, compreso Corso.

Ci furono processioni, novene, nei conventi i buoni frati e le buone monache pregavano per la salvezza della città, per la pace, perché tutti fossero ragionevoli, a partire dal papa Bonifacio. Pochi dicevano che invece di pregare si sarebbero dovute affilare le lame delle spade che presto sarebbero venute utili, ma venivano zittiti come seminatori di discordia.

Forse su una cosa Corso aveva sempre avuto ragione: ai bianchi, ai cerchieschi, la guerra non piaceva. Così come aveva cercato di comperare un accordo per Campaldino, Vieri dei Cerchi e i suoi avrebbero voluto negoziare, trattare, invitare alla ragione, com'erano abituati a fare nei loro affari, e nel commercio di solito funzionava. Solo che qui non si trattava di portarsi a casa una partita di merce al prezzo migliore.

«Ciascuno dei nemici di Firenze ha una ragione per non fermarsi davanti a niente» mi disse Dante qualche giorno dopo. «Bonifacio ha la sua smisurata ambizione, e in questo somiglia molto a Corso. Carlo di Valois deve conquistarsi un regno, perché il trono di Francia lo occupa suo fratello.» La cometa brillava ancora alta nel cielo. «Si è deciso di mandare un'ambasceria dal papa, che finora è stato mal consigliato. Deve capire che Firenze non rappresenta un pericolo per lui, che non è affatto, come hanno insinuato quei banchieri traditori, un covo di ghibellini filoimperiali. E soprattutto deve capire che non serve alcun paciere e che Carlo di Valois può tornarsene da dove è venuto.»

Era un ultimo tentativo. «Chi saranno gli ambasciatori?» domandai, guardando il serpe rosso della cometa.

«Guido Ubaldini da Signa, quello che chiamano il Corazza. È stato gonfaloniere di giustizia fino a giugno.»

«Me lo ricordo, era tra quelli che hanno processato i tre traditori che avete condannato in contumacia al taglio della lingua...»

«E poi Maso Minerbetti che è stato priore, console dell'Arte del Cambio e, l'anno prima, coordinatore per il comune presso l'inquisitore fra Grimaldo da Prato dei frati minori. Alla corte pontificia lo conoscono, è stato in diverse occasioni a Roma.»

«Quindi vanno in due.»

«No, in tre.»

Esitò, ma io sapevo chi era il terzo prima che me lo dicesse. «Devi andare anche tu, vero? Ma sei sicuro? Ti sei distinto per aver parlato e votato contro i neri e contro Bonifacio. Vai a mettere la testa dentro la bocca del leone.»

«Un ambasciatore è sacro e se il comune me lo chiede è perché crede in me. Mi apprezzano come filosofo e come poeta, anch'io sono stato priore... anche quando era venuto Carlo Martello è a me che han chiesto di mostrargli il poetare fiorentino.» Si raddrizzò su tutta la sua statura. «Credo di essere l'unico... l'unico che potrebbe far mutare avviso al papa. Dobbiamo arrivare a Roma prima che il Valois si muova, dobbiamo convincere Bonifacio che non c'è bisogno di alcuna spedizione.»

Era orgoglioso che gli affidassero una missione così delicata: forse così fiero da sottovalutarne le difficoltà. «Mi pare un azzardo» insistetti.

«Non andremo da soli, con noi ci sarà una delegazione bolognese. Carlo di Valois ci è già stato, a Bologna, sarà rassicurato di vedere i loro delegati al nostro fianco.» Sorrise. «E poi magari riuscirò a lucrare qualche indulgenza per la mia anima di peccatore.»

«E se non riuscirete? Se non convincerete Bonifacio?»

«Dobbiamo almeno tentare.»

Conoscevo quell'espressione determinata, quella luce ostinata negli occhi. «Quando devi partire?» gli domandai.

«Non appena i bolognesi ci raggiungeranno.»

Non ci fu altro da dire.

E così si viveva come se fosse tutto normale, nell'attesa. Ma non c'era nulla di usuale in quella situazione. Il fardello che stavano mettendo sulle spalle di quei tre uomini era davvero spropositato, come se loro potessero riscattare tutti gli errori commessi fino a quel momento, i tentennamenti, le lungaggini, le superficialità, e soprattutto riuscire a far mutare avviso al papa con le sole armi della retorica.

Il martedì che i bolognesi arrivarono a Firenze, Dante mi disse che il giorno dopo avremmo dovuto preparare le sacche, perché il giovedì sarebbero partiti tutti per Roma. E me lo disse come una buona notizia, mentre io avevo la morte nel cuore.

Quella notte sognai Piccarda, che non veniva a trovarmi da anni. Era molto triste e scuoteva la testa. Io le domandavo che cosa avesse, ma lei non rispondeva e piangeva.

«Non andare» lo supplicai, abbracciandolo forte nel letto.

«Ma cosa dici, Gemma? È un grande onore che Firenze mi fa, inviandomi come suo delegato dal papa.»

«Lascia che vadano gli altri, tu sei utile qui, quando torneranno ragionerete insieme sul da farsi. Se dovesse succedere qualcosa intanto che tu sei via...» Avrei voluto dirgli: chi ci difenderà? Ma invece gli dissi: «Chi consiglierebbe la Signoria?».

«Se io vado, chi resta? Ma se io resto, chi va?» mi rispose e sorrise al suo gioco di parole. «In un caso o nell'altro c'è un rischio. Non posso tirarmi indietro, non c'è tempo per i ripensamenti. E non sono san Francesco, da poter essere in due luoghi contemporaneamente. Farò il mio dovere. Altrimenti non potrei più guardare in faccia i miei figli.»

Tirai un respiro profondo. Glielo dovevo dire. Di solito aspettavo un poco di più, ma in questo caso non c'era tempo. «Dante, questo mese non ho visto il mio sangue. Credo di essere incinta.» Forse questo lo avrebbe indotto a rimanere.

Lui si sollevò su un gomito. «Ma è una bella notizia, non essere triste!»

«Non sono triste, tutt'altro.»

Mi sorrise, il volto vicino al mio. «Intanto che sarò via, penserai a quale nome potremo dare a questo nostro ultimo nato.»

Scoccai l'ultima freccia che mi rimaneva nella faretra. «Non mi lasciare da sola. Ho sognato Piccarda.»

«E cosa ti ha detto?»

«Niente.»

«Vedi? Perché non c'è niente da dire: ci son cose che vanno fatte e basta.» Mi accarezzò la testa. «Dormi, adesso, che è ancora presto per levarsi.»

Quanto a lui, la notte prima della partenza si preparò come per una veglia d'armi, quella che fanno i cavalieri per meritare in purezza di cuore gli speroni d'oro. Rimase a lungo sveglio a pregare, meditare e studiare delle carte con delle argomentazioni con le quali sperava di smuovere Bonifacio. «Ci fosse ancora ser Brunetto, sarebbe lui il capo della delegazione. Spero di essere suo degno discepolo.»

«Lo sei senz'altro» lo rassicurai. E di questo ero certa.

Quando salì a salutare monna Lapa, lei non voleva più lasciarlo andare.

«Fino a Roma? Dal papa? Oh, Dante, ma io sono vecchia, chi sa se ti rivedrò, figlio mio.»

«Starò via un mese, quaranta giorni al massimo, voi accompagnatemi nel mio andare con le vostre preghiere» le disse lui «e vedrete che il tempo passerà in fretta: vi porterò una boccetta dell'olio che bruciava sull'altare di Pietro e qualche immagine benedetta.»

Alla fine lei si rassegnò, ma non senza lacrime e sospiri.

«Viaggerò leggero e tornerò presto» ci salutò Dante in cortile all'alba, già in groppa al suo cavallo. «Mal che vada, festeggeremo insieme Ognissanti.» Giovanni aveva voluto a tutti i costi che partisse con Cìnero, il più bello delle nostre bestie, che era diventato un destriero forte e veloce. «Ve ne prego, padre, cavalcate lui: troverà presto la strada di casa» gli aveva detto, beneaugurante. E Dante aveva accettato la proposta, anche perché il suo Asturcone aveva una certa età, e per comperarne un altro avremmo dovuto farci fare un nuovo prestito.

«Ti aspetto» lo salutai, levando la mano. Non aggiunsi altro, perché non sarei riuscita a non piangere.

3
Il nuovo Giuda

«Ma quando torna il babbo?» chiese Jacopo, come faceva tutte le mattine da più di un mese a quella parte.

«Quando sarà il momento» rispose ruvido Giovanni, che stava tagliando il pane, mettendogliene davanti una bella fetta. Da quando Dante era via il mio maggiore si comportava un poco da capofamiglia e lo lasciavo fare.

Io e la Gilla ci scambiammo un'occhiata. La domanda di Jacopo non era sciocca. Gli altri due ambasciatori erano già tornati da un pezzo e io mi ero illusa, quando era corsa la notizia che i nostri delegati stavano entrando in città, che con loro ci fosse anche mio marito. Ero corsa in strada a far ala al corteo, insieme a mezza Firenze, allungando il collo, e avevo riconosciuto il Corazza e Maso Minerbetti, ma Dante non lo avevo visto. Poteva significare qualunque cosa, che gli era capitata una disgrazia durante il viaggio o che si era trattenuto.

Era stato il Corazza, che conoscevo di vista, a cercare di rassicurarmi, quando lo avevo trattenuto per un lembo del mantello: «Papa Bonifacio gli ha chiesto di rimanere: Dante è ancora a Roma, monna Gemma».

«Come, ancora a Roma?»

Ma lui aveva continuato per la sua strada, con un veloce cenno, come a dire che non era quello il luogo né il momento.

Mio padre era corso a informarsi ed era tornato con impreviste novità. L'ambasceria non era andata a buon fine. Prima di tutto, si era perso troppo tempo per aspettare i bolognesi, e Carlo di Valois era già partito per la Toscana quando la delegazione era arrivata al Laterano. Inoltre Bonifacio aveva ricevuto in udienza privata solo i fiorentini, escludendo i bolognesi: era con Firenze che aveva una questione aperta e il fatto che quei tre gli avessero chiesto di parlargli non faceva che confermarlo sulle sue posizioni.

«Perché siete così ostinati? Dovete fare quel che vi dico e tutto si sistemerà» aveva detto loro. Non c'era stato grande spazio di discussione: il Corazza e Minerbetti erano stati rispediti indietro in città a dire che bisognava fare come voleva il papa. «Due di voi torneranno indietro e avranno la mia benedizione, se faranno in modo che io sia obbedito.»

«Ma perché ha trattenuto Dante? L'ha tenuto in ostaggio?» avevo chiesto, spaventata.

«Ostaggio è una parola grossa» aveva risposto mio padre, cercando di tranquillizzarmi. «Bonifacio probabilmente sa che tuo marito non è facile da convincere e teme magari che consigli a Firenze il suo solito *Nihil fiat*. Quindi ha lasciato andare avanti gli altri due. Ma Dante non è prigioniero.»

«Non è prigioniero ma non può tornare a casa! Lo sapevo che non sarebbe dovuto andare dal papa! E adesso?»

Mio padre era molto serio. «Adesso bisogna pensare alla famiglia, Gemma. Dante non c'è e Carlo di Valois si avvicina con i fuoriusciti neri che non vedono l'ora di entrare a Firenze e vendicarsi. Puoi venire a stare da noi anche subito.»

Avevo sentito un tuffo al cuore. Dovevo lasciare la casa degli Alighieri? Davvero i neri, rientrando in città, avrebbero considerato Dante uno di quelli sui quali rivalersi? «Mio marito non ha fatto niente di male!» avevo protestato.

«Era tra quelli che li hanno mandati al confino, Gemma.»

«Ha mandato al confino anche i cerchieschi! Proprio per dimostrare di essere sopra le parti! Sai che per questo Guido è morto e Dante avrà per sempre questo sgraffio nell'anima...»

«Certo che lo so, ma in queste situazioni nessuno va troppo per il sottile. E comunque ricordati che tu sei una Donati.»

Ero rimasta zitta un minuto intero prima di rispondergli: «Grazie, padre. Ma sono anche una Alighieri. È suo il figlio che porto in grembo».

Ecco perché la domanda di Jacopo mentre mangiavamo pane e latte, nella sua ingenuità, aveva colpito sia me sia la Gilla.

Quella mattina stessa andai a Santa Croce con lei e con Giovanni, a portare delle nostre cose a padre Bernardo che mi aveva mandata a chiamare. Avevo parlato con la Tana che mi aveva ben consigliata. «Non si sa mai, non tenerti in casa niente di valore, metti tutto al sicuro. Per precauzione.»

Non che ci fosse molto, ma i nostri denari, lo scrigno delle gioie e la scatola con gli scritti di Dante era meglio che venissero custoditi in convento da nostro nipote. Nessuno avrebbe osato assaltare Santa Croce, si sperava. Dei bianchi più avveduti c'era chi aveva cominciato a liquidare proprietà, a raccogliere denaro liquido, a sistemare affari pendenti. Per precauzione, certo. Sarebbe andato tutto bene, certo. Incontrandoci per via ci si sorrideva come se niente fosse, certo. Ma si viveva come Damocle sotto la spada incombente, appesa a un esile crine di cavallo.

Bernardo mi accolse con un gran sorriso. «Zia Gemma, leggo le notti insonni sul vostro viso. Ho delle notizie dello zio Dante.» Gli era arrivato dai confratelli senesi un messaggio con un colombo viaggiatore. «Lo zio ha lasciato Roma, ora è a Siena. Ho già risposto al messaggio e gli ho raccomandato di non muoversi da lì.»

«Non torna a casa?» chiesi stupidamente.

«Non sarebbe prudente adesso per lui. Credetemi. Meglio aspettare e vedere come si mettono le cose.»

«Ha ragione» mormorò Giovanni.

«Sì» risposi, vergognandomi. «Naturalmente.» Era comunque una buona notizia: il papa lo aveva lasciato andare. E a Siena aveva qualche amico.

«Le vostre cose qui saranno al sicuro e resteranno a vostra disposizione» mi rassicurò Bernardo prima che ce ne andassimo. «E converrebbe che anche voi lasciaste Firenze, almeno per un periodo. Per precauzione.»

«S'intende.» Lo ringraziai di tutto cuore, per le notizie e per l'aiuto.

Festeggeremo insieme Ognissanti, mi aveva promesso Dante al momento di partire. E mi tornò alla memoria quella rappresentazione dei diavoli in Arno alla quale avevo assistito con lui, la Nella e Bicci, qualche anno prima, quando il 1° novembre 1301 il nuovo Giuda, come lo avrebbero chiamato, ovvero Carlo di Valois, fece il suo ingresso a Firenze, con un seguito di demoni che non erano figuranti come quegli attori che avevamo visto tra fuochi e tormenti. Carlo aveva giurato sul suo onore di principe che avrebbe agito come pacificatore e in molti gli avevano creduto.

La città avrebbe anche potuto provare a resistere, ma Vieri dei Cerchi e gli altri capi di parte bianca gli avevano aperto le porte, dopo aver sprecato giorni in faticose consultazioni tra consigli, consessi, assemblee e corporazioni, perché i priori non se la sentivano di decidere da soli. L'asino di Porta, avrebbe detto Corso che da sempre chiamava così Vieri, ha ragliato. E per la prima volta pensai che non avesse tutti i torti.

Se Firenze si fosse barricata, le forze di Carlo non sarebbero state sufficienti a espugnarla. Ma i bianchi erano deboli, ragionevoli, tentennanti, divisi, non avevano lo spirito del cavaliere che sguaina la spada e vende cara la pelle.

Uno dei primi a suggerire di lasciar entrare Carlo di Valois senza opporre resistenza fu quel messer Lapo Saltarelli che tanto aveva scalpitato per punire i tre traditori che avevano parlato male di Firenze alla corte del papa e condannarli al taglio della lingua, costringendo i priori, tra cui il mio Dante, a ratificare la sentenza, inimicandosi per sempre il papa. «Non si possono sbarrare le porte davanti all'uomo del papa» diceva.

Bastò assistere all'ingresso del pacificatore mandato da Bonifacio per capire quello che sarebbe successo: dietro a Carlo, un bell'uomo corpulento che incedeva con le insegne dei Valois, così ingannevolmente simili al giglio di Firenze, cavalcava Cante de' Gabrielli da Gubbio, l'ex podestà corrotto che mio marito aveva svergognato: sorrideva trionfante. Un gran ritorno, il suo. E dietro in codazzo c'erano tutti: il giudice truffaldino Baldo d'Aguglione che aveva firmato le sue sentenze e il banchiere Musciatto Franzesi, il finanziatore del Valois, ora cognato del vedovo di Beatrice. E c'erano anche Malatestino Malatesta, il fratello di Giovanni lo Sciancato, quello che aveva ucciso a Rimini Francesca da Polenta e il suo amante Paolo, e Pazzino dei Pazzi, che era tra coloro che avevano tagliato il naso a Ricoverino. Mancava solo Corso, che era ancora bandito. Riconoscevo quasi tutti e mi tremava il cuore.

Messer Lapo Saltarelli lo vidi con i miei occhi condurre alla sua casa Pazzino e offrirgli alloggio, tutto zelante di dare aiuto ai neri. «Sono stato tra quelli che han votato di aprire le porte di Firenze a Carlo» ripeteva, sperando che gli altri dimenticassero la sua passata condotta a danno dei banchieri Spini e non lo considerassero un avversario sul quale rivalersi. E voleva perfino scrivere delle rime di occasione, a gloria del pacificatore del papa, perché era anche poeta.

«Razza di rinnegato» commentava Francesco, che era rientrato da Ripoli per aiutarmi a mettere in salvo le cose di valore.

Anche la Tana e suo marito erano disgustati. «Di fronte al pericolo di dispiacere al papa, si sono tutti sciolti come neve al sole, comprese le città amiche, come Lucca.» Pistoia aveva deciso di resistere ai francesi e stava dando del filo da torcere al Valois. Eravamo soli e ci sentivamo traditi, in primo luogo dalla nostra stessa credulità.

«Vieni via con me» mi propose Francesco. «Di mia madre monna Lapa posso occuparmi io, ora che Dante non c'è.» Ma non mi pareva il caso, per andare a casa di un altro Alighieri sarei rimasta tra le mie mura. E poi non avrei sopportato quel sentore d'arancia della Pietra, soprattutto ora che aspettavo un bambino. Gli dissi di andarsene in fretta, ché Firenze non era aria buona per gli Alighieri.

«E tu?»

«Io sono anche una Donati» risposi. «Ce la caveremo.»

«Vieni via con me» mi propose anche la Tana. Ma la loro casa era piccola e non avrei saputo dove ospitare monna Lapa. E poi, se io ero la moglie di Dante, Tana era pur sempre sua sorella, anche se maritata a un Riccomanni, e non mi sembrava una buona soluzione.

Ma tutti mi ripetevano di andarmene e risolsi di partire per Pagnolle, dove i miei mi avevano messo a disposizione la dimora di famiglia. Lì avrei potuto attendere gli eventi e stare in contatto con Dante attraverso frate Bernardo. Non era facile organizzare il viaggio con Antonia piccola e monna Lapa da trascinare di peso, però il giorno della grande assemblea che i priori avevano convocato il 5 di novembre decisi di rompere gli indugi. In quel consesso il Valois aveva chiesto i pieni poteri e i priori volevano invece poter trattare la resa con un altro intermediario, il cardinale Gentile da Montefiore, generale dei francescani, che aveva fama di uomo di senno e di misericordia.

Stavo facendo preparare i carri per partire la mattina dopo all'alba per la campagna quando i neri, inviperiti all'idea che una terza persona subentrasse nelle trattative e si prendesse il merito di aver conquistato Firenze, gettarono finalmente la pelle dell'agnello con la quale si erano ammantati fino a quel momento e mostrarono le zanne del lupo: la prima casa a bruciare fu quella dei Corbizzi, che i Donati consideravano nemici, e ne vedemmo le fiamme e sentimmo le urla degli attaccanti, perché stava vicino alla nostra, a Porta San Piero.

Quando Vieri e i bianchi finalmente compresero il loro errore, era troppo tardi e in tutta la città le campane suonavano a morto anche per i vivi.

4
A ferro e fuoco

Sfondarono le porte che davano sul cortile ed entrarono. Erano un gruppo numeroso e in testa a tutti c'era Pazzino dei Pazzi, che aveva lo stesso nome di un suo antenato crociato che aveva riportato dal Santo Sepolcro tre schegge di pietra assai venerate: dicevano che Goffredo di Buglione in persona gliele avesse donate, come ringraziamento per aver scalato le mura di Gerusalemme a mani nude, primo cavaliere ad aprire la strada ai conquistatori e al massacro dei musulmani infedeli.

Con lo stesso spirito del suo avo ora Pazzino faceva irruzione nella corte di casa Alighieri, dove trovava donne e bambini attoniti: era grande e grosso, con i capelli ricci e lunghi che gli incorniciavano la testa come le serpi della Medusa e una spada in mano. Fuori, dietro di lui, al di là delle porte violate, la città di Firenze si era trasformata in poche ore in una devastazione di case date alle fiamme, violenze, saccheggi e ruberie.

La sera fredda di novembre era illuminata dai fuochi degli incendi e delle torce, nel gran fragore di urla, legno che si sfondava, pietre che cadevano, cavalli al galoppo nelle strade, campane a stormo, imprecazioni e suppliche.

Mi sembrava di vivere dentro un brutto sogno e non provavo paura, solo una sorta di grande stupore e di rabbia. Tremavo, ma d'ira, mentre nella corte della nostra casa affrontavo Pazzino e i suoi con in braccio Antonia e con i miei figli schierati al mio fianco, dal più grande al più piccolo.

Gilla era vicino a me. Il Cianco e la Maretta erano lì accanto, smarriti. Lo stalliere e la cuoca erano fuggiti. Monna Lapa si era trascinata sul balcone e seguiva la scena dall'alto, incredula.

«Che cosa volete qui?» domandai, facendo un passo avanti verso quegli uomini.

Pazzino esitò. Non si aspettava di venire affrontato da una donna con una bambina piccola tra le braccia e quel minimo di senso dell'onore che doveva essergli rimasto nel cuore anche in quel momento di esaltazione lo indusse a star fermo, con il braccio armato abbandonato lungo il fianco.

«Chi siete voi?» mi chiese.

«Gemma di messer Manetto dei Donati.»

«È la moglie di Dante» gridò un uomo calvo dietro di lui.

«Questa è la casa degli Alighieri» disse Pazzino, guardandosi intorno.

«Ci vivo io con i miei figli, i miei servi e una donna anziana e inferma» gli risposi. «Chi cercate? Qua dentro non ci sono vostri nemici.»

«Corso Donati è tornato!» ribatté lui.

«Corso?» ripetei, smarrita. Lo credevo ancora fermo a Ugnano in virtù del bando.

«Degli amici gli hanno aperto la porta piccola di Pinti. Abbiamo occupato il monastero di San Pier Maggiore. Non si contano i seguaci armati che sono accorsi e ora appiccheremo il fuoco alle case dei priori che lo avevano condannato.»

«Muoiano i traditori!» gridò uno.

«Avete fatto congiura!» accusò un altro.

«Non so di che cosa stiate parlando. Mio marito ha combattuto a Campaldino» risposi. Sapevo che era sempre una buona citazione.

«Vostro marito è andato a Roma a dire menzogne al papa Bonifacio, ad accusare cavalieri onorati per conto dei Cerchi» tagliò corto Pazzino, stringendo le dita sull'elsa della spada.

Maretta singhiozzò forte, spaventata, attirando la sua attenzione. Il calvo le andò vicino.

«Guarda che poppe, scommetto che sei la balia» esclamò, allungando le mani. Lei si ritrasse, lui cercò di afferrarla, il Cianco si mise in mezzo e si ritrovò buttato per terra lungo e disteso. Giovanni balzò avanti per difendere Maretta e l'uomo gli puntò la spada alla gola.

«Per l'amor di Dio!» gridò monna Lapa dal balcone.

«Togliti di mezzo, o ce ne sarà anche per te!» ruggì lo scherano dei Pazzini a Giovanni.

Svelta, la Gilla cercò di mettersi tra lui e la spada.

Anch'io gridai forte, certa che la Gilla si sarebbe fatta sgozzare, e fu allora che un uomo a cavallo irruppe dentro il cortile, quasi travolgendo Pazzino e i suoi.

«Che sta succedendo qua?» gridò il cavaliere in armatura, balzando agile dalla sella. Dietro di lui c'erano altri due suoi sodali armati fino ai denti.

Pazzino pareva contento di vederlo. «Viva il barone! Eccovi, finalmente. Ora bruceremo questa casa come le altre...»

Corso, poiché proprio di lui si trattava, si parò davanti a lui, a braccia incrociate. «È la casa sbagliata, Pazzino, questa donna è monna Gemma Donati, mia cugina del ramo di Ubertino, figlia di messer Manetto.»

L'altro scosse la testa. «L'ha detto, ma è pure la moglie di quel poeta traditore che come priore vi ha condannato al confino...»

«Ve l'ha detto, che è una Donati, e voi le state ugualmente recando offesa?» gridò Corso.

«L'Alighieri...»

Corso non lo lasciò finire. Lo afferrò per il collo e strinse forte. «Non mi siete stato a sentire, Pazzino! Vi ho spiegato con tutto il garbo di questo mondo che è mia cugina e questa è la casa sbagliata. Capite la mia lingua, perdio?»

Pazzino si liberò dalla stretta, fece un passo indietro e restò lì a guardarlo, ansimante. Corso sorrideva di un terribile sorriso. Doveva aver appena sostenuto uno scontro, perché aveva del sangue sulle mani, sulla faccia e anche sulla bocca, come una belva che aveva appena sollevato le fauci dalla preda che stava divorando. Il pettorale d'argento della sua corazza brillava alla luce delle torce che strappavano bagliori anche alla spada corta che teneva in mano, macchiata di altro sangue fresco.

«Andate a far giustizia altrove con i vostri uomini e dimenticherò questo affronto. E badate, non sono uomo da perdonare le offese. Lo faccio in considerazione della vostra buona fede... Firenze è grande e sono molti i traditori che si meritano la giusta punizione. Abbiamo aperto le prigioni e liberato tutti i carcerati, andate a buttar fuori il podestà dal suo palazzo e a cacciare i priori in carica e non perdete altro tempo qua. Ora via da qui o com'è vero Dio vi impiccherò con le vostre budella.»

I due cavalieri che erano arrivati con Corso si erano messi alle sue spalle, a gambe larghe, pronti a impegnarsi in combattimento, e parevano altrettanto letali.

I nostri difensori erano tre in tutto, per quanto addestrati e armati, e gli altri quasi una decina. Ma la reputazione poté più della matematica. Nessuno sfidava il barone.

Pazzino si passò il dorso della mano sulle labbra, riflettendo, poi annuì lentamente. «Andiamo» disse agli altri, spingendoli verso la strada.

Corso si girò verso di me, come un dio Marte misericordioso. «Ti facevo più assennata, cugina, che ci fai ancora qua a Firenze? Tutti quelli di buon senso se ne sono andati, primo fra tutti l'asino di Porta che ha ragliato forte le sue ultime castronate: in fondo è la sua fuga che vi ha salvati, ero passato prima da casa sua, ma è vuota, ho lasciato i miei a devastare e bruciare, se l'avessi trovato mi sarei fermato a prendermi qualche soddisfazione tagliandogli quelle orecchie da ciuco e sarei arrivato troppo tardi per togliervi dalle peste.» Rise forte. «Mio figlio Mone è riuscito soltanto ad accoppare Niccolò, fratello di Vieri, anche se quel bastardo l'ha ferito, prima di crepare.»

«Oh, mio Dio, tuo figlio è ferito?»

Corso digrignò i denti. «Malamente. È figlio della mia prima moglie, una Cerchi, e ha sangue guasto nelle vene, per questo non è stato abbastanza lesto e si è lasciato infilzare. Ma che i Cerchi si augurino che il mio Mone non muoia, o dei loro discendenti non ne lascerò vivo nemmeno uno.»

Lo guardavo incredula. Per obbedire agli ordini paterni suo figlio aveva ucciso suo zio e ora lui lo giudicava un inetto perché era rimasto ferito nello scontro. Però lo voleva vendicare. Non sarebbe finita mai.

«Non fare quella faccia da allocco, cugina, e ringrazia il tuo Dio: i tuoi figli sono tutti sani e salvi, mi pare.»

Giovanni accennò un inchino. «Vi dobbiamo dei ringraziamenti, cugino.» Era scosso e un filo di sangue gli macchiava il collo, ma manteneva un gran contegno.

«Vedi? Il tuo figliolo sì che ha giudizio.»

«Non pensavo che gli uomini fossero diventati bestie feroci» gli risposi, dando Antonia a Maretta.

«Non sai come va il mondo, Gemma? Chi vince prende tutto.» Si pulì con la mano il sangue dalla faccia e vidi che non era il suo. Magari era quello di Mone. O di Niccolò, il malcapitato fratello di Vieri.

Chiusi gli occhi, sentendo che la testa mi girava. Forse solo allora mi resi conto del rischio che avevamo corso tutti. Giovanni mi venne vicino. «Madre...»

Corso mi passò un braccio intorno alla vita, sostenendomi rudemente contro la sua corazza. «Andiamo dentro, dove puoi sedere. Non offri un po' di vino al tuo salvatore?»

Mentre i servi aggiustavano le porte in qualche modo, inchiodando due assi, rientrammo in casa. Mandai il Cianco a soccorrere monna Lapa, che si era accasciata sul verone in singhiozzi, e chiesi a Gilla e Maretta di occuparsi di Pietro, Jacopo e Antonia per rimanere sola con Corso e Giovanni. I due cavalieri aspettavano in giardino come fedeli cani da guardia.

«Mi hanno fatto una buona accoglienza, i fiorentini» ci disse mio cugino, mentre si lavava la faccia nel catino che la Gilla gli aveva portato e si serviva di vino. «Se Dante fosse qui, a vedere come tante persone che credeva amiche hanno cambiato partito! Ora sono tutti per il Valois.»

«Ma non è qui» risposi sottovoce.

«E questo è un bene. Non deve fare alzate d'ingegno, mandagli a dire che sei al sicuro e che Corso ti protegge. Ma che lui stia alla larga da Firenze. Posso far scudo a mia cugina che ha il mio stesso sangue, ma non a un Alighieri.»

Giovanni aggrottò le sopracciglia. «Noi siamo Alighieri, cugino» gli ricordò.

Corso si versò ancora da bere. «Non me lo ricordare. Sei ancora giovane, per fortuna, e i tuoi fratelli sono bambini.» Mi prese il braccio. «Questo è solo l'inizio. State pronti a partire senza fare storie.»

«Stavo andando a Pagnolle...» cominciai.

«No! Si rischia che devastino tutto anche là. Vi darò io un posto sicuro.» Guardò la scala che conduceva ai piani superiori. «Non mi dimentico di aver trovato rifugio in questa casa, quando ne ho avuto bisogno. Potete dir grazie all'affezione che porto a vostra madre, Giovanni.» Balzò in piedi. «Ora devo andare. Non uscite di casa per nessun motivo. E preparate le casse. Lascerò uno dei miei a farvi da guardia.»

«Vuoi dire che torneranno? Pazzino e i suoi?» domandai.

Già sulla porta, Corso scosse la testa. «No, non loro. Ma la legge.» Allargò le braccia. «La carta bollata, qualche volta, è più temibile di una spada. Contro quella, non si può nulla.» Si girò a guardarmi. «Ci vediamo presto, Gemma.»

C'era un che di minaccioso in quella promessa e non seppi che cosa rispondere.

«Madre» mi riscosse Giovanni quando lui sparì alla vista uscendo in cortile «non lo avete nemmeno salutato, ma ci ha salvato la vita. Siamo in debito con lui.»

«Lo so bene» risposi sottovoce, coprendomi il volto con le mani.

5
Fama pubblica referente

Il messo del podestà si era presentato in pompa magna, con due berrovieri che recavano le insegne del comune, un araldo, un tamburino e perfino un trombetto.

«Madre, ma che vuol dire baratteria?» domandò Pietro, sgranando gli occhi.

Gli feci cenno con la mano di stare zitto.

Mentre il messo leggeva con voce stentorea la sentenza emessa dal giudice Paolo di Gubbio per conto del podestà Cante de' Gabrielli, una guardia ne affiggeva copia sul muro della casa degli Alighieri, perché tutti, anche quelli che in quel momento non erano in strada, ne venissero a conoscenza passando man mano lì davanti.

Il banditore aveva rollato con le bacchette sul tamburo che portava a tracolla e il trombetto aveva soffiato nella sua chiarina, in modo da attirare l'attenzione e conferire una certa ufficialità a quel momento. Si era radunata gente, era arrivata di corsa anche mia madre e l'araldo, un giovane alto e magro con un'ugola potente, aveva cominciato a leggere dal documento srotolato con i gesti ieratici di un celebrante.

Di notifiche come questa ce n'erano state parecchie, negli ultimi giorni, e i banditori fiorentini avevano avuto il loro bel da fare e il loro guadagno a cottimo, un tanto ad annuncio. Il tribunale del nuovo podestà aveva condotto più di cinquecento istruttorie ai danni di fiorentini rei di aver militato nella parte avversa e molti di questi processi erano terminati con sentenze molto dure che dovevano essere rese note. Ora capivo che cosa aveva inteso dirmi Corso la sera che ci aveva salvati dagli uomini di Pazzino dei Pazzi a proposito della forza della carta bollata.

«Regnante il santissimo padre papa Bonifacio VIII, il podestà di Firenze messer Cante de' Gabrielli da Gubbio, cavaliere, sullo esame di messer Paolo da Gubbio, giudice deputato all'uffizio sulle baratterie, inique estorsioni e lucri illeciti, con l'assenso e il consiglio degli altri giudici, ha pronunziato la seguente sentenza ai danni di Dante Alighieri del sesto di Porta San Piero e Lippo Becchi del sesto d'Oltrarno e Orlanduccio Orlandi del sesto di Porta del Duomo...» stava declamando l'araldo.

A quanto pareva era una sentenza collettiva, che coinvolgeva anche altri che erano stati priori e persone che avevano rivestito degli uffici comunali l'anno precedente, quando anche Dante era stato nominato.

«Fate passare, di grazia, fare passare!» Mia madre mi si fece vicina, sgattaiolando in mezzo alla piccola folla che si era riunita ad ascoltare.

«Lucri illeciti?» ripetei, stupita. «Lo vogliono accusare di essersi fatto corrompere intanto che era priore?»

«Lo stanno facendo con tutti i nemici politici, dice tuo padre» mi rispose lei sottovoce. «Stiamo a sentire, adesso.»

«... i quali, accusati dalla fama pubblica, dopo che è stato proceduto con inquisizione, ritenendoli confessi per la contumacia, sono condannati a versare 5000 lire di fiorini piccoli, per ciascuno; non pagando in tre giorni, si guasti e incameri ogni loro possessione. Se pagano, li si confini fuori Toscana per due anni e perdano i diritti politici come falsari e barattieri.»

Il tamburino rullò e il trombetto suonò. Amen.

Mi feci avanti. «Mio marito era a Roma dal papa per conto della Signoria, che vuol dire che la contumacia lo rende reo confesso? Mostratemi il dettaglio della sentenza. Dove sono le prove?»

Conoscevo di vista il messo, che era anziano, grasso e vestito di nero. Scosse la testa. «Non avete sentito, monna Gemma? Accusato dalla fama pubblica. Non sono state prese in esame prove. I giudici hanno reputato che fosse cosa nota a tutti e perseguibile come tale.»

«È cosa nota a tutti che mio marito ha preso del denaro in cambio di favori?» Sentivo le guance in fiamme. «Se è cosa nota a tutti, voi che siete qua radunati a sentire, ditemi, avete dato dei denari a Dante Alighieri, per caso?»

Faticavamo a tirare avanti, altro che soldi illeciti. Ci fu un mormorio tra la gente, che faceva segno di no.

«Quello che tutti sanno nel sestiere è che Dante Alighieri è più ricco di scienza che di denari» esclamò il farsettaio. «A proposito, monna Gemma, mi dovete ancora un fiorino per quel giubbetto…»

Ci fu qualche risata.

Il messo intanto per zittire le mie proteste mi tese un documento e io lo scorsi, con le mani che mi tremavano. Parlava di lucri illeciti e inique estorsioni in cose e in denari. Di tacite promesse per l'elezione dei nuovi priori e perfino del gonfaloniere. Di aver ricevuto dei soldi per fare stanziamenti, riforme e ordinamenti a vantaggio di chi pagava. Di aver ricevuto dall'erario somme maggiori di quelle approvate. Di aver speso del denaro contro il Sommo Pontefice e messer Carlo di Valois per opporsi alla sua venuta e contro il pacifico stato di Firenze. Di aver brigato per sostenere la parte bianca di Pistoia espellendo i neri e di aver voluto dividere la città dall'unione e volontà della città di Firenze, dalla soggezione della Santa Chiesa e di messer Carlo paciere in Toscana. Infine, di essersi costruito con denari del comune una strada che avrebbe aumentato il valore delle proprietà degli Alighieri. Quella maledetta via di San Procolo della quale gli avevano affidato la realizzazione come uffiziale delle strade, sapendo che lui conosceva la zona.

«Ma non è vero!» gridai, sventolando il foglio. «Non è vero niente! Sono tutte menzogne!»

«Monna Gemma, io sono solo il messo e il mio compito è quello di notificare» rispose l'uomo, che doveva aver già vissuto centinaia di situazioni come quella e pareva troppo stanco anche per provare un briciolo di pietà.

«E allora ditemi, che cosa dovremmo fare adesso?» gli domandai.

«Pagare la multa che vi è stata irrogata. E preparatevi a partire, perché il confino vale per tutti i consorti, per il periodo di due anni. Non potete rimanere a Firenze, voi e i vostri figli. Vostro marito deve rientrare a pagare entro tre giorni, se non vuole che i giudici si mostrino ancora più severi.»

«Tre giorni? Non so nemmeno dove sia in questo momento… e poi 5000 fiorini è uno sproposito…» risi amara. «Forse se si fosse davvero fatto corrompere li avrebbe… ma mio marito è un uomo onesto, e quella è una somma principesca…»

Lui allargò le braccia. «Allora verrà emessa un'altra sentenza.» Abbassò la voce e chiarì: «Sarà condannato a morte in contumacia, come gli altri che non hanno obbedito».

Pietro era pallido di rabbia. In due passi fu vicino al muro dove la guardia aveva inchiodato il documento, allungò la mano e lo strappò in due prima che Giovanni riuscisse a trattenerlo.

La guardia lo afferrò per le braccia, lui prese a tirargli calci come un mulo furioso e corremmo tutti a calmare gli animi. Per fortuna il messo era una persona ragionevole.

«Tenete a freno il vostro figliolo, se non volete che si metta nei guai» mi disse, scuotendo la testa, mentre Giovanni e il Cianco trascinavano Pietro dentro casa. «Non si stracciano le sentenze del podestà. Per questa volta passi, ma badate…» E poi si rivolse a quelli che si erano fermati a guardare. «Potete andare, brava gente. Non c'è più niente da vedere qua!»

Mentre cercavo di richiudere le porte del cortile una sagoma di donna col cappuccio alzato s'infilò svelta dallo spiraglio. Riconobbi la madre di Corso e la feci entrare.

«Che ci fate qua, monna Tessa? È un gran brutto momento…»

Lei annuì. La guardai in faccia. Era parecchio che non ci si vedeva, dalla morte di Bicci, e mi parve invecchiata, raggrinzita. Mi passai una mano sulla guancia, chiedendomi se anche sulla mia faccia si stavano incidendo in quel modo crudele i segni di tutte le preoccupazioni, i triboli, i dolori.

«Vengo in vostro soccorso» mi rispose lei, con un sorriso.

Mia madre le andrò incontro, le prese le mani e si abbracciarono. Andammo dentro casa.

«Monna Lapa?» mi chiese monna Tessa, guardandosi in giro.

«Questa cosa la sta uccidendo» le dissi sottovoce. «È fuori di mente, chiede di Dante tutti i giorni e non so più che cosa raccontarle. Ora, se dovremo lasciare questa casa...» non aggiunsi: ne morirà, ma era esattamente quello che pensavo.

«È proprio per questo che sono qui, perché per forza la dovrete lasciare, questa casa, per il bene tuo e dei tuoi figli. Gemma cara, non potete rimanere. Tua madre Maria lo sa, noi Donati possediamo dei mulini da follare lungo l'Arno, verso Quintole e Remole, ed è là che andrete per un po'.»

«È un'idea di Corso, vero?»

Lei sedette di fronte a me in cucina. «È lui che mi manda» asserì, come se questo bastasse a spiegare e a rassicurare.

Certo, lui ci usava come le pedine d'avorio della scacchiera che mi aveva regalato. Anche la Nella aveva usato: alla cognata vedova di suo fratello Bicci, ancora giovane e piacente, aveva fatto sposare un cavaliere suo sodale e l'aveva rimandata a Pistoia. Così avrebbe avuto qualcuno che al momento buono, anche se ora la città di Pistoia si stava opponendo al Valois, gli avrebbe aperto una porticina dietro le mura, com'era capitato a Firenze, permettendogli di entrare di nascosto.

Mi guardai intorno nella stanza. C'era l'odore di casa mia. Ogni casa ha il suo odore. Noi tenevamo tutto ben pulito, lavato e strofinato, e mettevamo erbe fresche e fiori. Dentro la cucina si respirava profumo di pane appena sfornato e di strofinacci di tela pulita, che sapevano di lavanda. La mia dimora era la mia piccola certezza. C'erano il letto dove avevo partorito i miei figli, il tavolo dove avevamo diviso il cibo quotidiano, il sedile di pietra accanto alla finestra dove mi piaceva star seduta a ricamare rubando fin l'ultimo raggio di luce. Ogni angolo era un ricordo, ogni suppellettile aveva una storia d'affezione. Lì dentro ci sentivamo sicuri.

Le lacrime cominciarono a colarmi sulle guance.

«Ma come faccio? Voglio averlo qui, il figlio che porto nel ventre. Dio santo, come faccio a lasciare tutto quanto? Ad andar via in questo modo, scappando come se riconoscessi che quel dicono di Dante è vero? E come faranno i figlioli con la scuola?»

Mia madre mi prese tra le braccia. «Monna Tessa ha ragione, cara, qua non puoi rimanere. C'è una sentenza, ti verrebbero a prendere, ti getterebbero in prigione con i tuoi figli. Ma sarà questione di tempo, tornerai.»

«Avete sentito che cosa dicono le carte? Se non pagheremo, guasteranno tutto. Saccheggeranno, bruceranno, sa Dio che cosa... la tireranno giù pietra per pietra, questa casa...»

«Ma no, ma no, il comune non danneggia le sue proprietà, e ora se è tutto confiscato significa che è diventato roba loro. Cercheranno di trarne profitto. Se la metteranno in affitto, tuo padre pagherà la pigione, ti terremo tutto da parte per quando farai ritorno. Due anni non sono lunghi, Gemma, e magari Corso riuscirà con la sua influenza ad abbreviare il periodo di confino... vero, monna Tessa?»

Lei annuiva, speranzosa. Ma la rabbia mi stava di nuovo scaldando il petto. La mia casa in affitto! «È stato un sodale di Corso a emettere questa scandalosa sentenza, mi pare» risposi, aspra.

«Contro Dante e contro centinaia di altri» ribatté monna Tessa. «Capisci che Corso non può mostrarsi apertamente tanto parziale nei confronti di un cugino e infatti ha mandato me, tra donne ci si intende e diamo meno nell'occhio se anche facciamo comunella... ma credimi, Gemma, Corso ha a cuore la famiglia, altrimenti non sarei qui.» Tacque un momento. «Ha pensato a te anche se ha appena seppellito suo figlio Mone. Un altro nipote è tornato a Dio.» Si segnò a occhi chiusi e mi si strinse il cuore: il giovane Mone non ce l'aveva fatta a sopravvivere alle ferite che si era procurato uccidendo suo zio, il quale si era difeso prima di soccombere. Sembrava un incubo. Ma prima che potessi dirle qualcosa lei proseguì: «E mi pare di aver capito sia stato Corso a fermare Pazzino dei Pazzi e dei suoi scherani che vi avrebbero fatto violenza.» Fece una pausa e lanciò un'occhiata eloquente a mia madre.

Io abbassai il capo. Dovevo sembrarle tremendamente ingrata.

Monna Tessa proseguì in tono di cospirazione. «Diventerà sempre più potente, in città. Si tratta solo di avere un poco di pazienza. Mostrati docile, Gemma, perché lui sa come fare. Sa qual è la cosa giusta, adesso, e ha a cuore il tuo bene.»

«Non so se Dante...» cominciai. Volevo dire: «Non so se Dante sarebbe d'accordo», ma mia madre fu lesta a zittirmi.

«Dante non è qui. E ha tante pene, pover'uomo, bandito dalla sua città, senza un posto dove andare a stare. Sarebbe consolato di sapere che sua moglie e i suoi figli sono al sicuro» disse. «E strada facendo potrete lasciare monna Lapa da suo figlio Francesco a Ripoli.»

«È a me che Dante l'ha affidata» obiettai debolmente.

«Non sei più in grado di prenderti cura di lei. Sarà già tanto se riuscirai a badare a te stessa e ai suoi figli. Sei sbandita, raminga. Non è vita per una povera vecchia» rispose monna Tessa, in tono ragionevole. «Senza contare che se dovessero prendersela anche con Francesco, che pure non s'è mai impegnato in politica e ha l'unico torto d'essere il fratellastro di Dante, avere in casa una anziana inferma potrebbe suscitare misericordia. Lui non ha lo scudo dei Donati dietro il quale ripararsi.»

Aveva ragione su tutto. Ed era venuta da noi con le migliori intenzioni. «Faremo così, allora» sospirai.

E un'ora dopo ero da frate Bernardo a Santa Croce. Avevo camminato così veloce che la Gilla stentava a starmi al passo.

Mi inginocchiai davanti a lui, cosa che non avevo mai fatto prima, e lo vidi stupirsi. «Cosa succede, zia Gemma?»

«Beneditemi, padre. Parto.»

Lui tracciò sopra la mia testa il segno della croce, poi ascoltò intento il mio racconto, annuendo ogni tanto.

«Manderò a Dante un messaggio per rassicurarlo che siete al sicuro alle gualchiere dei Donati» mi disse alla fine. «È una buona soluzione, credete. Li ho visti, quei mulini i cui magli battono i panni di lana, hanno accanto delle casette ben abitabili per una famigliola come la vostra. Lo so che non è facile, per chi è abituato a stare a Firenze, ma è la cosa migliore da fare, almeno per un poco. Poi le cose cambiano, la gente dimentica in fretta, siamo nelle mani di Dio.»

Presi dei soldi da quelli che gli avevo lasciato e tornando a casa passai a salutare la Tana. Col suo solito spirito pratico, mi costrinse ad accettare un'altra piccola somma di denaro.

«Consideralo un prestito. Me li ridarai quando Dante tornerà. Me li ha lasciati mio marito in caso di bisogno e Dio mi è testimone che questo lo è davvero, un caso di bisogno. Riguardati, che la pancia ti crescerà.»

Ci baciammo come due sorelle. Tornando con la Gilla, che non mi lasciava un istante, mi domandai che cosa avrei fatto se non avessi avuto intorno tutte quelle altre donne. Davvero nel nostro mondo gli uomini facevano il bello e il brutto tempo e solo essendo unite fra di noi, che alla fine pagavamo più caro lo scotto dell'operato dei nostri figli, mariti padri e fratelli, potevamo sperare di sopravvivere.

A casa lavorammo duramente a preparare le casse. Questa volta non si trattava di andare qualche giorno a Pagnolle, ma di abbandonare tutto per un periodo di tempo indefinito, forse per sempre. Mentre la portavamo giù per le scale, monna Lapa strepitava come se la stessimo mettendo alla tortura.

«Io non me ne vado» gemeva. «Dio del cielo e tutti i santi, lasciatemi qui che sono vecchia. Non fatemi questa violenza, il mio cuore si fermerà e mi avrete sulla coscienza. Questa è la mia casa, io voglio morire qui dentro! Chiamate il prete! Oh, Madonna santa, Dante! Dante, dove sei?»

«Fatevi animo, monna Lapa, andate a stare da vostro figlio Francesco che vi ama tanto» la rabboniva la Gilla.

«Non voglio andare da Francesco e da quella sua Pietra smorfiosa, voglio stare a casa mia con la Gemma e con la mia donnola» rispondeva lei. «E se voi mi porterete là io vi maledirò!»

Mi fece quasi sorridere constatare che anche a lei la Pietra sembrasse poco amabile.

«Fate spaventare la vostra Gioia con tutti questi lamenti» le diceva la Gilla. «Via, monna Lapa, siate ragionevole.»

Straziava l'anima sentire le sue grida e i suoi pianti, ma in qualche modo all'alba di due giorni dopo, svuotate le stanze, venduto il vendibile, sistemate le bestie, riempite le casse e caricato tutto sui due carretti che il Cianco aveva procurato, ci mettemmo in strada. Corso ci aveva mandato un garzone sveglio delle gualchiere, che chiamavano il Presto, che ci avrebbe guidati alla casa che ci avevano destinato sull'Arno.

Quando spalancammo le porte del cortile, vidi subito che un nuovo foglio era stato affisso vicino a quello che Pietro aveva strappato. Mi avvicinai lentamente, perché avevo paura di quello che ci avrei letto. Il messo ci aveva preannunciato che la sentenza sarebbe stata inasprita.

Feci scorrere il dito sulle righe, sillabando le parole del latino notarile. Giovanni era dietro di me, sentivo il suo respiro accelerato sul collo.

«... *si quis predictorum ullo tempore in fortiam dicti communis pervenerit, talis perveniens ingne comburatur sic quod moriatur*...»

Mi girai a guardarlo. Era bianco come un cencio.

«Cosa dice, Giovanni?» Era bravo in latino, il mio figliolo.

Lui inghiottì due volte prima di riuscire a trovare il fiato. «Dice che se prendono il babbo sul territorio del comune di Firenze lo bruciano vivo.»

6
Alle gualchiere

Percorremmo la forlivese per Pontassieve e Dicomano a bordo dei nostri due carri. Passammo per Ripoli e ci fermammo da Francesco che ci invitò tutti a desinare, mettendo in tavola il meglio della dispensa. Pietra ci fece notare la finezza di certe sue stoviglie che venivano addirittura da Venezia e quando Antonia allungò la manina verso il bacile di vetro tutto lavorato fu lesta a toglierlo dalla sua portata con un sorriso mielato. Anche le mani tremanti di monna Lapa l'avevano messa un poco in agitazione per la salute del suo pregiato vasellame e le aveva fatto portare un boccale di peltro, che a suo dire era più comodo. Poi avevo dovuto spiegarle che doveva servirle la carne tritata fine fine, perché i suoi denti non erano più quelli di una volta, e lei mi aveva risposto: «Oh, ma naturalmente!» come se ci avesse già pensato di suo, anche se le aveva fatto porre dinnanzi un tagliere come a tutti gli altri.

Dopo Durante, anche Pietra aveva avuto una bambina, Ionia, bella quanto la sua mamma. Il primogenito si era fatto grande e aveva una certa aria di famiglia. Era più scuro di suo padre, e del resto Pietra aveva i capelli nerissimi. Sembrava di indole riflessiva, lì seduto a giocare con dei pezzi di legno mentre la madre ne magnificava il buon carattere. Chissà se il bambino che portavo in grembo era un maschio o una femmina, mi domandai, e chissà dove lo avrei messo al mondo.

Parlammo a lungo di quel che era successo a Firenze e del fatto che ci saremmo trasferiti in una casa del complesso delle gualchiere dei Donati dalle parti di San Jacopo al Girone. Anche Francesco conveniva che si trattava del miglior partito, viste le circostanze.

«Un bando che prevede una condanna a morte se l'interessato viene colto sul territorio del comune è cosa assai grave... Bisognerà avere pazienza e vedere come evolve la situazione. Niente mosse avventate. La sicurezza prima di tutto» diceva, con la sua solita misura. Di certo lui non si era mai esposto, era interessato al suo lavoro, alla sua famiglia, non alla politica. «Se esiste un Dio, prima o poi quei gaglioffi dovranno render conto di aver accusato degli innocenti.»

Pietra lo aveva garbatamente ripreso. «Certo che esiste, marito caro. Non dire blasfemie.» E lo aveva cinto con le due braccia passando dietro la sua sedia, per un abbraccio fugace.

Mi domandai quando avrei potuto far lo stesso con mio marito. Guardavo Francesco e mi domandavo che cosa avrei preferito. Quell'uomo prudente si era costruito il suo benessere, senza farsi troppi nemici. Come suo padre Alighiero, in qualche modo. Non aveva grandi ambizioni e non pensava di essere stato investito di qualche missione onorevole. E oggi sua moglie e i suoi figli non erano costretti a lasciare tutto e a fuggire dalla loro città come appestati. Stanotte Pietra avrebbe avuto Francesco al suo fianco, nel letto della loro casa. Il mio, di letto, era vuoto da mesi.

Poi mi dissi che erano dei gran brutti pensieri, quelli, come se invidiassi la loro felicità. Solo che ogni tanto mi saliva dentro una gran rabbia che cercavo di inghiottire come un grosso rospo indigesto.

Monna Lapa dal canto suo non aveva quasi toccato cibo e continuava a piangere; e non si consolò nemmeno quando Pietra le andò vicino a rabbonirla, tutta rassettata, elegante e ben pettinata come sempre. Di certo non doveva prodigarsi per i lavori di casa, mia cognata, altrimenti si sarebbe sciupata la crocchia. In compenso comandava i famigli come una principessa e aveva fatto mangiare i miei servi a un'altra mensa. «Ma perché piangete, monna Lapa, staremo bene qua insieme, ci penserò io a voi!» le disse, con quel tono morbido che avvolgeva tutti come un filo di seta. «E avrete qua gli altri vostri nipoti, il piccolo Dante e Ionia...»

Le posò anche una mano sul braccio, per prendere confidenza, come le piaceva fare, ignara che dentro la manica della suocera si nascondesse Gioia la quale, innervosita per tutte quelle novità e sentendosi aggredita, cacciò fuori il musetto e le diede un piccolo morso.

Lei gridò così forte che i servi accorsero fin dal cortile a vedere che cosa le fosse successo ed ebbe anche un mezzo svenimento. La Gilla la soccorse e le guardò subito la ferita.

«Non è niente, padrona Pietra, davvero un piccolo morso, ora ve lo medico» la rassicurava.

«Ma cosa dici, niente, sciocca? Mi ha quasi troncato il dito, questa bestiaccia! Non penserete di tenere questa belva dentro casa! Francesco, dillo a tua madre, qua ci sono i bambini, è pericoloso!» Ora la voce non era più granché mielata.

«La mia Gioia! Non penserai di portarmela via, brutta baldracca!» gridò monna Lapa di rimando. Da quando era fuori di mente, ogni tanto il suo vocabolario degenerava parecchio.

«Oh, mio Dio!» gridò Pietra, portandosi una mano al petto come se l'avessero accoltellata.

Francesco dovette metterci del bello e del buono a sedare la disputa e fu una delle poche volte nelle quali dovette dar torto alla sua adorata mogliettina. Gli avevo spiegato molto bene che sua madre non tollerava l'idea di perdere la sua donnola e che Pietra avrebbe dovuto farsene una ragione.

«Ci vuol pazienza, la mamma non sta bene» le ripeteva. «E Gioia resterà con lei.»

Pietra gli mise il broncio, ma lui non se ne diede per inteso.

Quando alla fine mi avvicinai per congedarmi, perché mancavano molte miglia e dovevamo arrivare a destinazione prima che facesse buio, monna Lapa era ancora furiosa.

«Sentite, monna Lapa, non saremo lontani da qui, una mezza giornata di viaggio: ci rivedremo presto, se Dio vorrà. Salutate i vostri nipoti, ora, ve ne prego, e lasciamoci in armonia, da non avere altri fardelli sul cuore, ché già me lo sento come un macigno» la supplicai.

Lei scosse la testa. «La baldracca non mi piace» disse, ostinata, carezzandomi la testa. «Lei non mi ama, Gemma, io me lo sento, io lo so.»

La Gilla mi guardò. Sapevamo tutte e due che aveva ragione. Ma non potevo trascinarmela dietro alla ventura, povera donna.

Proseguimmo attraversando il ponte che congiungeva Candeli con il Girone, sempre nel plebato di Ripoli, e poi via sulla sponda destra dell'Arno, fino alla nostra destinazione. C'erano delle aree paludose lungo il fiume, dei canneti e delle pozze abitate da splendidi aironi cinerini. Seguendo il volo di uno di essi a un certo punto notai una grossa costruzione in lontananza, su un rilievo del terreno, circondato da una palizzata.

«Che cos'è quello?» domandai, facendomi scudo al sole con la mano.

«Un lebbrosario, monna Gemma» mi rispose il Presto, che si era rimpinzato con gran gusto alla mensa di Francesco e di Pietra e si era anche portato via una pagnottina dolce che serbava come una sacra reliquia.

«Poveretti» sussurrò la Gilla.

Poche miglia più avanti, il Presto saltò giù dal primo carro non appena avvistammo il piccolo gruppo di case di pietra e il grosso mulino. Di mulini ce n'erano molti dalle nostre parti: quelli piccoli, in campagna, macinavano solo il grano, e c'erano anche quelli grossi e complicati, capaci di tagliare la legna, o frangere le olive, o lavorare il ferro battuto grazie all'uso di magli. Ma questi erano ancora differenti e non ne avevo mai veduti da vicino.

«Ci siamo! Quelle sono le gualchiere!»

La follatura dei panni di lana era un'operazione molto importante e Firenze ormai rivaleggiava con Milano nella qualità della produzione di questo tipo di tessuto. Sapevo che lungo l'Arno a est della città alcuni mulini che in origine macinavano granaglie erano stati modificati per diventare buoni per la follatura delle pezze. Era un'industria profittevole, dato l'alto costo del panno di lana finito, e i Donati ci avevano investito dei capitali.

«Ma a cosa serve una gualchiera?» domandò Giovanni.

Il Presto si girò verso di lui e gli toccò un lembo del mantello. «Lo vedete questo bel tessuto? Ha fatto una lunga strada da quando era un bioccolo di lana... e anche quando esce dal telaio e diventa una pezza, c'è ancora tanto da lavorarla. Dev'essere pulita e purgata da tutte le impurità e poi battuta con dei grossi martelli di legno azionati dalla ruota del mulino per diventare morbida e compatta come la stoffa del vostro mantello.»

Mio figlio sorrise. «Sei bravo a spiegare!»

«Sono un lanino, io» rispose il garzone, con un certo orgoglio. «Figlio di lanini. Mio padre era gualchieraio.» Si segnò e si baciò il pugno alzandolo verso il cielo, come se avesse voluto lanciare la sua devozione al suo babbo lassù su una nuvola.

Man mano che ci avvicinavamo al mulino, cominciammo ad avvertire il fragore ritmato dei magli. *Pum, pum. Pum, pum.*

«Ma è sempre così?» domandai, smarrita per tanto rumore.

«Certo» rispose il lanino, sorridente. «Vuol dire che si produce. Funziona in questa maniera, monna Gemma: il panno viene bagnato, piegato e posto nella vasca, e i martelli lo pestano finché non è ben infeltrito. Ogni tanto noi lo rigiriamo, finché è bello che pronto.»

Pietro fece una smorfia. «Ma in che cosa lo bagni, il panno, perché ci sia questa puzza in giro?»

«Nell'acqua, in un'argilla speciale e naturalmente nel piscio di vacca» rispose il Presto, sgambettando davanti a noi agile sui suoi piedi nudi. «Ce ne serve in grandi quantità, di piscio, lo compriamo dai contadini dei dintorni...» Ci aprì la porta della casa di pietra di fianco alla gora e si fece da parte. «Eccoci arrivati!»

Guardai dentro e mi salirono le lacrime agli occhi. Era il freddo, la stanchezza, l'incertezza del nostro futuro, il fatto di aver dovuto lasciare monna Lapa cui ero tanto affezionata, la pancia che mi cresceva sotto il vestito, il gran dolore alla schiena dopo la giornata di viaggio, tutte queste cose assieme. La Gilla sospirò. «C'è da lavorare e certo non è una reggia» commentò, seria. «Ma ora accenderemo il fuoco come prima cosa e poi sistemeremo tutto quanto.»

Era importante, il fuoco. Avere un nuovo focolare intorno al quale riunirci. Il Presto andava avanti e indietro con la legna e all'improvviso tutto il resto sembrò passare in second'ordine. Quella notte avremmo dormito al caldo.

Quando mi girai, vidi che Jacopo e Pietro erano saltati giù dal carro e rincorrevano il cane che scorrazzava sul prato digradante verso il fiume. Gridavano e ridevano.

«Cantuccio! Vieni qua, malnato!»

Il dono scherzoso di Cavalcanti era stato profetico. Come se Guido se lo fosse sentito, che Cante de' Gabrielli avrebbe incontrato di nuovo il nostro destino. E ora i figlioli giocavano con un cane che si chiamava come l'uomo che era stato l'artefice delle disgrazie del loro babbo.

«Madre, ma potremo pescare nel fiume?» gridava Pietro.

«Madre, ma potremo nuotare?» chiedeva Jacopo.

Giovanni e il Cianco cominciavano a scaricare le masserizie. Maretta teneva per mano Antonia, che cercava i fiori nell'erba, scegliendo quelli azzurri come il manto della Madonna, per la quale mostrava una gran devozione, per essere così piccina.

La Gilla sorrise. «Si stanno già ambientando» mi disse. «Vedete, padrona, a volte il diavolo non è così brutto come lo si dipinge.»

Un uomo armato si avvicinava con passo pesante provenendo dalle altre case più in alto, scendendo dal pendio.

«È Puccio, la guardia» mi rassicurò subito il Presto, vedendo che mi ero allarmata.

«Che guardia?»

«I panni di lana fanno gola, monna Gemma, valgono tanti denari. E a volte i ladri cercano di introdursi nel mulino a rubarli.»

Di bene in meglio. *Pum, pum*, facevano i magli mentre la guardia si faceva dappresso. La brezza della sera disperdeva solo in parte quell'olezzo acido e marcio di urina.

«Buonasera» ci salutò la guardia. Era un vecchio col piglio del veterano di molte battaglie.

«Buonasera a voi» gli rispose il Presto. «Ecco, Puccio, monna Gemma abiterà questa casa con i suoi figli e i suoi servi.»

Gli sorrisi. Il vecchio doveva essere abituato a farsi i fatti suoi. Ci guardò con i suoi occhi un po' acquosi, privi di espressione, poi fece segno di sì, come se l'esame lo avesse soddisfatto. «La notte chiudete la porta, che è meglio» raccomandò. «Non siamo a Firenze, qua.»

Questo era poco ma sicuro. Sentii di nuovo le lacrime salirmi agli occhi, ma le respinsi.

E questo fu il nostro benvenuto alle gualchiere.

7
Il lebbroso

La primavera di quell'anno era stata sorprendentemente mite e dopo qualche settimana sembrava che avessimo sempre vissuto da quelle parti.

La casa si faceva ogni giorno più confortevole, grazie alla collaborazione del Presto che ci aveva trovato in giro tutto quello che non eravamo riusciti a portarci da Firenze. La Gilla, dal canto suo, aveva visto negli stagni che si aprivano lungo le rive dell'Arno certi giunchi e certe erbe palustri che lei sapeva lavorare e trasformava in cesti, stuoie, nasse da pesca e perfino cappelli con la tesa larga, piegando e intrecciando instancabile le foglie lanceolate dure e sottili fino a farsi sanguinare le mani. I figlioli riportavano dalle loro scorribande nei dintorni uova di uccello acquatico, dal momento che il fiume era popolato da trampolieri, anatre, garze e beccaccini; e poi rane grasse e pesciolini. Avevamo qualche pollo che ci eravamo portati e il latte lo si comperava in una fattoria che chiamavano delle Brocche, vicina alla chiesetta di San Jacopo, sulla strada per una magione dei templari, dove avevano anche un forno nel quale cuocevano il pane per gli abitanti delle case delle gualchiere.

In una vicino alla nostra abitava il navalestro, che traghettava sulla sua zattera uomini e merci da una riva all'altra, aiutandosi con un grosso canapo che traversava il fiume. Era anziano e male in arnese e durante l'inverno aveva sofferto di gravi reumatismi, cosa comprensibile vista la grande umidità di quei luoghi, e spesso lo sostituiva la figlia che viveva con lui, la Naide, un donnone grande e grosso che da lontano sembrava un uomo, ma aveva una vocetta acuta da bambina e un gran buon carattere. Si era presa a cuore i miei figlioli e ora che la stagione si era aperta aveva insegnato loro dove tirare la lenza di fondo, così che spesso il fiume ci regalava qualche cosa da mettere in tavola. Nei punti dove la corrente era meno forte e la vegetazione acquatica più fitta aveva mostrato loro come prendere con la nassa dei grossi gamberi pallidi che piacevano molto.

Dietro la casa, la Gilla aveva trovato un piccolo orto in abbandono e l'aveva rapidamente rimesso in sesto, sotto il mio sguardo malinconico. Se fossimo riusciti a raccogliere quel che lei si era data da fare a seminare e interrare, avrebbe voluto dire che saremmo rimasti a lungo in quell'esilio fiumano.

Una mattina presto la lasciai alle prese con la terra da dissodare e mi avviai con la Maretta e Antonia a prendere il latte fino alle Brocche, passando davanti alla chiesetta di San Jacopo e poi davanti a una piccola casa dei templari che chiamavano alle Faggete e che dipendeva dalla magione fiorentina di Santa Croce.

Al ritorno entrai dentro San Jacopo a dire una preghiera. C'era una Madonna dipinta che a me piaceva tanto, seduta col suo bambino in braccio, vestita di scuro sul fondo d'oro, che ti guardava con quegli occhioni a mandorla intensi e tristi. Dietro si vedeva più in piccolo una scena, come a dire che era parte del passato, con lei che riceveva l'annunciazione dall'angelo e allargava le braccia: sia fatta la tua volontà.

«Non ti pare che somigli un po' alla Gilla, questa Madonna?» chiesi alla Maretta.

«Ma sapete che è proprio vero?» convenne la balia, sorridendo. «Ha quel taglio d'occhi, è vestita di scuro come lei, e anche quella schiena dritta e il modo di atteggiare il capo piegando un po' il viso come in ascolto.» Andavano molto d'accordo, lei e la Gilla.

La mia Antonina era devotissima della vergine e ogni volta che ne vedeva l'immagine s'incantava. «Maria» diceva, andando fin sotto l'altare, più vicino che poteva. «Madonna Maria.» «Prega che faccia tornare presto il babbo e che tutto si aggiusti, Nina» le sussurrai, come se lei potesse capirmi, povera bimba. Ma lei annuiva e sorrideva. Magari le preci degli innocenti erano più gradite lassù, mi dicevo, perché non mi sembrava che le mie avessero molto effetto.

Il prete, che era un amabile vecchio pieno di acciacchi, la guardò offrire alla Madonna con le sue manine il mazzolino dei fiori che aveva raccolto, annuendo contento.

«Questa vostra bimba è una delizia» mi disse. Poi diede un'occhiata alla mia pancia. «E non dubito che anche il vostro nuovo figliolino lo sarà.»

Ci accompagnò quando uscimmo dalla chiesetta sul piccolo spiazzo alberato e vidi subito la sagoma chiara accanto all'ontano. Si ritrasse appena, ma i suoi vestiti di tela grezza e chiara, col cappuccio sollevato a coprire la testa, una stoffa a celare il viso e le mani bendate, erano inconfondibili.

«Un malsano del lebbrosario della Verderia» commentò il prete. «Ogni tanto qualcuno di loro, quelli che stanno meglio, escono a far qualche commissione. Sarà andato a chiedere una elemosina ai templari delle Faggete, che sono sempre generosi. Ma strano che sia da solo. Di solito sono in coppia.»

Ai lebbrosi non era consentito mescolarsi agli altri. I loro beni venivano bruciati per evitare il contagio, le loro proprietà confiscate e una volta chiusi nel lebbrosario, morivano al mondo e ne potevano uscire solo in occasioni particolari. In giro non dovevano toccare niente per non contaminarlo e potevano indicare quel che volevano con il lungo bastone che recavano sempre con loro. Avevano divieto di entrare nelle chiese che non fossero le loro cappelle e venivano seppelliti nei loro cimiteri. Portavano una campanella, come le bestie, per avvisare del loro arrivo, in modo che tutti gli altri si potessero scostare al loro passaggio. «Povera gente» sospirai. Anche noi consorti di Dante a Firenze eravamo un poco come dei lebbrosi, del resto. Proprio per questo eravamo stati allontanati.

«Chi lo sa, la lebbra potrebbe essere occasione di santità: spegne i desideri del mondo e accende quelli celesti, mentre la sofferenza della carne acquista meriti per l'aldilà.»

«Ma la Verderia è quella che sta sopra la collina?» gli domandai. Doveva essere quella costruzione che avevo visto il giorno che eravamo arrivate alle gualchiere.

«Sì, è stato costruito dai cavalieri Lazzariti per il lascito testamentario di un benefattore.» Accarezzò la testa della Nina. «Ci vediamo a messa, piccolina.» Per tutta risposta lei gli prese la vecchia mano e gliela baciò con un gesto spontaneo, suscitando la sua commozione. «Oh, non sono il Santo Padre, sai, da meritar tanto omaggio, solo un povero prete di campagna…»

Poi ci mettemmo in marcia verso casa e dato che il sentiero era in gran parte scoperto e serpeggiava nel prato, ci rendemmo conto che il lebbroso ci stava seguendo a debita distanza.

«Starà facendo la nostra stessa strada» ragionai a voce alta. «Magari dovrà traghettare l'Arno e sa che all'altezza delle gualchiere c'è il navalestro.»

La Nina continuava a girarsi a cercarlo con lo sguardo, proseguendo per mano alla Maretta. Poi attraversando un folto d'alberi lo perdemmo di vista. La bambina si liberò dalla mano della balia e corse avanti e lei le andò dietro, ridendo e sollevando le gonne.

«Aspettami, Nina!»

«Andate avanti» le gridai. Ero più lenta negli ultimi tempi.

Mi distanziarono del tutto quando eravamo ormai in vista delle case e fu allora che intravidi un biancore improvviso tra gli alberi e il lebbroso si palesò accanto a me sul sentiero. Era avanti di qualche metro.

Mi fermai, un poco in allarme, aspettando che si scostasse dal mio cammino. Ero certa che la Maretta e la Nina avrebbero sentito le mie grida d'aiuto se l'uomo avesse avuto delle brutte intenzioni, ma mi guardai intorno alla ricerca di un ramo, un sasso con quale difendermi.

Lui abbassò il cappuccio e il panno che gli nascondeva il volto. Io trasalii, temendo chissà quale spettacolo di consunzione, e abbassai gli occhi, perché si sa che non fa bene alle donne incinte vedere brutture.

«Gemma...» disse il lebbroso.

Il cuore mi si fermò. «Oh, mio Dio, Dante!» esalai, sentendomi mancare.

Lui mi fu vicino e mi ritirò nel folto, via dal sentiero.

«Per l'amor del cielo... ma stai bene?» gli chiesi.

«Certo, è solo un travestimento... così coperto nessuno mi riconosce e la gente sta alla larga, se Dio vuole. Ma non potevo andar via senza vederti, senza parlarti... finora sono stato nei dintorni, al confine della città, ma adesso dovrò allontanarmi... ho saputo da padre Bernardo che stavi alle gualchiere dei Donati.»

«Via dove?» Piangevo e ridevo e lo toccavo, per essere sicura che fosse vero, che non fosse un sogno, un delirio. Mi pareva più magro e aveva dei capelli bianchi che non ricordavo sulle tempie. «Ho tanto pregato... anche la Nina, proprio adesso, in chiesa... magari la Madonna ha fatto il miracolo.» Lo stringevo, lo accarezzavo. «Portaci via, Dante, portaci via con te...»

Lui si staccò dal mio abbraccio. «Lo sai che questo non è possibile. Non ho un posto dove stare. Sto vivendo della generosità di altri bianchi fuoriusciti, ma non è così semplice e senz'altro non posso portarmi dietro moglie e figli... non so dove sarò domani. Senza contare che la battaglia è solo all'inizio. I bianchi si stanno riorganizzando e sono tra le loro fila. Siamo riuniti in un partito dei bianchi e abbiamo giurato a san Godenzo: c'erano tutti, Vieri dei Cerchi e i suoi e quattro degli Uberti e degli Ubertini, due Scolari e un Gherardini... Siamo dispersi un poco da ogni parte, chi ad Arezzo, chi a Pistoia e chi a Pisa, ma l'intento è comune...» Gli occhi gli brillavano.

«Comune con i ghibellini, dicono.» L'accusa che si muoveva ai bianchi esuli era quella di aver fatto un patto con i feudatari ghibellini del Mugello e del Casentino, come i conti Ubaldini, dando ragione a chi li considerava traditori della causa guelfa.

«I ghibellini sono nemici dei neri e noi abbiamo bisogno di un esercito e di un condottiero proprio per fare la guerra ai neri. Finora ci sono state solo scaramucce tra i castelli del Mugello nelle quali noi bianchi abbiamo avuto la peggio: ci servono degli uomini d'arme. Solo così potremo rientrare a Firenze a testa alta.» Mi toccò la pancia. «Il nostro bambino deve poter vivere nella sua città. Deve essere battezzato in San Giovanni, come tutti i suoi fratelli e il suo babbo.»

«E ce l'avete il condottiero?»

«Sì, è Scarpetta degli Ordelaffi, il signore di Forlì.»

«Quello che il papa ha scomunicato?» Era un nome che non si dimenticava e avevo sentito che Bonifacio lo considerava un demonio, il capitano di tutti i suoi nemici.

«Sono questioni di politica» tagliò corto Dante. «Devo raggiungere Scarpetta a Forlì, ma prima che io parta voglio che tu sappia che cosa succederà. Sono venuto a dirti questo. Resisti ancora un poco, moglie mia, vinceremo e torneremo a casa.»

«Un poco quanto?»

«Ancora qualche mese. Alla fine dell'estate Firenze tornerà bianca. Sei stata così brava finora…»

«Mi hanno aiutata i miei parenti.» Era la verità.

«Anch'io sto ricevendo aiuti dai Riccomanni, Dio benedica Lapo e Tana. E anche i tuoi genitori. Dimmi di Giovanni, di Pietro, di Jacopo, della piccola Antonia…»

«Stanno bene. Da quando siamo qui, si sono perfino irrobustiti, vivendo all'aria aperta… con in testa certi cappelli di giunco che la Gilla intreccia sembrano dei villici.»

«E tu?»

C'era dell'imbarazzo tra noi. Stavo parlando con mio marito, ne riconoscevo il calore, l'odore, la voce, ma lo sentivo anche estraneo, lontano con la mente, forte dei suoi disegni di rivincita. Mi strinsi nelle spalle e tirai su col naso, perché mi veniva da piangere. Io ho creduto di morire, avrei voluto dirgli. Io mi sono trovata gli scherani dei Pazzi in casa. Io ho dovuto ascoltare l'araldo che mi leggeva la tua condanna. Io ho lasciato tutto senza conoscere la tua sorte. Io prego ogni giorno che tutto questo abbia fine. Io… Non riuscii ad articolare una parola. Avevo il cuore stretto dentro una morsa.

«Andiamo via» gli dissi. «Noi soli, noi due e i figlioli. Lontano, in Francia, magari.» Non ci era stato anche ser Brunetto? «In un posto di pace, dove tu possa scrivere, studiare...»

Lui aggrottò le sopracciglia. «Ho degli obblighi d'onore nei confronti della parte bianca» ribatté. «Davvero vorresti per marito un gaglioffo che pensa solo a se stesso e fugge alla prima difficoltà?» Si passò una mano sul viso. «Oh, ce ne sono stati tanti, a voltar gabbana. Ma di certo non sarò tra quelli. Di certo non sono un capitano di ventura come Scarpetta o un uomo ricco come Vieri, ma posso mettere il mio ingegno al servizio della causa.»

Ancora una volta, non c'era niente che potessi dire per fargli cambiare idea. Forse sarebbe stato meglio che non fosse tornato. Vederlo faceva ancora più male. Non potevo pensare di perderlo di nuovo.

Lui mi strinse le mani e poi mi baciò sulla bocca, dolcemente. In un lampo mi chiesi chi avesse riscaldato le sue notti, in tutti quei mesi di separazione.

«Ci rivedremo presto» mi promise «e allora non dovrò travestirmi e nascondermi.»

Sentimmo il cigolio di una carriola al di là della curva del sentiero.

«Sta arrivando qualcuno. Ora è meglio che vada. A presto.»

«Dante...» mormorai.

Rimasi lì con le braccia tese, a chiedermi se non mi ero immaginata tutto quanto. La lavandaia che scendeva a lavare i panni al fiume con la sua carriola cantava qualcosa per farsi compagnia nel tragitto, mi riconobbe e mi indirizzò un cenno di saluto senza smettere la sua melodia. Attonita, io la seguii, con il cuore pesante quanto il mio passo, i pensieri sfilacciati.

La Gilla mi stava venendo incontro risalendo il sentiero.

«Oh, padrona! Sono venuta a cercarvi, è un pezzo che la Maretta e la Nina sono a casa. Che vi è successo? Avete una faccia da far paura.» Mi sostenne fin dentro casa e io mi lasciai condurre. Quando mi fui seduta al sicuro sulla panca, tirai un gran respiro e le confidai: «L'ho veduto. È stato qui».

«Il padrone Dante?» intuì subito lei. «Sta bene? Dov'è?»

«Andrà a Forlì e sarà la guerra. Ancora e sempre guerra, dentro e fuori Firenze. Ma lui confida che vinceranno i bianchi e che tutto tornerà come prima.» Lei mi versava un infuso profumato intanto che parlavamo. «Ma niente tornerà come prima» proseguii. «Perché anche se i bianchi cacceranno i neri poi di nuovo i neri vorranno cacciare i bianchi...»

Gilla rigirava il mio infuso per intiepidirlo e darmelo già bell'e pronto da bere. «Eh, sì, avete ragione, padrona.» Poi aggiunse: «Buon Dio, ma avete pensato quanto vi deve amare il padrone per rischiare tanto pur di potervi dire due parole?».

Mi stavo portando la scodella alle labbra e mi fermai. Quelle parole erano ancora più dolci del miele che lei ci aveva mescolato con tanta cura.

8
Maria

Non era l'ora e non era il momento. Secondo i miei conti, troppo presto. Quando la fitta mi attraversò le reni come un colpo di lancia e mi fece cadere in ginocchio nell'erba, avevamo appena lasciato le Brocche, dove ci eravamo recate come tutte le mattine per il latte e il pane, ed eravamo proprio all'altezza del grande orto della casa dei templari, lavorato da un paio di villani.

La Gilla, che quella mattina era con me, gridò forte e la porta della magione si aprì subito. Ne uscì un frate vestito di bianco, con la croce rossa del suo ordine cucita sulla stoffa, e un giovane famiglio.

«Avete bisogno di aiuto, le mie donne?» domandò l'uomo, alto e con il volto segnato da una brutta cicatrice che gli tagliava di traverso la faccia, impedendo nel suo solco anche alla barba di crescere. I capelli corti erano grigi e gli occhi chiari e vivaci.

«La mia padrona monna Gemma sta per partorire» disse subito la Gilla, e l'altro non fece domande. Mi trasportarono all'interno, in una foresteria confortevole dove mi adagiarono su un letto pulito.

«Dio vi rimeriti per il vostro aiuto» ansimai. «Abitiamo nelle case delle gualchiere dei Donati.» Mi toccai il ventre. «Mancano delle settimane al termine, ho già avuto altri figli e ne sono sicura...» Poi la voce mi smorì in un lamento, perché le doglie erano già molto ravvicinate.

«Alberico è il mio nome, povero compagno d'armi di Cristo e del Tempio di Salomone. State tranquilla, monna Gemma, con l'aiuto del Signore andrà tutto per il meglio.» Mi sorrise. «Ho qualche esperienza di medicina e se vi accontentate sarò io la vostra levatrice.» Dovette vedere la mia faccia sbalordita perché rise. «Non badate al mio brutto aspetto. Questa me la son fatta all'assedio di San Giovanni d'Acri. Ma le mie mani saranno delicate e i confratelli pregheranno per tutto il tempo la vergine Maria.»

La Gilla, che aveva il dono di leggere il cuore degli uomini, gli sorrideva. Così mi abbandonai alle loro cure e frate Alberico fu di parola: perfino più gentile della Olivola che aveva fatto nascere gli altri miei figli, capace di rassicurarmi con la sua voce suadente, ma col piglio sicuro di chi sa che cosa fare anche nei momenti più difficili, come quando pareva che il nascituro si presentasse trasverso.

Vidi la paura negli occhi della Gilla finché lui, senza smettere di parlarmi, non mi fece piegare le gambe in un certo modo ed effettuò una manovra che liberò il corpicino. Quando finalmente sentii piangere, per quanto debolmente, capii che il peggio era passato.

La Gilla mi mise la piccola tra le braccia. «Una bambina, padrona.»

«Maria» dissi. «Chiamiamola Maria. È il nome di mia madre e poi i buoni frati hanno pregato la Madonna per lei e il parto è andato a buon fine.»

Era davvero uno scricciolo, in confronto agli altri miei figli, e le lacrime mi scesero copiose, mentre frate Alberico la battezzava col rito breve del pericolo di morte.

«Per fortuna è nata nella bella stagione» mi disse, in tono incoraggiante. «Ci vorrà un poco di pazienza nel darle il latte, perché non riuscirà subito a succhiare da sola, ma non bisogna mai smettere di aver fede.»

Quello della mia quinta bambina fu il peggiore dei miei parti. Avevo perso molto sangue e la piccola era nata troppo presto. Rimasi dai templari un paio di giorni, perché anche se la mia casa era vicina frate Alberico insistette di non farmi muovere nemmeno a bordo di un carretto. I frati mi accudirono meglio che poterono, dandomi da mangiare brodo delicato e petto di pollo tenero e da bere vino buono, tenendomi da parte le fette di pane più bianco e perfino qualche zolletta di prezioso zucchero.

Quando terminava le sue incombenze e le sue preghiere, frate Alberico passava sempre a trovarmi per vedere come stavamo e anche per parlare. Era un uomo colto, veniva da Lodi e dopo la caduta di San Giovanni d'Acri, dove era rimasto gravemente ferito, quando si era ripreso il suo ordine lo aveva destinato a quella casa toscana.

«Abbiamo resistito all'assedio dei mamelucchi finché abbiamo potuto» mi raccontava. «Poi i musulmani hanno scavato delle gallerie per penetrare dentro la fortezza e la struttura ha ceduto, crollandoci addosso. È stato un inferno, fra le macerie che cadevano e i mamelucchi che ci davano addosso...» Si toccò la faccia. «Un miracolo che sia vivo, si vede che il buon Dio aveva deciso che non fosse ancora la mia ora.»

Anch'io finii per raccontargli che eravamo sbanditi da Firenze e lui non parve stupito. «So che cos'è successo. Sono stati in molti i bianchi in pericolo a bussare alla porta della nostra casa templare al Mugnone, nei giorni e nelle notti nei quali i neri hanno messo a ferro e fuoco le strade, per chiedere rifugio.»

Quando lasciammo le Faggete, ringraziai frate Alberico di tutto cuore. «Senza di voi non so che cosa sarebbe successo.»

Lui sorrideva con quel sorriso di chi ha visto troppe cose del mondo. «Dio ha voluto che le nostre strade si incontrassero. Vesto quest'abito per dare aiuto a chi ne ha bisogno. È vero che il nostro ordine è nato per difendere i pellegrini, ma non sono forse dei pellegrini anche coloro che per contese politiche vengono cacciati dalle loro città, gli esuli, i raminghi?»

«Come mio marito» gli dissi.

«Che Dio lo accompagni» mi rispose lui.

«Che brav'uomo» ripeteva la Gilla, mentre prendevamo congedo. «Fossero tutti come lui.»

Due giorni dopo Francesco ci fece una visita senza preavviso alle gualchiere e compresi subito che era successo qualcosa di brutto. Arrivò a cavallo con un suo servo, con le bisacce piene di doni per noi, ma il suo volto era scuro.

«Arrivi in tempo per conoscere la tua nipotina» gli annunciai, e intendevo qualcosa di preciso. Maria era oltremodo debole, non riusciva a succhiare e non aveva nemmeno la forza di piangere. Sentivo dentro di me che non sarebbe vissuta a lungo. Lui capì subito e mi abbracciò.

«Una nascita dovrebbe essere sempre una festa» mormorò. «Mi dispiace tanto.»

Era seduto vicino al mio letto, dove ancora trascorrevo il mio fresco puerperio, e cominciai a raccontargli di Dante. Lui ascoltava, compreso.

«Credo che quel che mio fratello ti ha detto sia già in parte superato dagli eventi. E non ho buone notizie. Il condottiero dei bianchi, Scarpetta degli Ordelaffi, è stato sconfitto al castello di Puliciano dal nuovo podestà nero di Firenze, Fulcieri da Calboli, forlivese come lui. I neri hanno fatto prigionieri molti bianchi e li hanno trascinati fino a Firenze. Il boia ha un gran da fare, in questi giorni. Hanno rifiutato ogni riscatto, li trattano da traditori, li bruciano vivi, li trascinano con i cavalli fino a farne scempio, non s'è mai vista tanta crudeltà.»

«Oh, mio Dio, ma Dante...»

«No, no, Dante non c'era a Puliciano. Non tra i combattenti, almeno. È salvo.»

Chiusi gli occhi. Il gran campione dei bianchi del quale mio marito mi aveva parlato si era già fatto battere sonoramente dai neri. Si allontanava parecchio il giorno del ritorno trionfale a Firenze.

«Lo ha sempre detto Corso che i bianchi non sono dei grandi guerrieri» sospirai. «Almeno su questo un poco di ragione ce l'ha.»

Francesco esitava. Ero sicura che la lista delle sventure non fosse finita.
«Ti prego, cognato, non tenermi così sulle spine.»
Lui sospirò. «Quel che fanno gli esuli fuori Firenze condiziona molto l'atteggiamento della Signoria dentro Firenze e anche il nostro destino. Più i fuoriusciti combattono, più vengono visti come traditori, e le misure contro di loro si fanno sempre più severe.»
«Più severe di così...» ribattei, sprezzante. «Sulla testa di Dante grava una condanna al rogo.»
«Sì, lo so. Ma adesso me ne devo andare anch'io, mi è arrivata la notifica. Ripoli è troppo vicina a Firenze: andrò ad Arezzo, per un po'.»
«Oh!» Gli presi le mani. «Oh, Dio, Francesco, mi dispiace tanto, tu non hai mai fatto niente...»
Lui si strinse nelle spalle, ma si vedeva che era provato. Il nome Alighieri si faceva pesante da portare. «Ho dei contatti d'affari in quella città. Staremo bene. E non sarà per sempre.»
«È solo una cattiveria... Ma come farai con monna Lapa? Non potrà cambiar di nuovo casa, povera donna...»
Mio cognato si umettò le labbra prima di dirmi: «Non dovrà farlo, Gemma. Lei è già in paradiso».
«Ma come, quando?»
La madre di Francesco, matrigna di Dante, la mia cara suocera, era morta senza nemmeno accorgersene nel sonno, una notte di quattro giorni prima. La sua serva l'aveva trovata la mattina, semiseduta sul letto con tanti cuscini dietro la schiena come le piaceva stare per respirare meglio, data la sua mole, con la sua donnola in grembo che emetteva un piccolo verso lamentoso, come se la piangesse.
Fu allora che Francesco prese una piccola cesta che fino a quel momento non avevo notato. «Ha sempre detto che se le fosse successo qualcosa Gioia doveva tornare da voi, dai tuoi figlioli che gliel'avevano donata.»
«Grazie» bisbigliai col cuore pesante, mentre la donnola cercava rifugio dentro la mia manica, assai meno ampia e comoda di quella della sua povera padrona.

«E ora fammi dare un bacio a Maria, prima di rimettermi in sella» tagliò corto lui, che non era tipo da indulgere alle emozioni.

Ci promettemmo di rimanere in contatto sempre tramite frate Bernardo, ma quando lui uscì mi sentii ancora più sola. Saperlo a poche miglia mi aveva dato fino ad allora una certa consolazione.

Nonostante le cure assidue e le attenzioni, il latte tirato dai miei capezzoli e versato a goccia a goccia con l'angolo di un panno di cotone fino fino nella piccola bocca, le ninne, le preghiere e le lacrime, la mia Maria non aveva la forza di vivere e si addormentò per non svegliarsi più, come monna Lapa, il giorno prima di san Giovanni. Durante la notte avevo sorvegliato il suo respiro, che mi pareva sempre più flebile, e avevo finito per chiudere gli occhi verso l'alba con una mano sopra il suo corpicino, così piccino che lo coprivo quasi del tutto. Mi ero destata di colpo dopo pochissimo e mi era parsa fredda sotto le dita. Infatti. La seppellimmo nel cimitero dietro la chiesa di San Jacopo.

Al funerale vennero in parecchi, quasi che la piccola comunità delle gualchiere ci riconoscesse in qualche modo come residenti a pieno titolo: c'era la Naide navalestra e la Lilla lavandaia, c'era la Bianca delle Brocche che ci dava il latte la mattina e anche frate Alberico. Fui proprio commossa da tutto quel calore, in chiesa in mezzo ai miei figlioli, anche se la sofferenza era tanta.

Mi ero come spenta, mentre con mia madre, che era accorsa da Firenze per quella triste occasione, aiutavo la Gilla e la Maretta, in lacrime, a comporre quel cadaverino pallido e molle. Con le mani che mi tremavano, le avevo tagliato una piccola ciocca del ciuffetto chiaro che aveva in mezzo alla testa e lo avevo legato con un filo di seta: suo padre non l'avrebbe mai vista, quella bambina, che era venuta e se n'era andata in un soffio. Almeno avrei potuto mostrargli quel suo ricordo, un giorno. Forse.

Mia madre rimase con me un paio di giorni, ma la sistemazione era disagevole per lei, e non appena mi parve di sentirmi un poco meglio le dissi di tornare a casa dal babbo, che aveva una brutta congestione di petto e più bisogno di quanto ne avessi io. Ormai aveva la sua età, per quanto si portasse bene, e bisognava che si riguardasse.

«Credetemi, madre, me ne farò una ragione. Ho con me gli altri figlioli che mi riporteranno il sorriso.»

Lei se ne andò riluttante, combattuta tra l'amore per il marito e quello per la sua figliola sbandita.

La verità era che la mattina non trovavo più un motivo per mettere le gambe giù dal letto. Se non ci fossero stati gli altri figlioli, forse mi sarei semplicemente girata verso il muro e non mi sarei più levata. Ma sapevo che non ero da sola e cercavo di farmi forza e di perdonarmi.

9
Il barone in visita

«Padrona, padrona Gemma! Messer Corso... buon Dio, messer Corso è qui alle gualchiere!»

La voce allarmata del Cianco, avvisato dal Presto dell'approssimarsi dei cavalieri, mi sorprese nell'orto. Quanto tempo era passato dall'ultima volta che ci eravamo visti, col barone? Mi tirai in piedi, mi pulii le mani dal terriccio, mi sciolsi il grembiule e mi portai le mani alla testa, per lisciarmi i capelli e sistemarmi la cuffia. Dovevo essere così brutta, malmessa. E maleodorante, forse: strappai due foglie di menta e le masticai in fretta. Se non altro l'alito sarebbe stato profumato.

Il manipolo di uomini a cavallo stava scendendo dalla strada della chiesa. Corso era davanti a tutti, in groppa a un cavallo nero come l'inferno, vestito di velluto chiaro e con indosso il solito pettorale argenteo. Lo vidi scendere da cavallo con un po' più di cautela di come mi ricordavo: non balzava più come una volta.

«Buona giornata, cugina!» gridò, nel suo solito tono un poco di beffa.

Io gli andai incontro sullo spiazzo erboso. Era sempre un gran bell'uomo biondo e baldo. Mi pareva zoppicasse un po' su una gamba, ma forse erano solo le irregolarità del terreno.

«Buona giornata, cugino» gli risposi, facendogli il verso e cercando di ritornare la Gemma che lui conosceva e non la donna malinconica che ero diventata.

«Ti vedo pallida e magrolina» esclamò, impietoso. «Me ne dispiaccio. Ho raccomandato al Presto di soddisfare tutte le tue necessità.»

«E così è stato» mi affrettai a rassicurarlo, prima che il bravo garzone ci andasse di mezzo.

Lui si guardava intorno. *Pum, pum*, facevano i magli. Arricciò il naso. «Ma c'è sempre questo concerto, qua? E questa puzza quando gira il vento?»

«Non ci eri mai venuto?» gli chiesi, incredula. «Non è roba tua?»

Lui fece un gesto con la mano. «Ho così tante proprietà che qualcuno me le amministra, ho altro da fare che riscuotere pigioni.» Annusò l'aria. «Giurerei che è odore di piscio.»

«Giusto. Vuoi che ti spieghi come funzionano le gualchiere? Cosa contengono le vasche dove si battono i panni? Siamo degli esperti, ormai. Se mai ti servisse un sovrintendente, potrai prenderti Giovanni.»

Corso sorrise. «Potrebbe essere una buona idea. Dove sono adesso i tuoi figlioli?»

«A scuola dai templari delle Faggete.» Frate Alberico era un gran dotto, come anche il suo coadiutore alla magione, e così i miei tre figli andavano da loro ogni giorno a imparare qualche cosa. Anche Jacopo già scriveva bene. Non mancava l'ingegno, ai nostri figli, anche se Giovanni era sempre quello più portato al latino e alla filosofia.

«Dai templari? Bada che non insegnino loro delle eresie.»

«Non credo proprio, li conosco, questi frati, e se il loro operato è informato dalle loro idee, possiamo stare tranquilli. Comunque i figlioli torneranno all'ora di desinare. Spero che vorrai fare onore al nostro povero desco, con la tua scorta.»

Gli altri quattro uomini che erano con lui erano scesi da cavallo e aspettavano a rispettosa distanza.

«Perché no?» Corso indicò verso la casa. «Andiamo dentro?»

Allargai le braccia. «Sei tu il padrone.»

«So che non è una reggia» constatò lui, entrando, «ma almeno sei potuta stare tranquilla, qui. A Firenze è successo di tutto. E ancora ne succederanno.»

Ora ero sicura che stesse davvero zoppicando. «Cos'hai fatto alla gamba?»

«Ormai sono quasi guarito. Un agguato. Hanno cercato di nuovo di ammazzarmi, ma ho la pelle dura e qualcuno da lassù che mi tiene una mano sulla testa. Un colpo di lancia al costato come a Gesù Cristo e uno alla coscia che fatica a rimarginare, ma sono ancora forte come un toro.» Si lasciò cadere sulla panca. «È il destino dei migliori suscitare invidia.» Vide la Gilla e sorrise. «Eccoti!»

«Padrone Corso» lo salutò lei, rispettosa, correndo a mettere la pentola sul fuoco.

«Questa schiava è la miglior cosa che potesse capitarti» disse, convinto dei suoi meriti.

«È vero, solo che non è più una schiava da tanto tempo. È una donna libera.»

Lui si strinse nelle spalle. «Non fa gran differenza. Gli schiavi liberati sono liberi di morire di fame. Restano comunque coi padroni e la loro vita non cambia. Dove vuoi che vadano, è come mandare un pollo in mezzo alle aquile. Però è stato un bel gesto, ti ci riconosco.»

A guardarlo bene, pareva un po' stanco e un po' imbolsito. «Dicono che vuoi diventare il signore di Firenze» azzardai.

Lui non negò. «C'è bisogno di un uomo forte che metta fine a tutte queste giullarate. Bianchi e neri si beccano anche fra quelli della stessa parte, come oche rissose. Ora che il papa Bonifacio è morto, pace all'anima sua, il suo successore è un pover'uomo che dovrà rimangiarsi tutte le alzate d'ingegno di Bonifacio contro i francesi e intanto manda a mettere il becco a Firenze dei poveri uomini come lui.»

Bonifacio VIII era morto di crepacuore, o almeno così si sussurrava, dopo che i francesi di Filippo il Bello lo avevano vinto e svillaneggiato ad Anagni. «Ti piaceva di più Bonifacio» constatai. Erano abbastanza simili, così spregiudicati e ambiziosi.

«Lo facevo più accorto. Si è messo contro la persona sbagliata. Credeva di poter comandare il re di Francia. L'ha minacciato di scomunica, figurarsi! Ma non ce n'è di più avidi e scaltri di Filippo. Sarà anche bello come un dio di fattezze, ma ha l'anima nera quasi quanto la mia. E Bonifacio aveva settant'anni ed era malato. Soffriva anche lui di gotta, come me. Anch'io certe volte ho il fuoco dentro le ossa, anche se non son vecchio: è una predisposizione di famiglia dei Donati.»

«Dovresti moderarti nel mangiare» gli risposi. «Mio padre ne ha avuto gran giovamento.»

«Sì, sarebbe saggio» riconobbe Corso. «Ma che Dio mi danni se rinuncerò a una bella spanciata di cinghiale per paura del dolore. Il dolore ti fa sentir vivo, come il piacere. E di questi tempi non si sa se domani saremo ancora qua o all'inferno a farci pungere le natiche dal forcone di qualche satanasso. Quindi meglio non rinunciare a niente. A proposito, cosa si mangia?»

«Gamberi di fiume e pasticcio d'erbe» rispose la Gilla.

«Gamberi? Ci fate far quaresima, le mie donne. Ma pazienza.» Bevve il vino che la Gilla gli aveva messo davanti. «Datene anche ai miei sodali, che viene sete a cavalcare» le ordinò. Poi proseguì: «E ora questo nuovo papa Benedetto XI ci manda a Firenze come paciere un altro cardinale, Niccolò da Prato... un domenicano di quelli che hanno studiato, che viene a chiedere anche lui la balìa. Tutti la vogliono, la balìa di Firenze, il potere supremo. E quei babbei gliela darebbero anche...». Scosse la testa e si strofinò la gamba dolente.

«Tu e i tuoi non siete d'accordo?»

«Certo che no! Sto facendo circolare una lettera del cardinale nella quale invita i guelfi bianchi e i ghibellini ad attaccare Firenze in armi.»

Spalancai gli occhi. «Il cardinale scrive questo? Non ci si crede...»

«Infatti. La lettera è una contraffazione. Abbiamo un notaio che è un campione a imitare le scritture.» Rise forte.

«Sei un demonio...»

«Non sono io un demonio, sono gli altri a essere dei sempliciotti! Le selve del Mugello brulicano di gente armata scesa dalla Romagna, come se si fosse riformata una falange ghibellina sui gioghi dell'Appennino, dove ci sono i castelli degli Ubaldini, pronta ad attaccare Firenze... tutto merito di una lettera che nessuno ha mai scritto. Fin troppo facile.»

«E se attaccassero davvero?»

«Quel gregge male assortito? Non sono d'accordo su niente, fanno mille riunioni prima di emettere un peto, in nome della loro democrazia, le decisioni si disperdono in mille rivoli e prima che abbiano preso un partito si ritrovano sbaragliati. Hai visto cos'è successo a Puliciano? Correvano come lepri.» Mi guardò dritto negli occhi. «Glielo devi far capire al tuo Dante, in qualche modo. Non combineranno mai niente, i fuoriusciti bianchi. Cominciano ad avere anche problemi di denari, stanno chiedendo prestiti in giro. Lui deve lasciare quell'alleanza che gli porta solo male. Se la smetterà di frequentare quel consesso di traditori sbandati e arruffoni, la Signoria potrà rivedere i provvedimenti presi contro di lui. Ma se sostiene chi vuol prendere le armi contro la sua città, non può sperare in alcuna clemenza.» Mi toccò il braccio. «E bada che fa del male anche a te. E a Francesco, che ha dovuto far fagotto anche lui.» Si versò di nuovo da bere. «Se crede di poter tornare a Firenze da vincitore, sta sognando. L'unico modo è ottenere un'amnistia. Ma chi leva le armi contro Firenze se lo può scordare, il perdono.»

Sapevo che stava dicendo la verità, ma non volevo dargliela vinta. «Il perdono per che cosa? Lo sai che quelle accuse erano tutte false, come la tua lettera del cardinale. Avete al vostro servizio non solo un esercito di armati, ma anche un esercito di segretali, di giudici, di cancellieri, pronti a mettere nero su bianco qualunque menzogna.»

Anche questa volta non disse di no. «Si chiama saper far politica, donna. Ogni mezzo è buono per atterrare il tuo avversario, soprattutto se lui presta il fianco con tanta dabbenaggine. La storia della strada che tocca le proprietà degli Alighieri... buon Dio, tuo marito sarà anche un gran poeta e un gran filosofo, ma di certo non è molto avveduto.»

Ero inorridita. «Era una trappola?»

«Perché mai avrebbero dovuto proporgli una magistratura delle strade, se no? Avevo scommesso che si sarebbe rifiutato, ma lui no, ha accettato anche quell'incarico modesto, pur di servire il comune... che bravo cittadino... e ora lo accusano di baratteria.» Rideva e scuoteva la testa.

Mi coprii la faccia con le mani. «Sporchi tutto quello che tocchi.»

«No, qui ti sbagli, non sono io. È che la maggior parte delle persone non vede al di là del proprio naso. Se Dante fosse stato davvero corruttibile e corrotto, forse adesso non si troverebbe sbandito chissà dove, avrebbe pagato delle multe, avrebbe negoziato usando le sue ricchezze. Il fatto è che lui ha l'animo retto, fin troppo, ed è stato forse l'unico a levarsi in assemblea per fare gli interessi della città e non di se stesso. È stato questo a perderlo e a creargli nemici veri e amici falsi. Ma spero che la lezione gli sia servita.»

Non ebbi il tempo di rispondergli. «Cugino!» esclamò Giovanni, sulla porta. «Sii il benvenuto.» I miei figli erano tornati.

Corso fu molto affabile. Mangiammo gamberi a sazietà e conversammo amabilmente e i giovani erano affascinati dai suoi modi e dal suo parlare. Nina gli portò un mazzolino di fiori e lui la prese sulle ginocchia, appoggiandola alla gamba sana. Pareva un *pater familias* affettuoso.

«Mettiti di qua, che di là mi duole.»

«Pregherò per te, cugino» gli rispose subito lei con la sua vocina, carezzandogli il ginocchio malato.

Corso fece tanto d'occhi. «Ma bene, così piccina e così pia. Mi pare già di star meglio, non è che hai le mani sacrate come i re di Francia che guariscono la scrofola? Continua così, che ci mancava una beata in famiglia, in questo i Cerchi finora ci battono, con Umiliana. Una Donati in odore di santità ci farebbe gran comodo. Coltivatela, la sua vocazione!»

«Non puoi vedere anche questo come un motivo di competizione con i tuoi rivali» lo rimbrottai.

Lui non se ne diede per inteso. «Come no! E poi la nostra Nina è bella, come la sua mamma, mentre Umiliana, uh, povera donna...» E fece una smorfia buffa.

Risero tutti.

Più tardi, prima di congedarsi, mi disse di voler visitare la tomba di Maria, di cui gli avevano parlato i miei figli, e ne rimasi colpita.

Ci avviammo insieme su per la salita, a piedi, verso la chiesetta di San Jacopo e il camposanto. La sua scorta ci seguiva a distanza.

«Era così piccina» mormorai, davanti alla lastra di pietra. «Dovevi vederla, Corso, proprio uno scricciolo. L'ho capito subito che non ce l'avrebbe fatta.»

Lui mi passò un braccio intorno alle spalle e mi venne spontaneo appoggiare la faccia al suo petto. Era così tanto tempo che non avevo un uomo accanto.

«Mi dispiace» disse lui in un soffio.

«So di tuo figlio Mone...»

Stavolta lui non rispose con una delle sue spacconate. Rimase zitto, accarezzandomi i capelli.

«Mi dispiace» dissi anch'io, appannando il pettorale lucido della sua corazza col mio respiro.

Mi accarezzava la faccia con la mano. «Hai qualche ruga qui all'angolo degli occhi» mi disse. «Eppure mi sembri ancora più bella.»

Anche lui mi sembrava più imperfetto e più bello. Mi faceva male il cuore e mi sciolsi un poco bruscamente dal suo abbraccio. Dovevo sottrarmi a quella sensazione. «Scommetto che hai in mente una moglie nuova. Sei vedovo da un pezzo, ormai» osservai con una certa petulanza.

Lui sbuffò. L'incantesimo si era rotto, la mia frase maliziosa l'aveva mandato in frantumi. «Sì» confermò. «Chiara è poco più che una bambina, quel che ci vuole per farmi dimenticare la gotta a letto. Ma soprattutto è la figlia di Uguccione della Faggiola.»

«Uguccione è un ghibellino» obiettai. Faticavo a star dietro ai suoi ragionamenti di partito.

«Uguccione è un ottimo alleato e pensa quello che penso io della democrazia comunale. È un bravo capitano di ventura, sa condurre dei soldati e mi stima. Non vado troppo per il sottile, cugina. Anche se qualcuno griderà allo scandalo. Starnazzino pure.» Era tornato il solito spaccone.

Prima di rimontare a cavallo e partire, mi ammonì col dito come si fa con i bambini. «Ricorda le mie parole. Se tutto va bene, avrò prestigio sufficiente a sostenere il tuo rientro, e ci rivedremo presto a Firenze. E intanto raccomanda a tuo marito di non fare alzate d'ingegno e di non sperare nella vittoria dell'esercito bianco. Non sarà grazie a quella gente che riuscirà a tornare. I somari di Vieri sanno combattere come io so filare la lana.»

I figlioli lo guardarono galoppare via con gli occhi spalancati di ammirazione, il mantello corto che si gonfiava al vento, i suoi quattro scherani alle calcagna. La Nina gli fece anche un saluto con la manina levata.

10
Color di cenere

Le fiamme che bruciavano Firenze le vedemmo tutti distintamente, dalle case delle gualchiere. La città rosseggiava contro il cielo di giugno e le prime notizie ce le portò la Naide, che aveva traghettato gente che veniva dalla città. Era stato Neri degli Abati, priore di San Pier Scheraggio, dov'era la Madonna del Cimabue e dove spesso Dante aveva parlato all'assemblea, ad appiccare del fuoco lavorato, cioè bitume, zolfo e pece dentro certi vasi. Quel fuoco maledetto non si spegneva con l'acqua, ma solo con la sabbia, e divampava con una furia infernale, simile a quello che usavano i musulmani in Terra Santa contro i crociati.

Si faticava a crederlo, ma il bersaglio di quel Neri, che a rigore avrebbe dovuto essere un uomo di Dio e non di fazione, erano state le case in Orto San Michele della sua stessa famiglia, di cui lui non condivideva il partito bianco. Anche questo stava succedendo, le famiglie si dividevano al loro interno: non tutti i Pazzi e non tutti gli Abati erano schierati dalla stessa parte, ce n'erano di bianchi e di neri, da perderci la testa, il padre contro il figlio, il fratello contro il fratello.

Quel giorno di giugno tirava un forte vento caldo che favorì oltremodo l'operato del priore e in breve tutto il quartiere diventò un rogo. Dal Mercato Vecchio arrivò fino in Calimala. I fondachi e le botteghe finivano in cenere fino in Mercato Nuovo e alle case dei Cavalcanti, in Vaccareccia e in Porta Santa Maria fino al Ponte Vecchio mentre le statue votive di cera della loggia di Orto San Michele fusero orribilmente.

Lì infatti i devoti della Madonna le dedicavano per grazia ricevuta degli *ex voto*, ponendoli alla base del pilastro con la sua effigie, e la loro numerosità dimostrava quanto la Vergine fosse generosa, tanto che era stato aperto sotto il tabernacolo della loggia uno spaccio di candele e un laboratorio dove bravi artigiani modellavano nella cera le figurine che i fedeli riconoscenti volevano dedicarle. Tutto andò perduto nel fuoco.

Chi stava dentro casa e si vedeva attaccato si difendeva, cercando di allontanare con le armi chi si avvicinava minaccioso col proposito di appiccare il fuoco lavorato dentro le pentole, e ci furono scaramucce a lancia e spada per le strade illuminate dalle fiamme, con morti e feriti.

Il podestà Manno della Branca, che veniva da Gubbio come Cante de' Gabrielli ed era il successore di quel Fulcieri da Calboli che aveva sbaragliato i bianchi a Puliciano, uscì dopo un poco con i suoi soldati dal suo palazzo, ma non mosse un dito per fermare le violenze, limitandosi a ingombrare le vie con i suoi uomini e i suoi cavalli, quasi volesse ritardare l'operato delle squadre di facchini e maestri di pietra e legname incaricati di demolire pezzi interi di case per evitare in questo modo che l'incendio si propagasse agli edifici adiacenti.

Anche i ladri e i saccheggiatori che nella confusione erano sbucati fuori da tutte le parti a rubare quello che le fiamme non avevano ancora divorato non trovarono ostacoli. Di certo non era il primo incendio che scoppiava a Firenze, dato che le case avevano molte parti fatte di legno e per illuminare, lavorare e riscaldare si usava molto fuoco, e molte merci stivate nei fondachi come le pezze di lana o le granaglie erano un'esca micidiale per le fiamme. Ma mai si era vista un'azione così mirata e criminale, con lo scopo di colpire al cuore le proprietà dei bianchi, come per esempio dei Cavalcanti, che si trovarono distrutti tutti i palazzi che affittavano, vivendo del reddito di quelle pigioni.

A dimostrazione che si era trattato di un attacco concertato, furono visti intenti a gettare le pignatte di fuoco nei cortili delle torri e delle dimore dei rivali grossi nomi della fazione nera: Rosso della Tosa in persona a Calimala, e anche Sinibaldo, un altro figlio di mio cugino Corso Donati al Mercato Nuovo, e Boccaccio degli Adimari in Orto San Michele, come se i capi neri si fossero suddivisi tra loro sistematicamente i quartieri da distruggere.

Quando il fuoco parve quietarsi un Cavalcanti e un Lucardesi, dei capi bianchi, proposero sull'onda della rabbia di rendere pariglia agli avversari e di andare ad appiccare l'incendio alle case dei capi neri che avevano distrutto le loro, ma tutti gli altri erano troppo sconvolti e disperati per reagire, diversamente Firenze avrebbe subìto altre distruzioni del suo cuore pulsante.

Mia madre mandò un servo a rassicurarmi sul fatto che loro stavano tutti bene e che l'incendio non aveva danneggiato la casa degli Alighieri. La Tana invece mi fece avere un sonetto che circolava, opera di Guido Orlandi, un rimatore di parte nera che stava nel nostro sestiere e che conoscevo di vista, anche perché aveva fatto parte del consiglio delle capitudini con Dante. Di lui ricordavo che aveva avuto qualche tenzone poetica con Guido Cavalcanti, nei bei tempi in cui ci si accontentava di disputare a parole e non mettendo la città a ferro e fuoco.

Dopo il disastro del rogo, l'Orlandi si era divertito a schernire i rivali, paragonandoli a granchi spaventati che si azzardano a uscire solo di notte, non più bianchi ma ingrigiti per la cenere dell'incendio che aveva distrutto gran parte delle loro case e possessi.

Color di cener fatti son li bianchi,
e vanno seguitando la natura
degli animali che si noman granchi,
che pur di notte prendon lor pastura;
di giorno stanno ascosi, e non son franchi,
e sempre della morte hanno paura...

Perfino i preti e i poeti si erano fatti contagiare da tanta ferocia.

Il cardinale legato, pieno di indignazione per quello scempio, era tornato a Roma, lanciando l'interdetto sulla città, e il papa aveva convocato i responsabili. Stavolta avevano davvero passato il segno.

Mentre salivo a San Jacopo per la messa con i miei figlioli, quella domenica, pensavo che finalmente i neri avrebbero dovuto render conto del loro operato, se volevano che la scomunica venisse ritirata. E avrà pur voluto dire qualche cosa, se il papa Benedetto aveva preferito un banchiere della casa bianca dei Cerchi agli Spini neri di cui si serviva Bonifacio.

Frate Alberico ci venne incontro sul piccolo sagrato e mi parlò a voce bassa.

«Avete sentito le notizie, monna Gemma? I bianchi fuoriusciti han fatto una grande alleanza con i loro sodali di Toscana e di Romagna. Sono numerosi e pronti a dar battaglia e se agiranno in fretta avranno la meglio sui neri. Ma non dovranno perdere tempo.»

«Attaccheranno Firenze?»

Lui si segnò e annuì. Non riuscii nemmeno a seguire la messa, tanto avevo la gola stretta. Non sapevo nemmeno se Dante sarebbe stato tra di loro. Prendere d'assalto Firenze! Purché questa fosse davvero l'ultima battaglia, purché servisse a metter fine a quelle violenze, purché il sangue non venisse sparso invano, purché... Pregavo, come avevo fatto quando quello che sarebbe diventato mio marito era schierato tra i feditori a Campaldino. Ma questa non era una guerra dei fiorentini contro gli aretini, questa era una guerra fratricida, dove Corso e Dante avrebbero militato nelle schiere opposte, e la prevalenza dell'uno avrebbe segnato la rovina dell'altro. E non sapevo bene che cosa impetrare, nelle mie preci, se non la pace, quella stessa che il vecchio prete nominava spesso nelle sue accorate omelie e che pure frate Alberico, conoscendo bene gli orrori di ogni guerra, anche quella che veniva chiamata santa, non poteva che considerare la cosa più importante.

Mi tornarono in mente le parole sprezzanti di Corso sull'incapacità dei suoi rivali in battaglia: i templari avevano sempre informazioni di prima mano, perché avvenne esattamente quel che frate Alberico aveva previsto. Le forze dei bianchi erano numerose e bene armate e avevano il vantaggio della sorpresa. Ma lo persero, perché arrivati alla Lastra sopra Montughi, sulla strada per Bologna, si fermarono due giorni, ad aspettare altri alleati che dovevano arrivare da Pistoia, dando tutto il tempo ai fiorentini neri di accorgersi di quel che stava per succedere. Quando finalmente una parte dei bianchi si decise a scendere in città, mentre i bolognesi si attardavano ad aspettare ancora pisani e pistoiesi, ormai dentro Firenze erano in allarme. I bianchi entrarono dal sobborgo di San Gallo e si schierarono al Cafaggio del Vescovo ad aspettare ore, sotto il sole di luglio e senz'acqua per gli uomini e i cavalli, che i loro sostenitori, sui quali pensavano di poter far conto in città, dessero il via alla rivolta dall'interno. Ma non accadde nulla e allora disordinatamente si spinsero nella città vecchia fino a San Giovanni. Lì trovarono resistenza e si fecero respingere dagli agguerriti difensori neri, che li costrinsero a ripiegare. I bolognesi e i pistoiesi, che li stavano finalmente raggiungendo, vedendoli arretrare pensarono che la partita fosse perduta e tornarono indietro: una disfatta. «I somari di Vieri sanno combattere come io so filare la lana» aveva detto mio cugino.

Nei giorni che seguirono, tutti si trasformarono in consumati strateghi, capaci di spiegare i motivi per i quali quella che avrebbe potuto essere una facile vittoria si era volta in una definitiva sconfitta. Anche alle case delle gualchiere dei Donati non si parlava d'altro.

«Perché hanno aspettato troppo alla Lastra» diceva il padre della Naide, che con l'estate non pativa più troppo i suoi reumi e aveva ripreso a traghettare.

«Perché non hanno aspettato di essere tutti insieme e sono scesi in città alla spicciolata» argomentavano i villani delle Brocche, intanto che ci davano il latte appena munto e il pane caldo di forno.

«Perché hanno aspettato nella calura e senz'acqua e i cavalli ne han patito più degli uomini» ragionava il Cianco, che pensava sempre prima alle bestie.

«Perché sono entrati di giorno, così che i loro partigiani non hanno osato mostrarsi, mentre se fossero arrivati di notte la città si sarebbe rivoltata» asseriva Puccio la guardia, che da giovane era stato soldato di ventura e aveva anche fatto parte della spedizione dei senesi che avevano catturato il famoso brigante Ghino di Tacco.

«Perché è stata la volontà di Dio» sospirava il prete «com'è stata volontà di Dio che il papa sia morto così giovane e all'improvviso...»

Il pontefice Benedetto XI non era di primo pelo come pareva credere il nostro buon prete, che era ormai così anziano da ritenere un sessantenne come Benedetto quasi un fanciullo, ma di certo la sua improvvisa scomparsa aveva suscitato molti sospetti. Si parlava di un cesto di fichi avvelenati che gli avrebbero provocato una strana e ferale dissenteria e su chi avesse potuto desiderare la sua morte c'era l'imbarazzo della scelta: forse il re di Francia, dal momento che il papa stava per pronunciare la scomunica nei confronti dei responsabili di aver oltraggiato Bonifacio VIII ad Anagni; forse i banchieri Spini che lui aveva congedato; forse i neri che lo sapevano più favorevole ai bianchi; forse qualche potente cardinale ansioso di prendere il suo posto sul trono di Pietro.

In fatto era che la inspiegabile sconfitta dei bianchi pareva davvero una maledizione, uno di quei segni del cielo che sembrano opera di Dio.

Dentro San Jacopo guardavo il nostro prete genuflettersi davanti al dipinto della Madonna con gli occhi a mandorla, con indosso i paramenti del lutto, e mi chiedevo per chi piangere: per il povero papa Benedetto ucciso dai fichi che gli piacevano tanto, per i bianchi che avevano giocato la loro ultima mano e avevano perduto, per Dante, che se non altro non era tra i combattenti della Lastra e aveva salvato la pelle, ma non la speranza; per me, che come lui avrei avuto davanti ancora innumerevoli giorni e settimane e mesi e anni di esilio e di solitudine, scanditi dal battito regolare delle gualchiere e dall'olezzo di piscio di vacca. *Pum, pum.*

11
Il carro dell'Agnolo

Certi giorni della settimana alle gualchiere arrivavano gli incaricati dell'Arte della Lana con i loro carri, per prendere le pezze follate, rifinite e asciugate, rese morbide e spesse dall'azione dei magli, pronte per essere trasformate in abiti e mantelli, e portarle in città.

Si muovevano almeno in due, spesso con un uomo di guardia, perché si trattava di un carico prezioso e non era escluso che potesse venire assaltato dai predoni. Noi li vedevamo passare, i carri coperti che andavano e venivano dal mulino; arrivavano vuoti e leggeri e se ne ripartivano a pieno carico, con l'uomo che conduceva le bestie da tiro a cassetta guardingo e l'uomo di scorta a cavallo sul chi vive.

La settimana prima al momento di rimettersi in strada con le pezze ben sistemate si era scatenato un tremendo acquazzone e la Gilla aveva fatto riparare il carro sotto un nostro portico e aveva dato della zuppa alla scorta e al conducente, prima che ripartissero per la città. Gliene erano stati molto grati e si era fatta un poco conoscenza, soprattutto col conducente che era un uomo piacente di mezza età di pelo chiaro, si chiamava Agnolo e lavorava per conto degli Alberti di ponte di Rubaconti.

«Agnolo come l'agnello che è il simbolo dell'Arte della Lana» aveva celiato con la Gilla, con la quale si era subito ben trovato, nonostante lei fosse sempre molto ritrosa a ciarlare con gli estranei. «Vedete bene che era destino, che lavorassi con le pezze.» Così una parola tira l'altra e lui le aveva raccontato di esser rimasto vedovo, e la guardava con certi occhi dolci che quando se n'erano andati col carro i miei figlioli l'avevano un po' burlata.

«Si vedeva che quell'Agnolo dei lanaioli ti vuol prendere in sposa» aveva detto perfino Jacopo, che di solito non era malizioso.

Lei aveva brontolato che le mancavano di rispetto ed era andata a nascondersi in cucina, ma si capiva che le faceva piacere che anche gli altri si fossero accorti di quelle attenzioni.

Così quando anche quel martedì riconoscemmo il carro con l'inconfondibile copertura azzurra, il colore dell'Arte della Lana, mentre usciva dalle gualchiere col suo pieno carico, ci inoltrammo sul prato per salutarli mentre passavano davanti alla nostra casa, accosto al fiume. C'erano i miei figlioli e sul prato c'era anche Puccio la guardia, a cavallo, che sorvegliava sempre quegli andirivieni di carri col suo aiutante.

A condurre il carro azzurro però non c'era il biondo Agnolo, ma un uomo bruno e barbuto, con in testa una cuffia bianca che gli copriva anche le orecchie, e dietro di lui un solo uomo di scorta a cavallo, giovane e mai visto, con un elmo che pareva troppo grande per la sua testa e che ogni tanto si aggiustava.

«Buongiorno» lo salutai, tenendo la Nina per mano. «Non è venuto Agnolo, oggi?»

L'uomo scosse la testa. Pareva impaziente di proseguire. «Aveva altro da fare» rispose in fretta.

«Un altro servizio?»

«Non so, credo sia stata male sua moglie.»

La Gilla lo guardò. «Sua moglie? Ma non è vedovo?» si azzardò a domandare, lei che non si permetteva mai di rivolgere la parola a nessuno. Si vede che ci teneva proprio, a quell'Agnolo, e si sarebbe dispiaciuta di una sua bugia.

«Che ne so io?» reagì l'altro. «Mi sarò sbagliato. Fatemi andare, che siamo in ritardo, non ho tempo da perdere, io.»

Ma nel frattempo si era fatto più vicino anche Puccio col suo aiutante giovane, tutti e due a cavallo, e si erano messi in modo da impedire il passo al carro sulla via stretta che risaliva sul declivio del prato fino alla strada principale che tornava a Firenze.

«Per chi lavori? Fammi vedere i documenti di accompagnamento delle merci» gli disse Puccio, autorevole. Le pezze uscivano dalle gualchiere con delle bolle di consegna. L'uomo con la cuffia prese delle carte e gliele diede. Puccio le studiò con aria intenta, ma tenendo i fogli rovesciati, perché non aveva mai imparato a leggere, però faceva questa scena ogni volta. Riconosceva un poco i timbri e simboli, ma soprattutto conosceva di solito gli uomini che andavano e venivano, che erano quasi sempre gli stessi. E questi due anche lui non li aveva mai veduti prima. Vicino a me, Giovanni ridacchiava per il suo modo di tenersi i fogli davanti alla faccia, come se piuttosto che leggerli ci si dovesse soffiare il naso.

«Allora, sergente, vanno bene le carte?» gli chiese l'uomo a cassetta, con la voce tesa.

«Ho l'impressione di averti già veduto» rispose Puccio, che anche se non sapeva leggere aveva l'occhio fino. «Togliti un po' la cuffia.»

L'altro reagì male. «Perché dovrei togliermela?» protestò, tenendosela con le due mani come se temesse che qualcuno gliela volesse strappare.

Puccio si fece più accosto e mise la mano sull'elsa della spada. «Perché ai ladri, a Siena, tagliano le orecchie, e ho proprio in mente una faccia come la tua, con la banda di Ghino di Tacco. Eri giovane e ti hanno risparmiato la forca, ma scommetterei che se ti togli quel cappellino non sarà un bello spettacolo... e forse la lezione non ti è servita...»

Il giovane di scorta a cavallo che stava fermo dietro il carro non aspettò di sentire altro e partì al galoppo su per la pendenza, perdendo l'elmo troppo grande che volò via nell'erba, e quasi travolgendo Pietro che dovette buttarsi di lato per non finire sotto i suoi zoccoli. L'aiutante di Puccio si gettò d'istinto dietro di lui all'inseguimento. Quanto al conducente, si mosse fulmineo: una lama corta gli balenò nella mano, e con quella colpì Puccio alla gola, facendolo cadere da cavallo, poi balzò dal carro, afferrò la Nina e tenendola stretta contro il suo petto si gettò giù per la breve scarpata sassosa fino alla zattera ferma a pochi metri, sul fiume.

«State fermi dove siete o sgozzo la bambina!» gridò.

La Nina piangeva forte.

«No!» gridai. «Lasciatela, per l'amor del cielo!»

«State indietro!» urlò lui. Poi prese a muovere veloce la zattera a forza di braccia, tirando lungo il canapo teso.

Io mi precipitai giù per la scarpata dietro a Pietro, che era stato più veloce di me e mi aveva preceduta, scivolando di schiena sulla ghiaia, e raggiunsi la riva. «Ridatemi la bambina!» gli gridavo, tendendo le braccia. Lui non mi ascoltava nemmeno. Non vedevo più Pietro e la zattera si stava allontanando. Ormai era in mezzo al fiume, dove l'acqua era molto alta.

La Gilla, Giovanni e Jacopo erano al mio fianco, e gridavamo tutti come disperati.

«Nina!»

Quando ebbe superato la metà del fiume, avvicinandosi all'altra riva, l'uomo prese la Nina come un fagotto e la scagliò in acqua.

«No! Perché?» gridai. Poteva lasciarla dall'altra parte in salvo, che motivo aveva di farle del male?

La vidi annaspare e poi affondare. Urlai come un'aquila mentre la Gilla si strappava il velo dalla testa e parte delle gonne e si buttava in acqua, tutta vestita com'era, e Giovanni mi tratteneva dall'imitarla mentre ero già nell'Arno fino alla vita e sentivo il fondo mancarmi sotto i piedi. «Madre, non sapete nuotare!» Mi strattonò indietro. La zattera era lontana, non ce l'avremmo fatta a ripescarla in tempo.

Poi accadde qualcosa di incredibile: Pietro, sbucato da sotto la zattera, prese fiato e sparì sotto l'acqua. Riemerse quasi subito, stringendo la sorellina che aveva recuperato e raggiungendo la Gilla. Insieme tornarono verso riva, sostenendo la Nina, mentre la zattera col ladro raggiungeva la sponda opposta e lui spariva di corsa tra gli alberi alla nostra vista.

Dell'accaduto si parlò a lungo alle gualchiere, di come Puccio la guardia era stato ucciso da un ladro di panni che lui aveva riconosciuto come sodale della banda di Ghino di Tacco, di come questo malfattore avesse preso in ostaggio una bambina innocente e di come il suo coraggioso fratello l'avesse tratta in salvo.

«Ho pensato che fosse la cosa migliore» mi spiegò Pietro più tardi, con la sua solita pratica semplicità, mentre ci asciugavamo al sole. «Mi sono attaccato alla zattera e ho aspettato, se non l'avesse gettata in acqua lo avrei seguito sulla sponda opposta, non poteva portarsi via la Nina!»

Lei lo accarezzava, tutti lo considerarono un grande eroe, ma Pietro si schermiva col suo fare burbero e rispondeva che senza la Gilla non ce l'avrebbe fatta.

«Non avevo mai nuotato dentro un fiume» mi confidò lei più tardi, mentre la ringraziavo ancora. «Solo nel mare.»

Pensavo che tutta coperta com'era, con la camicia che si appesantiva nell'acqua, aveva rischiato di affogare, ma lei se l'era cavata benissimo, solo con grande imbarazzo quando era dovuta uscire tutta bagnata e con la camicia che le aderiva addosso.

I ladri avevano attaccato il carro dell'Arte della Lana mentre viaggiava a vuoto verso le gualchiere, avevano ucciso i due uomini di scorta e anche Agnolo, nascondendone i corpi in un folto d'alberi lungo la strada dove sarebbero stati poi ritrovati, e avevano preso loro i documenti per il ritiro della merce. Poi si erano presentati alle gualchiere, si erano fatti dare le pezze e se ne sarebbero andati indisturbati se non fosse stato per il fatto che la Gilla e io ci eravamo messe in testa di salutare Agnolo. Pover'uomo, la sua storia con Gilla era finita ancora prima di cominciare per colpa di quei tagliagole.

L'assistente di Puccio era riuscito a prendere il bandito più giovane, che fu condotto da Corso Donati. Era suo il danno, dato che le gualchiere gli appartenevano, e lui la prese come un'offesa personale. Fece mettere una taglia consistente sulla testa dell'uomo che aveva preso la Nina e qualcuno lo tradì nel giro di due giorni. Quando ebbe entrambi i ladri nelle sue mani, mandò il Presto ad avvisarmi.

«Si pentiranno amaramente di quello che hanno fatto, monna Gemma» mi assicurò il garzone. «Messer Corso farà in modo che la sentenza sia esemplare, e che tutti capiscano che cosa rischiano ad attentare a una sua proprietà e ai suoi parenti.»

Non ne dubitavo, ma non ero assetata di vendetta: avevo di nuovo il cuore stretto e anch'io avevo mandato a mio cugino un messaggio, per tutt'altro motivo. Mio padre Manetto stava molto male e volevo presentare una supplica alla Signoria per avere il permesso di rientrare in città e poterlo salutare prima che morisse. Chiedevo a Corso il modo migliore e più veloce per farlo. Così le nostre missive si incrociarono.

Il risultato fu che una settimana dopo il tentativo di furto di panni di lana lo stesso messo che mi aveva notificato le sentenze contro mio marito arrivò alle gualchiere a dorso di mulo per comunicarmi ufficialmente che avevo il permesso di rientrare a Firenze, ma non solo per dire addio a mio padre: il mio confino era finito e mi era concesso di rientrare in città per assistere anche all'esecuzione dei due briganti che in qualche modo avevo contribuito a smascherare.

Corso e i neri ormai erano talmente sicuri di loro stessi e talmente forti nella loro posizione dentro la città, dopo l'incendio e la vittoria della Lastra, da non aver niente da temere dalla moglie di un poeta bandito, per cui mi veniva graziosamente concesso di tornare a stare nella casa degli Alighieri, che era sopravvissuta anche agli incendi di giugno e che aspettava buia e silenziosa.

12
Quid fecit tibi?

Quando rientrammo in città, perfino il Cianco aveva un nodo di commozione alla gola. Arrivammo nel pomeriggio di una bella giornata di settembre e ci guardavamo intorno con gli occhi spalancati come forestieri. La Nina nemmeno se la ricordava, la sua città, ce n'eravamo andati che camminava appena, e tornavamo dopo tanto tempo.

Vedere la casa degli Alighieri mi fece battere forte il cuore. Mio padre era stato di parola e aveva vegliato su tutto, pagando di tasca sua. Il portone sul cortile era stato riparato, dopo che Pazzino e i suoi l'avevano sfondato, e tutto era in ordine e discretamente pulito. Mi aggiravo come un fantasma sotto il portico, e poi dentro e su per le scale. Mi sembrava di risentire le voci, allargavo le narici per ritrovare gli odori familiari. Niente più magli col loro fragore ritmato, niente più vasche piene di argilla e piscio di vacca, ma le campane che scandivano la giornata e i rumori soliti e fin piacevoli del viavai della città. Andai a vedere la stanza di monna Lapa, cara e benedetta donna, e poi la mia camera dove dormivo con Dante, e il suo studiolo, e la cucina: sfioravo qua e là con le mani e sospiravo.

Dentro quelle mura che avevo tanto sognato di ritrovare, però, la mancanza di Dante si sentiva ancora più acuta. Alle gualchiere non c'era alcuna rimembranza della sua presenza. Tutto era nuovo, là. E me n'ero andata senza rimpianti, perché quella casa, che pure ci aveva accolti e protetti, non l'avevo mai considerata mia.

Avevo salutato con nostalgia frate Alberico e il pievano e il Presto e tutti gli altri, scambiandomi quelle promesse che non si mantengono, di rivedersi e di ricordarsi nelle preghiere. I miei figlioli erano più legati alla casa dei Donati, alla vita sul fiume, ai cappelli intrecciati che la Gilla rinnovava di stagione in stagione, ma avevano anche l'adattabilità della loro giovane età e la prospettiva del ritorno arrossava loro le guance di contentezza. Il ricordo delle cose lasciate da piccoli si era deformato in dettagli favolosi. Giovanni parlava sempre ai fratellini di come fosse grande la casa Alighieri, dei nascondigli per giocare in cantina, e del giardino e l'orto al limitare del boschetto dove avevano trovato la donnola Gioia, e nel tempo tutto si era trasfigurato in un'aura leggendaria.

Adesso eravamo lì, e le cose avevano riguadagnato la giusta dimensione.

Andammo subito dai miei genitori a trovare mio padre. Mia madre era stata chiara nel suo messaggio: da qualche mese lui non stava bene. Era cominciato tutto quando era tornato a casa dopo essere stato podestà a Colle Val d'Elsa, città alleata della Firenze nera contro Pistoia bianca. Era stato molto orgoglioso dell'incarico, ma una brutta infreddatura a febbraio, presa durante una piena dell'Elsa, lo aveva fatto ammalare, con febbre alta e tosse. Era parso migliorare, pur senza mai guarire del tutto. Poi, con i primi caldi, la situazione era precipitata. Non mangiava più, era dimagrito molto, si era indebolito, erano tornate le febbri e soprattutto stentava a respirare. Aveva dolori al torace e alla schiena e secondo il maestro Dino i polmoni non facevano il loro dovere. Ciò nonostante mi aspettò vestito di tutto punto e seduto in poltrona e mi accolse a braccia aperte. Lo vidi spaventosamente smagrito, con le guance incavate e gli occhi febbricitanti.

«Sono contento di essere riuscito a rivederti. Le mie condizioni sono molto peggiorate e non ce l'avrei fatta a venire a trovarti alle gualchiere.» Faceva una certa fatica a parlare, con una voce roca e il respiro sibilante. «Pensa, io che ho sempre viaggiato volentieri per mete ben più lontane. Ma Corso me l'aveva promesso, che ti avrebbe fatta tornare. Ed è stato di parola.»

I figlioli sfilarono davanti a lui, uno a uno, e per tutti lui ebbe una parola gentile. «Oh, il mio Giovanni, ma sei un uomo, figlio mio, ormai. Non riesco a tirarmi in piedi, ma sono sicuro che sei più alto di me... Che bella cosa, ti guardo in viso e mi sembra di vedere la tua mamma, con quelle lentiggini sulle guance.» Tossì e mia madre gli diede dell'acqua prima che proseguisse: «E tu, Pietro, buon Dio, ma ho saputo che hai salvato la tua sorellina, bravo ragazzo, buon sangue non mente... Jacopo, non ci credo, quanto sei cresciuto? Ho tre nipoti che son giovanotti, altroché». Riprese fiato e poi fu la volta di Antonia, che come al solito conquistava tutti. «La Nina, buon Dio, ma guardala, moglie, tra poco dovremo trovarle un promesso...»

Lei sorrideva. «No, nonno, io ce l'ho già» gli rispose, scuotendo la testolina.

Mia madre la burlava. «Ma davvero, Ninetta? E dove l'hai trovato, in campagna? E chi è, dimmi, un lanaiolo? Un villanello?»

Nina era molto seria e non rideva affatto. «È Gesù, nonna. Io sarò la sposa di Gesù.»

Rimanemmo tutti in silenzio. Era la prima volta che la mia bambina esprimeva in modo così netto la sua volontà di monacarsi e nemmeno immaginavo che a neanche quattro anni si potessero avere le idee tanto chiare.

«Bene» disse alla fine mio padre, riprendendosi per primo dallo stupore. «Se così dovrà essere, così sarà, ma c'è ancora del tempo per pensarci. La cosa importante è che tu ti ricordi di pregare per il tuo povero nonno, che tra poco ne avrà un gran bisogno.»

«Ma cosa dici» lo sgridò mia madre, col suo piglio, ma vedevo che le tremavano le labbra.

«Moglie, lo sento, ed è giusto che sia così, la mia vita l'ho vissuta. Mi piacerebbe tanto poter rivedere Dante, ma dopo quello che è successo il giorno della Lastra non credo che accadrà... su questa terra.» Scosse la testa. «L'importante è che lui sia da qualche parte al sicuro... per quanto possibile, e poi si vedrà.» Cominciava ad ansimare penosamente e gli dicemmo di non affannarsi a parlare. Lo sforzo di accoglierci degnamente doveva essere stato grande, perché era pallido e con il viso imperlato di sudore.

Ci congedammo promettendo di tornare presto e mia madre uscì con me, lasciandolo alle cure della Valdina, che era scoppiata in lacrime quando ci aveva rivisti. Lei era sempre la stessa, un po' più grassottella forse, ma uguale.

«Siamo veramente alla fine» mi sussurrò la mamma, stringendo in mano il fazzoletto col quale si tamponava gli occhi e la bocca, cercando di resistere al pianto. «Ha la sua età, ormai son più di settanta, ma non riesco a farmene una ragione. Ha fatto testamento con mente lucida, si è preparato l'anima e gli mancava solo di vederti per andarsene sereno.»

«Ora sono qui, madre, e ci sosterremo, qualunque cosa accada» la rassicurai, congedandomi. «Vado in Santa Croce a parlare con padre Bernardo, ma se il babbo dovesse peggiorare posso passare la notte con voi. Basta che mi mandiate a chiamare.» Era una tale consolazione quella vicinanza fisica.

Con Giovanni andai in Santa Croce. Sapevo che era un buon orario per chiedere di parlare col figlio della Tana. Mi fece attendere parecchio, ma quando finalmente fui ammessa alla sua presenza lo ritrovai uguale a come l'avevo lasciato l'ultima volta.

«Zia Gemma, lo sapevo che saresti venuta. Giovanni, Dio sia ringraziato, siete davvero un giovanotto...»

«L'ultima volta che ci siamo visti ho chiesto la vostra benedizione, padre» gli dissi «e da allora molte cose sono successe. Ditemi, avete notizie di Dante?»

Bernardo aveva parecchio da raccontarmi. Ero contenta che Giovanni, seduto vicino a me, ascoltasse tutto, assorto, con il mento appoggiato alle due mani chiuse a pugno e la fronte corrugata.

«È in Veneto, in questi giorni a Verona.» Mi raccontò che dopo la disfatta dei bianchi mio marito si era allontanato dai suoi compagni di partito.

«Ma come vive se fa parte per se stesso? Tra fuoriusciti in qualche modo ci si aiuta... molte delle famiglie sbandite hanno denari e proprietà anche fuori Firenze, ma lui non ha davvero niente, se non il suo ingegno...»

«Ha buona fama di politico e di diplomatico, alla corte dei della Scala saprà rendersi utile come cancelliere, segretario privato, tutte quelle incombenze che richiedono la sua cultura e la sua esperienza di governo. I signori hanno bisogno di gente che sappia far politica, scrivere lettere convincenti, stilare trattati, fare ambascerie...»

Sorrisi e Bernardo mi guardò sorpreso. «Niente, mi vien solo da pensare che non ha mai voluto intraprendere una professione notarile, quando era qua a Firenze, ma ora dovrà mettere a frutto quello che ser Brunetto gli ha insegnato dei codici e delle procedure, per vivere.»

«Verona è una bella città dalla quale passano tutti i traffici tra Venezia, la pianura padana e la Germania. Ci commerciano cavalli, legname, tessuti, e come a Firenze i mercanti e i popolari si stanno rafforzando. Certo, è ghibellina e non guelfa, ma Dante ci avrà incontrato molti fiorentini che hanno trovato rifugio laggiù prima di lui, e i della Scala sono gran signori che di certo non gli faranno pesare la loro benevolenza.»

«Io non credo che mio padre si rassegnerà» intervenne Giovanni, dando voce al mio pensiero. «Per quanto lo possano trattare bene questi nobili signori, la sua patria è Firenze.»

«Infatti» convenne padre Bernardo. «Ha scritto una lettera ai fiorentini.»

«Che lettera, padre?»

«Comincia così: *Popule mee, quid feci tibi?* Popolo mio, che ti ho mai fatto?»

«Ma è il profeta Michea» disse subito Giovanni.

«Bravo giovane! Si vede che hai studiato con profitto. Tuo padre in questa epistola indirizzata ai reggenti di Firenze si duole del suo esilio senza colpa. Dice che tutto quel che ha fatto è stato per il bene della città. Ricorda di aver combattuto a Campaldino e dice che dai suoi due mesi di priorato son derivate tutte le sue sventure... Giura di non aver mai difeso la parte bianca,

tanto che ha esiliato il suo amico Guido Cavalcanti... e domanda di poter tornare, mondato di tutte le accuse infamanti.»
«Davvero Dante scriverebbe una simile lettera?» domandai, sbalordita.
«Sì» rispose Bernardo, lisciandosi la barba bionda. «Ma quello che io gli ho consigliato è di aspettare a inviarla. Ora si trova a Verona, che è una città ghibellina, e i suoi nemici troverebbero subito in questo una buona scusa per dire che il suo animo non è sincero, dal momento che lui parlerebbe dalla culla dell'inimicizia per Firenze guelfa. Dovrebbe spostarsi in una città più vicina ai neri, e Corso ha consigliato Treviso, dov'è signore il suo sodale, Gherardo da Camino, guelfo fino al midollo... Così mostrerebbe davvero la sua buona fede. E potrebbe sperare nella misericordia della Signoria.»
«Dante non ha fatto niente» ribadii. «Le accuse che gli hanno rivolto sono tutte false e perfino Corso lo ha ammesso apertamente...»
Bernardo mi fece cenno di abbassare la voce, dal momento che come al solito non eravamo soli nel parlatorio, e due conversi seguivano da lontano il nostro dialogo. «Non ha importanza. Deve farsi ascoltare. Non può protestare la sua innocenza da una città ghibellina.»
«È giusto» ne convenne Giovanni. «Così il babbo andrà a Treviso?»
«Questo è il nostro consiglio» rispose Bernardo.
Sospirai. «C'è speranza che questa supplica venga presa in considerazione?»
Il frate sorrise. «Perché no? Corso è potente e lo appoggia. Se lui sarà abbastanza umile e accorto... potrà sperare di far dimenticare le sue alleanze con quelli che i neri considerano dei traditori nemici di Firenze.»
Avevo quasi paura a illudermi, ma Giovanni quando uscimmo da Santa Croce era raggiante. «Me lo sogno spesso, sapete, madre» mi confidò mentre ci avviavamo verso la casa della Tana «il giorno in cui ci riabbracceremo col babbo.»
La Tana ci fece festa come a dei figlioli prodighi e poco mancava che uccidesse davvero il vitello grasso. Baciò Giovanni

fino a metterlo in imbarazzo, baciò e abbracciò me ridendo e piangendo.

«Non sono venuta a trovarti, ma sei sempre stata nei miei pensieri. Ho avuto una brutta gravidanza finita male, so che anche tu hai avuto un gran dolore, ora guardiamo avanti. Presto pure Francesco tornerà, grazie a Corso. Ma prima dovrà vedere Dante ad Arezzo, dove gli farà da prestanome per un prestito che gli è stato concesso dagli speziali. Per fortuna l'Arte alla quale si era iscritto lo sostiene anche fuori Firenze, e in qualche modo si arrangia, ma è sempre a corto di denaro, e deve davvero condurre una vita grama.»

Ero un poco stordita e tacevo. Lei se ne accorse. «Ehi, dov'è finita la Gemma che conosco io e che non stava mai zitta? Di', Giovanni, che cos'ha la mamma?»

«Scusate» mi schermii. «Sono un poco confusa. Vedi, Tana, mio padre sta molto male, e temo che verrà presto a mancare.» In realtà, a parte la grande angoscia per il mio babbo, ero ancora turbata per quello che mi aveva raccontato padre Bernardo. E ora le parole della Tana me lo confermavano.

Cosa stava passando Dante? Aveva riposto tutte le sue speranze nell'esercito dei bianchi, che si era fatto battere. E adesso lui aveva abbandonato quell'alleanza che in qualche modo lo sosteneva, anche economicamente, e si spostava da una parte all'altra, cercando di guadagnarsi da vivere, e il favore di qualche buon signore che necessitasse dei suoi servigi, alla giornata, precario come un servo, lontano dai suoi affetti e dalla sua città. Mi domandavo come avrebbe potuto trovare la serenità necessaria per riprendere in mano la penna e se ne avrebbe mai avuto il tempo, al servizio dei suoi padroni.

Bisognava riuscire a farlo tornare al più presto a casa. C'era il suo studio che lo aspettava, le sue carte. Ogni giorno ricostruivo nella memoria il suo volto e ogni giorno il ricordo un poco si sbiadiva. Chissà se la Nina se la ricordava, la faccia del suo babbo. Mi girai di colpo verso Giovanni.

«Senti...»

Lui e la Tana mi guardarono, dovevo sembrar loro un poco strana.

«Madre?»
«Il tuo babbo te lo ricordi?»
Lui batté le palpebre, stupito. «Certo che me lo ricordo.»
«Ma bene bene, fin nei dettagli?»
La Tana aggrottò le sopracciglia. «Gemma, cos'hai?»
Io scossi la testa. «Non deve sbiadire» risposi. «Il tempo cancella tutto.»
Fu allora che chiamarono il mio nome da fuori della porta della casa dei Riccomanni e la Tana si affacciò. «È la Valdina» mi disse, accorata. «Dice che è urgente.»
    Chiusi gli occhi. Sapevo che cosa era venuta a dirmi prima ancora che aprisse bocca e cominciasse a parlare, soffocata dalle lacrime.

13
26 staia all'anno

Mio padre sopravvisse ancora un giorno e mezzo e tutti noi, i miei fratelli Neri e Teruccio e le mogli e i nipoti, ci alternavamo al suo capezzale. Rividi Niccolò, il figlio di Neri e della Lina, tornato da Bologna dove studiava. Molti altri li vidi la mattina dei funerali in San Martino al Vescovo: c'era così tanta gente che la piccola chiesa non riusciva a contenere tutti.

Vennero Corso, sua madre, tutti i parenti Donati, gente in vista della Signoria, rappresentanze della podesteria, dei priori, delle capitudini delle Arti, la Tana e suo marito.

Dopo la cerimonia mi fermai a parlare con Corso. Non zoppicava più e sembrava contento di vedermi.

«Non sono ancora riuscita a passare a ringraziarti per avermi aiutata a tornare e te ne chiedo scusa» gli dissi. Erano stati giorni molto duri, da quando ero rientrata a Firenze non avevamo nemmeno sistemato la casa, ero rimasta sempre da mia madre, per essere vicina al babbo il più possibile in quegli ultimi momenti.

«Mi dispiace molto per tuo padre» rispose lui, serio. «Una perdita per tutta Firenze. Era così contento della podesteria a Colle Val d'Elsa...» Immaginavo che Corso non fosse estraneo a quella nomina. «Ha ben gestito i tuoi interessi mentre eri sbandita, si è preso cura della casa degli Alighieri, ha garantito per i debiti di Dante, è stato sempre uomo d'onore.»

«Lo so.»

«Ricordati: tu sei potuta tornare perché sei sua figlia. Su questo ho fatto leva, quando la cosa si è discussa in consiglio.»

Mi morsicai le labbra. «Corso, se Dante scrivesse una lettera...» azzardai. «Una lettera nella quale chiedesse di poter far ritorno...»

Lui annuì. «Padre Bernardo me ne ha fatto cenno. Che sia una lettera di tono molto umile, e che la mandi da Treviso, dove il mio amico Gherardo gli farà buona accoglienza. A lui piacciono i poeti, gli artisti, i dotti... ha preso sotto la sua ala perfino un trovatore provenzale, un certo Ferrarino da Ferrara che ho conosciuto anch'io là, uno di quelli che scrivono sconcezze d'amore in provenzale... Sì, Dante potrebbe trovarsi bene alla sua corte.» Si guardò in giro e abbassò la voce. «È questo che un giorno vorrei. Imitare Gherardo e fare a Firenze quel che lui ha fatto a Treviso. Portare la pace e la prosperità che lui ha portato lassù. Pensa: bonifiche, nuovi ponti, strade lastricate a nuovo, un calmiere per i prezzi, strade e fiumi sicuri, nuove chiese e conventi e perfino uno studio come quello di Bologna, perché Gherardo anche questo sta facendo nella sua città. E tutto senza dover passare da cento assemblee e consigli e discussioni e ratifiche...»

«Vuoi diventare il signore di Firenze?» sussurrai.

Lui sorrise. «Con l'aiuto di Dio.» Si schiarì la voce. «Vedi che Dante potrebbe star bene, a Treviso.»

«Allora, per la lettera...» ripresi, ansiosa. Sapevo che Corso non amava Dante, ma farlo rientrare avrebbe rinsaldato il suo prestigio di uomo forte di Firenze, che riusciva ad arrotolarsi sul mignolo podestà e consigli.

«Che la scriva, che la scriva. Vedremo che cosa si potrà fare. Non posso prometterti niente. Ma è il momento giusto per provarci.» Si girò verso un uomo che si stava avvicinando, non molto alto ma elegante e di bel portamento. «Oh, Gemma, ma lo conosci senz'altro Dino dei Frescobaldi, fratello di messer Berto, che è stato tra i primi a opporsi Giano della Bella?»

L'interpellato si avvicinò composto, come si addiceva alla circostanza. «Le mie condoglianze, monna Gemma.» Guardò Corso con un mezzo sorriso. «Io preferisco far poesia che politica, come messer Corso sa. Per questo conosco bene vostro marito Dante» aggiunse.

Corso gli batté sulla spalla. «Eh, al mondo ci vuole chi fa politica e chi fa versi, c'è posto per tutti... e sarebbe bene che i poeti non la facessero proprio, la politica. Quanto a me, di certo non ambisco scriver versi!» E con un gesto magnanimo della mano, come a dire che tutto sommato anche gli altri avevano diritto di vivere, si allontanò col delegato del podestà che se lo portò via parlottando fitto.

«Grazie» dissi a Dino. «Mi ricordo di voi, so che mio marito vi porta in grande stima.»

Lui chinò il capo come a ringraziare. «Avete sue notizie? Come sta? La cosa che più mi spiace è che in certe circostanze è ben difficile trovare modo e luogo per dedicarsi alle carte, ed è veramente un gran peccato, perché Dante è una gran penna.»

Mia madre e la Tana mi si avvicinarono e Dino parlò anche con loro, condolendosi per la dipartita del babbo e augurandosi che a Dante fosse permesso di tornare presto.

«Brav'uomo» mormorò la Tana, quando si fu allontanato.

La mamma era molto stanca e provata, e la accompagnammo subito a casa, dopo aver preso congedo dal parentado e dalle conoscenze. Non piangeva, ma era sfinita. La lasciai alle cure della Valdina, che era inconsolabile come e più di una figlia, affezionata com'era al suo padrone Manetto, che l'aveva sempre trattata con grande riguardo e mentre io ero via le aveva anche trovato un bravo marito che aveva preso alle sue dipendenze come stalliere.

«Non ce ne sono più di padroni come messer Manetto» si lamentava, scuotendo la testa.

«Consolati, ora, Valdina, ché devi accudire monna Maria: è lei la vedova» le disse prima di andarmene, per scuoterla un poco. «E se non dovesse star bene, manda subito ad avvisarmi.»

Io me ne tornai nella casa degli Alighieri con i miei figlioli e la Gilla, a riposare un poco prima di rimettermi a sistemare dopo anni di abbandono.

Nei giorni che seguirono rimettemmo la casa in ordine un po' alla volta e, passato il dolore bruciante per la morte del babbo, la speranza aveva ricominciato a riscaldarmi il petto. Di certo Corso non mi aveva promesso niente, ma se Dante era stato disposto a scrivere quella lettera voleva dire che anche la sua disposizione d'animo era cambiata, dall'ultima volta che ci eravamo parlati, e si era convinto di non poter continuare a sostenere quei tentativi male organizzati di attaccare Firenze con le armi.

Nella sua lettera avrebbe dovuto spiegare molte cose, giustificare molte sue prese di posizione, ma la diplomazia era il suo mestiere e confidavo che riuscisse e trovare gli argomenti giusti. Così mentre sfaccendavo per casa con la Gilla e il Cianco e anche i figlioli che nel tempo libero dagli studi ci aiutavano, mi illudevo che quelle pulizie di primavera fuori stagione fossero preparatorie al suo ritorno.

Una sera il Cianco, che era invecchiato parecchio, buttò là, sfinito, che forse un paio di braccia giovani sarebbero state un buon aiuto, ora che si trattava di cominciare a ripulire le cantine, guadagnandosi un'occhiataccia della Gilla.

«Hai ragione» gli risposi «ma non ho denari. Faremo poco per volta, quel che riusciamo con le nostre forze, mi dispiace.»

Dante in esilio fuori Firenze doveva in qualche modo guadagnarsi da vivere e anche noi non navigavamo di certo nell'oro. Non avevo mai restituito il prestito alla Tana e i pochi soldi che avevo messo al sicuro a Santa Croce prima di partire stavano per finire. I miei non ci avrebbero rifiutato un aiuto, ma già pagavano una pigione alla Signoria per permettermi di vivere nella casa degli Alighieri che era di fatto un bene sequestrato, e ora mio padre era morto e mio fratello Neri era diventato il mundualdo di mia madre. I minori e le donne non maneggiavano denaro in prima persona, lo faceva un loro tutore di famiglia, e adesso che lei era rimasta vedova ero sicura che i cordoni della borsa si sarebbero ulteriormente stretti, perché

Neri era sempre stato a dir poco parsimonioso e la sua famiglia e quella di Teruccio crescevano nel numero di figli e nelle esigenze.

Erano molti i pensieri che mi tenevano sveglia dentro il letto dove avevo dormito tanti anni con mio marito. Bisognava pagare i fornitori, i maestri dei miei figli, mantenere un tenore di vita dignitoso. Avevo qualche cosa da vendere e avrei cominciato a guardarmi in giro con discrezione.

Il Cianco non insistette nelle sue richieste ma Giovanni, che aveva assistito a questo scambio, mi venne in aiuto.

«Madre, credo che voi abbiate diritto a chiedere di poter usufruire della rendita sulla vostra dote, che è stata sequestrata insieme a tutti i beni del babbo al momento della condanna» mi disse, con quel suo tono pratico. «Col vostro permesso, domani stesso andrò negli uffici del comune a domandare.»

Pietro lo ascoltava attento. «Vengo con te» gli disse subito, come a volergli dare manforte.

«Davvero?» Li abbracciai. «Oh, che bravi!»

«Bisogna conoscere i propri diritti, se ci si vuol difendere» mi rispose Giovanni, sciogliendosi ombroso dalla mia stretta, ma sorridendo.

Il mio primogenito aveva ragione. Dovetti presentare delle carte, tra cui l'atto di matrimonio e la copia della sentenza che bandiva mio marito, e il segretale in capo della Signoria, che ci conosceva di vista, non fece troppe storie.

«Mmh, la vostra dote ammonta a 200 fiorini piccoli, monna Gemma» mi disse, cominciando a far conti con carta e penna. «E questa cifra sarà la base del nostro computo. Possiamo calcolare una rendita del cinque per cento... che ovviamente non potremo versarvi in denaro, ma in grano.»

Mi andava bene anche il grano. Giovanni e Pietro, che mi avevano accompagnata, non si perdevano una sillaba.

«A che prezzo lo valutate, il grano, ser Elmo?» gli domandai.

«18 lire al moggio. Il moggio essendo composto da 24 staia...»

«... valutate ogni staio tre quarti di lira» conclusi.

Il segretale alzò lo sguardo dal foglio. «Esatto, monna Gemma.» Era un poco stupito che sapessi fare i conti anch'io.

«Perdonate, ser Elmo, è un prezzo un poco alto, se mi permettete... voglio dire, quest'anno il grano non vale così tanto.»
Il segretale si guardò intorno. «È un prezzo politico, quello indicato per legge negli statuti, e viene aggiornato periodicamente.»
«Ma più alto lo valutate, messere, meno staia ce ne darete» ragionai amabilmente. «Ho quattro figlioli, tutti di buon appetito. Mettetevi una mano sul cuore.»
Ser Elmo sorrise. «Vedremo di arrotondare, allora, anche in considerazione del fatto che ero amico di vostro padre messer Manetto, che Dio l'abbia in gloria» concluse sottovoce.
Alla fine uscimmo dagli uffici del comune con un foglio che ci assicurava una provvigione di 26 staia di grano all'anno con la consegna della prima mesata già per il giorno seguente e Giovanni mi guardava con aperta ammirazione.
«Madre, vi siete fatta dare quasi il doppio di quel che vi sarebbe spettato» commentò, sorridendo.
Gli posai la destra sulla spalla. «Abbiamo fatto un buon lavoro.» Anche Pietro sorrideva.
«Il babbo sarebbe orgoglioso di noi» disse Giovanni. Prese per mano suo fratello e insieme ci avviammo verso casa.

14
Abbozzi d'Inferno

Francesco non era contento. Ormai ci conoscevamo bene e anche se non era tipo da manifestare apertamente i suoi sentimenti quel corruccio discreto non lasciava dubbi.

Mi era passato a trovare parecchi mesi dopo il mio ritorno a Firenze. Anche a lui era stato concesso di ritornare, ma aveva dovuto prima sistemare molte faccende e molti affari che il periodo di confino aveva messo in forse e reso comunque meno profittevoli.

«Mi è assai spiaciuto non esserci ai funerali di messer Manetto» mi disse. «Ma dovevo aiutare Dante per una questione di denaro, prima di tornare.»

«Lo so, lo so.»

«Ho ancora dei contatti d'affari là ad Arezzo e quello che ho saputo dai miei corrispondenti non mi lascia tranquillo. Quella lettera che Dante ha scritto ai reggenti di Firenze dalla corte dei da Camino di Treviso... l'hai veduta?»

«Come avrei potuto? Me ne ha parlato tuo nipote padre Bernardo per primo, ma non l'ho mai vista...»

«Ne circola una copia. Ora, non so se è fedele, o se qualcuno ci ha messo mano...»

Mi tornò in mente quel che Corso mi aveva raccontato sulla contraffazione della lettera del cardinale e mi salirono le fiamme al viso. «Messo mano? Perché, Dante avrebbe scritto contro i neri? Ti posso giurare che pensavano tutti, anche padre Bernardo, che fosse seriamente intenzionato a fare ammenda...» Non era possibile che si fosse di nuovo inimicato gli unici che avrebbero potuto graziarlo. «Se parla male dei neri, è una macchinazione...»

Mio cognato era seduto alla nostra tavola con indosso gli abiti impolverati dal viaggio e la Gilla gli stava servendo un infuso caldo. «No, questo è il punto. Dante ha fatto ammenda. Fin troppo... Una richiesta ufficiale di perdono dove rinnega tutto. Certo si protesta innocente delle accuse di baratteria, estorsioni e lucri illeciti, ma dice che i bianchi sono un'accozzaglia di incapaci in malafede, e che lui non vuole più avere niente a che fare con loro... usa certi epiteti...» Scosse la testa. «Conoscendolo, credo che sia successo qualche cosa tra lui e quelli dei Cerchi, forse Vieri in persona. Forse hanno discusso dopo la sconfitta della Lastra, e dev'essere stata una discussione molto seria. Forse lui ha rinfacciato agli altri di essere sempre in disaccordo, di non privilegiare il bene comune ma le singole bizze, di fare troppe discussioni inutili, di non mantenere i patti e di non essere stati capaci, nemmeno con tutti i soldi e il tempo necessario a disposizione, di creare una valida alleanza... e i risultati si sono visti, del resto. Ma dev'esserci stata una vera e propria rottura, si sono lasciati molto male. Anche per questo Dante si è trovato senza un fiorino, perché sono cessate di colpo le protezioni della parte bianca.»

«Tutte cose vere, quelle che mio marito ha detto in questa lettera» risposi, dura. «Ho molto rivalutato quel che Corso ha sempre sostenuto di Vieri, quando gli dava dell'asino. I neri sono spietati, ma i bianchi si comportano da sciocchi.»

«Sì, Dante è sempre onesto. Anche stavolta lo è stato. Quel suo *mea culpa* è sincero, non credo che lo abbia scritto solo per poter tornare a Firenze. Il partito dei bianchi fuoriusciti che ha contribuito a formare lo ha profondamente deluso. L'ho visto sfatto, anche se faceva mostra di nulla. E lui l'ha messa nero su bianco, la sua delusione, attribuendo a ciascuno le sue responsabilità.»

«Non è da tutti riconoscere di aver appoggiato il partito sbagliato» dissi. «Non so quanti altri avrebbero avuto il coraggio di farlo.»

Francesco bevve qualche sorso della bevanda calda, soprappensiero. «Su questo ti do ragione. Ma sai come dicevano gli antichi, *verba volant, scripta manent*. Tutti ciarlano, lui scrive. Le sue parole circolano. E il risultato è che adesso i bianchi lo accusano di aver tradito la causa per viltà e lo odiano come e più dei neri. Lo vorrebbero morto, se potessero. Non troverà più aiuto alcuno, da quella parte.»

Rimasi in silenzio. Qualunque cosa tentassimo di fare, la situazione peggiorava e ci si faceva terra bruciata intorno. «Oh, lo diceva, Cecco Angiolieri» sospirai dopo un poco.

«Che cosa?»

«La verità è così pericolosa...»

Francesco rise amaro. «Quanto a questo, Dante si sta beccando anche con Cecco... prima di partire mi ha fatto vedere dei sonetti da levar la pelle che si sono scambiati recentemente dove uno rimprovera all'altro di vivere da cortigiano.»

«In che senso?»

«Anche Cecco è stato bandito da Siena, ma per debiti e risse. E vive a Roma, campando la giornata. Così ha scritto a Dante di abbassare la cresta e di non disprezzarlo, perché si trovano tutti e due nelle peste, chi in un modo, chi nell'altro.»

«Che vergogna» dissi sottovoce. «E non ha torto.»

Francesco tirò fuori una borsa di denari e la mise sul tavolo. «Non è molto, ma te la lascio per i figliòli. Non dirmi di no, è roba tua. Monna Lapa aveva qualche proprietà della sua dote, l'ho venduta e ho diviso in tre, tra Tana, Dante e me. Quella è la sua parte e ti permetterà di tirare avanti per un poco.»

«Buon Dio, grazie, ne avevamo veramente bisogno» confessai, coprendomi la faccia con le mani. Gli dissi che ero andata a reclamare la rendita della dote, gli raccontai qualcosa della trattativa col segretale e lui mi sorrise. «Sei una gran donna.»

«A dirti la verità è stato tutto merito di Giovanni. Se non altro il pane sarà assicurato, per il companatico qualche santo provvederà. Non pensavo di dover resistere così a lungo. Speriamo che almeno questo atto di contrizione serva a rabbonire gli avversari e ci valga il perdono. Conto molto su Corso, per questo.»

Di nuovo Francesco si rabbuiò. «Corso sta giocando un gioco pericolosissimo. Ormai credo che lo abbiano capito tutti a che cosa mira. Vuole diventare il signore di Firenze.»

«Ha molti seguaci, è ricco, è potente.»

«Ha molta gente che è salita sul suo carro, perché per ora è quello del vincitore, e a starci sopra se ne ricavano onori e vantaggi, ma non so quanti siano veramente suoi fedeli. Se dovesse cadere, nessuno gli tenderà la mano.»

Parlammo un poco di Pietra e dei suoi figli, e mi diede buone nuove, anche se ebbi l'impressione che lui si riferisse alla moglie con una certa freddezza che non gli avevo mai sentita prima. Ad Arezzo non si era trovata bene e l'aveva tormentato per tutto il periodo del loro esilio. Anche se lui non me lo disse esplicitamente, avevo capito che se l'era presa con Dante, che riteneva forse non a torto la causa di tutte le loro sventure. Inoltre non era d'accordo col sostegno economico che lui continuava a fornire alla nostra famiglia.

Quando Francesco se ne andò, mi sentivo più stordita di prima. Tutto sarebbe dipeso dalla buona accoglienza di quella lettera di Dante, che già si dimostrava un'arma a doppio taglio. Chiamai la Gilla, che aveva sentito tutto, e insieme ci avviammo verso Santa Croce.

«Non possiamo far altro che pregare» disse lei strada facendo. «Intanto siamo tornate a Firenze, padrona, e grazie al cielo i figlioli stanno bene e crescono in salute e in sapienza.»

«Ma quando penso a Dante mi si ferma il cuore» le confidai, sincera.

Dissi la stessa cosa a padre Bernardo, che mi ricevette come se fossi attesa.

«Se non foste venuta, zia, vi avrei mandata a chiamare.»

«Avete novità di Dante? Mi chiedo come stia, senza un denaro, senza più sodali, senza un posto dove stare, senza le sue carte...»

«A questo proposito, zia, mi sono permesso di guardare dentro la cassetta dei documenti, quella che mi avete lasciato. Spero che non ve ne avrete a male.»

«Cos'avete trovato di interessante? Magari qualche carta che ci permetta di riscuotere un credito?»

Lui scosse la testa. «No, ma c'era un fascicolo... che ha molto attirato la mia attenzione. Come il disegno di un poema... delle note, giusto un abbozzo, un incompiuto, ma quelle poche terzine finite mi sono parse interessanti e le ho mostrate a una persona che se ne intende, ed è tra i benefattori di Santa Croce, un Frescobaldi, che ha Dante in grande stima...»

«Dino» dissi, annuendo.

«Lui. Ne è rimasto ammirato, e di certo non è di facile contentatura. Abbiamo pensato che a Dante farebbe un gran bene riaverli... magari potrebbe riprenderli in mano, completarli e proseguirli. Sono note, appunti, parlano di un viaggio, un viaggio nell'aldilà, all'inferno, che lui avrebbe compiuto a metà della sua vita terrena...»

«Me ne aveva spesso parlato, di questo suo progetto. Non aveva mai avuto il tempo di metterci compiutamente la penna e la testa, con tutto quello che è successo prima che lui partisse: la politica lo ha trascinato altrove. Ma ora che ha lasciato la parte bianca... a proposito, ho sentito che la lettera di cui parlavamo l'ultima volta che ci siamo visti Dante l'ha poi inviata, e che circola.»

Padre Bernardo assentì. «Tutto quel che si poteva fare è stato fatto. Ora siamo nelle mani di Dio.» E di chi ha ricevuto questa lettera, avrei voluto dire, ma preferii mordermi la lingua. «Allora, se Dino Frescobaldi riuscisse a fargli riavere questo abbozzo, sareste d'accordo, zia?» insistette Bernardo.

«Gliene sarei grata. Potrebbe dargli uno scopo, potrebbe fargli animo, in questo brutto momento. E vorrei mandargli notizie di noi, dei figlioli, della casa, rassicurarlo, per quanto è possibile.»

«Fatemi avere la vostra lettera. Non so di quali contatti riservati vorrà giovarsi Dino Frescobaldi, ma sono una famiglia potente che commercia fino in Inghilterra, hanno una rete di collegamento molto attiva e in qualche modo lo raggiungeranno.»

«È ancora a Treviso, Dante?»

«Così si dice, ma il nobiluomo di cui è ospite, l'anziano Gherardo da Camino, è gravemente malato, lo danno per morente, e suo figlio Rizzardo, che gli succederà, non ha certo la sua statura: tutti i nemici dei Camino aspettano solo che Gherardo muoia per attaccare e Treviso potrebbe diventare un posto pericoloso.»

Sospirai. «Bisogna che diciate delle preghiere per lo zio Dante, padre Bernardo» gli dissi. «Dobbiamo sostenerlo, in ogni modo.» Presi qualche moneta dalla borsa che mi aveva lasciato Francesco e mi accinsi a pagare per le novene, ma il frate mi fermò la mano con la sua.

«No, zia, non ce n'è bisogno. Davvero. Teneteli voi, che vi servono.»

«Grazie. E grazie anche del tempo che mi avete dedicato.» Mi alzai, pronta a congedarmi, ma Bernardo mi trattenne un momento. «Nelle prossime settimane sarò molto impegnato, per cui mandatemi un avviso prima di farmi visita, se avrete bisogno di me. Per le urgenze, mi troverete in Sant'Egidio.»

Era la chiesa che era stata inglobata nell'ospedale fondato da Folco Portinari, il padre di Beatrice, che lì era sepolto. «Come mai in Sant'Egidio?» Non era un oratorio che i francescani frequentavano.

Frate Bernardo sospirò. «In una sala di quell'edificio, adibita ad aula di tribunale, avrà inizio un importante processo, zia Gemma. Figuratevi che ci saranno le loro eccellenze il vescovo di Firenze Antonio degli Orsi e l'arcivescovo di Pisa frate Giovanni, oltre ovviamente al nostro grande inquisitore di Santa Croce, e un canonico che viene da Roma, mandato direttamente dal papa, e il giudice ordinario Magaletto Tantobene di Montemagno come cancelliere. Io avrò l'onore di assistere il nostro superiore.» Sembrava molto orgoglioso di essere stato chiamato a quel compito. Giovane com'era stava davvero facendo un gran bel percorso.

«E chi saranno gli imputati?»

«Alcuni fratelli rinnegati dell'ordine della milizia del tempio gerosolimitano. Cavalieri templari, insomma.»

«Templari? E di che cosa sono accusati?» Mi tornava in mente il buon frate Alberico e i suoi compagni, che avevano fatto nascere la mia povera Marietta e avevano insegnato tanto ai miei figlioli, senza chiedere niente in cambio.

«Eresia e altri delitti contro la fede. Oh, ma non è certo una cosa solo fiorentina, zia, anzi, noi siamo poca cosa... È uno scandalo che è cominciato in Francia. Quest'ordine pare sia degenerato in riti abominevoli... abbiamo delle forti raccomandazioni di andare fino in fondo e tra gli imputati ci sono dignitari dell'ordine che vengono da tutta la Toscana, da Grosseto, da San Gimignano...»

«Anche dalle Faggete di Girone?»

Lui allargò le braccia. «Non vi saprei dire, sono almeno in sei inquisiti, già in carcere da qualche mese e già sottoposti a interrogatori.» Poi aggrottò le sopracciglia, insospettito. «Perché me lo domandate?»

«Perché...» Bello e ieratico, alto e dritto, con le mani infilate nelle maniche ampie, frate Bernardo mi scrutava con i suoi occhi chiari, un poco accigliato, e ne fui all'improvviso intimorita, come se lo vedessi per la prima volta. «Oh, no, non c'è un perché. Quand'ero alle gualchiere, sapete, avevo sentito che c'era una casa templare anche lì, ecco tutto.» Inghiottii a vuoto. «Ci passavamo davanti per andare a prendere il latte alla fattoria, ti ricordi, Gilla?»

Lei fece segno di sì.

Bernardo si rasserenò. «Oh, certo, zia. Eh, sì, non si può mai sapere dove si nasconda il demonio, non è vero? Bene, allora che il Signore vi accompagni.»

Lo ringraziai ancora e uscii, tenendo stretto il braccio della Gilla. Avevo mentito a mio nipote, o quanto meno non gli avevo detto tutta la verità, perché non mi era più sembrato il mio bel Bernardo, il figlio della Tana, dolce, dotto e perfino un poco santo, un san Francesco biondo e bello, ma uno sconosciuto, un severo inquisitore nell'esercizio delle sue funzioni. E in quella veste mi suscitava dentro un disagio, un'inquietudine, una paura del tutto nuova.

15
Inganni

Ne parlai con la Gilla, che ne rimase anche lei molto turbata.

«Dobbiamo riuscire a sapere che cosa ne è di frate Alberico, ma non so a chi chiedere, forse l'unico che potrebbe avere notizie è Corso» ragionavo, ma bisognava trovare il modo di domandarglielo.

Intanto ci davamo d'attorno per casa, perché né io né lei eravamo donne da starcene con le mani in mano. Si sa com'è: ci si siede un momento per prender fiato e si nota una ragna sul muro, o le impannate da sistemare, o una cortina da cucire meglio... e le giornate sono sempre piene. Io poi ormai dovevo provvedere a tutto da anni, ero l'uomo e la donna di casa, e mi ci ero abituata. Per fortuna il Cianco e la Gilla erano una benedizione di Dio e mi sollevavano di cento incombenze, anche senza più bisogno di dir loro come e quando fare. In quei giorni avevo dovuto chiamare degli operai per risistemare le pietre del pozzo, che aveva sofferto del lungo disuso, e in cortile c'era movimento e mucchi di materiale da costruzione.

Il rumore disturbava Gioia, la donnola che era stata di monna Lapa. La bestiola fuggì dalla cucina e si infilò giù per le scale della cantina. Memore di quel che era successo alla Giocattola, che era finita dentro un orcio e aveva rischiato di morirci, le corsi dietro, chiamandola a gran voce.

«Gioia! Buon Dio, ma tu ci farai ammattire. Vieni qui, benedetta bestiola, che in cantina ci sono dei pericoli per te!» Entrai nel sotterraneo in penombra e presi ad aggirarmi cauta. Ci tenevamo di tutto, là sotto, recipienti e provviste, arnesi e carne appesa a seccare, qualche forma di cacio, olio e vino e il grano prezioso della rendita della mia dote. Una volta c'era ogni ben di Dio, ora meno, ma ci si accontentava.

Poi intravidi un'ombra dietro di me e qualcuno mi prese alle spalle e mi mise una mano sulla bocca. Spalancai gli occhi e il sangue mi si gelò nelle vene. Nella testa mi passò di tutto. Un malfattore, un bianco venuto a vendicarsi per l'abbandono di Dante, un nemico di Corso che se la prendeva con la sua famiglia... cercai di mordere la mano che mi ammutoliva, afferrai un bastone che sporgeva dal ripiano che avevo davanti e con quello spinsi all'indietro con tutte le mie forze, affondandone l'estremità nel corpo del mio aggressore, come una lancia spuntata.

Sentii un grido soffocato e l'uomo perse la presa. Mi girai col bastone levato, pronta a colpirlo, ma mi immobilizzai.

«Frate Alberico!»

Stentavo a riconoscerlo, ma la cicatrice di guerra sul suo volto lo rendeva inconfondibile. Non vestiva la tonaca bianca con la croce rossa del suo ordine, ma un saio grigiastro da penitente, e aveva delle ferite sulla faccia, sulle braccia, sulle gambe, sulle parti del corpo che quel saio mostrava mentre lui si appoggiava al muro di pietre, cercando di riprendere fiato dopo che gli avevo infilato il bastone nello stomaco. Per fortuna non dovevo averlo ferito, perché il legno non era appuntito, ma gli avevo procurato un gran dolore.

«Perdonatemi, non sapevo che foste voi!»

Lui tossiva e ansimava. «Sto bene» articolò «non è stato il vostro bastone a ridurmi in questo stato.» Mi faceva segno con le mani di abbassare la voce. «Ho fatto male ad aggredirvi in questo modo, ma ci sono gli operai in corte e temevo che urlaste.»

Lo feci sedere su un mucchio di teli in un angolo e gli toccai la fronte. Scottava.

«Siete malato» gli dissi sottovoce.

«Sono stato torturato» mi rispose. «Per giorni.»

Presi un mestolo, aprii una botte di vino e gliene feci bere qualche sorso. «Rinfrancatevi. Non appena gli operai se ne andranno vi farò salire in casa.»

Lui si coprì la faccia con le mani. «Non sarei dovuto venire qui, vi sto mettendo tutti a rischio. Ma non conoscevo nessun altro e ho approfittato del fatto che gli operai mentre portavano dentro le pietre hanno lasciato a lungo le porte aperte nel loro andirivieni.»

La Gioia scelse quel momento per uscire da dietro un rotolo di corda arrotolata e mi saltò sulla spalla, facendomi trasalire, tesa com'ero. «Siete riuscito a fuggire?»

Lui annuì. «Un caso fortunato. Mentre ci riportavano nella nostra cella, il mio compagno e io, dalla stanza dei tormenti, lui è morto tra le mani dei carcerieri, e loro si sono molto inquietati, perché era stato raccomandato loro di non ucciderci. Ma il mio confratello era di cuore debole e non ha resistito. Così nella confusione che ne è seguita, mentre loro correvano a cercare un cerusico per rianimarlo, sono rimasto senza custodia. Pensavano che fossi troppo indebolito dalla corda che m'avevano dato a squasso per riuscire a tirarmi in piedi e prendere la porta del cortile, ma Dio mi ha dato la forza e le mie membra slogate m'hanno sorretto fin qui.» Prese fiato. «Mi avete raccontato tante volte della vostra casa e di dov'era, qui a Firenze, non lontana dalla prigione dell'inquisizione...»

Gli presi le mani. Tremava. «Vi mando la Gilla a medicarvi le ferite e con dei panni puliti. Ora chiudete gli occhi e riposate, qua siete al sicuro, nessuno vi cercherà.»

«Io vi sto mettendo a rischio...» ripeté lui.

Gli chiusi la bocca con le dita, accarezzandogli le labbra aride. «Ora tacete.»

Con la Gioia accoccolata nell'incavo del mio gomito, risalii in cucina dalla Gilla, richiudendomi accuratamente la porta della cantina alle spalle e anche quella della cucina. Lei vide la mia faccia e smise di mescolare la pentola.

«Che succede, padrona?»

Le riferii, sottovoce, e lei si segnò. «Sono prove, queste, che il cielo ci manda.»

Quella sera, dopo che gli operai se ne furono andati e chiudemmo salde le porte del cortile, frate Alberico, che alloggiavo nella stessa stanza dove Corso si era nascosto una volta, ci raccontò tutto.

«Sono venuti a prenderci alle Faggete e ci hanno rinchiusi nelle carceri dell'inquisizione, qui in città. Ci hanno tolto i nostri vestiti e ci hanno messi in regime stretto, a pane e acqua, mostrandoci le confessioni già rese dal gran maestro e dagli altri dignitari, che avevano reso piena e sincera confessione della nostra eresia. Abbiamo domandato di quali eresie stessero parlando e quali fossero i testimoni, ma non ci è stata data risposta. Ci hanno mostrato prima gli strumenti dei tormenti, e poi è cominciata l'istruttoria. Ci hanno appesi con le braccia legate dietro la schiena slogandoci le spalle, lasciandoci sospesi per lo spazio di un miserere, o anche due, e il torchiatore ogni tanto rilasciava la fune di colpo e la bloccava di nuovo, squassandoci le membra. Ci hanno attaccato dei pesi ai piedi per aggravare la dislocazione delle spalle e sono andati avanti così per giorni interi, con brevi intervalli tra una seduta e l'altra. Ci erano negati i sacramenti, tranne quello della penitenza, e il confessore ci incitava ad ammettere tutte le nostre colpe, per la salute della nostra anima e il bene del nostro corpo. Non avremmo avuto alcuna assoluzione se non avessimo prima confessato, se ci fossimo mostrati disobbedienti e ostinati. Se invece avessimo rivelato gli abomini compiuti dal nostro ordine e abiurato solennemente, avremmo avuto l'assoluzione, con una penitenza e la condanna che il tribunale avrebbe deciso.»

Mi sentivo straziare da tanta sofferenza. «Ma di che cosa vi accusano, alla fine?»

Frate Alberico si strofinò la faccia con la mano. «Forse la perdita di San Giovanni d'Acri ha inferto un duro colpo alla nostra reputazione. Abbiamo dovuto lasciare la Terra Santa e non c'è grande speranza di poterci far ritorno ed è pur vero che nel nostro ordine, come in molti altri, ci sono delle mele marce, avventurieri che hanno preso la croce solo per il loro profitto. L'ordine è ricco, monna Gemma, e il re di Francia ha le casse vuote: confiscare tutti i beni dei templari risolverebbe molti suoi problemi. Sono cominciate a circolare delle accuse, che sputiamo sulla croce, che abbiamo rapporti carnali tra di noi, che adoriamo gli idoli, che abbiamo perduto San Giovanni d'Acri perché eravamo in combutta con i musulmani, che serviamo satana. Filippo il Bello ha organizzato mirabilmente gli arresti, e i dignitari dei templari sono stati arrestati dappertutto, sono stati messi sotto processo e molti hanno confessato di aver rinnegato Cristo, di aver venerato idoli pagani e compiuto atti osceni.»

«Ma il papa...» Dopo la morte di Benedetto XI per i famosi fichi, dopo quasi un anno di accese discussioni era stato eletto un nuovo pontefice in un conclave che si era tenuto a Perugia, nella persona di un guascone, Bertrand de Got, con il nome di Clemente V.

«Clemente V è francese. È nelle mani del re e farà quel che il re vuole, tanto più che pensa di ricavarne anche lui un suo buon interesse. Quel che il re vuole sono i possessi dei templari. E almeno per quanto riguarda l'Italia e la Francia, li avrà.»

«Cosa si può fare?»

«Sapevo che cosa stava succedendo in Francia e non sono fuggito, monna Gemma, perché ho pensato di affrontare il processo a testa alta. Può darsi che qualche fratello sia entrato nell'ordine per profitto personale o per espiare qualche grave colpa di sodomia e di immoralità, e sia ricaduto nel peccato anche dopo aver vestito l'abito, ma a San Giovanni d'Acri tutti hanno combattuto come leoni, anche chi amava troppo il vino, e chi non rispettava il voto di castità... Ora però ho constatato sulla mia vecchia pelle che questo non è un processo, è un massacro: non possiamo far altro che confessare, perché non c'è uomo in grado di resistere a questo martirio, se non forse un santo, e io santo non sono, ma non voglio confessare il falso e perdermi l'anima mentre Filippo e il papa si riempiono le casse.»

«C'è un luogo dove potete trovare rifugio?»

«Ho pensato... al Portogallo. A combattere i mori dell'Algarve, per quel poco tempo che mi resta. Altri confratelli si stanno dirigendo laggiù.»

Frate Alberico rimase nascosto nella stanza in cima alla casa per più di una settimana, e Giovanni, Pietro e Jacopo li mandai a stare per un poco da mia madre, con la scusa che Antonia aveva certe macchie rosse da far pensare a una malattia contagiosa dei bambini, e non era il caso che loro la prendessero, proprio adesso che avevano ricominciato gli studi con profitto, e dovevano recuperare molto tempo perso.

Mia madre fu contenta di averli per casa e non sospettò mai, povera donna, che la stessi ingannando, anche se Giovanni protestava che le macchie di Antonia dovevano essere piuttosto esito della sua predilezione per certi frutti di bosco di cui aveva fatto indigestione. Io insistevo con la mia teoria. Non potevo correre il rischio che si accorgessero della presenza di frate Alberico: mi fidavo della loro discrezione, ma una parola di troppo, una leggerezza e saremmo stati tutti accusati di aver dato rifugio a un eretico.

Il giorno di san Jacopo, alla festa dei navicelli di fine luglio, approfittando di tutta la confusione che c'era sul fiume, frate Alberico in vesti popolane e con un bel cappuccio che gli oscurava il volto rasato salì su una vecchia barca che avevo fatto comperare al Cianco vendendo due bottoni del mio abito da sposa, e discese l'Arno per un bel pezzo, in direzione di Empoli, assecondato dalla corrente. Andava verso il mare, verso il suo nuovo destino.

16
Dante mio

Marito mio. No. *Mio caro Dante.*
Avevo davanti il foglio bianco e intingevo la penna nel calamaio, ma non sapevo nemmeno bene come cominciarla, quella lettera. Speravo che Dino Frescobaldi riuscisse a fargliela arrivare insieme all'abbozzo di quei canti in terzine.
Dante mio, scrissi alla fine. Sì, c'era dentro tutto in quel «Dante mio». Che di certo non era più tanto e solo mio, ammesso che lo fosse mai stato anche prima, dopo tutti quegli anni di lontananza, perché da come lo conoscevo di certo qualche altra femmina se la doveva essere presa, e più di una volta, magari amori mercenari, e quasi lo speravo, che gli dessero soddisfazione della carne ma non gli rimanessero nell'anima.
Prego che queste mie parole ti giungano, in un modo o nell'altro, ovunque tu sia nel tuo peregrinare. Voglio che tu sappia che tutti noi stiamo bene e che con l'aiuto di Dio e delle famiglie si tira avanti.
Rimasi lì con la penna a mezz'aria. Come si condensano in una lettera anni di vita? Come si raccontano non solo i fatti, ma le sensazioni, le paure, i momenti di scoramento tremendi, i lutti, le speranze, le delusioni? Di certo non sono brava a scrivere, pensai. Guardavo quei segni sul foglio, quelle righe che

anche altri avrebbero potuto leggere, e pensavo che non potevo spogliarmi nuda così davanti ad altri occhi e dirgli quanto mi mancava ogni giorno e ogni notte, e quanto mi doleva il cuore ogni momento a saperlo in pericolo, o comunque in gravi disagi, e che era stato bravo a mettere da parte l'orgoglio e scrivere la lettera che cominciava con quella citazione della Bibbia «*Popule mee*» chiedendo alla città di graziarlo, e che mi dispiaceva che per questo i bianchi lo odiassero come un nemico, dopo tutto quello che lui aveva fatto per la causa, e che...

Speriamo tutti di poterti presto riabbracciare, i nostri figli Giovanni e Pietro e Jacopo e la piccola Antonia, che prega sempre per te tutte le sere, e prega anche per la nostra Maria che il Signore si è ripreso troppo presto, scrissi, facendo un po' scricchiolare la penna, perché era da tanto che non la usavo. Lo avevo fatto per i documenti che mi erano serviti per chiedere la rendita in grano, per delle liste di acquisti, per piccole cose di vita quotidiana, ma di lettere come quella recentemente ne avevo scritta solo una alla Nella, anche lì sempre col pensiero che la sua nuova famiglia potesse leggerla prima di lei, e quindi con tutte le cautele del caso, e nello stesso modo lei mi aveva risposto, prudente al punto di suonare fredda, giusto per dirmi che stava facendo figli per il suo nuovo marito e che ringraziava il cielo di aver avuto tanta fortuna a incontrarlo. Magari invece lei era infelice e lui un mostro che la batteva tutte le sere, ma questo non c'era modo di saperlo davvero.

Rimasi desolata a guardare quel messaggio che avevo davanti: non diceva nulla, sembrava vuoto e gelido, note di servizio, uno scambio tra estranei.

Abbiamo pensato di farti avere questi fogli ritrovati nella cassetta delle tue carte, che abbozzano quel poema in versi su un viaggio nell'aldilà di cui qualche volta abbiamo parlato. So che stai scrivendo anche altre cose importanti, in latino, sulla lingua e su questioni di filosofia e di politica, ma forse l'idea di fare poesia ti riporterà il ricordo dei tempi belli, più di qualunque altro dotto trattato. Non so se avrai il modo e la serenità di riprenderlo e proseguirlo, questo poema, ma ho pensato che ti avrebbe dato qualche conforto vedere che i tuoi appunti non sono andati perduti, ché già soffrirai la mancanza di tante altre cose perdute, la casa e gli averi e la vicinanza con chi ti ama. Così ora con l'aiuto di persone amiche te lo mandiamo con tutto il cuore.

Lo rilessi due volte. Era goffo nella forma, ma confidavo che lui capisse che cosa cercavo di dirgli.

Noi si vorrebbe esserti vicini e sostenerti in ogni momento, Dante mio, e questa lontananza ci rende tutti oltremodo orfani della tua presenza, ma ci si desta ogni nuovo mattino con la speranza di riabbracciarti, se Dio vorrà.

Misi la firma con la buona coscienza di aver fatto del mio meglio per dirgli che lo amavo tanto e che non vedevo l'ora di riabbracciarlo e che confidavo che anche lui avrebbe fatto qualunque cosa pur di tornare a casa.

Molti mesi seguirono senza che la Signoria desse segno di aver ricevuto la sua supplica, l'anno finì e anche quella lettera, nella quale avevamo riposto tanta aspettativa, parve del tutto dimenticata.

Corso a Firenze si vedeva pochissimo, tutto preso com'era a costruire in giro la sua reputazione e le sue alleanze e a progettare il suo matrimonio con la figlia di Uguccione della Faggiola.

Così decisi di rompere gli indugi e andai da monna Tessa, con la quale ero sempre in contatto anche grazie ai buoni uffici di mia madre, e ci presentammo con un gran piatto di dolci appena sfornati. Lei ci accolse con benevolenza, ma si vedeva che non era del suo solito umore.

«Confido che tu ti sia ben riambientata qua a Firenze, Gemma» mi disse, mandando il servo a prendere del vino per mandar giù meglio i nostri mandorlati. Era un modo per ricordarmi a chi dovevo esser grata se ero lì.

Le raccontai le ultime cose, come si fa tra donne, se pur di diverse generazioni, dei figli che crescevano, delle preoccupazioni anche di denaro: «Mi han dato delle staia di grano» le dissi «e penso anche per questo di dover dir grazie ai Donati». La guardai con intenzione. Mi pareva giusto dare a Cesare quel che era di Cesare e ci tenevo a predisporla favorevolmente.

Lei annuiva. «Sei una brava moglie e una brava madre» considerò, seria. «Non tutte sarebbero state capaci di tanta forza, nelle stesse circostanze.»

«Monna Tessa» le dissi, venendo al dunque, «avrei bisogno di domandare a Corso per quella supplica di Dante, per la quale lui stesso mi aveva dato qualche speranza. Ci ho pensato a lungo, prima di sollecitare, ma ormai è passato molto tempo, e mi chiedevo se a suo avviso magari insistere, o inviarla di nuovo, potrebbe...»

Lei allargò le braccia. «Oh, gliel'ho domandato anch'io, Gemma, che cosa credi, che mi sia dimenticata del tuo Dante? Si è risaputa, la storia della lettera.»

Mi sistemai meglio sulla sedia. «Lui l'ha scritta, come gli è stato detto di fare... Ha messo tutta la buona voglia.»

Monna Tessa crollava la testa. «A quanto dice Corso, Dante ci ha tenuto a puntualizzare che le accuse che gli sono state rivolte erano false. Ora, non puoi chiedere clemenza, domandare alla città di dimenticare, e intanto asserire che ti hanno bandito a torto. Si è pentito di aver preso le armi contro Firenze insieme ai bianchi, e ha detto molto male di loro, in quello scritto. Ma non si è dichiarato colpevole di null'altro se non di aver voluto il bene della sua città. Da quella lettera vuole uscire come un santo, o un eroe. Tanta tracotanza non gli ha giovato. Come a dire che i suoi giudici, gli stessi che avrebbero dovuto permettergli di rientrare, l'avevano ingiustamente giudicato...»

Rimasi senza parole. «Lo sa anche Corso che era innocente» balbettai, dopo un poco.

«Via, Gemma... davvero un uomo che usa la penna come lui sa fare non poteva trovare una formula più generica per chiedere a Firenze di farlo rientrare in città? Non una querula rivendicazione d'innocenza? "Popolo mio, che cosa ti ho fatto" domandava "se non d'aver voluto il tuo bene..." andiamo, non è questa una supplica che possa essere ascoltata dagli stessi giudici che l'hanno bandito.»

«Monna Tessa» dissi d'un fiato, arrossendo, «davvero Corso, che è così potente, non potrebbe...?»

Lei si raddrizzò su tutta la statura. «Corso ha fatto tutto quello che era possibile, mettendo a repentaglio anche del suo. Non chiedergli altro, se tuo marito non cambia atteggiamento. Almeno per adesso.» Sospirò e parve di colpo fragile e anziana, perfino la voce s'indebolì. «Mio figlio sta giocando il tutto per tutto, la sua ambizione lo sta spingendo al di là del ragionevole. Se vincerà, sarà così potente che potrà far rientrare anche Dante a suo arbitrio, senza renderne conto a nessuno. Ma se perderà, la rovina sarà completa, e quel che sta accadendo adesso a Dante sarà nulla in confronto a ciò che accadrà a Corso.»

Chinai la testa. Quello che non dissi a monna Tessa era che non sarebbe trascorso tanto tempo prima che un altro degli Alighieri venisse colpito, e stavolta davvero senza colpa: la sentenza del tribunale prevedeva che anche i figli maschi di Dante, raggiunti i quattordici anni, ricadessero sotto lo stesso bando, e i mesi e gli anni scorrevano in fretta.

La conversazione si spense e ce ne andammo dalla casa di Corso, mia madre e io, desolate, portandoci dentro un poco della pena infinita di monna Tessa, ad aggiungersi alle nostre. In compenso, a piccola consolazione, proprio in quei giorni seppi dai Frescobaldi che il plico era andato a buon fine e che Dante lo aveva ricevuto nel suo nuovo rifugio, dove si era trasferito, dai Malaspina in Lunigiana. Mi arrivò anche un suo preziosissimo biglietto, che Dino in persona mi portò una mattina.

Quando il Frescobaldi arrivò a casa mia, mi trovò in traffico con una piccola fornitura di olio appena arrivata dalle terre dei miei, che stavano scaricando in cortile. Onorata della sua visita, per quanto inattesa, mi ripulii le mani nel grembiule e lo accolsi meglio che potei.

«Accomodatevi dentro, ve ne prego» gli dissi, mentre la Gilla sistemava sedie e tavolo. «Scusate il disordine.»

Lui sorrideva. «Siete una donna davvero in gamba, monna Gemma, lo dicono tutti. Brava, previdente, capace di far tesoro di poco e di far negozio come un uomo, facendovi rispettare da famigli e operai...»

«Bisogna pure arrangiarsi» tagliai corto. «Ma vi prego, datemi qualche notizia.»

«Vostro marito sta bene e ha avuto buona accoglienza a Mulazzo» mi raccontò Dino, ringraziando con un cenno la Gilla che gli metteva davanti dei rinfreschi. «Il signore dei Malaspina, messer Moroello, gli è amico.»

«Perdonerete la mia ignoranza se non so dove sia Mulazzo» gli risposi, ascoltandolo intenta.

«È la capitale dei Malaspina dello Spino Secco» mi spiegò lui «sulla destra del Magra, vicino a Pontremoli. Moroello dei Malaspina, gran capitano nero che ha preso Pistoia, città che era nelle mani dei guelfi bianchi, ha avuto bisogno dei servigi di Dante come diplomatico in una controversia col vescovo di Luni: da quando Dante gli ha fatto da procuratore firmando la pace dopo una contesa che durava da anni e baciando il vescovo sulla guancia al posto suo, se lo porta in palmo di mano» concluse, mostrandomi la destra sollevata.

Sospirai. Mio marito era così abile a far fare la pace agli altri, a quanto pareva, ma non riusciva a trovar pace per se stesso. Era bravo a trovare il tono giusto con il vescovo di Luni, ma faceva imbestialire la Signoria con le sue petulanti richieste di grazia. Dino dovette leggermi nel pensiero, perché si affrettò a darmi un foglio arrotolato con cura e chiuso da un nastro marrone.

«So che riponevate grande aspettativa in un gesto di clemenza della Signoria, che non c'è stato nei confronti di vostro marito, per quanto egli si sia, a quanto mi consta, del tutto allontanato dai bianchi. Ma il tempo è gran medico e fatevi animo, monna Gemma, che intanto c'è qui uno scritto del Dante vostro, per voi: i miei corrieri me lo hanno appena riportato dalla Lunigiana.»

Quel «Dante vostro» mi fece pensare subito che Dino prima di affidarla ai suoi messaggeri si fosse letto per filo e per segno la mia missiva, nella quale chiamavo mio marito «Dante mio», e mi convinsi di aver fatto bene a mostrarmi cauta. Del resto dovevo dir grazie a lui per quel contatto, e le persone sono naturalmente curiose, anche senza malizia.

Srotolai il foglio trattenendo il fiato. Vedere la sua scrittura che avrei riconosciuto fra mille mi riempì gli occhi di lacrime, e Dino se ne avvide. Annusavo la carta come se oltre alle note metalliche dell'inchiostro potessi sentire un poco del suo profumo d'uomo. Ne fu anche lui commosso, perché doveva essere di buon cuore. Sentivo il suo sguardo addosso mentre leggevo.

Al mio stesso modo Dante mi rispondeva con quella nostra cortese freddezza epistolare, principiando con un simmetrico «Gemma mia», che era la cosa più intima di tutto lo scritto, dove mi rassicurava sul fatto di essere ospite del più nobile e generoso dei signori, e mi esprimeva la sua gioia per aver riavuto le sue note, che pensava perdute. Sperava che il genio dell'ispirazione gli soffiasse nell'anima per poter riprendere di nuova e buona lena la scrittura di quel poema che progettava da tempo e nel quale avrebbe voluto ripercorrere gli avvenimenti degli ultimi anni così densi di fatti e di incontri. Poi mi pregava di abbracciare i figlioli e ci raccomandava tutti a Dio, sperando di riabbracciarci presto. L'ultimo paragrafo fu però quello che mi fermò il respiro.

Restiamo in stretto contatto, perché tra poco verrà il momento in cui Giovanni, nel compimento del suo quattordicesimo anno di età, come dice la legge, mi dovrà seguire nell'esilio in quanto figlio maschio di un esule, per quanto immerito. Vi farò sapere se ci saranno degli spostamenti, in modo che il mio primogenito mi possa raggiungere senza incertezza dove io sarò, in sicurezza e in salute.

«Giovanni...» balbettai.

Dante metteva il dito nella piaga. Lo avevo sempre saputo, in realtà, ma era come se avessi in qualche modo messo da parte il pensiero. Tra pochi mesi ci sarebbe stato il compleanno di Giovanni e quel traguardo, che in momenti normali era una festa, perché un bambino diventava quasi un uomo, nel mio caso avrebbe comportato un nuovo dolore. Mi ero detta che era giusto così, che finalmente Dante non sarebbe stato più solo, che a me rimanevano, ancora per qualche anno, Pietro e Jacopo. Ero ingiusta ed egoista: accanto a suo padre Giovanni avrebbe completato la sua educazione, sarebbe magari andato a Bologna, sempre se si fossero trovati i fondi, perché lo studio era molto costoso, o lo avrebbe aiutato nel lavoro di cancelleria al servizio dei potenti, imparando un buon mestiere.

Ma l'idea che il mio Giovanni se ne andasse mi straziava e non me ne consolavo nemmeno guardando Antonia, l'unica che, essendo una femmina, non mi sarebbe stata sottratta.

Anche questo voleva dire non essere riusciti a ottenere la grazia: i figli pagavano per le colpe dei padri, nella splendida e crudele Firenze.

17
Agnus Dei

Qualche giorno prima che Giovanni partisse in esilio per raggiungere suo padre, accompagnato da due uomini dei mercanti Frescobaldi che dovevano percorrere la sua stessa strada e che gli avrebbero fatto volentieri da scorta fino a destinazione, il tutto grazie ai buoni uffici di Dino che si stava rivelando un buon alleato generoso e devoto, prese a circolare una grande notizia.

Dino Frescobaldi e tutte le teste fini della città ne discussero per giorni, dentro e fuori i consigli e le assemblee, ma anche in giro, al mercato, nelle piazze e sotto i portici, ovunque i fiorentini si incontrassero per scambiarsi pareri, cercando di comprendere le implicazioni di questi fatti che non riguardavano solo il nostro ristretto e locale orizzonte in riva all'Arno, ma l'Italia e l'Europa.

Il papa Clemente V, lo stesso guascone che aveva contribuito a massacrare i templari, aveva ora annunciato che il trono imperiale finalmente non era più vacante e che un nuovo sovrano, Arrigo VII del Lussemburgo, sarebbe sceso in Italia a ristabilire la tranquillità e la giustizia, superando ogni divisione di parte, facendo rientrare gli esuli e portando finalmente la pace alla miriade di città e cittadine, ciascuna con un suo governo e con le sue fazioni, non solo tutte in guerra l'una contro l'altra, ma anche divise al loro interno, e con la parte che al momento risultava perdente in esilio e dispersa, come a Firenze, tanto che ormai quando si parlava si diceva «fiorentini di dentro» per indicare i vincenti che stavano in città e «fiorentini di fuori» per indicare quelli che avevano perduto e che gli altri avevano di conseguenza messo al bando e cacciato.

«È una buona notizia» commentò Francesco, che era venuto a salutare Giovanni prima che partisse e a portargli un poco di denari. «Del resto non c'era altro modo per arginare le pretese di Filippo il Bello, che considera il papa un suo vassallo, perseguita gli ebrei e accusa di eresia chiunque, pur di impossessarsi delle loro ricchezze.» Per quanto il papa fosse anche lui francese, si era dovuto ben presto rendere conto che con Filippo non si ragionava se non con la forza.

«Ma chi sarebbe questo Arrigo?» chiese Giovanni, interessatissimo. Non era affatto triste di dover partire, anzi, non vedeva l'ora. L'idea di stare con suo padre e di vivere nuove avventure gli piaceva moltissimo. L'unica col muso lungo ero io, che oltretutto dovevo anche nascondere la mia tristezza. «I figli crescono e in un modo o nell'altro prima o poi se ne vanno» mi aveva fatto ragionare mia madre. Era pur vero, ma avevo un gran peso sul cuore: Giovanni era davvero giovane per andarsene da casa e non lo faceva di sua volontà, ma perché costretto dalla legge.

«Arrigo è conte di Lussemburgo, ha sui quarant'anni, non è né alto né basso, ma ha un bel personale; dicono sia un buon parlatore, molto devoto e di nobili sentimenti, un uomo di giustizia e di pace. Sua moglie Margherita di Brabante è buona e bella, una santa.»

Chissà come mai i re e gli imperatori ce li raccontavano sempre tutti così buoni e belli e santi, soprattutto all'inizio del loro regno. «Ma davvero fa rientrare gli esuli, questo Arrigo?» domandai, perché la lingua batte dove il dente duole.

«Così è successo nelle città del nord che lui ha conquistato» disse Francesco. «E ha anche lui un figlio che si chiama Giovanni, pensa» aggiunse, come se volesse in questo modo rendermelo più grato.

In realtà, per quanto il principe Giovanni di Lussemburgo fosse di nobile stirpe, ero sicura che non fosse bello come il mio Giovanni, mentre lo guardavo salire a cavallo sorridente, alto, snello, con la sua gran zazzera di capelli rossi come i miei, ancora più lucenti di giovinezza, e quella prima peluria che ostentava sul mento e sotto il naso con grande orgoglio.

Dante era a Lucca in quei giorni e lì Giovanni lo avrebbe raggiunto, con un viaggio di una sessantina di miglia, non troppo lungo, facendo tappa a Prato e poi a Pistoia, con i mercanti dei Frescobaldi. I fratelli lo avevano salutato quasi con invidia.

«Di' al babbo che vi raggiungerò presto» disse Pietro, battendogli sulla spalla. «Adesso non posso lasciare nostra madre da sola, diglielo, eh.» Non si erano abbracciati, forse sembrava loro un gesto troppo da bambini o da femmine, in quella particolare età che stavano vivendo, con la smania di mostrarsi già uomini.

Anche Jacopo aveva espresso il suo desiderio di unirsi all'avventura prima possibile. Antonia invece era corsa tra le braccia di Giovanni, in lacrime, e quel suo comportamento mi aveva molto turbata, lei che di solito era così serena e dolce. Lo abbracciava e lo tratteneva, abbandonandosi a un capriccio che proprio non era da lei. La Gilla aveva dovuto portarla via quasi di peso, sgridandola dolcemente.

«Nina mia, ma si fa così, che fai rimanere tutti male? Salutalo bene, Giovanni, e auguragli buon viaggio, e digli di dare un gran bacio al babbo!»

Ma lei si disperava senza darsene per inteso. «Giovanni, o Giovannino mio!» singhiozzava, senza darsi pace.

Come tutte le madri, avrei voluto fargli cento raccomandazioni, ma gli dissi solo: «Dio ti accompagni» baciandolo in fronte. Lui era già altrove col pensiero, impaziente di varcare le porte del cortile, e lo avevo perduto prima che la sua sagoma e quella degli altri due cavalieri che galoppavano al suo fianco sparissero all'angolo della strada. Tirai su col naso, stringendo i denti. Se mi avessero dato un soldo per ogni lacrima trattenuta di giorno oltre che per ogni lacrima versata di notte, da sola nel letto, da quando Dante era partito, adesso avrei potuto rivaleggiare con le famiglie più ricche di Firenze.

La Nina ebbe tutto il giorno un poco di febbre e pensai che quello strano comportamento bizzoso fosse legato al suo malessere, finché la notte, quando riuscii finalmente a addormentarmi, sognai Piccarda, che da anni non veniva a trovarmi. Come l'ultima volta, piangeva desolata, come la Nina, ma con minore strepito, e non mi spiegava il motivo della sua ambascia.

Quel sogno mi spaventò a morte perché sapevo molto bene che annunciava disgrazie e mi venne in dubbio che anche la Nina avesse avuto qualche brutto presentimento. Ma i Frescobaldi mandarono ad avvisarmi dopo qualche giorno che il viaggio era andato bene e che Giovanni aveva raggiunto felicemente suo padre a Lucca. Così ricominciai a tirare il fiato e a sperare che per una volta quella premonizione fosse senza fondamento, o che riguardasse magari quell'Arrigo.

A ricordarmi le parole di Francesco su di lui, un mese più tardi mi dissero di una lettera che mio marito aveva scritto in latino, firmandosi come ormai aveva preso l'abitudine di fare «L'umile Dante Alighieri fiorentino, esule senza colpa», per invitare tutti ad accogliere la venuta dell'imperatore Arrigo VII come un messia portatore di pace.

Me la portò da vedere la Tana, che l'aveva presa a suo marito Lapo, il quale a sua volta ne aveva avuto copia tradotta in volgare in consiglio comunale.

«Lapo dice che certo Dante deve essere molto preso dall'imperatore» sospirò, accigliata. «Ha indirizzato questa lettera aperta ai re d'Italia, ai magistrati di Roma e a tutti i popoli, invitandoli ad accoglierlo come l'*agnus Dei*, il nuovo Mosè, questo principe mite, che viene come uno sposo a cingere la corona e a portare la prosperità e il benessere dove oggi ci sono solo liti e fazioni.» Aggrottò le sopracciglia e lesse: «"*Racconsolati, ormai, Italia, lo sposo tuo, letizia del mondo e gloria delle tue genti, il clementissimo Arrigo, divino Augusto e Cesare, già si affretta alle nozze*"».

«Che nozze?»

«Ah, dev'essere una di quelle metafore dei dotti.» Agitò la

mano come a dire che non aveva importanza e continuò a leggere. «*"Asciuga il pianto, o tu bellissima, poiché è vicino colui che ti affrancherà dalla servitù degli empi, colui che percuotendo i malvagi li disperderà col taglio della sua spada. Ad altri vignaioli affiderà la sua vigna che sappiano rendere il frutto della giustizia, al tempo della vendemmia..."*»

«Che vignaioli? Ma sta sempre parlando di Arrigo?»

«Sì, sì. E senti qua: "Chi si oppone alla sua podestà, si oppone a Dio".» Scosse la testa. «Dice Lapo che molti si sono scandalizzati e certi canonici hanno detto che un uomo non può essere l'*agnus Dei* e tutto il resto, che è idolatria come quella dei templari. Qualcuno vuole portare questo scritto in Santa Croce, ho già parlato con Bernardo, che ci tenga al corrente, se può...»

«Oh, santo cielo, no...»

«E invece sì. Comunque intanto Arrigo è stato incoronato a Milano il giorno dell'Epifania con la corona ferrea, anche se Bernardo dice che in realtà era una copia della corona ferrea vera, quella che è stata sempre usata per gli altri re...»

«Perché una copia? Quella vera l'hanno rubata?» Mi pareva un gran sacrilegio.

«Perché i signori di Milano l'hanno impegnata, quella vera, per saldare dei debiti, e non sono ancora riusciti a riscattarla.»

Da non crederci. Anche i gran signori milanesi della Torre avevano problemi di denaro, quanto le povere donne come me.

«Ma vale anche con la corona finta, la cerimonia?»

Lei strinse le labbra. «Porta gran male, questa incoronazione fasulla, dicono tutti. Perché l'orefice che ha fatto la copia di certo non ci ha potuto mettere dentro il vero chiodo della croce di Cristo ritrovato da sant'Elena, che la rende quella che è. Meno male che questo Arrigo non è superstizioso, si vede che nel Lussemburgo, da dove viene lui, non fanno caso a certe cose...» Fece una smorfia. «Comunque Dante deve averlo seguito, perché nella lettera dice che lo ha conosciuto, l'imperatore, e gli ha reso omaggio baciandogli i piedi...»

«Allora anche il mio Giovanni è andato fino a Milano.»

«Così sembrerebbe. Sta di fatto che, non si sa se per il chiodo che mancava dentro la corona o per che cosa, non tutte le città, checché Dante ne dica, lo stanno accogliendo come l'*agnus Dei*, l'imperatore Arrigo. Brescia gli ha già chiuso le porte in faccia. Vedremo che cosa succederà man mano che ridiscende la penisola. Ma dubito molto che i fiorentini, conoscendoli, condivideranno questa affezione di Dante per uno che comunque è un imperatore, e come tale non avrà grande trasporto per le libertà comunali, anche posto che negli ultimi tempi queste libertà siano diventate spesso licenza di sopraffare i perdenti, come è capitato nel nostro caso sventurato.»

Mio marito si era di nuovo schierato con tutto se stesso per una causa, impegnandosi e compromettendosi di fronte a mezzo mondo, preso dall'esultanza, forse confidando che Arrigo VII fosse la chiave che avrebbe potuto aprirgli le porte di Firenze. Ma non era affatto detto che le cose andassero come lui auspicava.

«Oh, buon Dio» sospirai. «Tana, Dante ormai ha quasi quarantacinque anni, ma mi sa che la lezione non l'ha ancora imparata.»

18
Scelleratissimi

«Per nessun signore i fiorentini hanno mai inchinato le corna» disse messer Betto Brunelleschi agli ambasciatori di Arrigo VII a nome di tutta Firenze.

Quella frase di sprezzo e di resistenza, dopo aver sbigottito gli ambasciatori, rimbalzò di sestiere in sestiere, e si rafforzava man mano che veniva ripetuta. I fiorentini non si inchinavano davanti a nessuna corona. Se le altre città avevano aperto le porte all'*agnus Dei*, bene, fatti loro, ma Firenze aveva altri disegni. Se Arrigo VII si era fatto eleggere imperatore a Roma dopo aver cinto la povera copia della corona ferrea senza sacro chiodo a Milano, buon per lui. E comunque si sapeva che anche a Roma le cose non erano andate per il verso giusto e il sovrano aveva dovuto accontentarsi di farsi incoronare da tre cardinali amici suoi, in Laterano e non in San Pietro. Insomma, ci voleva ben altro per impressionare i neri di Firenze. Di certo non erano utili le ciance e le dichiarazioni reboanti. Anzi.

Me lo gridò Corso, che far chiacchiere poteva solo portare disgrazia, una mattina di sole, appena tornato a Firenze dopo essersi sposato senza troppo chiasso con Chiara, la figlia di Uguccione della Faggiola, piombandomi in casa con la sua solita scorta di due cavalieri, sventolando un foglio. Capitò in un gran brutto momento. Io ero già abbastanza avvilita di dover preparare la prossima partenza di Pietro, che avrebbe dovuto presto anche lui raggiungere il padre e il fratello maggiore in esilio. Quell'assalto verbale mi prese del tutto alla sprovvista, ignara com'ero e con la testa perduta in altri pensieri.

«Dove sei, Gemma?» gridava mio cugino, facendo scappare i pochi polli che razzolavano in cortile.

Mi affacciai al balconcino dal piano di sopra, dove sciorinavo i panni tra i quali Pietro avrebbe dovuto scegliere che cosa portarsi in viaggio. Ero malvestita, con indosso un guarnello corto e un po' liso, comodo per i lavori di casa, scarmigliata e di cattivo umore. «Corso, Dio ti benedica...»

Mi avevano lasciata da sola, perché la Gilla e la Maretta erano fuori con la Nina, i figlioli erano a scuola e il Cianco a lavorare l'orto dietro casa.

«Dio ha altro da fare che benedirci, in questo momento!» ribatté lui, accigliato. «Scendi, scendi subito, per le budella di Satanasso, che ho da mostrarti una cosa.»

Spaventata, corsi veloce giù per le scale, così com'ero, con i capelli spettinati e a piedi nudi. Corso mi aspettava di sotto consumando il pavimento, andando avanti e indietro nel salone: sentivo il suo passo pesante mentre facevo i gradini. Si girò ad affrontarmi, mi guardò e la sua faccia cambiò espressione. L'irritazione nei suoi occhi cedeva il posto a qualcos'altro, e sentivo le mie guance scaldarsi.

Avevo i capelli sciolti, lunghi fin quasi alla vita; nessuna donna maritata si sarebbe mai sognata di uscire in strada o di mostrarsi in giro senza raccoglierli e coprirli almeno in parte con le bende bianche che l'uso imponeva e in più mi resi conto che nei lavori di casa mi si era aperto il corsetto davanti, così lo risistemai con un gesto, tirandomi indietro le chiome alla meno peggio. Non avrei mai pensato di ricevere visite, quella mattina.

«È successo qualcosa a Dante? Ti prego, Corso, così mi spaventi a morte...»

Lui si riprese. «Sì, che dev'essergli successo qualcosa, a Dante. Deve aver perduto il senno! Questa è l'epistola che ha scritto ai fiorentini dal Casentino, da Poppi, dove si trova adesso, e dove può rimanere per il resto dei suoi giorni, per quel che mi riguarda, e che Dio mi danni se cercherò ancora di essergli d'aiuto per amor tuo!» Agitò il foglio sotto il mio naso. «Comincia così: *"Dante Alighieri fiorentino ed esule senza colpa agli scelleratissimi fiorentini che vivono tra le mura di Firenze".*»

Scelleratissimi fiorentini? «No!» esclamai.

«Sì, cugina.» Si mise a leggere, e notai che teneva il foglio un poco lontano, come fanno quelli che non sono più tanto giovani, strizzando appena gli occhi azzurrissimi. Il tempo davvero passava per tutti. «*"Ah, voi, tra i Toscani i più vani, insensati per natura e per vizio! Essendo ciechi, non vi accorgete che la cupidigia vi domina, vi blandisce con velenosi sussurri, vi imprigiona nella legge del peccato..."* Devo continuare?»

Scossi la testa. «Dev'essere un falso...» Era stato lui a insegnarmi che i documenti si possono contraffare.

«Ah, magari! Ma non è così. E non è la prima epistola di questo tenore che lui scrive. Si è messo in mente di avere la missione di salvare il mondo! E ora copre di vituperi gli insensati fiorentini che rifiutandosi di sottomettersi all'imperatore secondo lui disobbediscono alle leggi di Dio stesso e li minaccia di grandi castighi...» Alzò le braccia al cielo. «E proprio in questi giorni, Gemma, proprio in questi giorni, giusto per consolidare il fronte cittadino contro l'imperatore e mettere insieme i fiorentini di dentro e di fuori, il giudice messer Baldo d'Aguglione, che è priore in carica, ha deciso un'amnistia, a beneficio di tutti i confinati e banditi, purché veramente di spirito guelfo, e io, io mi sono esposto in prima fila, ricordandogli mio cugino Dante, che già aveva scritto quella maldestra lettera di pentimento a modo suo, dicendosi innocente invece che pentito, in spregio ai suoi giudici... ma era passato del tempo e si poteva sperare che quello scritto fosse dimenticato, e ser Baldo inserisse il suo nome nella lista dei graziati.»

Tacque e si passò una mano sulla faccia. Lo ascoltavo in silenzio e tremavo un poco.

«E invece arriva questa epistola, scritta, mi dicono, in un

ottimo latino, perché tuo marito il latino lo conosce bene, ma non sa, Dio lo danni, non sa ancora come va il mondo... prima credeva di farsi aprire le porte di Firenze dai somari in armi di Vieri dei Cerchi, e si è visto come è finita alla Lastra. Ora sogna di questo burattino coronato, e lascia che te lo dica, di certo anche la sua impresa sarà un buco nell'acqua... le città che gli avevano giurato fedeltà una a una gli voltano le spalle, se ne tornerà scornato da dove è venuto e tutto resterà come prima.»

«Dante ha sulle labbra quel che ha nel cuore e non sa fingere...» attaccai debolmente.

«Eravamo a tanto così dal farcela» mi interruppe lui, facendo segno con l'indice e il pollice che mancava proprio solo un tocchettino. «Dopo molto sperare. Era tutto pronto, l'elenco in ordine alfabetico, e A come Alighieri, sarebbe stato tra i primi nomi, dopo gli Adimari, lui sarebbe potuto tornare e i tuoi figli non sarebbero dovuti partire.»

«E adesso il suo nome non c'è, nel bando» conclusi stupidamente.

«Certo che c'è, ma nell'elenco in calce, tra gli esclusi dal provvedimento, la lista di quelli di Porta San Piero...»

«Vedi che ci sono anche altri che sono rimasti fuori... magari non è stato per quel che ha scritto che messer Baldo l'ha escluso...»

Lui si girò come una belva. «Ma cosa dici, Gemma? Gli altri non avevano me a sostenerli!»

Non sapevo più cosa rispondere. «Sono sicura che ci tiene tanto a rientrare e forse per questo, non sperando più nella clemenza del comune, ha creduto...»

Corso scosse la testa e in due passi mi fu davanti. Mi sembrava ancora più grande e imponente di come lo ricordavo.

«Sai che cosa penso? Anche se non riuscirà a tornare, non starà così male. Non è più solo, da quando ha con sé Giovanni, ora anche Pietro lo raggiungerà, e poi Jacopo, tra poco. Dicono che stia scrivendo delle opere sulla lingua, e anche cose di politica, che gli danno gran prestigio. I signori hanno bisogno di uomini capaci di fare quel che lui sa fare, nelle cancellerie e nelle ambascerie. E quando gli proporrai di raggiungerlo anche tu con la Nina, ti risponderà che non è una vita possibile, per una donna, ma solo perché non ti vorrà con lui.»

«Perché non mi dovrebbe volere?» chiesi con un filo di voce, pentendomi immediatamente di essere caduta nella sua trappola. «Sono sua moglie, la madre dei suoi figli, l'ho aspettato e sostenuto in tutti i modi in questi lunghi anni...»

Corso sorrise di quel sorriso da lupo che gli conoscevo così bene. «E credi davvero che in questi lunghi anni, come dici tu, il tuo bravo marito si sia mantenuto casto come te? Le voci corrono... ha una donna in ogni porto, come i marinai. E tutte giovani e belle, e piene di pietà e comprensione per questo povero poeta esiliato ingiustamente dalla sua città e che sa parlare così bene, che sa recitare canzoni d'amore e citare i classici... e poi dedica loro qualche verso, chiamandole con i vezzeggiativi, e lasciando intendere che forse non sono donne vere, ma personificazioni di qualche virtù, o della sapienza o della filosofia... metafore raffinate, che noi comuni mortali non sappiamo cogliere.»

Le lacrime presero a scendermi sulla faccia, silenziose e copiose, goccioloni grossi, che mi bagnavano le labbra, salate e calde.

«Ma tu lo sai. Ti era infedele anche prima, anche quando viveva qui con te. Non sei così stupida, non lo sei mai stata» infierì lui, a voce bassa.

Ero stremata, arrabbiata, delusa. Mi immaginavo il giudice intento a stilare il provvedimento di grazia che leggeva quella lettera di insulti a tutti i fiorentini, cancellava con un tratto di penna deciso il nome di Dante dalla lista degli amnistiati e lo scriveva in quella degli esclusi. Eravamo a un passo. Avevamo sfiorato la vittoria. Oh, Dio. Non avrei avuto la forza di ricominciare da capo a combattere e a sperare. Chiusi gli occhi per un momento.

Poi sentii le dita lievi di Corso sul mio viso, che mi asciugavano il pianto, e poi le sue labbra sulle mie, ad assaggiare il gusto delle mie lacrime, e poi di nuovo le sue mani intorno alla mia vita, sul mio seno, affondate nei miei capelli, dappertutto, e il suo fiato caldo e dolce che sembrava ridarmi la vita, come in certe fiabe che venivano dall'Oriente e parlavano di una principessa che sembra morta prima che il bacio di un principe la risvegliasse.

E io lo sapevo che lui stava approfittando della mia disperazione e del mio sfinimento, e che le sue parole feroci e suadenti come coltelli erano affondate apposta dove faceva più male, evocando le mie paure, la mia gelosia, la mia solitudine, il mio rancore inconfessato, perché lui conosceva bene gli esseri umani e le loro debolezze ed era capace di manipolarli per i suoi scopi.

Ma non avevo egualmente la forza di resistergli perché lo desideravo, lo avevo sempre desiderato, per anni e anni, ogni volta che ci eravamo visti, sfiorati, sfuggiti, ogni volta che avevo sentito la sua voce e sentito il suo odore, che l'avevo visto vittorioso a cavallo e a piedi, sprezzante e avventato, spudorato e prepotente, e così lasciai che mi prendesse lì nel salone, sul gran tappeto spesso e verde come un prato, e fu bellissimo, perché lui era un gagliardo amatore, come sempre avevo immaginato che fosse. E perché il mio corpo ancora giovane chiedeva solo, dopo tutta quella privazione, di essere ridestato alla vita, di vibrare di piacere, di celebrare quel rito sacrilego che prima o poi avrei dovuto consumare sull'altare del tradimento coniugale. Lo stesso rito che, lo sapevo, cento volte mio marito doveva aver consumato con altre donne, senza che questa consapevolezza però mi facesse sentire meno spregevole per ciò che stavo permettendo capitasse.

19
Ritrovarsi e perdersi

«Come abbiamo potuto aspettare tanto?» mormorò Corso, tenendomi tra le braccia sul gran tappeto verde, ancora ansimante e caldo d'amore. Mi disse che doveva partire per Treviso, dove lo avevano nominato podestà, e che per un poco non ci saremmo rivisti.

Poi sentimmo un rumore fuori e io fuggii via, lasciandolo solo nel salone, mentre il Cianco ignaro rientrava in cucina con un gran cesto di verdure dell'orto.

Non lo vidi andarsene, Corso, chiusa nella mia stanza a lavarmi fino a togliermi la pelle, per cancellarmi di dosso il suo odore e il ricordo languido del gran piacere che era stato capace di darmi, ma quando la Gilla tornò le bastò un'occhiata per capire quello che era successo. Io non dissi nulla e lei nemmeno. Mi aiutò a rivestirmi mentre le raccontavo della lettera di Dante ai fiorentini.

«Ho preso una decisione» le annunciai. «Dobbiamo parlare, Dante e io. E lo devo fare ora che è qua vicino. Lui non può entrare a Firenze, ma io ne posso uscire. Vado a Poppi con Pietro.»

Lei annuiva e non sembrava nemmeno sorpresa. Era passato troppo tempo. Se non fossi riuscita a rivedere mio marito, avremmo rischiato di diventare davvero due estranei. Dovevo capire che cosa aveva in mente, senza la mediazione fredda e censurata delle lettere. Dovevo guardarlo negli occhi, oppure quello che era successo poco prima sul tappeto verde si sarebbe potuto ripetere, e non sarei riuscita a sopportarlo, non avevo l'anima doppia, io. Forse per un uomo in esilio era normale soddisfare i propri bisogni, ma che cosa doveva fare una moglie che viveva come una vedova da quando aveva meno di trent'anni? Ero stata così bene tra le braccia di Corso, mi aveva fatto sentire desiderata, protetta, compresa. Ma era un gran peccato, quello che avevamo commesso, un peccato mortale, e se lui era colpevole con le sue lusinghe, io ero altrettanto colpevole di avergli ceduto. Forse avrei potuto raccontarmi che mi aveva preso con la forza, ma non era vero: non avevo alzato un dito per fermarlo, non gli avevo detto di smettere, anzi, lo avevo abbracciato e assecondato e avevo pronunciato il suo nome con la voce resa fonda dal godimento della carne.

Sulle prime mio figlio Pietro si sbalordì per la mia decisione, ma poi ne fu contento.

Preparai la mia sacca, mi raccomandai a mia madre e alla Maretta per badare a Jacopo e alla Nina durante la mia assenza e scelsi con cura insieme alla Gilla gli abiti per il viaggio. Era così tanto tempo che non rivedevo Dante: volevo che mi trovasse ancora giovane e desiderabile, e volevo anche fargli fare una bella figura con i conti Guidi, che non pensassero che aveva sposato una donnetta qualunque. Mi preparai come una sposina. Mi ammorbidii la pelle passandola accuratamente con una spatola di legno e del miele rosato, come mi aveva insegnato un tempo Pietra, mi lavai i capelli con la camomilla e li feci asciugare a lungo al sole, strofinai le unghie delle mani e dei piedi fino a farle brillare e mi depilai le sopracciglia fino a trasformarle in due pesciolini guizzanti color del rame, con l'aiuto della Gilla.

Mi sentivo viva e piena di energia come non mi capitava da tempo, pronta a combattere, a prendere l'iniziativa. Non era stato così fin dall'inizio? Non avevo dovuto agire io, per far decidere Dante a dichiararsi? Forse ora lui aveva bisogno di qualcosa di simile, di una scossa, di una consapevolezza.

Mi pentivo della mia caduta con Corso, ma dentro di me sentivo che quell'avvenimento aveva come spezzato un incantesimo maligno, che mi teneva prigioniera dentro una gabbia invisibile. Mi aveva fatto capire che anch'io ero fatta di carne e sangue, non ero come quelle statuette votive di cera che l'incendio aveva sciolto e non potevo resistere per sempre, prima o poi mi sarei spezzata, nella sospensione infinita di riprendere a vivere accanto al mio uomo una vita che valesse la pena d'esser vissuta.

Quell'attesa durata troppo a lungo mi aveva indebolita, ma ora i figlioli erano tutti abbastanza grandi da permettermi di allontanarmi per una settimana o poco più. Avevo calcolato che ci sarebbero voluti due giorni per arrivare al castello: avrei parlato con Dante e poi sarei tornata. Doveva dirmi che cosa aveva in mente e anch'io gli avrei detto la mia.

Dal castello dei conti Guidi a Poppi ci mandarono generosamente una loro scorta per Pietro, composta da due armigeri e un affabile segretale, ser Ricchetto, un quarantenne tondo tutto vestito di nero, che ci raccontò di essere anche il precettore dei figli del conte Guido di Battifolle e della contessa Gherardesca.

Convinto di doversi prendere carico solo del figlio appena quattordicenne di Dante, fu stupito che mi unissi anch'io alla brigata con la mia Gilla e mi domandò se mio marito era al corrente che l'avrei raggiunto.

«No, ser Ricchetto» gli dissi «ma confido che sarà una gradita sorpresa. O avete motivo di credere il contrario?»

«Per carità» si schermì subito lui. «È solo che non sapevo che Dante avesse una moglie così giovane e così intraprendente. Del resto il sangue dei Donati non mente» concluse con una risatina.

Forse era un complimento e forse era un rimprovero, ma feci spallucce e mi disposi nell'animo migliore per ascoltare tutti i racconti che lui fece a me e a Pietro, durante il viaggio, per magnificarci i suoi padroni e anche l'operato di Dante.

«Il signor conte Guido è un gran cavaliere fra i più insigni e un gran politico, più volte podestà, e capace di alta diplomazia. È amico di vostro cugino Corso, una figlia del conte ha sposato Musciatto Franzesi, il finanziatore di Carlo di Valois, e sua moglie la contessa Gherardesca corrisponde direttamente con l'imperatrice Margherita di Brabante, col tramite di vostro marito Dante! Si scambiano lettere, già, le due dame.»

«La contessa Guidi è la figlia del conte Ugolino?» domandai.

«Lei in persona, oh, una gran donna, bella e buona, che si porta nel cuore lo strazio per la fine del suo povero padre e i suoi parenti, a Pisa, di cui tutti sanno.»

Pietro si fece raccontare di nuovo e nei dettagli la storia della tragedia dentro la torre della Muda, approfittando della buona lingua del precettore. Quando arrivammo alla Consuma, poi, ser Ricchetto aveva in serbo una nuova storia per noi e si capiva che si compiaceva di avere un attento uditorio.

«Ecco, lungo quella strada, laggiù, verso il castello di Romena, un mucchio di pietre segna il luogo dov'è stato bruciato maestro Adamo... Pietro, la conoscete la vicenda di maestro Adamo?»

«No, perché l'hanno bruciato, ser Ricchetto?» chiese subito mio figlio, che amava le storie truculente.

«Maestro Adamo era un abilissimo falsario, che una trentina di anni fa ha spacciato fiorini buoni di peso ma non di lega a Firenze, su mandato dei conti di Romena, che all'epoca erano in lotta con i fiorentini e volevano danneggiarli.»

Ci raccontò che questo maestro Adamo era straniero, veniva addirittura dall'Inghilterra, ed era stato assunto come zecchiere dal comune di Firenze. Quando fu scoperto, per colpa di un incendio che fece ritrovare ai soccorritori una cassa di fiorini falsi, venne condannato come tutti i falsari alla più tremenda delle pene, il rogo. Lo ascoltavo parlare e mi dicevo che anche mio marito era stato condannato alla stessa pena, anche se facevamo tutti mostra di esercelo dimenticato.

«L'hanno bruciato da queste parti a monito dei conti che erano stati i suoi mandanti» concluse ser Ricchetto, in tono lugubre. «E chi passa da quella strada getta un sasso sul luogo dove fu eretta la pira, così che adesso c'è una piccola montagna di pietre a ricordare il suo triste destino...»

Rabbrividii, ma Pietro insistette su quell'argomento. «Però

non è giusto che chi lo ha spinto a commettere quel crimine non sia stato egualmente perseguito.»

«Degna osservazione, ma i conti Guidi di Romena avevano privilegio di battere moneta e non sottostavano alla podestà del comune di Firenze...»

Come a dire che la legge non è mai uguale per tutti. «Non mi ricordo proprio di questo povero Adamo» mormorai.

«Probabilmente non eravate ancora nata, monna Gemma» mi rispose il precettore con una punta di galanteria.

Mi parlò a lungo del bel rapporto di Giovanni con Aldo, il figlio più giovane del conte Guido e della contessa Gherardesca. «Il vostro figliolo Giovanni è amabile e hanno fatto subito amicizia, anche perché il padroncino Aldo ha tutti fratelli più grandi e ormai accasati e così sono diventati inseparabili.» Abbassò la voce. «Il padroncino non ha molta disposizione per lo studio, e il vostro Giovanni lo aiuta molto col latino. In compenso il padroncino ha una gran passione per le partite nei boschi, per gli armeggi, per tutti questi svaghi, e ricambia portandolo sempre con sé... gli ha donato un cavallo, l'hanno chiamato Castellano, e in questa stagione sono sempre a caccia insieme, e la contessa ne è contenta, perché Giovanni le sembra un'ottima compagnia, un giovane molto saggio, che tempera l'irruenza del suo Aldo.»

Non potevo non sentirmi orgogliosa e mi scambiai un'occhiata d'intesa con la Gilla. A quanto pareva Giovanni si era meritato la stima dei conti Guidi. Anche Pietro era molto interessato: si capiva che non vedeva l'ora di essere anche lui coinvolto in quelle spedizioni di caccia e di tornei.

Fu un viaggio piacevole, tutto sommato, nel corso del quale ci fermammo in una locanda a metà strada dove mangiammo buona zuppa e dormimmo in una grande camerata, noi donne sistemate in un angolo riparato da un tendaggio che aveva veduto tempi migliori. L'agitazione mi prese solo quando giungemmo in vista della piana di Campaldino e compresi che stavamo per arrivare a destinazione. Ser Ricchetto si mise a raccontare della battaglia e Pietro lo interrompeva e gli faceva domande precise. A vedere ora la spianata verde e oro, coltivata a grano e a biade, c'era da non credere che fosse stata teatro di quel gran massacro tra guelfi e ghibellini. Dicevano che l'erba ci crescesse tanto rigogliosa proprio perché i corpi che erano stati lasciati a putrefarsi in quei luoghi avevano ingrassato la terra, rendendola oltremodo fertile, e girai via la testa mentre i miei due compagni di viaggio ripetevano nei dettagli le prodezze dei pistoiesi al comando di mio cugino Corso che avevano deciso le sorti della battaglia, pensando di farmi cosa grata.

In cima alla collina il castello era compatto, solido, massiccio, con la torre alta che svettava di lato, e il precettore ci fece entrare dalla porta secondaria che dava sulla piazza d'armi invece che dal lato a valle, per evitarci la ripida salita.

Nella gran corte c'era gente che correva di qua e di là e Ser Ricchetto essendo di casa si accorse subito che c'era una strana agitazione nel cortile.

Fermò una fantesca e le chiese, parlottarono fitto e lui tornò da me con la faccia stravolta. Io stavo dando disposizione per scaricare le mie sacche dal carro e non me ne accorsi subito. Stavo pensando a frivolezze, stavo dicendo alla Gilla che avrei voluto rinfrescarmi prima di incontrare Dante, e mi preparavo parole di circostanza per i conti Guidi. Poi vidi la faccia del precettore.

«Monna Gemma, è capitata una disgrazia...»

E mi ritrovai subito dentro il castello, su per le scale, fino all'ala dove c'erano gli appartamenti privati dei conti, a percorrere in fretta dei corridoi tappezzati di scuro.

La Gilla mi stava dietro con Pietro, ser Ricchetto davanti, insieme a due servi del castello che facevano strada, e non capivo bene che cosa stesse succedendo, ma lo seguivo a passo di battaglia, perché anche lui aveva preso come a correre.

«Ma cos'è successo? Ser Ricchetto, ve ne prego...»

«Venite, monna Gemma, venite... dovrebbero essere qui...»

I due servi aprirono la doppia porta che introduceva in una camera enorme, con in mezzo un grande letto a colonne, vicino al quale si affaccendavano due cerusici, mentre altre persone stavano intorno. C'era una bella dama elegante vestita d'indaco, con in testa uno di quei cappelli eleganti a due corni e col velo che la faceva sembrare una fata, ma che si torceva le mani, con il volto deformato dalla pena; c'era un giovane uomo, suppergiù dell'età del mio Giovanni, con un braccio tutto insanguinato, che sfuggiva al cerusico che lo voleva curare, imprecando contro la sorte e il cielo; e poi c'era un uomo più anziano che vedevo di profilo, inquadrato dal finestrone alto, e fu verso di lui che istintivamente mi diressi, come se mi tirassero con un filo invisibile, perché per quanto lo vedessi controluce capii subito che quello era Dante.

Entrai, e la scena si scompose di colpo. La dama col bicorno mi venne incontro, Dante si girò, il giovane si mise le mani nei capelli neri e i due cerusici si scostarono dal letto. Fu allora che vidi chi stavano curando e gridai forte.

«Giovanni!»

C'era mio figlio sdraiato lì, bianco come il gesso, immobile, aureolato dei suoi capelli rossi, e altro rosso più scuro c'era sul suo ventre, un'enorme macchia di sangue. E non si muoveva mentre io correvo verso di lui e non mi salutava e non si mostrava stupito del mio arrivo. Allora gli fui sopra e gli sollevai la testa. Lo sguardo era fisso e le labbra socchiuse come in un vago sorriso, ma rimaneva inerte tra le mie braccia.

«Giovanni!» gridai ancora più forte, prendendo a scuoterlo. Fu la Gilla a fermarmi, e poi anche Dante e i due cerusici, e tutti mi parlavano, e ci fu un gran trambusto nella stanza.

«Gemma!» esclamava Dante. «Dio del cielo, tu qui!»

«Padrona, padrona, lasciatelo ora, vi prego» gemeva la Gilla, cercando di allontanarmi da mio figlio.

«È successo tutto così in fretta» diceva l'altro giovane, con voce rotta. «Il cinghiale era enorme, e ha caricato...»

Alzai la testa e mi ritrovai tra le braccia di mio marito. Non aveva più la barba, era tutto rasato e non l'avevo mai veduto così. Mi parve più vecchio, più arcigno, con gli zigomi rilevati nella faccia magra, ma era lui, riconoscevo il suo odore, il suo calore, e mi ci aggrappai, appoggiandomi al suo petto, tremando. Mi sembrava che ci fosse il terremoto, che tutto vibrasse attraverso il velo delle mie lacrime. «Giovanni...» ripetei.

Poi Pietro, livido in volto, disse spietate parole di verità, e tutto mi scoppiò nella testa: «Madre, è morto, Giovanni è morto!».

Era morto, certo, e me lo confermò il giovane Aldo in lacrime: un incidente di caccia, e mio figlio aveva cercato di pararsi tra lui e il cinghiale furioso. La contessa Gherardesca mi venne vicino, mi prese le mani, ma io non la vedevo, non vedevo più niente, solo un gran biancore, e Piccarda che piangeva nel mio sogno, quando Giovanni era partito, e la Nina che non si consolava, perché forse sentiva che non l'avrebbe rivisto, il suo fratello grande.

Non svenni, non urlai, non feci troppe storie. Chiesi solo di potermene occupare io, di lui, con la Gilla. Ne avevo già preparati altri di cadaveri alla sepoltura, Bicci e mio padre e la piccola Maria: questo era il mio secondo figliolo che mi precedeva nella fossa.

Lo seppellimmo a Certomondo, dove riposavano tanti morti ghibellini caduti a Campaldino e dove i monaci celebrarono un funerale malinconico, adatto a un giovane strappato alla vita nel fiore degli anni, al quale parteciparono anche i conti di Battifolle, compreso il conte Guido appena tornato da certi suoi affari in Romagna.

Dante fece mettere sulla tomba di Giovanni una frase latina che diceva che chi è amato dagli dèi muore giovane: *Quem di diligunt, adulescens moritur*, stava scritto sulla lapide di pietra. «Plauto» commentò il conte Guido, che era anche lui uomo di lettere, ed entrambi assentirono saputi nella penombra della chiesa.

Come se questo avesse potuto consolarci.

20
Fillide e Penelope

Non era così che avevo pensato ci saremmo ritrovati, piegati dal lutto, immersi in una desolazione che faceva passare tutto in secondo piano, compresi i motivi del mio viaggio.

Ci parlammo dopo il funerale, nella bella stanza che i Guidi avevano riservato a Dante e a Giovanni. Il suo letto adesso lo avrebbe occupato Pietro.

«Ero venuta a trovarti» gli dissi, fissando la lama di luce che entrava nella stanza. Eravamo seduti vicini sul sedile di pietra nell'incavo della finestra alta e stretta e Dante mi teneva le mani.

«Hai fatto bene. È passato così tanto tempo...»

«È questo il punto.» Tutti i discorsi che mi ero preparata erano svaporati nella mia mente stanca. «All'inizio, quando sei stato bandito, abbiamo pensato che fosse questione di qualche mese. Che i bianchi riuscissero a prendere Firenze.»

Lui fece una smorfia. «Quella compagnia di malvagi e sciocchi...»

«Infatti non ci sono riusciti e tu ti sei allontanato da loro.»

«Faccio parte per me stesso.»

«Lo so. Anche se non credo che loro te l'abbiano perdonata.»

«Non c'è niente da perdonare. Ho messo tutte le mie capacità al servizio del partito bianco, ma sono un'accozzaglia di...»

«Lo so, lo so. Sto solo dicendo che ora hai dei nemici, tra i bianchi.»

Dante si strinse nelle spalle. «Meglio essere amici della verità.»

Sospirai. «La lettera che hai mandato alla Signoria per chiedere grazia...» Stavolta lo sentii sobbalzare. «Non ho chiesto la grazia a nessuno. Ho chiarito i fatti. Ho ribadito di essere stato condannato ingiustamente. Mi sono pentito solo di aver fatto comunella con quella banda di incapaci dei bianchi...»

«Infatti così è stata considerata, la tua missiva, e non è servita a farti tornare a Firenze. Ma vedi, nel frattempo ci sono delle persone amiche, gente della mia famiglia che ha lavorato a tuo favore...»

Si alzò in piedi, irritato. «Intendi dire Corso, immagino.»

Sperai di non arrossire e sostenni il suo sguardo. «Corso ci era quasi riuscito. Baldo d'Aguglione ha proclamato un'amnistia per far rientrare molti fuoriusciti.»

«Baldo d'Aguglione, quel tizzone d'inferno! Ma lo sai perché lo fanno? Perché temono l'imperatore! Vogliono ricompattare le fila, tornare sodali di coloro che hanno scacciato, per evitare che Arrigo nella sua calata trionfante possa avere l'appoggio dei fuoriusciti!»

Mi alzai in piedi anch'io. «Dante, avevamo una possibilità di ricongiungerci dopo tutti questi anni. Ma tu hai scritto un'invettiva... contro tutti i fiorentini. Parole pesanti, a gloria dell'imperatore... e il tuo nome è nella lista degli esclusi dal provvedimento di grazia. Te la saresti cavata con una gabella... e saresti potuto tornare a casa.»

Lui aggrottò le sopracciglia. «Me ne fai una colpa? Avrei dovuto tacere? I miei concittadini non vedono che cosa sta succedendo, non è mia responsabilità aprire loro gli occhi? Arrigo è la nostra grande speranza, l'uomo che potrà portare la pace e la giustizia...»

Gli afferrai le due mani. «Io non so se la pace e la giustizia che tu auspichi siano di questo mondo, Dante. Ma so che è tua responsabilità ricongiungerti alla tua famiglia. Non lo desideri anche tu? Non vuoi che ritorniamo a vivere?»

Gli passai le braccia intorno al collo e gli cercai le labbra. Ci baciammo lì in piedi davanti alla finestra, e fu bellissimo. Sentivo le sue mani intorno alla mia vita e il suo desiderio crescere. Ci ritrovammo sdraiati sul letto a esplorare l'uno il corpo dell'altra come la prima volta, pieni di aspettativa. Quando mio marito mi prese, mi illusi in quell'esplosione di gioia di essere riuscita a conquistarlo un'altra volta, nonostante gli anni e le gravidanze che avevano cambiato il mio corpo e i dolori che avevano segnato il mio viso. Ma poi, sdraiato vicino a me, mentre come al solito giocava con un ricciolo dei miei capelli, lui disse: «Non a qualunque costo».

«Che cosa?» domandai in un soffio.

«Certo che voglio ritornare, Gemma. Ma non a qualunque costo.» Piegò le braccia dietro la testa si mise comodo. «Tornerò con Arrigo. L'ho conosciuto, mi apprezza, Firenze gli aprirà le porte e lui mi chiamerà.»

«Firenze non gli aprirà le porte.»

«Con le buone o con le cattive, lui prenderà Firenze. La cosa importante è che rompa gli indugi. Che si muova in fretta.»

Mi tirai a sedere sul letto. «E se non dovesse accadere? Anche con i bianchi eri certo della vittoria. E se anche Arrigo venisse sconfitto?»

Lui sorrise. «Non è possibile. Ma se dovesse accadere...» Balzò dal letto nudo com'era e si avvicinò allo scrittoio. Aveva sempre un gran bel fisico asciutto, solo il collo tendeva a curvarsi un poco. «Sei stata tu a mandarmi questo» disse, sollevando dei fogli. «Il mio poema.»

«Sì, ho pensato che potesse giovarti riprendere quelle note...»

«Hai pensato bene. Ho scritto, sai, ho scritto molto. Sono dei canti che raccontano l'inferno. C'è dentro tutto il nostro vissuto, e quello dei nostri antenati. C'è dentro tutto il nostro mondo, nell'aldilà che dipingo. E tutto il mio sapere. Ne ho finite più di una decina, di cantiche. Ho cominciato a farle copiare e a farle leggere in giro, e sono molto piaciute. Questo mi ha incoraggiato a continuare. E non sto scrivendo solo questa commedia, naturalmente.» Prese altri fogli dal ripiano. «Questo è per tutti quelli che vogliono cibarsi alla mensa della scienza, l'ho scritto in volgare. Questo invece è in latino, un trattato sulla lingua, dove spiego le forme del volgare che adopero: ne ho finito le prime due parti, ma lo completerò. E quest'altro è un trattato politico sul potere del papa e dell'imperatore, che mi appassiona molto...» Versò dell'acqua nella bacinella e cominciò a rinfrescarsi il volto. «Firenze si renderà conto molto presto di chi sono io. Sarà orgogliosa del suo cittadino ingiustamente bandito e mi richiamerà. Tornerò per la mia fama, senza bisogno di chiedere niente a nessuno, soprattutto a Corso.»

Ignorai la frecciata. «Per la tua fama?» ripetei.

«Certo. Per le mie rime, per i miei trattati, per la mia commedia. Per le mie capacità come oratore, come ambasciatore, come dotto.» Si asciugò il volto nel panno di lino appeso vicino alla bacinella e mi sorrise, trionfante.

Era capitato di nuovo. Mi faceva sentire piccola e meschina, con i miei problemi di vita quotidiana, al paragone con le sue alte ambizioni. Ma stavolta il mio cuore era troppo esacerbato.

«Intanto io sono da sola, Dante. Intanto i tuoi figli dovranno seguire il tuo destino, uno dopo l'altro...» La voce mi tremò e tacqui, ma era evidente quel che intendevo: Giovanni sarebbe morto, se non avesse dovuto seguire suo padre dai conti Guidi? E Maria, se io non avessi dovuto lasciare Firenze in quel modo? «Tu non sai com'è stato. Cos'abbiamo rischiato a Firenze, dopo la tua condanna. Come abbiamo vissuto alle gualchiere, dove Maria è morta. Ho cercato sempre di rassicurarti, perché mi sembrava mio dovere, sapendo che anche tu stavi male ed eri in gran pericolo.» Sospirai. «Ti ricordi quando mi dicesti che anche ser Brunetto era stato bandito e io ti chiesi che ne era stato di sua moglie e dei suoi figli? Credo che non ti fosse nemmeno venuto in mente di domandartelo.»

Lui mi guardava, con indosso solo la camicia, in piedi vicino al letto, con le braccia penzoloni.

«Se hai qualcosa da rimproverarmi, fallo» disse, serio.

«Prima di partire per raggiungerti, mi è capitato in mano quel libro di racconti mitologici della piccola biblioteca che ti ha lasciato di ser Brunetto e ci ho trovato una storia. Tu di certo la conosci. Parla di una donna, Fillide, il cui uomo parte per la guerra di Troia. Lei lo aspetta per dieci lunghi anni e poi, credendosi abbandonata, si lascia morire, trasformandosi in mandorlo. Poi lui torna, ma troppo tardi, e tutto quello che può fare è abbracciare quell'albero, che fiorisce al suo tocco. Dante, io non mi voglio trasformare in mandorlo nell'attesa.»

«Fillide... la sposa di Acamante, certo. Ma tu non ti trasformerai in mandorlo come l'incredula Fillide, mi aspetterai certa del mio ritorno, come la saggia Penelope. Perché Ulisse torna, lo sai, tende il suo arco e sconfigge i proci che lo avevano creduto perduto...»

Scossi la testa, sfinita. «Domani mattina parto. Torno a Firenze. Ma giurami...» e mi misi in ginocchio sul letto, avvicinandolo a me stringendogli le mani tra le mie, «giurami che se non riuscirai a rientrare né con Arrigo né per fama, allora verrò io da te, e staremo insieme da qualche altra parte, non importa dove.»

Lui alzò le sopracciglia, con gli occhi che gli scintillavano. «Ma io tornerò, Gemma. Tornerò vincitore come Ulisse.»

21
San Salvi

Il viaggio del ritorno, con la scorta degli armigeri dei conti di Battifolle, fu malinconico.
Ero tornata sulla tomba di Giovanni, prima di partire, e avevo salutato Pietro, che era rimasto molto turbato dalla morte del fratello. Avevamo parlato a lungo, e avevo come l'impressione che la consapevolezza di essere diventato ora il più grande dei nostri figli viventi lo avesse maturato di colpo.
«State serena, madre» mi aveva detto, serio. «Baderò al babbo e torneremo presto insieme.»
Mi ero limitata ad annuire e lo avevo abbracciato stretto, prima di salire sul carro con la Gilla. Non parlai per quasi tutto il tragitto, e lei rispettava il mio silenzio. Pensavo che avrei dovuto dare la brutta nuova a tutti i parenti e già l'idea mi faceva di nuovo traboccare il cuore di sofferenza.
Così appena arrivata, alla sera tardi, andai da mia madre per riprendere i figlioli, rigirandomi nella mente le parole giuste per dirglielo senza scoppiare in lacrime e la trovai così pallida e provata che pensai che in chissà quale modo la notizia le fosse già arrivata, perché mi venne incontro con gli occhi lucidi.
«Lo sapete già?» le domandai, con la voce che mi tremava.
«Che cosa, Gemma?»

«Di Giovanni...»
La vidi trasecolare e compresi di essermi sbagliata.
«Cos'è successo a Giovanni?»
Le riferii e lei quasi ebbe un mancamento. «Ecco perché sei rimasta via così a lungo... oh, il mio Giovannino... Cos'altro dovrà accadere?» gemette, mentre la Gilla e la Valdina si davano d'attorno per farla sdraiare comoda sulla panca.
«Ma perché, madre, cos'è accaduto mentre ero via? I figlioli...?»
«No, no, Jacopo e la Nina stanno bene, per l'amor di Dio... Ma Corso...»
Mi raccontò che mentre lui era a Treviso per un suo nuovo incarico di podestà i suoi nemici avevano preso forza. Si mormorava che ormai lui volesse diventare il signore di Firenze, dopo il matrimonio con la figlia del ghibellino della Faggiola, a tutti i costi, anche attaccando con le armi la città come un traditore, e molti di quelli che erano sempre stati dalla sua parte, come i della Tosa, i Pazzi, i Brunelleschi e anche gli Spini, si erano alleati con i suoi avversari. «Il comune ha assunto dei mercenari catalani per difendersi da ogni assalto, ha riunito i consigli e lo ha condannato a morte per tradimento» concluse con la voce che le tremava.
«Ma lui dov'è adesso?»
«L'hanno assediato nel suo palazzo, ma li ha respinti ed è fuggito fuori città, per raggiungere suo suocero Uguccione che sta arrivando in suo soccorso con i suoi armati... oh, finirà male, questa volta...»
Il grande sogno di Corso stava finendo in tragedia. Mia madre vide la mia faccia e si sollevò a mezzo. «Ascolta, fermatevi da me, stiamo insieme, sei troppo scossa per tornartene a casa da sola, dopo quello che è successo a Giovanni... e i tuoi figli già dormono...»
Ero così stanca. «Grazie, madre, ma preferisco dormire nel mio letto. Tenetevi i figlioli per questa notte, li riprendo domattina.»
Con la Gilla uscii nella strada già buia e svoltammo l'angolo per infilare la piazzetta. Fu in quel gomito d'ombra che

i due uomini mi furono addosso, e prendendomi così alla sprovvista non dovettero nemmeno far troppa fatica a caricarmi sul carretto, stretta in una coperta, con la Gilla che urlava: «La mia padrona, la mia padrona! Portano via la mia padrona!». E cercava di aggrapparsi a rischio di farsi trascinare, mentre uno dei miei rapitori la respingeva, mandandola a rotolare sul selciato.

«Per l'amor di Dio...» rantolai, dibattendomi nella stretta di quello che mi aveva avviluppata nel panno. «Mi soffocate...»

Lui allentò di poco la presa, ma mi disse: «State calma, monna Gemma, siamo sodali di Corso!» e io in qualche modo sentendo quel nome mi quietai, anche se il cuore continuava a battermi contro le costole come un martello contro l'incudine.

«Dove mi portate?»

Il carretto correva rumorosamente verso il contado, sballottandoci contro le pareti di legno. Nessuno mi rispose e non insistetti, raggomitolandomi per reggere meglio agli urti di quel trasporto fortunoso, sentendo il corpo del mio rapitore contro il mio. Mi stava sopra, come se temesse che mi volessi gettare dal mezzo in corsa, e sentivo anche nel buio il metallo della sua cotta di maglia, la puzza del suo sudore e il sentore di stantio del carro, che forse doveva aver portato del fieno bagnato prima di noi. Poi riconobbi da uno spiraglio del telo la strada di San Salvi e dopo poco infilammo il cortile del monastero, dove dei monaci vallombrosani fuggivano di qua e di là tra altri uomini in armi, e i due soldati che mi avevano presa mi dissero di scendere.

«Venite, presto, monna Gemma!» Alla luce delle torce ora potevo vedere il volto del mio rapitore, giovane e sconvolto.

«Ditemi che cosa sta succedendo, ve ne prego...»

«Non c'è tempo da perdere, perdonate la rudezza... il barone ha chiesto di voi. Sta morendo...»

«Morendo?»

Mi trascinava con lui per un braccio e io lo seguivo inciampando, assecondandolo per fare più in fretta possibile. Nella sala che si apriva sul corridoio del bel chiostro, un gruppo d'uomini in arme e di monaci si scostò al suo grido: «Fate luogo!» e lo vidi.

Non era sdraiato, ma semiseduto su uno di quegli scranni di legno scuro del capitolo dei monaci. Vestiva anche lui la cotta di maglia e sopra un giaco bianco e rosso, i colori dei Donati. Ma era tutto imbrattato di sangue, mezzo viso, i capelli biondi, tutto un lato del corpo, e la stoffa del giaco era lacera. Mi vide e cercò di sorridere, ma quando tentò di sollevarsi ricadde di lato, sorretto da due vallombrosani che cercavano di accudirlo, e solo allora mi accorsi dello squarcio che dal fianco scendeva fino al ventre.

«Gemma!» riuscì ad articolare.

Gli corsi accanto, gridando agli altri di metterlo comodo, e ottenni che lo sdraiassero su una tenda spessa che avevano strappato dal soffitto, del colore del vino di borgogna. Mi inginocchiai vicino a lui.

«Dio del cielo, Corso, ma che cosa è successo?»

Lui teneva la testa appoggiata sul mio seno e mi guardava con quei formidabili occhi azzurri, solo che c'era come un velo opaco sulle sue iridi, adesso.

«Mi hanno preso... i catalani. Quei mercenari bastardi assetati di taglie... mi hanno fatto prigioniero mentre cercavo di uscire dalla città. Volevano riportarmi indietro a Firenze... ho proposto loro di pagarli di più della Signoria e stavo per convincerli, ma poi qualcosa è andato storto...» Tossì sangue e io gridai di portare dell'acqua al monaco più vicino. «Ho dato di sprone, ma il cavallo si è imbizzarrito e mi ha disarcionato. Il piede mi è rimasto nella staffa... e sono stato trascinato per un po', prima che un maledetto catalano arrivasse a colpirmi con la sua lancia per finire l'opera, il vigliacco.»

L'acqua era arrivata e cercai di fargliene bere un po'. «Non serve, Gemma, non serve più niente. I miei sono riusciti a recuperarmi e a portarmi qua dai vallombrosani... e volevo solo vederti prima di andarmene. Non manca molto, l'inferno mi aspetta.» Lo sentivo trasalire contro il mio corpo, doveva soffrire parecchio, ma la sua mano risalì dalla mia nuca, forte abbastanza da farmi piegare la testa sulla sua bocca. Mi baciò, e sentii il gusto del suo sangue.

«Chissà se le cose sarebbero potute andare diversamente...

se non avessi voluto solo mogli utili ai miei disegni... e se non ti fossi infatuata di quel dannato poeta... stupida come tutte le donne!» Tossì di nuovo e stavolta emise alla fine una specie di gemito strozzato prima di riprendere con la voce sempre più spezzata. «Ah! Dimmi solo una cosa, cugina, una sola: hai mai rimpianto, qualche volta, il barone? Ci tengo che qualcuno mi pianga, a parte mia madre, povera donna. La mia vedovella di certo non lo farà... E tu mi rimpiangerai? Bada che ai morenti non si può mentire, perché si fa gran peccato...»

«Sarai sempre nei miei pensieri... nel mio cuore...» Me lo ricordavo bellissimo e irraggiungibile, fiero sul suo cavallo bardato a battaglia, nei miei sogni di bambina. Era lo stesso uomo quello che stringevo adesso tra le braccia? Piangevo, senza ritegno, e gli accarezzavo i capelli. Piangevo per lui, ma anche per me, per Dante, per tutto quello che era successo, per tutti i nostri sogni perduti. Un frate anziano si era inginocchiato accanto a me e gli porgeva una croce da baciare, pregando sottovoce.

«Addio, Testa di Ruggine...» Corso sorrise appena. «Fai pregare ogni tanto la Nina per la mia anima dannata... chi sa che Satanasso s'impietosisca.» Poi emise un gran sospiro. Si abbandonò tra le mie braccia e fu come se la sua testa bionda e fiera fosse diventata di colpo pesante come il piombo sul mio seno. Aveva ancora gli occhi aperti, ma fissi, e gli abbassai le palpebre, singhiozzando. Il vecchio frate alzò la mano e benedisse il morto, biascicando parole incomprensibili in latino.

Qualcuno mi aiutò a rialzarmi, e mi resi conto di essere tutta imbrattata di sangue, sulle mani, sul vestito, sul viso. A casa, dove feci ritorno che già quasi albeggiava, la Gilla, che aveva messo in allarme mezza città per il mio rapimento, gridò di terrore, pensando che fossi ferita, prima che riuscissi a spiegarle che quello era il sangue di Corso e che mio cugino, il barone Corso Donati, era morto a San Salvi, dove i bravi monaci lo avrebbero seppellito.

22

L'assedio di Firenze

All'abbazia di San Salvi, dove riposavano le spoglie di Corso, si sarebbe accampato tempo dopo anche l'imperatore Arrigo VII che, come Dante aveva tanto auspicato, aveva rotto gli indugi ed era finalmente sceso fino a Firenze. Anche quello dell'*agnus Dei* era stato un bel peregrinare.

Dopo aver preso Cremona, aveva assediato Brescia per quattro lunghi mesi. Poi era passato per Pavia e poi per Genova, dove era morta di peste a trentacinque anni la sua adorata moglie Margherita, l'imperatrice con la quale la contessa Gherardesca dei conti Guidi di Battifolle aveva scambiato lettere, con l'aiuto di mio marito. L'avevano tumulata nella chiesa genovese di San Francesco di Castelletto con l'idea di riportarne il corpo in patria, ma poi era cominciata a correre voce di miracoli ottenuti con la sua intercessione, e l'imperatore aveva versato 80 fiorini a un vecchio scultore pisano, Giovanni di Nicola, per farle un bel monumento che ne magnificasse le virtù intanto che il papa la proclamava beata.

Nonostante avesse i suoi santi in paradiso, però, l'imperatore incontrava sempre maggiori difficoltà, e a dargli gran filo da torcere era proprio Firenze che aveva fatto lega con altre città guelfe per resistergli. I fiorentini non uscivano ad affrontare i suoi fanti e i suoi cavalieri, ma nemmeno avevano intenzione di aprirgli le porte. Così Arrigo VII, il pacificatore, si era dovuto fermare fuori delle mura e porre l'assedio.

Una mattina di settembre, le campane suonarono a stormo in tutta la città per chiamare i fiorentini alle armi e ogni uomo in età e in forze si preparò alla difesa a oltranza.

Jacopo tornò a casa dalla scuola prima del solito, con i vestiti in disordine e con un livido sullo zigomo destro. Gli chiedemmo che cos'era successo.

«Carlo degli Spini ha detto che la città si prepara a difendersi contro l'imperatore che ci dà l'assedio, ma che mio padre invece lo sostiene, e che sono figlio di un traditore» riferì, serio. «L'ho picchiato, lui si è difeso, ma ha avuto la peggio, perché è grande e grosso, ma molle, e il maestro ci ha sospesi tutti e due.»

Lo abbracciai senza parlare. «Meglio che tu rimanga a casa qualche giorno» dissi, mentre la Gilla gli preparava un impacco freddo.

L'imperatore restò sotto le mura per qualche settimana, senza concludere nulla. Non cercò mai di entrare in città e la gente continuava ad andare e venire indisturbata per le altre porte, lontane da San Salvi, così non ci furono problemi nemmeno per gli approvvigionamenti. A Ognissanti l'esercito imperiale, provato dalle febbri e dai disagi, tolse le tende.

«Si racconta» mi raccontò la Tana «che ci sia di mezzo una profezia. Che da giovane gli astrologi di corte abbiano vaticinato ad Arrigo che sarebbe morto una volta arrivato in capo al mondo.»

«E allora?»

«Allora l'abate di San Salvi gli deve aver detto che lì presso a dove lui aveva posto il campo c'era una via senza uscita, in città, che si chiama Capo di Mondo! Così lui ha fatto fagotto e se n'è andato...»

Non sapevo se ridere o piangere. A quanto pareva, Firenze era salva, nel senso che l'imperatore non era riuscito a prenderne possesso. Però ci avrebbe riprovato qualche mese dopo. Infatti dopo un accordo con il re Federico III di Sicilia che gli rimpinguò le casse e col ritorno della bella stagione, a Firenze circolò l'allarmante nuova che Arrigo VII si stava di nuovo avvicinando, col supporto dei pisani, ai nostri confini, e di nuovo tenni Jacopo a casa da scuola come figlio di un traditore che stava tra quelli che auspicavano la venuta dell'*agnus Dei* a mettere fine a ogni contesa.

Le voci si rincorrevano: Arrigo è a Pisa, no, è su per l'Elsa, ha combattuto a Castel Fiorentino, ma non l'ha avuto. È a Poggibonizzi ora, è già a Siena, l'ha presa, ha respinto anche i cavalieri fiorentini che abbiamo mandato in aiuto ai senesi, tenetevi pronti, è a Monte Aperti sull'Arbia, calerà su Firenze questa volta non si limiterà ad accamparsi fuori le mura. Ha duemila cavalieri in armi e ventimila fanti. No, quattromila cavalieri e trentamila fanti. Moriremo con le armi in pugno, se necessario. O forse no, sarà meglio essere ragionevoli e arrendersi.

Si pregava, dentro tutte le chiese, come sempre in questi frangenti, e pregavo anch'io, anche se non sapevo bene per che cosa. Se come aveva detto Dante dovevo aspettarlo come Penelope, mi sentivo una Penelope molto confusa. Dovevo sperare che i soldati di Arrigo invadessero Firenze? Se i suoi imperiali fossero entrati, mi domandavo se sarebbero andati tanto per il sottile, o se avrebbero fatto strage di tutti, lasciando poi a Dio di riconoscere le anime degli alleati da quelle degli avversari. E se non fossero entrati, se li avessimo tenuti a bada in qualche modo, il ritorno di mio marito a Firenze si sarebbe di nuovo fatto sempre più lontano all'orizzonte.

Così me ne stavo a meditare in San Martino, senza gran trasporto né per l'uno né per l'altro avviso, perché solo di una cosa mi importava: che ne uscissimo tutti sani e salvi.

E fu lì che mi arrivarono le prime grida: «È morto! L'imperatore è morto!» che mi riempirono di stupore. Non aveva nemmeno quarant'anni, l'*agnus Dei* che mio marito glorificava, com'era successo? In battaglia? Un accidente?

«Era malato di febbri di carbonchio già partendo da Pisa, dicono» raccontò mia madre, mentre tornavamo dopo essere state a far visita a monna Tessa, che dopo la morte di Corso aveva deciso di ritirarsi nello stesso convento nel quale avrebbe voluto monacarsi Piccarda, a Santa Maria in Monticelli.

«Ma non ha voluto deludere i suoi soldati o perdere altro tempo e si è messo in marcia, con l'intento di provare a bagnarsi strada facendo nelle acque termali di Macereto, che dicono facciano un gran bene per tanti malanni dei reumi e della pelle. Poi ha proseguito fino a Buonconvento, a dodici miglia da Siena, e lì si è aggravato ed è morto a fine agosto, che Dio lo perdoni.» Poi sospirò. «Parlando d'altro, Gemma, mi ha molto commossa monna Tessa, l'ho vista proprio provata.»

«Forse l'idea di chiudersi in un monastero non è male, almeno per un poco» risposi.

«Non ha più figli e nipoti in casa di cui occuparsi, si sente sola» concluse mia madre. «Sai, Jacopo e la Nina e gli altri nipoti sono la mia consolazione. Comincio a essere vecchia anch'io, e prima di andarmene vorrei tanto vederti di nuovo felice accanto al tuo Dante.» Negli ultimi tempi aveva perduto il suo solito appetito e la vedevo smagrita e un poco pallida.

«Ma cosa dite, madre, voi siete sempre una fanciulla» le risposi subito, buttandola sulla celia, e lei, che per fortuna era sempre una donna di buon carattere, se ne accontentò.

Sulla morte dell'imperatore però circolavano diverse versioni. «Francesco ha saputo da dei suoi corrispondenti che Dante e Pietro erano a Pisa, ai suoi funerali, e che lì circolava tutta un'altra storia... che è stato il suo confessore, un domenicano, un certo frate Bernardino, ad avvelenarlo perfidamente con un'ostia consacrata» mi riferì il giorno dopo la Tana, che amava i pettegolezzi proibiti. «Pensa che scelleratezza, pover'uomo, se fosse vero. Nelle città ghibelline i domenicani sono stati anche aggrediti per le strade, con questa accusa di regicidio, dalla folla inferocita. E dopo morto l'hanno bollito, sai, come fanno i tedeschi con i loro cadaveri illustri, e hanno seppellito le ossa spolpate nel Duomo di Pisa e le carni a Buonconvento, così tutti hanno qualcosa e sono contenti.»

A parte i dettagli lugubri, non mi stupiva che Dante fosse andato ai funerali del suo messia perduto, e mi immaginavo con quale animo. Era come se anche Arrigo fosse rimasto vittima davvero di una profezia malefica, che aveva prima tolto la vita a sua moglie, abbattendolo spiritualmente, e poi l'aveva fatto ammalare e morire proprio quando era riuscito a crearsi un sistema di alleanze che forse gli avrebbero permesso di superare tutte le resistenze dei comuni italiani. I fiorentini lo sapevano bene, di essere stati miracolati, perché stavolta l'assedio non sarebbe stato così lasco come l'ultima volta. E del resto l'imperatore aveva dovuto fare i conti non solo con la malasorte, ma anche con i voltafaccia e il doppio gioco di molti pretesi alleati, anche illustri.

Dante non stava più a Poppi anche perché i conti di Battifolle avevano cambiato partito, e nonostante tutte le belle lettere scambiate tra le nobildonne Gherardesca e Margherita e le parole infiorettate, che parevano creare quasi una relazione diplomatica parallela a rafforzare quella degli augusti mariti, quando si erano resi conto che all'imperatore non arrideva granché la fortuna i conti di Battifolle si erano schierati con Firenze e la lega guelfa, tanto che Arrigo prima di morire li aveva condannati per fellonia. Così Dante era andato a Pisa, dal suocero di Corso, Uguccione della Faggiola. Di certo il mio povero cugino aveva visto giusto nel volersi alleare con Uguccione, che era veramente un astro in ascesa, perché anche dopo la morte dell'imperatore, di cui era stato vicario, si era tenuto un esercito e aveva accettato la Signoria di Pisa, allungando gli artigli anche su Lucca.

Jacopo sentì che parlavo di queste vicende di Pisa con mia madre Maria una sera, argomentando che ero contenta che Dante e Pietro fossero là al sicuro, e si fece avanti. «Madre, quando pensate che potrò raggiungere mio padre e mio fratello e stare un poco tra uomini? Ormai è tempo.»

Mia madre e io ci guardammo in faccia. Nina era paga della scuola delle suore, la stessa alla quale anch'io ero stata, e delle sue devozioni, ma Jacopo sentiva fortemente la mancanza del fratello con cui era cresciuto.

«Il maestro mi ha mostrato delle cose scritte dal babbo. Quelle in latino sono ancora un poco difficili perché io le legga senza il suo aiuto, ma i canti dell'Inferno, quelli sono in volgare, e cominciano a essere conosciuti» disse ancora mio figlio.

Magari Dante aveva ragione. Se l'*agnus Dei* non era stato capace di aprirgli le porte di Firenze, chissà se sarebbe stata la buona fama dei suoi scritti a indurre i fiorentini a richiamarlo in patria, prima o poi.

23
La grande speranza

Compiuta l'età di legge, Jacopo dovette raggiungere Dante a Pisa e, se lui ne fu felice e suo padre e suo fratello anche, mia madre e io ci sentimmo ancora più abbandonate. In casa era rimasta Antonia, il nostro raggio di sole, e sapevo che avrei perso presto anche lei, che non era costretta ad abbandonare la casa per il confino, ma era chiamata dalla sua vocazione a chiudersi appena possibile in un convento, come ripeteva da quando era piccina. Non volevo ostacolare la sua vocazione, ma mi dicevo che bisognava che prima vedesse un poco di mondo, solo per essere sicura che quella fosse la strada giusta, e anche padre Bernardo, che pure a sua volta aveva avuto una vocazione assai precoce, mi dava ragione. Capivo bene come doveva essersi sentita la Tana quando il figlio fanciullo si era sentito chiamato a indossare il saio. Così cercavo di coinvolgere la Nina in qualche frivolezza, di interessarla alla musica e alla danza, di farle assaggiare insomma tutte quelle cose che mi avevano dato piacere alla sua età.

Non che la Nina mi si opponesse, era sempre arrendevole e sorridente, ma vedevo che aveva in mente sempre il suo fine ultimo. Se si impegnava nella lettura e nello studio, era per meglio essere in grado di comprendere le Scritture e anche il latino delle preghiere; se seguiva con zelo un canto, era per imparare a intonare le laudi; se si dilettava di disegno, era perché le sarebbe assai piaciuto raffigurare qualche soggetto sacro, o copiare dei testi di chiesa, a edificazione di tutti quanti; se si dedicava ai lavori di casa, era perché già si vedeva a cucinare in convento e se sceglieva volentieri le essenze da coltivare in giardino era perché avrebbe voluto saperne di più dell'orto dei semplici che in monastero avrebbe magari potuto curare.

Mi ricordava un poco Piccarda, ma meno ingenua, con in più una certa determinazione di carattere, ovattata dal modo di fare soave, come un velluto morbido che ricoprisse gli spigoli di un legno solido di buon faggio stagionato. Era di una bellezza diversa da Piccarda, anche, più scura di capelli e di occhi, più alta e meno esile, con una certa somiglianza con sua zia Tana e quel ramo degli Alighieri, mescolato alla grazia più femminea delle Donati.

Mentre cercavo senza gran risultato di tentare la mia devota bambina alle vanità del mondo con un vezzo di seta o con una cinturina ricamata, Uguccione della Faggiola conquistò Lucca a giugno del 1314. Ma la cosa che colpì di più i fiorentini fu che il signore di Pisa riuscì a impadronirsi del gran tesoro della chiesa di Roma, che il papa Clemente V, prima di morire, aveva consegnato all'abate di San Frediano nell'attesa di trasferirlo in Francia.

Il papa era infatti morto a cinquant'anni di una strana e breve malattia, e anche il re Filippo il Bello era venuto a mancare, ancora più giovane, a quarantasei anni, per un incidente di caccia, sbalzato di sella.

La Tana aveva le sue idee in merito, dal momento che frate Bernardo, coinvolto nei processi ai templari in Toscana, le aveva confidato di come il gran maestro francese dell'ordine, Jacques de Molay, prima di morire sul rogo a Parigi, avesse maledetto i suoi persecutori, confermando così la sua natura diabolica. Anche in Toscana i templari che non erano riusciti a fuggire come frate Alberico erano stati ritenuti colpevoli, avendo tra l'altro tutti confessato tra i tormenti, e questa maledizione lanciata dal loro supremo gran maestro in Francia rafforzava mio nipote nella convinzione che il tribunale avesse ragione e che l'ordine fosse preda di Satana, se mai ce ne fosse stato bisogno. Questo Jacques de Molay, sfinito dalle torture e già legato sopra la pira, aveva dato una sorta di tragico appuntamento al papa e al re, gridando loro che nel giro di un anno avrebbero dovuto rispondere a Dio delle loro nefandezze. E stava di fatto che poco qualche mese Clemente V e Filippo il Bello erano morti entrambi e non di vecchiezza.

Mia madre Maria, lei pure non più giovane, stava sempre peggio e la vedevo deperire senza poterci fare nulla. Probabilmente c'era qualcosa che non andava allo stomaco, un'ulcera sanguinante o peggio, diceva il giovane maestro Rollo cerusico, che aveva sostituito l'anziano maestro Dino. Lei, non avendo più forze e sentendosi sempre più dolorante ogni giorno che passava, mandò a chiamare il notaio di famiglia e fece testamento. Volle che fossi presente all'atto e fu in quell'occasione che mi resi davvero conto di come la mia pratica madre fosse arrivata a disporre nel tempo, per certe eredità di famiglia, di un piccolo patrimonio. Buona com'era, aveva intenzione di pensare a tutti, figli e nipoti, ma in particolare ebbe un occhio di riguardo per me.

«Sei la mia unica figlia femmina e la tua condizione è particolare. Non voglio fare parzialità, ma senz'altro hai più bisogno tu degli altri. E te lo meriti, Dio sa quanto te lo meriti. Ti lascio 300 lire di fiorini, però a una condizione. Tuo padre Manetto ha garantito spesso per dei prestiti che tuo marito non ha mai restituito. Questi soldi non dovranno mai coprire i debiti insoluti di Dante: sono solo tuoi. L'ho fatto scrivere nero su bianco dal notaio.»

Arrossii di piacere per la notizia, dal momento che era una somma notevole, ma anche un poco di imbarazzo, perché di fatto mio marito, allontanato dalla città, aveva ancora dei prestiti in sospeso da anni, che non era mai stato in grado di saldare.

Poi fu la Gilla, di ritorno dal mercato un giorno di maggio, a darmi la grande notizia.

«Padrona Gemma, si parla di una nuova amnistia! Dicono

che Uguccione sta scendendo giù dal pistoiese alla Maremma, e prende un castello dopo l'altro, così la Signoria vuol far rientrare i fuoriusciti, com'era capitato all'approssimarsi dell'imperatore.» Parlava col suo solito tono pacato, ma era tutta rossa in faccia dall'emozione.

Ero nell'orto ad aiutare il Cianco, che ormai era troppo vecchio per certi mestieri, e lasciai cadere le belle rape bianche che avevo appena estratto dalla terra morbida. «Oh, Dio sia ringraziato!» Non tutto il male veniva per nuocere, se il nuovo assalto a Firenze implicava un ribandimento. Questa volta Dante non aveva scritto invettive, non si era esposto, e forse lo avrebbero inserito nella lista, anche se si trovava a Pisa, che era la città di Uguccione. Ma Pisa era grande e del resto in quella città ghibellina si erano rifugiati molti fuoriusciti dei guelfi bianchi che il comune avrebbe dovuto prendere in considerazione in quel nuovo provvedimento. Così mi sciolsi i lacci del grembiule, mi sistemai in fretta e andai a cercare Dino Frescobaldi dalle parti del ponte di Santa Trinita, che la famiglia stessa aveva finanziato e dov'era la loro casa torre. Era grazie a lui e ai suoi incaricati commerciali che ci si manteneva in contatto con Dante, scrivendoci abbastanza spesso, e mi aveva aiutata a organizzare anche il viaggio di Jacopo a Pisa, per raggiungere suo padre, dandogli come scorta due dei suoi uomini che si dirigevano per i loro commerci da quelle parti.

Trovai Frescobaldi sulla porta, pronto a uscire per delle commissioni.

«Avete sentito del nuovo indulto?» gli domandai, dopo qualche convenevole.

Lui annuì vivace. «Ci sarà una riunione a questo proposito una di queste sere, monna Gemma, e voglio solo verificare che non contenga clausole di esclusione che impedirebbero a Dante di usufruirne.»

«Per esempio?»

«Be', se avessero escluso i condannati per qualche reato particolare come la baratteria, o chi è stato bandito in base a una sentenza emessa da uno specifico podestà, sapete com'è... Non ho ancora scritto a Dante proprio per questo motivo, per non dargli false speranze. Ma lui ha molti amici, qua a Firenze, e se il provvedimento si presta, lo avviseremo subito, mandandogli il testo del bando in modo che possa rispettarne le scadenze.» Sorrise. «E confido che sarà così. Penso terranno in considerazione il fatto che da quando è stato proclamato il primo bando le cose sono cambiate e di certo Dante Alighieri non è più uno sconosciuto.» Si capiva che si considerava anche lui un poco artefice e meritevole, per il fatto di aver apprezzato gli appunti divenuti poi le prime cantiche di quell'Inferno che piaceva tanto.

«Ma è previsto il pagamento di qualche ammenda?» domandai, cauta.

«Sì, certo, il podestà ha preso questo provvedimento non solo per sottrarre potenziali alleati a Uguccione, ma anche per rimpinguare le casse del comune... una piccola percentuale dell'ammenda erogata nella sentenza, però. Nel caso di Dante, intorno ai 250 fiorini.»

Sospirai di sollievo. L'eredità della mamma sarebbe bastata, avrei potuto presentare il testamento come garanzia. Era come se finalmente la sorte benigna stesse girando e tutti i pezzi del meccanismo sembravano ingranare.

«Prega, tesoro mio» dissi alla Nina, appena tornata a casa. «Prega, tu che sei cara al cielo, prega che il babbo questa volta possa tornare.»

La Nina non fece domande e le sue preci accorate parvero funzionare, perché Dino mi mandò a dire che il ribandimento non aveva esclusioni e a Dante sarebbe bastato aderire e presentarsi entro una certa data di giugno, in modo da poter essere al battistero per la cerimonia del perdono il giorno di san Giovanni, e che gli stavano scrivendo in parecchi per avvisarlo dell'opportunità e invitarlo a prenderla al volo.

Così gli scrissi anch'io una breve lettera, nella quale gli dicevo che non vedevo l'ora di riabbracciarlo, che sarebbe stato un san Giovanni meraviglioso, e di non preoccuparsi per l'ammenda, perché avevo io la garanzia con la quale coprirla. Ora bisognava solo avere ancora un poco di pazienza, ma ne avevo avuta per così tanti anni, quindi non faceva differenza.

Furono giorni di eccitazione, durante i quali assunsi anche un paio di aiutanti per buttare all'aria la casa. Volevo che al ritorno di mio marito fosse perfetta, pulita, profumata, senza nemmeno un dettaglio fuori posto. Chiamai le lavandaie, rifeci le materasse, sistemai l'orto e il giardino, in preda a una frenesia gioiosa che nemmeno mi faceva sentire la fatica. Arieggiai il mio vestito migliore, pensando che lo avrei indossato il 24 di giugno, quando mio marito sarebbe finalmente rientrato a far parte della comunità fiorentina, e avrei avuto di nuovo i miei figli a casa, e la mia famiglia sarebbe ritornata una famiglia come tutte le altre.

Poi una mattina di fine maggio mi mandarono a chiamare da Santa Croce, perché padre Bernardo doveva parlarmi con urgenza, e io ci andai a cuor leggero, accompagnata dalla Nina. Sorridevo e salutavo tutti quelli che incontravamo, tanto ero di buon umore.

24
Non a qualunque costo

Padre Bernardo invece non sorrideva.

Mi accolse come al solito nel parlatorio, con una faccia seria e compresa, e il mio buon umore svaporò come la rugiada del mattino ai primi raggi di un sole spietato.

«Buona giornata, zia Gemma. Vi ho fatto chiamare subito perché ho ricevuto una lettera dallo zio Dante... in relazione al fatto che in molti gli abbiamo scritto, e anch'io tra gli altri, per metterlo al corrente del ribandimento del podestà Ranieri di Zaccaria a favore degli esuli del 1302.»

Inghiottii a vuoto, seduta davanti a lui, separata dal tavolo di legno scuro. Non riuscivo a leggere il suo sguardo e cominciai a fare delle domande. «Ci sono difficoltà nelle richieste del bando? Capisco poco di carte notarili, padre, avrò bisogno del vostro aiuto...»

Lui scosse la testa. «A dire il vero il provvedimento del podestà è molto chiaro. Per estinguere il reato, i condannati dovranno pagare 12 denari per ogni lira della sanzione pecuniaria precedentemente comminata. Poi dovranno essere oblati in San Giovanni, cioè si presenteranno in chiesa vestiti di tela di sacco e a piedi nudi e recando un cero in mano, con quel particolare copricapo a punta che testimonia della loro condizione e che dovranno poi indossare anche in seguito, ogni volta che usciranno in strada, per un periodo di sei mesi.»

Annuii. «E con questo il reato sarà estinto?»

«Sì, il condannato sarà reintegrato nei suoi diritti, come cittadino di Firenze, e non sarà più esposto alle vendette e alle violenze della parte avversa. Tutto cancellato.»

Provai a sorridere. «Allora che cosa c'è che non va?» Perché il suo volto mi diceva chiaramente che qualche cosa c'era. «Forse il fatto che Dante stia a Pisa...»

«No, non è questo.» Prese una lettera e me la mise davanti. «Dante mi ha scritto questo, pregandomi di renderlo noto alle persone che lo hanno caro. Ho pensato prima di tutto di farla leggere a voi, cara zia.»

Mi resi conto solo allora che sulla bella faccia di mio nipote si leggeva un poco di pena, come se provasse una certa compassione per me. Mi guardava quasi preoccupato, mentre chinavo gli occhi sul testo.

«"*In litteris vestris et reverentia debita...*"» sillabai. «Oh, perdonatemi, è in latino, non credo di potere...»

«Ve la traduco io, ecco.» Si schiarì la voce. «Dopo questa prima parte dove mi ringrazia di avergli scritto eccetera, ma ve la risparmio... ecco, qua siamo al punto. "Mi è stato comunicato... a proposito del decreto emanato a Firenze sul proscioglimento dei banditi... che se volessi pagare una certa cifra e volessi... volessi patire l'onta di essere oblato in San Giovanni, potrei essere assolto e ritornare subito..."»

«Patire l'onta?» ripetei. Era per il fatto di andare in San Giovanni insieme a tutti gli altri ribanditi in veste di penitente, a quanto pareva.

«Così dice. E poi: "Allora è in questo modo che verrebbe richiamato in patria Dante Alighieri, dopo quasi tre lustri di esilio? Questo ha meritato la sua innocenza, che è nota a tutti? E la sua assidua fatica nello studio?".» Smise di leggere riga per riga e giunse le mani come se pregasse. «In sintesi dice che un uomo come lui non può farsi trattare come un infame e che di certo non darà del denaro a chi lo ha oltraggiato, nemmeno un soldo, e che non è questa la via del suo ritorno in patria. Accetterà solo una soluzione onorevole, altrimenti non tornerà a Firenze in una maniera così abietta e ignominiosa. E conclude dicendo che comunque il pane non gli mancherà: l'hanno chiamato a Verona, dai signori della Scala.»

Fu come se mi avessero inferto quel colpo secco sulla nuca che avevo visto usare per uccidere i conigli senza farli soffrire. Rimasi lì con lo sguardo fisso e le labbra semiaperte e le mani appoggiate sul piano di legno, immobile, e frate Bernardo non osò dire né fare nulla, come se rispettasse quel mio totale momentaneo smarrimento. Sentii le mani calde della Gilla sulle spalle, ferme. Anche lei non disse nulla, mi toccò solo per dirmi: «Sono qui, padrona».

Non so esattamente quanto tempo trascorse prima che riuscii a ritrovare la favella e la capacità di muovermi. «Allora rifiuta» sussurrai.

«Sì.» Allargò le braccia. «Vi posso dare la mia parola che nel mio messaggio lo avevo molto incoraggiato ad accettare, gli avevo consigliato di non perdere questa occasione, perché non ce ne sarebbero state altre per chissà quanto tempo... e gli avevo anche messo la cosa nella miglior luce, avevo taciuto qualche dettaglio del ribandimento, conoscendo il suo carattere. Ma qualcun altro gliel'ha detto, dell'offerta in San Giovanni e tutto il resto, e credo che la consapevolezza di essere innocente davanti a Dio... lui dice che per giustizia non può farlo, perché sarebbe come avvalorare il falso. E poi ora lui è autore non solo della *Vita Nova*, ma di quel trattato dove discetta della lingua, e del *Convivio*, davvero un ricco banchetto dottrinale per tutti coloro che vogliono sapere... e soprattutto delle cantiche della *Commedia*. Anche per questo confida di trovare una buona sistemazione in un posto sicuro, una città ghibellina al nord. Deve solo prestare attenzione a quel che scrive nelle cantiche, perché le anime che lui pone nell'aldilà sono tutte di persone che conosciamo e anche di potenti, e a dire quello che si pensa si corre sempre il rischio di recare offesa a qualcuno.»

«Ma altri personaggi illustri prima di lui hanno accettato di fare ammenda, per poter rientrare a Firenze... non sarebbe certo il primo né l'unico» insistetti.

«E lui ne fa cenno, nella lettera, guardate, qui, dove parla di questo Ciolo degli Abati, un parente, anche lui di Porta San Piero... ma ne parla con sprezzo, dice che non sopporterà di comportarsi come Ciolo e altri infami, per cui non credo che il loro esempio lo smuova.»

Battei con il palmo della mano sul legno. «L'orgoglio, padre Bernardo, quel suo orgoglio ostinato...»

Lui strinse le labbra. «È un brutto peccato, l'orgoglio, zia. La superbia.»

Feci segno di sì. «E quindi che cosa succederà adesso?»

«Che la condanna a morte sarà riconfermata, per lui e per i suoi figli, col bando perpetuo da Firenze e il sequestro di tutte le proprietà. Chiunque potrà impunemente offenderli nei beni e nella persona. E voi, zia, continuerete a essere la moglie di un esule.»

«I miei figli saranno... bruciati, se dovessero rientrare a Firenze?» chiesi, con un filo di voce.

Padre Bernardo scosse la testa. «No, la pena è diversa. *Caput a spatulis amputetur*: taglierebbero loro la testa.» Cercò di sorridermi, come se una scure dovesse sembrarmi meno spaventosa di una pira. «Meglio che stiano lontani il più possibile, Verona è una buona scelta» concluse.

C'erano le lucciole, nel parlatorio dei frati. Non me n'ero accorta prima, ma avevano riempito la grande sala, piccole, argentee, scintillanti. Uno sciame di quelle belle lucccioline mi investì quando cercai di mettermi in piedi per congedarmi e ritornare nella casa che avevo inutilmente ripulito e abbellito per un ritorno che non ci sarebbe mai stato, e barcollai. La Gilla mi sostenne, e poi i due frati che sempre assistevano ai nostri colloqui e mio nipote mi fecero sdraiare su una panca e mi portarono un cordiale.

Ringraziai tutti, soprattutto Bernardo, che pareva veramente dispiaciuto. Mi trattavano come una malata, dovevo far loro davvero pena. Io invece ero in collera prima di tutto con me stessa. Come avevo potuto pensare che Dante avrebbe accettato quel compromesso? Che si sarebbe messo addosso un saio e un ridicolo cappello e sarebbe andato al battistero a piedi nudi e con un cero in mano a portare la sua offerta in denaro, come un penitente che aveva qualche cosa da farsi perdonare? In quello stesso battistero dove si era comportato da eroe, salvando nostro figlio dalle mani deboli del pievano. Il luogo sacro dov'era stato anche lui battezzato, il suo bel san Giovanni che mai avrebbe dovuto vederlo umiliato. Me l'aveva pur detto, quando avevamo fatto l'amore nel castello di Poppi: non a qualunque costo.

Forse avevo pensato che l'avrebbe fatto per la famiglia. Un'ora di pena in cambio di un futuro nuovo, che permettesse di girare pagina. In cambio del quieto vivere, di una ritrovata cittadinanza fiorentina per i suoi figli, ai quali per il momento la città prometteva solo un ceppo per tagliar loro la testa. Forse, oh, gran Dio, che sciocca ero stata, avevo pensato che l'avrebbe fatto per amor mio, per amore di questa sua moglie che cominciava a sentire dentro una stanchezza infinita e quando si guardava allo specchio faticava a riconoscersi, soprattutto dopo la morte di Giovanni.

Quando mi fui sufficientemente rinfrancata e uscimmo in strada avviandoci piano piano verso casa, con la Gilla che mi teneva sottobraccio come una vecchietta infragilita, vidi da lontano la sagoma della Valdina che ci veniva incontro sconvolta, ignara del duro colpo che avevo appena subito e pronta a inferirmene un altro.

«Monna Gemma, venite, presto, correte... vostra madre monna Maria sta male, c'è sangue, tanto sangue...»

25
Commedia

Mia madre Maria morì all'inizio di giugno. Se ne andò senza troppo soffrire e rassegnata, solo che non ebbi animo di dirle la verità, e cioè che Dante non sarebbe tornato.

«Allora arriverà, a san Giovanni» mi ripeteva lei, con la sua voce già fioca. «Consolati, figlia, io non ci sarò più, ma avrai tuo marito... me ne vado più tranquilla, che così non ti lascio da sola con la Nina.» Mi stringeva le mani e proseguiva, senza sapere di accoltellarmi al cuore: «Avrete tanto da dirvi, tu e Dante, dopo tutti questi anni di separazione... ma il Signore è misericordioso, non poteva permettere che non vi riuniste, prima o poi. Tutto tornerà come prima... e tu te la sei meritata, Gemma cara, un poco di tranquillità e il tuo uomo al fianco».

E io annuivo e le dicevo che sì, che certo sarei stata bene, e lei si addormentò per sempre col sorriso sulle labbra, contenta del mio inganno.

Mentre con la Gilla preparavo anche lei all'ultimo viaggio, pensavo a quanto mi sarebbe mancata. Eravamo sempre state molto vicine e lei mi aveva sempre sostenuta, ma ancor più dopo che il babbo era venuto a mancare e dopo che io avevo perso Giovanni. La consapevolezza di averla accanto mi aveva dato forza e aiutata a superare tanti dolori. Ora che lei era dove tutto si sa, e ormai conscia della mia bugia, le domandai perdono. «Scusatemi, madre cara, ma non ho avuto animo di darvi quest'ultima delusione. Ho preferito tenermela per me.»

Ai suoi funerali ci ritrovammo tutti, Teruccio e la sua Dada, Neri e la sua Lina e anche il loro figlio Niccolò, che aveva completato il baccellierato a Bologna e tutti chiamavano affettuosamente il Baccelliere, anche per quel suo modo di atteggiarsi un poco da dotto. Sulle prime quando mi si avvicinò mi parve di andare a ritroso nel tempo e rivedere Neri da giovane, tanto erano somiglianti, e lo dissi emozionata a sua madre, che annuiva contenta.

«Uguali nell'aspetto, perfino nella forma dell'unghia del pollice, davvero... e nonostante il suo trasporto per le lettere, anche Niccolò, come suo padre, sa trattare gli affari... il che è sempre un bene, per un uomo.»

E davvero ormai era un uomo, il Baccelliere, alto e con le spalle larghe, con i capelli lunghetti e lisci sul collo e la barba ben curata, e non faceva altro che parlare di suo zio Dante, al quale era molto grato per averlo messo in contatto all'epoca con ser Brunetto e avergli di fatto aperto le porte del suo futuro percorso di studi.

«Negli anni passati, dopo il suo bando da Firenze, ci siamo incontrati spesso a Bologna, dove io ero allo Studio» mi raccontò, dopo le esequie della mamma. «Lo zio ha tenuto delle lezioni di filosofia molto apprezzate... e questo prima che cominciassero a circolare i canti dell'Inferno, naturalmente. Mi sono spesso fatto vanto di essere suo nipote, sapete, zia Gemma!» Mi teneva le mani e sorrideva. «Credetemi, questi canti sono meravigliosi, e ora, dopo l'Inferno, si sa che sta finendo il Purgatorio, e non vedo l'ora di leggerlo.»

«Inferno e Purgatorio... manca solo il Paradiso» gli dissi, e lui prese la mia osservazione molto sul serio.

«Se si chiama *Commedia* è perché, a differenza della tragedia, avrà un fine lieto» mi argomentò, con quel suo tono un po' saputo che gli aveva valso il soprannome. «E quindi confido che ci sarà eccome un Paradiso, altri trentatré canti tutti da leggere, per l'edificazione delle nostre anime, oltre che per il piacere di chi ammira la sua scrittura.» Poi mi sorrise sornione. «Ho qua una cosa per voi, zia, per consolarvi un poco di tutti i triboli, anche quest'ultima perdita della cara nonna Maria, che ci ha colpiti tutti duramente. Perché certo era anziana, ma si portava bene, per la sua età, e si sperava di averla ancora a lungo con noi.»

«Ci aspetta lassù» disse sottovoce Antonia, che di tutti noi era sempre la più serena anche di fronte ai lutti, fiduciosa com'era nella giusta mercede nell'aldilà. «La nonna era una donna buona, ha vissuto rispettando le leggi del Signore, ci ha soltanto preceduti. Preghiamo per lei.»

«Così sia» rispose il Baccelliere, tendendomi una cartella di cuoio. Mi aveva portato la trascrizione di alcuni canti dell'Inferno e me la consegnò come una reliquia. «Li ho fatti fare da una mia giovane copista di Bologna che lavora a buon prezzo per gli studenti, apposta per voi, zia. Non sono su carta finissima e la calligrafia non è forse perfetta, ma mi perdonerete: si leggono bene e spero che li gradirete comunque.»

Lo ringraziai tanto e apprezzai molto quel dono, perché ero sempre più curiosa di vedere anch'io queste terzine di cui si parlava come di una gran cosa.

«Lo sapete, zia, che sono promesso? La mia fidanzata si chiama Gemma, proprio come voi» mi annunciò alla fine.

Mio fratello, che aveva seguito la conversazione, mi batté sul braccio. «Saresti un uomo fortunato, figlio, se la tua Gemma ti stesse accanto come la zia ha saputo stare accanto a suo marito, nella buona e nella cattiva sorte» disse, e io arrossii. Non mi immaginavo un simile apprezzamento dai miei fratelli. Non che non ci volessimo bene, ma eravamo sempre stati un poco distanti, e invece quella sua osservazione mi scaldò il cuore, come se in qualche modo lui le mie vicissitudini le avesse sempre seguite sia pur da lontano e con discrezione.

«Faccio solo il mio dovere» balbettai, imbarazzata. «E voi, che siete la mia famiglia, mi avete sempre tanto aiutata, *in primis* il babbo e anche la mamma, Dio la benedica.»

I miei fratelli avrebbero continuato a pagare la pigione per farmi rimanere nella casa confiscata degli Alighieri e questo era per me un bel sollievo, nell'attesa di ricevere l'eredità della mamma e di poter decidere che cosa fare, ora che Dante aveva rifiutato l'amnistia. C'erano intoppi per la riscossione della somma, che derivava a sua volta da una eredità della famiglia della mamma: qualche parente la metteva in discussione, mi aveva riferito il notaio, e bisognava portare ancora un poco di pazienza, ma confidava che tutto si sarebbe appianato.

Quella sera, quando finalmente ci ritirammo, entrai nella nostra camera e andai allo scrittoio di Dante. Ogni volta che mi sedevo sulla sua sedia mi pareva un poco un sacrilegio, come occupare il posto di un altro, ma stavolta lo feci a cuor leggero: mi accomodavo a leggere l'opera sua. Accesi la lampada e aprii la cartella di cuoio che il Baccelliere mi aveva dato e cominciai a scorrere i fogli. La lingua era quella nostra, niente latino. Non avrei avuto bisogno della traduzione di un sapiente.

«*"Nel mezzo del cammin di nostra vita"*» diceva il primo verso. Perché la finzione poetica aveva ambientato quel viaggio nell'anno 1300, quando Dante ne aveva trentacinque, e se la vita dell'uomo la si immagina che duri non più di settant'anni, come dicevano gli antichi, allora quei trentacinque anni segnavano proprio una metà. L'anno 1300, l'anno del giubileo, appena prima che la vita mia e sua si stravolgessero completamente con l'ambasciata a Roma e con l'esilio, e cominciasse il nostro, di inferno. E c'era la selva, come nell'opera di ser Brunetto, per mostrare la gran confusione in cui versa il protagonista all'inizio. Ma poi tutto diventava diversissimo dallo scritto del suo maestro e lui incontrava il poeta Virgilio e insieme procedevano nell'oltretomba, a conoscere le anime dannate. E Dante si raccontava in prima persona, come se fossero tutte cose capitate davvero a lui e lui fosse davvero sceso agli inferi, come certi santi o certi eroi antichi. In un certo senso pensavo che ci fosse disceso davvero, agli inferi, lontano dalla sua città. Chissà dove era riuscito a scriverli, quei canti, chissà se dove era stato, in Veneto, in Romagna, nel Mugello, il Lunigiana, ad Arezzo, a Lucca, a Pisa, chissà se aveva avuto uno scrittoio come quello al quale ora ero seduta io, per raccogliere le idee e mettere giù i suoi versi che scorrevano via concatenati, come musica. E rincorrevi la rima seguente, ammirandone il suono, ma anche desideroso di sapere cosa succedeva a quell'uomo alle prese con le tre belve, e che poi si avvia con la sua guida, il poeta Virgilio, per un lungo viaggio. Andai avanti a leggere tutta intenta finché quasi balzai dalla sedia quando mi resi conto che Dante parlava di gente che conoscevamo bene: la storia di Francesca e Paolo, trascinati dalla bufera della passione, e poi Farinata che gli parla da dentro un sepolcro di fuoco, sì, lui, il padre di Bice, la moglie di Guido Cavalcanti, e c'era anche Cavalcante, il padre di Guido, che chiedeva del figlio, e mi salirono le lacrime agli occhi al ricordo. E poi ser Brunetto, il suo amato maestro: Dante aveva messo all'inferno anche lui, nel girone dei sodomiti, anche se poi gli si rivolgeva con tanto rispetto, come lo avevo visto fare davvero quando ser Brunetto era vivo, e lì c'era anche una gran frecciata contro i fiorentini, «ingrato popolo maligno», li chiamava, e scossi la testa. E poi c'era il conte Ugolino, padre della contessa Gherardesca, e mi domandai se quei versi terribili che raccontavano la tragedia che si era consumata dentro la torre della Muda li aveva già scritti quando era a Poppi, prima che morisse Giovanni, e se li aveva mostrati alla contessa, e lei che cosa gli poteva aver detto, leggendo quella ricostruzione terribile di ciò che era accaduto a suo padre e ai suoi fratelli, ché a me faceva venire i brividi. E poi citava anche altri noti, come suo cugino Geri del Bello, che era stato ucciso quando eravamo giovani, e del quale una volta mio fratello Teruccio gli aveva rinfacciato di non aver preso vendetta. Mi ricordavo che quella volta lui era sembrato tranquillo e aveva rintuzzato le parole di Teruccio, ma in realtà non aver chiuso i conti con i Sacchetti gli doveva rodere, perché nel canto che aveva scritto, Geri, anima dannata, si lamentava di non essere stato vendicato dalla famiglia, e in qualche modo Dante gli dava ragione.

Mi sembrava di vederlo dietro ogni parola, il mio Dante. Forse scrivere quell'opera gli aveva permesso di non impazzire, nei momenti più duri, e non c'era da stupirsi che quei canti piacessero tanto a chi li leggeva, tanto erano pieni di emozione. Di certo non ero abbastanza dotta da capire ogni cosa, i riferimenti sottili alla teologia e alla filosofia e alle scienze e alle opere degli antichi, ma le storie le seguivo, e vedevo bene che c'era tutta Firenze e non solo, dentro quei versi, e di nuovo lui aveva detto ciò che pensava, nelle sue belle rime musicali, di tutti coloro che citava nei canti, che fossero papi, re, principi, cavalieri o semplicemente antenati, parenti e amici degli uomini e delle donne che incontravamo per via. Benedetto marito mio, che non avrebbe mai imparato a stare accorto.

Se fosse stato lì, lo avrei abbracciato stretto. Certo ci voleva un bel coraggio per mettere nero su bianco una cosa del genere. Nessuno aveva mai fatto niente di simile e mi chiedevo se prima di quell'esilio, di quegli anni tremendi, il Dante di allora sarebbe stato in grado di scrivere una cosa così formidabile. Era come se tutto stesse piano piano prendendo un senso e davvero, come lui in fondo aveva sempre sostenuto, dietro a tutte le nostre vicissitudini ci fosse stato un disegno. Una missione, forse.

«Oh, Dante» dissi, come se lui potesse sentirmi.

In qualche modo lui era tornato da me attraverso quelle rime, lo sentivo nella stanza. Aleggiava la sua anima, lì dentro, ogni volta che ripetevo a voce alta un verso, per assaporarmelo. Mi immaginavo come l'avrebbe pronunciato lui, immaginavo l'espressione sul suo viso.

«Vedete, mamma, che non vi ho proprio ingannata» dissi sottovoce.

Leggere i suoi canti era un modo per entrare in contatto con lui. Come una formula magica che lo evocava, come un rito. E dovetti declamare a voce alta, nel trasporto della mia scoperta, perché a un certo punto la Gilla bussò e si affacciò sulla porta. «Monna Gemma, padrona... perdonate, ho sentito delle voci, mi avete chiamata? Pareva quasi ci fosse qualcuno...»

Le sorrisi. «No, no» le risposi. «Non c'è nessuno qui.»

Ma mentivo.

26
Conti in sospeso

Me lo disse la Tana, con un tono rassegnato.
«È capitato. E del resto prima o poi doveva succedere.»
Eravamo insieme al mercato, a scegliere qualche ornamento sul banco del merciaio, e lei si era incapricciata di un nastro di velluto rosso scuro, alto e tutto profilato di seta, che il mercante le aveva magnificato, per poi domandarle un prezzo da spavento.
«Neanche se fosse filato con l'oro zecchino» lo rimbeccò, prima di tornare a parlare con me.
«Ma che cosa doveva succedere?» le chiesi.
Si strinse nelle spalle. «L'avrai pur sentito dell'omicidio di Geri di Bello degli Alighieri, quello che è stato ucciso a tradimento da un Sacchetti e poi seppellito in Santa Maria di Cafaggio.»
Levai la mano. «Oh, ma quanto tempo è passato, Tana? Se ne parlava che eravamo fanciulle, di quel vostro cugino.»
Lei annuì. «Ecco, proprio di lui ti parlo. Adesso l'hanno vendicato, e dicono: meglio tardi che mai. Geri non aveva figli, del resto, e anche per questo sono andati per le lunghe. Però aveva un fratello, messer Cione, che di figli ne ha avuti, e ora i due nipoti, figli di Cione, hanno assassinato un Sacchetti. Bambo e Lapo Alighieri, si chiamano. Oh, due teste calde, te lo garantisco.»

«Ma perché adesso? Sono passati trent'anni...» esclamai. Questa era un'altra cosa che faticavo a comprendere. La vendetta era un obbligo, da noi, soprattutto per le famiglie dei cavalieri, e Cione Alighieri era un cavaliere. Sapevo bene che anche i Donati, del resto, non lasciavano mai conti in sospeso. Pazzino dei Pazzi a detta di tutti aveva provocato la morte di mio cugino Corso e non era stato ucciso da noi Donati solo perché i Cavalcanti, che lo ritenevano responsabile anche della morte di uno dei loro, erano stati più veloci. L'avevano sorpreso a cacciare col falcone sulle rive dell'Arno con un solo famiglio e il giovane Paffiero Cavalcanti ne aveva approfittato. Pazzino li aveva pur visti avvicinarsi, i Cavalcanti, lungo il greto, aveva capito e si era messo a correre, ma gli altri erano a cavallo; Paffiero lo aveva raggiunto con facilità, finendolo a colpi di lancia e arrossando l'acqua col suo sangue, sotto gli occhi del servo atterrito.

Se ne era molto parlato e a me era tornato alla mente Pazzino, quando era entrato nel cortile di casa mia quella sera di massacri ed ero incinta della povera Maria e ci aveva minacciati tutti. E aveva anche tradito Corso, che lo considerava uno dei suoi. Ma sentendo della sua morte al fiume, immaginandolo ad agonizzare sulla riva, mi ero segnata. Chi la fa, l'aspetti, mi aveva insegnato mia madre. Ma così davvero le faide non avrebbero avuto mai fine. Quanti morti ciascuno di noi doveva piangere? Già ci pensava la natura a castigarci, senza bisogno di tanto odio.

Mi svegliavo ancora di soprassalto di notte perché mi sembrava di sentire Corso che chiamava il mio nome, morente. Così come sognavo il mio Giovanni, pallido come la cera, cadavere e bellissimo, e la mia Marietta, uno scricciolo freddo, e mio padre e mia madre e monna Lapa e tutti quelli che se n'erano andati prima di noi. Mi consolava solo la Nina, che mi ripeteva che ci avevano soltanto preceduti e ci saremmo ritrovati tutti insieme nella gloria del Signore. Per Corso avevo tanto pregato, più per lui che per gli altri, forse, ma solo perché ritenevo che lui ne avesse più bisogno, avendo davvero tanto peccato.

La Tana intanto continuava a guardare il nastro rosso e il merciaio sorrideva furbo. «Ma sì che lo volete, madonna! Si vede che vi aggrada... Se ne prendete almeno tre braccia, posso sempre farvi un prezzo di favore...» la tentò.

«Ci penso, ci penso» lo zittì la Tana, seccata di mostrare troppo la sua predilezione. Poi a me, sottovoce: «Vuoi sapere perché gli Alighieri di Cione hanno deciso di vendicarsi? Dicono che sia perché Dante ne ha parlato, nel suo poema. Pare che sia stato letto il passaggio dove lui ne fa cenno e la cosa sia saltata fuori di nuovo e i consorti di Geri non se la sono sentita di passare per felloni. Come se lui fosse tornato dall'aldilà a reclamare, nei versi dell'Inferno. Questo ha segnato il destino del Sacchetti...».

«Oh!» esclamai, sbiancando. «Non credo proprio che Dante volesse un cosa simile...»

«Neanch'io lo credo, ma tant'è, questa è la forza della sua penna, te lo ricordi il verso? *"O duca mio, la violenta morte / che non li è vendicata ancor..."* L'hai letto?»

«Sì, sì, l'ho letto.» Lei era brava a mandare tutto a memoria, come suo fratello.

Alla fine la Tana comperò il nastro rosso, mercanteggiando fino all'ultimo soldo, e se ne andò stringendoselo come un trofeo, ma non ebbe occasione di indossarlo sul corsetto che avrebbe voluto rinnovare con quel vezzo per il ritorno del suo Lapo, perché la settimana seguente suo marito, che veniva da Perugia per i suoi commerci di stoffe, da uno degli ultimi viaggi d'autunno, prima che il tempo peggiorasse troppo, a poche miglia da casa cadde da cavallo guadando un tratto d'Arno in un punto già un poco vorticoso, batté il capo su un masso e fu trascinato dalla corrente. Glielo riportò suo cognato Pannocchia, che si era gettato nell'acqua fredda e alta per primo a cercare di recuperarlo, quel fratello che aveva sempre molto amato e col quale lavorava fianco a fianco ogni giorno da una vita intera.

«Il mestiere del mercante è duro e pericoloso» singhiozzava la Tana «e Lapo non era più un giovanotto, per quanto ancora ben portante. Si era detto, con quest'anno, che avrebbe lasciato fare ai più giovani quei viaggi più faticosi. Ma stavolta c'era da firmare un accordo con una compagnia commerciale di cui lui conosceva bene il padrone e pensava che la sua presenza fosse importante.»

Padre Bernardo fu molto addolorato per la perdita del genitore. Quando ci vedemmo, mi parve davvero provato. «Ci eravamo incontrati da poco, per Ognissanti» mi raccontò. «So bene che aveva fatto fatica ad accettare la mia scelta di indossare il saio, quando ero fanciullo aveva sognato che cavalcassi al suo fianco su e giù per le strade del commercio, ma alla fine si era accontentato, perché vedeva quanto io fossi sereno, e un buon genitore ha sempre a cuore la felicità dei figli, quale che sia la loro vocazione.»

Abbassai la testa. Di certo mi sentivo coinvolta in quel ragionare, perché anche Antonia ormai mi stava pressando per entrare in convento, e sapevo che Bernardo era il suo padre spirituale e quelle parole avevano un significato particolare e parevano dette per me.

«Avete ragione, padre. Non appena mi arriverà l'eredità della mamma, prenderemo delle decisioni. Potrò pagare la dote di Antonia per farla monacare. Ormai mi devo mettere il cuore in pace sul fatto che Dante non tornerà mai a casa.»

Firenze non si sentiva più minacciata. La stella di Uguccione della Faggiola era tramontata. Pisa lo aveva cacciato, oberata dalle tasse di guerra che lui aveva imposto e preferendogli il capitano di ventura Castruccio Castracani, e Uguccione era fuggito anche lui a Verona dagli Scaligeri, dove stava Dante.

«Mi si era accesa ancora una speranza, anche se non ve ne avevo fatto cenno, zia» mi confessò padre Bernardo «quando finalmente i pisani e la lega guelfa hanno firmato la pace generale, il 12 di maggio, dopo mesi di trattative, e gli accordi prevedevano la restituzione dei castelli e anche il rientro dei fuoriusciti. Per un momento ho pensato che forse ci sarebbe stata una nuova possibilità.»

«Ma...?»

«Ma i fiorentini hanno escluso dal trattato il rientro dei bianchi e dei ghibellini» concluse, scuotendo la testa.

Mi strinsi nelle spalle, rassegnata. Me ne ero fatta una ragione, di quell'odio ancora troppo vivo. E comunque, anche se avessero previsto un'amnistia, Dante probabilmente non ne avrebbe mai accettato i termini. Soprattutto ora, che dopo l'Inferno stava terminando il Purgatorio, i cui canti circolavano con successo, popolati da persone con le quali avevamo vissuto o che conoscevamo in qualche modo, Piccarda, Bicci, la Nella, Cimabue, Giotto, Gherardo da Camino e tanti altri. E anche Beatrice che, ne ero sicura fin dal principio, non sarebbe potuta mancare, non certo nell'Inferno, ma già nella seconda parte del poema, nel Purgatorio, nell'attesa di entrare nei cieli alti del Paradiso.

«Bene» dissi a mio nipote. «Credo di non avere più niente che mi trattenga qui a Firenze, padre. Antonia, come ben sapete, vuole prendere il velo, e si tratterà solo di stabilire dove. Mia madre e mio padre sono morti. I miei figli maggiori stanno da anni col loro padre. Perfino il nostro fedele Cianco, che non riesce più a camminare per l'età e per la storpiatura che l'ha afflitto dalla nascita, andrà a stare con certi suoi nipoti appena fuori città, nel contado, dopo che io avrò riscosso l'eredità della mamma e potrò dargli la buona uscita che si merita per averci dedicato la vita intera.» Presi il foglio che mi ero portato.

«Ho scritto questo per mio marito, per dirgli che non appena avrò la somma che la mamma mi ha destinato la Gilla e io lo raggiungeremo a Verona. Se lui non viene da me, andrò io da lui, e non gli peserò perché mia madre è stata generosa con me. Mi pare di capire che adesso la sua situazione non sia più così precaria e si può pensare di ricongiungerci.»

Padre Bernardo annuì. «Lo zio Dante me ne ha scritto, è già da tempo che contempla questa soluzione, aspettando una sistemazione stabile: passino i figlioli, che son giovani, maschi e con spirito di adattamento, ma non sta bene che una donna, una moglie, vada raminga da un posto all'altro seguendo uno sposo che non ha una dimora. Forse il momento è venuto, ma non sarà a Verona che lo raggiungerete, zia, perché non lo trovereste più lì. Si sta spostando a Ravenna, da Guido Novello da Polenta, con il quale sta prendendo accordi precisi, proprio per essere sicuro, questa volta, di potervi offrire un tetto sicuro sopra la testa. Ricorderete che Dante ha combattuto a Campaldino con Bernardino da Polenta, lo zio di Guido!»

«Pensavo che Cangrande della Scala lo apprezzasse» risposi. Avevo creduto che già quella fosse una sistemazione stabile. Ci era già stato due volte, a Verona: la prima all'inizio dell'esilio, e poi ci era ritornato, sotto due diversi signori Scaligeri.

Frate Bernardo sospirò. «Cangrande, nonostante sia così giovane, è un mecenate, ha chiamato anche maestro Giotto per farsi fare un ritratto. La sua corte ne ospita molti, di artisti, di poeti, di certo non solo lo zio... Quando Guido Novello da Polenta lo ha chiamato a Ravenna, forse dopo aver letto i suoi versi dell'Inferno su sua zia Francesca da Rimini, credo gli abbia parlato la sua stessa lingua: è anche lui un poeta, s'intendono a meraviglia. Farà anche in modo di ottenere per Pietro una rendita sulle chiese di Santa Maria di Zenganigola e di San Simone del Muro, così che possa frequentare Giurisprudenza a Bologna: è ora che si addottori e gli studi costano. Ora bisogna solo lasciar loro il tempo di sistemarsi.»

Mi sembravano buone notizie. «Voi fate avere questa mia lettera a Dante, padre Bernardo, perché io partirò. Andrò a Verona, a Ravenna, ovunque siano Dante e i miei figli. Quello che voglio, visto che voi m'insegnate che a questo mondo siamo tutti di passaggio, è poter tornare al più presto al fianco di mio marito, dell'uomo che ho sposato quand'ero fanciulla e che ho avuto accanto in realtà per così poco tempo. Guardate: i miei capelli sono incanutiti nell'attesa, vivendo come una vedova.» Le mie parole dovevano essere suonate un poco perentorie, perché Bernardo si affrettò a rassicurarmi.

«Ma certo, zia. Farò tutto il possibile per assecondarvi in questo vostro disegno. Credo che sia venuto il momento e che lo zio condivida la vostra stessa aspettativa.»

Quello che non avevo detto a mio nipote, già rattristato dalla morte del padre, era che Piccarda era tornata a trovarmi. Non piangeva, ma mi porgeva una sacca, di quelle da viaggiatore, come a dirmi: parti, Gemma, perché non è più il tempo dell'attesa.

27
Quando il pruno fiorirà

Passando prima di rincasare dalla chiesa di Santa Croce per una genuflessione devota, come alla Gilla piaceva fare ogni volta che andavamo da padre Bernardo, mi avvicinai incuriosita alla cappella che maestro Giotto e i suoi artisti stavano affrescando, lavorando alacremente sopra le impalcature, cercando di sfruttare le ore di migliore luce.

«Piero, ascolta, non è così che intendevo il velo della risorta... deve chiuderlo sul mento, come si fa coi morti perché la mascella non cada, per far capire che lei si leva dal catafalco, per miracolo di san Giovanni...» stava dicendo il maestro a uno dei sei o sette assistenti che erano in traffico con lui.

Poi mi vide, mi riconobbe e fece cenno al suo discepolo di proseguire, ripulendosi le mani dal colore in un panno che aveva visto giorni migliori. «Monna Gemma, Dio vi benedica.»

«E benedica voi, maestro Giotto, come vanno i lavori?»

Lui guardò in alto e sospirò. «Sto finendo i tre grandi riquadri dedicati a san Giovanni evangelista, su questa parete, e la resurrezione di Drusiana mi sta dando del filo da torcere, ma la spunterò.» Era ingrassato parecchio e aveva perso quasi tutti i capelli, ora che aveva una cinquantina d'anni, ma gli occhi erano sempre quelli, vivaci e scintillanti, e il modo di fare improntato a un certo garbo popolano, di chi sa come fare con la gente, pronto anche a un sorriso o a una facezia.

Nel lunotto in alto, già completato, vedevo il santo dormiente con intorno i simboli della sua visione dell'apocalisse, la partoriente che scaccia il drago, il Redentore con la falce in mano, l'arcangelo Michele in armi e quattro angeli che tengono a bada quattro grosse teste di demoni. La scena in lavorazione più sotto, invece, era ambientata fuori dalle mura di una grande città, e su questo sfondo san Giovanni, tendendo un braccio in avanti, invita una donna a levarsi da un catafalco portato da un gruppo di persone. Poi c'erano altre tre donne inginocchiate in preghiera ai suoi piedi, e anche uno storpio con le stampelle che sembrava chiedergli di essere a sua volta miracolato.

«Non me lo ricordo, questo episodio...» confessai.

La Gilla aggrottò le sopracciglia. Lei di certo lo conosceva, devota com'era. Pensavo spesso che se Antonia era diventata quel che era diventata, di certo l'esempio luminoso era stata più la Gilla di me. Glielo domandai, se no non avrebbe aperto bocca. «Tu lo sai?»

«Padrona, è uno dei miracoli del santo... quando ritorna da Efeso e la pia Drusiana, che lo ha tanto atteso e si struggeva per poterlo rivedere, nel frattempo si ammala e muore. Ma lui, entrando in città, incontra il suo funerale, con quelli che portano il suo feretro, e la resuscita, per premiarla per la sua fede.»

Sorrisi. Un'altra che aveva vissuto nell'attesa e in quell'attesa era morta e poi resuscitata.

«Giusto» convenne Giotto «la vostra ancella ne sa più di me. Questa commissione della famiglia Peruzzi mi onora, ma sono i tempi di consegna a farmi patire. Ringrazio il Signore di avere tanto lavoro, dopo essere stato a Padova per gli Scrovegni; è che spesso i committenti non hanno pazienza, e sto lavorando a secco per fare più in fretta, anche perché appena la stagione si aprirà dovrò andare da Guido Novello da Polenta a Ravenna, dove pare che ci sarebbe da affrescare più di una chiesa. E poi dovrei passare anche a Bologna, dal nuovo legato del papa Giovanni XXII, il cardinale Bertrando del Poggetto, che è poi suo nipote...»

Giovanni XXII era il nuovo papa, sempre francese, che era succeduto a Clemente V. Ma in quel momento di tutto il suo discorso a me aveva colpito una sola cosa. «Davvero? A Ravenna, avete detto?» esclamai.

La Gilla quasi batté le mani, Giotto si avvide del nostro entusiasmo e ci guardò incuriosito. «Posso domandarvi come mai questa notizia vi fa tanto piacere?»

«Il fatto è che dovremo andarci anche noi, a Ravenna, la mia Gilla e io, e ci domandavamo chi potesse essere nostro compagno di strada: siamo due donne sole ed è un tragitto di quasi una settimana, il viaggio più lungo che io abbia mai fatto. Perché vedete, mio marito Dante è là che ci aspetta, proprio alla corte di Guido Novello, dove anche voi dovete recarvi per la vostra arte.»

Il pittore sorrise. «Io credo nei segni del destino, monna Gemma, e sarà con grande piacere che partiremo insieme. Se voi non foste passata di qua oggi, nemmeno avreste saputo che anch'io dovrò andare in quella città. A Padova ci siamo frequentati, con vostro marito, posso dirvi quanto gli manca la sua famiglia, come mancherebbero a me la mia Ciuta e i miei figli, che pure ora sono grandi e han preso la loro strada; e mi fa gran piacere potervi fare da scorta fin da lui. Saremo un bel gruppo, con mio figlio Francesco e due dei miei giovani assistenti.» Esitò, poi aggiunse: «Ci metteremo in marcia non appena i pruni imbiancheranno di fiori».

Così nell'attesa della fioritura sistemai ogni cosa. Non appena riuscii a riscuotere la mia eredità, alla fine della quaresima, pagai tutti i miei debiti, diedi il benservito al Cianco, resi alla Tana quel che mi aveva prestato, lasciai un'offerta per Santa Croce, un'altra per San Martino al Vescovo, vendetti le bestie, svuotai la casa e recuperai le poche cose di valore che avevo lasciato da frate Bernardo.

«Non ritorneremo, padrona?» mi domandò la Gilla.

«Non lo so» le risposi onestamente. «Ma di certo staremo via parecchio.»

Poi andammo con la Nina a salutare la Tana fino a Ripoli, a casa di Francesco, dove lei ormai si trasferiva per lunghi periodi, con la scusa di aiutare la Pietra con i figlioli, perché nella casa dei Riccomanni si sentiva sola. Era una vita che ci passava lunghi mesi senza Lapo, che era sempre in giro per i suoi commerci, ma ora sapeva che lui non sarebbe più tornato. Prima sua cognata non le andava a genio, ma invecchiando e imbruttendo anche la Pietra era molto migliorata di carattere, e poi era impossibile non andare d'amore e d'accordo con la Tana.

«Guido Novello sa il fatto suo» ragionava Francesco dopo desinare a proposito della nostra destinazione. «So che è stato capitano del popolo a Reggio e a Cesena, prima di diventarne podestà a vita, e mangia pane e politica fin da fanciullo. Ha sposato la contessa Caterina dei Bagnacavallo, di una gran famiglia che era stata ostile ai da Polenta, in passato, e ne ha avuto dei figli. E Ravenna piacerà alla Nina, è tutta chiese e abbazie, ma intorno c'è il mare, le pinete, un gran bel posto.»

Chissà se si rendevano conto che da dentro un monastero il mare non lo si vedeva. Magari arrivava un poco di odore di salsedine con la brezza. Forse.

«L'arcivescovo di Ravenna, Rinaldo da Concorezzo, è un milanese dalla mente molto aperta che è stato tra i pochi a non credere alle confessioni dei templari estorte con la tortura. Ora però è molto anziano e già si dice che gli succederà un altro Rinaldo, da Polenta, il fratello di Guido Novello, un uomo di chiesa» proseguì Francesco.

La Nina lo ascoltava intenta.

«Cara nipote, quei prelati ti consiglieranno un monastero adatto. Credo che tuo padre abbia ottime relazioni con i due Rinaldi. Io per me ho sentito solo di un convento non lontano da Ravenna, ma a Sant'Arcangelo di Romagna, dove si è ritirata Concordia Malatesta, la figlia di Francesca da Polenta, che ne è diventata credo la priora.»

Mia figlia si segnò in silenzio. Conosceva tutta la storia e sembrava turbarla la scelta di Concordia, che si era ritirata in monastero pur di non continuare a vivere sotto lo stesso tetto del padre che aveva ucciso sua madre quando lei era una bambina.

«Non vedo l'ora di riabbracciare il babbo» disse, seria. «Non mi riconoscerà nemmeno, credo, zio Francesco. Dovremo spendere un poco di tempo a ritrovarci. E poi potrò finalmente prendere il velo.»

Sollevai le sopracciglia. Niente da fare, quando una vocazione è autentica, si può solo assecondarla. La Tana mi guardava con un sorriso un po' malinconico, indovinando le mie emozioni che lei aveva già vissuto sulla sua pelle. «In un modo o nell'altro, se ne vanno» mi sussurrò.

«L'ha detto bene il tuo Bernardo: l'importante è che siano contenti» le risposi, prendendole la mano.

28
A Ravenna

Si vedeva che maestro Giotto era abituato a viaggiare. Prendeva piacere dal tragitto e con occhio di dipintore notava il bello dei paesaggi, i colori della natura e del cielo, il volo degli uccelli, le macchie azzurre dei corsi d'acqua e i bianchi, i grigi e gli ocra degli abitati, ma era anche sempre con l'occhio vigile e quando ci si fermava trattava col suo modo franco e diretto con gli osti, come a dire: «Amico, fai onestamente il tuo mestiere. Dammi roba buona nel piatto e un letto pulito e un buon rifugio per le bestie».

Suo figlio Francesco, che aveva seguito le sue orme ed era pittore, gli somigliava anche nel suo spirito. «Ho preso tutto dal babbo, il che è un bene quando devo adoperare un pennello, un poco meno bene per le mie gambe corte» esclamava, mettendo di buon umore anche la Nina.

E suo padre rincarava: «Vostro marito, monna Gemma, me l'ha pur chiesto, come mai i miei dipinti sono così belli e i miei figli così brutti; e sapete che cosa gli ho risposto? Che le pitture le faccio di giorno e i figli di notte!». E rideva, aggiungendo: «Perdonate, Nina, la facezia» vedendo che lei un poco arrossiva.

«Mio marito dev'essere diventato molto più ardito di come lo conosco, per farvi un simile rilievo» gli risposi, sorridendo.

«Si celiava, tra sodali» disse lui, scuotendo la testa. «Vorrà dire che prima o poi mi rifarò, imbruttendolo in un ritratto!»

«Giusto» risi anch'io «mai far arrabbiare un pittore che ti può mostrare come lui vuole!»

Con una simile compagnia, che riusciva a prendere dal lato buono anche i contrattempi, come un ponte crollato verso San Casciano che ci costrinse a un giro molto più lungo o una ruota del carro finita in pezzi su un masso sporgente verso Castrocaro che ci fermò per un giorno intero, tutte quelle miglia sembrarono rotolare via in fretta. Piovve un giorno solo, e fu una pioggerella primaverile tiepida, che faceva profumare i prati e li rendeva più verdi.

In vista della città di Ravenna attraversammo pascoli e campi coltivati a grano; era molto diverso dal contado di Firenze lungo l'Arno: c'erano case basse, dall'aspetto dimesso, fatte di malta, col tetto coperto di paglia o di canne delle paludi, e dei bambini male in arnese assistevano dal bordo delle strade fangose al passaggio del nostro convoglio di due carri, due cavalli e due asini.

Francesco di Giotto mi spiegò che quando Federico II tempo addietro aveva cercato di impossessarsi della città aveva fatto deviare il fiume Lamone, per svuotare i fossati a difesa delle mura, e con l'andar del tempo questo aveva provocato l'allagamento del porto esistente e la sua ricostruzione qualche miglio più a sud, sconvolgendo l'aspetto e anche l'economia della città, che fino ad allora era tutta basata sul mare.

«Insomma, monna Gemma, di certo non è Firenze» tagliò corto Giotto. «Hanno costruito qualche canale per alimentare opifici e mulini, ma sono poca gente, rispetto alla nostra città è un paesotto.» C'era tutto l'orgoglio fiorentino in quelle parole, anche se lui era originario di Vicchio, fuori una decina di miglia dalla città, nel Mugello.

Lo ascoltavo e riflettevo. Se Dante aveva lasciato una città più grande e più ricca, come la Verona degli Scaligeri, per rifugiarsi in quel piccolo porto, doveva avere avuto delle buone ragioni. A me non dispiaceva l'idea di un abitato non troppo affollato, di un posto dove tutti alla fine si conoscevano, di un luogo tranquillo dove si viveva in semplicità, senza troppe pretese.

Avevo in saccoccia il messaggio che lui mi aveva mandato da padre Bernardo, confermando che ci aspettava, la Nina, la Gilla e me, e ci dava informazioni su come arrivare alla casa che Guido Novello gli aveva messo a disposizione, con la facciata bianca, non lontana dal palazzo dei da Polenta e dirimpetto al convento dei francescani.

Anche perché potevamo disporre finalmente di una dimora tutta nostra Dante si era convinto che fosse venuto il momento di riunirci, e volli subito vedere in quell'abitazione concessa dal signore di Ravenna alcune somiglianze con la casa degli Alighieri che avevo lasciato a Firenze, confiscata come tutto il resto.

Quando arrivammo era già suonata la nona dalla campana del convento e ad aprirci per far entrare il nostro carro nel cortile furono due famigli che erano stati avvisati del nostro prossimo arrivo.

«Benvenuta, padrona» mi salutò la donna, che era anziana, vestita di scuro, piccola e robusta. «Io sono Livia e lui è mio marito Pardo. Il padrone Dante ha terminato le lezioni ed è andato in chiesa, ma lo andiamo subito a chiamare.» Aveva una bella faccia rugosa e abbronzata e gli occhi chiari. I capelli che s'intravedevano sotto la cuffia erano grigi.

«Che lezioni?»

Lei mi sorrise, mostrando qualche dente di meno. «Ogni giorno lui nel pomeriggio insegna ai suoi allievi, tutti giovani d'ingegno, notai e medici e avvocati, che lo stanno a sentire incantati.»

Giotto sorrideva. «S'è fatto la sua bottega» commentò, prendendo congedo.

«Maestro Giotto, non rimanete da noi questa sera?» gli domandai, grata.

«Tornerò domani o dopo a salutare Dante, ma ora vado a palazzo, dove dovrebbero aver disposto un alloggio, a rendere omaggio a Guido.»

Avevo capito benissimo che voleva lasciarci soli a ritrovarci e anche per quella sua discrezione lo ringraziai.

Presentai Antonia e Gilla alla Livia e le domandai dove fossero i miei figli.

«Padron Pietro è a Bologna, ma tornerà proprio questa settimana. Padron Jacopo si è trattenuto a Verona.» Ci fece segno di accomodarci dentro casa. «Sarete stanche, padrone, e mentre Pardo va ad avvisare il padrone...»

«No, indicami la chiesa» le dissi, d'impeto. «Vado io.»

«È quella, padrona.»

Antonia mi prese la mano, come per darci coraggio, perché avevamo tutte e due il batticuore nell'attraversare la piazza. C'era poca gente in giro che guardava incuriosita le due donne impolverate che si dirigevano svelte verso l'imponente l'edificio sacro dalla facciata di mattoni.

Dal sole del pomeriggio entrammo nell'ombra della navata deserta e in fondo, davanti all'altar maggiore, dentro una lama di luce calda che entrava dalle finestre alte, vidi la sagoma di un uomo.

Aveva i capelli grigi lunghi sul collo ed era raccolto in preghiera, col capo chino sulle mani giunte. Vestiva di scuro, molto semplicemente, con un mantello con il cappuccio che gli ricadeva sulla schiena un po' curva.

Strinsi forte la mano di Antonia.

«È il tuo babbo» le dissi, con una voce scura. Sentivo un nodo alla gola. Quante volte avevo sognato quel momento? Me l'ero figurato fin nei dettagli. E ora l'emozione era tale da togliermi il fiato, da tagliarmi le gambe.

Lui si girò, come se ci avesse sentite, e rimase immobile a guardarci. Anche la barba era grigia, ma più scura dei capelli, folta e ben curata, e gli occhi erano sempre quelli, ardenti.

La Nina mosse qualche altro passo e arrivata davanti a lui s'inginocchiò, senza parlare, tremante di emozione.

Lui si coprì il viso con quelle mani che a me parevano sempre così belle, per un momento. Poi le riabbassò, sorrise e sollevò la Nina dal pavimento. «Grazie a Dio» disse, distintamente. «Grazie a Dio siete qui.»

Venne verso di me, mi raccolse nel suo abbraccio insieme alla Nina e rimanemmo un momento così, con gli occhi chiusi, come un gruppo marmoreo in mezzo alla navata. Lo sentivo smagrito sotto le vesti, ma la stretta era potente.

«Ho tanto pregato» disse Dante alla fine «che il vostro viaggio si svolgesse senza pericoli. Non riuscivo ad aspettare in casa... non sapevo bene se sareste giunte oggi, o magari domani, o dopo ancora, l'attesa mi stava diventando insopportabile e vagavo come un'anima in pena.»

Fuori della chiesa, nel sole, prese le due mani della Nina, scrutandola in volto. «Eccola, la mia figliola. Che tu sia saggia lo so bene, ma non ti immaginavo così bella.»

Lei aveva gli occhi pieni di lacrime. «Padre...» balbettò.

Poi lui mi accarezzò la guancia. Io gli sorrisi, ma piangevo. «Sono vecchia, ormai, marito mio.»

Dante scosse la testa, sistemandomi una ciocca grigia alla tempia. «È solo scesa un poco di neve sui tuoi capelli, moglie. Appena qualche fiocco. Ma io vedo sempre la fanciulla che ho sposato.»

Risi nelle lacrime, toccandogli la barba sbiancata. «Ah, allora è così: se è solo neve, allora questo sole ritrovato la scioglierà.» E tirai su col naso. «Asciughiamoci gli occhi e andiamo a casa, che abbiamo da raccontarci e da fare...» Avevamo tanto tempo da recuperare insieme, senza perderci nel pianto.

«La mia Gemma» sussurrò lui.

E mi sembrò che quegli anni di solitudine, di angoscia, di vane speranze, di esaltazione e di sgomento, le arrabbiature, i risentimenti, le incomprensioni, i dolori, tutto fosse di colpo lontano, remoto, dimenticato, come se non fosse appena ieri che lo aspettavo indietro a Firenze, dannandomi l'anima per i suoi colpi di testa e i suoi rifiuti. Capivo ora bene che non m'importava e non m'era mai importato di stare a Porta San Piero o alle gualchiere o a Ripoli o ad Arezzo, Pisa o Ravenna, purché potessimo stare insieme, perché era quella la cosa che avevo sempre voluto e per la quale avevo combattuto, contro il destino, a volte anche contro di lui, che era parso con i suoi comportamenti impedire in qualche modo il nostro ricongiungimento.

Ma adesso ero lì, in quella città nuova, della quale non conoscevo nulla, ma che già amavo, perché mi aveva ridato il mio Dante. Provato, smagrito, incurvato, che forse dimostrava di più della sua età, ma sempre con dentro quel fuoco che mi aveva fatto innamorare più di trent'anni prima.

Eravamo davanti alla porta della nostra nuova dimora, e lui mi parlava un poco preoccupato, come se temesse il mio giudizio. «Questa è la casa che Guido Novello mi ha dato. Appartiene alla sua famiglia, per essere esatti è parte dell'eredità di sua moglie la contessa Caterina. È abbastanza grande, lo vedrai, ci staremo comodi, solo è un poco umida, si lamenta la Livia...»

E allora, mentre la Nina ci precedeva dentro il cortile, gli sussurrai nell'orecchio la formuletta che mi aveva insegnato Guido Cavalcanti, perché in fondo era stato quello il mio motto, per tutta la vita: «Dante... ma non te lo ricordi? *Ubi tu gaius, et ego gaia*».

Lui mi fissò e inghiottì un paio di volte, cercando di dominare l'emozione. Vidi il suo pomo d'Adamo andare su e giù e gli occhi gli si fecero lucidi.

«Non l'ho detto bene?» gli domandai. «Sai, il latino...»

«L'hai detto benissimo» sussurrò Dante, e mi baciò sulla bocca, spingendomi sotto il portichetto di legno, all'ombra e al riparo da sguardi indiscreti.

29
Scripta manent

Che la casa fosse un poco umida era la verità, ma ci ambientammo subito, la Nina e io, e Dante era amabile come non l'avevo mai visto. La Gilla prese in mano la situazione e i due famigli ravennati ormai la ascoltavano come il vangelo. Aveva buttato all'aria la casa, ripulendo come Dio comandava, facendo bucati e soprattutto arieggiando e asciugando tutto al sole, in cortile, con la bella stagione, senza tema di andare instancabile su e giù per le scale, in modo da togliere quel sentore di ammuffito che si avvertiva dentro le camere, rifacendo le impannate, smontando e rimontando tende e cortine e stuoie sui muri e tappeti sul pavimento, imbottendo a nuovo le materasse e scegliendo tra le lavandaie quella che le era parsa la migliore, dopo averne seguito il lavoro un paio di giorni per controllare come batteva i panni al lavatoio e dove li faceva asciugare.

Aveva capito dove andare a prendere il pesce fresco, dove procurarsi le verdure appena raccolte, e al mercato ormai la temevano, perché era impossibile imbrogliarla. Così anche la qualità del cibo che veniva messo in tavola era migliorata e con le attenzioni che lei e io ci mettevamo sempre le spese erano addirittura diminuite.

«Mancava la mano di una donna» diceva, orgogliosa.

Le avevo detto di tenersi pronta a far cucinare alla Livia qualche cosa di speciale per il ritorno di Pietro da Bologna, e lei si era procurata molluschi, pesce, stridoli per farcirci le tortelle d'erbe, e folaghe che aveva messo a frollare. Il pane a Ravenna aveva un gusto un poco diverso, più salato, che mi pareva pungente al palato, non come lo si faceva noi fiorentini da quando Pisa ci aveva tagliato la strada del sale nel corso di una delle nostre cento contese. Ma la Livia aveva imparato in fretta a metterne di meno e poi era capace di tirare certi maccaroni e certi ravioli da risvegliare un morto, conditi col burro e il cacio.

Così il giorno che mi annunciarono che Pietro era tornato la dispensa era piena e mi affacciai dal balcone per vederlo entrare nel cortile, il mio figlio grande, e ne ebbi quasi soggezione, così uomo, e con la barba, e con indosso una cioppa nera che lo faceva sembrare proprio un notaio, o un magistrato.

Scesi le scale mentre lui smontava da cavallo e mi sentii le guance calde. Ero in abito modesto e poco curata, mentre Pietro era elegante e alto più di suo padre e dritto e prestante. Ma era sempre il mio Pietro, quel baccelliere che stava per laurearsi in legge, perché mi corse incontro e mi sollevò di peso per meglio abbracciarmi.

«Madre! Finalmente!»

«Un poco di rispetto!» protestai, ma ridevo. «Come sei bello, figlio! Ti dona questa barba, anche se ti fa più anziano.»

«Voi invece siete sempre una fanciulla, la sorella di mia sorella» rispose lui, abbracciando Antonia e poi anche la Gilla, che lo guardava come un angelo di Dio. «Ho fatto prima che ho potuto, ma il mio cavallo s'è azzoppato a Lugo e ho perduto quasi un giorno intero.» Si guardava intorno e mi pareva inquieto.

«Va tutto bene?»

Lui mi posò una mano sul braccio. «Devo parlare subito col babbo, ho delle nuove non buone da Bologna.»

Poco dopo, nello studio di Dante, mentre la Gilla e la Livia preparavano da mangiare, Pietro ci raccontò accigliato le novità.

«So che avevate in animo di venire agli studi a Bologna il mese prossimo per delle letture di filosofia, padre, e che vi sarebbe piaciuto restarci anche più a lungo, tra quei professori nel cui novero avreste tutti i diritti di entrare a far parte, ma sarà il caso invece di stare alla larga. Sapete chi è stato appena eletto capitano del popolo?»

Seduto sulla panca vicino alla finestra, mio marito scosse la testa.

«Fulcieri da Calboli» sillabò Pietro.

Dante sussultò. «Il forlivese che ha sgominato i bianchi a Puliciano... e che li ha poi massacrati, non solo sul campo, ma sui patiboli, dopo averli presi prigionieri.»

«E che il vostro nome se lo ricorda bene. Vi hanno cercato a lungo, sperando di poter tanagliare anche voi sulla pubblica piazza.»

«Addio letture a Bologna...» mormorò Dante.

Nostro figlio sospirò. «E non è tutto, purtroppo, padre.»

«Che altro?»

Pietro andava su e giù per la stanza. «Papa Giovanni XXII ha nominato un suo legato per la Lombardia, la Toscana e le Romagne. In Lombardia vuole prima di tutto dare addosso al suo nemico Matteo Visconti, che considera un diavolo ghibellino. Il legato è francese come lui, è suo nipote e si chiama Bertrando del Poggetto. Ha preso sede a Bologna e qualcuno gli deve aver parlato dei vostri scritti. Ho degli amici cari che mi hanno dato avviso che stanno leggendo con attenzione due vostre opere...»

Dante lo guardava, serio. «Il *Monarchia*, vero? Per la mia dottrina dei due poteri, quello della chiesa e quello dell'impero?»

«Sì. E per quella lettera che avete rivolto ai cardinali italiani riuniti in conclave dopo la morte di Clemente V spronandoli a eleggere un papa italiano per riportare la sede papale a Roma, che dicevate essere privata di entrambi i soli, il papato e l'impero...»

Dante sollevò le sopracciglia. «Visto che il papa è ancora un francese, comprendo che non l'apprezzi.»

Risero entrambi, padre e figlio, d'intesa, ma a me non sembrava divertente.

«Ci vorrà del tempo, hanno istituito una commissione di dotti incaricati di leggere tutto e di dare un loro parere. Ma bisogna stare in guardia e fare in modo che l'arcidiacono Rinaldo ci dia il suo appoggio» riprese Pietro.

«Che cosa si rischia?» domandai.

«Una scomunica, almeno. Al peggio, un'accusa di eresia» rispose Pietro.

«Oh, buon Dio!» esclamò la Nina, che all'idea della scomunica sbiancava e a quella dell'eresia era lì lì per svenire. «Il babbo eretico!»

«Non c'è niente di eretico in quel trattato» la rassicurò Dante. «Se lo leggeranno con spirito di giustizia, se ne renderanno conto. La mia anima non è in pericolo.»

Ero certa che la sua anima non fosse in pericolo, o quanto meno non per quello che aveva scritto in quelle pagine, ma non pensavo affatto che quei prelati francesi le volessero leggere con occhio imparziale.

Pietro intanto abbracciava la Nina. «Stai tranquilla, sorellina, vedrai che non se ne farà nulla, la fama del babbo è troppo grande, ormai, e abbiamo amici potenti. Ma è meglio stare lontani dagli studi di Bologna, per un poco.»

Anche se gli altri mangiarono di buon appetito le cose che la Gilla e la Livia avevano imbandito, io non feci onore al desco. Se avevo pensato che tutte le contese del passato fossero state dimenticate, mi dovevo ricredere. Come Firenze non dimenticava, così anche il papa e i suoi legati. Quello che era stato scritto da mio marito nero su bianco rimaneva, perché lui aveva preso partito, e prima o poi quelli che militavano dalla parte avversa gliene avrebbero chiesto conto. Non importava che lui si fosse di fatto ritirato in quella piccola città concentrandosi su questioni di lingua e di poesia, finendo di scrivere gli ultimi canti del Paradiso della sua *Commedia*.

Dante si accorse del mio turbamento. «Ne parlo subito col maestro Fiduccio, il mio Alfesibeo, che passerà in serata a portarmi dei libri della sua ricca biblioteca. Non voglio vederti con questa faccia. Starai con me, così ti rassicurerai.»

Fiduccio lo avevo già incontrato parecchie volte, anche per la festa di sant'Apollinare, a luglio, al banchetto al quale eravamo stati tutti invitati da Guido Novello dopo la processione, e lì avevo veduto anche i discepoli di Dante, dei giovani come il fiorentino Perini, o il ravennate Menghino Mezzani o Pietro Giardini, tutti notai, che erano di poco più grandi dei nostri figli. Fiduccio dei Milotti invece era medico, coetaneo di Dante e a lui molto affezionato. Tra di loro si chiamavano con dei nomi classici antichi che suonavano bizzarri al mio orecchio, perché Dante stava scrivendo delle egloghe in latino, ispirate al poeta Virgilio, e il medico Fiduccio era il pastore Alfesibeo e Dante era Titiro e il notaio Perini era Melibeo. La prima volta ne ero rimasta confusa, ma poi avevo capito che era una sorta di gioco per i dotti. Intorno a Dante si era formato un sodalizio di persone interessate alle lettere e alle scienze e questo gli riempiva le giornate e lo stimolava a terminare il suo Paradiso, sentendosi finalmente circondato da tanto apprezzamento che soddisfaceva la sua ambizione.

Forse la cosa che ancora gli mancava era di essere coronato anche lui poeta, con un serto d'alloro e una pubblica cerimonia, com'era capitato a un letterato padovano che aveva conosciuto, Albertino Mussato, per aver scritto una tragedia e una cronaca della sua città, ma in latino. L'avere scelto di scrivere la *Commedia* in volgare rendeva molto difficile l'impresa, perché avevo capito che molti dotti degli studi bolognesi e padovani consideravano opera non degna tutto ciò che non era scritto in latino.

Fiduccio si presentò nel tardo pomeriggio con due libri sottobraccio, già sorridente all'idea di scambiare due parole con Dante, che magari avrebbe avuto in serbo per lui qualche nuovo verso. Era anche lui ormai di pelo grigio, ma giovanile e robusto. Non era importante solo perché era uno pochi medici presenti a Ravenna, ma anche perché sua figlia aveva sposato Giovanni da Polenta, un fratello del signore di Ravenna Guido Novello, ed era molto influente a corte, senza contare che insegnava a Bologna.

«Vengo subito al dunque, Alfesibeo» gli disse Dante. «Mio figlio Pietro mi ha raccontato queste cose.» E gli riferì dell'esame cui i cardinali francesi stavano sottoponendo i suoi scritti.

La bella faccia larga del dottore si rabbuiò. «Manco da Bologna da un mese e non ne avevo notizia. Sarà bene avvisare l'arcidiacono Rinaldo da Polenta. Lui saprà che cosa fare.»

Dante allargò le braccia, tranquillo. «Io sono qui» rispose. «Se vogliono qualche chiarimento, sono a disposizione.»

30
L'ambasceria

L'arcidiacono Rinaldo però non era dello stesso parere di Dante a proposito del fatto di mostrarsi tanto disponibili a recarsi a dare chiarimenti nella sede del legato a Bologna. Era un uomo prudente, garbato, che parlava piano con una voce sottile e si muoveva come se camminasse sulle uova fresche, molto diverso dal fratello Guido.

Io non ero presente all'incontro a palazzo, organizzato da Fiduccio, che essendo suocero di Giovanni da Polenta andava e veniva da palazzo come uno di famiglia, ma Dante lo raccontò poi per filo e per segno a tutta la famiglia riunita, perché nel frattempo il giorno prima era arrivato anche Jacopo.

Avrei dovuto sentirmi beata ad avere con me tutti i miei figli e anche mio marito e mi ero stretta Jacopo al cuore fino a togliergli il respiro, ma ero troppo in ansia per quella nuova minaccia.

Jacopo era più chiaro di pelo di Pietro, più basso di statura e più simile a me come carnagione. Non portava la barba, e così a vedere vicino i due fratelli l'uno pareva assai più giovane dell'altro, anche se in realtà erano quasi coetanei.

«Ravenna non mi piace» mi disse chiaro e tondo Jacopo, con una certa petulanza. «È un buco umido e miserabile. E anche questa casa... Guido Novello, se ci teneva tanto ad avere qua il babbo, avrebbe potuto far di meglio.»

«Guido Novello ci ha concesso delle rendite che ci permettono di vivere agiatamente» lo rimbeccò Pietro, ma in tono pacato.

«Le ha concesse a te, non a me.»

«Mi pare che tutto quello che abbiamo ce lo si divida equamente, se tu vivessi con noi in questa casa ne godresti come tutta la famiglia.»

«Ma io non voglio vivere in questa casa. Piuttosto mi cercherò una canonica, con i buoni uffici del babbo.»

«Tu hai la vocazione a farti prete come io ho la vocazione a farmi beccaio» gli rispose Pietro.

«Ah, giusto, messer Pietro sarà giudice e giureconsulto! Lui può permettersi gli studi di Bologna...» attaccò Jacopo.

Vidi Pietro rabbuiarsi. «Davvero non l'hai capito perché ho scelto questa strada? Per sapere come difendere i nostri interessi e quelli del babbo.» Mi guardò e sorrise. «Mi ricordo ancora di quando andammo in comune a Firenze, dal segretale, con Giovanni, madre, a domandare gli interessi della dote in staia di grano...»

Sorrisi anch'io al ricordo. Sembravano passati secoli. Ora quel bambino che mi aveva accompagnata a far valere i miei diritti era diventato un dottore in legge.

«Ecco, Firenze... anche tornare a Firenze non mi dispiacerebbe» concluse Jacopo, ostinato nella sua invettiva contro Ravenna. «Almeno non ci si ritrova con le terga umide come in questa palude e circondati da villani abbrutiti.»

Pietro lo lasciava parlare con una certa aria di sopportazione. Avevo la sensazione che ad accomunarli fosse solo l'ammirazione incondizionata per loro padre, e fu quella la corda che Pietro fece vibrare. «Va bene, ma ora andiamo dal babbo, che ha bisogno di noi.»

Così davanti alla famiglia riunita Dante ci raccontò che l'arcidiacono aveva preso molto sul serio la segnalazione di Pietro e avrebbe interessato anche il vecchio arcivescovo da Concorezzo, che ormai viveva defilato ad Argenta, per prevenire un eventuale mandato.

«Che genere di mandato?» chiese subito Pietro.

«Di cattura. Il legato potrebbe domandare all'arcidiacono di farmi arrestare dai suoi armati e di farmi scortare a Bologna per subire un processo...»

«Oh, no» sussurrai. Lui levò la mano, come a dirmi di lasciarlo finire. «...ma questo non potrà accadere. Intanto che si calmano le acque, sono stato incaricato di una ambasceria a Venezia.»

Pietro annuiva. «Mi sembra ragionevole.»

Non era solamente una scusa per tenerlo lontano, ma una reale esigenza che Guido Novello e suo fratello Rinaldo avevano discusso insieme molto prima di sapere quel che stava succedendo a Bologna. A Forlì il signore non era più Scarpetta Ordelaffi, ma suo fratello Cecco, pronto a far guerra a Ravenna se Venezia gliene avesse dato i mezzi, e in questo caso per i da Polenta non ci sarebbe stato scampo. Il doge veneziano Giovanni Soranzo sembrava pronto a concedere a Cecco 3000 fiorini d'oro per armare i suoi cavalieri, accampando come pretesto il fatto che una nave ravennate aveva aggredito una nave veneziana senza motivo, uccidendone il capitano e altri uomini dell'equipaggio. Non solo: il doge suggeriva di includere nell'alleanza anche Pandolfo Malatesta di Rimini che se si fosse rifiutato di partecipare alla lega contro Ravenna si sarebbe dimostrato nemico della Serenissima. I da Polenta erano sicuri che si fosse trattato di una nave pirata e non certo di una nave di Ravenna, ma bisognava spiegarlo ai veneziani. Un grande pasticcio.

Così, conoscendo le capacità diplomatiche e oratorie di Dante, avevano pensato di domandargli di andare a parlare col doge e il consiglio della Serenissima e di placare gli animi prendendo tempo, nell'attesa di mandare un'altra ambasceria più avanti con delle proposte concrete e più allettanti per Venezia, che era molto interessata per esempio al sale di Cervia.

«È la prima volta che Guido e Rinaldo mi domandano di fare qualche cosa per loro e non posso certo tirarmi indietro. Partiremo subito, prima che Cecco abbia il denaro di Soranzo» concluse Dante. «Non staremo via molto, ci vogliono tre giorni ad arrivare là e altrettanto a tornare, e al mio ritorno ci occuperemo anche del noviziato della nostra Antonia.»

Lei lo guardava incantata. «Sì, babbo.»

«Ho parlato anche di questo con l'arcidiacono, della tua vocazione. Mi ha consigliato il monastero di Santo Stefano degli Ulivi, qua in città, che ospita le figlie delle migliori famiglie. Sono suore domenicane. La priora è una parente dei da Polenta e lì ti troverai come in mezzo a delle sorelle, mi ha detto.»

«Oh, sì, babbo.»

«Al mio ritorno andiamo dalla superiora e stabiliamo i termini. Diciamo a metà settembre...» aggiunse Dante.

«E nel frattempo Rinaldo appianerà la situazione con il legato Bertrando» concluse Pietro con un sospiro.

«Chi verrà con te, Dante?» gli domandai.

«Uomini di fiducia dei da Polenta, usi alle ambasciate e che conoscono i veneziani, come il Bondi, il Ghezzi, il Drapperio e anche il Baldi. Dei bravi diplomatici.»

Jacopo sospirò. «Uh, Venezia, la Serenissima... quasi vi invidio, babbo. E noi qui ad aspettarvi in questa fogna.»

31
Negromanzia

Dante era partito da due giorni per Venezia con gli altri ambasciatori e io ero abbastanza tranquilla. Lo avevo abbracciato e baciato dentro casa, perché lui non amava effusioni pubbliche, ed ero rimasta a guardare mentre si avviava in corteo con i suoi compagni dei quali mi aveva fatto i nomi, mostrandomeli: il giovane Nicolò Bondi, il più anziano Filippo Ghezzi, tutto vestito di nero, e Fenuccio Drapperio, grande, grosso e ridanciano, con indosso una cappa di un rosso acceso, che pareva partisse per uno sposalizio, e Giovanni Baldi, che al contrario pareva un pretino timido e se ne stava per ultimo un poco in disparte. Erano accompagnati da una scorta armata, perché anche se non era un viaggio lungo non sai mai cosa puoi trovare per la strada e comunque quell'ambasceria aveva un ruolo ufficiale.

Piccarda non era comparsa in sogno a mettermi in guardia contro qualche disgrazia e quella mattina, quando il buon dottor Fiduccio che frequentava spesso la nostra casa venne a portarmi una lettera che era arrivata da Firenze per Dante, lo accolsi con un grande sorriso.

La Nina aveva tanto pregato per il suo babbo e cominciavo a pensare che le cose non potessero sempre andare male. Anche Pietro era ottimista. Volevo credere che il legato si convincesse dell'infondatezza delle accuse e le lasciasse cadere anche grazie alle buone parole dei da Polenta e che tutto si sarebbe sistemato. Magari mio marito non sarebbe potuto andare a insegnare a Bologna, o comunque non subito: Fulcieri non sarebbe rimasto capitano di giustizia per sempre, erano mandati che avevano una scadenza, grazie a Dio. E comunque lì a Ravenna e dentro la sua dimora Dante aveva già una sua scuola, una specie di accademia, come mi aveva detto Fiduccio, di discepoli adoranti.

«Vostro marito è un grand'uomo» mi ripeteva, e non era l'unico a pensarla così. Lo stesso Guido Novello lo considerava un maestro. Alla sua reputazione avevano molto contribuito i canti della *Commedia*, ai quali si era dedicato negli ultimi anni. E finalmente l'opera era giunta a compimento.

Qualche sera prima, infatti, nel nostro letto, al buio, dopo che avevamo preso piacere dai nostri corpi, Dante mi aveva sussurrato che aveva finito di scrivere l'ultimo canto del Paradiso. Lo aveva detto con una specie di sollievo nella voce, come se si fosse tolto un gran peso dalle spalle. La *Commedia* era finita.

Fiduccio mi riscosse dai miei pensieri. «Ecco, è appena arrivata» mi stava dicendo ora, porgendomi la missiva da Firenze.

«Vi ringrazio di essere venuto subito, gliela metto sullo scrittoio, così la leggerà al suo ritorno» gli risposi, prendendola. «Gradite un bicchiere di vino?»

Ma lui sembrava sulle spine. «Monna Gemma, l'ha mandata vostro nipote frate Bernardo e il francescano che me l'ha portata ha detto che è cosa molto urgente e delicatissima.» Mi indicò la parola *Cito* vergata e sottolineata da un tratto di penna sull'angolo del foglio ripiegato e sigillato con il simbolo dei francescani di Santa Croce, che stava a significare «presto». «Sarà meglio che la leggiate subito.»

Il mio sorriso si era spento. «Se è in latino, dovrete aiutarmi» gli risposi, un po' in ansia. Mi stava trasmettendo la sua agitazione.

«Sono qui per questo.»

Seduta al tavolo da pranzo, accanto al dottore in paziente

attesa, spezzai il sigillo e aprii il foglio fitto di righe regolari. Per fortuna era in volgare e capivo tutto quello che c'era scritto, o almeno, avrei dovuto capire, perché più andavo avanti e più mi si confondevano le idee.

Dopo i soliti convenevoli, frate Bernardo ci stava avvisando di quel che stava succedendo ad Avignone, la sede del papato. Era venuto a conoscenza del fatto che sua santità il papa Giovanni XXII stava istituendo insieme a suo nipote l'eccellentissimo cardinale Bertrando del Poggetto, nel frattempo nominato suo legato a Bologna, un processo in contumacia ai danni del signore di Milano, Matteo Visconti, che il papa considerava il malvagissimo capo di tutti i ghibellini. L'accusa era quella di avere tentato di assassinarlo.

Fiduccio stava guardando sopra la mia spalla ed era più veloce di me.

«Oh, misericordia» lo sentii borbottare.

Io mi chiedevo che cosa c'entrassimo noi con quei maneggi dei grandi della terra. Andai avanti a leggere. Un chierico milanese esperto di astrologia e medicina, un certo Bartolomeo Cagnolati, aveva dichiarato davanti al notaio del papa di essere stato interpellato da Matteo Visconti in persona, il quale gli aveva mostrato una statuetta d'argento alta poco più di un palmo raffigurante un uomo nudo con scritto in fronte il nome di Giovanni XXII in latino, e cioè *Jacobus, papa Johannes*, perché il vero nome del papa era Jacques Duèze, e gli aveva domandato di fare una fattura a questo simulacro affumicandolo con erbe velenose, in modo da far morire il papa, poiché sapeva che Bartolomeo era capace di simili sortilegi. Spalancai gli occhi.

«Ma cosa...»

Allontanai un poco il foglio, perché da qualche tempo leggevo meglio a una certa distanza, e proseguii. «Il chierico ha detto al tribunale dell'inquisizione di essersi rifiutato di operare questa stregoneria ai danni di sua santità, adducendo delle scuse per non suscitare le ire del Visconti. Ha sostenuto anche di aver saputo in seguito che il figlio di Matteo Visconti, Galeazzo, signore di Piacenza, aveva convocato per lo stesso scopo alla sua corte il maestro Dante Alighieri di Firenze, di cui erano note le negromanzie, essendo non solo uno speziale che quindi s'intendeva di erbe velenose, ma anche uno che andava e veniva dall'inferno e che vaticinava profezie nei suoi canti, per chiedergli di farla lui, la fattura mortale alla statuetta, dal momento che "togliere dalla faccia della terra quel papa sarebbe stata una buona azione" e di certo Dante Alighieri ne avrebbe avuto piacere.» Questa era stata la testimonianza di quel canonico milanese, messa agli atti, secondo frate Bernardo.

Rimasi a bocca aperta. «Erbe velenose? Negromanzie?»

Il dottore scosse la testa. «Oh, è l'accusa più incredibile che io abbia mai sentito. Ma andiamo avanti.»

Il chierico aveva concluso la sua deposizione dicendo che poi però Galeazzo aveva cambiato avviso per prudenza e non aveva voluto coinvolgere per il momento questo Dante Alighieri di Firenze, dopo averlo convocato, perché non lo conosceva abbastanza da fidarsi su una faccenda tanto delicata e pericolosa, così che aveva finito per non parlargli affatto della faccenda della statuetta da affatturare e lo aveva rimandato da dove era venuto.

«Dante non è mai stato a Piacenza in questo periodo di cui parlano» protestai.

«Lo so, lo so, era a Verona. Tutta la storia è contraddittoria e traballa: perché Galeazzo avrebbe dovuto convocarlo fino a Piacenza se non era sicuro di domandargli di commettere questa stregoneria? Si comportano tutti da insensati. Ma la cosa che questo scritto dimostra, indipendentemente dalla verità dei fatti che vengono raccontati da questo chierico fantasioso, è che evidentemente il papa o i suoi inquisitori si immaginano Dante legato ai ghibellini, ai Visconti, e comunque capace di stregoneria. E desideroso addirittura di vedere il pontefice morto.» Strinse le labbra. «Non è la prima volta che questo papa accusa di stregoneria quelli che considera i suoi nemici. Due anni fa il vescovo di Cahors è finito sul rogo per una imputazione molto simile, e cioè di aver attentato alla vita del papa tramite incantesimi che avrebbero fatto ammalare un suo nipote cardinale. Giovanni XXII vuole fare strage di ghibellini o presunti tali, come il suo predecessore ha fatto strage di templari.»

Quella di negromanzia nei confronti di Dante era un'accusa così assurda che anziché spaventarmi mi arrabbiai. «L'unica magia che Dante sa fare è quella della sua scrittura. E sapete che cosa vi dico, magari fosse un mago, saremmo rientrati a Firenze avendo la meglio su tutti i nostri nemici e non saremmo qui dopo vent'anni a combattere ancora con i fantasmi del passato» sbottai.

Nostro nipote frate Bernardo era stato pronto ad avvertirci e gli ero grata, anche se la sua missiva terminava dicendo che lo zio Dante doveva star pronto a rispondere di queste accuse, preparandosi a un viaggio se non fino ad Avignone almeno fino a Bologna, dove il legato del papa aveva preso sede, per chiarire al più presto la sua posizione. E su questo Fiduccio non era affatto d'accordo.

«Una volta a Bologna, sarebbe nelle mani del cardinale del Poggetto, non mi sembra una buona idea andare a infilarsi nella tana del lupo. Questa storia della stregoneria poi si assomma a quella del presunto contenuto eretico dei suoi scritti» considerò il dottore, accarezzandosi la barba, pensieroso. «Meglio aspettare a metterne al corrente l'arcidiacono Rinaldo da Polenta, anche se sembra evidente che si tratta di un'accusa politica, strumentale: una cosa alla volta, prima che i da Polenta, spaventati dal papa, non ritirino la loro protezione.»

«Sono tutte accuse politiche, dottore, anche quella che è riuscita ad allontanare Dante da Firenze da vent'anni lo era, e il fatto che siano falsità non ha cambiato le cose. Su di lui pende già una condanna a morte se dovesse rientrare in patria e ora mi sembra che non siamo più al sicuro nemmeno qua a Ravenna, dove pensavamo di avere trovato un porto sicuro...»

Lui cercò di rassicurarmi. «Possono essere tutte cose che finiscono in nulla, monna Gemma. Tuttavia, appena Dante sarà tornato, bisognerà parlarne anche insieme ai vostri figli, a Pietro che è un uomo saggio, e prendere delle decisioni...»

Ancora.

32

Contrappasso

Avevo l'impressione di averla già vissuta, quella stessa situazione. Quella scena esatta.

Quando gli ambasciatori ravennati tornarono da Venezia, il 10 settembre, c'era gente ad assistere all'entrata in città del loro corteo, e io insieme alla Gilla e alla Nina li aspettavo vicino al palazzo, dove si dovevano presentare. Scendeva una pioggerellina sottile, tiepida, e noi guardavamo gli uomini a cavallo avvicinarsi al passo, solenni, tra le guardie. Correva già voce che l'ambasciata avesse avuto successo e che i veneziani si fossero convinti ad attendere una seconda delegazione che nel giro di un mese, un mese e mezzo, avrebbe presentato loro delle proposte concrete di alleanza, che ora sarebbero state elaborate. Il pericolo immediato era scongiurato, il signore di Forlì non avrebbe avuto le sovvenzioni della Serenissima per marciare contro Ravenna e quindi quei delegati tornavano da vincitori. Riconobbi il Bondi, il Ghezzi vestito di nero, il Drapperio col mantello rosso e il riluttante Baldi sempre un poco discosto, ma Dante non c'era.

Come a Firenze tanti anni prima, mi feci avanti tra la piccola folla e attirai l'attenzione del Drapperio, che si guardava più in giro degli altri, agitando le braccia.

«Messere, ma dov'è Dante Alighieri?» gridai.

Lui mi riconobbe, mi salutò con un cenno della testa e mi fece un segno con la mano aperta, come a dirmi di avere pazienza, e per un momento mi mancò il respiro. Cosa mi avrebbero detto, che era stato trattenuto dal doge, come era capitato col papa? I veneziani lo tenevano in ostaggio? Che stava succedendo, ricominciava tutto da capo? O era stato raggiunto a Venezia da qualche mandato del papa o del cardinale che gli impediva di far ritorno a Ravenna e la storia si stava ripetendo, uguale a quella di vent'anni prima?

Fu un uomo della scorta a sfilarsi dal corteo e a venirmi vicino. «Monna Gemma Alighieri? Ho incarico di dirvi che vostro marito sta arrivando, sul carro che segue il corteo degli ambasciatori. Tornate a casa e aspettatelo lì, arriveranno tra qualche ora.»

«Come, sul carro? Non può cavalcare? Che cosa gli è successo?» esclamò la Nina.

La guardia, un uomo anziano e serio, tirò le redini per tener ferma la sua bestia e avere il tempo di parlarci. «Vostro padre ha avuto un malore all'abbazia di Pomposa, dove la delegazione ha fatto sosta per il secondo pernotto, e da lì non è più riuscito a reggersi in piedi, così lo abbiamo fatto viaggiare comodo su un carro coperto, che però è più lento dei cavalieri, anche perché procedono con gran riguardo del trasportato e le strade non sono buone. State tranquille, le mie dame, entro sera al più tardi saranno qui anche loro.»

Ci spiegò che il convoglio aveva percorso la strada solita che si percorreva da Venezia, la stessa che avevano fatto all'andata, ma al contrario. Dante e i suoi compagni avevano quindi attraversato in barca la laguna, costeggiando Malamocco e Pelestrina sino a Chioggia, e da qui, via terra, si erano fermati a pernottare a Loreo. Poi avevano attraversato il delta del Po su quei navigli piatti simili alle zattere, che portano uomini, cavalli e anche carri, e dopo un altro giorno di viaggio erano arrivati all'abbazia benedettina di Pomposa, circondata da boschi e orti. Durante la notte a Pomposa però Dante si era sentito male, lo avevano trovato la mattina nella sua camera tremante e semisvenuto. Così per percorrere l'ultimo tratto di strada fino a Ravenna, che correva in gran parte sulla lingua di terra e le dune che dividono le lagune di Comacchio dall'Adriatico, lo avevano caricato su un carro, perché lui non aveva voluto fermarsi a Pomposa, dove i benedettini si erano offerti di curarlo, ma aveva chiesto di essere riportato a casa al più presto, da sua moglie e dai suoi figli.

Intanto che la delegazione transitava, andando e venendo da Venezia per quelle strade, erano cominciate le prime piogge autunnali, a bagnare le paludi disseccate nell'arsura dell'estate e a trasformarle di nuovo in acquitrini melmosi e malsani.

La prima cosa che mi venne in mente fu che Dante avesse avuto uno dei suoi attacchi di mal caduco, che con gli anni si erano fatti in realtà meno frequenti, a quanto mi aveva raccontato quando ci eravamo ritrovati. Magari, non essendo stato soccorso, la crisi poteva averlo provato più di quanto capitava di solito. Mandai la Gilla a cercare il dottor Fiduccio, che non era a casa e giunse da me quasi tre ore più tardi, proprio quando stava arrivando anche il carro che portava mio marito. Gli parlai e constatai che lui era al corrente dei disturbi ricorrenti di Dante, del suo male segreto e anche dei suoi problemi agli occhi e dei suoi reumatismi, che lo stavano un poco incurvando, in quella che Fiduccio chiamava celiando «la groppa dei dotti», a dire che a furia di stare piegati sui libri e sulle carte a leggere, scrivere e studiare viene un poco di gobbetta.

«Fatevi animo, monna Gemma, ora vediamo che cos'ha, il nostro Dante. Magari si è solo stancato. E pure la grande ansia di riuscire nella missione che gli è stata affidata può averlo provato, pure se ho sentito che dal punto di vista diplomatico è andato tutto molto bene.»

Anche se Dante non se ne era lamentato, lo avevo capito che non se la sarebbe sentita affatto di partire per Venezia, ma non aveva potuto farne a meno, date le circostanze, e quel viaggio probabilmente lo aveva troppo sfinito.

C'eravamo tutti quando i servi scaricarono la lettiga dal carro. Lo feci portare nella sua stanza, dove avevo fatto allestire un grande letto comodo di fianco alla finestra più grande, in modo che ci fossero aria e luce.

Lui aprì gli occhi un poco a fatica. Era grigio in faccia da far paura e del tutto privo di forze. Sembrava un vecchio, tutto occhi e zigomi e gran naso, come se il volto magro fosse risucchiato all'interno da qualcosa che lo stava divorando. Aveva un odore diverso, e non per il sudore o la sporcizia del viaggio. Dovetti stringere la mascelle per non scoppiare in lacrime.

«Sei a casa» gli dissi, prendendogli la mano.

«Bene» mormorò lui. «L'ho detto, che dovevano riportarmi qui.» Si umettò le labbra aride. «*Perch'io non spero di tornar giammai, / ballatetta, in Toscana...*» sillabò. «Li riconosci, la mia Gemma?»

Rabbrividii. Erano i versi d'addio di Guido Cavalcanti, quelli che aveva scritto quando pensava ormai che sarebbe morto in esilio. «Certo che me li ricordo...»

«La legge del contrappasso. Sto morendo come Guido, di cui io ho provocato la morte. È giusto, non credi?»

Era la prima volta che lo sentivo dichiararsi responsabile della fine dell'amico e mi mancò il cuore.

Il dottor Fiduccio mi tolse dall'impaccio della risposta, scostandomi con gentile fermezza. «Ora però mettetelo un momento nelle mie mani, questo illustre paziente, che capisca che cos'ha...»

Lo lasciammo ad affaccendarsi intorno a Dante, aiutato dalla Gilla. Mio marito lo guardava con un mezzo sorriso rassegnato. «Grazie, Alfesibeo, amico mio, ma il tuo Titiro se ne sta andando... non basterà la tua scienza, stavolta.»

«Raccontami intanto cosa ti è successo esattamente, Titiro mio, e che cosa ti sei sentito...» ribatteva il dottore, stando alla celia accademica dei pastorelli della Grecia antica.

Era partito che già si sentiva molto stanco. All'andata gli era parso di avere un poco di febbre e debolezza, ma poi a Venezia, dovendo affrontare il doge e il consiglio con la sua eloquenza, si era rinfrancato. La buona riuscita lo aveva fatto sentire ancora meglio, e pensava di essersi del tutto ripreso fino a che dopo il secondo giorno di viaggio, arrivato a Pomposa, non era riuscito a toccare cibo e durante la notte aveva avuto una specie di delirio, nel quale non avrebbe saputo distinguere il sonno dalla veglia. La febbre era salita moltissimo, fino a procurargli convulsioni simili a quelle del suo mal caduco, e i benedettini gli avevano somministrato i migliori decotti e infusi per riuscire ad abbassarla, ma la spossatezza estrema gli aveva impedito financo di tirarsi in piedi, figurarsi montare in sella. Sentiva dolore dappertutto, terribile male alla testa, nausea, faceva fatica a tenere gli occhi aperti.

«I buoni frati hanno detto che sono le febbri delle paludi in una forma assai maligna» riferì Dante con voce stentata «e credo che tu, amico, giungerai alle stesse conclusioni.»

Fiduccio si stava lavando le mani nel bacile che la Gilla gli aveva preparato e avvertivo benissimo la sua fatica nel mostrarsi fiducioso. «Sono senz'altro febbri delle paludi» riconobbe, cercando di mantenere un tono incoraggiante. «Da queste parti, del resto, non è difficile buscarsele.»

Dante fece segno di sì con la testa. «Ora vedrò i miei figli e voglio che mandiate a chiamare il mio confessore, dai francescani...» sussurrò, cercando la mia mano.

Io mi sforzai di sorridere. «Faremo tutto quello che vuoi, Dante mio, ma vedrai che tra poco ti sentirai meglio.»

Lui mi strinse debolmente le dita e mi fece chinare su di lui. «No. Ho sognato Piccarda» mi comunicò in un soffio, come se questo togliesse ogni dubbio. «Stavolta è venuta da me, non da te.»

Inghiottii a vuoto. «Quando?»

«La notte prima di partire. E poi a Pomposa, quando avevo la febbre alta, l'ho vista e mi ha parlato del giorno dell'esaltazione della Santa Croce. Chiama i figlioli. E fammi confessare.»

E io che mi sentivo tranquilla perché stavolta non l'avevo veduta! La festività di cui Piccarda aveva parlato ricorreva fra tre giorni. Quindi Dante sarebbe morto allora. Fiduccio dovette sorreggermi fino alla porta. «State male, monna Gemma?» mi chiese, nella stanza accanto.

Gli sgranai in volto due occhi da pazza. «Non c'è bisogno che mi diciate che non c'è più niente da fare...»

Lui strinse le labbra. «È una delle forme più aggressive e rapide di febbri maligne che abbia mai visto... di solito ci vogliono mesi, se non anni. Ma qui... gli sta prendendo il sangue, il fegato, i reni, così in fretta... Mi dispiace, Dante ha ragione: sta morendo.» Entrando nella stanza, Pietro mi vide sorretta dal dottore e capì. «Madre!» esclamò.

Mi girai verso i nostri tre figli, prendendo fiato e aggrappandomi a un tavolo per sorreggermi. «Il babbo muore» dissi, e alzai la mano per chiudere loro la bocca in modo che mi lasciassero finire. «Antonia, asciugati le lacrime. Non entrerai da lui in questo stato. Deve andarsene sereno, e dipende da noi. Non so se abbia preso queste febbri andando a Venezia o se le avesse già contratte, e questo viaggio gli abbia solo dato il colpo di grazia... ma ormai non ha più importanza. Non gli faremo parola di nulla, delle accuse di stregoneria, del processo. Anzi, gli diremo che anche l'istruttoria del legato papale è stata archiviata.» Mi girai verso il medico. «Lo so che non è vero, ma vi prego di voler mentire per amor suo.»

Fiduccio assentì. Sapevamo tutti che ormai nessuna inquisizione poteva più minacciarlo, o almeno non da vivo.

33
La *Commedia* è finita

Non ci fu gran bisogno di mentire, perché nei giorni che seguirono Dante fu raramente desto. Dormiva sempre, o comunque era in uno stato di incoscienza, anche per effetto degli infusi che il medico gli somministrava per non farlo soffrire, e solo di tanto in tanto apriva gli occhi e mi cercava.

Non sempre parlavamo, dato che lui faceva gran fatica, ma alcune cose volle dirmele a ogni costo, con le ultime energie che gli erano rimaste in corpo.

«Si pensa che ci sarà gran tempo per parlare con le persone che amiamo» mi sussurrò con quel suo bisbiglio ansimante che avevo imparato a capire e coglievo fino all'ultimo suono, per riempirmene l'anima prima delle orecchie. «Ma non è così. E noi due avremmo avuto tanto da recuperare...»

«Non parlare che ti stanchi.»

Gli strappai quasi una risata che diventò un colpo di tosse. «Ci sarà tempo per riposare... tu mi hai tolto al convento, donna, ma bada che mi dovrai seppellire col saio dei frati francescani, perché questo è il mio volere.»

Ormai avevo smesso di mentirgli sul fatto che sarebbe presto guarito. «Sarà fatto» gli dissi, tremando al pensiero di quando il suo corpo vivo si sarebbe trasformato in un cadavere che avrei dovuto lavare e preparare e profumare insieme alla Gilla, come tutti gli altri cari morti che avevo disposto prima di lui alla sepoltura. Pensavo spesso che sarebbe bastata quest'incombenza per ben disporre a una buona vita, se tutti almeno una volta avessero preparato un morto che amavano all'ultimo viaggio, per rendersi conto che prima o poi diventeremo una cosa fredda e inerte destinata alla terra, e allora forse anche gli odi, le fazioni, le crudeltà sarebbero parsi così privi di senso.

Sospirai. «Chissà, Dante, se fossi rimasto a Santa Croce a vivere tranquillo dentro il chiostro...» Magari sarebbe invecchiato fino agli ottant'anni, un vecchio frate che viveva tranquillo facendo la spola tra la sua cella, la biblioteca e la chiesa dove cantare le lodi del Signore.

«Non sarebbero nati i nostri figli... Non rimpiango nemmeno un'ora della vita che mi hai dato» mi sussurrò lui, rasposo. «Rimpiango solo di non averla passata tutta con te.»

Lasciai che quelle parole scendessero come un balsamo sul mio cuore dolorante prima che la parola che avevo sulla punta della lingua fuoriuscisse dalle mie labbra.

«Beatrice...» sussurrai. E lei? Volevo domandargli. E lei, non la rimpiangi? Lei sempre nei tuoi pensieri, che ti ha fatto quasi impazzire da giovane e che ha continuato a riempire le tue pagine, anche nella *Commedia*?

Lo dissi, quel nome. E subito me ne pentii, come se stessi rinfacciando a un moribondo le mie tardive gelosie. Ma ormai lo avevo pronunciato.

Lui mi guardò stupito. «Non è mai esistita... se non nella mia immaginazione, nel mio trasporto giovanile. Gemma, io non le ho nemmeno mai rivolto la parola e tu lo sai...»

«Ascolta, non importa...»

«No, no. È stata prima una fantasia, un artificio per poetare, e poi un simbolo, una metafora, un'allegoria. Ma è vero che attraverso una donna, nel Paradiso, il Dante della *Commedia* trova la salvazione... e il Dante vero attraverso quell'opera sarà ricordato e non sarà vissuto invano.» Tossì e gli diedi da bere, prima che proseguisse: «Ma tu sei esistita sempre, invece, per me, anche quando non eravamo insieme...». Sollevò la mano tremante, cercando il mio volto. «Beatrice è un nome, niente di più, e vuol dire "colei che porta alla beatitudine". Sei tu la mia Beatrice...»

Doveva essere la febbre. Io ero Beatrice?

«Io?» domandai, sbalordita.

Ma stremato per lo sforzo di aver tanto parlato, Dante aveva chiuso gli occhi di nuovo e sull'uscio c'era la Nina, che veniva a darmi un poco di cambio al capezzale del babbo.

«Andrà da Giovannino e da Maria, rivedrà i nonni e tutti gli amici cari» mi ripeteva, come se morire fosse una gran festa alla quale sono invitate le persone che hai amato. E io mi sforzavo di annuire, ma non c'era niente che potesse darmi conforto, perché io Dante non lo volevo ritrovare chissà dove e chissà quando tra le anime beate, ma averlo vicino a me vivo ancora a lungo, almeno fin verso quei settant'anni che tutti auspicavamo di vivere, con l'aiuto di Dio, e diventare vecchi insieme, e invece nemmeno questo ci era stato dato, dopo tante tribolazioni.

L'ultimo giorno che trascorse su questa terra Dante non riprese mai conoscenza e Jacopo, che si aggirava nervoso e disperato esprimendo il suo dolore con scoppi esasperati a spese del malcapitato più vicino, quasi mi aggredì.

«Ma allora non l'ha finito, il babbo. Ho provato a domandarglielo, ma non risponde...»

«Non ha finito che cosa?»

«Il Paradiso! L'ultima cantica, madre, che cosa sennò?»

Mi portai una mano alla fronte, che mi doleva. Non dormivo da parecchio tempo. «Sì, l'ha terminato.»

Lui scosse la testa. «Vi dico di no. Ho guardato bene sul suo scrittoio. Mancano gli ultimi tredici canti. Ora chiedo a Pietro, che è arrivato a Ravenna con lui. Pietro, mi senti?»

Pietro, che stava guardando cupo fuori della finestra della cucina, scosse la testa. «Non lo so.»

«Come non lo sai? Ma se sei sempre stato qua! Di che cosa parlavate, di grazia? La *Commedia* è la cosa più importante, non lo diceva sempre anche lui?»

«L'ha finita, vi dico» ripetei stancamente. «Me l'ha assicurato.»
«E allora dove sarebbe?» riattaccò Jacopo.
«Questo non lo so, pensavo con gli altri canti, anche se mi ha detto che doveva ancora rileggerli, gli ultimi tredici, e quindi forse non li avrà tenuti insieme...»
«Giusto» disse Pietro.
«Bisognava domandarglielo» s'impuntò Jacopo.
«Adesso la devi smettere» risposi. «Subito.» E non parlai nemmeno a voce particolarmente alta, ma la mia faccia dovette essere molto convincente, perché Jacopo sbuffò e tacque.

Intanto tutta la Ravenna dei notabili, man mano che si era sparsa la notizia che il male di Dante era gravissimo, si era presentata a portare omaggi e solidarietà, compresi gli inviati dei da Polenta.

Io stavo seduta vicino al suo letto e lo guardavo dormire. Magari lui in qualche modo avvertiva la mia presenza, magari no, ma non aveva importanza. Mancava poco. Il 14 di settembre, il giorno dopo, sarebbe stata la festa dell'esaltazione della Santa Croce, come Piccarda gli aveva detto, quando si celebra il ritrovamento della vera croce su cui Cristo fu crocefisso da parte di sant'Elena imperatrice, la madre di Costantino, e il vescovo di Gerusalemme l'aveva innalzata davanti al popolo, invitandolo a adorarla.

Pensavo confusamente che anche quella data potesse avere un senso, dal momento che tanta della nostra vita era girata intorno a Santa Croce, a Firenze, e anche perché per tutta la nostra esistenza, la mia e anche quella di Dante, ce n'eravamo portata una pesante, di croce, sulle spalle: quella della nostra separazione forzata. E ora che finalmente ci eravamo riuniti, sarebbe stata la morte a creare un nuovo abisso tra di noi, almeno per un poco di tempo.

La Gilla era seduta dall'altra parte del capezzale di Dante, e non mi lasciava mai. Anche i suoi capelli erano diventati grigi, ma a parte questo era sempre uguale, come la prima volta che ci eravamo incontrate e lei era stata il mio dono di nozze. Aveva acceso le lampade, quando era venuto buio, e di tanto in tanto bagnava le labbra del morente o lo sistemava in qualche modo, con un tocco al cuscino o alla coperta, e intanto pregava in silenzio.

A un certo punto dovevo essermi appisolata con la fronte appoggiata alla mano di mio marito, perché lo sentii trasalire lievemente e spalancai gli occhi.

Lo guardai e vidi che lui era sveglio e mi sorrideva. Sembrava quasi star meglio, gli occhi erano vividi. Anche la Gilla ci guardava, già in piedi, nella sua solita posa composta, attenta e in allarme.

«Dante» gli dissi, baciandogli la fronte fredda e umida.

«Gemma mia» rispose lui, stringendomi le dita.

E morì.

34
Suor Beatrice

Antonia era raggiante, il giorno del suo ingresso nel convento domenicano di Santo Stefano degli Ulivi.

«Il babbo è morto qui a Ravenna e qui io prenderò il velo» aveva detto, convinta.

La città aveva tributato grandi onori al poeta fiorentino. Guido Novello da Polenta gli aveva organizzato esequie di Stato, come se fosse uno della loro stirpe, nella chiesa di San Francesco, che non solo era quella che Dante frequentava da vivo, ma era l'edificio sacro dove si seppellivano i da Polenta stessi. E dopo la fine dei funerali era venuto nella nostra casa, dove si era raccolta una folla di ammiratori dolentissimi, e aveva tenuto un sermone lungo e ornato, dicendo ogni bene del defunto e aggiungendo che gli avrebbe fatto erigere un sepolcro che avrebbe resistito al tempo, così come avrebbe fatto la sua opera immortale. Forse si sentiva anche un poco responsabile per averlo mandato a fare quell'ambasciata al ritorno dalla quale si era sentito male ed era morto. Non pago dei funerali, del sepolcro e delle rendite destinate a Pietro, il buon Guido aveva bandito una sorta di certame tra le migliori penne della Romagna e dintorni per scrivere il più bell'epitaffio da incidere sulla lapide di Dante e la proposta aveva suscitato un grande entusiasmo, un poco perché Dante era stimato, un poco per mostrarsi solleciti ai desideri dei da Polenta e un poco anche, come diceva Fiduccio scuotendo la testa, perché ai poeti piace mostrare la propria bravura e hanno molto amor proprio.

Ne erano arrivati parecchi da parte di studiosi e dotti illustri, tutti in latino, e io mi domandavo, dal momento che mio marito aveva tanto sostenuto l'uso della lingua volgare, nobilitandola oltre ogni dire nella *Commedia*, a detta di tutti, se non avrebbe preferito avere sulla sua tomba delle parole nella lingua del sì, invece che nella lingua di Virgilio, ma di certo non son cose da donne illetterate. In quegli epitaffi roboanti che Pietro mi aveva tradotto lo chiamavano teologo, filosofo, edotto d'ogni dottrina, lo definivano gloria delle Muse, l'autore più amato dal volgo e dagli dèi, dicevano che non era morto ma che era tornato alle stelle, e qualcuno dei sapienti che avevano partecipato al certame aveva anche scritto nel suo bel latino che Firenze era stata ingrata con lui, recandogli in dono il triste frutto dell'esilio, e che la patria era stata crudele verso il suo poeta. In mezzo a tante esagerazioni, il fatto che finalmente ci si rendesse conto di quanto lo avesse fatto soffrire la forzata lontananza dalla sua città mi faceva pensare che forse davvero un giorno lui sarebbe stato riabilitato per fama, come si era ostinato a credere, anche se ormai sarebbe stato troppo tardi e già lui era stato seppellito sotto un altro cielo.

Oltre a ciò, sia Guido Novello sia l'arcidiacono Rinaldo avevano messo più che una buona parola per far entrare la Nina nel monastero delle domenicane più prestigioso della zona.

Era stata una soluzione perfetta, perché avevano pensato alla sua dote monacale, e la priora madre Priscilla era una loro parente, una donna ancora giovane di cui tutti esaltavano le virtù e che anch'io avevo conosciuto, nel corso di un colloquio nel parlatorio del monastero.

«Saremo liete di accogliere tra queste sacre mura la figlia del poeta Alighieri» mi disse con calore. E poi aggiunse, in tono un poco enfatico: «*"Domenico fu detto; e io ne parlo / sì come de l'agricola che Cristo / elesse a l'orto suo per aiutarlo!"*». Era una citazione della *Commedia*: i nostri protettori avevano fatto avere alla madre il canto XII del Paradiso, dove si fa l'elogio di san Domenico, per renderla ancora più ben disposta nei confronti di Antonia, e lei ne era stata tanto deliziata da impararne dei passi a memoria.

La priora aveva già avuto un paio di incontri con la mia Nina e ne era uscita soddisfatta. «Ho incontrato poche volte una vocazione più profonda e matura, in una giovane donna, e tanto senno, e mi fa piacere conoscere la madre che ha saputo crescere questa fanciulla in modo così acconcio. Le domenicane claustrali vivono di contemplazione e di studio e credo che Antonia troverà qui la pace.»

«Vi ringrazio, madre, anche se penso che la persona che davvero ha saputo ispirare la mia Nina sia stata la nostra Gilla, un'anima bella» le risposi sinceramente, e la Gilla che era con me aveva le lacrime agli occhi.

«I famigli danno spesso una buona immagine della casa dove servono» mi rispose lei, sorridendo. «Saprete che per tutto il periodo del noviziato, secondo la regola, la vostra Antonia potrà ricevere lettere, ma non potrà rispondere. Inoltre mi ha detto che ha già deciso, col vostro consenso, il nome che assumerà morendo al mondo e rinascendo in Cristo.»

Stavolta toccò a me sorridere. Antonia aveva molti dubbi in merito al suo nome da monaca. Non era certa di poterlo scegliere, ma se le avessero domandato e non le fosse stato imposto dalla regola o dalla superiora, mi aveva domandato un consiglio. «Cara madre, sono tante le sante cui sono devota, ma non vorrei peccare di presunzione... e d'altro canto sono legata alla memoria della cara nonna Maria e alla sorellina che come lei si chiamava, e a voi, madre, che avete un nome così bello...»

«Beatrice» le avevo risposto, senza esitazioni.

Lei mi aveva guardata. «Ci avevo pensato, ma...»

«Ecco, vedi? Quale nome può essere migliore di questo, che non solo ha significato tanto nella vita e nell'opera di tuo padre, ma significa "colei che porta alla beatitudine"... Suor Beatrice è magnifico.»

Lei mi aveva abbracciata. «Davvero magnifico, madre.»

Del resto il nome di Beatrice ci rimbalzava in testa, dopo essere stati tutti impegnati nella ricerca degli ultimi tredici canti del Paradiso, una caccia che aveva tolto il sonno soprattutto a Jacopo, che sembrava impazzito all'idea che suo padre non avesse terminato il suo capolavoro.

«Se il babbo non l'ha finito, lo finirò io» aveva dichiarato un giorno, dopo aver gettato sottosopra casse e ripostigli dal solaio alle cantine, senza trovare nulla.

Pietro aveva fatto tanto d'occhi. «Perdona, fratello?»

Lui si era subito inalberato. «Forse che io non so rimare?»

«Anch'io so rimare, ci mancherebbe. Decine di mercanti e medici e notai e speziali e chierici sanno rimare, di questi tempi. Ma le mie rime non sono quelle del babbo. Quello che noi possiamo fare umilmente è chiosare i suoi versi e facilitarne la comprensione con le nostre note anche per i posteri, noi che siamo vissuti al suo fianco per qualche anno, e possiamo meglio chiarirne qualche significato oscuro. Ma terminare la *Commedia* al posto suo, Jacopo, andiamo!»

«Non può rimanere incompleta.»

«Anche il *De vulgari eloquentia* è incompiuto e anche il *Convivio*, non ha avuto il tempo di finirli... Sono molte le opere che sono rimaste incomplete, non solo quelle del nostro babbo, molti i classici che non hanno una fine: il *Crizia* di Platone non è forse incompiuto? Ma non per questo...»

Ma Jacopo non si dava pace. E io nemmeno, perché ricordavo bene le parole che lui mi aveva detto, e ci stavo ripensando guardando quello stesso letto vuoto dove avevamo dormito insieme quando la Gilla, facendo le pulizie e smuovendo, come faceva periodicamente, le stuoie che coprivano i muri per batterle e lavarle, trovò, coperta da una di esse, una piccola nicchia contenente dei fogli: erano gli ultimi tredici canti del Paradiso.

Quando lo dissi a Jacopo, quasi si mise a piangere dalla gioia.

«Tutto merito della Gilla» gli feci notare.

Lui si strinse nelle spalle. «Di certo non possiamo raccontarla in questo modo.»

Pietro lo guardò. «Perché dovremmo raccontarla in qualche modo?»

Jacopo allargò le braccia. «Ma perché in molti sanno che non trovavamo la fine del Paradiso... e quindi dobbiamo una spiegazione a chi ammira gli scritti del babbo.» Si toccò il mento. «Faremo così. Racconterò che ho fatto un sogno... e in sogno il babbo, tutto di bianco vestito e aureolato di luce, come i suoi beati della *Commedia*, mi ha detto dove trovarli.»

Pietro sollevò tutte e due le mani. «Ah, io non ne voglio sapere niente.»

«Ma pensa che perdita sarebbe stata non avere questo finale meraviglioso... fino agli ultimi due canti, dove Beatrice cede il posto a san Bernardo, come guida di Dante, andando a occupare il suo seggio nella rosa dei beati...» proseguì Jacopo, incantato. «Meriterà bene un poco più di leggenda della cruda realtà di essere stato ritrovato facendo le pulizie!»

«E voi, madre, li avete letti, questi ultimi canti?» mi chiese Pietro.

Negli ultimi tempi non parlavo molto, preferivo ascoltare gli altri. Il dolore che mi portavo addosso era come un mantello pesante, che mi rendeva tutto molto faticoso. Capitava anche che rispondessi non proprio a tono, un poco svagata, e vedevo che i miei figli si guardavano in faccia, come a dire: «Povera donna, si riprenderà».

«Certo che li ho letti.»

Jacopo incrociò le braccia. «Alla fine, avevate ragione... il babbo li aveva scritti, come avevate detto.»

«Certo che avevo ragione.»

Pietro si schiarì la voce. «E vi sono piaciuti?»

«Molto, per quel che ne ho potuto capire. Sarà un'opera meritoria se voi glosserete le parti più impegnative, quelle che comprendono questioni teologiche e filosofiche profonde, perché il babbo era davvero un gran sapiente e non tutti saranno in grado di cogliere gli spunti più sottili...»

«Per esempio sul fatto di chi sia in realtà Beatrice» rispose Pietro, meditabondo.

Sorrisi. «No, quello lo so.»

Jacopo e Pietro mi guardarono. «Davvero?» esclamò Jacopo. «Lo so perché me l'ha detto il babbo.»

Sembrarono interessatissimi. «Ve l'ha detto?» ripeté Pietro. «E cosa ti ha detto?»

«Mi ha detto che Beatrice sono io.» Poi mi portai un dito alle labbra, con aria complice. «Ma, figlioli, ssh! Questo deve rimanere il nostro segreto.»

Epilogo
Andiamo

La casa di mio figlio Pietro, vicario generale del podestà, era bellissima e sul retro aveva un bel prato verde pieno di fiori, che scendeva fino all'Adige. A sua moglie Iacopa, una pistoiese dolce come il miele e bella come una delle rose selvatiche che si arrampicavano dietro il muro della casa di mattoni rossi, piaceva far giocare i bambini lì, sotto gli occhi vigili della loro nutrice.

Verona era diventata la città di Pietro, dopo che Firenze aveva proposto nel 1325, quattro anni dopo la morte di Dante, un altro indulto, chiedendo ai figli del poeta morto in esilio il pagamento di una sostanziosa gabella per poter far ritorno in patria, e lui lo aveva rifiutato senza pensarci su due volte. Mi era sembrato di rivedere il mio Dante: «Pagare per rientrare a Firenze? Ma questi fiorentini sono davvero senza vergogna! Dovrebbero essere loro a implorare il nostro perdono!» aveva detto, sdegnato.

Jacopo invece aveva accettato, più che altro per potersi muovere liberamente e tutelare i propri interessi ereditari anche nei confronti dello zio Francesco, relativi a tutte le proprietà di Dante, che sarebbero rimaste sotto sequestro ancora a lungo, perché anche dopo morto il mio Dante non aveva avuto davvero pace.

Nel 1329 il legato e nipote del papa, Bertrando del Poggetto, aveva bruciato a Bologna tutte le copie manoscritte del *Monarchia* che era a riuscito a sequestrare: a suo avviso quel trattato legittimava la supremazia dell'imperatore sul papa, proprio nel momento in cui Giovanni XXII disputava con Ludovico il Bavaro, il nuovo imperatore che voleva marciare su Roma, in lega con i ghibellini.

Non pago, dopo che i libri erano stati ridotti in cenere il legato aveva chiesto anche le ossa di mio marito, seppellite a Ravenna, per far fare loro la stessa fine. Non sapevo bene come i da Polenta fossero riusciti a resistere alle sue pressioni e con quali argomentazioni non avessero ceduto al volere del papa. Dicevano che si fosse opposto a quel rogo anche un cavaliere dei Tosinghi che era a Bologna come plenipotenziario dei fiorentini e sarebbe stata la prima volta che Firenze prendeva le parti di Dante. Stava di fatto che le sue ossa erano rimaste a Ravenna, anche se poi Guido Novello il monumento che aveva promesso nel suo gran sermone il giorno dei funerali non glielo poté mai fare, perché suo cugino Ostasio lo aveva cacciato. Aveva approfittato di una sua incauta assenza per ricoprire la carica di capitano del popolo a Bologna, trucidando il povero arcidiacono Rinaldo che era rimasto a fare le veci di Guido a Ravenna.

Quel pomeriggio d'estate ce ne stavamo nel prato, mia nuora e io, sedute nell'erba, a guardare i bambini rincorrersi. Ero contenta di passare qualche giorno da loro, a godermi la compagnia e i nipoti. La Gilla, che ormai aveva passato i settanta e si era infragilita parecchio, era seduta sotto il portico, a sorvegliarci sorridendo. Io stavo quasi sempre bene, solo il mio vecchio cuore ogni tanto non faceva giudizio, ma mi ci ero abituata.

«Monna Gemma» mi disse mia nuora Iacopa, che aveva sempre tante premure, «gradite qualche cosa da bere? Un frutto?»

«Sto bene così» le risposi, allargando le braccia per accogliere la mia nipotina, che aveva raccolto dei fiori per offrirmeli.

«Ecco, nonna» mi disse, tutta accaldata e ridente. «Questi sono per te.»

Presi il mazzolino, cercando di non farmi sfuggire gli steli che le manine ancora inesperte avevano colto troppo corti. «Sono bellissimi» dissi, seria.

Iacopa ci stava osservando. «È incredibile quanto vi somigli, questa bambina!» considerò, deliziata. «È stato proprio giusto darle il vostro nome. Ma l'avevo visto non appena la levatrice me l'ha messa vicino, che aveva gli occhi verdi e i capelli color del rame come voi...»

«Ma la nonna non ha i capelli tutti rossi» rispose la piccola con candore.

Presi Gemmina in grembo e le solleticai il naso. «Lo vedi? Il rosso dei miei capelli è volato via per colorare i tuoi» le dissi, accostando la mia testa ingrigita alla sua, fiammante. «Lo sai come la chiamavano, la nonna, da piccola? Testa di Ruggine! Così mi aveva soprannominata il cugino Corso...»

Lei sporse le labbra in un piccolo broncio. «Testa di Ruggine?» Si vedeva che non le sembrava un gran complimento.

Ridemmo insieme, mentre l'altro nipotino si avvicinava stringendo un legnetto appuntito. «Con questo» annunciò «posso tracciare stelle nella terra, guarda, madre!» E si mise all'opera su una zona senza erba, dove i suoi segni spiccavano bene.

«Bravo, Dante» le disse Iacopa. E poi aggiunse, rivolta a me: «Gli piace disegnarne dappertutto. Ne faremo un astronomo...».

«Perché no?» esclamò Pietro, che era tornato in quel momento a casa. «Stai comoda, Gilla...» le raccomandò, dal momento che lei si voleva levare per salutarlo e prendergli il mantello. «Le stelle non sono sempre nel verso finale delle cantiche della *Commedia* di suo nonno? *"L'amor che move il sole e l'altre stelle..."*»

I bambini gli corsero incontro, felici.

«Babbo!»

«Gemma! Dante!» esclamò lui.

E li sollevò da terra, uno per braccio, tra le loro risa.

Lungo il greto dell'Adige, più sotto, un uomo e una donna benvestiti stavano passando. Levarono la testa, attirati dalle voci liete, e sorrisero, facendo un cenno di saluto. La brezza mi portò il loro bisbigliare, per quanto discreto, e potei udire distintamente le loro parole.

«È il giardino di messer Pietro, il giudice del podestà...» diceva lei sottovoce.

«Sì, e quella è la moglie con i loro bambini» rispondeva lui.

«Ma la bella vecchia seduta nel prato?»

«Oh, lei... è la vedova di Dante, il poeta fiorentino della *Commedia*!»

Il poeta della *Commedia*. Sollevai il viso come per ricevere una carezza. «Vedi bene che alla fine ce l'hai fatta» sussurrai. Ogni tanto gli parlavo, al mio Dante. Si stava bene lì, c'era un bel tepore e sentivo le voci dei bambini, di Iacopa e di Pietro. Sospirai. Avevo un piccolo peso sul petto e una grande stanchezza, così mi sdraiai all'indietro nell'erba che odorava di verde e di sole e chiusi gli occhi. E dovetti appisolarmi, perché la vidi subito, la Piccarda, che mi sorrideva, vestita di bianco.

«Oh, cara, sei qua! Sei venuta per me, stavolta?» le domandai, felice. La vidi annuire. «Ma Dante dov'è?»

Lei si fece avanti, tendendomi tutte e due le mani. «Ti aspetta. Vieni?»

Nel prato c'era qualcuno che gridava forte. «Monna Gemma!» Era la Gilla. «Padron Pietro, padrona Iacopa, per l'amor del cielo, venite, monna Gemma non risponde!»

Povera Gilla, mi dispiaceva, ma stavolta non potevo proprio darle retta. Era ora, finalmente. Presi le mani di Piccarda e le strinsi. «Eccomi» le dissi. «Andiamo.»

E lei ripeté: «Andiamo».

Appendici

*Scrivere di Dante, ovvero:
due chiacchiere con l'autrice*

Cronologia di Dante e Gemma

I personaggi principali

Scrivere di Dante, ovvero: due chiacchiere con l'autrice

Perché questo libro?
La prima domanda che ti fanno quando ti intervistano è: «Perché hai voluto scrivere questo libro?». Di solito l'intervistato fa buon viso a cattivo gioco e ringrazia sorridendo per la domanda, ma pensa: Uffa, ancora. Invece per *La moglie di Dante* è davvero un piacere poter spiegare il punto.

Nell'anno del settecenario di Dante si è parlato e si parla tantissimo di lui, della *Divina Commedia* e di Beatrice. I libri che sono usciti sulle donne di Dante hanno scavato nei recessi dei canti per scovare figure femminili che compaiono per lo spazio di una terzina, perdendosi poi in infinite dotte disquisizioni. Della moglie di Dante, Gemma Donati, solo accenni timidi e imbarazzati, richeggiando il Boccaccio, il quale, non si sa bene perché, in preda a un attacco di misoginia, dopo aver detto che Dante si sposò per consolarsi dalla morte di Beatrice attaccò una filippica feroce sui guasti del matrimonio e su quanto sposarsi sia un errore per i grandi uomini sapienti e per i filosofi, generando così la leggenda di una moglie di Dante degna di una Santippe di infaustissima memoria. Una vipera fedifraga rompiscatole e chi più ne ha più ne metta. Già dall'Ottocento qualche voce isolata, anche femminile, si era levata a dire che no, non era assolutamente detto, e che magari questa Gemma era una brava persona. Del resto Gemma, a dirla tutta, non se l'è mai filata nessuno.

Se in questo anno dantesco fermi quello che gli istituti di ricerca definiscono un «uomo della strada» e gli domandi: «Scusi, ma lo sa chi era la donna di Dante?» ti senti rispondere: «Beatrice». Dante e Beatrice, come pepe e sale, come prosciutto e melone.

Oh, perbacco.

Se fai la prova al contrario e chiedi al solito uomo della strada (anche donna, eh!) se sa chi era Gemma Donati, te la vedi confondere con un'altra Gemma, una signora in età ma fin troppo ben portante che va alla grande nei reality tv.

Allora, la risposta alla domanda «perché hai scritto questo libro?» è semplice: perché ho voluto finalmente raccontare la vera storia di Gemma Donati, un'altra delle donne che mi piace tirare fuori dall'ombra della Storia. Si parla così tanto di suo marito che mi sembra il momento giusto per far conoscere anche lei, anzi, far conoscere questo illustre marito attraverso lei, che l'ha conosciuto bene e, come si suol dire, ci ha mangiato e dormito assieme.

Chi ha già letto altri miei libri sa che in fondo a tutti i miei romanzi metto una chiacchierata a ruota libera che in realtà è qualche cosa di molto serio. È un segno di rispetto per i lettori, che hanno tutto il diritto di conoscere la genesi di un lavoro per possedere una copia del quale hanno pagato euro sonanti. Hanno il diritto di sapere quanta fatica c'è dietro a ciascuna pagina, con quanta accuratezza sono state recuperate le informazioni, quali scelte sono state fatte, perché quel romanzo (o quel saggio) è degno di essere letto. La vita è troppo breve per leggere libri brutti, diceva Schopenhauer.

Bene, cari amici, questo è stato il libro più difficile che io abbia mai scritto e onestamente non è che i precedenti fossero una passeggiata. A me piace rovistare nei documenti, scoprire coincidenze, raccontare i fatti come si sono svolti, in tutta la loro emozionalità. Ciò nonostante in questo caso è stata davvero dura perché, checché vi raccontino per l'anniversario di Dante in quell'ansia di semplificazione divulgativa che ci tratta da *minus habentes*, su Dante di davvero certo si sa pochino. Non a caso i più si concentrano sulla *Divina Commedia*: è lì, sta scritta, ne puoi leggere le rime (e anche su questo, ogni verso ha generato cinquanta spiegazioni diverse) e discutere dottamente con chi la pensa diversamente da te, citando secoli di commenti che avallerebbero l'una o l'altra tesi.

Solo che io non sono minimamente interessata a discettare di sottigliezze teologiche o delle origini etimologiche e filologiche del «pape Satàn»: io voglio raccontare vita vissuta, e raccontarla giusta, più giusta possibile, perché questo i miei lettori si aspettano da me.

Le basi
Capitalizzando su quanto già era sedimentato dagli anni del liceo e dell'università e sui successivi approfondimenti, ho letto una marea di saggi, trattati, articoli, atti di convegni, ho ripescato meravigliosi commenti ottocenteschi, mi sono deliziata di dispute tra sapienti e alla fine ho fatto una scelta di campo e mi sono basata sulla mia triade: il professor Alessandro Barbero, che ha pubblicato un libro su Dante proprio a ottobre dell'anno scorso, *ad hoc* per l'anniversario, dove riassume le acquisizioni storiografiche più recenti; il professor Marco Santagata, che la pandemia ci ha appena tolto e che è stato un grandissimo storiografo dantesco; e, ultima nell'elenco ma prima per importanza, la professoressa Giovanna Frosini, uno di quegli incontri che ti segnano, storica della lingua, accademica della Crusca, coordinatrice del Dottorato in Linguistica storica, Linguistica educativa e Italianistica all'Università per Stranieri di Siena, vicepresidente dell'Ente Nazionale Giovanni Boccaccio e, a parte tutta questa sfilza di titoli accademici, donna di una cultura e di una sensibilità fuori del comune, persona bellissima. Lei ha risciacquato nell'Arno del Trecento le mie pagine, con pazienza e dedizione meravigliose, segnalandomi ogni possibile errore, imperfezione e anacronismo con autentico amore per la materia, salvaguardando la massima comprensibilità.

Le scelte
Sotto l'egida del suo fondamentale supporto, ho dovuto comunque operare delle scelte, perché se si racconta una storia bisogna decidere come si sono svolti gli accadimenti, quando, dove, in quale sequenza; e quasi tutta la vita di Dante è scandita da cronologie molto discusse. Non si conosce nemmeno il suo giorno di nascita (e la confusione o l'assenza di date vale per molti altri protagonisti del romanzo, che sono quasi tutti personaggi reali). Non si è sicuri sull'identità di sua madre Bella (se fosse davvero una Abati). Non si sa se la cara sorella Tana fosse nata dalla stessa madre, o fosse figlia della seconda moglie di suo padre. E via dicendo. E stiamo parlan-

do di Dante. Figurarsi quando si parla di Gemma o degli altri meno noti, sui quali nei secoli si è scavato di meno.

Le scoperte

Anche per questo romanzo c'è un piccolo scoop della Storia, com'era successo per *L'ombra di Caterina*. Alla base di tutto il mio racconto, infatti, sta la recente puntualissima confutazione da parte di una storica francese, Isabelle Chabot, del documento che era sempre stato portato come prova del fidanzamento tra Dante e Gemma quando lui aveva dodici anni, nel 1277. Anche Barbero avalla questa nuova interpretazione nel suo libro su Dante pubblicato da Laterza nell'ottobre del 2020. La professoressa ha scritto nel 2014 un breve saggio che si intitola *Il matrimonio di Dante*, nel quale dimostra un errore di datazione notarile nel copiare l'atto, che fa saltare tutte le certezze: Dante non si fidanzò a dodici anni con Gemma Donati, che con ogni probabilità non era sua coetanea, ma più giovane di lui. Il sistema delle indizioni usato dai notai permetterebbe di ridatare il matrimonio al 1293. Ho seguito questa indicazione non alla lettera, anticipando un pochino le nozze, ma mantenendo il punto chiave: aveva ragione il Boccaccio, il quale diceva che Dante si era sposato grandicello e solo *dopo* la morte di Beatrice.

A partire da questo assunto, ho ricostruito la storia di coppia di Dante e Gemma, tenendo presente come al solito tutte le tessere che la documentazione storica offriva come certe e aggiungendo man mano le altre al puzzle, sempre con il criterio della massima verosimiglianza.

Solo recentemente si è parlato di un primo figlio di Dante, Giovanni, morto giovane, che compare in un atto notarile lucchese e poi sparisce per sempre. Degli altri tre figli noti, e cioè due maschi, Pietro e Jacopo, e una femmina, Antonia, abbiamo delle tracce più concrete, e su quelle basi sono stati ricostruiti i loro profili nel libro. Qualcuno parla di un'altra figlia femmina e io qui ho ricamato un po' di fantasia: oltre ai figli sopravvissuti c'erano spesso dei bambini venuti al mondo e morti quasi subito, o delle gravidanze non portate a termine, e ho introdotto il personaggio di Maria, che non è storico, ma verosimile.

Tra i dati certi ci sono i documenti delle sentenze che hanno esiliato Dante, ma dove lui sia stato dopo essere stato bandito da Firenze è solo in parte noto. Ci sono ampi periodi di buio e poi sprazzi luminosi che lo vedono in alcune città famose, come Verona e Ravenna, oppure ospite di celebri mecenati, come i conti Guidi o il da Camino.

Come al solito, meglio la realtà del romanzo
Le rime che si leggono nel romanzo sono tutte vere, dalla prima all'ultima. Perfino quelle del buffone al matrimonio di Piccarda sono prese dal repertorio di un giullare italiano, Ruggieri Apuliese, presente nel senese in quegli anni.

I personaggi del romanzo sono tutti autentici, come si vede dall'elenco. Ho inventato soltanto qualche figura ancillare, qualche popolano e Alberico, il cavaliere templare, è una figura fictional che assomma personaggi autentici e vuole simboleggiare i templari che affrontarono davvero un iniquo processo anche a Firenze nel 1311, quando un re e un papa ne decisero la rovina per il loro profitto (anche se la data storica ci porterebbe più avanti di dove io l'ho situato nella narrazione, come noterà qualche lettore attento e volonteroso di farmi le pulci). Ho mescolato un po' le carte anche con la discesa in Italia di Arrigo VII, anticipandola un pochino, ma gli accadimenti sono esattamente quelli, compresa l'epistola V di Dante.

Il fatto che tutti gli episodi della vita di Dante raccontati nel libro siano documentati non vuol dire che siano veri (tranne quelli che si basano su carte notarili, le quali, come abbiamo visto, pure loro ogni tanto sbagliano) perché anche i suoi contemporanei raccontavano fior di frottole, qualcuno per motivi di parte, qualcun altro per fargli fare bella figura. Inoltre anche i cronisti più equanimi fanno degli errori involontari. Ma ci tengo a dire che i fatti che più sembrano inverosimili sono storici; come l'incendio di Firenze o l'accusa di negromanzia, documentatissima e raccontata per filo e per segno dal professor Barbero: l'ho letta due volte, quella parte, perché stentavo a crederci anch'io. L'episodio della rottura del fonte battesimale in San Giovanni è addirittura autobiografico, lo racconta Dante in persona nel canto XIX dell'Inferno, anche se non dà molti dettagli e io ho potuto ricostruirlo a modo mio. Il ritrovamento degli ultimi tredici canti della *Commedia* dopo la morte di Dante è ancora più avventuroso: davvero Jacopo sostenne di aver veduto il suo babbo in sogno, tutto vestito di bianco e luminoso, che gli disse di rovistare sotto una stuoia, in un buco nel muro.

Ho anticipato anche il passaggio della Cometa di Halley, che a rigore dovrebbe essere stata visibile intorno all'ottobre del 1301, e l'ho portato a fine estate, ma su questo non tutti i commentatori sono concordi, per cui onestamente non mi sento troppo in colpa.

Soprattutto, sempre per esigenze narrative, ho ravvicinato le due sentenze emesse dal comune ai danni di Dante, che in realtà sono più distanziate: il primo bando è del gennaio del 1302 e il successivo e più grave provvedimento che lo condanna addirittura al rogo è di marzo.

Le rivalità tra ghibellini e guelfi e poi tra guelfi neri e guelfi bianchi, gli assalti, le guerre, la calata dell'imperatore, l'incendio di Firenze, le amnistie, la morte di Corso, è tutta verità. È vero che Gemma si è fatta dare la rendita sulla dote confiscata in staia di grano ed è vero che Dante ha esiliato Guido Cavalcanti il quale poi è morto per le febbri contratte al confino. Insomma, non ho inventato niente. Qualche volta, come dicevo, ho solo modificato qualche dettaglio soprattutto temporale, anticipando di alcuni mesi per esempio la sconfitta di Puliciano.

Mi corre l'obbligo di chiarire anche che probabilmente il rogo di maestro Adamo è stato acceso a Firenze, come dice una cronaca dell'epoca, e non nella località dell'Omo morto dove io faccio raccontare l'aneddoto, che nel tempo è diventato leggenda. Ma tutta la vicenda di maestro Adamo quella è.

Ho barato un po' pure sulla data esatta di morte di Corso Donati, però Corso morì a San Salvi esattamente nelle circostanze descritte nel romanzo, anche se non sappiamo se Gemma fosse presente, ma pare certo che fu il 6 ottobre 1308. Corso doveva essere nato intorno al 1253, quindi era più grande di una dozzina d'anni di Dante che era del 1265. Da Gemma lo dividevano almeno diciotto anni.

Non si sa dove sia andata esattamente Gemma nel periodo durante il quale è stata molto verosimilmente costretta ad allontanarsi dalla città dopo che Dante è stato esiliato, ma i Donati possedevano davvero delle case vicino alle gualchiere non lontano da Firenze, e sarebbero state un rifugio perfetto. Qualche commentatore ha ipotizzato un suo soggiorno proprio da quelle parti.

Che gli Alighieri avessero una schiava non è certo, ma è verosimile. La storia di Piccarda è tutta autentica, anche se ci sono versioni discordanti sulla sua morte. Che ser Manetto sia diventato cavaliere già in età matura è vero. Che Dante abbia partecipato alla battaglia di Campaldino facendo il suo dovere è verissimo e qualcuno dice che potrebbe essersi ferito al naso. Il che significa che sapeva andare a cavallo e combattere e per far questo doveva esercitarsi, magari anche in qualche torneo. Cioè non era un intellettuale mollaccione che se ne stava sempre allo scrittoio, doveva essere piuttosto atletico per indossare una cotta di maglia da trenta o quaranta chili e impugnare una lancia e starsene in sella a reggere un assalto frontale di cavalieri nemici inferociti. Che conoscesse Cecco Angiolieri, che tra l'altro era con lui a Campaldino, è certo, e davvero si insultarono in versi, così come accadde con Bicci. Le tenzoni poetiche erano frequenti, e a volte prendevano dei toni che noi oggi troveremmo volgarucci assai. Che Dante fosse un buon cacciatore col falco è certo, nella *Divina Commedia* ne parla spesso. Conosceva molto bene anche le tecniche di caccia tradizionale. Che soffrisse di una forma lieve di mal caduco lo accetta anche il professor Santagata. Inoltre Dante era un intellettuale a tutto tondo che s'intendeva anche di musica e sapeva disegnare, come ha dimostrato la professoressa Frosini.

La stessa professoressa Frosini mi ha un po' sgridata quando ha visto che ho inserito il famoso episodio del ritrovamento degli appunti relativi ai primi canti dell'Inferno che Dante avrebbe lasciato a Firenze prima di andare in esilio e che gli furono poi fatti avere dal «giro» di Dino Frescobaldi: secondo lei e la gran parte degli studiosi questa cosa non è vera, perché la *Commedia* è frutto fecondo dell'esilio, e io, per quel che vale la mia opinione, sono d'accordissimo: dietro la *Commedia* c'è il Dante crudelmente «maturato» dall'esperienza terribile dell'esilio (che non voleva dire solo star lontano dalla tua città, senza più tua moglie, i tuoi figli e i tuoi amici, ma ritrovarti solo con i lini da gamba, come chiamavano allora le mutande, che avevi addosso, senza un soldo in saccoccia e in balìa della vendetta di eventuali rivali che potevi incontrare altrove e che erano autorizzati ad accopparti impunemente: un incubo).

È quindi molto improbabile che Dante avesse già scritto i primi canti dell'Inferno a Firenze. Però possiamo immaginare che negli anni precedenti lui avesse cominciato a pensarci, a buttar giù qualche nota, a provare qualche rima, e che fosse questo il materiale, ancora estremamente *in nuce*, che Dino Frescobaldi gli potrebbe aver fatto avere in esilio, forse da Moroello Malaspina, dove lui si trovava allora.

Che Dante volesse farsi frate dopo la morte di Beatrice non è certo; qualche studioso lo sostiene, qualcun altro dice che lui fu terziario francescano per gran parte della sua vita e che comunque volle farsi seppellire con addosso un saio.

Carne e sangue
Io lo so che ci sarà chi protesterà. Quelli affezionati al Dante agiografato, accigliato e con la coroncina d'alloro in capo. Come si dice, in Italia non si può parlar male di Garibaldi – e di Dante. Solo che sono convinta in questo libro di non parlarne affatto male, ma benissimo. Gli tolgo di dosso quella patina respingente che gli hanno pennellato addosso per secoli e che ce lo ha mostrato lontanissimo, noiosissimo, perfettissimo, santissimo. Qualcuno dirà che il Dante che esce dalla mia narrazione non è un'icona di perfezione. È pieno di sé, contraddittorio, permalosetto, ostinato, ciecamente idealista, convinto di essere investito da una grande missione, molto egocentrico, maschilista, a volte saccente, con un complesso di superiorità e una punta di quello che oggi chiameremmo autentico narcisismo. Verissimo. Ma è anche ambizioso, intraprendente, ironico, coltissimo, con una memoria incredibile, coraggioso, tenace, resiliente, appassionato, capace di grandi sentimenti, fine parlatore, geniale e fondamentalmente onesto, fino a rasentare l'ingenuità con le sue prese di posizione a volte addirittura autolesioniste.

Il Dante di cui Gemma si innamora non è quell'immaginetta accigliata presa di profilo col cappuccetto rosso del lucco in testa e il nasone adunco: è un bell'uomo bruno, giovane e vigoroso, con la barba, che sa cavalcare, va a caccia col falcone, disegna bene, combatte per la sua città a cavallo in prima fila, veste elegante, sa come comportarsi in società, balla perfettamente, fa l'amore con passione, parla benissimo e ha fascino da vendere. È un Dante di carne e sangue, uomo del suo tempo, con i suoi difetti e le sue virtù, quello che vorrei consegnare a tutti i lettori. Non c'è da averne soggezione, e sono convinta che se si conosce la vita di un autore si capisce mille volte meglio quel che ha scritto e perché lo ha scritto, in quel momento della vita sua. E se qualcosa non è chiaro al primo colpo, si investiga con pazienza e si scoprono cose appassionanti, collegate alla sua vita e al suo tempo, che era tutto fuorché noioso.

La moglie di Dante

Anche Gemma è di carne e sangue. Lo raccontano i fatti che di lei si sanno, tutti documentati, che quanto a coraggio e resilienza Dante e Gemma erano ben accoppiati. Lei ha cresciuto i suoi figli in condizioni estreme, in una Firenze incendiata, in senso proprio e traslato, da odi ferocissimi, dove ogni giorno la situazione mutava ed era potenzialmente letale per gli uni o per altri. Perché la legge del tempo prevedeva che la pena venisse inflitta non solo al diretto presunto responsabile del crimine sanzionato, ma a tutti i suoi consorti, nel senso di con-sorti, quelli che ne condividevano la sorte, e quindi mogli, figli, fratelli.

Così, quando Dante viene esiliato, le sue proprietà sono confiscate e lei si ritrova senza una casa dove stare e senza più il becco di un quattrino. E non lo segue in esilio non perché è una pessima moglie, ma perché anche lui non sa dove diavolo andare a stare e non si va alla ventura tirandosi dietro moglie e bambini. Ma quando i ragazzi compiono i quattordici anni la legge non lascia scampo: come con-sorti, anche loro devono andare in esilio. E uno a uno i figli se ne vanno, mentre lei rimane a Firenze aggrappata al filo della speranza di un ritorno che non avverrà mai, prima perché la legge non lo permette e poi, quando finalmente lo spiraglio si apre, perché sarà lui a rifiutare, dall'alto del suo immane orgoglio che privilegia l'onore, vero o presunto, su tutto il resto. Prima l'onore e l'ideale, poi la famiglia: attenzione, Dante è un uomo del Medioevo, tanto per intenderci la prima sentenza che ha avallato come priore prevedeva il taglio della lingua a tre fiorentini giudicati colpevoli di tradimento (per fortuna loro, in contumacia). Erano tempi con valori diversi dai nostri, inutile giudicare col nostro metro.

E quando alla fine, dopo vent'anni abbondanti, Dante e Gemma si potranno riunire, provati dai lutti e dalle disgrazie, dalla paura e dalla precarietà, dalle speranze e dalle delusioni, ci penserà la sorte a mettere una fine prematura a tutto quanto.

Ma la grande forza di Gemma, come io l'ho voluta vedere, è

stata quella di essere riuscita a sentirsi vicina al suo uomo anche nella lontananza, nella sua vita da vedova bianca, prima legata dall'aspettativa di un ritorno, poi dai versi che lui man mano scrive, e che Gemma sente come scritti per lei. È lei la moglie del poeta, infinitamente più importante di Beatrice, che è un non-personaggio, è un'astrazione, un simbolo, quello che i poeti provenzali chiamavano un *senhal*, un nome fittizio. Beatrice è una meteora, appare e scompare, piccola marionetta mossa dai fili di suo padre e suo marito, e Dante di fatto nella realtà nemmeno le rivolgerà mai la parola, innamorato di un sogno che si è fatto da solo.

Come diremmo oggi, lui si fa tutto un film, su madonna Beatrice, la esalta per poterne poetare e si avvilisce alla sua morte anche perché per un poeta è nobile quella sofferenza. Ma la sua donna non è Beatrice, che nel tempo si trasfigura sempre di più in un'allegoria e lascia trasparire dietro, in filigrana, un altro volto, un altro nome. La donna della salvazione per Dante è lei, Gemma, quella che l'ha fortemente voluto e non lo ha mai abbandonato: ne sono convinta e sono certa che negli anni della maturità lui se ne sia perfettamente reso conto, da quell'uomo intelligente e sensibile che comunque era.

C'è da dire che anche Gemma non è perfetta, perché nessuno lo è e perché non ci interessano i pupazzetti di zucchero. Non vogliamo santi, che peraltro non esistono, vogliamo uomini e donne come noi, che sbagliano e pagano e cadono e si rialzano e combattono. Gemma in gioventù ha davanti due fortissime figure di uomo molto diverse, a partire dall'aspetto, ma soprattutto nell'anima: suo cugino Corso, il magnifico barone, biondo e bello, prepotente e vincitore. Un winner, come lo definiremmo oggi, uno nato bene, furbo, ricco, ammanicato, atletico, impunito e bullo. E poi c'è Dante, meno bello, meno ricco, senz'altro meno impunito, anzi, spesso vittima delle circostanze. Complicato, sensibile, idealista. E lei alla fine, al netto dalle tentazioni anche della carne, sceglie Dante, perché riesce a vedere dentro il suo cuore, perché intuisce confusamente che c'è una promessa dentro quell'uomo e oggi, a settecento anni di distanza, sappiamo che Gemma ha visto giusto: dello splendido Corso Donati si ricordano solo gli storici medievisti, ma di Dante Alighieri, be'...

Cronologia di Dante e Gemma

Nella cronologia dantesca molte date si conoscono solo in modo approssimato, a partire dalla data di nascita di Dante stesso: sappiamo l'anno, ma non il mese e il giorno e in questo caso ci guida il segno zodiacale, perché lui afferma di essere venuto al mondo sotto la costellazione dei Gemelli. Analogamente si sa che i figli di Dante sono nati in un determinato spazio di tempo, prima del 1301 (perché poi lui è stato in esilio) e dopo il matrimonio con Gemma (data sulla quale però non esiste una certezza). È noto però in che ordine i figli sono nati, cioè qual è il primogenito, il secondogenito eccetera e si sa che entro una certa data sono stati banditi da Firenze, il che significa che dovevano avere compiuto i quattordici-quindici anni di età. Fino a non molto tempo fa non si era certi dell'esistenza del primogenito Giovanni, mentre oggi la gran parte degli studiosi ne è certa.

Ciò significa che scrivendo il romanzo ho dovuto operare all'interno di questi spazi temporali delle scelte verosimili ma arbitrarie e situare per esempio la nascita dei figli con un certo distanziamento l'uno dall'altro. La cronologia che segue contiene sia date certe, sia date ipotetiche che io ho deciso di usare nella narrazione, indicate col punto interrogativo. Su questioni aperte, come il fatto che la sorella di Dante, Tana, sia figlia della prima moglie di Alighiero degli Alighieri, Bella, o della seconda, Lapa, ho deciso di seguire la teoria che la ritiene sorella e non sorellastra di Dante e un po' più grande di lui (non tutti gli studiosi sono dello stesso avviso). Francesco invece è universalmente considerato figlio di secondo letto, e così l'ho raccontato.

1265: Sotto la costellazione dei Gemelli, e quindi tra maggio e giugno, nasce Dante da Alighiero degli Alighieri e Bella (forse) degli Abati. Ha già una sorella più grande, Tana (1260/1261?).

1265/1266?: Tra la fine del 1265 e l'inizio del 1266 nasce Beatrice di Folco Portinari.

1266: Dante viene battezzato in San Giovanni il 26 marzo.

1267: Contratto di nozze tra Guido Cavalcanti e Bice di Farinata degli Uberti.

1270/1273?: Muore Bella, la madre di Dante. Suo padre si risposa con monna Lapa di Chiarissimo Cialuffi che gli darà Francesco.

1270/1275?: Nasce Gemma di messer Manetto Donati, ipotizzando che avesse dai cinque ai dieci anni in meno del marito, come di solito capitava: la data di nascita di Gemma non è nota.

1275?: Tana Alighieri sposa Lapo Riccomanni.

1277: È l'anno di quello che è sempre stato considerato il contratto dotale tra Dante e Gemma, ma studi più recenti hanno dimostrato che la data indicata è erronea e lo hanno postdatato come contratto di matrimonio al 1293.

1280/1283?: Muore Alighiero Alighieri.

1283: Gianciotto Malatesta uccide la moglie Francesca da Rimini e il fratello Paolo. Vengono disseppellite e arse le ossa di Farinata degli Uberti, suocero di Guido Cavalcanti, in quanto accusato di eresia dall'inquisitore dell'eretica pravità Salomone da Lucca.

1289: Battaglia di Campaldino a giugno. Morte di Folco Portinari a dicembre.

1290: Morte di Beatrice a giugno.

1293?: Matrimonio di Dante e Gemma. Ordinamenti di Giustizia di Giano della Bella.

1293/1295?: Nascita di Giovanni Alighieri. Non sappiamo in quale anno esatto siano nati i figli.

1294/1295: Muore ser Brunetto Latini.

1294: Dante fa parte della delegazione che accoglie a Firenze Carlo Martello.

1296/1297?: Nascita di Pietro Alighieri. Non sappiamo in quale anno esatto siano nati i figli.

1296: Muore Bicci Donati.

1299?: Nascita di Jacopo Alighieri. Non sappiamo in quale anno esatto siano nati i figli.

1300?: Nascita di Antonia Alighieri. Non sappiamo in quale anno esatto siano nati i figli.

1300: Anno santo. Dal 15 giugno al 15 agosto Dante è priore. In estate Guido Cavalcanti è condannato all'esilio. A settembre muore.

1301, fine estate/autunno: Passaggio della Cometa di Halley alla quale dovette assistere anche Giotto che in seguito la immortalò nella *Natività* degli Scrovegni.

1301: Dante va come ambasciatore dal papa Bonifacio a ottobre. Mentre lui è via, Carlo di Valois entra a Firenze in novembre.

1302: Il 27 gennaio Cante de' Gabrielli condanna Dante per illeciti a due anni di bando e a una multa. Il 10 marzo la sentenza si inasprisce: condanna al rogo, confisca dei beni.

1302: Nascita e morte di Maria Alighieri tra maggio e giugno (fictional).

1304: Incendio di Firenze a giugno. Sconfitta della Lastra il 20 luglio.

1304: Gemma e i figli tornano a Firenze verso settembre, dopo essere stati banditi alle gualchiere.

1308: Il 6 ottobre muore Corso Donati.

1311: Il 6 gennaio in Sant'Ambrogio, a Milano, Arrigo VII è incoronato re l'Italia. Dante scrive l'epistola agli scelleratissimi fiorentini e viene escluso dall'amnistia di Baldo d'Aguglione del 2 settembre.

1311-1312: Processo ai templari a Firenze.

1315: Muore la madre di Gemma a febbraio. A maggio Dante si rifiuta di accettare l'amnistia emanata dal comune di Firenze e viene condannato alla decapitazione con i suoi figli. Pietro e Jacopo sono già con lui da quanto hanno compiuto i quattordici anni.

1317: I nipoti del cugino di Dante Geri del Bello vendicano tardivamente la sua morte uccidendo un Sacchetti.

1319/1320?: Dante lascia Verona per Ravenna. I figli Jacopo e Pietro sono con lui.

1320?: Gemma e Antonia raggiungono la famiglia a Ravenna.

1321: Dante va a Venezia come ambasciatore per conto di Guido Novello. Tornato a Ravenna, muore nella notte fra il 13 e il 14 settembre.

1329: Il legato papale Bertrando del Poggetto brucia le copie del *Monarchia* a Bologna.

1340/42: Muore Gemma Donati.

I personaggi principali

Lo so che sono tanti. Troppi, dirà qualcuno. Ma c'erano davvero e facevano tutti parte di quel mondo. Molti ce li ricordiamo dai libri di scuola, come Cecco Angiolieri o Guido Cavalcanti o i protagonisti della *Divina Commedia*, da Paolo e Francesca a ser Brunetto Latini, da Piccarda a Farinata degli Uberti.

Con l'aiuto prezioso della redazione, abbiamo messo a punto una lista, per comodità del lettore, anche per dar modo di distinguere come al solito quelli reali da quelli immaginari (che vedete in corsivo e sono pochi pochi).

Per rendere le cose più semplici, abbiamo pensato di non metterli tutti in ordine alfabetico, ma di raggrupparli per famiglia molto allargata, inserendo anche le mogli, i mariti e gli acquisiti, sperando che la consultazione così risulti più agevole. Abbiamo anche ripetuto qualche personaggio sia nella famiglia di origine sia in quella di destinazione matrimoniale (tipo Gemma, che troviamo nei Donati e anche negli Alighieri).

Una licenza da confessare: Gemma Donati aveva in realtà un altro fratello, che si chiamava anche lui Forese (detto Foresino) Donati come il Forese Donati che fu fratello di Corso e marito della Nella. Per non fare confusione non ne ho fatto cenno. Niccolò il Baccelliere era probabilmente figlio di Forese e non di Neri, ma ho preferito farlo figurare arbitrariamente come figlio di Neri.

Molti personaggi hanno lo stesso nome. A partire da Neri. Uno è il fratello di Gemma, poi c'è Neri Diodati che Dante salva dalla prigione e dalla condanna e infine si chiama Neri l'abate che secondo la tradizione appicca il famoso incendio di Firenze. Anche Simone era gettonatissimo: si chiama Simone il padre di Corso, ma anche il marito di Beatrice, anche un cugino che Corso uccide, anche un figlio di Corso che ho abbreviato in Mone. Beatrice era detta Bice, ma chiamavano Bice anche la moglie di Guido Cavalcanti, Beatrice o Bice degli Uberti. Per questo motivo ho sempre cercato di diversificare laddove ho potuto. In più molti nomi sono dei diminutivi (come per esempio lo stesso Dante che in realtà si chiamava Durante, oppure Corso che era Bonaccorso) e compaiono così nella lista senza specificare i nomi originali ma lasciando la variante più comune e che ho utilizzato nel testo.

Ci siamo anche permessi in questa lista l'uso di termini moderni, come junior e senior, nel caso di nomi ricorrenti nella stessa famiglia, e semplificato i cognomi: in realtà si veniva identificati dal nome del padre, oltre che dal nome di famiglia, che spesso non era ancora un vero e proprio cognome. Insomma, come si dice, facciamo a capirci... anche se le formulazioni non saranno tutte impeccabili per uno studioso di genealogie, okay?

Alighieri e Riccomanni

ALIGHIERI

Alighiero Alighieri, padre di Dante
Antonia Alighieri, figlia di Dante e Gemma, sarà suor Beatrice
Bambo Alighieri, vendicò Geri del Bello
Bella degli Abati coniugata Alighieri, prima moglie di Alighiero e madre di Tana e Dante
Ciolo degli Abati, accettò l'amnistia che Dante rifiutò
Cione Alighieri, fratello di Geri del Bello
Dante Alighieri (lui!)
Dante Alighieri junior, figlio di Pietro Alighieri e Iacopa de' Salerni, quindi nipote di Dante e Gemma
Francesco Alighieri, fratellastro di Dante, nato da Alighiero e dalla sua seconda moglie, monna Lapa dei Cialuffi
Gemma Alighieri junior, figlia di Pietro Alighieri e Iacopa de' Salerni, quindi nipote di Dante e Gemma
Gemma Donati coniugata Alighieri, moglie di Dante Alighieri (lei, la nostra protagonista)

Geri di Cione del Bello degli Alighieri, cugino di Dante, ucciso da un Sacchetti
Giovanni Alighieri, figlio primogenito di Dante e Gemma
Iacopa de' Salerni coniugata Alighieri, moglie di Pietro
Jacopo Alighieri, figlio terzogenito di Dante e Gemma
Lapa dei Cialuffi coniugata Alighieri, seconda moglie di Alighiero Alighieri, matrigna di Dante, madre di Francesco
Lapo Alighieri, vendicò Geri del Bello
Maria Alighieri, figlia di Dante e Gemma: nella nostra finzione romanzata nasce circa in aprile 1302 e muore il 23 giugno 1302
Pietra dei Brunacci coniugata Alighieri, moglie di Francesco Alighieri
Pietro Alighieri, figlio secondogenito di Dante e Gemma
Tana Alighieri coniugata Riccomanni, sorella di Dante

Riccomanni

Bartolo Magaldi, promesso sposo di Galizia dei Riccomanni
Bernardo dei Riccomanni, frate francescano, figlio di Tana Alighieri e Lapo
Bice dei Riccomanni, figlioletta morta piccina di Tana Alighieri e Lapo
Galizia dei Riccomanni, figlia di Tana e Lapo
Lapo dei Riccomanni, marito di Tana Alighieri
Pannocchia dei Riccomanni, fratello di Lapo marito della Tana, cognato di Tana

Sodali degli Alighieri

Dino Perini, allievo di Dante a Ravenna
Fiduccio dei Milotti, medico, amico di Dante a Ravenna
Lando Diodati, gemello di Lore
Lore Diodati, gemello di Lando
Menghino Mezzani, allievo di Dante a Ravenna
Nardo, cugino di Neri Diodati
Neri Diodati, vicino di Dante, condannato ingiustamente da Cante de' Gabrielli
Pietro Giardini, allievo di Dante a Ravenna

Donati

Buoso Donati, zio di Simone Donati padre di Corso
Chiara della Faggiola, terza sposa di Corso Donati
Corso Donati, detto il barone, fratello di Piccarda, Bicci e Ravenna
Dada dei Bonaccolti coniugata Donati, moglie di Teruccio fratello di Gemma
Diamante Donati, zia di Piccarda, Corso, Bicci e Ravenna
Forese (Bicci) Donati, fratello di Piccarda, Corso e Ravenna, grande amico di Dante
Gemma Donati, moglie di Dante Alighieri (la nostra protagonista)
Ghita Donati, figlia di Bicci e Nella
Giovanna degli Ubertini, suocera di Corso Donati
Gualdrada Donati, nonna di Bicci, Corso, Piccarda e Ravenna
Lina coniugata Donati, moglie di Neri
Manetto Donati, padre di Gemma, Teruccio e Neri, marito di Maria
Maria (cognome sconosciuto) coniugata Donati, madre di Gemma, Teruccio, Neri
Mone Donati, figlio di Corso
Mozzino de' Mozzi, fidanzato di Ghita Donati
Nella dei Cancellieri coniugata Donati, moglie di Bicci Donati
Neri Donati, fratello di Gemma e Teruccio
Niccolò Donati, figlio di Lina e Neri (in realtà figlio di un altro fratello non citato nel romanzo)
Piccarda Donati, cugina di Gemma, sorella di Corso, Bicci e Ravenna
Ravenna Donati, sorella di Piccarda, Corso e Bicci
Rossellino della Tosa/dei Tosinghi, marito di Piccarda Donati
Simone Donati, padre di Corso, Piccarda, Bicci e Ravenna
Simone Galastrone, cugino di Corso
Sinibaldo Donati, figlio di Corso
Teruccio Donati, fratello di Gemma e Neri
Tessa (cognome sconosciuto) coniugata Donati, moglie di messer Simone, madre di Corso, Piccarda, Bicci e Ravenna
Tessa degli Ubertini coniugata Donati, seconda moglie di Corso Donati
Vera (?) dei Cerchi, coniugata Donati, prima moglie di Corso Donati

Sodali, nemici e parenti dei Donati

Bello Ferrantini, marito di Ravenna Donati
Buondelmonte dei Buondelmonti, ucciso per aver rotto il fidanzamento con una Donati
Cambio da Sesto, sodale dei banchieri Spini
Geri di Pistoia, sodale di Corso che ha investito Gemma a cavallo
Gianni Schicchi dei Cavalcanti, imbroglione che si finge lo zio Buoso Donati davanti al notaio
Noffo Quintavalle, sodale dei banchieri Spini
Oddo Arrighi dei Fifanti, litigò con Uberto
Rinuccio dei Ravignani, pretendente di Gemma Donati
Simone Gherardi, sodale dei banchieri Spini
Taddeo Alderotti, medico bolognese, amico di Corso
Totto dei Mazzinghi, sodale di Corso, giustiziato
Uberto degli Infangati, litigò con Buondelmonte
Uguccione della Faggiola, padre di Chiara terza moglie di Corso

Portinari e Bardi

Baldo dei Caponsacchi, notaio
Beatrice Portinari (lei, la Beatrice famosa)
Cilia dei Caponsacchi coniugata Portinari, madre di Beatrice e di Vanna, Fia, Margherita, Castoria, Manetto, Ricovero, Pigello, Gherardo e Iacopo
Folco Portinari, padre di Beatrice e fondatore dell'Ospedale di Santa Maria Nuova
Margherita dei Caponsacchi, tra le prime Oblate fiorentine dell'Ospedale di Santa Maria Nuova
Simone dei Bardi, marito di Beatrice, in seguito marito di una sorella di Musciatto Franzesi
Tedaldo di Orlando Rustichelli, notaio dei Portinari

Cavalcanti e Uberti

Adaleta, moglie di Farinata degli Uberti
Andrea dei Cavalcanti, figlio di Guido
Bice di Farinata degli Uberti, moglie di Guido Cavalcanti
Cavalcante dei Cavalcanti, padre di Guido

Farinata degli Uberti, padre di Bice coniugata Cavalcanti
Giacotto dei Mannelli, sposo di Tancia dei Cavalcanti
Guido dei Cavalcanti, poeta e politico, amico di Dante
Lapo degli Uberti, fratello di Bice degli Uberti
Paffiero Cavalcanti, uccise Pazzino dei Pazzi
Tancia dei Cavalcanti, figlia di Guido

Da Polenta e Malatesta

Caterina dei Bagnacavallo, moglie di Guido Novello da Polenta
Concordia Malatesta, figlia di Giovanni e Francesca
Francesca da Polenta, moglie di Giovanni Malatesta
Giovanni da Polenta, fratello di Guido Novello
Giovanni Malatesta detto lo Sciancato, fratello di Paolo e marito di Francesca
Guido Novello da Polenta, signore di Ravenna
Malatestino Malatesta, signore di Rimini
Ostasio da Polenta, cugino di Guido Novello da Polenta
Pandolfo Malatesta, signore di Rimini
Paolo Malatesta, fratello di Giovanni
madre Priscilla, parente dei da Polenta, priora di Santo Stefano degli Ulivi a Ravenna
Zambrasina degli Zambrasi, seconda moglie dello Sciancato

Personaggi politici (podestà, condottieri, capitani, giudici eccetera)

ser Aldobrandino Uguccione da Campi, notaio segretale
Amerigo di Narbona, condottiero a Campaldino
Baldo d'Aguglione, giudice
Berto dei Frescobaldi, magnate nemico di Giano della Bella
Betto Brunelleschi, politico fiorentino
Bindo di Donato Bilenchi, priore insieme a Dante
Boccaccio degli Adimari, guelfo nero
Cante de' Gabrielli, podestà di Firenze, nemico di Dante
Castruccio Castracani, condottiero
Fazio da Micciole, gonfaloniere di giustizia
Fenuccio Drapperio, ambasciatore insieme a Dante a Venezia

Filippo Ghezzi, ambasciatore insieme a Dante a Venezia
Fulcieri da Calboli, podestà di Firenze
Giano della Bella, politico fautore degli Ordinamenti di Giustizia
Gilio di messer Celio da Narni, giudice
Giovanni Baldi, ambasciatore insieme a Dante a Venezia
Giovanni di Lucino, podestà di Firenze
Guido da Polenta il Vecchio, podestà di Firenze, padre di Francesca
Guido Novello dei conti Guidi, signore di Poppi, podestà di Arezzo
Guido Ubaldini da Signa (Corazza), ambasciatore presso Bonifacio VIII con Dante
Lapo Saltarelli, politico e banchiere che accusò i sodali degli Spini di aver parlato male di Firenze al papa
Magaletto Tantobene di Montemagno, giudice
Manno della Branca, podestà di Firenze
Maso Minerbetti, ambasciatore presso Bonifacio VIII con Dante
Matteo da Fogliano, podestà di Firenze
Mino dei Tolomei, podestà di San Giminiano
Monfiorito da Coderta, podestà di Firenze
Musciatto Franzesi, banchiere
Nello di Arrighetto Doni, priore insieme a Dante
Neri di Jacopo del Giudice, priore insieme a Dante
Neri Diodati, vicino di Dante, condannato ingiustamente da Cante de' Gabrielli
Nicolò Bondi, ambasciatore insieme a Dante a Venezia
Noffo Guidi, priore insieme a Dante
Paolo di Gubbio, giudice
Pazzino dei Pazzi, guelfo nero
Rainaldo dei Bostoli, fuoriuscito aretino
Ranieri di Zaccaria, podestà di Firenze
Ricco Falconetti, priore insieme a Dante
Ricoverino dei Cerchi, guelfo bianco, gli venne tagliato il naso
Rosso della Tosa, guelfo nero
Rubaconte da Mandello, podestà di Firenze
Taldo della Bella, figlio di Giano
Ugolino da Correggio, podestà di Firenze

Ugolino della Gherardesca, conte, muore nella Torre della Muda
Vieri dei Cerchi, capo della fazione dei cerchieschi

Re e principi, dogi e signori

Arrigo VII del Lussemburgo, imperatore
Cangrande della Scala, signore di Verona
Carlo di Valois, fratello del re di Francia
Carlo lo Zoppo, re di Napoli
Carlo Martello d'Angiò, principe di Salerno e re d'Ungheria
Cecco (Francesco) degli Ordelaffi, signore di Forlì, successore del fratello di Scarpetta
Federico II di Svevia, imperatore
Filippo il Bello, re di Francia
Galeazzo Visconti, signore di Piacenza
Gherardo da Camino, signore di Treviso
Giacomo di Aragona, re di Aragona e di Sicilia
Giovanni di Lussemburgo, re di Boemia
Giovanni Soranzo, doge veneziano
Guido di Battifolle, signore di Poppi
Ludovico il Bavaro, imperatore
Margherita degli Aldobrandeschi, contessa di Sovana e Pitigliano
Margherita di Brabante, imperatrice
Matteo Visconti, signore di Milano
Moroello dei Malaspina, signore della Lunigiana
Rizzardo da Camino, successore di Gherardo da Camino
Scarpetta degli Ordelaffi, signore di Forlì

Ecclesiastici

frate Alessandro degli Spini, inventore degli occhiali
Antonio degli Orsi, vescovo di Firenze
Bartolomeo Cagnolati, chierico e negromante
Benedetto XI (Niccolò di Boccassio), papa
Bertrando del Poggetto, legato papale a Bologna nemico di Dante
Bonifacio VIII (Benedetto Caetani), papa
Celestino V (Pietro da Morrone), papa
Clemente V (Bertrand de Got), papa
Gentile da Montefiore, cardinale legato del papa

frate Giovanni, arcivescovo di Pisa
Giovanni XXII (Jacques Duèze), papa
Grimaldo da Prato, inquisitore francescano
Guglielmino degli Ubertini, vescovo, combatté a Campaldino
Jacques de Molay, gran maestro dei Templari
frate Masseo, padre spirituale di Piccarda
Matteo di Acquasparta, cardinale, paciaro del papa
Neri degli Abati, priore, appiccò l'incendio di Firenze
Niccolò da Prato, cardinale legato del papa
frate Remigio de' Girolami, predicatore, allievo di Tommaso d'Aquino
Rinaldo da Concorezzo, arcivescovo di Ravenna
Rinaldo da Polenta, arcivescovo di Ravenna, fratello di Guido Novello da Polenta
Ruggero di Buondelmonte, abate, della fazione dei donateschi
Ruggieri degli Ubaldini arcivescovo, imprigiona il conte Ugolino
fra Salomone da Lucca, inquisitore, fece disseppellire le ossa di Farinata
Tommaso d'Aquino, teologo

Artisti, poeti, scrittori e loro familiari e sodali

Albertino Mussato, politico e scrittore padovano, primo poeta «laureato»
ser Brunetto Latini, notaio, politico e poeta, maestro di Dante
Cecco Angiolieri, poeta senese, amico di Dante, combatté con lui a Campaldino
Cimabue, pittore
Ciuta, moglie di Giotto
Dino dei Frescobaldi, poeta e mercante, amico di Dante
Ferrarino da Ferrara, poeta provenzale
Francesco, figlio di Giotto
Giotto di Bondone, pittore
Giovanni di Nicola (Giovanni Pisano), scultore
Guido dei Cavalcanti, poeta e amico di Dante
Guido Orlandi, mercante e poeta
Meo dei Tolomei, poeta, fratello di Mino, podestà di San Gimignano
Ruggero da Siena, saltimbanco al matrimonio di Piccarda

Gente del popolo

maestro Adamo, falsario
Agnolo, lanaiolo
Becca, balia di Nella dei Cancellieri
Beltramo, si occupa delle api a Pagnolle
Berta, serva più anziana di casa Donati a Firenze
Bianca, venditrice di latte e pane, delle Brocche
Bona, governante di casa Donati a Pagnolle
Cianco, famiglio di Dante
maestro Dino, medico
Eurosia, serva di monna Tessa
Fazio della Chioda, ex maniscalco, proprietario della casa che Dante espropria
Ghino di Tacco, brigante
Gilla, schiava sarda, dono del mattino di Gemma
Lilla, lavandaia alle gualchiere
Lippa, cuoca di casa Donati a Firenze
Livia, serva di Dante a Ravenna
Lotto dell'Angiolo, pastore, sposo della Riccia
Maretta, balia di Antonia
Naide, navalestra alle gualchiere
Neffa, balia di Giovanni Alighieri
Olivola, levatrice
Orsola, serva di Tana Alighieri a Pagnolle
Pardo, servo di Dante a Ravenna
Presto, garzone delle gualchiere dei Donati
Puccio, guardia delle gualchiere dei Donati
Ricchetto, segretale del conte Guido di Battifolle
Riccia, figlia della Bona, serva di casa Donati a Pagnolle
maestro Rollo, cerusico
maestro Romano, doctor puerorum
maestro Ruggiero, medico
maestro Santi, medico
Valdina, serva di casa Donati a Firenze

Grazie e... stiamo in contatto!

Quando un libro è lungo, i ringraziamenti sono corti e di solito scritti in un corpo tipografico piccolino: noi non facciamo eccezione. Quindi sarò breve, ma ci metto il cuore.

Grazie a mio padre Dante Migliavacca, classe 1921, che prima di andarsene troppo presto mi ha insegnato ad andar via dritta a testa alta per la mia strada, ripetendomi da bimba una frase che nemmeno sapevo fosse della *Divina Commedia*: «Non ragioniam di lor, ma guarda e passa»... Papà, ho cercato di darti ascolto e di seguire sempre e solo il mio cervello e la mia coscienza. E questo libro è per te, per il tuo centenario.

Grazie come sempre alla mia editor Michela Gallio che mi ha validissimamente assecondata in questa avventura dantesca, credendomi sulla parola a proposito della originalità di questo libro in un anno in cui tutti pubblicano su Dante. Grazie a Sara Grazioli, principessa tra le redattrici. Grazie alla direttrice Luisa Sacchi che mi ha presa sotto la sua ala e grazie a Danda Santini senza la quale non sarei arrivata in Solferino la prima volta.

Scrivere, editare e pubblicare un libro è sempre solo il primo step: poi senza Chiara Moscardelli dell'ufficio stampa e Virginia Rossetti per gli aspetti commerciali e di marketing non si combinerebbe niente, quindi un pensiero riconoscente alle due colonne che sempre tanto si spendono per i miei titoli e mentre scrivo queste righe sono già pronte ai blocchi di partenza per iniziare la corsa.

Grazie alla professoressa Giovanna Frosini per aver sciacquato queste pagine nell'Arno del Trecento, grazie a Bianca Pitzorno per i suoi consigli anche bibliografici sulla Sardegna del periodo dantesco, grazie a Lauretta Colonnelli per le sue dritte artistiche e cromatiche e grazie a Marilù Oliva per i suoi esperti avvisi.

Grazie a Valeria Nava, a Paolo Caimi, a Emanuela Peja.

Grazie a mio marito Renzo e a mia figlia Viviana.

Grazie a tutti gli ammiratori, appassionati e studiosi di Dante che mi hanno permesso di ricostruirne un volto più umano e privato, da Giovanni Boccaccio al professor Barbero.

La bibliografia non c'è, perché sarebbe sterminata. Ma se qualcuno è interessato, basta che mi scriva qua:

marimara@miserereillibro.it

Non solo per la bibliografia, ovviamente, ma per qualunque scambio con l'autore!

Indice

Parte prima
1285-1290

1.	La monaca rapita	13
2.	Banchetto di nozze	25
3.	Campane a martello	36
4.	Il costo dell'onore	45
5.	Sant'Onofrio a Pagnolle	54
6.	Il fiore	67
7.	Messer Manetto cavaliere	76
8.	*Ubi tu gaius*	86
9.	San Martino al Vescovo	95
10.	Gli eroi di Campaldino	103
11.	Il palio di san Giovanni	110
12.	Diavoli in Arno	117
13.	Campane a morto	130
14.	Vocazione	137
15.	San Giovanni	145
16.	Buon sangue non mente	152
17.	Il miracolo di santa Umiliana	159
18.	Il voto	167

Parte seconda
1290-1300

1.	Gemma Alighieri	177
2.	Il dono del mattino	184
3.	Ser Brunetto	191
4.	I fichi di fine estate	201
5.	Il primogenito	209
6.	La fuggitiva	216
7.	Il sacro fonte	221
8.	Il puledro d'argento	229
9.	Carlo Martello	235
10.	Topi in soffitta	243
11.	Pietra	249
12.	Cerchi e Donati	258
13.	Il barone e il papa	267
14.	Anno santo	273
15.	Questione di nasi	280
16.	*Vos estis priores*	286
17.	Tradimenti	291
18.	*Nihil fiat*	298

Parte terza
1300-1340

1.	Antonia	309
2.	Il terzo ambasciatore	316
3.	Il nuovo Giuda	323
4.	A ferro e fuoco	329
5.	Fama pubblica referente	335
6.	Alle gualchiere	344
7.	Il lebbroso	351
8.	Maria	359
9.	Il barone in visita	366
10.	Color di cenere	374
11.	Il carro dell'Agnolo	380

12.	*Quid fecit tibi?*	386
13.	26 staia all'anno	394
14.	Abbozzi d'Inferno	400
15.	Inganni	408
16.	Dante mio	414
17.	*Agnus Dei*	422
18.	Scelleratissimi	428
19.	Ritrovarsi e perdersi	434
20.	Fillide e Penelope	442
21.	San Salvi	447
22.	L'assedio di Firenze	452
23.	La grande speranza	458
24.	Non a qualunque costo	464
25.	*Commedia*	469
26.	Conti in sospeso	475
27.	Quando il pruno fiorirà	481
28.	A Ravenna	486
29.	*Scripta manent*	492
30.	L'ambasceria	497
31.	Negromanzia	501
32.	Contrappasso	506
33.	La *Commedia* è finita	512
34.	Suor Beatrice	517
Epilogo. Andiamo		523

Appendici

Scrivere di Dante, ovvero: due chiacchiere con l'autrice	529
Cronologia di Dante e Gemma	539
I personaggi principali	543
Grazie e... stiamo in contatto!	553

Finito di stampare nel mese di ottobre 2021
per conto di RCS MediaGroup S.p.A.
da Grafica Veneta S.p.A., Via Malcanton 2, Trebaseleghe (PD)
Printed in Italy